何塞·多诺索作品集

别　　墅

〔智利〕何塞·多诺索／／著
段若川　罗海燕／／译

人民文学出版社

José Donoso
CASA DE CAMPO
© JOSÉ DONOSO, 1979, and HEIRS OF JOSÉ DONOSO.
Simplified Chinese translation copyright © 2022 People's Literature Publishing House
All rights reserved

图书在版编目(CIP)数据

别墅/(智)何塞·多诺索著;段若川,罗海燕译.—北京:人民文学出版社,2022
(何塞·多诺索作品集)
ISBN 978-7-02-017527-7

Ⅰ.①别… Ⅱ.①何…②段…③罗… Ⅲ.①长篇小说—智利—现代 Ⅳ.①I784.45

中国版本图书馆 CIP 数据核字(2022)第 185637 号

责任编辑	张欣宜
装帧设计	黄云香
责任印制	宋佳月

出版发行　人民文学出版社
社　　址　北京市朝内大街 166 号
邮政编码　100705

印　　刷　三河市鑫金马印装有限公司
经　　销　全国新华书店等

字　　数　322 千字
开　　本　880 毫米×1230 毫米　1/32
印　　张　14　插页 3
印　　数　1—5000
版　　次　2022 年 10 月北京第 1 版
印　　次　2022 年 10 月第 1 次印刷

书　　号　978-7-02-017527-7
定　　价　62.00 元

如有印装质量问题,请与本社图书销售中心调换。电话:010-65233595

目 录

何塞·多诺索和他的小说《别墅》……………………段若川 1

第一部 出 发

第 一 章 野游 …………………………………………… 3
第 二 章 土著居民 ……………………………………… 37
第 三 章 长矛 …………………………………………… 73
第 四 章 侯爵夫人 ……………………………………… 112
第 五 章 黄金 …………………………………………… 136
第 六 章 逃亡 …………………………………………… 166
第 七 章 姑父 …………………………………………… 186

第二部 归 来

第 八 章 马队 …………………………………………… 205
第 九 章 突袭 …………………………………………… 233
第 十 章 管家 …………………………………………… 263
第十一章 原野 …………………………………………… 297
第十二章 外国人 ………………………………………… 339

第十三章　来访 …………………………………… *381*
第十四章　飞花 …………………………………… *417*

本杜拉家族人物表

（兄弟姐妹）	（其配偶）	（其子女）
1. 阿德莱依达（女）（五十七岁）	塞萨隆·德尔·莱阿尔·依·本杜拉（已去世）	梅拉妮娅（十六岁） 依希尼奥（十五岁） 阿格拉埃（十三岁） 鲁贝尔托（十岁） 西利洛（八岁）
2. 埃尔莫海内斯（男）（五十五岁）	莉迪娅·弗利亚斯·依·本杜拉	卡西尔达（十六岁） 科隆芭（十六岁） 科斯梅（十五岁） 胡斯蒂亚诺（十五岁） 克拉莉莎（十二岁） 卡西米罗（十二岁） 阿玛代奥（五岁）
3. 西尔维斯特雷（男）（五十三岁）	贝尔尼丝·伽拉斯·依·德尔·莱阿尔	毛乌罗（十六岁） 瓦莱利奥（十五岁） 阿拉米罗（十三岁） 克莱门特（六岁）
4. 塞莱丝黛（女）（五十二岁）	奥莱伽利奥·本杜拉·依·德·拉·莫拉	胡文纳尔（十七岁） 阿维拉尔多（十五岁） 莫尔伽娜（十二岁） 依波利多（十岁）

5. 特伦西奥 （男） （五十岁）	露德米拉·德· 拉·莫拉·依· 弗利亚斯	阿维利诺（七岁） 法比奥（十六岁） 阿拉维拉（十三岁） 萝莎蒙达（十二岁） 西普利亚诺（十岁） 奥林比娅（八岁）
6. 昂塞尔莫 （男） （五十岁）	欧拉利娅·瓦 列·依·伽拉斯	科尔德利娅（十六岁） 马尔维娜（十五岁） 埃丝梅拉尔达（十三岁） 克莱莉娅（十二岁） 德奥多拉（十岁） 佐埃（七岁）
7. 法尔毕娜 （女） （四十七岁）	阿德利亚诺·戈 马拉	米娘（八岁，死去） 阿依达（六岁，死去） 文塞斯劳（九岁）

何塞·多诺索和他的小说《别墅》

智利作家何塞·多诺索(1924—1996)是拉美新小说的重要人物,他的代表作是《污秽的夜鸟》和《别墅》。他是拉美文学爆炸运动的中坚,虽然他在文学回忆录《"文学爆炸"亲历记》中有意地不把自己划入这一运动的代表作家行列之中,但他又说过:"实际上,'文学爆炸'的历史,就是我的历史。"

大家公认的"文学爆炸"头面人物有加夫列尔·加西亚·马尔克斯、马里奥·巴尔加斯·略萨、卡洛斯·富恩特斯、胡利奥·科塔萨尔等人。多诺索是他们的亲密朋友,当他们侨居西班牙时,甚至戏称自己的孩子们为"miniboom"——文学爆炸的小把戏,但是多诺索时时感到自惭形秽,因为上述几位作家在"文学爆炸"的盛期(二十世纪六十年代)早已拿出了惊世之作,而他相对来说成名较晚,特别是面对比他小十二岁的略萨。当时后者作品很多,名气很大,他觉得有点无地自容。当时评论界有这种说法:看来智利只能出诗人(因为智利的两位诺贝尔文学奖获得者——加夫列拉·米斯特拉尔和巴勃罗·聂鲁达都是诗人),看来出不了什么好小说家,但是,1970年多诺索推出了《污秽的夜鸟》,一鸣惊人,从而他一举成名。

如果说,青年时代的马里奥·巴尔加斯·略萨是位勤奋好学、头发梳得光光的、在学校总得第一名的好学生，那么年轻时的多诺索与略萨的形象则恰恰相反，他头发蓬乱，胡子拉碴，敏感而善于嘲讽。他从小就逃学，跑到公共图书馆去看"闲书"，与各种各样的人交朋友。刚满二十岁就离开了智利，去寻找世界，他以全部身心去发掘这个世界，也同样去挖掘人物。他曾只身来到麦哲伦海峡，在潘帕斯草原上放牧，也曾来到布宜诺斯艾利斯港口，与水手、码头工人厮混。他到处游荡、酗酒、吸毒……什么样的事情都经历过。与此同时，他的潜意识却在收集素材，以便日后用在自己小说的人物之中。在布宜诺斯艾利斯作家协会的破房子里，他第一次读到了博尔赫斯的作品，觉得茅塞顿开，在那里他还结识了危地马拉的诺贝尔文学奖获得者阿斯图里亚斯。他的眼界扩大了，他明白智利不是一个孤岛，而是与整个拉丁美洲联系在一起的，与整个世界联系在一起的。就是这样的生活，为他的文学创作提供了丰富的源泉。

多诺索出身于一个有名望的家庭，有好几代人都是著名的医生、律师，可以说是个介于上层资产阶级寡头和中产阶级之间的世家。1938年至1970年，智利经历着现代化进程。这种家庭所属的阶级正处于日渐没落的过程。从旧营垒中走出来的多诺索对昔日贵族的颓废腐败看得十分真切，因此，在他的作品中，资产阶级的腐败灭亡成了他执着的题材，几乎贯穿在每部小说之中。他对这个阶级既仇恨又怀有一定的依恋之情，对它既有揭露、讽刺、批判，又藕断丝连，有一定的怀念。他说："我出生成长于这个阶级，我享受过安宁和幸福，享受过它的黄金时代。"他又说："我最仇恨沙龙里的革命者，或是资产阶级教条主义。有的资本家在客厅里挂上一幅切·格瓦拉像，可是他们雇佣摩洛哥人替他们看护工厂。这些口头革命派在自己父亲的工厂里工作，却瞧不起父亲，因为他们是资本家，但是，又把父亲的积蓄存在银行里。这些人反对消费社会,但他们自己又为消费而卖力。"何塞·多诺索对真正的革命者是很敬重的,他认为在一定阶段,可以通过革命找到出路。

然而多诺索的作品从来不是"承诺文学",也不以现实主义为衡量艺术水平的唯一标准。他在文学创作中长期坚持的题材是对贵族阶级腐朽没落的揭露。

《加冕礼》(1957)是他的第一部长篇小说,展现典型环境中资产阶级贵族和生活在社会底层的穷苦人之间的强烈对比。在作品中,这两条线索同时发展,如同一事物的两个极端。两个对立的阶级各自的特点典型而鲜明,均具有自身的价值。被贫穷困扰的下层人卑贱残暴,而上层贵族的物质生活富裕,但精神生活贫乏空虚,最后由此导致精神崩溃。其写作手法基本属于写实,然而对于平凡细节的描写独具匠心,善于在阴差阳错的混乱中写人的心理和行为。

《这个星期天》(1966)仍反映出《加冕礼》中的许多特色,题材也很近似,写一个昔日繁荣的贵族之家的衰落,力图从社会学、心理学的角度来注释和思考这一过程。

《没有界限的地方》(1966)加强了《这个星期天》的特点,但主题要比前两部小说更复杂,更深刻。小说是作者精心编织的一个当代神话,通过时间和空间的巧妙运用,将全书贯穿在一根链条上,集中表现了一个宗教形象——地狱。这部超现实主义的作品大大超越了书中描写的一个智利破落小村庄的范围,引导人们对世界的现实及人类的本性进行思考。从题材来看,该作品虽然仍是反映旧贵族和资产阶级的衰落,但作者已经进一步从哲学上去探讨社会中的人生,表现了"颓败是绝对的"这一宿命论观点。

人们把《污秽的夜鸟》(1970)看作多诺索的代表作之一,把它看成拉丁美洲文学爆炸运动中举足轻重的作品,因为这部实验性开放型小说不仅在题材的选择上,而且在写作手法和语言的运用方面都有创新,使小说的传统观念有所发展和扩大。小说写一个想象中的人物温贝托·佩尼亚洛萨的故事,打破了日常生活中的现实界限,把现实变成噩梦般的鬼怪世界。这是一部典型的魔幻现实主义作品,题材仍旧是多诺索常写的上层资产阶级的腐朽没落,在写作技巧上几乎采用了新小说中的一切手法:回忆、内心独白、意识流、插叙、倒叙、多层次的交叉、多线索的穿插、时空顺序的颠倒……特别是借鉴了电影艺术的各种技巧,如蒙太奇、定格、暗转等。《污秽的夜鸟》获得巨大成功,引起拉美乃至世界文坛的轰动。长达八年的创作好像耗去了作者太多的精力。他随后写了个短篇小说集《三个资产阶级小故事》(1973),但几年以后,他又出人意料地抛出了另一部巨著《别墅》(1978),1979年获西班牙批评奖。

《别墅》的故事发生在十九世纪末,没有交代发生地点,总之,最初是个土著聚集的地方,后来成为殖民者的冒险之地。故事情节围绕着建立在那片原野上的一栋别墅展开,远处有蕴藏着金矿的蓝山,土著们辛勤开采、加工金箔,交售给别墅主人——本杜拉家族,以换取微薄的酬劳来购买生活必需品。别墅周围的大片原野上长着一种生命力极强的奇特茅草,春夏绿草如茵,秋天草籽成熟,飞花飘散,铺天盖地,令人窒息,因此,每年飞花到来之前,本杜拉家就回到首都,待来年再返回别墅消夏。

本杜拉一家姐妹兄弟七人,各有自己的配偶和子女,别墅里共有三十五名孩子。该家族世代在这里过着舒适奢侈的生活。七兄妹中最小的妹妹法尔毕娜与医生阿德利亚诺结婚后,医生来到别墅。他具有人道精神,常到那些被污蔑为食人生番的土著中救死扶伤,渐渐取得土著们的信任,从而发现家族发迹的秘密在于对土著们的残暴杀戮和巧取豪夺。他决定站在土著一边,但他的这种思想被视为异端邪说,他本人也被当作疯子,长年被监禁在塔楼上。

一天,本杜拉家的家长们全都出去远足。他们去了多久?也许一天,也许一年。失去控制的孩子们便各行其是。有的去探寻爱情的秘密,有的动金库的脑筋,有的则追随阿德利亚诺,搞了一次"政变",改变了别墅内部和周围土著村民的生活。一些孩子拿走大量金箔外出贸易,换回生活用品。出游的大人们尽兴而归,路上得知别墅里发生了政变,便派仆人们前去镇压,自己则逃往首都。凶残的仆人用火器对付赤手空拳的土著和孩子们,阿德利亚诺等人牺牲,别墅里恢复了旧秩序,土著们重新沦为奴隶,阿德利亚诺的儿子文塞斯劳及另一些有反抗精神的孩子遭到追捕。

颓败的本杜拉家族无法恢复昔日的天堂,就想把别墅、原野、矿山卖给外国人,并要赶在飞花季节之前成交,以卖个高价。昔日趾高气扬的贵族在外国人面前卑躬屈膝,献媚取宠,但由于刚刚发生过流血事件,别墅里怪事层出不穷,甚至有位被仆人穷追的姑娘死在外国女人怀中。种种迹象令外国人迷惑不解。此刻,在外国经商的女孩马尔维娜回来了,从前她在这个家庭里备受歧视和排斥,因为她是个私生女。这时她令人刮目相看,她不仅懂得那些外国人的语言,而且和他们早有贸易往来。地产交易还没做成,可怕的飞花骤起。外国人、仆人和部分大人夺车而逃,他们可能被漫天的飞花吞没了,而孩子们、部分大人和土著们一道躲进别墅,用土著传统的办法:伏在地上,控制呼吸,才得以从天灾中逃脱。故事便在这神奇的色彩中结束,为读者留下大片空白,容读者去遐想,为他们提出大堆问题,让他们去求索。

谈到《别墅》的创作时,多诺索说:"如果说,在《污秽的夜鸟》中,我采用了造成模棱两可效果的写作手法,那么,在这部小说中,我则采用了准确、明快、讽刺的手法。这是一部幻想小说。故事既不发生在美洲,也不发生在欧洲和亚洲。这一次小说的主人公不是老年人而是一些孩子,是三十五名五至十七岁的孩子,他们在一所别墅里一起度过夏天……当然,在很多方面仍然保留了我一向坚持的那些部分,比如,一所住宅,一个闭塞的环境,陈规陋习或烦琐的礼节……但和我过去写的东西相比,内容已有所不同……在这部小说里我创造了一个并不存在、超越了时间界限然而又真实可信的世界,但又不是未来世界,因为我不是在写科学幻想小说,而是写一个模模糊糊的、好像不存在的过去的浪漫时期。我仍坚持一贯的有关上层资产阶级的题材,但并不像一些评论我作品的批评家所说我'特别关心上层资产阶级的没落',我关心的是资产阶级的本性。"

谈到作品的社会意义,多诺索宣称:"最叫我生气的是评论家把我的小说仅仅归纳到社会小说之中,他们希望我对智利的社会阶级唱一首'天鹅之歌',而我书中所写的社会阶级纯属想象……是我与这个几乎纯属想象的世界关系的写照。"但是评论家们难以同意多诺索的自我表白,他们认为:多诺索总是否定他的小说的社会意义,可他的上述作品确实有其社会意义,并且觉得,多诺索不应当把"带着一定意识阅读作品"与"以庸俗的社会学观点对小说进行社会分析"这两点混淆起来。后者的做法是将小说与社会进行简单的类比。

具体到《别墅》,读者们不难看出,那个虚构的境地在现实中是存在的,是可信的,是读者熟悉的某一拉丁美洲国家,甚至说就是对于智利所经过的事件的历史写照。文学评论家路易斯·伊尼戈·马德里伽尔特别注意到作者创作《别墅》的写作日期：他是1973年9月18日开始写的，那正是智利总统阿连德以身殉职、人民联盟政权被军事政变推翻后的第七天。敏感的评论家从智利历史上的这次重大事件和《别墅》中家庭的改革以及后来被武装仆役镇压的事件中找到了惊人的相似之处。评论家甚至直截了当地称："大人们"代表着智利社会的寡头阶层，"孩子们"则是不满足于现状的中产阶级，而仆人们代表着国家机器，具体地讲，就是武装力量。本杜拉们向外国人出售金子，最后出卖金矿，也叫人想起智利统治阶级勾结国外势力，剥削本国人民，甚至出卖本国资源的行径。他还认为小说中的关键情节是大人们的那次出游，正如同智利的寡头们当时暂且让人民联盟通过选举获胜、阿连德当选为总统一样，随之而来的则是军事独裁的血腥镇压……

另一位评论家玛丽亚·萨尔伽多则注意到小说中的讽喻手法和象征意义，注意到作品中反复强调的外表，或曰表面现象，与实际，或曰实质的冲突。小说的中心是那座具有象征意义的别墅，它作为圆心，被一个个向外扩散的同心圆包围着，保护着别墅的同心圆又把别墅孤立起来。房屋外是护住阳台、门窗的黑铸铁栅栏，它们外面是花园，花园外是由一万八千六百三十三根铁矛围成的栅栏，栅栏外是无垠的草原，远处是蓝山山脉，更远处是城市和海港，再远就是外国了。从别墅本身来看，它又是一座立体建筑，分成许多层次，有地穴、地窖、地道、客厅、舞厅、饭厅、走廊、卧室（依各人的地位居住在不同的卧室里，象征着享有不同生活条件的智利社会各阶层），还有图书室、琴室、塔楼。本杜拉家族每年到这里来消夏，这里包含着两重意义：一是为了重温和加强各家庭成员之间的团结，保持统一的价值观念，使世袭的传统永远继续；二是为了实施对土著们的控制和掠夺，因为家族的兴旺正是仰仗金矿的开发、金箔的加工和销售。但是,家族的团结只是表面的,别墅没能把他们紧密地联系在一起,反而把他们隔离开来。住在同一屋顶下的一家人,也因血缘的远近而有高低贵贱之分,由于联姻而进入这个家庭的成员,如阿德利亚诺,就与他们格格不入,而私生女马尔维娜更是被剥夺了财产继承权。在各自的房间里本杜拉们各自打着如意算盘,因此象征着家族团结的别墅徒有其表,其实内部空虚。而庇护着别墅的铁栅栏就更有讽刺意味了,那是由一万八千六百三十三根金头铁矛组成的。那些长矛原来是土著们用来反抗入侵者——本杜拉家族的祖先——的武器,土著们失败了,被收缴来的反抗武器变成了保卫殖民者地产的屏障。令人吃惊的是那近两万根长矛中只有三十三根是牢固扎在墩子上埋在地里的,而其他的早已被土著们从外部挖出,松松地搁在那里,而这最后三十三根矛,正是被本杜拉家族的孩子们挖松。他们从内部破坏了保护别墅的围栅,而他们的人数正好是三十三个(有两个孩子不幸早已夭折),这里的象征意义可以由读者去想象。

虽然主人们一心想把别墅当作家庭团结和保持传统的象征,但这一点很难做到,因为别墅就是别墅,从来也不是给人以温暖和保护的家,家人也不是在那里诞生和成长的,况且,别墅是建立在用来防范土著的旧城堡的基础之上的,这使人们不由得记起现实的危险——被他们污蔑为食人生番的土著人随时可能的进攻。别墅下面是昔日的盐矿,四通八达的坑道把别墅与周围联系起来,而绝大多数本杜拉家人却不了解这些。最具有讽刺意味的是别墅的主人们在地下室昔日的神龛里存放成袋的金箔。众所周知,神龛本来是用来放圣像或神位牌的,但本杜拉们不但把别墅变成交易所,而且把神龛变成了仓库。由此可见,这些老爷的心目中没有一点精神的东西,他们只讲物质,具体地说,他们只要金钱。

建立在对土著剥削和压迫、对内倾轧欺诈的基础之上的贵族之家的统治是难以巩固的,因此,只能依靠烦琐的礼仪、传统的家规来维持一个繁荣强大的外表,以掩盖其虚弱腐败的实质。为了维持表面现象,他们不惜付出任何代价,于是就演出了种种怪剧:明明是盲人的塞莱丝黛夫人硬是热衷于给别人讲四时风景的美妙,黄昏时分色调的变化,为了不叫人看出她是瞎子,总在众人面前绣花;长矛筑成的铁栅栏明明已被拆除,本杜拉家的马车队仍在原来的门柱前停下,打开早已无实际意义的锁,顺原路向别墅驶去;为了掩盖别墅里刚刚发生的屠杀事件,仆人们用石膏、油漆、水粉匆忙填补建筑物上的累累弹痕,封盖地上的斑斑血迹;孩子们被仆人们迫害得贫病交加,却硬说他们在搞化装舞会……他们宣称:"永远不能忘记,举止是唯一不会骗人的东西。"这个荒谬论断便是本杜拉家族的法宝。

一个社会,如果到了只能靠金玉其外的表面来维持局面,那么它便已经到了崩溃的边缘。于是,在漫天的飞花中,本杜拉家族遭到了灭顶之灾。作者只把生的希望留给孩子们和土著居民。幸存者们,虽然仍受到飞花风暴的威胁,但敞开的栅栏里还有墙壁和屋顶的庇护。他们从土著那里学会了如何应对大自然。他们将成为一个崭新世界的建设者,那个世界将比父辈们的那个天地要公正、合理,它的外表将与实际吻合,外表与实际的矛盾将得到统一,如理所应当的那样,外表真实地反映着内部实质。

这是对这部作品的题材的一种理解。读者还可以从其他许多不同的角度来看这部小说。比如,把它看成一部富有浪漫色彩的十九世纪风土人情的小说,而且,为了达到这样的效果,作者还有意模仿当时流行的那类小说的精雕细刻的写作风格,特别是像当时那样,加入了一位"全知全觉"的叙述者,这种做法在十九世纪的小说中比比皆是,而在当代小说中,尤其是在"文学爆炸后"小说中已不多见了。这位叙述者直接以作者的口吻与读者谈话,谈他的想法、他的犹豫和打算,他娓娓而谈,召唤着读者,与他一起编织这神奇的故事。他时而急不可待地把事情原委和盘托出,时而大段大段慷慨激昂地发表自己的见解。更有甚者,在第十二章《外国人》中,这位叙述者竟然粉墨登场,指手画脚,与书中角色聊开了天……然而我认为,作者越是竭力模仿十九世纪小说的风格以掩盖其作品的现实性,细心的读者越是能从作品中体味到作者对时事的针砭。虽然叙述者(作者)极力要做到客观,然而他那感情的砝码却明白无误地摆在了造反的孩子和土著一边。

以上就是我对《别墅》的粗浅看法。继这部作品以后,多诺索还发表了《洛里亚小侯爵夫人的神秘失踪》(1980),反映二十世纪三十年代城市生活中,一个饱暖思淫逸的贵妇人空虚的内心世界,她对炽热的爱情的追求。她最后神秘的失踪有如侦探小说的结局,给人留下悬念。《旁边的花园》(1981)中的主人公胡利奥的遭遇与多诺索的境遇最为接近。在这部小说中,除了写尽了他创作生涯中的种种艰辛之外,还表现了浓得化不开的思乡之情。果然,这本书出版后不久,多诺索就回到了他梦系魂牵的故城圣地亚哥。《失望》(1986)讲的是一位智利歌唱家在流亡欧洲多年以后回到故土的情景。就是在这部作品中,多诺索头一次让圣地亚哥以主人公的面目出现。多诺索终于为他的故城在世界文学中找到了一个位置。最近发表的小说是《宵禁》。他的短篇小说集有《避暑及其他故事选》(1955)、《查尔斯顿》(1960)和已提到的《三个资产阶级小故事》(1973)等。《献给德尔菲娜的四篇小说》(1982)是个中篇小说集,反映的是流亡在欧洲的拉美人的真实生活。四个中篇的共同特点是表现人物的失败和幻灭。《"文学爆炸"亲历记》(1972)是部文学评论兼回忆录性质的集子。它除了千真万确地反映了作者的亲自感受以外,还打破了一个拉丁美洲"文学爆炸"的神话。多诺索说:"'文学爆炸'是一场游戏,也许更确切一点说,是一种细菌培养液。"不过他也认为,从中确实涌现了一大批才华横溢的拉美作家,大大地丰富了拉丁美洲小说的形式。

1987年,西班牙国王胡安·卡洛斯将"智者阿尔丰索十世勋章"授予何塞·多诺索。据西班牙《国家报》称:"该勋章只授予以毕生精力从事某种事业并取得卓著成就的人,仅以某一部作品而成功者难以获此殊荣。"

我想,面对这种奖赏,何塞·多诺索是当之无愧的。

段若川

1989年夏于北京大学

第一部 出 发

第一章 野　游

1

大人们一直在说,这次出游要想能按时到达目的地,出发那天就必须起个大早,天一亮就动身。可是孩子们听了这话,却总是嬉皮笑脸地挤挤眼睛,头也不抬地继续玩牌戏卡①或国际象棋。整整一个夏天,他们的棋赛似乎就没间断过。

我打算以这次野游作为这部小说的中心。就在这次出游的前一天夜里,文塞斯劳溜下床,去找梅拉妮娅,和她蜷缩在一起。床上只剩下他妈妈在那儿呼呼大睡——在让人兴奋的各种准备工作之后,为了能睡得着觉,她服了鸦片酊。文塞斯劳压低了声音,免得仆人们发现他们在宵禁钟响过之后还在说话。他用一个金币打赌,断言他们这些总是把一切都复杂化的父母,在上午十一点钟之前,是走不成的。等他们一走,那些激动和废话就会变成让人难以忍受的花言巧语,这是他们用于掩饰自己失败的惯技。梅拉妮娅扯了扯他的鬈发,

---

① 牌戏卡,一种纸牌游戏。

惩罚他竟敢做这样大不敬的预言。当他们蜷缩在床上亲昵时,她喜欢逗他哭,然后好用亲吻止住他蓝眼睛里的泪水,用她黑色的辫子抹干他瓷娃娃一样的面颊。

可是这次,文塞斯劳既不求饶也不掉泪。因此,第二天上午,当这孩子的预言得到证实以后,梅拉妮娅连半个金币的赌注都没给他。当大人们关好结构复杂的庭院的铁栅栏门,锁上通向交易场的那些小窗口之前,就敲响了十二点。卡西尔达、科隆芭和埃尔莫海内斯大伯平常就通过这些小窗口招呼那些赤身裸体的土著居民。这些土著居民,头上平稳地顶着装满水果的筐子,手里提着成串的珍珠鸡,扛来一袋又一袋的金箔,有时两人一组地用扁担挑来从原野上猎获的鹿或野猪。

被圈在铁栅栏里的孩子们眼睁睁地看着,埃尔莫海内斯大伯在确认门闩、插销都已下牢后,是怎样把所有的钥匙一一放回他的各个口袋里的。母亲们竖起一根手指头,最后一次叮嘱孩子们,要听话,要照顾好弟弟妹妹们。然后,她们拽起旅行穿的漂亮褶裙,父亲们蹬着闪闪发光的漆皮靴子,一起上了车。这些车子就要一辆接一辆地出发了,在这些车子后头,还有挤满大呼小叫的仆人们的车子,这些仆人负责保管在树下休息时要用的垫子、毯子,还有供主人们消遣用的一切物品,以及食品,这是厨子们花费了几个星期的时间,俯身在冒着热气、散发着菌类和调料香味的锅子上,汗流浃背地准备出来的。

剩下了三十三个堂兄弟表姐妹,他们被关在园子里。他们爬到树上,探身在平台上,挥动着头巾告别,而那些最小的孩子则一脸哭相,隔着铁栅栏,眼看着车队眨眼间就消逝在一马平川上那茅草的汪洋大海之中。

"太妙了!"车队刚在远方消失,文塞斯劳就从梅拉妮娅膝上一跃而下,长出了一口气,大叫起来。

"真是运气,他们肯定说要在天黑前回来。"她评论说,力图相信这种保证是会兑现的。她从平台的摇椅上站起来,就是在那儿,她目睹了车队的出发。

毛乌罗在这张摇椅上伸开两腿,瞧着他表姐怎样把文塞斯劳抱到青冈柳桌旁,安置在一个合适的高度上,好遵照法尔毕娜姨妈的嘱托,把他的头发卷成英国式鬈发。她像妈妈那样竖起食指,告诫这孩子:

"你可别动……"说完,她进屋去烧热烫发钳,准备给他卷发。

这时,毛乌罗正天真地抓挠他刚刚生出绒毛的下巴上的粉刺,为了改变他这种架势,文塞斯劳向他发问:

"你不觉得这样的送别假惺惺得让人觉得可疑吗?简直像一出歌剧的最后一场。"

"我们在这儿的生活,本来就是一出戏,有什么值得大惊小怪的?"

"我看他们这一去就没打算回来。"

"你发什么议论,你顶多不过是个小鬼。"

"你去问问你那位不朽的情人我是什么人吧,"文塞斯劳挑衅地回答,他这位表兄今天心神不定,却又竭力假作镇定,文塞斯劳要让他原形毕露,"她对我的男性身份了解得一清二楚。"

"撒谎,文塞斯劳,已经没人相信你的谎话了。唯一可信的是,既然你那个傻瓜妈妈把你打扮成女孩,我们就得把你当女孩看待。"

"你想看看我是男还是女吗?那就给你瞧瞧吧。"说着,他撩起裙子,褪下镶花边的女裤,他那对九岁男孩来说已相当可观的东西晃动着,"喜欢吗?"

"真恶心!快穿上裤子!"梅拉妮娅正好回来,冲他喊。她在一张纸片上试了试烧热的烫发钳,纸片立刻被烧焦卷成一团,"我们是本杜拉家的人,文塞斯劳,因此,永远不能忘记,举止是唯一不会骗人的东西。"

由于文塞斯劳没有服从她的命令,她就自己动手给他拉上裤子,还顺手在他屁股上拧了一把,让他老老实实坐在小桌上,好给他梳理头发。梅拉妮娅以教训的口吻继续说:

"你别犯傻了,文塞斯劳。你怎么能以为他们会忘掉自己做父母的责任,把我们扔在这儿,让我们单独去对付黑夜和食人生番呢?"

"最亲爱的梅拉妮娅,"在她给他做发卷时,文塞斯劳回答,"就算我是个傻瓜吧,这也是个非常值得讨论的问题。你当然不同,你根本不需要和任何人讨论你是什么人,你宁愿充当扮演天真少女的演员。你大概是玛鲁兰达堂兄弟表姐妹中的少数派,固执地坚持把'侯爵夫人五点钟出门'这个游戏里的惯例与现实混为一谈。甚至连我那可爱的小代理人、年龄最小的阿玛代奥都知道,只有在这种游戏里,当你是不朽的情人,而毛乌罗是年轻的伯爵时,才存在关心人的有自我牺牲精神的父母。"

"我可不同意你这说法。"毛乌罗回答,但他的目光却死盯在围住园子的铁篱笆上,他的脸色越来越阴沉。这时,文塞斯劳,这相信预兆的孩子,耐着性子由他的表姐梳理头发,并继续说下去:

"真的,他们不会再回来了。如果他们去野游的那个地方真像他们所希望的那么奇异,那么,不但今天,明天,直到永远,他们都不会再回来。干吗还要回来呢?既然他们带着纸牌、曼陀林可供消遣,还有扑蝶网和钓鱼竿,还有绸布做的、缀着草莓缨子、可以在刮风天放飞的风筝。再说,他们不是带走了家里所有的武器、所有的车辆和马匹吗?还有所有的仆人?这是为了在他们周围,筑起一道舒舒服服的屏障,这是在即使他们向我们保证只是一下午的出游时都不可或缺的。不,我的表兄弟,他们不会回来的。实际上,我必须重申,他们是逃跑了,他们怕食人生番进攻这座别墅。"

听他这么说,梅拉妮娅不禁咒骂起自己手里的发钳,它已经凉了,没法用来烫他一下,以示惩罚。他是个坏蛋,胡说八道什么食人生番,不幸的命运……要在他头上烫这么一下。她在给他梳理头发时经常这样对他进行报复,因为有些晚上,他不肯到她床上去,而是去了其他表姐妹那儿。文塞斯劳是属于她的,只能说她爱听的话,干让她高兴的事。而毛乌罗,这个年轻的伯爵,注定要和不朽的情人结婚,当然也是属于她的,不过是以另一种方式。还有胡文纳尔也是属于她的,他是这个故事里的不忠实的侯爵夫人,时刻准备着满足她的随心所欲。他的声音幼稚而谦恭,脸上露出表示百折不挠意志的神情。在今天这种时候,大人们不在场,不能帮她遮上细密的面纱,用以掩蔽她非同一般的不为人见的优雅。她担心文塞斯劳会对毛乌罗泄露——既然在这不寻常的日子里没有了面纱,毛乌罗就第一次相信了这话——她让文塞斯劳上她的床上去玩,那么她就应该受到责怪……不,当然不一样,他怎么会和毛乌罗一样呢?比如说吧,文塞斯劳至多不过是一件玩具,一个非常惹人喜欢的女孩模样的玩具娃娃,除此之外,他再没有别的作用了。由于法尔毕娜姨妈的怪癖,他被打扮成女孩。梅拉妮娅在表弟的头上系上一个天蓝色的蝴蝶结,把他左边的鬈发扎成一束。而他还在滔滔不绝地发表神谕:

"……既然他们不再回来,总有一天我们会把粮食吃光,蜡烛用尽,那时我们就毫无办法……于是,食人生番就要攀着茅草编的绳梯,爬过围住园子的铁栅栏,怪叫着冲进别墅来吃我们……"

在这次出游前夕,在玛鲁兰达度夏的大人们就开始担忧有食人生番在别墅周围游荡。这种忧虑由于文塞斯劳的预言而日益加深,由星星之火燃成了熊熊大火,阴森森的火苗处处可见。那些最小的堂兄弟表姐妹——可以看见他们在下面,在花园的石阶上追逐孔雀——对文塞斯劳的话言听计从。现在,大人们走后,他们当然对那些不好吃的、难看的孔雀紧追不舍。他们天真地认为,在文塞斯劳宣扬的意外事件突然发生时,可以吃光它们的肉借以充饥。夜里,宵禁的钟声毫不留情地熄灭了灯光,禁绝了声音,恐怖开始了。在这种时候,发端于铁矛筑成的栅栏靠外那一边的无边无际的原野上长满了极高的茅草,这些高高的茅草摇晃着,茎叶自相碰撞着,发出一种持续不断的窸窸窣窣声。这种声音,在白天几乎听不出来,但一到晚上,它就萦绕在本杜拉家人的梦境中,就像航海人的耳际总响着海洋的奇异声响。这种茅草单调的窸窣声在孩子们寂静的卧室里形成一种异样的声音。孩子们虚张声势地用绸布条蒙住眼睛,以保护他们的好梦。他们使自己熟悉这种有规律的窸窣声,以便识别其中可能包含的、不管是现实的或过去的、是真实的或杜撰的食人生番的威胁。

文塞斯劳结束了他的演说,他宣告:

"至于你,梅拉妮娅,你要头一个被吃掉!你的乳房,你的肥臀……食人生番们会先强奸你,在你丧失了最宝贵的贞操之后,再生吞活剥你……"

这时,文塞斯劳做出一副野蛮的大吃大嚼的凶相。

"揍他！"梅拉妮娅命令毛乌罗。

毛乌罗充当了保护不朽情人的年轻伯爵的角色。他抓住了文塞斯劳,把他按倒在自己膝盖上。这时,文塞斯劳又踢又叫,哭着保证再也不了。毛乌罗在梅拉妮娅的帮助下,撩起他的裙子,扒下他的裤子,揍他的屁股,直到揍得它发烫。

本杜拉家的人的野游,是在夏天的头一半过去后的一天开始的。当时,他们按照惯例,困守在房间和花园里。乏味的槌球游戏,无聊地躺在摇椅上,千篇一律的美丽的黄昏,丰盛的吃喝,使得三十三个表兄妹和他们的父母们感到无聊,再没有什么可干可说的新鲜事了。在这种时候,有害的传闻自然要冒头,正像腐臭的死水里会萌发出生命,例如,那个在若干年后还会令人十分不愉快的传闻。当时传说,在那点染着地平线的蓝色群山的矿井里,干活的土人成了一种流行病的牺牲品,这会使整个村庄变成废墟。这么一来,我们本杜拉赖以致富发财的金子就是不停产也得减产。其实,这只不过是个谣传。是有这么一个村子,有六七个土著居民由于害黄热病死去,但这个村子离蓝色群山很远。就在那些大山里,土著居民们把金子锤打成极薄的金箔。本杜拉家把这些金箔送去出口,拿这些金子装饰世界上最豪华的包厢和祭坛。阿德利亚诺·戈马拉,我们的朋友文塞斯劳的父亲,他曾去看望过土著居民,因为他是个医生。他给他们检查,治愈那些能够治好的人。然后他回到别墅,以平静的语句打消人们心中初生的恐惧:这只是夏日中期特有的谣言中的一种。在这种时候,与世隔绝的生活变得令人难以忍受,所有的消遣都陈旧了,所有的交际都让人厌倦了,再没有哪种娱乐能让人感兴趣了。人们只能度日如年地计算着,还差多少天茅草就能熟透,在开始风干飞花前,高傲地竖起它那银白色的羽冠。原野正是借此提醒他们,是时候了,该打点行装,收拾车辆,带上他们的孩子、仆人,还有他们的金子,返回首都了。这些准备工作,虽然烦人,但总不失为消磨时光的一种妙方。

那个夏天——我们把它想象成是这个虚构的故事的开端——当这一家子刚在玛鲁兰达安顿下来,大人们就觉察到他们心爱的孩子们正在暗中策划着什么。相当古怪的是,孩子们不但极少吵闹,而且不同于往年,大大减少了对大人们休息的干扰。也许是他们终于学会了为父母们的安适着想?不,完全不是那么回事。他们之所以如此,是在服从一个命令。他们的游戏比起往年夏天来要安静得多,他们活动在更为僻远的地方,更让人难以理解。大人们坐在南平台上,常会突然感觉到,几乎整个下午既没有看见孩子们,也没有听见他们的声音。于是,他们克制住自己的惊恐,凝神细听,捕捉从阁楼上,或从花园边上,从遥见一群孩子出没的英国榆树林中传来的隐隐约约的声响。然后,他们继续喝茶、绣花、抽烟、打单人牌或翻阅惊险小说。有时候,有人想起来叫一声他的孩子,这孩子也就会立刻出现,也许是过于神速了,就像魔术匣里弹出来的木偶头。这种难以解释的情况越来越让人不能忍受。可是,令人难以忍受的究竟又是什么呢?是孩子们的寂静无声?还是他们用以表示什么都赞成的笑容?或者是他们不再那么热切地要求享有只有大孩子才享有的特权?比如,晚饭后上楼去摩尔式会客厅,送上一盒盒雪茄烟和装在托盘中小杯子里的咖啡、杏仁糖。确实,这桩桩件件使气氛变得沉重了,让本杜拉家的人几乎害怕起来。可是,这惧怕,归根结底,怕的又是什么呢?这正是大人们在夜里,在一场刀光剑影的大屠杀的噩梦之后,喉咙被想象中的飞花堵塞着,在喝过一口水后,他们这样自问着。不,这太荒谬了。梦魇,谁都知道,是饮食过于丰盛之故。宁可警惕着点儿,而不必在意贪食造成的噩梦。不必要,根本不必要为这些受过良好教育的孩子担心什么,他们对父母是尊重的。不过,也许,在内心深处,孩子们并不敬重他们?也许,孩子们把父母对他们的操心当成对他们的憎恶,把不肯相信他们的病当成企图毁灭他们,把用统一的规则毫无例外地约束每一个人当成想剥夺他们的个性自由?不,不会的。这种设想简直是太荒唐了!他们的孩子们,会像应该的那样,信任自己的父母,而这些父母,自然也不会对自己的孩子们心存疑虑和厌恶了。恰恰相反,他们不断地向孩子们表明,孩子们是他们的掌上明珠。只要看看他们是多么为孩子们操心就够了:德奥多拉,我的宝贝儿,小心火烛,不然你会被一场大火烧死的。阿维利诺,我的小天使,你会从你当平衡木走的栏杆上跌下去,在石头上磕破脑袋的。佐埃,好孩子,你要是不让人把膝盖洗干净,就要感染了;要是你生了坏疽,一条腿就得整个被截掉……可这些孩子是那么淘气,那么不听话,他们屡教不改,尽管他们知道会因此受惩罚,而这又会让父母伤心。正是在这种时候,当焦虑不安使本杜拉家的人不知如何是好的时候,谁也不知道是从哪儿,像是冒出了一个彩虹般的肥皂泡,冒出了我们正说的这次旅游的念头。出游的念头吸引了本杜拉家的人,吸引他们去某一个非常优美而十分遥远的地方。

"登船开往茜黛尔。"塞莱丝黛指着挂在一个黄绸屏上的那张画评论说。

为了避开孩子们可能在暗中策划的事情,再没有比不在出事现场更好的办法了。只有确定了出游日期后,他们才算松了口气。为了周密地筹划这次空前的娱乐,就必须对此进行商议,这样就可以不再被迫聚在一起并为了面对现实而表示恐惧。这种令人愉快的疏漏,使他们得以用一种令人尊敬的方式完满地维护了他们的威望。

不用说,没有一个人对出游的念头是从哪儿冒出来的这件事提出过疑问。在我们本杜拉家族的情绪中,不存在困惑。不过,也可能有人在答复这个问题时会说,记得还是在孩提时代,曾听一位长胡子的老祖父说起过有这么一个地方——也许他只是说,希望有这么一个地方存在?——毫无疑问,神奇的地方就隐藏在他们拥有的无边无际的土地的某一条皱褶中。另外一些人,靠在童年时代听来而曾被长期遗忘的奇闻趣事加强了这种记忆,这件事情现在又被挖掘出来,活灵活现的,使这个臆想中的伊甸园越来越迷人。他们开始去打搅幽居在图书室里的阿拉维拉。于是,她在坠在腰带上的钥匙串里左挑右挑,打开了一个又一个散发着木料香味的箱子、柜子。在蜘蛛网中,在虫蛀落下的木屑下,露出了地图、平面图、编年史、信件。这些东西褪了色,沾满了污痕,模糊不清,谁也不知道是从什么时候起就被遗忘在这儿的。阿拉维拉调整着她那副不合适的眼镜,辨认那些神秘的语言符号,为证实让人们着魔的伊甸园的存在提供了无可辩驳的材料。

于是,这家的男人们,躺在椴树下的吊床上,把土著的代表招到面前,他们总会知道点什么:一些老人,毕恭毕敬地弯着腰,低着头,利用一些象声词,证实了这个现在大家都渴望它存在的地方确是实有其地。这个地方的模样,看来,基本符合这些被实实在在的苦夏折磨着的、无所事事的人的想象。那么,干吗不去呢?为什么不利用到玛鲁兰达来时乘坐的大队车马,去做一次如此惬意的旅行呢?女人们,最初自然是贪图安逸,拒绝参加。她们宣称,她们可不想受牵连,去冒险,怕会碰上食人生番,尽管是否真有食人生番还值得研究。尽管如此费踌躇,男人们还是大肆张扬地派出了一批又一批土著居民,让他们去四处通告。熟悉地情的人带来一种甜的花,头上缀着宝石的鸟,一木碗一木碗的银沙,还有从来没人见过的长着紫红色钳子的螃蟹。女人们被这一切吸引住了,以致发生了争执。归根结底,她们在避暑地里的负担最重,她们得照顾所有的孩子。作为奖赏,她们应该去消遣一天。从此,她们变成了这个计划最热心的促成者。

于是,别墅里的生活节奏变了,变得沸腾了,活跃了。不可能再去考虑那些令人不快的事情,因为组织出游成了最迫切的事情。与此同时,随着离出发的日子越来越近,孩子们越来越难以入睡。他们认定,食人生番已经饿极了,就要吃人肉了。一旦大人们为了保全自己的性命而抛弃了他们,这些食人生番就会向孩子们进攻。启程的准备工作越来越紧张,孩子们也越来越确信,对于他们,一个最终不可避免的结局就要来临。因为只有大人们才享有免遭燔祭的特权,他们属于掌管进行燔祭的方式的那一等人。至于女人们,显然,她们顾不上为这类棘手的问题担忧;她们忙的是,寻找服装设计图样,在没有雕出五官的木头脑袋上缝制帽子,用来遮蔽她们雪白的额头,免得晒着太阳。她们用南方珍奇鸟类的羽毛装饰这些帽子。那整整一营的仆人也已无心从事他们那种伪装下的卑鄙的密探活动,加入了这场忙碌:家里的男主人们忙着指挥仆人调教马匹,检修车辆,擦拭马具、座椅和垫子,给所有的车轴上油,包括厨房伙计和园丁助手们乘坐出游的四座带篷马车和两轮带篷马车。这个时候,似乎是也想来凑份热闹,从关着那位可怕的亲人的塔楼里,阿德利亚诺·戈马拉在大喊大叫。他要求放了他,杀死他,别再让他受罪。直到弗罗伊兰和贝尔特兰——他的看守们——把他重新套进拘束衣,堵住他的嘴,免得他那疯狂的号叫打扰了本杜拉家的人的娱乐。

其实,阿德利亚诺·戈马拉在塔楼里这么狂叫已经有多年了,本杜拉家的人已经学会不理睬他的辱骂和警告,优哉游哉地过日子。

在大队人马出发后不久,文塞斯劳发现,他那喊了一上午的父亲已经不叫了。

"恶棍们!"在听不到那叫喊声时,他嘀嘀咕咕地骂起来,这时,他正用他母亲粉红色的坐浴盆洗他被狠揍了一顿的屁股,"准是用鸦片酊把他麻醉了。"

他提上裤子,把亚麻细布裙裾掖在腰间,登上梳妆台前的脚凳。法尔毕娜总是让他坐在那儿,在他的脸上涂满各种化妆品,把他打扮成一个甜腻腻的大娃娃。今天,母亲走得太急,没来得及给他上妆。文塞斯劳照了照镜子。他摆出一副媚人的轻佻相,把头歪在左肩上,酷似一幅石印彩色画像,但他马上又挺直了腰板,皱起了眉头。他在细口小瓶、鹅绒粉扑、打翻的瓶子和胭脂盒中间翻来翻去,终于找到了剪子。他把满头金色鬈发拢到前面,差不多贴着头皮,把头发齐根剪掉。鬈发乱纷纷地落到沾着洗涤液、脂粉、唇膏的梳妆台上。他抬起头,又照了照镜子。一个小男孩从镜子里朝他望着,那双眼睛不再是细瓷娃娃般的了。他的下巴不再被鬈发框住,显出一副娇态,而是坚定的。他不再像小天使那么娇弱,他的嘴巴棱角分明,就像一刀砍开的。他嘲笑地端详着自己。他的手朝镜子伸去,想把镜子拉近些,换个角度照照。

"啊!"他喊道,"我是文塞斯劳·戈马拉·本杜拉……"

为了不耽误时间,他没顾上再整理一下自己的外观。他跑得飞快:似乎大人们永远不会再回来只是一种可能,不能排除他们很快就回来的另一种可能。他撩起裙裾,冲过走廊,经过卧室、厅堂、书房、起居室、缝纫室、玩具室。他在这座被遗弃了的宽大宅邸里穿堂入室,避开游来荡去的堂兄弟表姐妹们。他们总想挡住他,责问他这么破衣烂衫的成何体统。终于,他跑到了壮观的楼梯顶,这座楼梯直落而下,像一条青铜和大理石的长蛇,蜿蜒在椭圆形巨大前庭的一侧。文塞斯劳站在楼梯开端处青铜扶手旁的路灯那儿,迟疑了半分钟。在这儿经常有四个身着饰金制服的仆人,以应当不停地擦拭青铜扶手为由看守着,不让任何一个孩子满足顺着这扶手滑下去的热望。文塞斯劳看到,他被一大群堂兄弟表姐妹包围了。他们又笑,又叫,互相挤着、踩着、跌滑着。他最好还是从楼梯上跑下去。下去后,他迅速地跨过前厅地板上摆着的罗盘,穿过摩尔式客厅和昂塞尔莫舅舅在博韦①地毯上临时设置了拳击场的那个小厅,穿过孔雀石桌子摆成的小巷,气喘吁吁地跑到图书室门口,这才收住脚。他敲了敲门作为通报,没有等人从里面开门就走了进去。

"阿拉维拉?"他问。

"我这就下去,"他表姐从最高的第四层书廊上答应着,"他们全走了吗?"

"走了,但是弗罗伊兰和贝尔特兰背叛了我。我不能去看他,必须等到……"

"只不过是要稍等一下。"

"我已经等了五年了。"

阿拉维拉从书架上下来。为了不让他表姐难堪——他也会尊重其他女孩——他躲进屏风后面,脱掉女孩的衣饰,换上蓝裤子、白衬衫、合脚的鞋子,然后说:

"穿好了。"

---

① 博韦,法国一城市名。

面对着男孩装束、剪掉了头发的文塞斯劳,阿拉维拉没有发表任何评论,也没有表示惊奇,但是她从眼镜后仔细端详他,那副眼镜顺着鼻梁往下滑,她不得不把头往后仰,以调整焦距,于是她成了个四眼。阿拉维拉不会大惊小怪,这是可以意料到的。十三年来,她从没出过图书室,但是能知道的她都知道。文塞斯劳从小就懂得这一点,那时,他买下了他的第一条长裤,还有一顶帽子,用以遮掩他的鬈发。一开始,他选中了阿拉维拉,因为她对他有用,可以作为同盟者。这样他就可以在这图书室里藏身,家里从来没人上这儿来,也绝不会怀疑他会在这里改装。夜里,他溜下床,避开仆人们的监视,下到图书室里。他安安静静地待在那儿,什么也不干,什么也不说。他穿上男人的衣服,几个小时几个小时地待在那里,借以找回由于他男扮女装而被荒谬地度过了的时间。而阿拉维拉,就在他对面,温和地笑着,两手放在裙子上,没什么烦人的紧迫事情要做,也无须表明她的存在。她坐在窗旁的安乐椅上,陷入自怨自艾的沉思中。现在,她看着他问:

"你要去塔楼吗?"

"和我一起去吧。"

"不行。"

"为什么?"

"因为你的声音都在发颤。"

"我觉得我太应该去了。这自有缘故。"

"这就是出于人们所说的希望?"

"对极了。"

"要是我像你这么脆弱,我想我就不会抱什么希望了。"

"一个人要是没有希望,阿拉维拉,他就会变得冷漠,一辈子孤孤单单,等到了该对一个人或一项事业献身的年龄,他就会一事无成。"

"我已经献身于这一事业,即让他们远远地离开了这儿,但是我对控制着你的这种激情却难以理解。"

"我觉得像你这种自发产生的仇恨是值得尊重的,因为它相当有基础,由此可以产生希望。"

阿拉维拉不加思索便回答:

"并非如此。不过,出于仇恨,我怂恿他们,促成他们去野游,让他们被这种海市蜃楼迷惑。我参与了你的希望,但是没有参与你的计划。"

"要想在我父亲的计划之外再有个计划,我还太小了点儿。"

"这可很危险。"

在玛鲁兰达的多种习惯中,有个"温存的时刻",在那个时候,一些女人当着其他女人的面,大肆炫耀自己的温柔。母亲们把自己的孩子聚集起来,热烈地亲吻他们,亲热地爱抚他们,使孩子们确信,一旦他们遇上了什么不幸,她们就活不成了。在这样的感情竞赛中,有一次,阿拉维拉,当时还很小,由于感情冲动,突然晕倒了。她母亲露德米拉痛苦得不知如何是好,竟要用一条长丝袜勒死自己,以显示她深切的悲痛,结果把医生和全家都吸引去照料她。尽管这母女俩先后处于险境,她们还是很快康复了。就凭这,露德米拉在这场感情竞赛中成了优胜者。她被丈夫特伦西奥和她所有的亲戚奉为至高无上的楷模,可敬的母爱的典范。自那以后,阿拉维拉长得很慢,成了不露声色的典范。她的形体使她的父母将她遗忘,像是为了不惹他们注意,她变得枯萎、脆弱,就像夹在书页里的干枯的花朵,又像是死而不腐散成碎屑的昆虫。于是,在她聚集仇恨时,撒谎成了她唯一的活动。实际上她总是缩手缩脚，这不是由于挂在她腰上的铜匙链太重，而是因为她痛苦，她明白自己无法给她的父母——可敬的特伦西奥和露德米拉带来快乐，从这个意义上说，她的命运和其他堂兄弟表姐妹没有什么不同。但她对此却难以忍受，这束缚了她，留下了怨恨，成了她痛苦的可见部分。结果必然是，不管大人们感觉到没有，她希望他们实际上不要再存在。当然不是说要杀死他们，而是通过怂恿他们去旅行，达到消灭他们的目的。我有幸告诉读者，这次出游的念头，就出自这个如此严肃而孤僻的不同寻常的女孩。但是，事实并非如此，她和文塞斯劳及这所别墅里所有的居民，包括阿德利亚诺·戈马拉在内，都不知道这个出游念头的确切起因。但正是她，提供了最有说服力的材料，指引他们想象力低下的父母，去寻找那个他们梦寐以求的地方。她哄骗仆人们，让他们把阁楼上所有那些装满杂乱无章的文件的大箱子都搬下来，送到图书室。她在这些被湮没的材料堆里挑出那些能派上用场的，把它们从灰埋尘封的箱子底里挖掘出来。在文塞斯劳的帮助下，她把地图上成片的霉点一个个擦掉，补上被白蚁蛀出的小洞。这样，碰巧也能看清楚一些图形。大人们对阿拉维拉有这么大本事都感到十分惊奇，她似乎能看懂那些由不可理解的字母组成密码书写的古老语言。可是，等他们一离开图书室，阿拉维拉就从他们的脑海中消失了。只有当他们又需要了解点什么的时候，才会又一次短暂地想到她：这正是她所不能忍受的。但愿他们别再来找她的麻烦！但愿他们走开，正如他们终于走掉了这样。过了一会儿，当文塞斯劳不再干扰她时，她就能开始自己真正的存在了。她久久地坐在窗旁的椅子上，从早上坐到晚上，除了意识到在她父母充满假象的花园里那阳光的变化外，再没别的可干。她在文塞斯劳额上吻了一下，和他告别，以求得安宁。

"请代我问候你的父亲。"她说。

"好的。"

"我求你别那么干。"

"随你的便吧,可是他会喜欢你的。"

"这对我只能是个麻烦。"

"我们需要你,阿拉维拉。"

"我们已经把他们赶走了。因此,我对集体活动的参与也就到此为止了。现在,请让我安静点儿吧。"

告别时,文塞斯劳握了一下表姐那没有体温、简直像草木一样的手。他朝门口走去,他相信,他父亲能够解除他表姐的痛苦,肯定能让她合群、平易近人,哪怕可能无法使她不嘲弄人。如果这痛苦只是她可能有的痛苦之一而不是唯一的呢?恐惧使得阿拉维拉脸上发烧,因此她的眼镜蒙上了一层薄薄的水汽,看不清了。当她匆匆忙忙登上图书室的旋转楼梯时,磕磕绊绊地走不稳。只需轻推一掌,就可以让她迈出这充满怨艾和书籍的幽居之地。

"阿拉维拉,即使你把这些书全都看完了,可又有什么用?既然……"

他看见她俯身在图书室最高处的栏杆上,她那张脸,由于嘲笑他而变得老成了。文塞斯劳想,要不了多久,等到这笨拙的借口不再存在时,被嘲笑的将是她自己,现在她一个个地把别人扯烂,而其他人,除了忍受这种狂妄,别无他法。他听见阿拉维拉从上面问他:

"你跟我说的是哪些书?"

"就是摆在我周围的这些,"他以本杜拉特有的骄傲解释说,"我们曾祖大名鼎鼎的图书室里的这些书。你当然了解,这里有不少古书。"

阿拉维拉宽宏大量地笑话他：

"你想看看这些古本书吗，我的好表弟？"

文塞斯劳听到这样的建议，觉得阿拉维拉一点儿也不着急，这也不足为怪，这么久以来她一直埋在书堆里……

"我想，"他说，"你该知道现在我没空。"

"怎么没空？你父亲被麻醉还没醒。不到很晚他是醒不了的。你可以找几部古本书翻翻，和我高高兴兴地过一天。"

"你难道不理解，哪怕是看看他也好呀……"他一边开门一边咕哝着。

但是，在出门前，他正赶上看见阿拉维拉把书架上的一部分书码紧，于是，紧紧地排在搁板上的一排硬皮书脊像盖子一样凸了出来，暴露出在书皮里面，既无一张书页也没有一个印刷符号。

2

文塞斯劳不知道还存在着这么个秘密，正如大人们的那么多秘密他都不知道一样。因为这些大人想让孩子们服从他们大人所属的那个高级阶层，他们借此炫耀自己。当然，创作这个故事的人，他可以决定对与这个阶层相关的事情讲还是不讲，是否予以说明，以及在何时这么做，但最好还是在此挑明这个让文塞斯劳大吃一惊的秘密吧。文塞斯劳朝他父亲的塔楼走去，他不能不想到：既然"图书室"是这么回事，那么，阿拉维拉又是从哪儿找出这么多资料来的？她怎么懂得那么多东西？在他头脑里，作为答案，立刻产生了其他一些理不出头绪的问题：但是，她确实懂得那么多东西吗？或者只是我这么认为，而我是懂得很少的。大人们是这样认为的，是因为当他们向她探问时,她正好提供了自己所知道的东西吗?

本杜拉家族的图书室不可能满足任何人的学习热望,也无助于大人们对书籍做出正确的判断:"看书只能看坏眼睛。""书籍,只有那些作乱者和野心家才需要。""任何人也无法凭借书籍得到高贵门第所赋予我们的教养"。基于这些原因,他们禁止孩子们进入这座四层高、装有栏杆和番荔枝木屋脊的大图书室。当然,这道禁令不过是那些用来控制孩子们的无数清规戒律中的一条,他们很清楚,在这上千册高雅的精装封面里连一个铅字也不存在。那位曾祖父是在这样的情况下下令制作了这些封皮的:当时,在一次参议院的论战中,一个纯粹是徒有其名的自由主义分子骂他是"蠢货,和他那个家族里所有的人一样"。为了报仇雪耻,这位先祖雇用了首都一批学者,其中很多是自由主义者。他们编制了一份囊括了人类全部知识的书籍和作者的目录。一个可笑的传闻流传着:这位先祖颇想一举成名,可又根本不打算去读这些学者推荐给他的东西。他下令用最好的皮革,模仿法国、意大利和西班牙名著的式样制成封皮,用自己矿里产的金子在书脊上烫金,印上这些作品及其作者的名字,然后把这些封皮摆设在玛鲁兰达专为藏书而建的厅堂里。他假作谦恭友好地邀请那位辱骂过他的自由主义分子到自己的领地去做客。这位客人对这种邀请十分满意。他得意扬扬,为了显示自己颇有修养,非常赞赏地走遍了整个图书室。据传说,当时,他曾想从最高层的书架上取下书来,却不明白为什么总抽不出来。他用力过大,以至跌倒了,撞坏了栏杆,碰在一张世界地图上,那地图的铜轴打破了他的头。这是不属于这个家族而有幸被邀请到本杜拉别墅里来的最后一位客人。那栏杆始终保持着被损坏的原状,可以证实这种传说不是杜撰,不像在玛鲁兰达流传的其他谣言一样,例如,食人生番的谣传。文塞斯劳从不怀疑，这一切全是大人们编造出来的，为了利用恐惧来实行压制。这些瞎话，最终连这些大人自己也信以为真，尽管这种确信迫使他们付出极高的代价去采取防御措施，以对付假想中的野蛮人。确实，在这个家族里，这种杜撰世代相传，人们越来越相信它，这完全是以无法追忆的传说为依据的。要是缺乏这种瞎话，很可能这个家族就会失去内聚力，从而也就丧失了权力。据说，最早进入玛鲁兰达的先人们提出的启蒙口号就是对食人生番开战。作为一种对神的虔敬，头等重要的事情是荡平这些食人生番的巢穴。这是最大的罪恶，是可怕的暴行。那些最早的英雄豪杰夷平了部落，烧毁了村庄，赢得了这场圣战。这不仅使本杜拉家族有了引以为荣的光辉业绩，而且使他们享有从土著居民手里夺来的矿山和土地。几代人以后，这些土著居民变成了草食动物，忘却了自己血迹斑斑的历史，甚至忘记了早已从他们那里没收走的武器是什么东西。当然，他们仍然是最优秀的猎手，但是，他们只是依靠设置得非常巧妙的陷阱获取猎物。在长满茅草的一望无际的原野上，他们呼喊着追逐猎物，团团围住奇珍异兽，直到把它捉住。这不是他们的食物。实际上，不知是从什么时候开始，他们就不再吃肉。这只是为老爷们的餐桌准备的，因为本杜拉家的人每年夏天都要在玛鲁兰达待上三个月。他们住在这荒僻的地方，能够得到的有限乐趣就是丰盛可口的食物。

当然，现在看到这些土著，你很难相信他们曾是个高尚的民族。而且，怎么能说他们是蛮勇的？大家都知道，其他一些比较幸运的庄园主在避暑地是用自己领地上的土著当仆人，这些人属于不那么原始的部落。可是本杜拉家族却没这种福气，他们年年都必须在首都雇用仆人。这种不便倒也不无益处，特别是可以保证在别墅里永远见不到土著。但是他们知道，土著们正在菜园里为他们干活，这些土著低着头,眉头紧锁,浑身尘土。他们的头特别大,胳膊特别粗,因为他们总是用木槌捶打金箔。他们住在用干草搭成的简陋茅屋里,精疲力竭地养育自己肮脏的孩子和牲口。如果从最高的塔楼举目远望,就可以发现,在极远处那一簇簇的茅屋犹如原野上长出的蘑菇。

在出游的前夜,宵禁钟后,孩子们的卧室里气氛紧张。最小的堂兄弟表姐妹们窃窃私语,野蛮人在攻占别墅时,会用西普利亚诺身体的各个部分做成哪几道味美可口的菜肴。他最胖,最白,最松软,是公认的美味佳肴。西普利亚诺在这时被种种估计吓坏了,他逃出卧室去找他的父亲。因为他父亲可以对付这种孩子气的胡说八道,把它们变成大人们幻觉中严肃而不受干扰的真实。他光着脚,踮起脚尖,穿过黑乎乎的楼梯和空无一人的凌乱的房间,走到小客厅门口。家里的男子汉们正聚集在这儿,临睡前再抽上最后几支雪茄烟。他听到父亲——令人尊敬的特伦西奥的声音。他肯定地说,尽管经过上百年的镇压,但直到数十年前,仍有食人生番活动的踪迹。那些带有鲜明象征性的舞蹈,那些在宴席上做成人形的杂烩菜,那些用来源可疑的骨头制成的乐器……不,这不是一种意识,像他们本杜拉家族的生活方式所表现的,特伦西奥断言,这是土著们恶毒的仇恨,它是与生俱来的一种本能的残暴。虽然没有残酷的惩罚,但这种天性仍然顽强地保持下来。这种对原有权力的渴望成为这个民族顽强的内聚力,依然存在着。因此,圣战,不过是一种自卫,应该继续下去。听到这里,西普利亚诺痛哭起来,忧愁地把头靠在雕刻着花环的檀香木门上。这么说,是真的有食人生番了,连他们的父母都在为明天的出游做自卫的准备……只是他们不选择车队,而是选择别墅为攻击对象。在别墅里,他们准备一个一个地吃掉所有的孩子,而且会从他开始,因为他最胖。

突然,一只戴着手套的粗暴的手从黑暗中伸出来,揪住了西普利亚诺的一只耳朵:

"无赖!都这时候了,你还在这儿干什么?你不明白违反了宵禁该当何罪吗?"

这是管家,在他高大的身影里,标志着他等级的金丝银条在闪烁。他在高处的脸隐蔽在黑暗中,看不分明。

"你知道吗?"他追问,毫无怜悯地推搡着西普利亚诺,"知道不知道,小流氓?"

对这种暴行前突如其来的质问是无须回答的,宵禁钟过后,由管家和他的手下人决定什么是不法行为,以及该受什么惩罚。司法权——如果读者们允许我这么称呼——掌握在他们手里,如何行使这权力难以预料,因为无论是管家还是他的仆从们都不需要向本杜拉家的人详细汇报第三次宵禁钟声响过后发生的事情——他们的待遇优厚,以便能使他们维持好秩序……而这种秩序,很显然,如果在童稚的心灵中没有留下父母和蔼、慈祥的印象,那是不可能存在的。既然仆人们组成的夜巡队认为,例如,睡觉时把手放到被单下是不法行为,因为孩子们不该"触摸自己"——这肯定是来自食人生番的恶习——那么犯过失的人就被拖到地下室去,被鞭打、拷问,让他交代和野蛮人的关系,但是刑罚要不留痕迹。不然,孩子们会让父母看,要求报仇。每一批仆人都在令人吃惊地改善笞刑的技术,可怕的鞭子带着伪善的毡子鞭梢。手铐是软滑的绸子做的,用来把手腕朝后捆在脚后跟上。把有罪的人捆成一个令人难受的弓形,然后审问他。有时候,一个孩子想控告一个仆人,而父母们的答复大致总是这样:

"如果在你的想象中这刑罚是这么可怕,总该留下点儿痕迹吧。在哪儿呢?……来,给我看看……什么也看不出来,要让我相信,总得要有证据,所以,可见你没有讲实话。不应该撒谎,我亲爱的孩子,这是土著们才有的非常坏的习惯。土著居民,众所周知,他们的灵魂被种种恶习腐蚀着。仆人们担负着守护的重任,不能让我们家族中的任何人被食人生番勾引。"

莉迪娅,本杜拉兄弟中的大哥埃尔莫海内斯的妻子,负责指挥这支仆人队伍:厨子、侍从、马夫、仓库保管、工匠、裁缝、花匠、洗衣工、熨衣工。在这个家族看来,这是个重大任务,除了莉迪娅,没人能胜任,他们力求在夏天的这几个月里,从这个地区获取最大的收益。他们进行监督,防止嫉妒、偷窃、争执、怠工、失误和对食人生番踪迹的神秘消失的一丁点儿同情。除了这提高了仆人等级的第一条戒律之外,还存在着第二条戒律:严格维护等级差别,目的是不让他们自己不完善的个性的任何一点儿余音渗入本杜拉们度过宁静夏日的厅堂。一切都在于"风度",十全十美的风度,表现出行为的无可指摘。如果确有"风度",那倒不如尽量地依赖服装来区分身份——服装嘛,就是表现等级差别的——以便和那些下等人打交道,这些下等人最根本的性质在于他们是可以取代的。他们的活动,除了在本杜拉家这三个月的服务期之外,就不复存在了。因此,莉迪娅的任务也就只限于这段时期内掌握决策权。每年,在返回首都后,在收回制服后,要辞退这支队伍。莉迪娅深深地叹息着。从来没有一个仆人愿意在玛鲁兰达再干上一个夏天。他们的工资不少,回城后一次付清,但要从总收入中减去因每次过失而应扣的罚金。此外,除去供给之外的哪怕是极少的消费,都被莉迪娅毫不留情地记入账簿。再有就是纪律过于严酷,这种凌辱熔铸在仆人的制服、园丁的蓝罩衣、马夫的褐色上衣和厨师的白围裙上。他们的步态有点僵硬,态度有点恭顺,并把这些习惯保持终生。以至多年后,还能凭着这些辨认出他们。他们构成了一个等级,确实微不足道,但又易于识别。

年年如此。在训练结束即将去玛鲁兰达前,莉迪娅从她的讲台上,对在她面前排列成行的新补充的成员,说明应该和孩子们保持什么关系。在冗长乏味的演讲中,她肯定地说,这些孩子是他们的敌人,因为他们顽固地进行破坏活动,想借反对制度来摧毁一切永恒的东西。仆人们对他们的野蛮要保持警惕。作为孩子,他们还没有达到大人们所属的那个荣耀的阶级。他们什么都干得出来,诸如强奸、作乱、受贿、攻击、暗中破坏安定秩序。他们通过非难和怀疑,击溃他们这些仆人。而仆人们呢,正是作为文明秩序的维护者,要与他们的非难对抗,这是非常值得敬重的。孩子们的危险性仅次于食人生番。他们的所作所为,也许可能出于无知,也许不怀什么恶意,甚至也许不知不觉便充当了恶行的代理人。对孩子们要求多严都不算过分。但她还是亲自提醒他们,应该对孩子们显出绝对顺从的样子。尽管责任在身,也不能忘记自己是仆人。莉迪娅把组织特务网和建立惩罚制度的权力交给了仆人们,并且强制推行,其他本杜拉家的人对此也表示赞成。她把这些制度的细则写下来交给了仆人们的首脑——管家。管家负责组织工作,白天黑夜,不间断地轮流警戒。特别是在宵禁钟敲过以后,更要加强警戒。在这种时候,他大权在握。这种权力是盲目冷酷的,无声无息,目的就是禁止孩子们打搅大人们。在整个夏天,在仆人们所担负的许多重要使命中,有一项,其重要性仅次于在主人们满载矿里的金子返回首都时,武装保护他们,以对付假设会有的攻击——这就是充当孩子们幼稚行为的过滤器。这样,他们的调皮捣蛋就不会妨碍他们亲爱的父母享受应得的安逸。应该考虑到,可怜的孩子们是轻信的,他们思想幼稚,容易听信各种流言蜚语。他们和大人们不一样,大人们的思想已经定型。因此,可怜的天使往往成为轻信的牺牲品。他们对一切有害的东西都坚信不疑,因为它们不来自家庭。谁也不知道从何而来,但肯定来自令人不齿的途径。而她,莉迪娅,宁肯不再提及。

作为结束语,她说,还有两句话。本杜拉家族的仆人是他们的骄傲,向来如此。按照传统,当他们走在首都的街上去火车站,开始去往玛鲁兰达的第一段行程时,人们都从平台上探身赞叹,赞叹这个以其风度为标志的家族的显赫。但愿他们能与这种公众舆论的赞扬相称。最后,莉迪娅提醒他们,有时,为了自卫,必须先发制人。

每年,最让莉迪娅费神的问题就是找人接替上一年的管家。在像他们一样的其他家庭里,能为这个位子找到合适的人。他们偏向那些给仆人强加更为严格的纪律的家庭。他们从不乏候选人——在任何一个结构复杂的大家族中的训练,总是限制管家们渴求的目标,打破他们的幻想。年复一年的训练激起了他们强烈的仇恨,在这种训练中,他们什么也没有学到。他们在忠实或勇敢的名义下,残暴地恣意横行。在别墅中,他们就以此为本杜拉家族服务。由于经常是从童年就开始的长期训练,他们十分老练,并牢牢记住必须听从吩咐。

本杜拉家族用过许多管家,他们全都是一模一样:没人记得他们的名字,也没人记得他们有什么个性特征。因为他们的职责是制度化的,服务几年之后,自然而然就会成为一个出色的管家。当然,也有人们难以忘怀的东西,它和孩子们的梦魇、大人们的欲望紧紧地联系着,这就是管家那身特殊的制服。这是一身传统的豪华制服,由苋菜紫色天鹅绒缝制,镶金凸绣,缀着旗标、徽号,又硬又重,笔挺笔挺的,满是金银丝绣,还有穗饰和星状图形。它在人们的想象中闪着光,犹如秩序的象征。它具有一种可怕的特殊的生命力,绝不像那些一个接一个穿着它的不可理喻的管家那样转瞬即逝。这身制服是既肥又大，因此，实际上很难找到一个候选人身材够高，能穿着它而不显肥大。一旦符合了必备条件，经过必要的训练，可以预料，所有的管家都一模一样。他们没有谋求改革的积极性，也不期望得到应得的荣誉之外的其他报酬。对于首都的那所小房子也不抱希望——那是本杜拉家作为奖赏赠给优秀管家的。这所房子在与主人们的街区相似的街区，然而却位于平民区。它的外观普通，但却模仿棕榈树大道旁排列成行的本杜拉那类人住宅的贵族气派。

孩子们逐渐摸透了仆人们，他们的诡计实际上并不高明，就像他们的想象力十分贫乏一样。孩子们发现，说话甜一点儿，笑一笑，就能轻易收买这些仆人。他们远非铁板一块，相互间争斗激烈。特别是，他们对任何地位高的人都心怀畏惧。孩子们知道他们愚昧、怯懦。他们由于晚上有权对付那些白天不得不平心静气地服侍的人而受宠若惊。他们把自己的每一次巡视都看得很重，因此战战兢兢。例如，那天晚上管家对西普利亚诺的出击。作为故事的讲述者，前面我已经提到过。我要借此机会把我的读者引回我正讲的故事中去。

西普利亚诺顾不上眼睛被管家的一记耳光扇得生疼，耳朵差点儿被扯碎，利用管家叨叨个没完，在黑暗中踢翻了一把椅子，消失在排排雕花立柜和框框架架后。他在这位仆人首领还没验明违法者正身前就蹿上楼梯逃走了。一回到寂静得可疑的卧室，西普利亚诺立刻就把这秘密说了出来，这使得他的堂兄弟表姐妹们睡不着觉。那正是他隔着檀香木门听来的。他听来的这些细节，证实了事情有多可怕。刚才，他是主要牺牲品，可现在，他操纵了一切。佐埃和奥林比娅是最小的女孩，她俩挤在一张床上，抖成一团，想象着床单①像

---

① 西方故事中常有床单变成鬼怪吓人的情节。

人似的在呼吸,可以听到呻吟声、咯咯吱吱声、耳语声。而当复仇的狂风扑向原野,茅草的喧嚣声犹如洪水泛滥,可怜的科尔德利娅咳嗽起来——她这种咳嗽在白天是被禁止的,不准她装模作样得像那些女主角一样怪声怪气地咳嗽。她这阵咳嗽吵醒了还能入梦的人。这时,在铺着地毯的走廊里响起了胡文纳尔醉醺醺的脚步声。他在寻找一个能帮助他减轻恐惧的伙伴。直闹腾到黎明降临,原野重归于沉寂。

胡文纳尔拒绝去野游。作为堂兄弟表姐妹中最大的一个,他是唯一被认为摆脱了恶习而属于"成人"阶层的。他刚刚满十七岁,享有这种特权。但他宁愿留下来。没有了父亲、母亲、仆人们的管束,"侯爵夫人五点钟出门"会让一切都发生变化。庭院、房舍、塑像、堂兄弟、表姐妹、服装、娱乐、食物,都有所不同,都要好一些,一些由他选定的项目也会兴盛起来。最好还是不去考虑在孩子们之间流传的谣言中会不会有一个是真实的、确会发生的,但是,那些谣言,即使是最可信的,他也能对它们置之不理;而这在现实的野游中是不可能的。在野游中,他只能作为一个最笨拙的骑手、一个慈悲心肠的猎手而遭到羞辱。

没有人坚持由于需要好的教育方式,必须让胡文纳尔去野游。大人们很赞成留下一个人,作为他们的意志和权力的代表,在他们离开期间负责照看孩子们。而且,说起来,胡文纳尔也已经是个"十足的男子汉"了,可以在他们外出期间作为父权的代表。

最初,本杜拉家的人考虑过留下一部分仆人,当他们不在时照顾孩子们。莉迪娅也是这么安排的。但也就是在这个时候,在种种可怕的谣言流传的同时,开始流传起有关他们要去的那个地方的种种传闻:细细的瀑布从高处直泻而下落入笼罩着彩虹的水塘里。巨大的睡莲的叶片伸展开来,像上了绿漆的小岛浮在水面上。坐在上面玩玩纸牌,钓钓鱼,那真是太惬意了。那儿的大树上缠满了长着蓝叶子和蓝色茎蔓的爬藤,还有无法形容的各色蝴蝶、蛋白色胸脯的飞鸟,以及各种无害的昆虫、水果、香味和蜂蜜。于是,当莉迪娅指派哪些仆人不去野游而要留下时,麻烦就来了:低贱的仆人们在他们居住的拥挤不堪的、位于宅邸下面的腐臭的地下室里沸腾起来,爆发了争吵和阴谋,报复和告发,揭露丢人隐秘的威胁,索讨债务——不只是钱,买进,卖出,押下哪怕是一个铜板的赌注。这一切都是为了能交上好运,要参与主人们的出游,涉入那个享有特权的人们的世界,哪怕只是穿着制服侍奉他们。鉴于此情,莉迪娅召开了一次家族会议。为了彻底解决问题,不让此事再生枝节,会上决定带所有的仆人去野游。孩子们全都留下由胡文纳尔精心照管,而围绕着别墅的由长矛组成的坚固铁栅栏足以抵御一切危险。

这时,仆人们感到自己升格了,从某种意义上来说,比孩子们高一级。他们兴高采烈地准备起来,擦亮金色的纽扣,熨平镶着花边的襟饰,煮沸上百双供仆人们穿制服时要戴的白手套,浆洗圆帽,按不断增大的厨房伙计和厨师的腰围改制围裙。而此时,园丁和马夫为了使自己具有在侍从和厨子们看来并非如此的重要性,不时地跑去向主人们请示一些鸡毛蒜皮的小事。

至于孩子们,其中一部分看到自己被排除在野游之外,十分气愤。他们得到保证说,明年,等大人们弄清楚了那个地方的真实情况,再带他们去。据说那是个梦幻般的地方,但也可能是个危险之处或让人不愉快的地方。或者,只要能证实这种旅行不那么累人,就带他们去。

"但是,他们是不会带我们去的,"文塞斯劳对每一个听得进他的话的人都这么说,"即使是他们能回来,而这种可能性又很小。"

正像我们前面所看到的,在离开图书室和阿拉维拉之后,文塞斯劳想到他的表姐是对的。何必这么着急?为了把他父亲麻醉在塔楼里,他们是不会吝啬鸦片酊的。这些头脑简单的看守以为野游要用一天,他们要在这特别的一天里把他排除在外。可是,还有明天,还有后天,或许是永远。文塞斯劳一边激动地想着,一边在成排的孔雀石桌子中间穿来绕去。他很高兴,他终于公开穿上了显示男子汉大丈夫气概的裤子。隔着一个一个的玻璃窗,他注意到,这个渴望着刺激的族类,他的堂兄弟、表姐妹们,正逐渐地向南平台上集中。所有的人都有这种嗜好吗?不,不是所有的。也许还有一个或两个是可以挽救的,但是,他想,他们附属于这种人工的景致——石阶、玻璃柜、整齐的草坪、亭阁、花坊里组成回纹图案的花朵。他们的演变就像托庇于狩猎女神狄安娜头上的孔雀,它的尾巴被弄坏了。佐埃——她没什么头脑——竭力要爬上去拽它的尾巴。她那中国瓷娃娃似的胖脸蛋上的爽朗笑容也不能使她战胜那只孔雀。科尔德利娅,忧郁、苍白、美丽的科尔德利娅,梳着金黄色的长辫子,堪称是中世纪的女主人公。她似乎正期待着什么,好借此摆脱没人相信她有疾病的束缚。毛乌罗追着梅拉妮娅,她无所事事。因为正像本杜拉的大多数子女一样,她什么也不会干。不过,也许她在想,在父母不在期间,她将做出最后决定,委身于毛乌罗,就像人把一块肉扔给一条饥饿的狗让它享用,并不是为让他高兴,或让她高兴。胡文纳尔在伸懒腰,他举起胳膊揉搓头发,打哈欠。这时,他那件袖子肥大的罩衫使他成了一朵石榴花的花苞。这衣服,他父亲禁止他穿出内室。在通向月季园的中心石阶上,国际象棋手们——科斯梅、萝莎蒙达和阿维利诺秩序井然,摆好方阵,准备在棋盘上调兵遣将。他们聚在一起,是为了消磨时间吗?是为了正像他们所希望的,力图把这当成是和往常一样的一个夏日的中午,排遣不能让任何人满足的乏味的消遣吗?没有人能不被这轶事趣闻所吸引。只有文塞斯劳看出了变化,渴望着行动:即使他父亲还昏睡未醒,他也要上塔楼去看他。今天,可以不必再惧怕专门窥探他人的仆人们了。他攀上宅内通向最高处的楼梯,那儿很高很高,比倾斜的屋顶还要高得多。他爬到屋顶平台和阁楼上,塔楼就从那儿冒出来,直指云霄,像一根根怪模怪样的手指头,覆盖着一层层瓦的鳞片。它那么高,似乎是在让人晕眩的天空中摇晃。昨天晚上,他觉出别墅里充满威胁,告密者正虎视眈眈。黑暗中到处闪烁着制服上的金属光芒,还有准备抓人的戴白手套的吓人的手。必须比往日更加小心。他提着装得满满的帆布口袋,从梅拉妮娅床上爬下来。不能让仆人们抓住他,从而破坏了他的计划。他屏住气,在家具中间爬行,爬到了南平台,从一块玻璃的破口中溜了下去,下到了月季园。然后,他穿过曲曲折折的黄杨树林,在奇形怪状的树影中隐蔽着自己的身影,朝马厩走去。在那儿,一匹马的前蹄刨着地,马车和鞍具闪闪发光,准备第二天出游用。他看清了那辆一侧用铁条封死没有修整过的车。他们就是用这辆车子把他父亲从首都运来,然后再运回去的。这就是说,他不会被带去野游,他们曾为此事争论不休。是的,不会带他走。这辆篷车的轮子还锈着,没有上过油。这就意味着,他父亲会留在别墅里,他们就可以一起实行他们的计划了。他又穿过花园,这次是朝相反的方向去,而且是用最快的速度。现在他放心了,他走进房内,爬上他父亲的塔楼,不再担心浓郁的夜色中会有暗哨。走到阿德利亚诺所在的顶楼门口,他敲了敲门:

"弗罗伊兰?"

"在。"

"贝尔特兰呢?"

"在这儿。是文塞斯劳吗?"

"是我。我父亲睡了吗?"

"还没有。"

"我带钱来了,开门吧。"

"不行。你很明白,在我们离开之前,不能让你和堂阿德利亚诺说话。"

"要是不开门,钱就没法交给你们,那你们就别想去野游了。"

在这种威胁下,响起了钥匙声,寂静中响起了门闩、铁链声。两个巨人堵在门口:弗罗伊兰是个大块头,胳膊长长的,长满了毛。他那镐头般的鼻子后面是汗水淋漓的额头。而贝尔特兰,肥大而沉重的下颌抵在布满鬃毛的裸露的胸膛上。他俩友好地笑着,可以说,企望着点什么。这是生活在不幸的边缘却并不自知,也不为此担忧的人的特有的笑容。文塞斯劳把带来的钱给了他们。他问看守们:

"都准备好了?"

"好了。家里仆人这么多,没人会发现我们在车队末尾的车子里。这些钱要拿去买通胡安·佩雷斯,他答应安排好一切,给我们留位子。"

"胡安·佩雷斯?"文塞斯劳问,"我小时候听我爸爸说起过。"

"不过不是那个胡安·佩雷斯,"弗罗伊兰回答,"年年都有一个叫胡安·佩雷斯的。这是个再普通不过的名字,它可不像弗罗伊兰……"

"钥匙得给我吧?"文塞斯劳把他那个装满钱币的帆布口袋递给

他们,问道。

"现在不行。等我们走的时候把它放在这儿,就藏在这个壁龛里的圣母像脚底下。"

第二天,正如我们已经看到的,与阿拉维拉在图书室分手后,文塞斯劳全速蹿上楼梯上了塔楼。他喘息未定,就踮起脚尖在壁龛里摸钥匙。有一会儿工夫,他担心起来。也许这两个胆小的蠢货,他们冒险擅离职守,以便能和主人们共享一天奢华生活,他们会背叛他,不但麻醉了他父亲,而且随身带走了钥匙。还好,并不是这样。钥匙在那儿放着。这孩子开了锁,拉开门闩,他似乎是凭记忆熟悉了这一切。

他父亲所在的这间房子很大,房梁非常低,房子上面是空的,是抛物线形的高耸穹隆,鸽子就在那儿筑巢搭窝。看守们在这儿走动都得弯腰低头。最初,文塞斯劳以为这屋里什么也没有,既没有任何东西,也没有一个人。他们把他带走了,怕留他在这儿没人看守。而他,一个孩子,将不得不独自一人面对可悲的未来。在没有大人和仆人监视的情况下,缺乏父亲的指点,他要安排别墅的生活。一时间,他甚至希望有这种严酷的现实存在了,但很快他就发现,在地面上,有两片从两孔小天窗里照下来的亮光,这是房间里的唯一光源。靠着这点光线根本看不清监狱里那种带有坚固的黑铁条的床。难道他可怜的父亲就像个动物一样,四脚着地地关在这儿,备受凌辱?父亲每次都透过天窗冲他喊叫,把装成疯子的胡说八道的信息和命令传送给他,而这种喊叫家里其他人已经习以为常了。一团模糊不清的东西堆在床上。文塞斯劳冲他呼叫,但却没人应声。虽然这样,他还是说:

"我是文塞斯劳。"

有一瞬间,他曾希望,一说出自己的名字,他父亲就会站起来,在分别四年后,张开两臂欢迎他。但是,当他走近床前,就看出他父亲平躺在那儿,被裹在一件拘束衣里,就像被封在一个巨大的茧子里。他的嘴被堵着,眼睛上缠着绷带。这个人形物体就是他父亲。他躺在散发着呕吐物臭味、沾满血污和黏液的肮脏的毯子上。文塞斯劳朝湿漉漉的堵塞物弯下腰去。

"鸦片酊,"他小声说,"这是为了直到他们野游回来,都使他不能和我说话。但是,他们回不来了。我父亲会醒过来,他会暴跳如雷。"

文塞斯劳不再犹豫。他用一把小折刀将拘束衣从下巴一直划到脚底。它像一个豆荚,一裂两半,露出一个苍白的赤裸的身体,好像安息在裹尸布里的一具尸体。然后,他拔出塞嘴的东西,解开裹着眼睛的绷带。他父亲漂亮的面孔露了出来,这脸孔他几乎记不得了,但抑制不住的激动使他从那因消瘦而变大的嘴巴、只剩下骨架的半透明的鼻子和被麻醉剂催眠了的蓝色眼睑上,一下子就认出了父亲。他那金黄色的胡子拖到胸口,长长的头发披在肩上。

"父亲。"文塞斯劳喃喃地叫着,抚摸着父亲散乱肮脏的头发。他并不期望他能马上回答,他知道,鸦片酊的麻醉时间是很长久的。

于是,他坐在地上,靠在父亲枕头旁,有时望望他,又不时通过天窗朝下看看。从这高处望下去,看见的是些侏儒在花园草地上玩,就像蜂鸟停在原野上。大人们就是这么对付不依附于他们的人的。他们也会这样对付所有不能完完全全像他们一样行事的人。等他长到他父亲这样的年岁,他们也会这样对付他,文塞斯劳,他们对自己的子女就是这么干的。他们不信任这些孩子,让仆人监视他们,对他们没一点儿好感,把由他们制定并奉若神明的专横制度强加在孩子们身上，却竟敢说这些制度是天然合理的。和阿拉维拉讨论这一切，也许会减轻一点他的失望。可是阿拉维拉也有她的局限性，她幽居在空空如也的图书室里。本来应该坚持叫她来，免得现在一个人听他父亲这么喘息，像要断气了一样。只有他一个人在他身边。这是暂时的，要有耐性，需要坚持。

文塞斯劳等了很久，他不时走下塔楼，像我们稍后将读到的，去和堂兄弟表姐妹们混在一起，去做准备，去试探气氛。但他一次又一次地爬上塔楼去照料阿德利亚诺，抚平他蓬乱的头发，用手绢擦净他脏污的脸，滴几滴水润湿他干裂的嘴唇。直到后来，很久以后，从阿德利亚诺·戈马拉的失神的眼中出现光亮，能够识别出在他枕边守着的，既不是弗罗伊兰，也不是贝尔特兰，而是文塞斯劳。

这时，阿德利亚诺·戈马拉软弱无力地抓住文塞斯劳的手抚摸着，他的嘴唇竭力要发出组成文塞斯劳的四个字，但是他气力不足，只说出了两个字：

"儿子。"

拖了很久，当我准备在这部小说的前半部讲述的大部分重大事件发生过以后，阿德利亚诺才恢复了健康，才能够笑。

第二章 土著居民

1

读到这里,我的读者们可能会想,这部小说的文学趣味太差,作者总在那儿拉扯读者的袖子,提醒他们自己的存在,总是靠自己的议论介绍内容,其实充其量不过是通报一下时间和场景的变换。

我愿意尽早地讲清楚,我之所以这么做,只有一个简单的目的,即让读者明白,我这么写是一种技巧。我不时地涉入故事,只不过是想提醒读者和小说的内容保持距离。我希望把这部小说据为己有,它可以出示,展出,但绝不能奉送,以至让读者把自己的阅历和它混为一谈。如果我能让读者接受作者的意图,他们就不仅会承认这种技巧,而且也会认可现在已名誉扫地的旧式叙述法也许可以产生相当好的效果,就像那些人,他们出于文学趣味,能宽容地首肯隐蔽的技巧。读这部小说时所产生的综合效应——我指的是在我允许读者和笔者的想象达到统一的那个范畴——不应该是对真实领域的模仿,它应该在这样一个范畴内产生:真实的迹象被不断地当作迹象来接受,带着一种与小说所希望产生的影响——通过相似性创造另一种同源而可达到的真实——很不相同的、具有特色的影响。在虚伪的不加杜撰的杜撰中——作者通过遵循由其他小说已经确立的规则来假装消除自己,或是另外寻找新颖的叙述方式,使一切习惯用语不是由于因袭,而是由于"真实"被接受——我看到一种可憎的清教徒方式,我可以保证,我的读者在我的小说中是不会遇到这些的。

但愿这一章,对我虚构的这个家庭的千姿百态的倒叙式剖析能大大有助于说明本杜拉们出门的那一天和后来所发生的一系列恐怖事件,我本人也可以借此理顺我的小说。当我写到"恐怖事件"时,我的手在发抖,因为按规矩,我必须把我希望产生的后果提前加以说明。不过,还是免了吧,既然这种方式我已运用自如,犹如一种伪装,在它的遮掩下,我的技巧可以直露的平铺直叙可以更得心应手。

我敢肯定,在本杜拉家里没人扪心自问,在玛鲁兰达这三个月的消夏生活是否愉快。他们的祖父母、曾祖父母乃至高祖父母都是这么做的。这已成了惯例,年年如此,没有争议,没有例外,准确按时。他们孤独地生活在原野上,被循规变化着的茂密的茅草包围着。那里既没有城市,也没有村庄,无处可去。他们希望有另外一些像他们一样的庄园主作为邻居,可以互相拜访、探望。

这种一年一度令人厌烦的长时间的牺牲,有一个很实际的目的——这是监督他们金矿生产的唯一方法。他们的金矿就在天边那一抹蓝山中。这些先生的工作就是坐在闷人的升降机里下到矿井底部,进行突然袭击式的检查。或在人预料不到的时候钻到小山村里去视察。肩宽膀圆的土著就在这些村子里用木槌捶打金子,捶出的金箔一片摞一片,直到摞成沓。这些金箔薄得像蝴蝶翅膀。他们靠古老的方法,把金箔压成捆。它内部的张力使它成为一个整体,但又能分出片、层和捆。

只有本杜拉们才能在埃尔莫海内斯不断拿给他们的文件上签字。他们在南平台上,或坐在椴树下的摇椅上,面前是摆满冷饮的青冈柳桌子。他们根本不必从摇椅上起身就查验了那些文件,然后,在夏天结束之后,他们的工作就只是把一袋又一袋的金箔装上车,运回首都——他们由武装到牙齿的仆人护送,以对付假想的企图劫掠他们财宝的食人生番。这些仆人也是为此才被招募来并受训练的。在首都,长着红色络腮胡子、水泡眼的外国商人再把金子运出口,供给各大洲的消费者。本杜拉们是仅存的用手工轧制金箔的生产者,他们的金箔质量非常好。他们当然以这种绝对的垄断为骄傲。人总是在把最珍贵的东西据为己有时才感到满足。本杜拉们的金子专门用来满足他们那种阶层的人的需求。

历来如此——从大人们,甚至大人们的父亲还是孩子的时候起,一等首都的歌舞季节结束,在沿着海边的长长的棕榈树林荫路上,像他们一样的人的马车开始稀疏。几乎再没有小声哼叫的蚊子飞进窗户,也没有伸着毛爪子、甲壳闪闪发光的蟑螂在屋角的瘴气里滋生。一到这个时候,家里的男人们就租下一列带有无数车厢的火车,乘车去往玛鲁兰达消夏。他们带着妻子、孩子、成群的仆人,还有怀孕的老婆、吃奶的孩子。他们带着衣箱、包裹、食品以及数不清的各式各样的生活必需品,以便能熬过这与世隔绝的三个月生活。铁路在低洼地快要走到头时就到达终点了。从那里往后就再也闻不到大海的气息了。他们就在车站周围的帐篷里过夜。在那里有一支由各种车辆组成的车队等候着他们,甚至有一些由慢腾腾的牛拉的带哔叽布车篷的邮车。这些牛徒劳无益地甩着尾巴,驱赶紧叮在它们身上的一片片黑压压的苍蝇。第二天,他们就坐上这种车,登上气候较凉爽的地带。最初,地势令人难以觉察地缓缓上升,但没过多久,就陡了起来,开始进入山脉的边沿地带。山回路转,那些山脉已被历代的矿工们凿透,内脏都被掏空了。他们涉过河流,下到峡谷,穿过荒野和草原。然后,在日复一日的路程之后,最后一次在一个气候温和的高原小村庄里过夜。在这之后,又在被茅草吞没的令人绝望的平川上,在一个带有旧式钟楼的小教堂的荫庇下过上一夜。从这开始,就进入了他们的领地,这是一片一望无际的土地。他们的一位先祖挑中了这块地方——除了气候宜人,再没有其他好处值得在此建别墅了。

对把别墅建在这里有过很多微词。但是应该承认,这座别墅的建筑和设备尽善尽美,无可挑剔。别墅里有满园的欧栗树、椴树、英国榆树,宽阔的草坪上,孔雀在东游西荡。小巧的石岛立在铺满纸莎草和睡莲的池塘里。还有月季花园,珍贵的香柠檬的枝叶掩映下的舞台,石砌台阶,大理石雕仙女,两耳细颈瓶。这一切,全是令人赞赏的经典艺术品的仿制品,容不得半点与土著相近的风格。这座花园坐落在空旷得没有一棵树的一马平川上,就像一块祖母绿宝石。它镶嵌在神奇的园林之中,这一点比其本身更重要。它是原野上一块几乎觉察不到的珍宝。在这一望无际的原野上,风和逃逸的巨大长角动物一起奔驰,这是孩子们隔着铁栅栏经常可以远远望见的景象。这些动物总是围着这块巨大的珍宝转悠,它们想继续占有这个地方,在未建别墅之前,它们一直是这里的主人。或许在别墅毁灭之后,它们还将成为这里的主人。

在这儿,我必须告诉读者,尽管表面看来是那么回事,但原野从来不是一模一样。本杜拉们自以为他们赢得了胜利,改变了这里的大自然,显示了他们的威力。几代人之前,玛鲁兰达曾经是一片肥沃美丽的土地,生长着树木、牲畜和丰盛的牧草。在以种植为业的土著居民的村落里,有精耕细作的菜园。可是,一位高祖在一次旅行中结识了一个外国人,并吸引他来参观了自己的土地,这个家伙把一个念头塞进了这位高祖的脑瓜:如果在这块土地上种上这样一些种子——他把种子作为礼物装成几十只极轻的小口袋寄了来——那么,玛鲁兰达这块原野的收益将大大增加,不但远远超出经营农业,甚至超出开采金矿的收入。那个外国人肯定地说,这种作物不但耕作粗放,节省人工,而且一本万利。因为它的生成物用途极广:可以做饲料,种子和果实可以榨油,茎叶可以编筐制绳,等等,等等,不一而足。在打开装种子的袋子时,一阵大风吹来,从想抓住小口袋的手中卷走了那些带薄翼的种子,把这些小得几乎看不见的种子撒向四面八方。于是,若干年后,这种茅草就霸占了整个平川,一眼望不到边。事实证明,这种植物确实太容易种了。或者说,它是以这样一种异常的方式在这个地区扎下了根。它是那么疯狂地生长,成熟,开花结果,侵占了越来越多的土地。这样,不到十年,就夷平了丛林和耕地,毁掉了成百棵树木和大片有益的草地。它吞噬了所有的草木,破坏了田野,破坏了人和动物的生活。面对这种事实已证明毫无用处的茅草的不可遏制的狼吞虎咽之势,土著们非常害怕,他们被吓跑了,被迫迁徙到山地。这些土著壮大了矿工队伍。因此,捶制金箔的产量增加了。这大大补偿了由于邪恶的茅草吞噬土地所造成的损失。这些土地成了无法解决的难题。每年,当本杜拉们来到这里时,茅草刚刚抽穗,长得青枝绿叶,密实的花穗妖媚地低垂着。可是,等到夏末,当他们离开时,茅草就长成了高高的密林,一片银色,顶着毫无用处的羽冠,舞个不停。一年一度,当这家人走后,秋风从茅草穗上吹落带薄翅的种子,形成一场令人窒息的大风暴,使得这里的人畜都无法生存。这种情况一直持续到冬天。那时,冰冻使茅草枯萎,把大地冻僵，就像从前那个生命起源的蛮荒时代。

当然，驱使本杜拉家族年复一年地去他们领地做这种疲乏的旅行的动力，不仅是经济上的追求。他们这样做的另一重要原因是：他们有一个愿望，希望他们的孩子们能够深刻地认识到，家族是全部幸福的基础，既在精神上，也在政治上和原则上。于是在这三个月里，他们被幽禁在铁矛围住的花园里，在散发着高级木料香气的卧室里，在一间连一间数不清的厅堂里，在没人能认得清的仓库酒窖的迷宫里。堂兄弟表姐妹之间就产生了一种一致性，神秘的爱和恨，共同承担的罪责，共享的欢乐和共有的仇恨，这一切，把他们纽结在一起。随着他们的成长，这些创伤会愈合，以沉默把堂兄弟表姐妹们结合在一起。他们全都对彼此十分了解，因此，除了遵守制度，再不需要其他方式的交往。不可争议的规矩就产生于童年时代的隐秘中，产生于几代同谋的共同记忆中，他们都参与了这每年例行的仪式。一旦这规矩遭到了破坏，就谁也无法控制住树倒猢狲散的局面。到了那时候，共同策划的、掩盖在幼稚的假面具下的被遗忘的秘密就会暴露，显现出令人惧怕的成年人的容貌。它采取一种或是残忍或是羞怯的方式来对付那些人——他们不明白对于那些懂得部落语言的人来说，沉默可以成为雄辩的标志。

也许，在我正说到的这个夏天，在这么多不便说明的原因中，有一个促使他们一门心思地去一个不必担惊受怕的地方旅行，这就是：他们越来越迫切地感到面对这样一种现实，即他们将不必再受阿德利亚诺·戈马拉的照顾。他的疯狂——不管怎么说，阿德莱依达，她作为长女，有权力对一切有关家族的问题做出正式说明——曾经是一种神经错乱，指不定哪一天，他还会重犯。他们年年来玛鲁兰达，但是情绪越来越低落。他们预感到可能不再返回，习惯会遭到破坏。

他们已经习惯于家里有个医生,照料他们舒舒服服地消夏,这对他们来说简直是必不可少的。不可能再有个医生,这一日益加剧的担忧导致了这次溃逃。在出游前不久,露德米拉、塞莱丝黛和欧拉利娅打着阳伞,在月季园中散步。花坛中的花朵,傍晚时分犹如巨人,放出芳香,那颜色非常怪异,好像是人工染成的。她们议论说:

"和土著交往使他堕落了。因为任何一个与土著有关的人都会这样。这些家伙,即使是在很久以前,哪怕是象征性的,他们也认为人肉是可以吃的。"

"为什么阿德利亚诺不试着找点儿实实在在的东西消遣,比如像可怜的法尔毕娜对文塞斯劳那样?"

"这孩子几乎要被吻死了!"

"所有的孩子,出于可爱的儿童天性,都是甜腻腻的,似乎是专供人狂吻的……"

"他为什么不多读书少开口呢?"

"读书也会伤脑子的。"

"不管怎么说,这太过分了。他在塔楼里整天游手好闲,还怨天尤人。我想他在那儿一定非常舒服,却把各种可怕的疾病赏赐给我们。"

"可能是吧。确实,从首都带个庸医来是让人难以容忍的,他会插手家族内部事务,要求和我们平起平坐。"

"可是我们需要医生。"

"这并不意味着他应该和我们平起平坐。"

"我的上帝,这当然不行!"

"阿德利亚诺的责任是恢复健康,然后来照顾好我们。"

"是的。他有责任记住这个事实,我们已经不那么年轻了。"

"我们都有关节炎。"

"还有呼吸不畅,这是最糟糕的。"

"还有那些淘气得不得了的孩子,他们会从树上摔下来,会扎破手,会得白喉……那是要传染给我们的……"

"也会传染给仆人们,什么脏病他们都能染上。幸好我们对这些疾病都有免疫力,而他们都会病倒……"

"哎呀,那么在我们回首都的时候,谁来保护这金子?"

"谁知道,谁知道。我们还是不谈这事了吧。"

她们叹了口气,继续手挽手地散步,围着一个立在墩座上的高高的玻璃柜绕了一圈,又沿着同一条小路走回南平台。总之,昨晚阿德利亚诺只喊了两次。不,是三次。不管怎么样,是喝茶的时候了。

在去玛鲁兰达的路上,当他们到达铁路终点时,在那里等待他们的,除了前面提到过的那些马车以外,还有一辆古怪的车子,它像一口巨大的木箱,涂着暗淡的马戏团的标记,敞开的一边有铁条封住。阿德利亚诺就被塞进这里面,塞进这个涂着红星星和小丑、放在四个轮子上的囚笼里。一路上,这辆车走在马车队的最后,免得惊扰了那些曾在一个时期内把他视为同类的人。这些年来,这囚笼总在铁路的尽头等待他们,因为时间没能治愈阿德利亚诺·戈马拉。他像所有不属于本杜拉家族的人一样,不但对自己的神经缺乏控制能力,而且自私自利,这使他无法做出努力重返社会。

是的,从多种意义上说,阿德利亚诺可以说是造成这个家族意外溃逃的罪人。人们早就在数落阿德利亚诺·戈马拉的过错,但是,法尔毕娜,本杜拉中最小的女儿,虽然谁也不能否认她温文尔雅,但她从来听不进人们对他的议论。哪怕是她的父母,或她的兄弟们,他们因她的温文尔雅很为她担心,却都无法否认法尔毕娜·本杜拉是个大傻瓜,这并非毫无道理。她唯一的乐趣是溺爱她那些小小的白狗,她只知道花力气抚摸它们,让它们的毛柔软得像羊羔皮一样。此外,在穿着打扮上,她有一种确实让人讨厌的恶癖。她有一种难以控制的嗜好,总是浑身上下系满蝴蝶结,缀满丝织花边,还有薄纱、细链条子,这些成了装饰她美丽的乳白色圆润的肉体和金黄色鬈发的累赘。她母亲对她说:

"孩子,你就这么出门吗?你简直像个衣橱。"

"我知道自己很俗气,可我喜欢这样。"

她对人们的批评和劝告一概置之不理。她沉醉于自我感觉的胜利之中,这促使她去棕榈树林荫大道散步。在那里,人人都在清晨的最后一刻约会。她对那些驾着上了漆的敞篷马车朝她走来的小伙子,对那些骑在枣红马上向她致意的优雅的骑手,都不屑一顾。她似乎对所见到的一切都无动于衷,当满怀期望的哥哥们问到这些骑手时,她甚至连他们的姓名都没记住。家里人开始为法尔毕娜的命运担忧,她虽然头脑简单,但毕竟已经是个成熟的女人了。母亲安抚兄弟们:

"由她去吧,她像鱼一样冷冰冰。这对我倒挺合适,她会变成个老姑娘,正好可以和我做个伴。虽然她也许会成个好母亲,像那么多不会热恋的女人那样。"

但是,当阿德利亚诺·戈马拉——他比她大得多,而且属于另一世界,从某种意义上说他地位低下,只不过是一名医生——出现,原来冷冰冰像座石雕一样的法尔毕娜变成了一团火。她又是跳,又是笑,又是哭,折腾个没完没了。她对巴洛克式的服饰的兴趣减少了,她发现自己不同寻常的身体更适宜当主角,不必再遮掩它。她不理睬家里人众口一词的请求,他们要求她慎重,既然——虽然对方是首都最杰出的专家之一——他不是他们之中的一员,不像他们那样有血缘关系,有相同的教养,不言而喻应遵守共同的准则,那么他们无法预料,他将怎样履行做丈夫的职责。阿德利亚诺属于本杜拉家族的人难以理解的另一类人,他有古怪的习惯,在接受任何建议前必须权衡一下利弊。当他迁就那些由他们确定的规矩时,只是在眼睛里流露出点儿令人难以觉察的笑意。对于人们背后的议论,说他是个自由主义者,他采取容忍态度,虽然绝无证据能证实他有这种可怕的罪状。他以他们不能理解的标准评价人,否定人……显然,这种流氓式的无理言行会给家族招来不幸,这正是法尔毕娜的哥哥们对她所反复强调的。她回答:

"这不是他的错。"

对于直至此时她从未经历过的激情,她采取恭顺的,或更确切地说,采取无所谓的态度,她不理会激情的荡漾,任由事情发展到最后。因为他们教导过她,像她这样的姑娘有特权毫无道理地抗拒快乐。最后,法尔毕娜和她金黄胡子的医生在海滨大教堂结了婚,因为事情已不可挽回。而阿德利亚诺·戈马拉,不但是个出色的骑手,而且还有很好使的脑袋。到了这种时候,他不是简单地故作厌恶。因为他不像他们本杜拉家人那样,是一整个省的主人。于是,本杜拉们倾其所有,大肆挥霍,举行了非常豪华的婚礼,这在全城是空前的。他们借此堵住那些人的嘴——他们竟然怀疑阿德利亚诺·戈马拉是个杰出的医生。

2

阿德利亚诺如此与众不同,他懂得迅速改变自己的外在,以便与本杜拉家的人一致。没过多久,他就和这些头脑简单、非常有钱、不讲道德的人达到了表面上的一致。他讲礼貌,守信用。他们为他罩上了一件外衣,在这外衣之下,他仍然是自由的,他借此保持自我。当阿德利亚诺婚后第一次去玛鲁兰达消夏时,他说,作为医生,他不能不去给住在离别墅不远的村子里的土著们看病。确实,听到这话,家里所有的人都皱起了眉头。这意思是很明显的,不能无视他们这种皱眉头的警告。于是,为了不让别人发现他的行踪,他天亮前两个小时就起床,去那些茅草棚里探望。回来后,对他的所见所为一字不提。他小心谨慎,这非常必要。在他的亲戚们来不及发现他缺席以前就赶了回来,自然而然地和他们混在一起。他那身医生打扮已经换成了绅士装,并为即将参加一场槌球游戏而愉快地搓着两只手。

但是,法尔毕娜知道他不在。她是那么喜欢和他在床上一起度过夏日漫长的早晨。她似乎一年比一年更难以理解他,或者说——既然她并非这样看待问题——是越来越不知道怎么才能使他让自己满意。最后她终于认为这都是因为受了土著们的不良影响,但她一声不响,她不知道该怎么办。一天下午,他们在欧栗树下散步,试着教米娘玩空竹。他们走到铁矛栅栏前,法尔毕娜停住脚步,目光落在耸立在原野上的一簇簇茅屋上。

"听说他们很肮脏。"她小声说。

"你怎么知道,既然你们家没人接近过一个土著?"

"你怎么竟会产生这个念头?让我们去接近他们?绝对不可

能。倒是他们上别墅来。你知道得很清楚,当他们拿东西来卖的时候,通过朝市场敞开的小窗口和我哥哥埃尔莫海内斯打交道。"

"你不觉得好奇吗?"

"才不呢!太恶心了,一丝不挂!"

"可是,人的裸体并不污秽。这我教过你,亲爱的。"

"这种赤身裸体是对我们的侮辱!"

"这不是侮辱,法尔毕娜,确切地说,这是一种抗议。"

"抗议什么?难道我们收了他们拿来的东西没给报酬吗?要不是我们恩赐,他们比现在还要穷得多。那垂在男人身体前面的肉尾巴和女人引以为荣的鼓在胸前的肉包既不是无耻也不是不道德。他们侮辱不到我们身上。那只能让人当成是被一条光身的狗或牛骂了。你否认不了他们是肮脏的。"

"土著们是我所知道的最干净的人。"

法尔毕娜糊涂了,这是和这个家族的信条迥然不同的观点,阿德利亚诺告诉她,当他刚到玛鲁兰达时,土著们确实是肮脏的。他们和他们的牲畜、孩子一起住在恶臭的茅屋里,他们的身上全是臭污泥,头发黏成缕,满是眼眵的眼睛上和流着口水的嘴上叮满苍蝇。他们已经丧失了希望,长久以来,病痛就成了他们应得的礼物。

"那你怎么还说他们是干净的?"

"一切都已经变了。你听我说。"

阿德利亚诺对她讲述了一切。在他第一次到玛鲁兰达避暑时,就听埃尔莫海内斯抱怨,土著们送来的东西越来越少,他做了调查,据说是有不知道是什么的某种疾病造成了村子里居民的死亡。于是这个医生和他的大舅子定了秘密协议,尽管埃尔莫海内斯害怕阿德利亚诺会受这些仿效食人生番行事的土著的影响,他还是保证不泄露到村里察看的这一计划。就这样,一天早晨,阿德利亚诺骑上马去看望土著们。

"就是你第一次撇下我的那次?"法尔毕娜问。

"对。"

"你怎么想的,那么,你不讨厌他们?"

"你听我说……"

一见到来了位绅士,土著们都躲开了,好像是造物主降临了一样。正是这个造物主,给他们带来了少量的食物和大量的疾病。他们的破茅屋里弥漫着令人作呕的臭气。孩子们铅灰色的肮脏的肚子鼓鼓地胀着,眼皮发紫。濒临死亡的人们那只剩一副骨头架子的面容使阿德利亚诺立刻明白了这是什么病。他让他们带他去察看水源。人们引着他在茅屋之间穿行,走到一条河边。河水上漂着人的粪便,散发出充斥着置人于死命的细菌的恶臭瘴气。他问:

"这水是从哪儿流过来的?"

他们指了指别墅。那儿刚建成一套排水系统,把本杜拉们的排泄物全泄进这条小河里,没人想过,在下面,在小河流过的地方,还住着土著们。他们的田园,他们的健康,会由于主人们的完善设施而遭殃。阿德利亚诺为病人治疗,而更重要的是,强迫他们把村子迁到另一位置。两天之内,家家都用干茅草搭起了新的茅屋,像一簇簇蘑菇耸立在河边。现在他们的茅屋建在别墅下水道流出的废水汇入河水处的上游。

"当我们第二年又来到这儿的时候,"阿德利亚诺接着说,"就在第一天晚上,当我正准备衣服要在天亮前出去看看村子里的情况时,听见有上百人的声音在念叨我的名字,这声音和茅草的窸窣声汇成一片。当我终于骑着胡安·佩雷斯给我备好的黄马上路时,迎面碰上了部落里的人。他们就聚在铁栅栏外等着我,用从茅草的窸窣声学来的神秘的窃窃私语热切地叨念着我的名字。他们引我到清澈的河边那一块开阔的白沙地上,他们的茅屋就搭在那里。所有的村民都泡在水里洗浴,有男人,有女人,还有孩子。他们友好而又庄重地互相帮着擦洗身子,梳理头发……这种集体沐浴的仪式终又重新回来,用净水洗濯并互相祝福。他们一边洗,一边唱……"

"他们唱得好听吗?"

"比如说吧,就像米娘唱得那么好听。"

"是的,就像《你曾到过橙花开放的乡间》……知道吗?我决定给我要出生的这个女儿起名叫阿依达,这是我最喜欢的歌剧。"

阿德利亚诺觉得法尔毕娜转移了话题,因为她对自己所说的不感兴趣。他问:

"如果不是女孩呢?"

"我不想要男孩。"

"为什么?"

"男人们古里古怪,就像你,胡编乱造什么关于土著的谎话。我喜欢要个女孩,女孩可以和我做伴,我们可以一起去时装店买买东西,散散心。"

几年后,由于丈夫早晨总是不在,法尔毕娜就买了四条小小的凶狠的白狗,全都脾气暴躁,长着粉红色的小鼻子,尖声尖气地狂吠。所有的表兄妹都痛恨这些小狗。这不光是因为它们古怪,而且还因为它们总是乱抓乱咬,用锋利的牙齿撕烂他们的娃娃、相册、长袜。米娘和阿依达却不同,她们护着这些小狗。也许正是由于她们自己,虽然总是打扮得花枝招展,却像那几只小狗一样惹人讨厌,因为她们长得又丑又爱说别人的坏话。卡西米罗和鲁贝尔托让德奥多拉朝这几只狗伸出光腿,刺激得它们狂躁不安。这几条小狗,好像丢了魂,抖抖索索,歇斯底里,缠住她不放。卡西米罗急忙去找昂塞尔莫叔叔——他曾是神学院的学生——来解除这种妖术。

"它们要干什么,叔叔?"

"叔叔,这从小肚子里冒出来的红红的东西,是什么东西?"

"怎么好像还湿淋淋的?"

昂塞尔莫直画十字,他把孩子们驱散,让他们去念玫瑰经。他让孩子们相信,这些狗是得了重病,必须赶快躲开它们。这种情况每天都发生在德奥多拉身上。终于,在堂兄弟表姐妹中间,德奥多拉有了这么一种名声,说她身上发出一种气味,刺激性欲。也许,当她长大时,也会搅得男人们心神不定,像她的母亲欧拉利娅一样。昂塞尔莫找来堂兄弟表姐妹中大一点的一个,教给他拳击术,然后把有关生命的让人脸红的真相暗示给他——引得躲在一道帷幕后听着这些的十来个孩子捧腹大笑。听到这些,德奥多拉说,没有一个大人懂得什么是性。可怜的母亲,她直叹气,这当然是下流的——接着他吩咐把这几只狗处理掉。几条狗被一大群孩子抓住,从铁栅栏的缝隙中扔出别墅。在原野上,更加残暴的野兽会发现这些微不足道的小动物的。当阿依达和米娘问起这几条狗时,人们回答说是食人生番把它们按吃冷盘的方式给吞吃了,如果她们把这件事告诉她们的母亲,那她们也会被吃掉。

法尔毕娜的第三次分娩使她忘掉了她的小狗。她对阿德利亚诺的爱没能得到满足,他享用她的肉体后就消失不见了。这种爱的果实是一个小男孩。她既不想看他也不愿为他选个名字。阿德利亚诺十分担心妻子心血来潮给他起个里戈莱托的名字,这部歌剧正是那年夏天在首都首演成功的。他急忙给他起了个自己父亲的名字：文塞斯劳。一个月后，法尔毕娜似乎已经忘记了她刚刚生过孩子这件事。一天下午，她看见文塞斯劳被她大姐抱在怀里，他笑着，一头金发，蓝蓝的眼睛，是一个地道的本杜拉家的人，在花边缀成的波浪中摇晃。她把他指给阿依达和米娘看，她们俩害怕食人生番，总是扯着母亲的裙裾。她告诉她们：

"瞧吧，他比你们都漂亮。"

米娘和阿依达垂下了头。法尔毕娜生气了，呵斥她们别做出这么一副和土著一样的丑相；该明白自己已经长大了，一个六岁，另一个快三岁了，该知道怎么为人了。两个女孩子非常明白，她们根本别想让父母喜欢自己。由于一种无法解释的基因作祟，她们生来就又黑又丑，虽然他们的父母——法尔毕娜和阿德利亚诺都很漂亮。对此，谁也无法解释。尽管，很自然地，女人们打着阳伞在林荫道上亲密无间地散步时，没停止过谈论这个话题。一个女人怎么能搞清楚谁是阿德利亚诺的祖父，他的曾祖父又是谁？而且最好是根本别去想他家的女人们是从哪出来的，什么样的可能性都存在。当法尔毕娜不合时宜地把她的女儿们带到弥留的外祖母床前，希望她在咽气前为她们祝福，老人苏醒了一会儿，只为了做出这么一句最后的评论：

"怎么能要求法尔毕娜当这么两个丑丫头的好母亲呢？可怜的女人！她这么傻！她身为这种没法爱的孩子的母亲，她的命真够苦的！"

剧烈的哽咽使她咽了气。

这些话，女孩子们听得很在意，而法尔毕娜不加掩饰的态度，也证实了姐妹俩从亲戚们对她们的怜悯态度中做出的猜测：她们是被排斥在慈爱之外的,哪怕是父母也不爱她们。父母对她们竭力做出的宠爱,被这两个冷酷的孩子视为虚伪而拒绝。如果有人在场,她们对小弟弟就装出一副疼爱的样子,尽力照料他,逗他玩。可是一旦只剩下她们自己,她们就拧他,故意让他从椅子上往下摔,怂恿他爬到炉边,伸出小手去抓炉子里烧红的火炭玩。

但愿我的读者们会同意——而且有时会由于这种感觉而自觉受了侮辱,即美丽有一种超越一切界限的威力,它能把幻想置于现实之上。如果确实如此,你们就会相信我写的:法尔毕娜忘记了文塞斯劳是个男孩,因此,为了符合她的想象,她把他打扮成女孩。从此她的两个丑丫头被忘在了一边,她陶醉于文塞斯劳粉红的小脸和明亮的眼睛中。

随着文塞斯劳逐渐长大,阿依达逐渐疏远了米娘。阿依达迷上了文塞斯劳,这孩子学话快得出奇,有趣又贪玩。他那粉红色的小腿和米娘的两个瘦膝盖相比,怎么能不让人喜欢呢?米娘就常用她这两个瘦膝盖在床上钳住阿依达的两腿,强迫她下保证,强迫她干她不愿干的。米娘盘问她,用食人生番般的牙齿咬她身上最敏感的地方,威胁她,使劲压她,压得她的骨头咯咯吱吱地直响。

"我让你从他那儿抢来的糖,你真的丢了?"

"真的。"

"丢在哪儿了?"

"我不知道。"

"你笨得连这都不知道?"

"是我吃了。"

米娘点着了床头柜上的灯,把它举到睡在枕头上的妹妹头上,追问道:

"老实交代。听见没有,食人生番在外面喊你的名字!他们说要把你吃掉。"

茅草的窸窣声响遍了整个别墅。米娘把灯举得离她妹妹越来越近,逼她坦白,否则就要杀死她。阿依达被紧贴着脸的灯烤得吓坏了,她放声大哭。她承认糖是她和文塞斯劳一起吃掉了。她让文塞斯劳摸她的身体,以证实女孩的身体和他的不同,尽管他穿着打扮得像个女人。米娘火了,揪住阿依达的一绺头发——头发是阿依达的骄傲;她的姐姐正相反,鼹鼠色的头发稀稀拉拉的没有几根。米娘经常给她梳头,对她断言说这是世界上最美丽的头发——米娘在灯的火苗上点着这绺头发。头发、睡衣、床单都起火了。这时,米娘扼住她妹妹的喉咙,不准她叫唤,并一再地对她说,她唯一的愿望是看见她被烧焦。等阿依达挣扎着叫出声,法尔毕娜和阿德利亚诺赶了来,后面跟着文塞斯劳。他抱怨地说:

"这是闹什么呢?你们难道不知道,像我这么大的四岁小孩一天至少得睡十二个钟头?"

床单上的火被扑灭了,阿依达和米娘扑在上面哭哭啼啼的,无法回答父母的问话。法尔毕娜把阿依达抱到她梳妆台的镜子前坐下。

"真是场灾难,"她喊道,"一个地地道道的悲剧!正好后天就是阿德利亚诺的生日。我们就要聚会庆祝一番。我本来希望在那个时候,家里人至少可以因为你的一头漂亮头发向我表示点儿祝贺。现在,瞧瞧吧。这真是不幸。只能给你剃个光头了。"

3

写到这儿,我不能不预先提醒读者,只是在出游那天的早晨,在我现在正说着的事情过去五年之后,那时,文塞斯劳感觉到,花园里隐藏着一群盛装的人物。于是,在他头脑里突然清晰地出现了五年前发生的那些事情,这正是我现在就要说到的。这些事情是他服从父亲的命令而封闭在脑海里的现实,并不是他的不连贯的片段的梦境。

总之,为了从头道来,我必须先说说在阿德利亚诺生日那天的早晨。那天,他照常规备好马具,准备在天亮前出发。法尔毕娜想阻挡他:今天,她请他无论如何要留在家里。她要用自己的身体满足他,而后,全家还要送他贺礼。而且,在这种时候,阿依达头发的悲剧正搅得她心神不安,他不能,也不该扔下她不管。她裸着身子在床单上扭曲着,为了讨好他,她相当不顾羞耻。从某些趣味来看,她那乳白色的肉体是太丰腴了,但他的趣味却不在这儿……一旦触摸到她那微带潮润的皮肤,他的手就不能再离开她,就不能不在这个他已十分熟悉的身体上寻找新的刺激;但是,不行。阿德利亚诺对自己说。何必要坚持呢?法尔毕娜根本没有能力理解任何人,无论是她那头发烧焦的女儿,还是她那视野远远超出她贫乏的想象力的丈夫。在七年的夫妻生活中,只有法尔毕娜的肉体还保持着魅力,因为她的自私自利在阿德利亚诺面前已暴露无遗。归根结底,虽然她美丽的身体似乎与此矛盾,可她不过是个令人惊异的冷血动物。但是,在穿衣服时,阿德利亚诺嗅到了卧室里飘散着的他妻子的隐隐的汗香味。他不能不亮出他的最后一张王牌,提议说:

"好吧,我留下,不过得有个条件。"

"什么条件?"

"你,我,还有孩子们,早晨不要在家里和你的亲戚们过我的生日。你今天要和我一起出去。明天我留在家里陪着你。"

法尔毕娜犹豫了,阿德利亚诺做出要走的样子,说:
"那好,要是你不同意……"
她阻住他:
"答应我早晨再也不出去。"
"行。"

阿德利亚诺没顾上考虑他这种保证的重要性,就已经扑到妻子身上。他在必须摆脱已许下的诺言和急于在他已抓住的丰腴肉体上发泄一通之间挣扎着,然后,在做爱之后的休息中,法尔毕娜嘴上叼着烟,一口接一口地吸着,而阿德利亚诺对她说明她想知道的一切。

法尔毕娜考虑着她丈夫的建议。最后她的结论是:既然阿德利亚诺这么令人不快地建议在外面庆祝他的生日,以此保证他这个夏天每天早晨都能和她一起守在床上,那么,只是一个早晨的令人厌恶的冒险,看来还是值得的。她给孩子们穿上白色小海军服,天亮前,带着他们走下地下室。

这座别墅坐落在一块高地上,这块高地就像原野呼吸时略略凸起的胸脯。地表下面,有密密麻麻的蜂房地下室和深浅不同的无数条地道。这是走近这个区域和进入这个区域的必经之路。在那些地下储藏室里,酿酒师怀着对贵族应有的敬畏小心照料着陈酒。另外还有食品储藏室和厨房,有很多正在用着,也有不少已废弃不用。这一切构成了一座纵横交错的迷宫,一条条小巷,连接着无数窝槽、洞穴、小巢、门洞、窗孔,废旧的仓库里结满了密集的蜘蛛网,上面黏附着几乎不动的无害的小虫。下等仆人们的住处就在这里,在这里他们失去了个性,毫无区别地过着简单的生活,草垫就是他们暂时的住处。一个非常年轻、几乎还是孩子的马夫,照顾着一头娇生惯养的小骡驹,它被养在用塞莱丝黛的旧护肩做框架的金属笼子里。在一盏油灯下,一个厨房的小厮正在缝补一只颜色刺眼的花袜子,想在不知什么场合去炫耀一番。还有一伙人在闹哄哄地玩纸牌,他们以假想的在欧拉利娅怀里过一夜为赌注,以西尔维斯特雷漂亮的黑白两色马,以上菜时用的一打豪华的银托盘作赌注。在一个拐角后面,一个忧郁的南方小伙子弹着一把不知从哪个阁楼上找到的破旧的曼陀林,徒然地想用它弹出他家乡的热情旋律。在那些地下坑道里,还种植着蘑菇。那些蘑菇惨白厚实,就像蛤蟆的肚皮。那些护理蘑菇的人幽居在地下室里,过不了多久,他们就会变得和这些主人如此喜欢的蘑菇一样,那么冷漠,那么呆滞,那么麻木不仁。手里有一盏油灯就可以放开胆子往前走,走过那些去年留下的腐烂的草垫,就到了这座蜂房的另外一些小间。在那儿,新仆人们脱下闪光的制服,或是靴子,或是围裙,在每天的工作之后,在还没有被失望和疲乏拖垮以前,开始享受个人生活的乐趣。如果朝那穿过巷道吹来寒风的方向走,在地衣和狭缝中间,不久就会走进一片废弃了的蘑菇园。那里耸立着一些奇形怪状像癌症肿块一样的东西。那里有由年代久远的石头构成的洞穴和小巷,石头上缀着被侵蚀的闪闪发光的结晶。往那儿走,会遇到令人不快的东西。但是,没有一个本杜拉家的人走下过地下室,除了莉迪娅,她要来查看厨房和食品储藏室,而且每年一次,在新的补充人员到达时,她下来,用一个手指头指点他们该把草垫子放在哪儿。

在陡峭崎岖的地底下,在阿德利亚诺生日的这天早晨——正是在这个早晨发生了那么多事情,决定了这部小说情节的发展。阿德利亚诺一手提着灯,一手拉着文塞斯劳往前走。法尔毕娜跟在他身后,一手牵着米娘,一手牵着阿依达。他们把所有人的足迹,把曾经有过生命存在的标志都留在了后面,留在了这深深的地底下。在一个地方,他们沿着一道直通地底的旋梯垂直下降。下到了某一深度,又沿着一条狭窄的水平通道向前走。在这个地方没有湿度,空气干燥、停滞,古老得犹如存在于另一个地质时代,在这种环境中,什么也不能萌发,不能诞生,也不能腐烂,只能保持不变。他们穿过一个拱顶极高的岩洞,在灯光照耀下,岩石上的结晶体闪闪发光,就像闪烁的星星,倒映在永远凝滞不动的水塘中。阿德利亚诺在一扇门前站住,对全家人说:

"要忘掉你们将在这里看到的东西,什么也不要碰。"

正像我在前面说过的,文塞斯劳绝对地服从了他的父亲,真的忘掉了一切。阿德利亚诺一脚踢开了门。一进去,他就把灯高高举起,让大家都能看清那么多各式各样、各种颜色和质地华丽的东西,以致法尔毕娜失声喊起来:

"为什么不能摸摸这些漂亮的面具?"

"因为不是你的。"

"难道它们不是在我们家的地下室里吗?"

"当然是,但是它们并不属于你。"

只是因为怕阿德利亚诺带着灯走掉把她一个人撇在这迷宫里,法尔毕娜才没敢扑上去翻弄这些珍品。墙上挂着漂亮的衣服、已经绝种的动物的花斑毛皮、色泽鲜艳的斗篷、地毯、壁毯,还有成排地摆在隔板上的螺钿镶嵌的器皿、带羽毛的冠冕、羽饰、带金链的首饰、闪闪发光的胸饰、面具、手镯、项链、大量的金箔。

他们走出这间库房。在外面,在另一条巷子里,两个裸体的土著举着燃烧的松明火把在等候他们。阿德利亚诺把那扇门关上,就此结束了文塞斯劳对这一切的记忆。只是在后来,在发现了土著出现在树荫下,穿戴着豪华的首饰、斗篷的那一刻,文塞斯劳才意识到,他在几年前曾短暂地看到过的那些首饰和斗篷是真实存在着的。

地下的旅程不再显得冗长了,看到财宝的那件事,使法尔毕娜开了口。

"你什么也没告诉过他们?"她问阿德利亚诺。

"告诉谁?"

"告诉我的哥哥姐姐们?"

"没有。为什么要告诉他们?"

"这些东西会被拿走的。"

"我已经告诉过你,这些东西不属于你们。他们拿不到,没有危险,因为他们不知道有这些东西。这些东西没有登入家里的任何一张清单。你们家不知道有这些宝贝。它们藏在这里已经那么久,甚至在你祖父那个年代就已经没人记得了。"

"你怎么知道这么多事情?说起来,你还算不上这家的人。"

"因为,恰恰因为我不姓本杜拉。"

"别胡说八道了。我敢肯定是土著们,他们把你当成上帝,这正合你的心意,他们用谎话迷惑你,你就假装相信,好借此控制他们。这些都是属于我的,既然你是上帝,我就是上帝的妻子,我有这种权利。"

阿德利亚诺思考着,法尔毕娜看到这些富丽堂皇的宝藏时那惊讶的赞叹不过是装模作样,以掩饰她的贪婪:本杜拉家族只有在可能把某件东西据为己有时才会发出赞叹。那么,她在他怀里的快乐的叫声也是做作,是另有图谋,是为了赢得他而耍的手段?总而言之,在她看来,一个卑贱的种族的象征性的仪式,哪怕他们现在已被征服,也并不体现他们那个世界的尊严,那只不过是剧院里五颜六色的服装道具而已。米娘,阿依达。是的,是的!憎恨她是多么容易!正是像她一样的那些家伙抢走了他们的战士的马具，神父的罩袍，把这些藏匿在这古老盐矿的底层，让它们被遗忘。他们在这盐矿上建起了一座别墅，一座花园，很可能，正是为了隐藏这些宝物。自从衣服被抢走，土著们就赤身裸体以示抗议。老辈的本杜拉们曾命令他们围上遮羞布，可是土著们拒绝照办。作为前提条件，他们要求归还他们的服饰。他们威胁说，如果强迫他们穿衣，他们就要迁居国外。这么一来，蓝山山脉中产量那么丰富的金矿就必须停产，这金子的生产就如在夏日里提供的食粮那么重要。而且这别墅将被茅草吞没，用不了多久，就会重新成为原野的一部分。不过，如果归还了他们的象征物，土著们很可能不但会力图反抗持续了几百年受压迫的既成事实，而且还会向吃人肉的习性退化，这些装饰物可能就和这些有关系。于是历代本杜拉家族把他们的不满埋藏在心里，不再对土著们的赤身裸体说三道四。终于，他们那裸露的汗水和淋漓的肌肤在本杜拉家族看来很自然了。这几代先生固执的沉默使宝藏被真正遗忘、埋葬了。作为叙述者，我提供的这些材料可以看成是阿德利亚诺说出来的，是他对法尔毕娜那些无聊问题的回答，因为在五年之后，对这些事情的回忆忽然涌上文塞斯劳的心头，对他父亲这些说明的回忆准会让文塞斯劳头昏脑涨。当时，在其他表兄弟看到土著前很久，他就已经发现盛装的土著们正在向他们靠近。

但是，文塞斯劳永远不能忘记那天发生的那些事情，连那些细枝末节也不能忘记。从他们由地道里出来的那一时刻起，他，他的父母，他的姐姐们，他们坐在小河边靠近白沙滩的一块岩石上。从那里，他们看到了一切。用干茅草搭成的茅屋围成一个半圆，圈出了这块沙地。土著们光着身子从小河里爬上岸，他们排成几行，弯曲成镰刀形，男人一队，女人一队，小孩一队，像一把把镰刀紧挨在一起。他们都举着胳膊,摇晃着,好像是给队伍镶上了花边。最初他们模仿茅草的窸窣声,他们的声音和茅草的沙沙声响成一片。但是,没多久,他们就提高了嗓门,人声压倒了茅草的窸窣声。土著们现在成了一个强健有力的种族,这在一定程度上多亏了阿德利亚诺的学识。今天,他们在他的生日庆典上大显身手,对他表示感谢。他们也感谢一年一度的严寒扫清了令人窒息的大雪般的飞花。队伍散开了,只剩下一队由高举双臂的男人组成的镰刀形队列在扭动。老妇人们给一个圆顶泥炉添火加柴,少女们把一个粗制木桌擦干净。而男人们,在泛红的晨光中扭动着,好像是在随风摆动。他们赤裸的身体形成半圆,围住了炉子、桌子、围住了那块岩石。坐在上面的阿德利亚诺和他的一家成了受人崇拜的偶像。突然,这支人体排成的行列一分为二,给一头朝沙滩狂奔而来的大白猪让开了道。这头驯顺的牲畜惊恐不安,它在圈子里站住,嗅着地,在桌子腿上蹭它的脊背。还没等有人来得及阻止,文塞斯劳就从岩石上一跃而下跳到沙地上。

"我的孩子!"法尔毕娜大叫。

"让他去吧,"阿德利亚诺劝阻她,"不会出什么事的。"

"我们也会没事吧?"阿依达和米娘异口同声地问。

"没事。"阿德利亚诺不顾法尔毕娜的反对,这么回答。

"咱们也去。"她们说。

"会弄得一身脏的,"法尔毕娜抱怨说,"该给他们穿蓝海军服,经脏些,不过穿着它有点儿太热了。"

孩子们,看上去是三个穿白衣服的女孩,第一个满头金鬈发,梳成英国发式,第二个头剃得光光的,第三个一头稀疏的鼹鼠色头发,被风吹得乱七八糟。他们在和那头猪玩耍。文塞斯劳骑在猪身上,就像是在骑马。

"宰了你,"他吓唬着,"你要被宰了!"

阿依达用力拽猪尾巴,米娘尖声笑着扯猪的耳朵。他们叫着:

"你活不长了!"

"我们是吃人肉的,我们要吃掉你!"

在跳舞者组成的镰刀形队伍的最后,靠近生着火的炉子,一个高大魁梧的土著拿着一把刀站在桌子后面。孩子们吓得爬上那块岩石去找他们的父母。这个巨人用手掌在桌子上猛击一掌,人们都顺从地安静下来,停止了一切活动。这个巨人扬起刀,这是个信号。从东南西北四个方向上跳出了四个大吼大叫的土著。他们跳着,舞着,模仿狩猎的动作,追上那头猪,把它团团围住。在那个巨人高举刀指挥着的桌旁,这头被包围的猪投了降。四个土著,每人抓住猪的一只脚,从四面把它举起来。他们把它肚子朝上,仰面摔在桌子上。在完成了临时扮演的角色应起的作用后,四个土著消失在组成半圆的队伍之中。阳光在高举的刀上一闪,手起刀落,直刺进猪的大动脉。这头猪发出莫名其妙的痛苦的哀号,声音越来越弱。土著们单调的歌声又响起了,这声音盖过了猪的号叫声。这时,全体人员都开始模仿这头猪临终的喘息声。裸体的女人们举着陶罐接从猪脖子里喷涌而出的浓黑的血。血溅落在罐子里,染红了她们的胸膛,然后,她们满身血污,举着热气腾腾的罐子,一个跟着一个地穿过沙滩,不见了。等到猪的喘息声停息,老人们用燃烧的树枝烧燎猪毛和猪皮。然后那个巨人把猪刮得干干净净,使它显出玫瑰色,淫秽地张着四蹄。又有些土著拿刀、锯,破开那还热乎乎的肚子,伸手到里面去扒出内脏。那内脏湿漉漉的,血污的肠子滑动着,好像猪还是活的。等到内脏被掏干净,人们欢呼起来,女人们把内脏收进干净的大碗里。欢呼声停止了,人们安静下来。那个巨人又一次举起他的手,手里高举着一把斧子。他手起斧落,只一下,就干净利落地剁下了猪头。女人把猪头摆在托盘上,掰开猪嘴塞进一个苹果,然后浇上卤汁,撒上菜叶和盐,放进炉子里。被肢解的猪从桌子上消失了。它被马上洗净,晾干,保存起来。难道这一切的确是真的吗?那张桌子,那把高举的刀,还有那头用来祭祀的血淋淋的牺畜?这一切不会是个幻觉吧?

土著们围着炉子唱起了圣歌,炉中很快就散发出激起食欲的香气。

"我要走了。"法尔毕娜咕哝着。

"稍等一会儿,"阿德利亚诺回答,"胡安·佩雷斯一定已经把马牵来了。不过,等一会儿吧,你不知道,对你能来参加这个典礼,他们是多么感激。你没听见吗?他们在赞美诗里还提到你的名字。他们要做火腿、血肠,作为礼物送到你家里。现在我们只吃头,这是活物身上最高级的部分。他们是什么肉都不吃的,今天他们吃肉是为了尊重我们……"

"啊,不!我可不吃头!"法尔毕娜叫起来,"多恶心!你怎么能允许自己吃他们的脏东西?就为了能博得上帝的显赫地位?不必骗我了,我的阿德利亚诺。哪怕你明知给你吃的是人肉,这并非不可能,为了无损于你的威望,你也会吃的。"

阿德利亚诺握紧手里的鞭子,但是,他抑制住了自己对这个心怀恶意的浅薄女人的愤怒。她丝毫没感觉到自己是干了些什么——没感觉到吗?这些话暴露了他心中的高傲,就像猪被开了膛,内脏全都暴露无遗。他不能不承认这些话是正确的,他内心确实存在着当救世主的雄心。但是法尔毕娜不知道,高傲自大的概念正威胁着他。阿德利亚诺记起了这概念,用以控制自己。最好是用十分准确的语言否认这一切和权力有什么关系。

"没人要求你非参加什么不可。只是文塞斯劳和我,我们是男人,我们要去吃。"

"我不允许我的孩子吃脏东西。"

"这要由他和我来决定。这与你毫无关系。文塞斯劳,你愿意和你爸爸一起吃猪头吗?"

"告诉这孩子吧,那可能不是猪肉……"

"不要紧的,妈妈,只要我爸爸吃,我就吃。"

"我们俩,虽然是女的,可我们也想吃,爸爸……"阿依达和米娘抽抽搭搭地说。

法尔毕娜从岩石上走了下去。够了,她说。天气开始热起来了,而且她可不愿意眼看着阿德利亚诺用食人生番的恶习教唆孩子们堕落,然后她在土著首领妻子的服侍下朝等在村外的马车走去。

而阿德利亚诺和他的三个孩子则朝炉子走去。有人打开炉门,在耀眼的火光和诱人的香气中出现了放在托盘里的猪头。它笑逐颜开,嘴里含着苹果,头上戴着菜叶的冠冕。米娘一见,就尖叫一声,飞快地向马车跑去。她躲进母亲怀里,哭着,用牙咬法尔毕娜的脖子,好像想吞了她。她又冲着阿依达大声呼叫,阿依达立刻跑到她们那里。看到孩子们这么惊恐,法尔毕娜用伞尖头戳了一下端坐在车夫座位上等着的胡安·佩雷斯。他甩起鞭子抽了一下马,让它们开步走,马小跑着穿过了这片把别墅和村子隔开的土地。

早晨过去,阿德利亚诺和文塞斯劳骑马回到家。当他们准备上楼回屋时,米娘迎了过来,好像她正等着他们。她伸出食指放在唇上,示意他们不要出声。

"你来,爸爸……"她小声说。

"去哪儿?"

"我要送你一件礼物。"

"你要带我去哪儿?"

"嘘……"

文塞斯劳紧抓着父亲的手不放。米娘满身灰土,端着肩膀,两手笨拙地放在胸口,像个新入教者。她把他们带到阿德利亚诺不熟悉的一间地下室里。这是一间又大又低矮的厨房,它那石头拱顶和侧壁大概有几百年的历史了,但这厨房现在只用来堆放木柴。一种甜得腻人、带着浓郁草香的气味充斥着这间大厨房,好像是熏香缭绕着圣殿的香炉。阿德利亚诺满意地笑着,仍然拉着文塞斯劳。对这个他不喜欢的头发粗硬的女孩,他只用鞭梢在她脸上爱抚了一下,因为她没有值得他用手爱抚之处。他问:

"你给你父亲做了一盘好菜,庆祝他的生日,是吗?"

米娘碰到鞭梢,猛地颤抖了一下,往后退了一步。只是在这时,她才笑了笑。在这间有许多低矮圆柱的地下室的深处,几乎是在中间,那是厅堂中一般摆设祭坛的地方,他们看到一个巨大的黑炉正冒着热气。他们朝炉子走去。米娘的笑容变得越来越神秘,似乎她那交叉贴在海军服胸巾上的两只小手中掌握着一切秘密。她的头发乱七八糟,显然和她故作庄重的神态极不协调。她盯着阿德利亚诺的脸问他:

"你要吃吗,爸爸?既然你和土著们不让我吃专为你们、为你们男人准备的东西,我就准备了另一种宴席,是专为你和我准备的。"

这时,米娘压抑着一种难以描述的激动。在这个穿着水手夏装的女孩身上,显出一种焦灼的神态,这使得阿德利亚诺几乎要喜欢她了。他对她说:

"要吃的,我的孩子。我愿意尝尝你为我准备的好菜。"

他们走过拱顶下举行圣事的地方,走近炉子前。米娘又死死地盯住她父亲问:

"真的吗,爸爸?要是你不吃,我也不生气,这不过是闹着玩玩。"

她等着他的认可,这样,即将发生的一切的责任,就落在他身上了,那后果自然由他承担,这是他自己选择的。阿德利亚诺笑着回答:

"我都馋得要流口水了。"

米娘猛地一下把炉门打开。在炉内这个地狱里,露出了阿依达的脸。她的嘴里硬塞进一个苹果,以至整个面孔显现出一种非常可怕的大笑的模样。她的额头上摆着欧芹、月桂树叶,还有胡萝卜、柠檬切成的小圆片,好像是打扮好了要去参加狂欢节。乍一看挺鲜美,但立刻就让人感到毛骨悚然。这一切太可怕了。是的,简直就是地地道道的地狱……阿德利亚诺狠踢一脚把炉门关上,他的鞭子撕裂了米娘的脸。他自己那痛苦的号叫声和他女儿的惨叫声混成一片。她朝柴堆逃去,恐惧使她盲目,找不到出去的门。她尖叫着,被阿德利亚诺紧追着,狠狠地抽打着。文塞斯劳的两手竭力要抓住他的父亲,而这时,阿依达那浸泡在汁液中的头还在炉内烧烤着,散发出节日才有的却又是不祥的香气。阿德利亚诺堵住了米娘,用鞭子的金柄揍她,但是这个什么也看不见的孩子从她发狂的父亲手里挣脱出来,爬上了柴堆。她满脸是血,只有一种意识,就是恐惧,恐惧促使她振作起来逃跑。她的膝盖,她的两手,都被她父亲的靴子踢烂了。她惨叫着,白色的海军服早成了碎布条。阿德利亚诺紧追着她爬上柴堆,要惩罚这个杀人凶手。他抽出一个粗柴棒要把她打死。她徒劳无益地举起手遮掩着,做最后的挣扎。文塞斯劳两手扯着他父亲撕烂了的衣服,不让他用沾满了的血的柴棒再往下打,可是,阿德利亚诺还是一下又一下地抽打着,直到把这个有罪而又无辜的孩子打烂,打得她不再动弹,成了一摊掺杂着血、头发和骨头的肉酱。这时,听见这么凄惨的叫声,人们纷纷跑进地下室,他们抓住了阿德利亚诺。这时的阿德利亚诺,眼珠都要瞪出眼眶来,满脸汗水和眼泪,他的嗓子已经哭喊哑了。他想逃走,却见人就打,仆人们、姐夫大舅们、孩子们,他见谁打谁。人们担心他疯了,丧失了理智,成了危险分子。人们抓住他的腿,要把他扳倒,很多人上来帮忙,但是阿德利亚诺依然直挺挺地立在塌陷下去的柴堆上。他凶猛异常,几乎是光着身子,他的衣服扯烂了,露出了沾满他自己和他女儿鲜血的健壮的胸膛。他那受了伤的手盲目地挥着一根柴棒,驱打那些他已经不认识了的亲戚和仆人。他终于被扳倒在地。一群仆人冲上来捆住他,堵住他的嘴,不让他喊叫。他被关进别墅那无数塔楼中的一座。他昏迷了几天几夜,眼睛却始终睁得大大的,似乎闭上眼睛会使他太过痛苦。

在南平台上,女人们经常聚在一起,缝纫,绣花,或玩牌戏卡;或只是像个缪斯,拳头抵住下巴,胳膊肘支着栏杆,观赏孔雀在草坪上啄食;或监督孩子们的游戏。至少在她们所允许玩的游戏中,孩子们是被监督着的。阿德莱依达、塞莱丝黛和法尔毕娜,这几位同一血统姓本杜拉的人主持着话题,而莉迪娅、贝尔尼丝、欧拉利娅和露德米拉,她们几个由联姻而成为本杜拉家的人则附和着她们。在前面我叙述过的那种种事件之后,如果法尔毕娜不和她们在一起——这是经常的,因为她更喜欢在她卧室里的长沙发上躺着——那么每次谈话必不可少的就是按照她们的理解,翻出阿依达和米娘的旧话题。

既然现有一个正式说法,那她们的理解就不过是一种夸夸其谈。这是不是食人生番的结果?当然,是的,是这么回事,这就是正式的说法。这是铁证,证实了这种潜移默化的恶劣影响确实存在,由此激起人们对野蛮人的恐惧。否则,怎么解释可怜的阿依达的头被当作"菜肴"?确实,并不是阿德利亚诺把这颗头放进炉子里去的。可是,对任何一个有思索能力的人来说,这是显而易见的——是的,的确,毋庸置疑,正像任何一种正式说法都是"毋庸置疑"的一样。至于这说法多么令人痛心,那倒无关紧要。可怜的米娘之所以会这么干,是由于在那个不吉利的早晨受了食人生番的所作所为的影响。我的上帝呀,如果这种影响扩散到其他孩子中间,又会发生什么事情?为了防止扩散影响,所采取的措施,特别是把阿德利亚诺关进塔楼,是否能彻底解决问题?这个题目,长久地使人们不安。尽管在每一幕结束时,总要拉上厚实的幕布把不可理解的东西遮盖起来,但这个题目始终吸引着人们。

"不能不承认,即便在最疯狂的时刻,那时他完全可以伤害文塞斯劳,而文塞斯劳,虽然这么小,却像个英雄,还要阻挡他,但他却没有碰他。这表明,他为人之父的理智始终没有丧失。"

"你错了,"阿德莱依达以不容置疑的口吻说,"文塞斯劳之所以能幸免于难,多亏了伟大的上帝。"

"不,阿德莱依达,并不是由于上帝伟大。这是一种天性,没人否认这一点。因此,你大可不必这么维护上帝。"塞莱丝黛喝了一口茶,争辩说,"这是因为,阿德利亚诺在病入膏肓之时,感觉到可怜的法尔毕娜在她的生活中需要有点依托。归根结底,在他们的三个孩子之中,只有文塞斯劳是唯一的一个正牌的本杜拉,他长得漂亮,又有指挥才能。只要想想阿依达是个什么模样就清楚了。米娘,就更不用提了。在天上,作为天使,她们也会为自己的丑陋抱屈,为此而感到受了侮辱。"

"但是不能说可怜的法尔毕娜对她们没有尽心,她把她们打扮得挺像样。多么伟大的母亲!"露德米拉赞叹地说。她在女人们围坐的那张小桌上摊开单人玩的纸牌,抽出其中的一张,叨念着:"将心比心……可怜的法尔毕娜!"

"是我丈夫昂塞尔莫找到那具血淋淋的尸身的,"最后欧拉利娅说,"还有埋在柴堆底下的斧子、锯和刀子,那是几天以后的事了,当时想起也该把可怜的阿依达埋葬,就开始找她的尸身。遗憾的是再也找不到她的头了。"

"是被食人生番和他们的同伙盗走了,这对我们是个教训,我们必须永远提防着。"阿德莱依达说,"总之,必须承认,这真是不幸。欺人更甚的是,抢去了我们之中一个的尸体的头,真是不择手段。我看咱们还是避开这事不谈了吧……"

法尔毕娜似乎已经忘掉了这场悲剧。当有人告诉她——没有讲细节,而她也没问——她的两个女儿死了,她哭了一会儿,但不很厉害,而且没过多久,她就把她们忘得一干二净,也没人敢在她面前提起她们,正如在她面前绝口不提阿德利亚诺一样。至于阿德利亚诺,继续关押他是上策,不然他会把所有人都吃掉。文塞斯劳足以安慰他的母亲。他长大了,但是法尔毕娜无法接受他已经长大了这个事实,正如她不能接受他是个男孩而不是女孩的事实一样。她还是给他穿绣着花打着褶的小裙子,给他系发带,戴小玫瑰花,把他的头发烫成英国式鬈发。她现在的生活愉快而无忧无虑,不用承担任何责任。她又回到了延长下来的童年时代,阿德利亚诺曾企图把她从那种状态下拉出来。她只知道为文塞斯劳梳妆打扮,把他当成一个活的玩具娃娃那样溺爱。于是文塞斯劳,一身脂粉气,满脸胭脂香,他必须忍受堂兄弟表姐妹们的嘲笑,免得毁掉他母亲头脑中所剩无几的智力。

法尔毕娜一步也不许他离开自己,倒不是由于担心他会出什么事——危险这个概念在她的头脑中已经不复存在,因此必须不露声色地保护她,免得她万一有个什么闪失。她之所以这样,仅仅因为她乐于此道,除此以外,她就无事可干了。有时候,她让儿子坐在她梳妆台前的凳子上,给他涂脂抹粉,这使他更漂亮了。这时,常会听到从塔楼里传来阿德利亚诺的叫喊声。

法尔毕娜扔下沾满粉的鹅绒粉扑静静地听。

"是谁?"她说,似乎是在自言自语。

"谁呀,妈妈?"

"这个叫喊的男人。"

"没人叫喊,妈妈。"

"没有?"

"我什么也没听见。"

"大概是在花园里玩的孩子们。"

"或者是孔雀。"

"准是。"

法尔毕娜哭了起来。

"你怎么了,妈妈?"

"他们不让我带你去野游。"

"为什么?"

"因为他们是些讨厌鬼。"

"可是你必须告诉我,他们为什么不让你带我去。"

"因为,我们之中的任何人都不能特殊。他们说,制度既然对谁都一视同仁,就不算残酷。如果我带着你,阿德莱依达就有权带上西利洛,莉迪娅就可以带阿玛代奥,贝尔尼丝带克莱门特,塞莱丝黛带阿维利诺,露德米拉带奥林比娅,而欧拉利娅就要带上佐埃。因此,他们说,这么一来,事情就复杂了。你们,三十五个表兄妹,得留在家里……"

"三十几个,妈妈?"

"三十五个,怎么了?"

"是我弄错了。我还小,不会数数。"

"把你的捕蝶网给我用用吧。"

"我没有。"

"你怎么会没有?"

"我不喜欢捉蝴蝶。"

"你真怪,古怪得像……"

"像谁?妈妈?"

"你说什么?"

文塞斯劳犹豫了半秒钟,考虑该怎么回答。

"我是说我没有捕蝶网。"

"真可惜!不然就可以捉到最漂亮的蝴蝶,它们有彩虹般的翅膀,晾干后可以放到带玻璃罩的盒子里。以后,等我们庆祝你生日的时候,可以别在你的鬓发上。要是允许我带你去,我们可以一起捉,把活蝴蝶扎在你的头发上,看它们扑扇翅膀,一直到死。可他们是些讨厌鬼,不许我带你去。"

文塞斯劳两眼发亮了。他本来挺担心在最后时刻,出于对法尔毕娜的"不幸"的考虑,会一致同意对她破例一次。但是,他们没有让步。制度是不能变更的,他们说,制度所要考虑的不是个别的特殊情况而是基本原则。正是这样的制度才能使团体稳固。阿德利亚诺在他的塔楼里呼叫。在长沙发的坐垫上,文塞斯劳的母亲搂着他,像搂着一个时髦的玩具娃娃。最后,文塞斯劳终于壮着胆子,对她提出了多少天以来他就一直想弄清楚的那个问题。虽然阿玛代奥和他的那些侦探在灌木丛后,在桌布下,警醒地偷听大人们的谈话,但没人能探听到确切消息。

"那么,带他去吗,妈妈?"

"带谁,孩子?"

怎么问她呢?在她面前怎么说出这个名字呢?他后悔了。

"带阿玛代奥。"他回答。

"这孩子让人吻起来没个够……真是个讨人喜欢的娃娃,确实,实在是机灵可爱……"

不过,所有的女人在说起年幼的孩子们时都是一个样,都是那么狂热。这时,阿德利亚诺在塔楼里吼了起来。可是文塞斯劳听不清楚他说的是什么。有一会儿工夫,文塞斯劳没出声——他母亲在搽粉——为的是,如果他父亲再重复喊一遍,其中可能包含着关于执行明天的计划的指示,但他没再喊,于是文塞斯劳问法尔毕娜:

"刚才是谁在喊,妈妈?"

"你怎么总是问这个,孩子?"

"我觉得……"

"没有人喊。我已经对你说过了。那是孔雀在叫。"

"啊!"

第三章 长 矛

1

大人们走后,只剩下孩子们了。除了不远处一个支撑着平台栏杆的人像柱外,再没有什么人护卫他们了。孩子们觉得不能超越约定俗成的界限,免得招灾惹祸。熟悉的庭院笼罩着一种不寻常的带有敌意的气氛。整个别墅,今天居住者锐减,显得十分宏伟,他们完全自治了。这幢房屋犹如一条巨龙,能吞吐一切的、铺着地毯的、粉刷过的走廊和客厅构成了它的内脏,那些竭力要抓住总是飘逸而去的浮云的一座座塔楼就是它的触角。为了消除这种刺激着神经末梢的危机感,堂兄弟表姐妹们拖长了早晨令人愉快的懒觉,直睡到快吃午饭的时候。就像夜里有人吹口哨是为了壮胆,以便抵御还不明显的危险,孩子们不约而同地聚集在南平台上。

一些孩子,确实,打算照常进行他们的活动,只当这个早晨和往常一样。可是,科斯梅和阿维利诺在讨论他的棋子——象在棋盘上原先是放在哪儿的——以便接着下昨天那盘棋时,他那暴躁劲儿却是反常的。科隆芭试图招募一些女孩,她知道她们都挺想试试自己的理家本事——她要招集她们来准备一天的食物，可她们却莫名其妙地赖在平台上，和其他人凑在一堆，无所事事。科尔德利娅仰靠在摇椅上，现在她可以痛痛快快地咳嗽了，再没有大人来禁止她——别犯傻了，科尔德利娅，别这么咳，不要学你读的流行小说里那些得痨病的女主人公。在让她胸口难受的咳嗽发作时，她竭力想弹弹吉他，却只能拨响一两根不合调的弦。男孩们想进行些能配得上他们体力的运动，他们带着球、棒、桨，定不下来是去草地还是去池塘里玩。

在我所说的这个上午，那个核心，由于缺乏一个更合适的字眼，我就称之为"活动中心"吧，他们聚在南平台上，由少数精英组成。这个核心，始终吸引着所有人的目光，知道自己这群人受到别人的仰慕，并且以此为武器，对其他人或是拒绝排斥，或是奖励，或是惩罚和蔑视。梅拉妮娅被她的由侍童、侍女和绅士们所组成的侍从们拥簇着。胡文纳尔披着红衣主教的长丝袍，科尔德利娅也一样，还有胡斯蒂亚诺和德奥多拉，特别是毛乌罗这个年轻的伯爵。这个虚构的核心发挥想象力，编排了"侯爵夫人五点钟出门"的一个又一个故事，以此组成了玛鲁兰达生活的一个部分。它置于他们自己和父辈们的法规之间，因此，不必把它看成有权威性的，也不必把它看成对抗的。这样，不仅主人公，连那些跑龙套者都有可能逃往另一层次，即在乳香黄连木下，他们不必去讲那些原则。于是他们也是"成人"了，他们升上了这个高等阶层，不再受那些疑团的困扰，那是由于儿童的天性造成的。他们也能掌管和制定规则。

梅拉妮娅披着胡文纳尔从塞莱丝黛的衣柜里为她偷来的烟霭色薄纱，任由奥林比娅在她编成辫子的一缕缕黑色长发中刨抓。这时克莱莉娅，这门技术的大师，按照胡文纳尔的指点为她梳头。全家都认为梅拉妮娅是表姐妹中长得最漂亮的，认为她会最早结婚。而作为女人,头等重要的责任——即使不是唯一的——正是要长得美,因此,她享有一切特权。科尔德利娅有金色的发辫,苗条的身材,火辣辣的明亮的眼睛,高高的颧骨,也许比梅拉妮娅还要美,但是我的读者将会明白,单纯的美丽是可怕的,它包藏着秘密,有一种奇特古怪的性质,而聪明才智也会受影响,会被美丽减色。据本杜拉家人的看法,才智稍逊色的迷人少女反而具有明显的吸引力。科尔德利娅也是仰慕梅拉妮娅的那些人中的一个,她热切希望她表姐的这种动物性能传染给她。她强压下咳嗽,弹着吉他唱了起来:

爱情的欢乐
是那么短暂,
爱情的忧伤
却终生难忘……

"别唱了!"毛乌罗冲她喊。他已经两手插在口袋里转悠了好一会儿了。他在她面前站住,继续说:

"为了那些无论是你、我,或是我们中间的任何一位,甚至连我们的父母也许都不了解的东西,你还要抱怨到几时?"

"这是什么话?"梅拉妮娅做出一副害怕的样子,"那么,我对你的痛苦的爱情,又是什么?"

"只有在我们玩'侯爵夫人五点钟出门'的时候才你爱我,我爱你。"毛乌罗回答,"一旦不能遵从一定的游戏规则,我们就什么也感觉不到。"

"这是爱的唯一方式,"梅拉妮娅叹息道,"没有规则怎么能相爱?"

梅拉妮娅很高兴就此转变了话题,她天生就有一种不可抑制的爱好,喜欢说私房话,谈论自己和别人的感情、爱好、行为和隐秘,以便打破或建立感情上的平衡。胡文纳尔蹲在她身边,给她描细长的埃及人式的眼睛,而德奥多拉心事重重地给她戴上几乎和她的发辫颜色一样深的紫色花冠。

"我倒是挺想爱上你的,梅拉妮娅,"毛乌罗小声说,"但是,在你和我之间不存在婚约,甚至那些讲惯了的话都不会因为环境的改变而产生意义的改变,这些话都是程式化的。今天不同了,我不能满足于侯爵的信念了。"

"今天,今天!"胡文纳尔叫着站起来,把正用着的化妆品洒了一地,"够了!你怎么能希望今天和其他日子不一样?在这里,我是秩序的总代表。我代表大人们。我要像他们一样决定,什么是正当的,什么是不正当的。今天和任何一天都没有什么不同。任何想改变今天事情的企图都算叛乱,等我们父母回来,都会受到惩罚。毛乌罗,你怎么也想像文塞斯劳那样,宣传制造混乱的思想?我绝不允许你这么干。我们都去玩吧,就这样,听见我说了吗?我们全体,都去玩'侯爵夫人五点钟出门',我来点点名,免得缺了谁。谁要是在这次的一致行动中,不尽责保证我们的思想远离危险的怀疑,他就会受到应有的惩罚。梅拉妮娅,你当那不朽的情人;毛乌罗,你别躲,你还是年轻的伯爵;而我呢,当那不忠实的侯爵夫人……"

"我不玩,"毛乌罗反对,"准要出点儿什么怪事了。"

"这里没有发生,也不会发生任何事情。"胡文纳尔坚持说。

他们听到了科尔德利娅的细声:

"怎么不会呢,既然今天不必守什么规矩?"

胡文纳尔气鼓鼓地转过身:

"你这个蠢材,痨病壳子,你也造谣惑众?住口!你懂什么?你这个被蛀空了的僵尸,连食人生番都不想吃你。"

这时,毛乌罗紧盯着梅拉妮娅,对她甜言蜜语,让她明显地察觉这是一种欺侮。

"我怕你,梅拉妮娅,爱情把我吓坏了,因为爱情使人捉摸不透。可是今天我意识到,直到目前我们经历的程式化的端正的爱情不能满足我了。"

梅拉妮娅披裹着她那薄雾般的长纱衫,站起身来,一直走到毛乌罗面前,离他很近,准备向他发号施令。在遮住正午阳光的摇曳的紫藤荫蔽下,所有的堂兄弟表姐妹都停止了他们的游戏,想亲眼看看这动人的一幕。梅拉妮娅的形象模糊不定,她的笑容是凝固的,而她那像美杜莎蛇发一样盘在头上的乌黑辫子却极富有寓意,打动了毛乌罗的心。如果他的皮肤能感受到梅拉妮娅温馨的气息,如果她的笑容不变,是的,就在此刻,他会忘掉自己的信念,即今天一定会发生什么变故,而沉溺在"侯爵夫人五点钟出门"这游戏的气氛中。

可是突然,毛乌罗看到梅拉妮娅的笑容变成了惊惧,他的堂兄弟表姐妹们的脸色也全变了,变了,由于出现了什么使他们的表情僵滞了,他们看得到,而他却看不见。他转过身。

"魔鬼玩偶!"他叫了起来,他认出这个穿着蓝裤子、剪了头发的陌生的男孩原来是那个满头金鬈发、穿带花边裙子的玩具娃娃般的孩子文塞斯劳。

孩子们大喊大叫围住了文塞斯劳,想抓住他,要教训他一顿。他们质问他,这是怎么啦?什么时候?因为什么?他打扮成这副样子,准会让他妈妈非常难过,让大人看见了,他们会怎么说呢?变了,变了,毛乌罗自言自语,他们自己不承认,但他们说的话都承认了这一点,他承认——他羡慕这一点——文塞斯劳已经走出了第一步。毛毛乌罗没有喊叫，也不想挤进人群。人们由于文塞斯劳穿了新奇装束，围着他问个不停。他爬上栏杆想远距离欣赏欣赏他表弟，好像从他身上发出异样的光彩。他确信，他和文塞斯劳——尽管在一小时前他还在他屁股上扇了一顿巴掌——在今天这个日子里，虽然方式不同，却期待着同样的东西。他认为自己没有能力像他的表弟现在这样令人吃惊——表弟模样大变，显示出他狂热而明确的目的和信念：破坏并改变自己，也改变一切。而他自己呢，应该等待，了解，思考，直到找到答案，为此目的，他要付出全部热情，这股热情无穷尽，但眼下，他只能把这些疑团混成一片，全然不知所措，提不出吓人的问题，因为今天——或从今天起，直至不要传统权威的将来——大概有可能找到答案。他不明白，为什么并不是所有的堂兄弟表姐妹都能像他一样，对文塞斯劳的蓝裤子和剪掉头发的行动标志的这个新时代充满热情。为什么正是梅拉妮娅吸引胡文纳尔离开了大家，身后跟着她那一小群随从哼哼唧唧地朝屋里走去。他们捂着眼睛不去看那小家伙，堵住耳朵，不去听他说话，他的话肯定会导致他们的特权王国的结束。毛乌罗一下子就看见了胡文纳尔变了色的脸，在上面，在大平台上面的中国式小客厅的窗户关上了。他们要在那里设防，谁知道是防御谁呢？防御什么呢？但重要的是，正是此时，毛乌罗做出判断，他们要反对一个敌人。这个敌人正是他们自己由于无能和恐惧制造出来的。

毛乌罗朝周围望去，寻找他的弟弟们：瓦莱利奥、阿拉米罗和克莱门特。他必须把他们从紧紧围绕着文塞斯劳的那群人里拖出来，他们被恐惧怔住了，不想离开那个地方。现在，他正需要他们。任务紧急，他要阐明他的目的，直至产生像文塞斯劳的打算所产生的那样明显的效果。文塞斯劳逃走后，这伙人中有几位确实感到今天的情况与往日不同,感到害怕,而另一些人开始怀疑了。这时,毛乌罗带着他的几个弟弟,跨过栏杆进了草坪,穿过花园,朝最隐秘的深处走去。

一看到大哥朝他打手势,瓦莱利奥就扔下船桨跟上他。阿拉米罗和克莱门特也踢着一个橙白相间的头盔形球跑下石阶跟了上来,以免有人发现他们离了群。瓦莱利奥立刻也加入了抢球,他们朝那池塘跑去,毛乌罗则刚刚消失在那边的纸莎草丛后面。到了池塘边,他们三个惊讶于大哥脸上的兴奋之情,却还在踢球。

"把球交给我!"毛乌罗朝他们喊。

"我不干,"最小的弟弟克莱门特回答,"这是我的。"

毛乌罗从他手里抢过球,扔进水里,那儿正有一只天鹅在游憩。他们眼看着那球消失在一个长满青苔的石洞里。

"我的球!……"克莱门特哭起来,他说,"我要去告状,你横行霸道,抢我的球。"

毛乌罗搂住他弟弟,对他保证,以后等他们有空的时候,一定把球找回来。他让弟弟明白,一旦他自己有权时,他就为他找球。

"干吗不是现在?"克莱门特不肯让步。

"因为我们得赶快。"

"急什么?"瓦莱利奥问,"要是大伙说的是真的,大人们不回来了,那么,我们就有的是时间。"

"我不知道他们是不是回来,"毛乌罗回答,"不管怎么说,现在,情况要变了,和我们所知道的不一样了。咱们走吧。"

他想继续朝花园深处走,可是瓦莱利奥拦住了他。

"等等。"他说。

"干什么?"毛乌罗问他。

"请对我们说明白怎么这么急。实际上我们的秘密行动毫无用处,也没意义。那么,你怎么能证明真有这么紧急?"

他们站在池塘边晒太阳,毛乌罗一边说话,一边脱掉外衣,解下上浆的硬领、黑蝴蝶领结,脱下条纹布衬衣,把它们扔在草地上,显出一副准备干活的样子。他肌肉发达,全身呈琥珀色,甚至两道弯眉下的深邃透明的眼睛都是琥珀色的,这使他的头发和睫毛显得更黑。在他身后,一只又一只的天鹅浮游在白睡莲之间,时隐时现。瓦莱利奥要求他立刻答复,怎么才能让他满意而不使他失望?怎么才能让自己也满意?就连他自己也还来不及对新的问题进行分析研究。必须动手干他认为绝不会弄错的、完全属于自己的那件事情,然后才会从其中得出答案,用来答复瓦莱利奥这么不合时宜地对他提出的问题。现在他只能说:

"你们来吧。"

瓦莱利奥站在他面前。

"你不说清楚我就不去。"

"你应该明白,我们干的事情不需要解释。"

"由此可见,并不是什么急事。我要回屋里去和大伙儿一块玩。"

"你要告发我们吗?"

瓦莱利奥考虑了一下,然后回答:

"要是集体活动这么要求,为什么不呢?"

瓦莱利奥是个热心肠的人,不知恐惧也不会犹豫,他当真认为可以告发吗?几年来,他们弟兄四个团结一致,共同的事业把他们联系在一起,由于现在过分认真,这份情谊真的会毁了吗?毛乌罗感到热

泪灼着他的眼睛,他凭着意志强压下眼泪。只是问:

"在你看来,我们的事业毫无意义?"

"喂,毛乌罗,"瓦莱利奥不耐烦了,"文塞斯劳改装了,这就说明会不断发生重大事件。我们没时间再考虑自己的秘密了。情况要求我们全力以赴,对付就要发生的事情。我要参与这并非凭空想象的事件。我们干的事情不过是幼稚的游戏,是一种幻想,一种消遣,除此之外,毫无意义。正是你自己说的,今天不是玩的日子。"

怎么敢对这对那给予肯定呢?连他自己还犹豫不决呢。毛乌罗自问。经过这么多年的秘密活动他仍是不能自信,为什么他的想象力这么强,以至于把虚幻的感觉当真了呢?

"我们不知道这是不是游戏。"他结结巴巴地说。

"瞧见了吧?这可真新鲜。为什么?既然一切都没变,你的观点怎么就变了呢?我们要那么干,仅仅是为了违反我们父母的意愿,干点犯禁的事,干点真正是我们喜欢干而不是家族一定要干的事,干点具有神秘感却没有结果的事。现在,正像科尔德利娅说的那样,没有法规了,所以也没有权威了,因此,实际上我们干的事已经失败了,你从克莱门特那儿抢走球,以此来显自己的威风,可这种权威已经不存在了。你要是还坚持我们的目标,你就是个胆小鬼。"

"为什么任何事情都非有个明确的目标呢?能不能有一种行动,表面看来无用,因为眼下还不知道它意味着什么,但可能最终以另一种方式对全局有利呢?"

"现在还不到时候。"瓦莱利奥回答。

"你太武断了。"

"你是个懦夫。"

"你太缺乏想象力。你像我们的父母一样,一定会制造出一种僵死的正统观念。不,我可不是胆小鬼。不过我可以坦白告诉你,我既不打算做殉道者,也不打算当英雄,看你会不会分辨这个差别。"

"并不是事事都有区别的。"

"话不能说得太绝对。"阿拉米罗和克莱门特反驳他。

"那好吧,"瓦莱利奥最后说,"你们就在这儿犹豫不决吧,我可得走了。"

他们眼看着他飞快地跑进别墅里去。

2

我的读者们会问,造成兄弟之间这场分裂的究竟是什么秘密?会责怪作者为什么卖弄老掉牙的技巧,靠卖关子来刺激读者的好奇心。实际上我是想把读者吸引到故事的这个部分,以便现在充分揭示其重要性,我想把它作为象征置于故事的中心。

为了满足读者们的好奇心,我必须追溯到出游这天以前的前几年,而且要说清楚几兄弟在池塘旁争吵时提到的那个秘密活动的来龙去脉。多少年来,这个秘密使西尔维斯特雷和贝尔尼丝的四个孩子暗中保持着团结一致。从外表上看,他们没让这秘密扰乱家族的生活。因为对这个家族来说,从来一切全都一成不变,因此他们各自不折不扣地扮演好分派给自己的角色。确实,西尔维斯特雷和贝尔尼丝,还有他们的四个儿子——毛乌罗、瓦莱利奥、阿拉米罗和最小的克莱门特,他们成了典范,庄重,开化,举止得当,不仅在社交界,就是在铁矛栅栏圈定范围的消夏别墅里也是如此。

这道铁栅栏是别墅最引人注目的特点之一。毛乌罗十岁那年,足足用了一个夏天,清点铁条的根数:总共是一万八千六百三十三根。这些铁条很高,是黑色的细铁棍,但绝对不可能折弯,质地非常好,每根铁棍越往上越细,最后收束成闪闪发光的黄色金尖。下面,在腐殖质下,坚硬而耐久的灰浆把它们牢牢地固定在地上。那年消夏之后,在回首都时,毛乌罗的父母——他们都不曾发现自己的大儿子经常离开正在玩耍的伙伴们,去卖力地清点长矛的数目——想在他生日时奖励他,因为他表现出色,给他的弟弟和堂兄妹们做出了榜样。他们问他想得到什么礼物。他让他们大吃一惊。他们本来甚至打算送他一匹小马,而他却要一支铁矛。他是故意的,对他的要求不做详细说明,他要看看他们反应如何。于是,西尔维斯特雷和贝尔尼丝吩咐让首都最好的锻工照组成玛鲁兰达铁栅栏的长矛的样子打一支长矛,但是他们定做的这根尺寸要小些,矛头不那么尖,以免发生危险。总之,是一件玩具。毛乌罗让他的父母大为失望。他并不看重这件礼物,把它扔在他们在首都外国人住宅区建的新房子的花园的深处,让它在那儿生锈。有人问他时,这孩子回答:

"这不是玛鲁兰达的那种长矛。"

"那个你怎么能要呢,孩子?"贝尔尼丝发火了,"玛鲁兰达的长矛是属于整个家族的财产,我们不能乱动。"

"我不能根据我的愿望要东西吗?"

"当然可以,但是要合情合理。"

"这个条件,在答应送给我礼物时可没有讲明。再说,不正是你们对我说过,对于我们本杜拉家族的人,不存在任何限制,因为规矩正是我们制定的。"

"可你必须承认,一切都有个限度,"西尔维斯特雷补充说,"因此,实际上存在着限制。"

"要一根毫无实用价值的长矛有什么不合情理?这根长矛完全

不同……"

"必须有所不同。"

"这又为什么?"

"这是因为,今天的技术和使用的材料与当年制造那些长矛的时候已经完全不同了。"

"既然我们承认今天进步了,现在的技术更完善了,那么就应该能再造出原始时期能造出的东西。不然进步就成了遗忘和倒退。这根长矛的矛头这么钝,而且又是铜的,妈妈!"

"那该是什么的?"

"该是金的。"

"亏你想得出!"

"玛鲁兰达的长矛尖都是金的。"

"这孩子的想法真怪!"

"这是真的,所以它们不生锈。它们总是闪闪发光,不必让仆人们爬上去磨光。当然,它们是用贵金属制成的。你们答应过我,要什么就给什么,可是你们说话不算数。"

"是你没有说清楚条件。"

"要是你们真想让我高兴,而不是只想尽尽义务,你们就该先问问我。"

西尔维斯特雷和贝尔尼丝互相对望了一眼。父亲说:

"你太不知足了,因此你不配得到任何礼物。你是在白日做梦,这恐怕更严重。你已经长大了,应该懂得分寸,别再提什么矛头是金的了,小心,这是很危险的。"

"忘掉那些长矛吧,毛乌罗。今后,我要让仆人们对你实行特别监护。要是我从他们那儿知道你尽做些犯禁的梦,我就要惩罚你。

在去避暑之前,我要送你到国外去学习,直到你的头脑被洗得和我们的主顾——那些黄金出口商一样了,才让你回玛鲁兰达来。"

毛乌罗正像所有姓本杜拉的一样擅长伪装,从表面上看去他的行为无可挑剔。而他的父母又很会回避任何使他们不痛快的事情,因此这次谈话没有给西尔维斯特雷和贝尔尼丝留下什么印象。而且从那以后,任何处罚都归仆人们掌握。看来,这次谈话在毛乌罗那儿也没有留下什么痕迹。在全家人眼里,他完美无缺,长大了。尽管有这个伪装,父母的禁令还是在他身上激起了一种抑制不住的渴望。他要搞一种秘密活动,完全属于他个人,虽然他自己也不很明确这秘密活动究竟是什么,但这会给他带来犯禁的名声。于是,利用周密选择的时刻,在没人需要他或没人能发现他不在的时候,他多次躲过了仆人们和园丁们的监视,跑去察看那道铁栅栏。他的手指摸遍每一根铁棍,在那些没有像他那样看惯了这些铁矛的人的眼里,每根铁棍都完全相同,但他逐渐能看出细微差别。在他的想象中,这些铁矛都异乎寻常。它们之间的不同差别,引起他不同的情感。有些矛杆太滑,或粗细不匀,或不太挺直,他都看不上眼。他喜欢那些特别细长、表面特别黑、质地良好的。经过长时间的比较、选择和考虑,他决定爱上其中的一根。这是一根完美无缺的铁矛,非常挺直,金色矛头直指玛鲁兰达风云变幻的天空。这根长矛的名字就叫梅拉妮娅。

与此同时,表姐梅拉妮娅比他更快地长大成人。她长成了个小女人,体态柔美,总是露着两个酒窝。她那含情脉脉的目光,毛乌罗只在幼稚的童话中才见过,没多久,她就出类拔萃了。她的神态为她赢得各种好处,不知不觉,她便博得了全家的好感。而毛乌罗与她同岁,却依然混在和他年龄相仿的一大群不易辨认的堂兄弟表姐妹之中。自然,梅拉妮娅并没去注意毛乌罗,因为她陶醉于把她的形象奉为楷模的甜言蜜语中。过不了几年,等她满了十七岁,大人们就会把她接纳进自己的行列。他本想劝阻她,可别加入,但她对任何建议总是报以同样的笑容。这类建议之所以有趣,就因为它们不是"侯爵夫人五点钟出门"的新情节,这个游戏使她感情奔放,因为在游戏里,什么都不是真的。为了打破这种僵局,一年夏天,毛乌罗忽然心血来潮,在他称之为梅拉妮娅的长矛周围挖起来,他要得到这支长矛。他一边挖,一边自问,他能赋予"得到"这个词什么意义呢?对于一个像他这样的孩子,"得到"梅拉妮娅是什么意思?一旦得到了她,又能把她怎么样?

　　梅拉妮娅长矛位于花园的深处,是走过马厩围墙后的第四根。那一段的铁栅都被修剪成雉堞式的爱神木树丛遮掩住了。他在这里进行他的违法行为,很难被发现。当初,他挖得很小心,只想把他的秘密深深地掩藏起来。他小心翼翼地把长在铁矛根基附近的草连根挖起来,不使它们有一点枯萎,免得在把草埋回原处时,被园丁们发现。这些园丁监视着花园里的每一寸土地,就连这么冷僻的地方也不放过。后来,他胆子大了点儿,用上了锥子和锤子,这样可以挖到灰浆的深处。为了能"得到"梅拉妮娅,整整一个夏天,他又挖又凿。夜里,他把枕头搁在床上冒充他自己,冒着被发现的危险溜出去挖长矛。贝尔尼丝每天早晨都要检查她的四个孩子,看看他们在公开露面之前还有什么不妥当的地方。那时,毛乌罗就编造一些让人难以相信的理由为两手关节上的伤口找借口。这种小孩子的谎话给人以快感,是培养个性的必要条件,是秘密的纷乱,这种偷偷摸摸,使他在堂兄妹中成了独一无二的人物,虽然他们之中没有一个人能认识到这件事情的价值。直到最后,一天下午,梅拉妮娅长矛终于松动了。他感到它像有生命的活物一样在震颤,在他柔韧有力的两手把握下,他实实在在地感到了长矛在回应他。最后,他终于把长矛拔了出来。它自由了,脱离了那排栅栏。他们可以在一起,筋疲力尽,却幸福地躺在草地上。他把长矛从和它一模一样的铁矛组成的铁栅栏中拔了出来。少了这一根,铁矛之间的间隔就不同了,匀称遭到破坏。毛乌罗觉得,就像是打开了通向无垠的外部世界的一扇窗子,一望无际的原野全都从这个缺口冲了进来,改变了由一根根铁矛组成的正常标记。从那时候起,他开始天天到这树丛后的秘密地点,拔掉名叫梅拉妮娅的那根长矛,把它搂在怀里,静静地躺着,观赏那一望无际的原野从梅拉妮娅长矛留下的缺口涌进来。

"你到哪儿去了,一下午都不见你的影?"一见他回去,梅拉妮娅表姐就问。

"用功去了,"毛乌罗回答,"等长大了,我要当个工程师。"

梅拉妮娅笑着说:

"你这样就行了,不必再当什么。昨晚我听你爸爸说,要是你能保持你的才能,他就要送你去留学,去他的朋友那儿留学,就是那些收购我们金子的络腮胡子、水泡眼的外国人。我们家需要有人掌握这种高级学问,可现在却没有这样的人。这个主意你喜欢吗?"

"不,我恨透了。"

"为什么?"

毛乌罗吃了一惊,为了掩饰,他笑着回答:

"我怕自己会爱上一个红头发的姑娘,再也回不了玛鲁兰达。"

在首都,毛乌罗开始经常去阿德莱依达姑妈家拜访,为了能和表姐梅拉妮娅待在一起。他也不清楚自己这样做是为了怀念梅拉妮娅长矛,或是恰恰相反,他曾和梅拉妮娅长矛躺在一起,是为了与梅拉妮娅表姐确立一种非同一般的关系。在首都阿德莱依达姑妈家,他经常观察梅拉妮娅那条弯弯曲曲的粗黑辫子。当梅拉妮娅表姐在灯下低头看一册明信片时,那辫子就垂在椅子背上。他也感觉得到在玩牌的桌下,他的膝盖紧抵着她的膝盖,这是一种令人晕眩的近于不规矩的行为,是在本杜拉家族的铁栅栏的不可遏制的颤动中就已开始了的。随着他的长大,在玛鲁兰达,他总是追逐着梅拉妮娅。这种公开的结对全家人都认可。他们不避人耳目,大家都认为这很正常。这是年轻人成双配对的正常途径,也许有一天他们真会结婚。只有奥莱伽利奥姑父发现他们在金银花棚下亲昵地谈话时大为恼火。因为他和塞莱丝黛,这女孩的教父和教母,不仅在整个家族,而且在首都的上层人士中,都堪称高雅的典范,他们认为这种行为太过分了。如果可怜的塞萨隆,梅拉妮娅那悲惨死去了的父亲,和痛苦地守寡的阿德莱依达,当时不知严守界线,那将会是什么情景呢?于是奥莱伽利奥——高大魁梧,髭须,眉毛黑得发亮,就像他那双漆皮靴,嗓门大得像风吼——命令他的儿子胡文纳尔看住这一对:他表妹的贞洁就由他负责保护了。玩玩"侯爵夫人五点钟出门"倒没什么关系,但是,要小心!……不能越界。这种监视的主要结果是促成了三个人的亲密无间。毛乌罗十分小心地遵守奥莱伽利奥姑父的规定,他的恭顺越来越堪称模范。而他和表姐梅拉妮娅的"恋人"关系也以令人满意的方式在发展。

看到毛乌罗外表上的完美,本杜拉家的大人们交口称赞西尔维斯特雷和贝尔尼丝有福气。因为他们在自己的其他孩子身上也会看到这种完美举止。不过他们的赞扬很有分寸,因为他们赞赏的不是一种个人的优点,他们赞扬的是血统的优越。他们之所以能够这样,只因为他们应该这样。

西尔维斯特雷和贝尔尼丝是和那些外国人有社交关系的唯一的本杜拉家的人。就是这些长着红胡子,鼻子上布满雀斑,眼里露着厚颜无耻的外国人从他们手中收购黄金投入国际市场。这些人那颜色刺眼的坎肩上挂着显眼的怀表链,他们在教区咖啡馆门厅喝白酒,喝得酩酊大醉,大呼小叫地行酒令。他们聚集在那儿,收集土特产装船出运,货船就停在咖啡馆前面的码头上,货船摇摇摆摆的桅杆上栖息着成群的银鸥。虽然本杜拉家族认为这些商人太粗俗,不配受到邀请来与自己同桌入席,但他们从这些商人的慷慨大度中大捞好处。对这他们心中有数,但是他们死不承认——他们也同样从土著的金箔生产中捞到许多好处。

过去的那些美好的日子里,这些外国佬龟缩在教区咖啡馆里,足不出户,或至少在咖啡馆外很少见到他们。把他们限制在只是做买卖的圈子里很容易。可是现在,他们已经成了文明的支柱,成了能使人免遭食人生番危害的可靠保障,成了"十字军骑士"。既然要维持现状,他们的作用便必不可少。出于一些西尔维斯特雷宁可不过问的原因,最近他们的热忱更加高涨了。总之,合同的总金额已只是外国佬们爬上埃尔莫海内斯那间冷冰冰的办公室乖乖地签字付款的问题了。他们现在好像开始要求显赫的本杜拉家族——是这个家族用鲜血书写下这个国家的政治、社会和经济发展史——不但在经济利益上与他们结为一体,而且在家庭利益上也要一致起来。事实上这些头脑过于简单的外国人,远离自己的故乡,只要有点消遣,能适应环境就行,他们的要求不高,只求别太无聊。

西尔维斯特雷是本杜拉家族中比较活泛的。秃头,发胖,乐天知命而又富于同情心,对家族分派给他的角色挺感兴趣——把这些外国人吸引到自己身边,起到一座堡垒的作用,免得这些外国佬去干扰其他人的生活。他必须以自己的坦然自若赢得这些外国人的好感，幽默成了他的拿手好戏。他以此为诱饵，把容易上当的外国佬控制在自己手里。他不是那号人——听到粗俗下流的玩笑就无言可对，对着几瓶酒就发怵，或不敢去光顾新开的特兰西瓦尼亚女人的妓院。只要与买卖有关，他就会选择适当的方式，让双方都感到满意。这不仅使他得到巨额好处费——那是埃尔莫海内斯偷偷地塞进他腰包的，而且还有大量的请柬和许诺，以及不止一次地以现金秘密支付的代理费——这是从外国商人那边得来的。他们就用这种阿谀奉承和赠送进口礼物买通了他。因此，没过多久，他身不由己就改变了立场，终于认为凡是从红头发外国人土地上来的人都具有土著印第安人缺乏的高尚品德。他和他们一样地穿着打扮，模仿他们的习俗，而且花了不少工夫去学他们那有十八种变格的难懂的语言。在他看来，只有这种语言才与他般配。

但是这些外国人还有妻子，她们感到自己被排除在社交活动之外，处于次要地位，因此郁郁不乐。确实如此，但是她们能在很大程度上控制自己的丈夫。在教区咖啡馆里，在擦得锃亮的金属栏杆里，只有脚蹬靴子的男人才能参加那些茶话会。西尔维斯特雷开始感到他们不怎么好对付。例如，当阿德莱依达看到一个自以为了不起的外国女人停车在自己门前时，她冲口而出，吩咐说自己不在家。这样，黄金的价格一下子就下跌了一半。接着，这位吃了闭门羹的夫人的丈夫就在教区咖啡馆里散布谣言，说什么在玛鲁兰达发生了一次食人生番的大暴动，因此，投资给本杜拉家族风险极大。谣传本杜拉家族根本没能降服土著居民，很可能他们就是这些野蛮人的代理者。无论是埃尔莫海内斯还是西尔维斯特雷都无法制止这种荒谬的谣言，但这些谣言并不由于荒谬而无害。这时，西尔维斯特雷和阿德莱依达成了对头。他对她讲明家族是怎样地依赖这些外国人。这位大姐当然拒绝让步:本杜拉家族,她宣称,不依赖于任何人。但愿西尔维斯特雷别这么庸俗,宣扬什么"时代不同了"的陈词滥调,为他的奴性开脱。用不着以为和商人们打得火热就冲我们耀武扬威。瞧瞧吧,连他的孩子们都染上了那洋化的怪癖!他的大儿子,竟敢宣称他要去留学,以便能当个工程师。是谁把这种念头装进他脑瓜里的?一个本杜拉,要想成为一个他所希望的人,还需要学习?坦白地说,她认为这实在太危险了。为了表示不赞成,有一段时间,当毛乌罗去看望梅拉妮娅时,她闭门不予接待。结果,这两人,除了偶尔能在阳台上搭上几句话外,只能盼着重返玛鲁兰达,再继续他们的谈话。

西尔维斯特雷明白,必须立即制止这些将家族的名字和食人生番联系在一起的谣言,必须挽回由阿德莱依达给那个女人造成的难堪。他于是请求贝尔尼丝主动邀请那个女人,陪她乘着豪华马车去棕榈树林荫大道,在人最多的时候,到那里散步。这样,整个社交界都会看到她们在亲密交谈。由于贝尔尼丝这小小的调解,本杜拉家族在他们的领地上包庇食人生番的谣言就变成了笑话。黄金价格又回升了,不再是半价,而是原价了。埃尔莫海内斯付给西尔维斯特雷一笔让他满意的佣金。而对贝尔尼丝,他以个人名义送给她一顶毛皮帽,还有一副西伯利亚貂皮手笼。这是那些外国人为了感谢她,使他们能与这个奇异的国家保持良好交往而送的。

在首都,人们喊喊喳喳议论着很多关于贝尔尼丝的事情。她在错误百出地说外国话时,显出的那副俊女人娇滴滴的样子太做作了。她这么做作,就是为了招那些红头发外国佬发笑。她那双关语里的错误都是她故意深思熟虑安排的。她给孩子们转了学,让他们和那些在异国环境中诞生的满脸雀斑的孩子一起上课,这种喊喊喳喳就升格,闹得满城风雨。毛乌罗、瓦莱利奥、阿拉米罗,甚至最小的克莱门特,没过多久就具有一种特别的风度,从而赢得了非常时髦的名声,这种赞语就像耶稣降临节给他们加上的一道耀眼的光环。人们开始羡慕这些孩子,这种羡慕表现为模仿他们的穿戴,模仿他们的举止。于是,很多天真的母亲意识到"时髦"正是完美,她们把自己的孩子从阴森森的修道院学校转到西尔维斯特雷和贝尔尼丝的孩子们读书的学校去。不得不承认,这所学校确实教育有方。首都相当多的人终于通过这个家庭认识到,那些外国佬非但不粗俗,而且很"时髦"。这种使他们出类拔萃的差别也使他们高人一等。人们开始邀请他们上自己家里去做客。在这些家庭里,外国佬的许多曾被视为缺乏教养的习惯都被接受了。

但是,根本不可能使毛乌罗除了与外国人的孩子交个表面上的朋友之外更进一步发展友谊。他就像所有本杜拉家的人一样越来越严肃、固执,他把一心想返回玛鲁兰达的念头偷偷地隐藏起来。西尔维斯特雷和贝尔尼丝鼓励他邀请一个外国同学去别墅度假,借此可以说说外语,建立友谊。这种友谊,在未来的日子里,会使他们结成同盟,但是毛乌罗借口他胆小推托掉了。他竭力掩饰着,他厌恶一切使他不能专心致志地干他在别墅里已经开头的那件事以外的事情。父母发现他们说服不了大儿子,就想方设法说服二儿子,即轻率、狂热的瓦莱利奥,让他去吸引那些红头发的孩子去玛鲁兰达。最初,像对任何建议一样,瓦莱利奥显得非常随和,但是毛乌罗暗地里答应他,如果能顶住父母的压力,作为奖赏,到了夏天,就接纳他参加一项真正的秘密活动。

"一言为定。"瓦莱利奥同意了。

已经有三个夏天了,毛乌罗总是溜到花园深处,不光是为了和梅拉妮娅长矛一起消遣,而且也是为了把它从原地拔出来,以便从那个缺口看看外面那无边的世界。当他把瓦莱利奥带到那里,这位兄弟不满足于只是朝外看看,他还想走出去,到原野上去。他们觉得梅拉妮娅长矛的缺口太窄,就决定挖与它紧挨着的另一根,把缺口扩大。等到挖出了第二根铁矛,他们钻了出去,在原野上待了一小会儿。虽然缺口扩大了,他们感到很高兴,但毛乌罗并不满足。是否再挖起一根?这个建议正合瓦莱利奥的心意,他们动手干了起来。毛乌罗自问,这是干什么?毫无目的地扩大缺口,难道会比从幽禁地逃脱这事儿本身更重要?

那年夏天,他们挖出了九根铁矛。每挖出一根,他们就马上把它埋回原处,仔细地把那根基上的草栽好,生怕有人发现这里被挖过,发现这九根铁矛是活动的。对于毛乌罗,这已经不成问题,在他和他弟弟的努力下,缺口越来越大了,只凭意识就可感觉到缺口的存在。他的行动是盲目的,纯粹出于一种本能:需要制造一个秘密。他和瓦莱利奥都迫切地感到必须推倒圈住这座别墅的围栅,哪怕还要把围栅留在原处。铁矛非常多,这倒确实。要完成任务遥遥无期,但是,正因如此,以及狂热的愚昧,促使兄弟俩冒着被发现的危险,一个夏天又一个夏天,在这无从解释的迷人的工作中耗费精力。

那是在出游的前一年,当时,毛乌罗和瓦莱利奥在十分艰巨的任务面前丧失了信心——一万八千六百三十三根铁矛,对两个孩子来说,实在太多了。这时,他们的两个小弟弟自动来帮忙了。这四个里的每一个,都从不同的角度被这一难题迷住了。此外,还因为这是一桩秘密活动,是其他人不知道的。他们四个人成了这个家庭的精英,这个小团体在干一种离经叛道的,或是有害家族利益的事情。

有些晚上,虽然这样的时候极少,但他们能够从自己的床上逃脱,赶到爱神木雉堞后的工作点上,陶醉在此刻的银色苍穹之下。他们的刨挖声被茅草震耳欲聋的窸窣声遮盖了,于是茅草也成了同谋。他们的行动发生了变化,目的比较明确了,那就是要打破迷住人们的梦幻。当他们挖松铁矛时,对这点是很清楚的。当他们随即又把铁矛埋回原处时,这种解放就只能是精神上的,理论上的,然而这就足够了;或许在全部工程完工后,他们将会感到满意。他们并不贪图占据这些铁矛,也不想在明亮的月光下,在原野上奔跑,用这些长矛去刺野猪,尽管那缺口越来越大了。实际上,他们对钻出去走走已经不感兴趣,他们既没有想想,这些长矛是怎么来的,也没去考虑这种非同寻常的封闭的目的是什么,以及要延长到何时。他们关心的只是这件事情——把长矛刨松,挖出来,然后再埋回去,这艰巨的任务刺激着他们的想象力。长矛的美丽,数量,那些单凭眼睛看不出的特点,除了他们四个,没人能够分辨得出来。等到他们把所有的铁矛都从灰浆里挖出来——怎么挖得完呢?在什么时候?——那时每一根构成一个独立体,不可取代,却可以类聚;可以出于上千种不同的目的,以上千种不同的方法重新排列组合;不再像我们现在这样把它们筑成铁栅栏,迫使长矛具有一种象征性的作用。也许那时,这种象征将会揭示此刻他们集中在这儿的狂热行动的非凡意义。

在这错综复杂的种种含义中,毛乌罗仅仅能明晰地识别出一种,那就是他由梅拉妮娅表姐所感到的。等他们大功告成,放倒了铁栅栏,这件事很容易就会使别人折服。要是当他不必遮遮掩掩地干这件事时,又会怎么样?一旦没有爱神木的遮掩,而谁都可以来询问他们时,怎么办呢?他们还要挖出这么多、这么多的长矛,这是需要很多时间的,没有任何庇护,他们肯定要遭到惩罚。不过,目前还不必为这个问题费心,那将是很久以后的事情。

3

毛乌罗满心忧虑地数了一遍:到大人们出游这天为止,只挖松了三十三根。三十三根长矛虽然已经活动了,却依旧挺立在原处。毛乌罗十六岁了。孩子不会永远是孩子。对于他,无可挽回的是,孩童时代没剩几天了。如果他满十七岁了,就到了"成年",今天必须去野游。他发誓,即便他成了大人,也绝不放弃这件工作。他注视着自己满是血迹的手,想到明年夏天他就不能再和顽皮的孩子们一起玩耍了,他似乎看到自己那颗流血的心。挖铁矛的工作必须在今年夏天干完。可这怎么能办得到呢?现在又少了个瓦莱利奥,是不是要把他们的秘密向所有堂兄弟表姐妹公开,甚至对那些最小的、最服从父母命令的孩子公开,让他们来帮忙?要不要找文塞斯劳商量商量?他今天好像是大家的统帅。不,暂时还不必要。他的使命是要单独完成的,他的问题是特殊的。那么,就在这一整天里,或在假设他们父母长时间的不在而延长的这段时间里,继续干下去?他对这也没什么把握。不幸的是,到了明年,当他正式成为"男子汉"时,他很可能揭发那些仍旧执着于童年时代白费时间的堂弟表妹。他会否定自己的秘密活动。他会无动于衷地眼看着他们多年的劳动成果怎么在大人们的戒尺下遭到破坏,他们怎样命令仆人们用鞭子抽人。他会冷漠地毁灭一切的价值,以便斩断自己的一切怀念。但是,不会,他准下不了手。毛乌罗在水沟里洗了洗手和脸。这时克莱门特小声说:

"我们是三十三个……"

毛乌罗停止了洗濯。克莱门特还在叨念：

"……三十三个，正像长矛……"

兄弟三人面面相觑。在挖出第三十三根长矛后，他们的肩膀上都是汗。他们那上过浆的、袖口上闪烁着贵重的袖扣的衬衣晾晒在一个小土丘上。天很热，把腿浸在水沟流水中真是舒服。克莱门特为什么要强调这种巧合？今天，恰恰是在大人们出游的今天，恰恰是在这没有了规矩的一天，松动的铁矛是三十三根，而他们，被囚禁在这些铁矛划定的圈子里的表兄妹们，也是三十三个。毛乌罗不得不提醒自己，理智些，他将来可是要当工程师的。他蔑视巫术，不相信占卜，不相信数字有什么隐秘。只有像法尔毕娜姑妈那样愚昧无知的人才靠这一套来辖制他们的生活。可是，由他小弟点明的巧合，确立了一种新的法规，这些还无法解释的法规将取代他们外出的父母的法规而存在于别墅之中。水沟的水静静地流，一切征兆，一切巧合，都在一道低语。在这个时候，瓦莱利奥待在房间里干什么呢？在文塞斯劳改装引起的恐怖之后，那边又发生了什么？但是毛乌罗觉得文塞斯劳并不是唯一的一个已经开始行动的人，他自己也是一个。三十三个堂兄弟表姐妹，三十三根铁矛，正巧又是在出游的这一天……不能不承认，这有点古怪，让人惶惑，引人注目。可是，为什么要这么敬重文塞斯劳？几分钟前当他出现在平台上时，似乎是由于钦佩对他产生了敬重。不。文塞斯劳充其量不过是魔鬼玩偶，过去法尔毕娜姑妈曾心血来潮买了一扇日本屏风和一个小金盆。她带着文塞斯劳，他虽然已到了穿长裤的年龄却依然被打扮成女孩。每天早晨散步时，他都被带去展览，身后跟着一个仆人，带着屏风和小金盆。法尔毕娜不时地在高雅的人群中停住脚步，吩咐仆人在小金盆周围撑开屏风，隔出一个临时的小厅，然后强迫文塞斯劳进去解手。

她则对熟人点头致意或拦住一个女友聊上一阵。这被看成是个很高雅的主意,几个热心的母亲立刻就仿效了。一个由人这么摆布的孩子怎么能让人敬重?

"现在该轮到第三十四根了。"阿拉米罗在水沟里冲过凉,迫不及待地说。

毛乌罗躺在草地上,掩藏在黑眉下的两眼紧盯着阿拉米罗的眼睛。

"你骗不了我。"他对阿拉米罗说。

"你这是什么意思?"

"我知道你干吗急着再挖一根。"

"我倒想知道你是怎么看的。"

"很简单,你害怕了。"

"怕什么?"

"你怕的是今天,正巧在大人扔下我们的几个小时之后,挖出来的铁矛是三十三根,而我们堂兄弟表姐妹也是三十三个。你想打破这种巧合可能产生的魔力,就急于再挖一根,这样就成了三十四根。虽然你看上去很理智,但你害怕神秘事物。"

阿拉米罗反驳说:

"你敢跟我担保你不怕这些神秘的事?"

毛乌罗耸了耸肩膀回答:

"当然可以。"

"你呢,克莱门特?"

"我才六岁,对于我来说,什么都很神秘。"

还没等克莱门特说完,两个大孩子就跪在第三十四根铁矛的地基上。最小的那个负责监视那条小路,他手里抓着一块石头,一有人来就扔石头报警。毛乌罗在上,阿拉米罗在下,四只手紧握住第三十四根铁矛杆,准备进行第一步:估量一下它的牢固性,凭借轻微的摇撼判断要使多大劲才能把它拔出来。毛乌罗发令:

"拔!"

两兄弟一起往上拔,铁矛轻易地出了土,它不像别的长矛,那么牢固地砌在灰浆里,它是活的,脚下的土简直没经翻动。兄弟俩慢慢地把铁矛放倒,让它斜倚在灌木丛上。毛乌罗直嘀咕:

"准搞错了。"

他们静听着溪水潺潺地流过。

"肯定是我们数错了。"阿拉米罗说。

"再数一遍。"

他们从头数起,从靠着马厩围墙的第一根一直数到第三十四根,正是刚被他们拔起来斜倚在那儿的那根。阿拉米罗认为:

"这太简单了。"

"没人要你做解释!"毛乌罗吼起来。一旦试图解释,必然出现疑问,然后就是恐惧。

"也许没什么可担心的,"阿拉米罗竭力息事宁人,"是我们一开始就数错了却不知道。我们太心急了,所以实际完成的要比我们以为的多。这样更好。这么一来,就剩下一万八千五百九十九根了,根本不存在什么巫术。"

"再来试试第三十五根吧。"

他们挪动了几步,蹲在下一根铁矛旁。可是,当他们像刚才一样握紧它往上拔时,它也一下子就出了土。这根铁矛倒下来,斜压在刚才那根上。毛乌罗和阿拉米罗也垂下了手,在他们自认为已掌握着的奥秘之外,还有别的奥秘。一种难以解释的东西强求他们对它肃然起敬。

"谁干的?"阿拉米罗开口发问。

毛乌罗止住他：

"什么也别问。"

"你还是别堵我的嘴,这样更糟。"

死一样的寂静,甚至连潺潺流水似乎也悄然无声了。毛乌罗做出决定：

"只能这么干。试一试下一根是不是活的。"

阿拉米罗不赞成。他拉住毛乌罗,别,先别,最好先说个清楚。瓦莱利奥说什么来着? 可他,今天选择了和这个已经不是闹着玩的游戏无关的其他事。他们把克莱门特叫过来,起码他也能参加这秘密商议。考虑了一会儿之后,毛乌罗接着说：

"我觉得,铁矛这么多,要估计到有这种可能,很……很自然的,其中总会有一两根是活动的……不过,看来我这解释谁也不会满意。"

"不满意……"另外两个孩子说。

克莱门特提出异议：

"比你说的还要糟,完全不是那么回事。"

"确实。"

他们陷入重重问题之中,而且问题全都带有威胁性,全都严酷地摆在他们面前。谁干的? 是哪一些人? 用什么方式? 在什么时候? 为了什么? 有多大范围? 是现在还是在几个世纪以前? 他们有什么样的手? 什么样的面孔? 用的什么工具? 这有助于他们的努力还是剥夺了他们可能的目标和答案? 如果另一根,下一根铁矛,也是松动的,难道说,一代又一代的大人们,在像他们一样还是孩子的时候,也以挖松花园周围这栅栏上的铁矛做消遣,所以才会有这么多没有被灰浆砌死的铁矛?如果是这样,这个使他迷醉的行动就太浅薄了!毛乌罗想。他的目标实在令人失望,根本不能使他这个一心谋反的人出名。他仅仅与前辈一样,干了命中注定的事!毛乌罗盘腿坐在草地上,两手捂住脸,只是从他肩膀的抖动才能发现他在哭泣。克莱门特抚摸着他的满头黑发。他抽泣着说:

"同样的事,别人早干过的,我们白干一场。我们在这儿花费了多少时间,盼着能解开这个谜,结果我们的工作连一场儿戏都算不上!"

毛乌罗擦干眼泪站起来,朝第三十六根铁矛走去,轻而易举地把它拔了出来,放倒在草地上,然后拔出一根,一根,全摊在草地上。他不停地拔着,缺口越开越大,大片的原野涌了进来。拔起的铁矛越来越多,全都不费吹灰之力。他越干越快,越干越有把握,他似乎很清楚为什么要这么干。越来越多的铁矛倒在他惊愕的弟弟面前。真的,确实如此,所有铁矛都是活的,全都一拔就起,因为早已有人像他们这样干过。构成这望不到头的铁和金的链条的长矛倒下了,而且要完全倒塌,正是这长长的链条保护了他们,把原野阻隔在外。

阿拉米罗和克莱门特,最初被大哥的渎神行为惊呆了,这时又被他的狂热感染,也和他一样干起来,动手去拔长矛。铁矛越拔越多,他们也不再注意它美不美,只是为拔而拔。他们叫着喊着,拆除这道屏障,不再数拔出的根数。因为现在的问题是朝着一个可能的目标前进:因为不可能的事情正成为可能。他们好像着了魔,他们以极矛盾的心情不能不注意到,通过现在这个变得极大的缺口,茅草一拥而入,征服花园,要霸占这块土地。但是他们顾不上去感觉和思考,只是一个劲地猛干,要拔掉更多的铁矛。他们汗流浃背,沿着即将被拆除推倒的花园的围栅呼喊向前。最后,西尔维斯特雷和贝尔尼丝的儿子们冲到了爱神木树丛尽头的砂石小路,再没有树丛掩蔽他们。这条小路——铁栅栏和原野构成扇形与草坪相接,草坪被椴树林荫道环绕——直通南平台和月季花园。兄弟几个无遮无掩地暴露在外。在靠近路边的斜坡的一条长凳上,萝莎蒙达、阿维利诺和科斯梅,除了自己的游戏,对其他一概不问。他们正处于紧张的寂静中,这大概是他们下的第一千盘国际象棋。最初他们连眼都不抬,在认出是表兄弟时,咕哝了一声:

"喂!……"

当觉察出他们为什么大呼小叫时,这三个棋手立刻撞翻了棋盘,洒落了棋子,不管三七二十一,和不再小心翼翼的三兄弟一齐呼叫着,一根接一根地,疯狂地拔那些长矛。他们拆掉这座屏障,打开花园,破坏了无边无际的原野上他们生活在其中的这块祖母绿宝石。当这六位丧失了理智的堂兄弟表姐妹,拔除了越来越多的铁栅栏,靠近花园的中心时,其他堂兄弟表姐妹看见了他们。他们在榆树下、欧栗树下,从南平台,从池塘那儿,在由锦熟黄杨组成的迷宫那儿看见了这六个人。于是他们也连呼带吼地,互相招呼着,从四面八方冲过来加入这场拔铁矛的闹剧。他们扔掉手里的布娃娃、流行小说,丢掉手头正忙着的活计,急急忙忙赶去加入这个疯狂的行列。这里有科隆芭和莫尔伽娜,阿格拉埃和阿维拉尔多,奥林比娅和佐埃,还有满腹狐疑的瓦莱利奥,他力图恢复他在这场发生了意外变化的闹剧中的地位,还有科尔德利娅,还有……几乎是所有的人,他们互相招呼着,冲下石阶,吓得孔雀和鸽子东飞西窜。他们叫其他人快来看出了什么事——他们从来不参加"别人已经干起来"的事情,因为据他们看,周围发生的自然现象比他们的个人意志更强大。他们互相扶持着,以便跑得更快;快来,阿玛代奥;卡西尔达哪儿去了;过来,法比奥;还有胡文纳尔、梅拉妮娅和胡斯蒂亚诺,赶快从中式小客厅出来。他们你推我搡,年龄大的大肆炫耀自己铁矛拔得又快又熟练。他们放手大干,干得头发散乱,水兵服的领子和花条袜子都弄脏了。他们把遮太阳的宽边草帽和阳伞扔在一边,也不问一旦正发生的这档子事过去以后又会怎样。拔出来的长矛越来越多,远远超出了堂兄弟表姐妹们的人数,他们累了,拔出来的长矛被随手扔在草地上。大家一致认为拔铁矛这事比玩"侯爵夫人五点钟出门"要更吸引人,更新奇。一场竞赛开始了,看谁拔得又多又快,看谁扛走的长矛捆更大,看谁能把它们扔得更远。科隆芭和她的助手们准备好的午饭已经冷了。这时堂兄弟表姐妹们把从华丽的房屋正面能看得到的全部铁栅栏都拆掉了。草坪现在已经无限地伸延开去,和被薄雾遮蔽消逝在天际的永恒的地平线连成了一体。

但是,没过多久,有些孩子就厌烦或疲乏了。他们又捡起自己的布娃娃和皮球。另外一些,坐在草地上,察看那些长矛,或模仿士兵和强盗们举着长矛互相吓唬。大点儿的表姐妹们,科尔德利娅、科隆芭、阿格拉埃、埃丝梅拉尔达,喘息未定,就互相帮着整理帽子上揉皱的饰带,梳理散乱的鬈发。这时,她们听见身边有一个声音小声说:

"谁把长矛从(重)新发(放)回原处呢?"

她们没停下手里的活看了看:是阿玛代奥在抽泣。不过阿玛代奥总是这样,无缘无故,一点小事就哭哭啼啼。他的孪生兄弟一生下来就死了,剩下他一个。他的眼睫毛特别稀,总是像饿狼一样馋,尽管他的口袋里总是塞满沾满他口水的黏黏糊糊的面包团。他总要寻找一只可以依靠的手——其实只要一个手指头就够了——紧紧抓住不放。他很晚才学会走路,而且直到现在,都快六岁了,说话还不清楚。家里的女人都觉得他既漂亮又可爱,最值得人去狂吻。不过在我说到的这个时候,听到他那句话,表姐们都认为他真是愚蠢透顶。

"如果我们要土著们干,他们会干的。"阿拉维拉肯定说,她走出了图书室,要来体验一下生活。她也拔了一会儿铁矛,但觉得没什么意思,就加入了表姐妹们的行列。

女孩们看了她一眼。这是谁呀,满身尘土,灰不溜秋的?而且,就算她是个什么人物吧,有什么权利说三道四?何况,又恰恰是在这个时候,让她们想到什么土著,这真是太可恶了。这无异于给大伙儿当头一棒,破坏了本该是痛痛快快乐一乐的气氛。阿格拉埃开始哭喊着要她的大姐梅拉妮娅。

"你要是哭,"阿拉维拉警告她,"就会召来牧神潘,那么,我们正要开始的事就完蛋了。"

女孩子们凑在一起抱成团,准备必要时能够自卫。她们东张西望,寻找那些小孩子,父母把他们托付给她们照顾。她们看到,在远处,超越了从前铁栅栏标出的边界,这些小家伙正在列队行进,每个人肩上都扛着一根长矛。她们不敢下去找他们。她们宁愿在这儿陪着阿格拉埃。阿格拉埃越哭越厉害,召来了越来越多的男孩和女孩。他们议论纷纷,脸都吓白了。他们开始寻找,想知道文塞斯劳、梅拉妮娅、胡文纳尔在哪儿,想得到回答,他们推推搡搡往人堆里挤。人群中心是些大点儿的表姐妹,她们挤在阿拉维拉身边,她正在竭力让大家平静下来。她们满腹疑虑地注视着天边的一簇乌云,风吹着,直到把乌云吹散。

阿玛代奥和文塞斯劳在有战略意义的茉莉花丛下碰了头——后者经常藏在这里的花枝中窥探南平台的情况。阿玛代奥抽抽搭搭,嘴里啃着一块干面包,也镇静不下来。

"你怎么了?"文塞斯劳问他,"你也怕了?"

"没有……只是因为埃丝梅拉尔达,这个最蠢的家伙,狠亲了我一顿,说要把我吃掉。她是食人生番,文塞斯劳,你信不信,正是她们,而不是土著,才是真正的食人生番。"

单独和他表哥在一起的时候,阿玛代奥说起话来既流利又准确。文塞斯劳早就教他从小就伪装,装成很晚才学会走路和说话的样子。这样可以给他当密探,通风报信,但他却始终教不会表弟把姑姑姨姨和表姐们的亲昵与真正的贪婪区别开来。他递给阿玛代奥一支长矛,让他跟着自己,并问:

"其他人在哪儿?"

阿玛代奥一一指点给他看那些小兄弟姐妹。文塞斯劳吹起口哨招呼他们聚集在自己周围,用长矛把他们武装起来。与此同时,由阿格拉埃在南平台上组织的那台歌剧正达到高潮,连下面的台阶上都挤满了围观的人。文塞斯劳率领他的小队,穿过草坪,走进原野。高高的茅草在他们头上晃动,几乎遮住了那一串金色矛头。文塞斯劳由着他们往前走,装成士兵玩了一会儿,然后让他们围坐在自己周围。

"不要怕,"他对他们说,"根本没有食人生番,所以没什么可怕的。这全是大人们编造出来的,拿这吓唬我们,让我们服服帖帖,他们管这叫守规矩。土著居民是好人,是我和我父亲的朋友,也是你们的朋友。"

文塞斯劳开始给他们讲述这铁矛栅栏的历史,他的信徒们像听奇异的神话一样入迷地听着:很多年以前,土著们就挖松了铁矛,只剩下三十三根留在原地,堂兄弟表姐妹们每人一根,作为联盟的象征,这一部分工作应该由孩子们完成,他们应该在共同的努力中尽一分力量。这样,就可以和土著成为朋友。这个任务已由他们的表兄弟们毛乌罗、瓦莱利奥、阿拉米罗和克莱门特完成了。文塞斯劳接着说,在几代人、好几代人以前,那时候,土著居民的前辈就锻造了这些长矛,这是他们那闻名于全大陆的战士的武器。可是当本杜拉家族的前辈征服他们时,就夺走了他们的武器,用这些长矛筑成了铁栅栏,既保护了自己又孤立了自己。

突然,文塞斯劳住了口。表哥表姐们以茅草作掩护,趁着他的讲述把小孩子们迷住了的机会,慢慢地逼近了他们。他大叫一声:

"听我命令,跟着我!现在真正的危险来了。表哥表姐们是我们父母的代理人,他们要征服我们!在我周围跪下,长矛平举对准敌人!"

表哥表姐们见自己已被发现,就直起了身子。因为他们没有长矛作武器,只能凭借权势小心翼翼地逼上前去。

"阿维利诺!"胡文纳尔招呼他的小弟弟,他没能克制住欲望,终于冲出禁锢,以便在这场闹剧中扮演一个角色。

"奥林比娅!"萝莎蒙达喊。

"克莱门特!"毛乌罗命令,"立刻到这儿来!"

克莱门特扑到他大哥怀里。其他人一听到哥哥姐姐叫,就扔下长矛,不管文塞斯劳在那儿大骂。文塞斯劳骂他们是胆小鬼,叛徒,威胁说,谁要再往前一步,他就用长矛把他刺穿,他什么也不怕,做好准备要长矛见红。他的两只蓝眼睛在被太阳晒黑的、淌着汗的男子汉的脸上闪闪发光。表哥表姐们捡起小孩子们扔下的长矛武装自己,抓住了文塞斯劳。阿维拉尔多把他的胳膊拧到背后。瓦莱利奥把他放倒在地上按住,他挣扎着,喊着质问他们想把他怎么样。

"首先,"胡文纳尔说,"我们想知道是谁叫你剪头发的。你简直成了个小丑。"

"还有,你怎么穿上裤子了?"莫尔伽娜追问他。

毛乌罗待在后面,一声不响地观看这场闹剧。是的,文塞斯劳关于这些铁矛来历的解释很有说服力,是再明白不过的了,把真相揭示得非常清楚。文塞斯劳怎么知道这么多事情?现在毛乌罗的骄傲全部化为乌有,变成了一种强烈的需要,要把那已经不成其为秘密的长矛的秘密抛得远远的,让它为哪个配得上它的事或哪个人服务。可是,怎么能这样,瓦莱利奥一只脚踩住文塞斯劳的脖子,用长矛尖抵住他的胸口,不让他动弹。阿拉维拉像毛乌罗一样,稍靠后一点儿站在那里。她认为最好的办法是请求他们放了他。她的理由是他们的父母今天下午回来时,自会主持正义,会给这个散布恐怖流言的人应有的处置。

"不,阿拉维拉,"文塞斯劳说,他躺在地上,几乎透不过气来,"你知道他们不会回来了。只为一下午的出游,做那么多年的准备未免太久了。"

"别胡说八道了,"胡文纳尔斥责他,"这次出游是不久以前才准备的。我母亲什么都告诉我了,因为我是她的心腹。只是在今年夏天她才跟我说到这次出游的。"

"是今年夏天,"文塞斯劳回答,"我父亲才终于决定把野游的念头塞进他们的脑袋。"

这喃喃细语犹如一阵风,动摇了所有的堂兄弟表姐妹,竟使他们浑身发软瘫在地上。这时瓦莱利奥也软了下来,挪开了踩在表弟身上的脚,移开了长矛。文塞斯劳慢慢坐起来,大家一声不响地围坐在他周围。终于有人问:

"是阿德利亚诺姑父?"

"对,是通过我。等看守从他那儿抢走了本是麻醉他的鸦片酊睡着后,我就隔着门和父亲谈上很久。好多年以前,他就教给我很多知识。他让我告诉我母亲,说有一个极美妙的地方,要说得这地方人人皆知,人人都相信它确实存在。于是她就在月季园里,在摩尔式客厅,开始说起这个天堂,是我常对她提起,就好像她和她的同伴们一直就知道它是确实存在似的。于是我母亲反复提到的这个地方就被全家当成'毋庸置疑'的事实接受了。对于他们,对什么都不必大惊小怪是不言而喻的法则,对异常的东西他们不接受。这样,经过这些叔叔舅舅、姑姑姨妈的经常谈论,大家都认为确实'毋庸置疑'。这个天堂逐渐牢靠,最后不容置疑地存在着。而你们就不知不觉地提供了上千细节。你们问到各种事情,为了回答这些问题,他们只好编造。于是毫不奇怪,他们当然就没胆量承认这是瞎编的。就像这一切都是'真的',他们就不得不行动。这个'真的'对他们来说具有很大权威,于是在不知不觉之中,那儿就成了一个真实世界,他们确信的东西就是这样毫无根据地编造出来的,当他们生活在自造的镜子的另一面时,就变得不能自拔了。通过我和母亲,我父亲不断地为他们提供材料。有地图,有手稿,这都是在他的指导下由我和阿拉维拉在图书室里制造出来的⋯⋯"他周围的堂兄弟表姐妹们都沉默不语。只有毛乌罗敢于从后面,由于吃惊而不是由于困惑小声发问:

"那么,真有吗?⋯⋯"

"不知道。"文塞斯劳回答,出于孩子气的担忧他又皱起了眉头。

他们扔下长矛回家了。

几分钟前由文塞斯劳挑明的那不妙的令人忧伤的真相完全公开

了:被阿格拉埃的哭叫召集在一起的孩子们在她周围哀号着往前涌,他们在寻找梅拉妮娅,好像她能解决一切问题。克拉莉莎紧拽着阿格拉埃的裙撑不放,终于把它拉断了,她披头散发,圆睁着大眼,拉着奥林比娅的一只手。奥林比娅又牵着西利洛和克莱门特。这个疯狂的核心越胀越大,吸引了越来越多的孩子,终于成了黑压压的一大群。不理智驱使着他们朝着一个尚不能确定但肯定残酷的结局滑去。

结局会怎样?无论是毛乌罗还是瓦莱利奥,或者是阿维拉尔多、胡斯蒂亚诺、阿拉维拉和科隆芭,这些大孩子都无法预料。他们竭力安抚那些小孩子都徒劳无益。他们提醒小孩子们,规劝他们,文塞斯劳自己不都——这个制造混乱的鬼东西藏到哪儿去了?——肯定了食人生番纯粹是瞎编出来的了吗?所以,根本不存在任何危险。可是,说什么都无法使小孩子们安静。他们无计可施,只好动手打这些小家伙,让他们别再哭号。谁知这么一来,哭声更响了。该吃饭了,他们冲这些人喊,快去把花脸脏手洗干净,把撕烂的衣服换掉。二十分钟之后,大家要体面地坐到餐桌旁边去。父母几个小时之后就回来,别让他们看到你们这副丑态,就像一群乞丐。是的,他们会回来,就在几个小时之后,几个小时之后……可是这群围着阿格拉埃的破衣烂衫的孩子什么也不听,他们在茅草中乱窜,茅草那剑刃般的叶子划破了他们的脸,划破了他们的腿。他们跌倒了又爬起来,跑到花园里,爬上中心草坪的斜坡,呼喊着,折腾着,满眼泪水,两眼被阳光和尘土刺得红红的。他们穿过月季园,吓跑了胆敢从栏杆那儿鸟瞰这里的孔雀,爬上高高的台阶,直冲上南平台。在那里,阿格拉埃和一些小孩子在哭,大点儿的孩子们对管束这些小孩子也逐渐失去了耐性,开始喊叫:梅拉妮娅……梅拉妮娅……

中式小客厅的窗户全都关闭了,人们躲进屋里以便防御那些拔下长矛剪掉鬘发的歹徒。他们拒绝和这些不负责任的犯法者保持任何联系,是的,他们是罪犯,不服从父母们制定的法规,使正常秩序遭到破坏。梅拉妮娅生来不喜欢参加集体活动,只求个人快活,她认为什么场合自己都经历过,但是,她听到平台上有很多声音在呼叫她。她自问,干吗要拥护我呢?是因为看见我演过"侯爵夫人五点钟出门"吗?——她觉得,这个故事以某种方式吸引了她,她便在其中扮演一个角色,不仅出于幻想,实际上她起了个明星作用,迫使她放弃了懒散。懒散对她来说相当可贵,令人愉快。她力图使幻想代替故事,从而这种懒散的地位便被永远地除去了,无论怎样,胡文纳尔总会帮助她。在原野上的非法集会结束以前,胡文纳尔就脱离了那群人,跑回来找梅拉妮娅。他要和她组织一次极为秘密的集会,以便抵消文塞斯劳的影响,在中式小客厅里,他们在一起听着喊声越来越近。胡文纳尔分析说,只有最严厉的权威才能阻止这场灾难,这是阿德利亚诺精神病的产物——毫无疑问来源于食人生番——是他教唆文塞斯劳宣传那些奇谈怪论。必须反对的是这些理论,而不是这个人。最好不要对梅拉妮娅提及这个名字,免得可怜的表妹被吓坏了。他们必须得避免事态继续扩大,一定要坚持到大人们归来。最重要的是,必须重新强调食人生番存在的危险性——文塞斯劳竭力否定了这种危险。只要存在着食人生番的威胁,也就存在着这种必要性:在他们两人指挥下团结一致去寻求援救。相反,如果不存在食人生番,如果这一切不过是个骗局,那么就会出现相互矛盾的态度和立场,对发生的事情就会有各种不同的观感,就会出现想从他们手中夺取权力的心怀叵测之辈,就难以控制争执和分歧。他们都认为现在已来不及制订什么计划了;在爬满紫藤的平台下,可怕的骚动愈演愈烈。他们的父母并非不可能当天下午就会回来,用鞭打惩罚这种幼稚的混乱,将这一切结束——虽然即使加强宣传这种假设的可靠性也很难令人信服。为了争取时间以便确保行动,必须分散孩子们的注意力,使他们能耐心等待接见。可以这么说,在开始故事前,他们有必要修改,以便其保持原样。让胡文纳尔和梅拉妮娅喜欢的是,好吃的东西主要由他们分配,从而可以控制人心。为了达到这个目的,什么都比不上在"侯爵夫人五点钟出门"这个游戏中加个重要情节更有效。在这游戏中,她和胡文纳尔还有毛乌罗都将照惯例担任角色。

幼稚的骚乱逐渐冲击到了中式小客厅。必须采取行动。虽然来不及商定一个详细的计划,但胡文纳尔和梅拉妮娅都感到对方迅速增长的能力可以信赖。因此,他们毫不犹豫地朝窗口走去。

窗户关着,但阳光透过半开的气窗照射进来,在呈浅蓝和浅黄色的地毯上,科斯梅、萝莎蒙达和阿维利诺正在毫无惧色地下国际象棋。他们用的这副象牙中国棋子本来陈列在玻璃柜里,是这个小客厅里最贵重的摆设。胡文纳尔和梅拉妮娅差点忘记了这些玩腻了拔长矛的国际象棋手和他们一起关在这里面了。看见他们,这两人站住了。

"谁让你们?……"梅拉妮娅问。

"这可不能乱动,是展览品……"胡文纳尔提醒他们。

"我们打破了玻璃拿出来的……"

梅拉妮娅暴躁地一脚踢翻棋盘,一把揪住萝莎蒙达的头发。胡文纳尔和科斯梅抓住她,不让她叫嚷。梅拉妮娅两只胳膊被钳住,她滔滔不绝地说:

"笨蛋!玻璃打破了就没法再复原了!……你们完全可以不用

这种无法挽回的办法就能拿到棋子,就是这种胡作非为造成了混乱。我们怎么可能在父母回来之前就把玻璃装上?还有铁矛的事。笨蛋!"

胡文纳尔在梅拉妮娅脸上扇了一个耳光使她镇静下来。她大吃一惊,因为她只受过爱抚,还从没挨过打,她住了嘴。

"瞧见了吧,"胡文纳尔捡起洒落在地毯上的白色皇帝和其他棋子,对她说,"今天我们全都命中注定要干无可挽回的事,但比这一切不可挽回的事更为重要的是,我们两个和这些国际象棋手要干的事情,既然我们秘密地待在这别人不知道的秘密之中,就必须安静点,梅拉妮娅,现在我们必须面对现实。虽然我们应该稳定局势,但我们也可以制造恐惧,以此来控制局势。就看你是不是个真正的女人了,我的表妹,现在就看你的了。来吧。"

于是胡文纳尔把窗子一扇一扇地打开。

第四章　侯爵夫人

1

　　昨天晚上,晚饭后,结束了一天的忙碌,本杜拉家的人斜倚在摩尔式客厅的扶手椅上,这时,从那边餐厅门口传来的叮当声逐渐平息,那是仆人们从餐桌上撤下金银杯盏。他们挺高兴,出游的各项事务全都安排就绪。现在,在这喝咖啡的时刻可谈的内容太多了。有人断定在倒映在铺满巨型睡莲的池塘里的废墟上,将找到含苞欲放的五彩缤纷的花朵,它们柔韧得犹如女孩子们的肌肤。那花瓣一经触摸就会变红,并且分泌出一种舔起来甜甜的汁液。有些人表示怀疑,有些人坚信不疑,认为旅途中的颠簸会碰坏成箱的陈年香槟酒。有的人在夸耀他们的马匹、车辆、狗群。奥莱伽利奥和特伦西奥在察看一支猎枪经过修整的枪筒,认为还不够笔直。他们凭记忆把家里的武器全部察看一遍。这记忆多么准确,要把全部武器都带上!对极了!女人们一致赞成。孩子们太莽撞,他们会被枪伤着。枪支落在他们手里,就不知会闹出什么事来。

　　像每天晚上一样,大孩子们围绕在父母身边,用银托盘送上一盘盘糖果和一杯杯咖啡。女孩子们的辫子上扎着散发着芳香的、舒开翅膀的蝴蝶结,男孩子戴着洒了香水的笔挺的硬领。小本杜拉们举止非常文雅,是母亲们的骄傲。这种时候,莉迪娅想问问法比奥和卡西尔达,在靠壁桌取托盘遇上时为什么叽叽咕咕了那么久,这根本问不出来,而且胡文纳尔为什么平时总守在他母亲身边,今天却两次起身去隔壁客厅——西尔维斯特雷注意到了这一点。他是去看那个由两个玉制斯芬克斯在壁炉上撑持着的钟几点了吗?文塞斯劳,虽然年纪小,出于对不幸的法尔毕娜的尊重,却享有参加茶话会的特权,他正表情十足地噘着嘴告别,显然是为了掩饰对今天这么快就要退出的不满。奥莱伽利奥记起去年他就觉得达到年龄,够格参加这个动人的家庭聚会的孩子的人数太多了。可是今年——他用眼睛数点着,这双眼睛很亮,不透明而乌黑——真奇怪,今晚最多只有七个孩子聚在这儿。比如为什么正好梅拉妮娅不在?在这最后一夜的最后几小时,她应该和自己可怜的寡母,和他还有塞莱丝黛——她的教父教母们一起度过。他高声问:

"还有,莫尔伽娜在哪儿?"他喊出口时,这个名字代替了梅拉妮娅。他有些粗鲁地猛压一下正在察看的枪栓,"可这枪像新的一样,我亲爱的特伦西奥!"

奥莱伽利奥拉上枪栓,枪托顶在肩膀上,一只眼对着目视孔。他先瞄准塞莱丝黛,然后又瞄准直立在墩座上穿着饰金服装的摩尔人塑像,又对准他妻子头上的伞房花瓣状的吊灯,最后他对准了胡文纳尔的胸口,扣了扳机。胡文纳尔被这空扣扳机声吓了一跳,但他仍然坐在塞莱丝黛身旁,从她的针线筐里挑选丝线,以便为她正在绣的活计收针。他只是朝周围看了看,好像不知道莫尔伽娜并没在那里。

"这倒确实,我那黑眼睛的小美人今天没下来!"塞莱丝黛证实道。她那娇美的头在从半圆领中自然伸出的脖子上转动着,好像正在寻找她。

奥莱伽利奥注视着妻子的脖子。胡文纳尔挡住了他的目光,自问:他母亲同意明天和她丈夫一起出游,并且不再回来,能在多大程度上证明塞莱丝黛对他并不完全信任,从而暴露出他们的共谋中埋藏着背信弃义的因素? 这不是正好说明了他比奥莱伽利奥对他的母亲有更多的权利,仅仅是他俩商量好了的欺骗的这个事实吗? 如果真是这样,那她真是自作自受,而不像他,是牺牲品。他父亲按照正统方式对他进行爱情启蒙,把他托付给他的一个聪明的女友;奥莱伽利奥为了使他屈服竟拿这个花花绿绿的女人当工具! 他为自己受到的这种屈辱,狠狠地揍了她一顿。在这种闹剧中,塞莱丝黛起的是什么作用? 如果他们永远不会再从野游中回来,那么怎么能证实这两口子曾令人气愤地沆瀣一气呢? 当他把彩色丝线递到他母亲雪花石膏般白嫩的手中,怎么能证实这样做不带有嘲讽的色彩呢?

"好孩子!"塞莱丝黛咽下了最后一口咖啡,颤声说,"在这样的夜晚,玉簪花的幽香从朝花园敞开的窗口飘进来,你不觉得这样的夜晚由于李斯特的一首练习曲而会变得更加令人陶醉吗?"

"对,胡文纳尔,"其他人也要求他,"弹一曲吧……"

胡文纳尔同意了。不过有个条件,就是他母亲必须收起她的活计,她拿着针忙活,搅得他心烦意乱。于是,她用一块塔夫绸包起那块刺绣,免得被人看见麻布上绣的那粗针大线——我得预先告知读者,莫尔伽娜夜里就负责拆掉这些粗针大线,再重新绣好,以便第二天早晨,人人都能赞叹她母亲绣工精美。她把两手叠放在膝上,专心致志地听音乐。

闭上眼睛,好在绣花之后让眼睛休息一下,听我的孩子弹李斯特。我的小巧的头一直抬着,像一条警惕的蝰蛇。我看不见奥莱伽利奥灼伤我脖子的目光,我也不必看见它。在眼睛瞎了这么多年之后,他贪婪的触摸已经让我受够了这种灼伤。梅拉妮娅在哪儿?为什么今天晚上她不来?梅拉妮娅可以在一定程度上满足奥莱伽利奥的胃口,因为她至少可以在某种程度上吸引他。我的教女什么时候能把我对她的教诲学到手,从而能够控制住他的心?我精于此道却毫无兴趣。梅拉妮娅任性而感情用事,她想靠撒娇说服奥莱伽利奥,让他装病不去野游,和她一起留在别墅,但她没达到目的,于是今晚就不来参加摩尔式客厅里的聚会,以这小小反抗进行报复。梅拉妮娅还不够老练,她还不懂得,只有在控制住局势之后,才能随心所欲。要是她学到了我的怀疑和冷漠的行事法则,奥莱伽利奥就会被她的甜言蜜语俘虏。这样,我就可以得到解脱,不必再担心在命中注定的漫长的野游中有他的情欲的烦扰。我瞧不上奥莱伽利奥,他以专横的方式爱我,他不让这种感情适应更复杂的情况。在这种情况下,利用梅拉妮娅的肉体和心灵,可以使我们三个人满足。奥莱伽利奥不喜欢李斯特,他到客厅检查猎枪是否有毛病去了。

塞莱丝黛每时每刻的一切活动,都经过周密谋划——仆役们像各种人造器官般地行使职能来弥补各方面的不足,这样就不必非得承认,即可以否定她是瞎子啦。奥莱伽利奥是她堂哥,比她大两岁。他一直在这座别墅里消夏。这里的深宅大院和不宁静的花园里滋生着罪恶的隐秘。因此,在他们中间同谋的欺骗早就存在。那时谎言还不叫谎言,因为太早了,那时还没有区别好坏的词汇产生。在玛鲁兰达,哪怕是一个花瓶,一个烛台镜,或家族典礼上的舞蹈,没有任何东西，曾变换过位置或方式。这是为了让塞莱丝黛对这个她看不见的做戏的世界保持真实的记忆。在她散步的花圃里，总是在从不改变的位置种着同样的鲜花，以便塞莱丝黛能"识别"它们的颜色，因而感到高兴——她经常一个人待在那里，凭着童年的记忆准确地走过小径。这童年深深留在她的记忆中，不是由于快乐，而是由于恐惧。这恐惧灼伤了她的视力，导致她的失明。当时，她看到了她十四岁的堂哥勃起的阴茎。他在开满花的花坛的遮掩下朝她逼上来。他的下流给她留下了深刻的印象，这个印象遮蔽和取代了世上一切事物给她留下的印象。但是失明的她的特别强的记忆把她在那之前见到的一切都保存了下来。她利用记忆中的这些印象组成了一个天地，这里甚至有丁香花的淡紫色，还有阳光，这阳光总在一定的日子，在一定的时刻，照在一幅水彩画的玻璃框上。因此，每年一从这幅画前走过，塞莱丝黛就总是建议，必须把这件珍贵的艺术品挪个位置。当然，本杜拉没有改变这幅画的位置，为的是在每一年的某一天的某一时刻，塞莱丝黛"看见"这个毫无意义的现象，它既是如此真实，又是如此虚假。

在摩尔式客厅里听着李斯特，眼睛白白地闭着，白白地，因为这无法消除布满眼前的想入非非。人们都说我的声音带点窒息的颤音，一种呻吟，首都高雅的夫人们说话时竭力模仿它。这种颤音是由恐惧生成的，是恐惧的一种活生生的表象。只有这样，我才能摆脱恐惧，不再被恐惧搅得坐立不安。我的梅拉妮娅在哪里？她的胴体，简直和我的是一个模子里铸出来的，灵活得像只猫。当她由于爱上了奥莱伽利奥而痛苦地在我的怀里哭泣时，我抚摸着她，我的手指已经能分辨出她黑色的辫子。我可怜的肉体究竟有什么神秘之处，会让奥莱伽利奥如此不能忘怀,而不去占有甜蜜的梅拉妮娅?为什么梅拉妮娅还不下来?在胡文纳尔结束李斯特的练习曲之前,在奥莱伽利奥回到摩尔式客厅又要再一次灼伤我的脖子之前,她为什么不下来保护我?不,梅拉妮娅,我不会由于你没能吸引住奥莱伽利奥而怪罪你,你总能以不同方式帮助我。俗话说,一切都会有个了结。一切,却并不包括我的这个地狱。在这里,尽管我不顾一切地竭力要保住我对色彩和形态的记忆,但它们却已经开始消亡了。

当阿德利亚诺·戈马拉发现了塞莱丝黛眼瞎的秘密,他感到有点滑稽。他正是经常向她——这个家族的权威——征求意见:征求她对一幅画或一个刚到手的克劳德①的雕塑的看法。塞莱丝黛挽着阿德利亚诺殷勤地伸给她的胳膊,由他引到一件艺术品前。她入神地"观赏"几秒钟,然后发表否定的意见。她懂得,作为杰出的本杜拉家成员,要取得绝对权威,就靠否定。一个人,只有当他的观点别人理解不了时,他才显得高明。于是,她就听凭阿德利亚诺为了这尊铜像发表评论,竭力为它辩护。阿德利亚诺在辩护中,不知不觉为她描述了这尊铜像。然后,塞莱丝黛,就利用阿德利亚诺辩护时提供的材料,逐步构建她评论的细节依据,做出准确判断。直到那一天,她在阿德利亚诺面前才暴露出自己是个瞎子。当时,塞莱丝黛一口咬定挂在她眼前的一幅珍珠色绸子是苹果色的。这么明显的错误使阿德利亚诺大吃一惊,以致他不敢妄加议论,但正是这种缄默束缚了他,使他也与全家一道,商量好塞莱丝黛视力正常,眼力很好,只有这时阿德利亚诺才明白,他在都城的住宅的装潢——那是照着塞莱丝

---

① 克劳德·米歇尔(1738—1814),又称克劳迪翁,法国洛可可风格雕塑家。

黛的建议装修的，因为法尔毕娜在这方面特别懒惰——原来不过是个瞎子的杰作。它以抽象的理论上的和谐为基础，是想象和失望的记忆的产物，它的形式和色彩的选择凭借的是其他才能——也许纯粹是凭熟巧，结果丝毫不能引起美感。塞莱丝黛靠着熟能生巧记住一个世界，对此阿德利亚诺十分惊骇，甚至深感敬畏。

在这可能永远延续下去的混乱而愚蠢的野游中，我还可以继续每天羞辱奥莱伽利奥，迫使他为我挑选和整理极考究的衣饰吗？正是这些华丽的衣饰超过我的失明，成为我的最大特点。挑选整理服饰正是我生命发挥作用的唯一方式。这使我的生活完美，他也能借此接近我。也许这种程序会随着明日即始的无尽的孤独而取消。应该估计到我们回归野性，于是任何文明行为都将不复存在，剩下的只是和第一天一模一样的日复一日的粗暴攻击。如果胡文纳尔不演奏《梅菲斯托圆舞曲》，那么周围会一片寂静，秩序井然。朝向花园的窗户大开着，这花园，我说过，是不宁静的。面对这种景象，我准会吓得大喊大叫。我有一个浅粉色木料制的小柜子，我所有的手套，有上千双，都装在里面，都是颜色最鲜艳的。今天，在我的监督下，奥莱伽利奥收拾了一下午。一双又一双，他告诉我每双的颜色，我指点他该放在哪一类，该放在哪一个抽屉里，因为我对自己的小柜子内所放的东西了如指掌。我要带上我的小柜子。这样，在他照惯例发起进攻时，我可以借口要整理手套隔开我们俩的身体。梅拉妮娅在哪里？为什么我的教女还不下来？既然她的失败与我的失败相比简直不值一提，她何必对自己的失败感到羞愧？我正逐步训练她，以便刺激奥莱伽利奥在鲜花盛开的花坛后面占有她。就是在那里，他强占了我，不是我的清白——这不重要，我也从未有过，而是我的视力。于是，我知道,他们会互相吞噬,这正合我的希望。这样,我才能最终得到安宁。

"那么,你给我解释解释,她是怎么穿着打扮的。"阿德利亚诺问他的妻子,他想到塞莱丝黛的典雅是全城闻名的。

"全靠奥莱伽利奥。"

"全靠奥莱伽利奥?"

"当然。"

"可奥莱伽利奥是个十足的蠢货,除了放荡的女人和粗野的汉子,他一无所知。"

"这有什么关系?"

"……难道奥莱伽利奥会挑选纱巾,会搭配丝带和蝴蝶结?他知道什么是时髦吗?"

"正是为这,他才和那些无耻女人打交道,带着她们招摇过市,甚至和她们在棕榈树下闲荡,这可让我可怜的姐姐伤透了心。她们全是开时装店、帽子铺的,有的还经营进口花边……我看这毫不奇怪……"

"谁知道……塞莱丝黛的帽子斜戴得十分得体,正是这使她显得更加优雅。她的风度难以模仿。她把纱巾系在脖子上,那明暗层次稍微加了加工,这使她相当具有深度,我们可以称为有'眼光'……这么做十分精明,法尔毕娜,非常聪明……"

阿德利亚诺沉思着,目光盯住天花板,两手交叉在脑后,枕在枕头上。他感到玛鲁兰达优美的夜色从他赤裸的身体上掠过。他的嘴唇上露出笑意,最初是窃笑,后来他放声大笑起来,惊醒了赤裸着身子躺在他旁边的法尔毕娜。

"笑什么,傻瓜?"

阿德利亚诺忍住笑,解释说:

"我觉得实在可笑,想到奥莱伽利奥,他那双摩尔人的眉毛,那双戴满戒指的多毛的大手,去挑选纱巾和鲜花……然后,散步的时候,夹紧漆皮靴子,勒住他那匹前足腾空直立的马,像个乡下佬,在城里最粗俗的女人面前扬扬自得……是的……这真滑稽,但也很可怕。这样下去,他会发疯。"

但是,后来发疯的却是他自己,而不是奥莱伽利奥。

什么也动摇不了的欢快的旋律在摩尔式客厅里回荡,魔鬼梅菲斯托在我们中间手舞足蹈,我们即将去远游。一直到明天那即将来临的时刻,没有一个人,无论是大人还是孩子,今夜还能睡得着。那是一个既适合暴力又适合复仇的时刻。我必须天天对他报复,让他循规蹈矩。他总以为由于他哪次把服装整理得有条有理,就对我享有权利,我就应该让他永远享有我的身体。幸好这种被大肆渲染的成功只有五次。我不得不把自己的身体交付于他总共有五次。那时作家们从冰冷的阁楼里听到关于我的优雅的传说,发表了诗篇,献给我的女帽和我的短袜。我的孩子们就是这样出生的,我一直认为,只要诗人本分,那么我们本杜拉家族应该维护的规矩就能建立。在孩子们中间,流言不胫而走。说什么野游会超过一天,一个星期,一个月,甚至超过一年,我们将永远幽居在绿色的茜黛尔岛上。不过孩子们没什么头脑,他们不懂得事情的可能性有一定限度,比如我就承认既成事实,现在很少怨恨奥莱伽利奥了。随着岁月的流逝,我对他相当同情。他是那么热烈地执着于夫妻之情,而我,却根本想不到为他梳妆打扮,也不想去琢磨什么是激情。我还让这个雄赳赳的男子汉去干女人干的活,只有在这种游戏中才能感到愉快。他成天忙着整理我的衣饰,手忙脚乱,以为这样,也许能有再一次得到我的希望。他头发油亮,像他那对漆皮靴子,他那漂亮的髭须下露出笑容,显出了潮润的大牙。他负责管理和检查家里的武器。他指挥仆人,把他们集中起来进行训练,以便在遭到攻击时保护我们。昨晚,他和那些成了民兵的仆人喝酒,一直喝到天亮。但家里人并没听到他们吵闹,奥莱伽利奥为人谨慎。就凭这种超群的谨慎,我们牢固地维护着一切,包括我这丧失了视觉的眼睛所能感受到的那个世界的稳定。梅拉妮娅不下楼来,是害怕我惩罚她。但是她的失败,即没能留住奥莱伽利奥,也是我的失败,给了我这样的惩罚;奥莱伽利奥要跟我一起走。唉!跟我一起去野游,也许是永远出走!

在玛鲁兰达避暑期间,奥莱伽利奥和塞莱丝黛闲得十分无聊,他们要求阿德莱依达和塞萨隆允许自己做他们刚诞生的女儿的教父和教母。梅拉妮娅处处跟着她教母,准确地说,是给她引路。还在很小的时候,她就发现塞莱丝黛遭受着她自己从不提及的缺陷的折磨。她长久地待在塞莱丝黛的梳妆室里,在她的膝上玩耍。但更经常的是坐在她教父的膝上,特别是在那种时候,小姑娘得到了允许,扬扬得意地穿上她那宠溺孩子的姨妈的一件漂亮衣服,装扮成"大人"。没人能像她教父一样那么会逗她玩,能那么准地胳肢得她笑个不停,能那么轻柔地爱抚她……连她那轰动一时的死去的父亲也比不上他。梅拉妮娅八岁时,父亲死去了。但他的死没给她留下什么痕迹,因为她有这位教父的双手和亲吻,给她带来安慰和快乐。塞莱丝黛微笑着"注视"他们。虽然表面上看梅拉妮娅像水果一样令人垂涎欲滴,其实她并没有成熟。塞莱丝黛无法让她明白,脆弱的爱情只有自己从中感受到快乐时,才能巩固,才能吸引对方。她确实教给了她要控制她的表兄弟们的意志和思想,要成为出类拔萃者的核心:胡文纳尔是他们之中的佼佼者,是她忠实的骑士。他们将一起演出"侯爵夫人五点钟出门",这种滑稽戏要戴上假面具。对于塞莱丝黛来说,儿子的生活中不存在什么秘密,她建议不朽的情人和年轻的伯爵之间产生爱情。因为她了解毛乌罗,钦佩他,正像懂得欣赏任何高尚的人和物一样。毛乌罗过于单纯,还不至于在梅拉妮娅不爱他的时候对她放肆无礼。而梅拉妮娅爱奥莱伽利奥,塞莱丝黛希望能为他保住梅拉妮娅的童贞。但是奥莱伽利奥懂得这完全是塞莱丝黛的计谋。他把自己的一些衣服借给毛乌罗,他那漂亮的夏装坎肩,有淡色的凸花,缀着螺钿的纽扣,那些和雄鸽一样颜色的礼帽、手杖、裹腿,让毛乌罗装成他的模样,借此战胜胆怯,去征服梅拉妮娅。这样,这个女孩才能让他安静,使他能单独留在塞莱丝黛身边协调他们之间的关系。奥莱伽利奥知道,毛乌罗装扮成他,经常躺在梅拉妮娅身上,沉溺在让人脸红的爱情的幻觉之中,这是"侯爵夫人五点钟出门"情节之外的一个插曲。然后从床底下钻出一群裸体的小孩子,尖叫着加入一伙人持烛游行的讽刺剧中。

胡文纳尔。这个小可怜感到不满足,但是,对于我的愿望,他总是让步。像这次这首没完没了的练习曲,由于插入了朗诵但丁的诗歌,已经拖得更长了。他觉察到我还不想让奥莱伽利奥从另外那个客厅回来,用他的注视灼烧我的脖子。他知道奥莱伽利奥不喜欢李斯特,因为他不懂爱情全是花言巧语,只有这样才能具有某种超脱浮浅的深刻性。胡文纳尔恼火了,因为我对他否定了许多他自认为有权得到的东西。而我则认为有权对他否定。我几乎可以危言耸听地这么说,他恨我,因为,比如说,我不许他进我的化妆室。我承认他完全能完善自己,因为他很聪明。他纯粹希望看到我和奥莱伽利奥的结合——如果这也能叫结合的话——发生动摇,他还时常指责,这种羽毛和这种蝴蝶结搭配在一起不协调。也许他这么做是为了拯救我。如果我的梳妆打扮非常出色,我就有再次落入奥莱伽利奥手中的危险。看来,他是在向他父亲挑战,但奥莱伽利奥只是在走过他身边时,抚摸一下他可怜的大儿子的脑袋,并不应战,因为他占绝对的优势。胡文纳尔知道自己仅仅在这一纠葛的外围转悠,但这一纠葛已使他如此痛苦地与梅拉妮娅和我连在一起了。正是为了对这一切进行报复,胡文纳尔拒绝明天去野游。唉,我真不幸,连他这哪怕是无力的保护也失去了!

留在摩尔式客厅的四五个人鼓着掌,胡文纳尔结束了练习曲。他沉思着:我比我母亲还狡猾,她不懂得,虫子可以蛀空水果核,但从外面却看不出来。他把文塞斯劳引到他表姐的床上,并且使他确信,既然他被当成一个魔鬼玩偶,那么,这样做便无妨。现在,他最大的愿望是父母能长久离开,这样在别墅里就只剩下"侯爵夫人五点钟出门"的虚构人际关系,取代了迫使他成为男子汉但他还没准备好的现实。胡文纳尔没有立起身,他坐在钢琴前的凳子上转动着身子,一次又一次地对鼓掌者点头致谢。他吻了一下塞莱丝黛,可奥莱伽利奥又给了他令人费解的火辣辣的一吻,脸上显出赞赏和骄傲的表情。胡文纳尔借口有点儿头疼——这难以使好心为他的健康不安的人放心——以便能说一声晚上好,明天见,然后就走开。塞莱丝黛说到他身体虚弱——她对人们解释说,像我一样,总是发抖,就像被风吹打的灯芯草,她又叮嘱了他别忘了盖好被子,因为晚上风刮得这么大。这风似乎要扫净天空,为他们明天的出游准备一个万里晴空。

2

在胡文纳尔要推开摩尔式客厅的门去前厅的同时,一只戴白手套的手从外面拉开了这道门。他毫不迟疑地向前走去,他知道这是管家在适时地为他开道,似乎掌握了他行动的准确的时刻表。胡文纳尔佯装出一副昏昏欲睡的样子走过去,咕哝了一声"晚上好"。对此,管家——高大、谦恭、顺从——正如家中礼仪所要求的那样略微却长久地低头作答,然后,他恢复了原来的姿态,身着缀着金片和无数闪闪发光的豪华饰物的制服。胡文纳尔消失在螺旋形楼梯的起始处。

胡文纳尔一级一级地慢慢地登上楼梯,他决心在没挖出母亲对他背叛的真相以前不让她离开。可是,如果明天,他们永远隐居在野游的地方,就会对他这么不敬地对待一个女人的粗俗故事开怀大笑吧?最好还是不放她离开。今晚,尽管管家十分威严,但不论是他还是仆人,都不能够阻挡自己。这些仆人正在下边,毫无必要地在门厅前冰冷的湖上,在没冻僵前守在他们的监视点上。他们将陪同前去的目的显而易见,要服侍老爷,分享他消遣中的残羹剩饭,还要保卫他们,带上家里收藏的全部武器去保卫老爷。仆人们对他们那种可有可无、低三下四的单调活计已经感到厌烦。尽管身着华丽的制服,他们仍感到自己毫无价值。这种死气沉沉的附庸地位,让仆人们腻烦,决定了他们的光会模仿毫无用处,同时也就促使他们对建树英雄业绩产生更大幻想。他们希望处于这种境地,危险给他们提供机会,证明他们黯淡无光的生命不局限于仅满足比他们有权有势的人的需要,做他们的影子,而是有更大的价值。胡文纳尔一边上楼,一边自言自语,组织这次出游,显然是为了安抚仆人,因为他们可能不满。或许我们的父母对他们心怀畏惧,交给他们的权力太大了。因此,博得仆人的欢心,几乎成了仅次于家庭安乐的大事。他估计这时候,或至少在几分钟之内,宵禁钟敲响,到处一片漆黑时,他们就会沉溺于幻想之中。他们会幻想着有支猎枪,终归要发给每人一支枪的,还有子弹也必须配备。他们会想起奥莱伽利奥在乱哄哄的热闹的夏天对他们的训导,想象着涂成花脸的食人生番的攻击,他们会顺着流入开满睡莲的池塘的水渠闯进来扑向他们。可是,这么多年之后,对一批又一批的仆人说他们可以干出英雄业绩,然而始终什么事情也没发生。

宵禁钟还没响,即使响了,按照家规,胡文纳尔也已经是成人了,因此,他不必再遵守这专为孩子们制定的规矩。他不需人引路,可以进入无边的暗夜中而不受惩罚。他在上楼梯,今天,他觉得这楼梯总也上不完,一圈又一圈。他朝他那在塔楼顶端的书房走去。很自然地,在走开之前,他朝冰冷的湖面望了一眼。他看到,在那儿,在下面,闪动着心怀怨恨的仆人们的黑影和他们金色的标志。他们恶狠狠的目光在紧盯着他上楼。胡文纳尔直喘气,他上气不接下气地低语:

"可耻的叛徒,我要把你的丑事告诉大家……"

他终于走到了他那书房门口,踮起脚尖,以免踩得地板发响,然后,猛地推开门。在黑暗中有人,他们喘息着。他一把扯开窗帘,有月亮的天空被汪洋大海般的茅草花穗反射成一片白茫茫,明晃晃的夜色猛地涌进书房,他们暴露无遗。他们正坐在床边为自己开脱,他们的喘息过于急促,此外,他们的动作也使他们不打自招。为什么慌里慌张赶紧扣上扣子？为什么做出异乎寻常的亲热表情而不是打个招呼说声"你好"？为什么要站起来？为什么要分开？他问他们：

"你们在接吻吗？"

"我们什么也没干。"依希尼奥回答。

"我才不信呢，"胡文纳尔嘟囔着，走到他们身边，同时在他们的阴部摸了一把，"裤子都要胀破了。"

他们并不否认，尽管胡斯蒂亚诺回嘴说：

"都是因为你迟到了，让我们着急……"

胡文纳尔神气地挺直身子，对他们说：

"我可不愿意你们黏在一起，你们又不是同性恋。听清没有？在这里，唯一的同性恋者是我。"

依希尼奥试图接着胡斯蒂亚诺的话反驳他：

"这是一种光荣，我们并不想和你争夺。不过，只要一有机会，哪有表兄弟之间会不互相手淫的？"

"你们已经不小了，"胡文纳尔宣布，"你，依希尼奥，只差两年就是'大人'了，因此，你必须小心：从你们成为同性恋，到像我这样，扮成侯爵夫人，眯着眼睛弹钢琴，这之间只差一步。"

"别充什么道德家了。"胡斯蒂亚诺打断他的话。

"我不是在讲什么道德，"他回答，"我说的是另一回事。我是说你们要干就只能跟我。只要让我当这唯一的一个，我就满足你们的一切要求，可你们则另当别论了。如果你们也成了同性恋，我就去找别人，这并不是什么难事。好了，现在我需要的是在床上，在你们两个之间占有一个位子。"

两个表兄弟腾开了点地方，让胡文纳尔坐在了他们中间，他继续摸他们的阴部，现在是公开的了。胡斯蒂亚诺要求：

"行倒是行,不过得给我们点喝的……"

胡文纳尔站起来去点煤油灯。在那堵墙的高处,挂着菲利普·德·尚帕涅①的那幅聪明、得天独厚的黎塞留②的放大像。在这张像上,胡文纳尔毫无怜悯之心地描画了他的五官,那张嘴被涂成了孔雀的绿色尖嘴。他拿来了酒杯,重新坐回两个表兄弟之间。

"你真是贪得无厌,胡斯蒂亚诺,"胡文纳尔说,"不过我这只是说酒。你不像我的依希尼奥,总是时刻准备着。瞧,硬得像铁一样。蠢货们!你们以为今晚就是为了这我才约你们来的?"

胡文纳尔的指甲掐进依希尼奥硬挺的阴茎里,依希尼奥尖叫着朝胡文纳尔扑去,他下身沾满了血。胡斯蒂亚诺帮他擦净血,包好。这时,胡文纳尔又把酒杯斟满,这两个人立刻举起杯来一饮而尽。依希尼奥还在呻吟,他那金发天使般的面孔上的小嘴毫无笑意。往常,他总是毫不吝啬地对什么都露出一副笑脸,除了他竭力要甩开狡猾的佐埃的时候。佐埃,这个古铜色皮肤的小胖子,紧追着他,逼着其他年幼的堂兄弟、表兄弟齐声发出可怕的诅咒:"依希尼奥不知愁……依希尼奥不知愁……"他对只有胡文纳尔懂得赏识其价值的自己的身体所受到的凌辱感到愤怒,他还在伤心。他们的阴茎在半敞开的裤子里静静地垂着,性欲被担忧抑制住了。胡斯蒂亚诺喝了酒,说话都不利落了,酒对他这么快就见了效。他问:

"你今晚约我们来就为这个?"

"不。"

"那是为了什么?"依希尼奥想弄个明白。

---

① 菲利普·德·尚帕涅(1602—1674),法国巴洛克风格画家。
② 黎塞留(1585—1642),法国政治家、外交家。

胡文纳尔从他口袋里掏出一把钥匙。

"在舞厅里,"胡文纳尔解释说,"我们经常集中在那里,欧拉利娅婶婶教我们跳加沃特舞。那里的天花板上和墙壁上画满逼真的壁画。对不对?有些画着人物和猎狗的门……"

他们点头称是,胡文纳尔问他们:

"所有的暗门都是活的吗?"

"不,有好多是死的。"

"太对了,"胡文纳尔肯定说,"不过有一个细节我们忽略了。并不是所有关着的门和窗户都是壁画。其中有很多是真正的门窗,可以开关。"

"就用这把钥匙?"

"非常正确。这把钥匙是可以打开那些画有壁画但并不是壁画的门中间的一个。"

"为什么要打开这扇门呢?"

"他们不是明天就要走吗?他们要把家里的武器也都带走,剩下我们毫无保护,你们难道不害怕?"

"没什么可怕的,他们傍晚就会回来。"

"我们的父母说什么你就信什么,可是文塞斯劳所说的可能不是假话。"

"你是想吓唬我们,好让我们照你的想法去干。"依希尼奥说。他的阴茎被掐破,使他产生了即使不是反叛也是反抗的火花,"告诉我们你是怎么得到这把钥匙的,你要它有什么用?"

"很简单。我收买了我的一个仆人做情人,用酒把他灌醉,他就什么都告诉了我。出游用的武器藏在跳舞厅那些伪装的假门后面。我又给他灌了点儿酒,他就醉得比现在的胡斯蒂亚诺还厉害。我就从他那偷来了这把钥匙。"

"你想干什么?"

依希尼奥的这个问题把胡文纳尔问住了。

"我害怕……怕他们一走就不再回来……怕他们不走……会发现我的胆怯……怕梅拉妮娅和别的人发现……我害怕,因为我必须想个办法阻止我妈妈,不让她和我爸爸一起走……"

胡斯蒂亚诺醉得稀里糊涂,眼睛也没睁,就提议:

"杀了她……"

"干吗不杀呢?"胡文纳尔答道,"今天晚上就干掉她,也许还搭上我爸爸。正是为了这,我才想偷到武器,可不是为了在他们不在的时候防御什么瞎编出来的食人生番。"

"我要走了。"依希尼奥站起来说。

"可怜的倒霉鬼!"

"这明摆着是干犯禁的事……可你这么想不是闹着玩的……我得走了……"

为了不让他走,胡文纳尔揪住他受了伤的阴茎,又一次掐它。依希尼奥大叫一声逃出书房。

胡文纳尔抽泣着,他把酒浇到胡斯蒂亚诺脸上,想叫醒他。巨大的铜钟敲响了第一声,这钟声从罗盘门厅传播开来,震荡着整个别墅。十分钟后,胡文纳尔想,将响两声,再过十分钟后,是三声,最后一次。那个时候,只有像他一样的大人才能继续在宅子里走动。本来,最好是把胡斯蒂亚诺原地藏好。可那么一来,他就必须单独一人对付那些步枪、手枪、猎枪,这简直不可思议。而他这么不顾一切地蛮干,只不过是想拿到其中的一支,用于自卫或用于攻击。他强迫胡斯蒂亚诺站起来,拉着他的手拖着他磕磕绊绊地赶在第二次钟响之前下楼去，但他阻挡不住，胡斯蒂亚诺一手抓着一个酒瓶的细颈，一边下楼，一边还一口又一口地喝个不停。

在一间长长的房间里，一头是摆乐队的拱廊，与它相对的另一头，有一扇窗子朝花园开着，这是唯一的一扇真正能打开的窗户。明朗的夜色照在沿墙摆成一行行的金丝扶手椅上，闪烁着耀眼的光辉。在这种时候，画在假门门面上的人物身上的斗篷和护喉甲的模糊的影子，还有野兔、猎狗，似乎都能从那逼真的画上走下来，进入真实的世界。甚至那窸窣作响的绸缎和文艺复兴时期的高雅的歌手也似乎只是在等待茅草的窃窃私语停息后再重显自己的气派。

可以这么说，正当两兄弟要进入舞厅时，那声音刚刚消失。胡斯蒂亚诺一屁股坐在击弦古钢琴前的小凳上，疯疯癫癫地要去敲琴键，弹一首《土耳其进行曲》，这肯定会招来愤怒的仆人们。可是胡文纳尔阻挡他时，狠推了他一下子，致使他昏昏沉沉地倒在钢琴下，他醉倒在地，打起呼噜来。

"蠢货，"胡文纳尔想，"搞得只剩下我一个人来完成这难以胜任的伟绩……"

胡文纳尔也醉了。他拖得长长的影子遮蔽了棋盘方格方砖铺成的一段很长的路面，穿过座座弓形拱，直投到斑驳的景物深处。他的身体好像成了根部，从这根部生出他巨人般的影子。必须赶快。如果再多考虑一秒钟，他就会害怕起来，那就永远干不成了。这么多扇假门把胡文纳尔搞糊涂了。他用手指尖摸索着，放过那些假门的装饰门框，摸到了壁画上凹凸不平的人脸。那画太逼真了，就连灰浆都是热乎乎的，肉质的。他摸到一个插钥匙的真正锁眼，只能看清一个丝绒的正面脸孔，一只戴手套的手，一只在月光下闪光的小环，女神们正从虚幻的苍穹上向下抛洒花雨,一朵鲜艳的郁金香就在中途落在了这堵墙上。

终于,胡文纳尔的钥匙插进一个锁眼。锁眼动了。现在只需转动门把手打开门,就能拿出枪来。毫无问题。他既不是罪犯,也不是叛徒。他不想杀死他母亲,也不想夺取权力。他只是想得到一支枪,用来保他的小命。食人生番不懂火器,他们一看到那神秘的闪光就会逃跑。胡文纳尔扭动门把手,门猛地一下子打开,一大堆枪支瀑布般地倾泻在地上,发出轰隆隆的响声。

"完蛋了!"他喊出了声。

他在地上缩成一团,周围堆满了滑膛枪、气弹枪、火枪、卡宾枪,胡文纳尔等着让所有的武器都落在他头上。他手忙脚乱,不知道怎样才能拿到一支枪,赶在有人来干涉他之前逃走。当他使劲想爬起来时,他觉得,那壁画上真人般的画像从墙上走下来,逼近他,把他团团围住。起初,看到人影幢幢,他还以为是酒力上头产生的幻象。可是,他发现他们在他周围越围越紧,眼前晃动着闪闪发光的匕首,帽子上的羽毛,披风的贴边,一个男人耳朵上戴的色彩变幻的珍珠,黑色猎狗张着的嘴里流出的白色涎水——他肯定自己要遭到惩罚了,而且就在此时此刻,在第三次宵禁钟敲响之前,一只戴着手套然而动作粗野的手钳住了他的一条胳膊。

"放开我!"胡文纳尔叫道。

又一只手同样粗暴地钳住了他的另一条胳膊,还有一只手卡住了他的脖子。

"放开我!"眼看这些人紧紧围着自己,挥着皮鞭、手杖、钝头剑,随时准备放狗,胡文纳尔又叫起来,"你们不是主人。你们是乔装打扮的下等用人,无耻贱货……你们敢碰我,我十七岁了。我不是小孩。我是老爷……"

最后一句话引起一场放肆的狂笑,他听出其中还夹杂着女人的、侍女的仇恨的笑声——其实那只不过是些最年轻的仆人假作女人的笑声。他们站在上方,胳膊肘支着栏杆上的水果篮和鸽子雕刻。

"你是说小姐吧?"一个声音假正经地说。

"同性恋的家伙。"

"揍他。"

"不错,"胡文纳尔嚷道,"我是个同性恋者,可这是因为我喜欢,我可不是像你们一样为了捞钱。"

"那好,我们就来让你喜欢喜欢。"

狂笑声充斥了整个舞厅。在这些乔装成上等人的仆人的幢幢暗影中,他们那被仇恨和淫荡扭曲了的残酷面容模糊不清,就像狂欢节最后时刻玩烂了的假面具。这一张张丑脸逼近了正斥骂他们的主子的脸。一只只粗野的手报复地撕扯着胡文纳尔的衣服,而胡文纳尔则对他们破口大骂:蠢猪……贱货……被人收买的家伙……他的衬衣和裤子被撕成碎片脱落在地。这伙人气势汹汹地打他,骂他,把他团团围住,剥光他的衣服,把他推倒在地。这些黑家伙个个阴茎直挺,逼着他像动物一样四脚着地地趴着。他们的身影遮没了惨白的月光。一个个头最高、最黑、最奸诈的举着他那最大的滴着汁的迫不及待要复仇的阴茎朝胡文纳尔身上跨去。这时,第三次宵禁钟敲响了。

那扇真的门打开了。管家身着制服,从容不迫而庄严地走进了舞厅。仆人们整理好衣服,站得笔挺,就好像是从壁画上剪下来的人物,现在置身于现实中。这个可恶的管家走到胡文纳尔身边,胡文纳尔此刻赤身裸体地躺在地上哭成一团。在他看来,管家就像一座高大的建筑物,他披着银色月光矗立在那儿。慑于他的威严,仆人们朝后退去,与壁画又融为一体了。胡文纳尔想,管家就要舞着他那比所有人的都要大、都要丑的阴茎占有他,以示惩罚。可是,管家并没有这么干,他按家规所要求的那样微微地但却是长久地低下头.并说:

"老爷……"

胡文纳尔在呻吟,管家又说:

"您这时候,在这种地方干什么?"

胡文纳尔停止了呻吟,但还是说不出话。管家朝随从们打了个手势。这伙仆人,与刚才表现出的下流、放肆完全不同,训练有素而敏捷地领悟了方法和这个命令。他们眨眼间就把所有的武器在暗门后安置就绪,然后锁上门,把钥匙交给管家。他把它收进制服那无数暗袋中的一个里。他弯下身扶起胡文纳尔,对他说:

"您要着凉的,"他帮胡文纳尔穿好被扯烂的衣服,并继续说下去,句句分明,带着一种刻毒,这比任何辱骂都更伤人,"您已经是大人了,因此,只要您高兴,随时都可以来这儿弹钢琴,来多少次都随便,您可以在月夜里弹琴。不过今天晚上却不行。"

"为什么?"

"因为明天是不寻常的一天。何况夫人,您的母亲,在摩尔式客厅里嘱咐过您要盖好被子。尽管您已经是大人,自己就能做出规定,可您应该听话,要不是我及时赶到,"管家在撒谎,他的出现,胡文纳尔敢肯定,是预谋好的,"这些蠢货就知道干这个……他们在对你干什么?"

如果说,胡文纳尔对这管家的仇恨——也是多年来对所有阴险的管家的仇恨,从小,他们就随心所欲地关押他、鞭打他——以前就已经很强烈了,那么现在,在管家通过夺走他将成为牺牲品的惩罚来让他失望后,他就更加恨他了。奸贼。可他却是家庭秩序的象征。胡文纳尔知道不合乎规矩的弊病比其他任何弊病都更严重,他肯定地回答:

"他们在和我以你我相称……"

管家做作地大吼一声,身子挺得再笔直不过,而他那此时已十分温柔的声音,还在大厅里轰鸣:

"以你我相称?"

"当面称我为你。"

"他们要受严厉的惩罚,"管家保证。由于手下人的不规矩,他感到不安,"这里没有发生任何事情。我请求您,对于刚才发生的可耻事情我们还是保持沉默为好。这是违反规定的,何况胡斯蒂亚诺少爷还犯了宵禁,他还不到十七岁。必须把他抬到床上去,免得让人看见他这个样子。不然,会使他的父母难堪,他们那么爱他。你们两个……戴红色羽毛和穿带扣襻儿鞋的……把他抬走,免得扰乱了别墅里这最后一夜,明天老爷们就可以无忧无虑地去度他们应得的假日。等到我们下午回来,胡斯蒂亚诺少爷将罪有应得地被罚款。对任何一个孩子,犯了宵禁都要罚款。"

戴红羽毛的和穿扣襻儿鞋的把胡斯蒂亚诺从钢琴下拖出来抬走了。其他仆人静候命令。胡文纳尔由于焦急声音变细地问道:

"谁要回来?"

"这还用问吗?当然是您的父母。我们陪他们一起去,就是为了保证他们能回来。现在您最好还是回卧室休息。别忘了盖好被子,像您母亲所吩咐的那样。"

窗户那边亮堂堂的,天空、花园和原野就从窗口进入了舞厅,成了隐蔽的背景。仆人们排成两行。胡文纳尔想到这个问题:他们什么时候脱掉了主人的服装,重新穿上他们的制服的?他们长长的影子投在棋盘格的地板上。这些影子在虚假的弓形拱下和虚景相交时就由水平变为竖直,伸延开来,一下子恢复了现实和艺术境界之间的区别。现在,在那做装饰的门上,人物的目光又僵滞了,再不能紧追胡文纳尔不放了。胡文纳尔在管家的保护下,从排列成两行的仆役之间向门口走去,当他走过时仆人们低下头。既然有这种保护,什么过失都不算过失,还能放弃这种特权吗?不过,谢天谢地,明天就不必再放弃什么了。他将重新服从他的母亲。

主角们走了出去,接着,仆人们也列队走了出去,门关上了。于是又只剩下了壁画上那些人物,他们在笑,他们挤眉弄眼,打打闹闹。

第五章　黄　金

1

　　埃尔莫海内斯和莉迪娅在这个故事里是一对中心人物,关于他们的孩子,我们只说到过阿玛代奥。而在更早,还提到过科隆芭,她是家中女眷的楷模,是她母亲治家有方的生动例证。但是,现在,在叙述前几章那些事情的发展时,我们必须把注意力转移到别墅的另一部分。在那里,卡西尔达,科隆芭的孪生姐妹,正在组装自救的机件,这简直和拔长矛铁栅栏的事一样古怪。

　　由拔除铁栅栏激起的骚动刚一开始,卡西尔达正和法比奥在她父亲的办公室里。这办公室面朝着小市场:需要想象一下,一大块夯实的土坪嵌在两堵墙壁之间,使原野和地平线在两扇窗子那里汇合。埃尔莫海内斯和他的女儿就在这儿和土著们打交道。虽然离得很远,孩子们喧闹的余音还是传到了办公室里。卡西尔达以为可能是父母们提前回来了,就再也坐不住了,她想去看看究竟出了什么事。法比奥提醒她:

　　"只可能发生妨碍我们的事。想去你就去看看吧,不过得快点儿回来。我留在这儿干。"

于是卡西尔达跑去卷进了她的堂兄弟表姐妹的行列之中。铁栅栏的倒塌，只是解放的象征，可以替她转移堂兄弟表姐妹们的视线，从而掩盖她的活动。在她看来，文塞斯劳宣扬的看法，只是他们那辈人才有的天真想法。她十分明白，大人们必须在太阳落山之前回来。既然他们把黄金都留在了玛鲁兰达，他们还能有别的打算吗？一座又一座有穹隆拱顶的地下室里堆满了一袋又一袋的金箔。为了掩盖那金黄色的光芒，全部包装都是灰色的，能瞒过最敏锐的眼睛。卡西尔达瞧不起她的堂兄弟表姐妹们，他们不能感受黄金那奇妙的魅力，拔掉铁矛在她看来只是个并不重要的插曲。怎么能认为大人们就扔下了这一切？难道他们会把自己的消遣看得比黄金更重要？从小她父亲就在她头脑中确立了这样的观念。因为本杜拉家族绝不会干有损于他们的黄金收益的事情，这样干违背家族的基本观念。不，几小时之后他们就会回来的。

因此，她和法比奥要加快速度。听说阿德利亚诺姑父就要从塔楼上下来，这倒是一个现实的危险。倒不是因为卡西尔达害怕一个疯子，而是因为一个大人，特别又是一个疯子，他准是首先上埃尔莫海内斯的办公室去占有金子的。阿德利亚诺姑父要出来的消息只能促使他们加快行动。

她示意依希尼奥跟她走。而这一位正准备扮演不朽的情人的大哥，他拒绝服从。于是，卡西尔达对着佐埃耳语了一番。佐埃没张嘴，因为她嘴里塞满了好吃的东西，她点点头，答应了。她溜到依希尼奥和胡文纳尔那里，他们正在商量，是穿一件皮大衣还是长袍？因为这位当大哥的生活在西伯利亚。佐埃不去听他们是在说什么，她扯了扯表哥的外套。依希尼奥朝下一望：这个小妖怪，这个东方之神,古铜色的皮肤,凶狠异常,正咧着嘴对他发出尖厉的笑声。再过一会儿他就会明白,他根本演不了不朽的情人的大哥,那西伯利亚的神秘的外国人,因为他没有……他可不想听她的!依希尼奥直往后退,这个平脚板的魔鬼紧跟着他,冲他喊些他不爱听的话。因为,她对他喊得已经太多了,除了他,已经没人听了。

"过来。"卡西尔达在叫他。

他们俩一起朝马厩跑去。

跑到了那儿,卡西尔达心想:很显然,在这个恶臭的马厩里再没有一个人了。出发时搅起的尘埃落在各种器具上,落在布满马粪和人马杂沓印迹的地面上。他们带走了所有的车辆、马匹、骡子,还有牛,除了那些有毛病派不上用场的——那些老弱病残的牲口,就在他们出发前被开枪打死了:这些尸体堆积在烂泥之中,身上弹孔累累,从鼻孔、嘴里往外涌出血浆,眼皮上糊满眼屎,成堆的苍蝇嗡嗡叫着死叮在上面。是的,卡西尔达想,除了最大胆的土著,没人敢徒步穿过原野。只剩下了阿德利亚诺姑父的那部篷车,这个散了架的神奇的囚笼,由于派不上用场而被弃置在马厩的一个角落里。

"该死!"卡西尔达喊道,"连一头瘸驴都没留!"

他们踩着污泥和牲口粪,躲开牛马的尸体,走到那辆车旁。确实,这辆车又大又重。想当初,这里曾存有成群的牲口呢。他们抓住车辕,使劲拉它。虽然那陈旧的车轮子吱吱嘎嘎响了几声,但马车纹丝不动。卡西尔达傻眼了:连轴上都没给上点儿油。她坐在了车辕上。依希尼奥挨着她坐下,想吻吻她。她伸手推开他,好像是赶一只苍蝇。无论是幽禁在中国式客厅里的梅拉妮娅,还是策划冒险阴谋的文塞斯劳,或倡导假想的共同解放的毛乌罗和控制所有人心灵变迁的胡文纳尔,他们至多不过是些孩子。依希尼奥虽然也是个孩子,却对她有用。没人会知道昨天晚上她和依希尼奥的幽会。而依希尼奥——并不像她当初担心的那样对胡文纳尔吐露真情。一旦知道了,胡文纳尔肯定会要求她详细地对他讲清楚她心灵这种突如其来的变化。因为正像所有的堂兄弟表姐妹都知道的那样,她和法比奥之间已经确立了一种犹如夫妻般的关系,他不再对任何人感兴趣。

但卡西尔达坚持永远不依附于他的感情。昨晚,她去父亲的办公室,想去看看法比奥的工作进展如何。当时大人们正在摩尔式客厅里,畅想那令人心旷神怡的未来,比现在要更好的未来。为了能走到别墅的另一头而又能摆脱管家手下人的监视,她不得不穿过花园。她意外地碰上了依希尼奥,他正褪下裤子,在月光下察看他那被胡文纳尔的指甲掐伤了的阴茎,这在前一章里,我们已经看到了。这时,在小路转弯处,一尊大理石仙女在注视着他。卡西尔达立刻感到在小伙子和这雕像之间有种联系,似乎他正准备作为一种祭礼献出他的阴茎。当然,引起卡西尔达注意的不是这个,而是她表弟那裸露的强健的肌肉,他那有力的双肩和胳膊。她想象着,一旦脱去外衣和衬衫,他就会变成另一座塑像,那个仙女的伴侣。

"漂亮又强壮,"卡西尔达自言自语道,"我倒希望他不动感情,这正合我意,以免带来不必要的麻烦。"

她觉得强壮有力的依希尼奥就将在这里,在这草坪上占有她。这将意味着,她不但以自己的丑陋取代了仙女的美丽,而且控制了这头脑简单的运动员——他是昂塞尔莫叔叔的骄傲,在拳击场上,他是毛乌罗可怕的对手——她可以利用他。然后,如果他不听她的话了,再把他甩掉。可是,依希尼奥十分胆小,他哭哭啼啼地不让她再往前走。他眼睛里闪着泪光对她供认,他既不想也不懂得,这还是头一次一个表姐表示愿意和他这么一个缺少情趣的人分享快乐。何况今天任何接触都无法进行,他疼得很。

"我通过可靠途径听说,"卡西尔达对他耳语,"在战争中,那些在溃败里倒在泥泞和大雪中的伤得最重的人,虽然疼痛,却对随军妓女最热情。我不在乎你是第一次,我来教你。"

依希尼奥用两手护住他的阴茎。卡西尔达在他面前蹲下,把他的手拿开,仔细察看表弟的伤。她没问这是怎么弄的,因为她知道,要赢得一个人,不能问及引起他羞辱的事情。她反而问他:

"要是今天不成,就明天吧?"

"能好吗?"

"伤得不重,是抓伤,会好的。"

在南平台,当依希尼奥看见卡西尔达对自己使眼色,让他跟她走时,他想起了她昨夜的保证,心里很高兴。她一点也不美,这是真的。但她不像胡文纳尔那么强迫他,那么专横霸道。在马厩里,坐在马戏车的车辕上,依希尼奥摸着卡西尔达,竭力想按他所知道的男人应该怎样征服女人那样去征服她。他的舌头舔着他表姐的冰冷的嘴唇,而她却在想:好了,现在你已经落到我的手里了。就对他说:

"等等。"

"你现在不行?"

"这辆车子肯定和文塞斯劳掩盖的阴谋有关系。他不久就会上这儿来的。我们最好到别处去。"

她沉着脸,专注得几乎丧失了理智,好像有一股未知的内在力量引导着他们的行动,穿过别墅地底下错综复杂的巷道,朝后走去,远离嘈杂的堂兄弟表姐妹们。她拉着依希尼奥走过奴仆们荒废了的食堂,那儿有股油炸食物和洋葱的恶臭。他们经过没头没尾的食品储藏室,在那里,随时都可能和科隆芭碰上。他们迷失在走廊里,最后走到一扇门前站住了。她轻轻地在依希尼奥唇上吻了一下,以便抑制他的欲望,然后打开父亲办公室的门。

当明白了眼睛所看到的一切的意义,依希尼奥的心猛跳了一下:这间屋子里放着一张写字台、一台秤、两张课桌和桌旁的两张高凳。还有一扇黑铁门占着主要位置,这扇通向地下室的门,差不多占了整整一面墙,从地面直到屋顶。这就是家族财富的圣地,这地方很少放人进来,也很少有人愿意进来。这是整座别墅中唯一直接和原野相通的地方。这儿有两扇上锁的带铁栅栏的窗户朝小市场开着,而小市场又与原野相连。埃尔莫海内斯打开铁窗栅,土著们从外面把一袋袋金子递进来,过秤,定价。经过讨价还价,换给他们代金券。他们拿这代金券到隔壁由科隆芭经营的小杂货店里,通过同样的窗口兑换糖、蜡烛、烟草、毯子以及其他由首都带来的昂贵的物品。科隆芭和卡西尔达坐在那两张课桌旁的高凳上,明亮的眼睛上戴着护眼罩,小姐的衣裙外套着罩衣。她们从小就受埃尔莫海内斯的训练,俯身在巨大的账簿上记账。她们用钢笔记下一切,划在纸上的和谐的声音打破了办公室里的寂静。这是莉迪娅——这个代理人,作为长子的妻子,按照这个家族古老的传统,负责"领导全家"——的骄傲,多亏了她两个女儿的工作,哪怕是一个大头针都不会遗落在账外。无论是谁,按照每年夏天开始时的惯例,要走走形式反对家庭的铺张浪费,大家尽可查账。但是,一切都井井有条,根本无须检查。莉迪娅和她的女儿们确实是"宝贝"。

这阴森森的铁门对依希尼奥的震动是如此之大,致使他过了好一会儿才发现法比奥。他正坐在地上,像个手艺人一样盘着腿,用一把粗锉磨一把钥匙的齿。依希尼奥不知道他为什么要这么做,但他立刻感觉到,这是亵渎神明的行为。他的表兄注意力高度集中,无论是他还是卡西尔达的到来,或是拔铁矛的狂热吵闹,都没有使他分心。法比奥从不玩"侯爵夫人五点钟出门"。他很死板,很特殊,连一个标点符号他都要力求准确。依希尼奥非常想阻止法比奥和卡西尔达那可怕的、他并不知内情的打算,他可不是为了爱情,而是被她吸引并带到这里来的。但当他看到他的表哥表姐时,他觉得像他这样一个爱情中的新手的胆怯,只不过预示着得救的欢乐。而为了得救,他必须要找出自身的中心,要像法比奥一样,他必须经受恐惧。他决心要试上一试,他要清醒地体验一下。他觉得他表姐的冰冷的身体与梅拉妮娅的灼热的身体一样,使他感到一种急切的欲望。

"法比奥……"卡西尔达一进门就叫了一声。

法比奥坐在一堆钥匙中间,他停下手里的活抬起头来。他的手指头被锉磨破了,沾满了碎屑。一道逆光照出了他那窄窄的肩膀,似乎汗珠不是在他的皮肤上,而是在被解剖的尸体的皮肤上闪光。

"我把依希尼奥带来了。"卡西尔达说。

"好。"法比奥一点笑容也没有地回答,"拿着,大概就是这把。"

法比奥看了一眼卡西尔达,把钥匙递给她,依希尼奥察觉到,从他表兄那被逆光勾勒出轮廓的头那儿,那有如图解似的五官,他的眼睛并没有朝卡西尔达的眼睛看去。难道这就是卡西尔达的"丈夫"所能给予她的全部"爱情"?他甚至不敢看她,而只是看着钥匙。这种结合又有什么乐趣可言?在依希尼奥看来,这结合本应是完全的和谐。他确信在这两人之间是谈不上什么亲昵的。他们所探求的没改变他们的举止,他们冷酷无情,只知道结构和计划。依希尼奥根本不必把这些告诉读者,他们已经了解这个人物,他并不是这样理解爱情的。他按照母亲提供的原则去认识一切。阿德莱依达在回忆起她和塞萨隆结合的那些最幸福的日子,那无可比拟的甜蜜时常提到这些。但是,依希尼奥是个与伟大不沾边的人,他忧郁地发现,阿德莱依达的词汇实在有限,找不到合适的词语能形容对那把巨大的钥匙的热情,这股热情在一秒钟之内从一只手递到另一只手,使法比奥和卡西尔达的手连在一起。用什么词语?准属于生僻词。

法比奥站了起来。卡西尔达走到铁门旁。她转动圆盘,推动杠杆,按动带字码的电键,移动螺旋,最后,一个盖子弹起来,露出一个锁眼。面对这种渎神行为,依希尼奥攥紧了拳头。他又一次认出了那道门槛,若要发现什么,必须跨越这道门槛。法比奥让卡西尔达试一试钥匙。她把钥匙插进锁眼,扭动它。起初,她十分小心,然后,她渐渐焦急起来,脸都气红了。试了半天,暗锁一动不动。她把钥匙扔在法比奥脚下,嚷道:

"混蛋!这把钥匙真是混蛋!无论是你还是它都是废物!大人们下午就要回来,可门却打不开!"

卡西尔达面色阴沉,满脸怒气。她大骂法比奥。而法比奥不动声色,他捡起钥匙,把它插进锁眼,扭动它,耳朵贴在锁眼上仔细听。然后抽出钥匙,检查一番。他又试了试,说:

"别急,还差一点儿。"

"不能再等了,阿德利亚诺姑父就要下来了,我们就要完蛋了……"

"要是你等不了,你就走开。"法比奥回答她,又坐在地上继续干起来,"去南平台玩'侯爵夫人五点钟出门'吧。"

怎么可能呢,一个像依希尼奥一样的孩子,同样被束缚在大人们强加的规矩之下,却能这么镇定自若?卡西尔达的愤怒丝毫也不能影响法比奥,他手指的动作准确。他能对付一切矛盾。依希尼奥承认,此时此刻,对于他来说,无论是和胡文纳尔的令人羞愧的麻烦,还是要占有卡西尔达的保证，都无足轻重了，他要和法比奥结成生死同盟。他跟着卡西尔达走到窗口，用胳膊肘支着窗台朝外看，脊背对着法比奥。他的粗锉吱吱嘎嘎的声音刺着他们的耳朵。

小市场这块空地被即将落下的太阳染成金黄，犹如一块带围墙的沙漠。今天不是交易的日子。那种时候，这里挤满了赤身裸体的男人、女人和孩子，他们带来各种货物。这种聚会死气沉沉的，既没有问候，也没有告别，还听不到歌声。他们围成一堆一堆坐着，等着轮到自己和埃希莫海内斯做交易。他们拢起一小堆炭火，有人就在炭火上烤红鲤鱼。有的人缩在用茅草临时搭成的小棚子里，有一句没一句地闲聊着。但是——卡西尔达今年夏天发现——这种谈话变得更加有气无力，更使人不安。这种静观让人惶惑。卡西尔达更加焦躁了。依希尼奥自问：她还能给他想出什么新花招呢？他们长久地听着粗锉的嘎吱声，注视着通过漏斗形的场院向他们涌来的远方。吱吱嘎嘎声停了。卡西尔达猛地向法比奥转过身去，似乎她刚才一动不动只是为了积蓄力量。她说：

"给我钥匙。"

她把钥匙插进锁眼。暗锁打开了。

"现在，你，依希尼奥，帮帮我们。"她嚷道。

依希尼奥的脸色突然变了，待在后面好几步远的地方。

"干什么？"他只能问。

卡西尔达怒火中烧，暴跳如雷：

"蠢货！你以为我为什么会让你参与我们的计划？是冲着你那张随便找哪一个就可以代替的漂亮脸蛋？冲你那头金卷发？那个漂亮鼻子？不，笨蛋，你总该明白了吧，是为了让你来帮我们，好让你那身牛劲有处可使。来帮我们开门。"

三个人用力拉那扇巨大的铁门,它缓慢而沉重地转动着,好像一头行动迟缓的巨兽。沉没在黑暗中的铁门里的地下室显露了出来。三个人紧紧地挤在入口处,似乎要避开这张饥饿的大口。卡西尔达点亮一支蜡烛。

"跟着我。"她小声说。

一走进去,一股干茅草味冲鼻而来,土人们是用茅草包裹一袋袋黄金的。三个孩子小心翼翼地走在口袋之间,好像在教堂的圣徒间穿行。这些口袋排列成行,用深红色墨水标着号码,摆满了一间又一间大厅。卡西尔达用不拿油灯的那只手的指尖摸索着口袋那粗糙的外表。如果不知道,没人会猜到这里有成千上万,甚至上百万袋最纯净的金箔。正是凭着这些金子,大人们才变得伟大。他们,而非孩子们,是这些财富的主人。卡西尔达不能否认,尽管她确切地知道她的眼睛看到的将会是什么,她还是感到有点儿失望,她找不到白狄伦·布杜鲁公主①那装满珠宝的箱子。但是,她仍然准确地朝前走去,按着无穷无尽的编排号码,走到洞穴中那最偏远的角落。在那里,她找到了号码是 48779/TA64 的那只口袋。几年前拿来这几袋金子的那个土著,后来再也没来过。也许是老爷的愤怒传到了他的耳朵里。埃尔莫海内斯查出这袋金子质量很差,箔片会碎裂,它的价值也就随之大减。为了这堆破烂付给了这个土著醋、面粉、毯子。这家伙是个贼!

卡西尔达站住了。她把灯放低,好看清楚口袋上的号码,然后把油灯递给法比奥。她在口袋前跪下,好像面前是一尊还愿的圣像。她衣服上的饰带拖在积满灰尘的地上。已经过了两个,也许是三个

---

① 白狄伦·布杜鲁公主,《一千零一夜》中《阿拉丁和神灯的故事》的人物。

夏天。48779/TA64号口袋上捆扎的草绳已经断裂。由于内部的压力，口袋已经爆裂开来，但仍然保持着平行六面体的形状。卡西尔达的指甲狂怒地插进口袋里，似乎是想发泄她的仇恨。她扯掉了捆扎的草绳，贪婪地把手伸进金子里。她在已经碎成了粉末的金子里刨着、挖着，金粉沾满了她的胳膊，像是金色的血液。她的双手、关节、指甲都闪闪发光，脸上也闪着金光，头发就像金色的泡沫。金粉在她手里纷飞，她的睫毛上、眉毛上满是金粉。她那带着孩子气笑容的脸变成了一具僵硬的复仇面具。金粉飞扬，法比奥的光背和依希尼奥的小臂上也都落上薄薄一层金粉。他们弯下腰，也想在这奇妙的金子里刨挖浸染一番。可是卡西尔达拦住了他们。

她站起身，总算摸着了金子，看到了金子，具体地感受到了实实在在的金子。正是这金子给本杜拉家族带来动力，给她带来的动力更甚于他人，除她父亲之外。父亲了解金子的全部意义，因为他是金子的真正主人：是的，只有他才是真正的主人，直到她，怨怒地站在那里，成为与他对称的形象，并且与他一样伟大，她在眼前利益的诱惑下显得那样不留情面。

"够了，"她站了起来说，"我们走吧。"

"为什么？"依希尼奥不同意，"咱们再开几袋金子玩一玩。文塞斯劳说过，他们不会回来……"

"听话，依希尼奥。"法比奥说。

"我们走，把他关在这里。"她威胁说。

"怎么我就不能玩玩金子？"

"现在不是时候，依希尼奥，"法比奥耐心地解释道，"现在我们必须准备我们的出走……"

依希尼奥皱起金色的眉毛：

"出走?"

"对,"卡西尔达挑衅地说,"逃走。"

听到这话,依希尼奥慌了神。

"从别墅逃走?这话是什么意思?"

卡西尔达沉默了一会儿,让灯光下飘浮的金粉沉落下去,也让自己静下心来,然后,她十分平静地说:

"说的是金子,依希尼奥。我们要带着金子逃走,我们三个人。"

依希尼奥不光想再知道一点,而且想知道一切。他一动不动,越来越贪婪地听卡西尔达和法比奥继续说下去。如果你不想摆脱这种邪恶的神秘活动,你就永远也不能摆脱掉了。这可不是小孩子们为了反抗大人的压制而闹着玩的恶作剧,这是真正的犯罪。法比奥、卡西尔达,还有他,会变成什么人?在逃犯,盗贼。他们的父母将要带着军队和狗群在田野、在城市里追寻他们。这意味着他们将变成另一种人,不是上升就是下降到别的社会阶层,特别是要抛下他的母亲阿德莱依达、他温柔的姐姐梅拉妮娅,把她们留在城里那可以遮风避寒的家里——这个家就像纪念他悲惨早逝的父亲的祠堂。那将是改换一个世界。东躲西藏,销声匿迹,改变身份,变成另一个……是的,是的,变成另一个,可以摆脱佐埃的追逐,因为她这人大概有毛病。卡西尔达一边解释,一边往外走:

"……这金子属于我,我付出了劳动,我研究过,侦察过,才有资格拥有这些金子。过去我从没看见过金子,但我掌握了很多有关黄金的确切知识,它的数量、重量和每一袋的价值。我掌握这让大人们发财致富的黄金的理论知识,只是没有直接经验,只能白白地思念和嫉妒……现在,帮我们把门关上,依希尼奥……"

他们走了出去,关了门,上了锁。在卡西尔达身上,只有那双眼睛由于有点潮湿而显得蒙蒙眬眬。如果在别的场合,这情景会被依希尼奥解释为激动。而现在,这不过是一种刺激,刺激着他,使他最终敢于跳出自己的影子。不知为什么,他喊起来:

"阿德利亚诺姨父的车子……"

卡西尔达眼里的潮湿立刻消失了。法比奥紧绷得像干柴的身体放松了。他们的表情缓和了,露出笑容,叫起来:

"你真聪明,依希尼奥,不用解释就明白了!"

他们拥抱他,吻他,依希尼奥觉得自己成了这些幸福地抱着他的身体的一部分。这种拥抱,使他们的隔阂最终消除了。但这拥抱只持续了一会儿,卡西尔达首先抽出身子。她又一次控制住了自己,摆出一副高傲的姿态,听依希尼奥说出了五个字:

"现在得找马。"

她回答:

"你知道马是没有的。我们已经看见了那些马尸。"

"那怎么办?"

"你怎么会以为我找你来就是干这个的?你以为帮我们开了门就算完成任务了?要是给我剩下一头骡子,哪怕是老弱病残、瘸子、独眼,你以为我就不会抓着鞭子把这些牲口抽得出血,一个人穿过原野?你要是想得到一份金子,就得帮我们拉车。"

"你疯了!"

"可能是吧。"

"我们连一里格①都走不出去。"

"囚徒,"卡西尔达小声说,头一次显得有点儿泄气,"我们像囚

---

① 一里格,约合 5.6 公里。

徒一样,被他们囚禁在原野上,这样可以吞掉我们拿不到手的财产。这是最残酷的。如果对他们进行了报复就能不再恨他们,那该多妙啊!"

但是,她很快就恢复了常态。

"去看看能不能拉得动那辆车,"她对他们说,"不过,要小心。去花园前,要先在走廊梳妆台的脸盆里洗掉金粉,免得被人发现。"

2

卡西尔达和科隆芭是孪生姐妹。个头和长相都差不多,都有一头柔软的黑发,蓝宝石色的眼睛,黑黑的睫毛,声音都有点嘶哑。同样的因素在科隆芭身上组合得非常和谐,使她成为一个讨人喜欢的少女。而在卡西尔达身上,同样的比例和色彩却组合得非常粗陋,因此,卡西尔达虽然与她的胞妹极像,而且经常被漫不经心的交谈者认错,但她却是一个丑姑娘。法比奥很自然喜欢科隆芭,而不喜欢卡西尔达。法比奥从小就和科隆芭一起分享好吃的东西、玩具和孩子的秘密,从小他们就组成了堂兄弟表姐妹里无数对中的一对,直到青春期来临。那时,潜藏在他们体内的性惶惑显露出来。促使他们去冒险的不只是热情,还有灵魂。他们懂得爱情达到顶点是在那瞬间的闪烁中,肉体和灵魂,到那个时候,并从那个时候起就发生了变化,它们短暂地,然而紧密地熔成一体。

可是漂亮的科隆芭,随着青春期的到来,她来了月经。法比奥很不高兴,因为他没这个思想准备,而他那喜好准备的天性又特别需要理解。去问谁呢?他的父母,特伦西奥和露德米拉,他们是那么正统。对于他们,肉体首先是,而且简直完全是灵魂的镜子,全部生命都来源于灵魂,否认了这一高尚前提,肉体便失去作用。肉体只占第二位,也许是作为第一位的灵魂的必然结果,它应当受到装饰和照顾,像祭坛一样,其重要作用是颂扬家族的价值。法比奥又矮又瘦,非常敏感,又十分谨慎。他被造就得如此完美,从童年时代起就非常真诚。岁月始终未能改变他的表情,无论是在童年时代、青年时代还是在他的老年。他的头颅支配着面部的每一根筋、皮肤和肌肉。从很早起,他就善于处理各种事务,无论是他个人的小秘密,或是与他人的关系。他很早就发现,作为本杜拉家族的成员,头一条必须遵守的戒律就是任何人不能反抗什么,生活完全是一种隐喻,一种仪式和象征,既不需要询问,也不需要答复,即使在堂兄妹之间,也是如此。什么都可以干,什么都可以领会,可以希望,可以接受,但是永远不要询问什么,所以,从来没有人提及科隆芭神秘的出血和那古怪的腥臭。在那种时候,她几乎完全被这种浓烈的气味包围着。

有一次,法比奥在场,当时科隆芭正不舒服,她到她母亲身边去寻求无言的安慰。莉迪娅立刻就猜出来了。她拒绝和她女儿接触,而且嘴唇哆嗦着说:

"走开,在你不干净的时候,永远别挨近我,也不要到我房间去,你真让我讨厌。"

对这种拒绝最感震惊的不是科隆芭,而是法比奥。他开始避开他的堂姐,因为任何神秘都会使他产生一种厌恶,就像他在婶婶莉迪娅嘴唇上所见的那样。他的这种态度大大伤了科隆芭的心,她把一切全都告诉了同胞姐姐卡西尔达。她们从来没有这么亲密过,直到科隆芭的初次经血吓跑了法比奥的时候。作为谜一样的孪生姐妹,她们从来没有这么动过情,从来没有这么和谐地搂着躺在一张床上,头发缠在一起,因为当初,任何别的机体都被有机地、野蛮地拒绝在那个卵子之外。甚至当她们在埃尔莫海内斯的办公室里,坐在极高的凳子上,面前摊开账簿,穿着罩衣,戴着保护明亮眼睛的遮檐,在分别为支出和贷方栏目的账页上记账时,她们的钢笔在纸上的唰唰声也配合得十分默契。

经血的流淌象征着不可容忍的神秘,这讨厌的事情再也不能这样下去了,于是,有一天,法比奥对科隆芭说:要是她今晚不能躲过总管手下人的监视,干干净净地赴约,和他在一个有垫子的顶楼上会面,他就永远不再喜欢她了。反正有别的表姐妹还没被血玷污,而且愿意献身于他。那年,他们十三岁。科隆芭跑到卡西尔达那里。卡西尔达把她拉到那间摆满了一排排柜子的房间里,这是为了不让人看见她妹妹哭,不能马上被证明是有道理的哭泣是被禁止的,会被仆人们揭发。这房间是莉迪娅分配给科隆芭管的,里面放着干净的床上用品。有露德米拉婶婶的床单,薰衣草;塞莱丝黛姑姑的柠檬;阿德莱依达姑姑的被单,熟透的水果;欧拉利娅婶婶的也许是有妖术的香草。这是土著们拿来的,他们把这些草扎成一小把一小把的,在小杂货店里和科隆芭交换。每十二把可以换一支动物脂肪做成的蜡烛。她把这准确地在欧拉利娅的账目中扣除掉。在外面走廊上,不时有某个表兄弟或某个仆人走过。不过他们都知道这间用太阳晒黑的裱糊纸裱过的房间是不能进的。只有坠在科隆芭围裙口袋里的那把钥匙才能开这房间。卡西尔达抱着她妹妹,觉出那块硬铁片直硌她肚子。

"你哭什么?"

"法比奥不喜欢我了。"

"为什么?"

"因为我来月经。"

"这么蠢!"

"他说他宁愿喜欢那些不来的。"

卡西尔达想了一下,问:

"他约你什么时候去?"

"半夜前不久。"

"我去。"

科隆芭犹豫了一下问道:

"能骗得过他吗?"

面对这欠考虑的侮辱性的问题,卡西尔达的脸发白了。她妹妹的这个问题疏远了她,和她划了界限,因而孤立了自己。强烈的报复之心取代了刚才的爱,但她不想被看出来,就说:

"你别担心,亲爱的妹妹。在黑暗中,法比奥不会发现有什么区别的。归根结底,我的皮肤和你一样细嫩,头发摸起来一样柔软。只要关着灯,你的美丽就失效了:它只存在到夜色降临,窗户关上,灯火熄灭。到了那个时候,就没有危险了。去找法比奥,告诉他只要是在黑暗里,你随时可以接受他的邀请。"

科隆芭没吭声。卡西尔达说的是真心话还是一种可以理解的嫉妒?因为,尽管在办公室里,卡西尔达是她父亲的右臂,但被埃尔莫海内斯经常抱在自己膝盖上并为她唱歌的都是科隆芭。他为她唱那些战争年代里的歌,当时他是个轻骑兵。这种嫉妒,现在算不得什么了。现在重要的是维持住原状,保持住她和法比奥由来已久的关系,长大以后好结婚,等到有了孩子就忘掉他们会像自己现在这样行事。他们将取代父母成为田园诗般的场景的中心,再去拼命追回忘却的记忆。法比奥以不再爱她相威胁,如果听任事情这样发展下去,就会冒险,即今后也会像过去那样。不,今天夜里,不是她本人去这个问题不大,就让丑陋、傲慢的卡西尔达抢去她的一部分美丽吧。总而言之,作为一个地道的本杜拉家人,她很明白,为任何东西都必须付出代价。要这么干只有一个难题,准确地说,是一个技术性问题。

"你说得太有理了,我的姐姐,"科隆芭悄声说,"不过有一个困难。"

"什么困难?"

"我不是处女,而你是。法比奥会发现这个区别的。"

卡西尔达轻轻地笑了,她盯着科隆芭,那目光直钻到她眼睛的深处,似乎是要洞悉一切。科隆芭不禁直往后缩,退到存放着散发出柠檬香的床单的柜子那里。她两眼紧闭,后颈倚着一摞摞床单。卡西尔达抱着她的妹妹,紧挨着她,显出一副天真无邪的模样,这大大赢得了她妹妹的信任。这个和她相像的人真与她这么大相径庭,还以为这给自己带来忧虑的小小障碍就能阻止她卡西尔达在法比奥怀里假冒美丽的科隆芭吗?法比奥倒算不了什么,她美不美可是要紧的事。卡西尔达放开科隆芭的腰。科隆芭张开眼睛,似乎她的眼睛亮了一下。卡西尔达喃喃地说:

"别怕。给我一小块白麻布手绢,没有绣花的,不然会擦伤我……"

科隆芭找了一块小手绢,递给卡西尔达,她把它缠在自己的无名指上。她妹妹看着,不明白这是要干什么。卡西尔达最初显得不大有把握,她慢慢地,轻轻地将裹着手绢的无名指插进身体。科隆芭最初很吃惊,她跪在地上眼睁睁地看着,扶着她姐姐的腰。卡西尔达直哼哼:

"帮帮我……"

科隆芭站起来,扶住她姐姐痛苦地靠在她肩上的头,帮助她戳破那层坚韧的封膜。她一边抚摸卡西尔达,一边在她身边好像鸽子咕咕求偶一样对她温柔地断断续续地说：

"我的心肝……我的宝贝……"

卡西尔达的面容松弛了。一时间，同样的兴奋感染了她的同胞妹妹，她疯狂地夹紧两腿：

"对……对，就是现在，别松手……"

然后，好像是从把她们结合在一起的梦中苏醒，她们小心翼翼地把卡西尔达的手指头抽出来，那缠在手指头上的手绢都染红了。她直冒汗，但脸上却闪闪发光，眼睛显出疲倦。甜蜜的欢愉过去了，她抚摸着无力的四肢。科隆芭端来了一盆温水，她姐姐卷起裙裾蹲在她面前。她轻柔地为她洗净这准备替代她的阴部，卡西尔达看见她自己的脸映在粉红色的水中，那由于激动而显现的美丽渐渐消失了，犹如涨潮过后，露出她岩石般的本相。科隆芭给她擦干净，洒上香水。她抚摸着姐姐低垂的头，用柔和的声音为她唱一支外国歌。那一年，在都城的大街小巷，人人都在唱这支歌：

　　……你要温柔地对待她
　　她就像我一样
　　把我的爱恋向她表白
　　我一生的幸福系在她身上
　　为她戴上花冠
　　就像我近在身旁……①

卡西尔达从来没有这么激动过，她欣赏着美丽的后颈，以及那在柔润的面颊上投下阴影的睫毛。因为她知道，今天晚上，在黑暗中，

---

① 这是名曲《鸽子》的歌词。

法比奥要抚摸的将是她这可爱的一切。

可是,在和法比奥做爱后,卡西尔达立刻下床去开了灯,她要骄傲地对法比奥显示出正身。她是卡西尔达,而不是科隆芭。在这件事上,她不想欺骗任何人。因为,如果这么做,就是承认她比科隆芭丑陋。她之所以要这么做只是为了向法比奥表明,肉体可以使人得到多大的满足,它吸引人去进行各种探索,只有肉体才是完美的。为了以不容置疑的方式向法比奥,也向她自己证明这点,她让堂弟把一面扔在角落里的金框大镜子移过来,让它正对着灯光,在布满尘土、蜘蛛网和干了的雨痕的镜面里,卡西尔达的面孔模糊不清。当她和法比奥重新结合在一起时,他们看到了并不存在的美丽是多么虚假,而靠明智找到的欢愉是多么实在。但是,法比奥受到卡西尔达的极大蔑视,因为他只会像孩子一样寻欢作乐,根本不留恋科隆芭给人留下深刻印象的美丽的魅力。卡西尔达一眼就看透了,他配不上她。现在,毫无疑问,她为自己来了月经而感到骄傲,因为这提高了她的地位,她成了"成年女子"。同时,她感到,在他们这种地位的人中发扬传统非常正确。男人仅仅是工具,在孕育生命过程中只起次要作用,就像在家庭生活中所起的作用一样……是的,是的,要紧的是保持家里的桌布清洁,床单雪白,储藏室里藏有丰富的食品,高雅的铜像闪闪发光,而法比奥对这些一窍不通。他不能与未成熟的女性分享快乐,如果说他坚强执着的毅力和力量犹如一只拳头,那这只拳头也是卡西尔达的一部分。而卡西尔达,已经从以前把她和她的孪生妹妹结合在一起的躯壳里脱颖而出。她就像另一只拳头,像法比奥的拳头一样需要干点异乎寻常的事。这种被大人们视为"恢复体力"的静止不动的避暑生活已不能满足他们的愿望。

"莉迪娅和科隆芭真是十全十美。"欧拉利娅细声细气居心不良地说,牙齿咬住放了调味蘑菇的山鸡腿。

"莉迪娅和科隆芭真是十全十美。"西尔维斯特雷感叹着,一边察看他那白色凸花夏用坎肩是否浆洗熨烫得无懈可击,连他那些络腮胡子蓝眼睛的外国朋友也挑不出毛病。他们对什么都看不上眼,总说在他们国家,什么都比这里干得好。

"莉迪娅和科隆芭真是十全十美。"阿德莱依达以权威的口气说,她正在品评弟媳精美的物品,"我的丈夫塞萨隆,愿他安息,他说过,简直难以想象,我们家族里如果没有这些人在操劳,本杜拉家的人会怎么样呢?"

3

正像莉迪娅操劳着所有的家务,使一切井井有条,埃尔莫海内斯则花费很大力气来管理家族的财产,不让他的任何亲戚感到缺少什么。在玛鲁兰达,正如我在这部小说中已经写过的,他具体负责黄金的收购,过秤,入账,入库,直到返回首都的危险旅程开始。黄金都存放在上锁的仓库里,仓库装着铁门,那铁门重得只有他才能推开。在首都,他和那些红脸膛的商人打交道,他们十分敬畏他,因为卖出多少的最后决定权掌握在他手里——没错,销售量很大,然而总是有限,要考虑到订货量在逐日增长,而在全世界手工轧制生产金箔的只有本杜拉这一家了。这些外国人,在教区咖啡馆里被西尔维斯特雷用白酒灌得昏头昏脑,那里还为他们提供粗俗女人的住址。然后他们大醉酩酊,跌跌撞撞地走出来,在散发着沥青和被咸海水浸烂了的缆绳和渔网的臭气的街巷中,在成群的小乞丐中穿行。这些小乞丐,肚子鼓鼓地胀着，横眉竖眼。周围挤满了叫卖炸鱼和各种水果的小商贩。面目狰狞的水手，站在可疑而不祥的小饭馆门槛上，肩膀上停立着来历不明的飞鸟，对他们恶声诅咒。他们穿过这一片地区，总算走到了本杜拉家老大哥的办事处。这里阴森森的，港口的喧闹传不进来，埃尔莫海内斯就在这里接待他们。他从西尔维斯特雷那里知道了他们该付的总金额，如果他们想要得到他们所需要的货物，无须讨价还价，一定要照价付款。这些商人面对这么昂贵的价格，看到金子卖主如此冷酷，不禁目瞪口呆。他们在写字台上放下各种国际货币，由埃尔莫海内斯为全家经营这些钱。本杜拉家的人认为这些事情交给能干的埃尔莫海内斯办理最合适不过了。这位大哥严肃、节俭，每半年一次，把收入的钱公平地分给姓本杜拉的各家人。莉迪娅从每个人的收入中减去数目不大的、他们平日高兴时买零食花去的钱。剩下的钱就归每个人，由他们随心所欲地使用。这项工作费去了莉迪娅不少工夫。这毫无疑问是十分琐碎的事情，任何人的神经都承受不了这么重的担子。埃尔莫海内斯·本杜拉却是个例外，因为他很幸运，他根本没有神经。

显然，这项工作本身虽然相当繁复，但自从有了卡西尔达的帮助，他的负担就没有那么重了。莉迪娅可以骄傲，她专生双胞胎：头一胎是卡西尔达和科隆芭，然后是科斯梅和胡斯蒂亚诺，下一对儿是克拉莉莎和卡西米罗，最后是阿玛代奥和他的同胞兄弟，他这位同胞一生出来就死了。所有的孩子都受传统教育，但卡西尔达不像她的姐妹们，她没被送进修女学校。她就在家里学习怎么做一个有礼貌、讨人喜欢的女人。埃尔莫海内斯把她留在身边，从小就精心培养训练她。她到十二岁的时候，就成了一个出色的会计和记录员。她坐在高高的凳子上，桌上摊着账本。她挥笔疾书，墨水常常弄脏手指头。她天天誊写和土著做黄金交易的账目，把她父亲交给她的账单一一入账。坐在她旁边的科隆芭，空闲的时候，卡西尔达教会了她记账。她在另一本账簿上誊写账目。她的账目也许更复杂，但肯定不如卡西尔达的重要，她记下的是别墅所有的日用杂费账。科隆芭对黄金一无所知。而卡西尔达就全然不同——除了埃尔莫海内斯，在把父亲看成敌人以前，她佩服他，是他的同盟——只有她才准确地知道使得家庭致富的黄金的数量、重量、价值、产量和利用率。

卡西尔达无法对埃尔莫海内斯喜欢谁视而不见，虽然这很难判断，特别是从他的举动上，根本不露痕迹。他喜欢的是科隆芭。科隆芭长得漂亮，嘴又甜。埃尔莫海内斯有时候在暗地里和她在一起，一改严厉的面孔，背着莉迪娅教她唱下流的军旅小调，唱得两个人都哈哈大笑。父亲和科隆芭亲热的这些蛛丝马迹对卡西尔达来说无关紧要。虽然他不宠爱她，但却和她这个丑姑娘有共同的密切的利害关系。他给她看放在他卧室里的一本暗账，在这本账上记着他日复一日、日积月累地克扣下的本杜拉家族的黄金的总量。他非常看重这本账，他个人的权势，他对其他人的优势就体现在其中，虽然从表面上看，他与别人毫无二致。这是一种被传统视为神圣的欺骗，被视为才干。这种盗窃，成为一种职务，一种权威人士的私人事务。这说明凡是欺骗都不算回事，这是一种骄傲，一种能力，一种日常工作，以致人们不再把它称为欺骗。莉迪娅认为，是对其他人严守这一秘密把她和丈夫结合在一起——可是他却不知道那笔最隐秘的银行账款，我无须对我的读者隐瞒，莉迪娅把她在别墅从用人和孩子们身上克扣下的钱都存了进去。埃尔莫海内斯把这一切和盘托出，讲给卡西尔达听，使她成为自己的同谋。尽管父亲对卡西尔达这么毫无保留，她对父亲却越来越仇恨。她感到非常不满足，埃尔莫海内斯竭力使她相信,黄金只是存在于账簿上的概念和交易,它只用于出卖、交换、出口、积蓄,它可以转换成证券、股票,可以借贷和抵押,而不能占有。他把黄金视作极为神圣之物,连看都不准她看。埃尔莫海内斯对她断定,这些黄金的价值完全取决于那些补牙的外国人对它的需要与否。卡西尔达不相信这种断言,毫无疑问,这是她父亲撒下的一个弥天大谎。这使她丧失了对父亲的信任,父亲对她表现出信任,将她拉为同伙,只是整个骗局的一部分。卡西尔达很担心她会在没见到也没摸到这种绝妙的金属之前就死去。当那些赤身裸体的土著从小窗口把用干草包裹好的口袋递给她父亲时,卡西尔达一面在她的桌子上记账,一面乜斜着眼窥视。她看见埃尔莫海内斯拿起一支毛笔蘸上紫墨水在口袋上写上编号,然后按动标有数码的揿钮,推动杠杆,打开一个盖子,在那里插进钥匙,这把钥匙从不离他的衣袋。她看着他怎样推动神秘的铁门,那铁门绕着合页转动,只服从他的力量。他背着口袋走进地下室,在那儿耽搁上一会儿,根据重量和号码分类按等级放好口袋。然后他走出来,关上门。卡西尔达的桌子摆的方向使她正好背对着这一切活动,但凭着多年的习惯,她的耳朵已经可以根据数字圆盘的转动和停顿声猜出那密码,而且牢牢地记住了它。虽然父亲对她透露了许多重要的东西,但他却从不让她进地下室,她所见到的也只是被灰色茅草包着的黄金。于是卡西尔达开始随时留意,想方设法要得到一把钥匙的复制品。埃尔莫海内斯偶尔会把钥匙忘在一张白纸上就背着口袋进了地下室。卡西尔达就利用这一会儿工夫,用一支铅笔迅速地描出它的轮廓。当他把钥匙掉落了,她就拾起来交给他,随手把它紧按在手里捏着的一团软蜡上,留下印痕。这软蜡是她随时捏在手中以备万一的。

但是,有一天,埃尔莫海内斯让卡西尔达进地下室去。那天,科隆芭正在杂货店里忙得不可开交,抽不出身来,钟响一声表示送来了肉,两声是青菜、水果,三声表示有特别贵重的东西。而当土著们送来成袋的黄金,他们就飞快地跑进交易场,从老远就发出一种特别的呜噜声号叫着。因此,当埃尔莫海内斯一预感到从原野深处发出的号叫声,他就舒舒服服地坐在窗前的大扶手椅上,面对写字台,似乎是准备吃饭。他擦拭着眼镜准备接待土著。

就在我所说的那天,埃尔莫海内斯刚刚满意地和一个带来金子的土著做完交易。这就是说,付给土著这袋金子价值的一半;而且,这袋金子只有一部分记入本杜拉家族的正式账簿。他过了秤,付了款,背着这袋金子走进地下室。过了几分钟,卡西尔达就听到她父亲在里面喊她,那声音由于生气走了调,使她不敢不服从,虽然在决定进去之前她犹豫了一下。

"出什么事了,爸爸?"

埃尔莫海内斯的高个子隐没在地下室的黑暗中,但他那双皮靴由于紧挨着放在地下的油灯却清清楚楚地在闪着光,他用脚尖点了一下其中的一袋金子。

"这袋金子怎么了,爸爸?"

"食人生番!"

"怎么是食人生番?"

"无耻,盗贼。食人生番,因为所有和我们对抗的罪行都只能来自那食人生番。你没见这袋金子捆扎得不对?"

"是刚拿进来的那袋吗?"

"别犯傻了!你以为我看见是没扎好的还会收吗?不。这是慢慢地散开了的。金箔内部的压力必须平衡,可现在,它已经挣断了潮湿腐烂的绳子,绳子松散了。没有必要的压力,薄脆的金箔就不能保持完好。没法子了! 我们得论斤出卖这袋金子了! 这袋的号码是:48779/TA64。查查账本,看看是哪个土著拿来的,是在什么时候,给他换了些什么货物。当然,量不多,这袋碎金子也不会让我们破产。但,这是毁灭的开始,是变化和危险的开端。这种想欺骗我们,这种带煽动性的行为表明,食人生番正在阴谋策划这么干。要是这个贼再来,就不收他的金子,也不收他家里人的。糟糕的是不能按照我的愿望狠狠地惩罚他,因为其他土著会同情他,会不肯再交金子来。我真怀念那些美好的日子,那时我们打了一场没完没了的大仗,用利剑和火药征服了他们! 已经有多少代了,这些野蛮人专门编织绳子,用木槌打制金箔,把金箔妥帖地收入袋子,但是,他们错了。不,不是错了,从这个意义上说,任何失误都是有意的,绝不是偶然的。"

埃尔莫海内斯用靴尖踢了踢口袋,绳子断裂开来。卡西尔达看见她父亲在报废的口袋上弯下腰,一张宽背挡住了她,不让她看见那一摞一摞的金箔,她那渴望欣赏这黄金的目光没能得到满足,她只能随心所欲地从理论上认识它。于是她只能继续应用她猜测的本事。这是她多思的结果。

"只有他们懂得利用那些带黏性的草茎做成夹子来夹住这些金箔,这秘密只有他们知道。我们的手指头,虽然比他们的要细得多——比如,想想胡文纳尔会弹斯卡尔拉迪①的曲子——不幸的是却只会弄坏这些金箔。因此,不管我们愿意不愿意,我们是控制在他们手里的。某种叛乱,肯定是来自蓝山山脉的另一边——来自我们控制不到的那一面,那里受我们所不了解的、来自内陆的影响,一定

---

① 斯卡尔拉迪(1660—1725),意大利作曲家。

有预示着变化的思想渗透过来,而一切变化都是危险的,预示着食人生番来临。"

埃尔莫海内斯吹灭油灯,气得发昏,带着女儿走出地下室,以比平时更大的火气关上铁门。卡西尔达爬上她的高凳,拉下护眼遮檐,握紧钢笔,俯身在账页上。就在这账页上,她日复一日地描绘着财产的构成。现在她比任何时候都更清楚,这财产与神圣的黄金毫无关系。她拿着笔,却没有动手写。她的心被贪婪搅得不能安宁。总有一天她会得到满足。等待一下没有什么关系。这样她就前进了一步,她的心坦然了,轻松了。她决定现在不必再去想,于是她的笔又在账页上唰唰响起。当埃尔莫海内斯念叨她的名字卡西尔达时,她停了笔。有时候他就这么念叨,不是想跟她说什么,他只是自言自语。他把眼镜推到脑门上,院子里的阳光都被收进那两汪水洼一样的镜片里。他揉了揉眼睛,然后闭上,斜倚在椅子背上。

"一口袋金子糟蹋了。真不敢相信今年能不能积蓄足够的金子来履行我们的合同。土著们变懒了。真倒霉,我没法满足出口的需要,只能应付得了大主教先生。在首都他来我家吃晚饭时说过,他打算今年冬天,把教区所有的祭坛、所有的祈祷处都重新镀一次金,以此来坚定自由党人竭力要动摇的信念。如果不给他优惠价,他会骂我们是异教徒。我们本杜拉家族的人怎么会是异教徒?"

外面,小市场围墙的影子逐渐模糊了。远远望去,可以看见最后一批土著赤裸的脊背,他们正返回原野。他们挂着特别长的手杖,手杖头上挂着装水的葫芦。办公室里开始暗下来了。只有卡西尔达那双蓝眼睛和埃尔莫海内斯的眼镜片还闪着亮光。埃尔莫海内斯额头上的那副眼镜收入了各种缩小了的景致,就像两个透明的金洞。在这种时刻,结束每天的工作之前,卡西尔达有时候会希望自己不被纳

入这个死板而高尚的职业。可今天,她没这么想。恰恰相反,她继续听父亲说:

"一切都和过去不同了。这个土著想用烂口袋骗我。你说交这袋金子的土著叫什么来着?佩德罗·克里索洛戈?不就是胡安·内波穆塞诺和老丽塔·德·卡西亚的儿子?胡安·博斯卡的大哥?他们这些家伙都要为这种罪行而遭罚。坏蛋。直到如今还潜伏在他们身上的嗜血成性的本能又苏醒了,他们准备向我们攻击。"

"不会的,爸爸。"

埃尔莫海内斯睁开两眼,猛地拉下眼镜盯着卡西尔达。她在这种逼视下,又拉下绿色的遮檐,转过身,重新埋头于账簿之上。父亲眼睛上的玻璃片和他女儿蓝宝石般的眼睛都消失了,办公室里不再有亮光。

"你怎么说不可能?"

卡西尔达没转过脸去,她犹豫不决地说:

"他们是这么……这么老实……"

埃尔莫海内斯在房间里来回踱着,在他女儿身后站定,她还在继续工作。他叫道:

"你说他们老实?没有老实的人。就拿你来说吧……"

"我?"

"你。你就不……"

"不什么,爸爸?"

卡西尔达努力克制住自己,她觉得那巨大的声浪几乎撞击到她弯着的脊背上。突然,埃尔莫海内斯的手像一把钳子一样落到了卡西尔达的脖子上,似乎要把它钳断。这猛然一击虽很粗野,但只是一瞬间,卡西尔达还没来得及感到真正的疼痛。她只觉得自己的心收紧了,然后又胀大了,使她浑身发热。毫无疑问,父亲想下毒手,但没干到底,放开了她。可他那副不须任何意味深长的语言表白的表情仍然没变。就是他下了手,他这副表情也不会有所改变。卡西尔达仍然没有转过脸,她努力克制自己,以免自己因害怕而跑掉:

"你使这么大劲,爸爸!"

"还比不上他们……"

埃尔莫海内斯无须向她女儿说明谁是"他们",她也不想追究,其实"他们"的存在已经充斥了这间办公室,并决定着父女之间的行动和争执。他们两人都很清楚对方的想法,由"他们"而引起的暴躁造成了短暂的停顿,由此他们相互了解了。

"不,"埃尔莫海内斯继续说,"他们并不老实。今年夏天我们去检查蓝山山脉里的金矿的时候,他们的眼睛里闪着让人不能忘记的仇恨。他们不欢迎我们去。他们问起阿德利亚诺·戈马拉,这是很不妙的征兆。女人们几乎什么也不干。小孩们都游手好闲,他们拒绝继承父辈的职业。据说,一些年轻人迁徙到沿海城镇,然后又回来把他们的亲戚接出去。他们染上了恶习,其中最坏的就是要求得到他们无权享有的一切。"

"爸爸……"卡西尔达站在埃尔莫海内斯面前,直盯着他那双近视眼,结结巴巴地说。

他猜出女儿不敢向他提出的是什么,今天下午的一切行动和谈话都体现了这唯一的要求。卡西尔达这强烈的渴望使他害怕,就像是食人生番的饥饿,会把他吞掉。埃尔莫海内斯往后退了一步,按紧了衣袋里黑色大门的钥匙。

卡西尔达的眼睛突然发亮,她就要提要求了,还没等她说话,他就这么回答:

"不行。"

"为什么不行,爸爸?"

"绝对不行。"

"只是看一看……"

"不行。"

"就只看看坏了的那个口袋。"

"不行,那是我们的。"

"是谁的?"

"我的,和我兄弟们的。你们还是孩子,不懂这些。你们只会干些傻事,把事情弄糟。你们鲁莽、轻率,干事不顾后果。你们像仆人一样无法无天,像土著一样好吃懒做。要是在成人以前看过黄金,就会毁灭一切。不行,绝对不行。别再说了,否则,我就要惩罚你。"

"可是我,爸爸,我从没提出过什么要求。"

"从来没有?"

"我嘛,当然没有。有什么可要求的?"

"这再好不过了。"

"我只是想服从你,做个有用的人。"

"也许是我弄错了,不管怎么说,我很高兴,我的女儿。欲望没能诱惑你去谋求你不该得到的东西。我们走吧。"

埃尔莫海内斯熄灭了蜡烛,那是为了察看他女儿的脸色在几分钟前点燃的。但是,卡西尔达想,就在那里面,在地下室里,在深深的黑暗中,在镶着金属片、包着边的直立的黑铁门后面,在包着干茅草、捆得紧紧的袋子里,闪烁着本杜拉家族的金子。黄金在黑暗中闪烁,难道就真的不需要有眼睛欣赏它们?也许它那迷人的光彩,只是由像她那样的目光激发出来的?

第六章　逃　亡

1

　　法比奥和依希尼奥离开埃尔莫海内斯的办公室消失了,但是卡西尔达却觉得并不光她一个人留在那儿。她竖起耳朵竭力想听出点什么声音来证实她这种感觉。她紧靠着窗户不动,首先留心察看了办公室所有角落,然后是小市场的整个场院。她没能看出什么。沾满全身的金粉使她面目全非,她站在那里,毫无表情,就像一幅豪华的描金像。由于沾满金粉,她的脸和衣服闪闪发光,衣服变得挺挺的。她不敢眨眼也不敢张嘴,生怕那金黄色的粉末掉下来。这一层层的鳞状金粉成了她本人的组成部分,抬高了她的身价。

　　她必须耐心等待兄弟们回来——这种美德,正如我的读者们感觉到的,她并不怎么具备——还要有信心。但是她很难沉得住气,她怀疑他们能不能解决成袋的金子的运输问题。再说,她又不懂巫术,不能凭空生出任何办法。确实,打一开始,大人们就说要带走"所有的"牲口,但她和法比奥从来都认为,这"所有的"所谓按惯例,本杜拉家的人是带选择性的。在这么说时,指的只是那些最好的牲口。

这样,就在别墅里遗留下相当数量的不大够格的牲口。但很显然,这一次,大人们说的"所有的"可算丁是丁卯是卯了,正像上午她和依希尼奥在马厩里证实的那样。大人们的目的就是让他们完全被孤立,将他们残酷地封闭在这里;不仅仅用铁锁和铁栅栏——它们的作用已经被堂兄弟表姐妹们刚刚发起的进攻摧毁了——而且还有长满茅草的无边无际的原野,他们被剥夺了穿越原野的一切可能。表面镀上了一层金彩的卡西尔达等着表兄们归来,却不抱什么希望,因为她知道,法比奥和依希尼奥推不动那辆车子。一会儿他们就会回来告诉她:那辆顽固的车子不肯挪动,一切就全完了。他们三个只好再回到南平台去,加入"侯爵夫人五点钟出门"那场闹剧,和所有人一样玩那乏味的游戏。因为,事实上,一旦只剩下卡西尔达自己,她将一筹莫展,可正是她,还要整天训斥她的兄弟,骂他们没本事把车子装满黄金,拉到能找到帮手的地方去。

最好还是别憋在办公室里徒劳地发狂,最好还是去迎迎法比奥和依希尼奥,虽然女孩子没多大力气,但还可以助一臂之力。她隔着窗子上的铁栅又朝小市场望去。白天正在逝去。围墙的影子分成两半,半明半暗,亮的那一半还反射出些许阳光,足以把办公室里边照亮一点儿。外面,在那一半暗影中,卡西尔达发现有一团黑影在晃动。

"在干什么啊?"她思忖道,"都这时候了,这个土著还待在这里,难道不知道今天我父亲不在,所以不做买卖?"

那团浓黑的影子走出了围墙的暗影,而且,显然是为了暴露自己,他穿越黑暗走到了阳光下。这是一个年轻的土著,十分健壮,赤身裸体。他站在场院中间,支着一根特别长的长矛,矛尖上闪着金光。在卡西尔达看来,他那副架势像个装模作样的帝王……卡西尔达缩到办公室深处,藏起身来。

"是佩德罗·克里索洛戈!"她对自己说。

她逃跑了,没再回头看一眼那场院,径直跑到阴暗的走廊里。长矛的金尖还扎在她的肉里,她跑着,疼得缩成一团儿。她把细蜡烛紧贴在胸口,佩德罗·克里索洛戈的长矛就是从那儿扎进去的。她一直跑到摆着梳妆台和脸盆的拐弯那儿,那里有洗手池、烛台、镜子和刷子。就在那儿,她父亲、科隆芭和她,在每天冒着危险和土著打交道的工作之后,就在那儿洗濯一番,把罩衣挂在预先为此准备的衣架上,然后上楼去雅琴室。

卡西尔达走近镜子,镜子里出现了活生生的形象。她点着一根蜡烛继续往前走。火焰在黑暗中勾勒出一幅金色偶像。她在月光下点燃立在镜子两侧的蜡烛。卡西尔达欣赏着这刚刚向她展开的镜子深处,是的,的确,这才是她的自然状态——正像她所见到的,全身落满了金粉。她永远不会洗去这金粉也不会换衣服。洗手池里装饰着长寿花、白柳、草鹭,装满了水,这样,就具有一种人造的水乡情调,成为一景。大人们经常在这里消磨时光。他们会回来,把她从这个叫佩德罗·克里索洛戈的土著手里救出去,她父亲告诉过她这个人是个罪犯。她与自己抗争,要摆脱这种孩子气的希望得到保护的心理,因为这种心理使她变得软弱。她神气活现地抱着两臂,以便从镜子里证实自己很有能耐,特别是能证实自己很坚定。该怎么了结这一切呢? 不要用肥皂和水把手和脸洗净,也不要用刷子刷净衣服,就这么通体黄金出现在堂兄弟表姐妹们中间,比他们高出一筹? 可是卡西尔达并不想高居一切人之上。她对堂兄弟表姐妹们没多大兴趣,因为他们充其量只不过是上辈人的愿望的影子,而她却光想破坏,拆除她父亲的那个世界,这样她才能解除自己的心头之恨,而且,即使无效,也无损于她。只有这样,她才能称为她,她要到另一个地方去,那儿有她的另一个此刻还不知道到底是怎样的自我。她两手贴胸,低下头。

"别做这种怪相,"不知有多少次了,母亲总是这么对她说,似乎要让她忘掉这种动作,"就像老太婆一样地垂着头,瘪着嘴,拉长着脸,那副样子太丑了,我的孩子。"

现在,卡西尔达故意做出这种被禁止的怪相,以便打倒一切除黄金女神之外的权威,这女神,现在正出现在镜子里。一个胸口上扎着长矛的女神。佩德罗·克里索洛戈,这个罪犯,他想干什么?他看见她了吗?他为什么要瞧着她?更确切地说,他确信她正从办公室里看着他。他为什么要走到亮地里,是为了让人认清他,知道他的名字而害怕?卡西尔达沉浸在苦思冥想之中,她垂下了胳膊。不,她既不是偶像也不是女神,只是一个被自己的非凡企图吓坏了的姑娘。她拿起每天都挂在梳妆台旁的干净毛巾,从贝壳盒里拿出肥皂,俯身在脸盆上准备洗脸。

"别洗……"

卡西尔达转过脸,朝暗处察看着,害怕是那个土著在对她说话,但这不是那个土著的声音,也不是大人们所说的"良心的呼唤",她知道,那东西根本是不存在的。这声音又在请求:

"别洗掉金子……"

不是土著的声音,是家里的一个女孩的细嗓音,卡西尔达立刻听出来了,她问:

"你在这干什么,马尔维娜?"

马尔维娜从阴影中走出来。烛光照着她们俩。马尔维娜小心翼翼地用小手指头摸了摸卡西尔达的眉毛,似乎是不想碰掉哪怕是一

粒金粉,免得破坏了现状。卡西尔达怕马尔维娜什么都知道,会告发她,就攥住她的手腕对她喊:

"赶快招供,为什么要监视我?"

卡西尔达扭她的胳膊,迫使她跪倒在地,然后用指甲在她胳膊上狠掐了一把,想让她哭。这并不难,因为马尔维娜平常就是不吭不哈、不阴不阳的;总是自觉理亏地动不动就哭——怎么劝也止不住她,因为没人喜欢她。马尔维娜把这种假想的蔑视归因于她是堂兄弟表姐妹们中唯一的"可怜虫",因为在玛鲁兰达敏感的孩子们之中的一致看法阻止她想到这是由于她是"罪恶的果实"——她是欧拉利娅和那个愚蠢的自由主义者的私生女,此人为了欧拉利娅自杀身亡。好妒忌的孩子们总是把情况说得对自己有利。

"把我带上。"马尔维娜在地上请求说。

卡西尔达放开了她。可是马尔维娜仍然跪在那里,扯住卡西尔达的衣裾不放。她知道了什么?卡西尔达担心她搅乱了他们的计划,现在情况已经够乱乎的了。她把马尔维娜从地上拉起来,就着烛光观察她的表情。马尔维娜长得很黑,皮肤没有光泽,两只温柔的大眼又黑又亮。她的目光和皮肤都是湿乎乎的。塞莱丝黛说过,她这个人,无论是无与伦比的外貌还是个性,都很柔和,连说话都细声细气的。的确,卡西尔达气愤地想,她很柔和,但又不阴不阳,狡诈,阴险,肯定是爱出卖人的。马尔维娜跑这儿来干什么?既然她要求带她走,这不正说明她什么都知道?一切都完了。卡西尔达恨不得把钟表、日历、滴漏、日晷全扔在一边,废除一切计量时间的东西,以便回到从前。那时只有她和科隆芭在一个卵子里,结合在一起,那永恒的神秘的童年。但是,正像塞莱丝黛所说,马尔维娜很温柔,值得爱怜。于是,卡西尔达不由自主地搂住了紧靠着她的马尔维娜柔弱的腰。马尔维娜是这么用力地缠住她,卡西尔达不得不推开她,免得窒息。

"带我走……"马尔维娜在她身边小声说。

"到哪儿去?"

"到你和法比奥、依希尼奥要去的地方。"

卡西尔达松开她,用毛巾擦脸。

"我一直跟着你们,"马尔维娜又说,"我看见你们在这儿,还在花园里,我偷听了你们的谈话。带我走吧,卡西尔达,别那么狠心。和我那五个蠢头蠢脑的姐妹,还有昂塞尔莫、我的母亲、我的堂兄弟姐妹们,我是再也过不下去了,他们都不喜欢我。"

"你错了。我们都尽自己所能地爱着你,只是有时,限制太多了。"

她见马尔维娜并不相信自己,她好像是面对着深渊,她的思想拒绝在这个危险的方向上再往前走。卡西尔达觉得这不是说服她的时候,时间不多了。她说:

"好,那你就来吧……"

既然她什么都知道,那还是吸收她参加为好。把她和法比奥还有依希尼奥组织在一起,像对他们一样,毫不留情地训斥她,让他们拉车。马尔维娜紧握着她的两手,使劲吻她,急促地说着什么,好像马上就要毫无保留地献出一切。

"你别担心,我的卡西尔达。我什么都知道,但我不告诉任何人,什么也不说。我要帮助你,你看着吧。因为你是我的救命恩人,我爱你。除了你,还有谁会想到我?"

"至少,还有你的五个亲姐妹。"

"这几头母猪只在公开场合才和我说话。在私下里,在没人听见的时候,她们称我为'您'。真的,真的,她们全都一个样,从最大的没精打采的科尔德利娅,到佐埃这个小妖怪,全都是低垂着眼睛,握着两手,一律穿灰衣服,由昂塞尔莫指挥着像一排玩具鸭子。那个佐埃,虽然智力低下,却擅长撒谎。她经常对昂塞尔莫说我的坏话,他就告诉仆人们,让他们惩罚我。而莉迪亚婶婶,你母亲,每年,在给新补充来的仆人们训话时,总是不忘说起我是唯一的可怜虫,不必对我讲客气。人们都相信,由于是可怜虫,我肯定要下地狱。"

在玛鲁兰达度过夏天的时候,无论是在孩子们还是在大人们的头脑中,地狱都是不存在的——而在首都,他们则生活在这种惩罚的威胁之下。在这里,他们有幸处于一种宗教统治的空白状态。没有身不由己的虔诚,没有祭司和修女教师,也没有惹是生非的牧师。没有无人愿去但由于不太远而非去不可的教堂。人们摆脱了上帝,因此也就远离了地狱。只有昂塞尔莫和欧拉利娅总是在这方面可笑地保持热心肠,以便躲开最主要的事务。下午六点钟,他们被鸽群一样的女儿们包围,他把她们引到他卧室里去念玫瑰经。他们跪在一个堪称典范的圣像前,在父亲的耳边忏悔自己有罪的感情。昂塞尔莫除了在他那鼻音很重的声音中保留着对神学院学生时代的怀念以外,他还过着一种被家里人认为是毫无必要的荒谬的苦行生活。他住在一间石灰粉刷过的大房间里,睡在一张又窄又硬、铺着丝被单的床上,上面有金绣的耶稣受难像,这是房间里唯一的装饰品。神学院是个特殊的男人的俱乐部,它只帮助人们和神灵发生联系,神灵当然是男性的,只属于他们那个阶级。但是上帝通过拒绝恩赐给他一个男孩——上帝好像是故意的,就是想使他失望——一直想让他醒悟,从不听他的胡言乱语。昂塞尔莫心想,为了实现他的意愿,只有期待得个外孙了。他不需要等很久了,因为他的女儿们都长得漂亮,受过良好的教育,是早熟的婚龄少女。她们除了拥有属于个人的装饰品外,还是本杜拉家族财产中很大的一部分的主人,个个如此,只除了马尔维娜。当祖母的遗嘱被打开——母权制半个世纪以来都是这个国家贵族社会的独裁者——得知她把遗产分为七等份给她的七个子嗣时,实在令人沮丧。而且奇怪的是,给昂塞尔莫的那份只留下了收益权,即这份遗产的处置权直接属于昂塞尔莫和欧拉利娅婚生的她的孙女们。这遗嘱附带一份别有用心的附录:这一份财产在再分配时,不是照常规分成六等份,而是五等份,并明确说明,马尔维娜没有份。

"为什么要这么干呢?"法尔毕娜很不聪明地问。

欧拉利娅勉强笑笑,三角羽饰正遮着她的眼睛,而她的妯娌们在竭力做到不脸红。这时阿德莱依达,这个家族的长女、寡妇,像女巫那样得出这一结论:

"这个秘密随她一起进了坟墓。"

阿德莱依达用这句话封了口,不是指封住这个十分不公正的秘密——它对任何人早已不是什么秘密,而是指封住评论它的权利,这才是最重要的。

在母亲死后,本杜拉家里的人照规矩,服了全丧。

阿德莱依达经常套上她的双座马车,在一定的时刻——那时在棕榈树大道上一个人也没有——出去兜风,猛烈的大风吹得她披头散发。她并不是喜欢一个人消遣,是由于她不仅为对母亲的追念而忧伤,而且她还怀念着丈夫。令人惋惜的塞萨隆,他的肖像嵌在一块胸饰里,带在她身边——她现在庄重简朴,接踵而来的丧葬促使她决心自甘淡泊——她的衣服直扣到脖子。她母亲从坟墓里伸出一个指头不祥地指着马尔维娜,这件事使她不得安宁。对欧拉利娅的生活她不想去做过细的调查。从她的姐妹们口中听来的就已经足够了。她竟敢在伊莎贝尔·德·特拉蒙达娜女侯爵面前公开大肆炫耀她在艳史中的胜利,人人都在对此说三道四。她的伙伴使她头脑发昏,并不以自己的衣着打扮和放荡女人们的类似而感到满足。欧拉利娅懂得一切规矩,但她并不打算遵守其中的任何一条:那闪光的饰带,不是服丧该戴的,还有那闪闪发光的丝蝴蝶结。是的,都是黑的,但绝不是服丧,那完全是另一回事。这使阿德莱依达十分不安,因为那些行家称得上"享受"的事情她很少经历,直到现在,她还为自己所受高雅的教育中缺少这种东西而感到自豪。欧拉利娅则完全不同,尽管以瓦列·侬·伽拉斯之姓降生,多少也算是其他人的表姐妹吧,可她一点也不见老,美丽得令人吃惊。这使本杜拉家的这位老大姐感到厌恶和惧怕,或近似钦佩。她的声音那么柔和,浅褐色的皮肤那么细嫩,她的举止那么娴雅,也许欧拉利娅并不是牧师们所称的"荡妇"?也许她属于另一社会阶层?美丽对这个家庭的女人们是慷慨的,只是对阿德莱依达显得颇为吝啬。她的眼睛小而无神,离得很近,像两粒纽扣一样贴在扁平而粗糙的脸盘上,这张扁脸上长着一个冲天鼻,但她这双眼睛看得见她想看见的一切。一个卜雨天,阿德莱依达在她那双座马车上的流动忏悔室里,突然看见就在对面,欧拉利娅正要向她反抗对马尔维娜的惩罚。她祈祷这千万不要发生,因为她除了擅长转弯抹角外再没有什么别的武器能抵御她的弟媳妇了。欧拉利娅说:

"难道你不知道,马尔维娜并不是你弟弟的女儿,而是胡安·阿瓦苏亚的女儿?"

阿德莱依达已准备好听到另一番话。

"对,尽管遮掩得很严,你当然是知道的。人们都说马尔维娜像我,很温柔。但是,胡安也是这样。我是自我欣赏的,我爱胡安,因为他像我。我有过几个情人——并不像谣传的那么多,也许这能让你得到一点安慰——但我从没有像爱胡安一样爱过任何人,他和马尔维娜非常相像。你母亲恨他,无缘无故地恨,她向来这样行事为人。你母亲恨他的唯一原因,让她能恨能爱的,是由于历史的、政治的、时代的原因,而绝不是出于人道。胡安的祖父母是'蓝党',而我们的祖父母却是'黑党',他们是誓不两立的敌人,尽管这区别在今天已经纯粹变成学院式的问题了。据你母亲说,胡安的祖父曾夺去你爷爷的一个造船厂,由此你们丧失了那条河流域的政治势力,这条河远在天边的那蓝山山脉的另一侧,长达数千公里。这就是你母亲所考虑到的一切。正由于她恨胡安,恨他的祖先,她才剥夺了马尔维娜的财产继承权。这是一种情有可原的世仇,所以我并不恨她。"

在这个家族里,没有人不知道祖母这个歹毒的遗嘱附录——也许整个首都都没人不知道——每个人都带着这遗嘱决定的歧视来行事。家里的孩子们也知道这么个遗嘱附录,但是只有他们是朝有利于马尔维娜的方面设想。在他们看来,作为私生子,"罪恶的果实",不仅和他们血缘不同,而且令人羡慕的是她有权选择自己的身份,她是自由的。而他们则完全不同,一切都是父母预先安排好了的,他们没有凄惨的双重头衔,但这种头衔归根结底,只能带来贫穷和罪恶。

2

服丧期过去了。在此期间,本杜拉一家一时间都注意到欧拉利娅的行为举止,尽管有她的私事,但作为家里的媳妇,她是最温柔、最漂亮的一个。她特别注意不向孩子们耍威风。惩罚孩子之前,她总要再三考虑。她在阿德莱依达的生活中起着不可替代的作用:没有一个人能像欧拉利娅那样会玩牌戏卡和那些两个人玩的花样。她们兴高采烈,又笑又叫,拿小首饰赌输赢,这让这位大姐觉得非常痛快。于是,欧拉利娅身上那放荡女人的抽象罪名就被消夏生活的实际需要取代了。

马尔维娜渐渐地长大了。她不合群,自愿地躲在角落里,不和人来往。她周围的一切都很神秘,在她周围布满陷阱,她处处遭人排斥。有两个堂兄弟说起她时,都发现她把每天分得的那份吃食给了这两人中不是自己的另一个人。实际上她没有给任何人。她怎么能让他们不这么想呢?她在哪儿?和谁在一起?为什么要这么遮遮掩掩的?而且,他们还发现,马尔维娜偷东西。堂兄弟表姐妹们已经公认她有这个特点,但是她没有遭到惩罚,因为大家都明白,这是她对家族迫使她处于可怜境况的一种反抗方式。孩子们只是留心不让自己的东西落在她手边。但她不偷实物,只是偷钱,偷硬币。有时,托盘里的一些金盎司或钱币会不翼而飞,要不然就是昂塞尔莫发现一笔用作赈济的钱不见了。马尔维娜为什么要偷窃?难道她没和其他孩子一样,有足够的衣饰、精美的饮食和糖果吗?实际上,她决定要这么干,是因为既然她没有合法的权利得到钱,那就只有采取非法手段来获得。何况所谓合法性不过是那些有权裁决的人为了自己的利益编造的条例。确实,她拥有她的姐妹们徒有其名的东西:欧拉利娅的爱。但她傲慢地拒绝接受这种爱,因为她很明白,这不是对她,而是对胡安·阿瓦苏亚的爱。欧拉利娅爱的是在她身上体现出来的他的褐色皮肤、漂亮的手。她拒绝这种爱,还因为这种爱,把她排斥在外的最残酷的方式,是心血来潮的,并不出自在个人之上的可敬规则。对于继承权无声的合法性,她倒无所谓,但社会正是以此为依据而建立的,她的祖母就通过那份著名的遗嘱附录,对她关闭了进入社会的大门。

对于马尔维娜,除了过一种被排斥在外的生活,别无出路。于是她学会了虚伪,成了窥测的行家。她走起路来几乎脚不点地,以免在镶木地板上留下足迹,踩出声音。她能悄无声息地藏在门后或草木丛中,以便听到别人谈些什么。我的读者们会猜到,她就是这样,知道了文塞斯劳在他父亲和土著之间都传递了些什么消息。她亲眼看到我所讲的这次出游的计划怎么膨胀起来,这来历不明、目的不清楚的计划是怎样被接受的,但这一切没使她感到丝毫不安。她很了解毛乌罗和他的弟弟们在铁栅栏附近的活动,也同样清楚土著们与他们不谋而合的行动。就这样,她观察了别墅里同时进行着的各种阴谋活动的来龙去脉。最后,她选中了一个,她的救星,她决定加入进去:那就是卡西尔达的阴谋活动。在这项活动里她可以处于优越地位。卡西尔达长得丑,但她身上有一种权威的气派,因此,像这样在走廊的镜子旁,接受她的爱抚,并不让人讨厌。在拥抱中,违法地粘在她堂姐身上的金粉也粘到了她身上,成为正当权利。她想,无论是文塞斯劳还是阿德利亚诺姑父都不能像她这么对卡西尔达有用。他们和土著保持着来往,这些土著相信命运,坚信他们种族的权利,渴望通过面对面的斗争夺回这一切。总之,他们明白,他们的祖先从来不是什么食人生番;而马尔维娜的朋友们却正相反,他们受到歧视,心怀不满,他们自认为是传说中邪恶的食人生番的后代。他们确信自己唯一的出路就是犯法。

马尔维娜离开卡西尔达的怀抱,问她:

"你看见什么人了吗?"

卡西尔达明白她指的是谁。马尔维娜把她拉过来,两手放在她肩上,看着那在她们蓝眼睛中闪烁的烛光。卡西尔达知道,如果她不立刻有所反应,马尔维娜就会夺走她在这次密谋中的领导权。因为马尔维娜不但比她有更深的仇恨,而且比她更有办法。她使劲把指甲抠进马尔维娜的手,把那双手从自己肩上扳开,然后给了她一个耳光。马尔维娜呻吟着,小声地说:

"我什么都告诉你……"

"说吧……快说……"

"……要是你发誓一定带我走……"

"告诉我他是谁。"

"这你知道。"

"但是我要你告诉我。"

"佩德罗·克里索洛戈。"

马尔维娜看了她一眼继续说:

"你不记得这个名字吗?"

卡西尔达只好说实话:

"记得,就是那个拿来坏了的口袋的,现在我们的身上就沾着那袋里的金粉。"

马尔维娜对她的朋友讲述了一切。当她还很小的时候,她常在夜里,像囚笼里的野兽一样徘徊在铁栅栏旁边,想着怎么才能逃走。有一次,她看见两个男人在挖铁栅栏上的一根长矛。那是在好多年以前,那时她刚比现在的克莱门特或阿玛代奥大一点儿,但那时她已经知道祖母在遗嘱中把她排斥在外了,而且她已经偷到一些钱,准备逃跑时带走,但不知道该藏在哪里好。那时候她就已经开始为逃跑做准备了。由于土著们是用镐和铲在挖,她就求他们给她挖一个坑,好把她的财产埋在里面。这样,在铁栅栏外干活的这两个土著就拔起了几根长矛,并钻进花园,在马尔维娜指定的地点挖了一个坑。靠着简单的比画,他们之间很快就混熟了。和她打交道的这些土著比她大不了多少,他们老实而且听话。正像马尔维娜所知道的,所有的孩子都这样,只有她除外。他们立刻成了好朋友。这两个土著还有别的土著常来看她,帮她在那个坑里埋好她偷的钱。他们不懂什么叫偷,因为在他们那个种族中,一切都是大家共有的。但是,随着他们逐渐长大,一起玩耍,土著们懂得越来越多了。她已经能够通过解释让他们明白,被排斥的人是有权利偷窃的,区别什么是犯法什么不是犯法,那界线完全是由大人们定的。后来就是应马尔维娜的要求,佩德罗·克里索洛戈拿了一袋坏金箔当好的去卖,从此他尝到了遭到排斥的人们的那种苦涩感受。不仅埃尔莫海内斯决定不再买他和他一家人的金子,而且由于他族里的人也觉得他这么做是同本杜拉家对抗,会使集体经济受到威胁——本杜拉家族要对他们进行报复,简直易如反掌——因此他也受到自己族里的人的排斥。这以后,马尔维娜开始对胡达斯·塔德奥,对胡安·博斯卡,对弗朗西斯科·德·保拉进行启发,让他们知道犯罪的滋味——虽然苦涩,却让人坚强。她逐步教他们懂得金钱的威力和意义。马尔维娜的朋友们拔出几根长矛放她出去,茂密的原野是那么清朗,他们开始夜游。原野是那么宽广,那么千姿百态,她好像成了一个漫游者,成了这个夜的世界的主人,她带着随从出游,好像走在月亮上的植物表面。她的朋友们,赤身裸体,皮肤闪光,好像披盔戴甲一样。他们听她的话,因为现在,他们也尝到由于微小的过失而受到排斥,尝到了流落在外的滋味。实际上,与本杜拉家族对抗的犯法行为,不仅对这一群被排斥的人有益,而且对全体土著都有益。现在全族人都懂得了金钱的价值和作用,他们明白了,他们付出了那么多的劳动,而作为代价,那些老爷付偿给他们的却是贫穷。在首都,马尔维娜认真做了调查。她查明了在小市场上用来交换成袋金子的那些货物的正常价格,也查明了卖给出口商的金子的价格。有一个时期,马尔维娜和科隆芭非常亲密。在这个阶段,她了解到了交换过程中的一切计谋、手段,发现了到那时为止,科隆芭侵吞的金钱总额的准确数字。

"科隆芭?"卡西尔达大吃一惊。

是的,科隆芭也偷。正是,猫有猫道,鼠有鼠路,埃尔莫海内斯和莉迪娅也照偷不误。那么,为什么她马尔维娜就不能偷?为什么?话又说回来,她们俩就不能偷?

法比奥和依希尼奥立刻就明白了,他们无能为力:车子一动也不动。烂泥地上,由于不合格而被处决了的死牲口开始腐烂,伤口处聚集着一堆苍蝇。在傍晚的黑暗中,所有的影子都酷肖它的主人。各种东西的气味——牲口粪、烂饲草、破马具、木料和烂泥——挤走了空气,取而代之独霸了这个空间。这辆车拒绝服从法比奥和依希尼奥的努力,而且是断然拒绝。这真令人气愤,说明他们的计划绝没有什么希望可以实现。

从南平台那里传来堂兄弟表姐妹们的嬉笑声,他们可以继续玩他们的,因为他们没有卷入别人的打算之中,那些打算与产权的裁决有关。可是,依希尼奥看清了法比奥的打算,他盘腿坐在草料堆上,好像准备再锉一把钥匙。他们又处在从前那样的时候,事实会让他们明白一切都是白费。依希尼奥本想冲他喊叫,责怪他,但是法比奥令人钦佩地坚定地阻止他这么做。

"最好还是去南平台。"他改了话茬儿。

他转过身,打开马厩的门往外走,但又在门槛处站住,说:

"你看……"

法比奥一下子跳到他身边。

"她和谁一起来了?"依希尼奥问。

"快藏起来,"法比奥催促他,"在这种时候,无论是谁和卡西尔达一起来都只能意味着她的背叛。"他们从门缝里偷偷看这两姐妹:她们毫无顾忌地走过来,就像是这里的主人,走在傍晚刚显现出的暗影中。他们认不出第二个女孩是谁。依希尼奥立刻感到,现在不是卡西尔达而是另一个女孩控制着局面。她们在空地当中站住,小声嘀咕。突然,他们识别不出而读者们很清楚是谁的那个女孩,把手指头按某种方式放在嘴里,连着吹了十声口哨,声调各不相同。吹响最后一声之后,她抬起头,朝空地四周张望,她的脸完全暴露在月光下。

"马尔维娜!"两兄弟小声说。

"这回我们可招来麻烦了。"法比奥说。

但他们没再说下去:从空场的各个角落里,从法比奥和依希尼奥自以为检查过的牛棚、马厩粮仓的门那儿,钻出来十个裸着身子的人,每人手拿一根长矛,暮色中,他们头上的矛尖在闪烁。他们一步一步地向马尔维娜和卡西尔达靠拢。马尔维娜在每个土著脸上吻了一下,然后用胳膊挽住卡西尔达,好像是要把她交出去。法比奥惊恐地想,是的,把她推出去,让食人生番用长矛把她刺穿。那是他们家的,是本杜拉家的长矛,是在下午的混乱中被肮脏的土著们偷走的。怎么才能救出卡西尔达?马尔维娜在对他们解释着什么,土著们在凝神静听。然后马尔维娜又在卡西尔达耳边嘀咕了些什么。于是,仍然是惊魂未定的卡西尔达开始对土著们讲话,而马尔维娜则用土著的话再对他们重复一遍,他们点头赞成。卡西尔达一边说,土著们一边点头,于是她渐渐地不再害怕,重新有了力量。最后,她伸手指了指在场地角落里放着的阿德利亚诺姑父的拱形车。大家都朝那车子望去。此时,马尔维娜又成了指挥者,她搂住卡西尔达的胳膊拉着她朝车子走去。武装的土著们排成双行,一边五个,跟在她们身后。

"他们要把卡西尔达塞进车里杀掉。"依希尼奥小声说,而法比奥却在目不转睛地看着。

这时,两排土著居民走到车旁,一边一列,站在车子那根长长的车辕的两侧,似乎是毫不费力就拉动了车子,而卡西尔达和马尔维娜已经上了车。只是在这个时候,法比奥和依希尼奥才恍然大悟。他们不约而同担心这帮人会把他们忘在一边去干自己的大事业,他们从藏身之处跳出来,大喊:

"卡西尔达……卡西尔达……"

他们跑到车旁,马车正缓缓地朝铁栅栏驶去。一追上车子,他们就去打开那道铁栅栏门。在旅途中,他们就是隔着这铁栅栏门,看过多少次阿德利亚诺姑父那满头金发和白花花的胡子。现在从那儿看到的是马尔维娜和卡西尔达那由于胜利而显得漂亮的脸。

"不要上来!"卡西尔达命令他们。

"为什么?"他们问。

"往前走,"马尔维娜吩咐他们,"把挡在马厩尽头的长矛拔掉,让车子过去……"

两兄弟服从了命令。眨眼工夫,当车子推到铁栅前时,已经有三十根长矛被拔掉了。土著们拉着车子,越过栅栏,停在外面。法比奥和依希尼奥又想往车上爬,可是马尔维娜吩咐道:

"捡上四根长矛,咱们一个人一根,带在路上以防万一。"

两兄弟一边捡长矛一边想:这回,旅行可就成了真的!不但没有一切完蛋,而且刚才似乎还不可能的事,现在开始变成现实。姐妹们从里面给他们把车门打开,他们爬了进去。土著们拉着车,越来越使劲。几分钟后,沉重的车子就在茅草中飞跑起来。快,再快!四兄妹兴奋地喊叫着。他们只能从车子的一侧,隔着铁栅门,看到折弯了腰的茅草飞掠而过,它们在夕阳的余晖下闪着金光。整个壮丽的原野就像一张巨大的羽毛垫子,热烈地欢迎他们。

他们走近小市场,朝已经昏暗的别墅里望去,一眼望见的是在开阔地中间闪烁的一颗金星:那是佩德罗·克里索洛戈的长矛,他一直守在那儿,原地不动。他只是侧过身,朝场院外张望,然后笑着迎接他们。马尔维娜朝土著们喊,让他们把车拉到办公室窗下。在那里,土著们轻手轻脚地放下车辕,免得颠着乘客们。佩德罗·克里索洛戈打开车门。依希尼奥和法比奥首先跳下车。然后,佩德罗·克里索洛戈——他好像是暗察过本杜拉家族的风度,以便戏弄地模仿——十分殷勤地,首先扶着马尔维娜帮助她下车,免得她被撑裙下摆绊住。然后,又去搀扶卡西尔达。卡西尔达触到了他的手,感到了他油亮的裸体近在眼前,她认出了他的面容。就是他为她提供了接触金子的最初经验。那金粉,现在还沾在她身上。她把这种感觉和对这一种族之人的性攻击的恐惧做了比较。这是一个处在人类发展低级阶段的种族,他们是食人生番,吃人肉,野蛮,为所欲为,毫无节制,甚至会吞食掉他们所爱的女人。

差不多没有一点亮光了。在场院上,人们几乎是在黑暗中悄悄动作,话语简短,几乎听不到响动。佩德罗·克里索洛戈用一根铁丝弯成一个铁钩,毫不费劲地打开了办公室的门锁。这么说他们一向都?……卡西尔达忙着把窄窄的窗子推上去,就没顾上把这个令人恐怖的假定补充完整。进门后,卡西卡达点燃煤油灯。法比奥和依希尼奥用钥匙打开那扇铁门。这时,她坐在了她父亲的办公桌前,打开了账簿。她戴上护眼遮檐把钢笔蘸满墨水。她打了个手势,于是马尔维娜的人一个接一个地从窗口钻进来。他们走进地下室,然后又背着一袋袋金子出来,也许正是他们自己送来的那些。在离开办公室之前,他们在卡西尔达的写字台前停一下,她在账簿上找到那袋金子的号码,把它画掉。然后这土著就背着这袋金子跳出窗口,把它送到车子上,马尔维娜和佩德罗·克里索洛戈就在车上把它放好。他们安静而有秩序地一连干了几个小时,直到天完全黑下来。只有在这个时候,卡西尔达的账簿上,由土著们扛走的一袋袋金子的号码都已销掉,地下室空了,而车上却装得满满的,这时,卡西尔达才合上账簿,摘下遮檐。

"好了吗?"马尔维娜在车上朝她喊。

卡西尔达没有回答。还差一点儿。她又打开账簿,查找了一下。号码是48779/TA64的那口袋金子还没画掉。这时,外面的土著已经五个一边地站在车辕的两侧了。她朝马尔维娜喊了一声,叫她稍等一下,然后让一个土著和法比奥跟着她拿着盏油灯进了地下室。没费多大工夫他们就找到了那袋几乎完全散了架但还保持完整形状的金子。当她摸到这只口袋时,在她另一只手里的油灯抖了一下。她让那个土著加倍小心地把这袋金子搬出来,放在车子旁边的地上,而不是放在车子里。卡西尔达熄灭了手上那盏油灯而不是那煤油灯。她跟在依希尼奥和法比奥后面,也从窗口跳出了办公室。外面,煤油灯光照着放在地下的那袋金子。这灯光在黑暗中照亮了几个人的脸。车门的铁栏杆也被照亮了,在车里,马尔维娜和佩德罗·克里索洛戈吃惊地注视着。

卡西尔达朝那口袋狠踢一脚。金色的粉末腾空而起,就像爆炸时的火光。依希尼奥发出了孩子气的胜利的大笑,然后扑到口袋上。他的两手,他的脸,他的衣服,全都沾满了金粉。接着是法比奥还有卡西尔达,他们也扑了上去。他们在口袋上打滚,好像疯狗在金子的粪堆里扑腾。他们笑着,刨了又刨,直到这三个孩子的脸上、衣服上无不沾满闪闪发光的金子,空气里也飘浮着金色的薄雾,飘落在他们身上,给他们均匀地镀了一层金,他们成了偶像一般。然后,他们个个心满意足,安静下来,这时,佩德罗·克里索洛戈从车里拉他们上车,首先是依希尼奥,然后是法比奥,最后是卡西尔达。佩德罗·克里索洛戈下了车。四兄妹紧挤在口袋的狭小空间里,坐在车板上,就像吉卜赛人沉默地围坐在油灯旁。马尔维娜令人难以觉察地一点一点地掸她的衣服,想把同样沾了她一脸一手的金子掸掉。

佩德罗·克里索洛戈下达出发的口令,土著们开始拉车。起初,车走得很慢,但不久——尽管还没有刚才那么快,因为现在车子装得很重——速度快起来了。车子在原野上滚动,在茅草中飞驰,远远离开了别墅。那别墅,最初是以留在办公室里的微弱光线为标志的一个黑点,但很快就变小了,最后完全消失不见了。

第七章　姑　父

1

"请注意这些摆满花烛的祭坛。炉子里的圣油罐正咕嘟咕嘟吓人地响着,变成了软乎乎的球状物。充满怨气的肢体,在纵横交错的河里互相牵制,致使他们全都无法施展本事,像叠在一起的三角形一样,像神圣的龙舌兰竖起那毒刺,使我们的眼珠滚落,就像流星消逝在无限小的宇宙中。有人在胡言乱语,天上有欧椋鸟飞过,勾画出不规则的曲线,口里就要发出一声叫喊,好像咬住了一只血泡,将它咬炸开来一样……"①

梅拉妮娅哪来这么多话,滔滔不绝,口若悬河。这个模范姑娘,原先简直不会回答的,光会低垂着目光,露出她那带酒窝的笑容,她现在怎么这么滔滔不绝?在玩"侯爵夫人五点钟出门"的时候,听到她这么亲切地讲话,胡文纳尔对她倍感钦佩。现在,胡文纳尔坐在下面,和所有的堂兄弟表姐妹一样吃惊地听着。梅拉妮娅高超的言辞

---

① 这本是玩游戏时胡编乱造的,无实际含义。

和神奇的表演使人们镇静下来。这只是暂时的,对,只是暂时的,胡文纳尔提醒自己。他懂得这花言巧语结束之后将会发生什么。

胡文纳尔在听得入迷的堂兄弟表姐妹中挤来挤去,挤到毛乌罗身边:他瞠目结舌,凝神屏气地站在那儿,挠着粉刺和被太阳晒成琥珀色的肩膀。除了梅拉妮娅本人和她讲的话,他对什么都视而不见,听而不闻。什么长矛,出游,危险,父母,惩罚,阿德利亚诺姑父,那一切早都被他置之脑后了。胡文纳尔拉住他的胳膊,他还傻呆呆的。他们穿过人群溜出来。他把他拖到那棵百年紫藤树下,紫藤像动物一样贪婪地疯长,爬满整个阳台。

"爬上去。"他命令道。

毛乌罗裸露的肌肉很发达,就像美术学院的习作那样。他开始向上攀登;无畏的伯爵,着魔的王子,好色的勾引者……他是谁?他在干什么?他的堂兄弟表姐妹们在想。梅拉妮娅的声音开始降低,变得犹豫不决,最后简直不吭声了。但是观众们,还有栏杆上的那对称的一对孔雀好像是为这一幕加的布景,它们都一动不动。大家都被年轻的伯爵的大胆吸引住了。他沿着紫藤的粗干往阳台上爬,一串串颤巍巍的淡紫色花朵轻轻拂着他的皮肤,花粉撒了他一身。人们也注意到了女主人公。她披头散发,薄雾般的纱质梳妆衣胡乱披在身上,袒胸露臂。她在平台上焦急地等待着。毛乌罗爬上了平台。响起了疯狂的掌声和欢呼声,表达着观众的赞美。毛乌罗夸张地凑到梅拉妮娅身旁,他心想:今天,在这一切都发生了变化的日子里,从对梅拉妮娅长矛的渴望也许会最终扩展到梅拉妮娅表姐身上,将她的渴望唤醒,于是他就可以和她一起躺在爱神木树墙后的草地上了吧?毛乌罗的脸贴在梅拉妮娅的脖子上,他的眼睛看到,从她后颈的头发根处有一滴汗珠顺皮肤往下滑,就像滑动在鲜嫩的花瓣上。它滑动着,一秒钟后,就必然会消失在长发和脊背之间。吻干它,就在此刻,吻干这一滴。管它是汗水、眼泪、透明液体,还是露珠,不管它是什么。他吻掉了它,自己也瘫软了。他和它一起消逝在梅拉妮娅造成的黑暗中。他听到表姐的声音在对他耳语:

"说话呀,蠢货,他们要等得不耐烦了……"

责任心使他清醒了:

"……为了能把你带走,我越过了令人着迷的紫藤的埋伏,我用嘴给你衔来了这朵我吻过的万能的长春花,它就像一朵折下的花蕾,由于……"

不错,胡文纳尔想。至少比往常好些。在这个游戏里,毛乌罗的优势不在于能言善辩,他应该是以英勇行为见长。但这无关大局,重要的倒是,下面的那些堂兄弟表姐妹开始骚动不安,他们没有看戏的愿望,而是想进入角色来演戏,如果当不上次要角色,哪怕跑龙套也是好的。不管怎么说,胡文纳尔对情节的这种变化感到不满。毛乌罗正要在平台上展开演说——讲神话、传说、故事,而不是读小说,比较而言,他们更容易进入其中的人物角色。他们是本杜拉家的人,因此,他们喜欢真实可信、能反映他们乐趣的艺术——看起来,这一套没人喜欢。毛乌罗还在毫无激情地唠叨不休,必须想点办法,不然,靠这精彩的片段刚被从现实中拉出来的孩子们又会重新陷落。为了吸引孩子们,他立刻开始分配角色:你当好人,你当坏人,你是好色的公证人,隐匿了亲笔写的遗嘱,你是忠实的女友,收养了不朽的情人的私生子……直到阿拉维拉细声细气地发了话:

"这一切该结束了……阿德利亚诺姑父一下来,就会把这乱七八糟的一切整顿好……"

堂兄弟表姐妹们又都愣住了。他们本来已经忘记了,也许是故意的,因为他们没有能力正视这种事实。不是文塞斯带,而是阿德利亚诺姑父——夏日可怕的神话,会在不久之后降服他们。梅拉妮娅在平台上吞吞吐吐地问:

"是真的吗？这……"

"这是可想而知的,"阿拉维拉肯定地说,"早就可以估计到了。"

梅拉妮娅明白了,哀叫了一声。她像一头猛兽呼一声扑向毛乌罗,装模作样地威吓地抓他的胸口、胳膊,抓他的脸:"蠢货,你在这儿紧蹭着我干什么？这个恶魔阿德利亚诺姨父就像毁掉他的女儿们那样,马上就来把我们全都毁掉。你真让我恶心,你的手,你的吻。只有奥莱伽利奥姨父的手和亲吻才不让我恶心。放开我,白痴。我们没有铁栅栏保护了,你们就拿我寻开心。你难道看不出,这是家里的罪犯和食人生番结成了危险的联盟？"

胡文纳尔没有放过梅拉妮娅说的每一个字:他父亲和梅拉妮娅的关系比他所知道的要深,确实比他母亲向他所供认的要深得多。当然,对此,他一点儿也不在乎。对他来说,最重要的是能够利用梅拉妮娅。在适当的时候,以合适方式和她商定个办法,以便把那件事理出个头绪来,这件事一直缠绕在母亲塞莱丝黛心上。堂兄弟表姐妹们聚在南平台上,胡文纳尔竭力要控制住他们。他宣布,"侯爵夫人五点钟出门"的动人而有趣的情节就要在平台上展开。特别是那出人意料的震撼人心的不幸结局,一定会使观众满意。他肯定地说,所发生的一切,凡是可能发生的一切,毛乌罗所说的,他本人所说的,以及他们之间的烦恼,都将组成另一种现实,那一现实应该比其他一切都更现实。是的,肯定是这样的,不会有人提出异议。这一切都来源于同母异父兄妹之间的嫉妒,为了阻止婚礼举行,她离开了曾收养她度过凄清岁月的修道院。谁来当这异父同母的妹妹？你,科隆芭,还有你,科尔德利娅……卡西尔达哪儿去了?她演这种反面角色最合适……要么是萝莎蒙达……萝莎蒙达在哪儿……怎么缺这么多人……这将是我,不忠实的侯爵夫人结婚前经历的最后一些突变,这是经我同意的,我的心已经变软了。我同意我心爱的女儿和年轻的伯爵结婚,就在今晚。胡文纳尔声嘶力竭地大声宣告,他要抵消那恐怖。如果他不能把孩子们吸引住,让他们入迷,使他们信服,让他们振奋,那恐怖顷刻间就会决堤而出,大肆泛滥。是的,就在今天夜里举行结婚典礼,婚礼上侯爵夫人将大讲排场。你来当马车夫,你当女修道院院长,你负责找一件云纹织物的法衣,一顶上浆女便帽。你是侍女,负责熨那块极长的白纱巾,你可以略施小计把它缝合。你,侯爵夫人的年老的追求者,施展各种阴谋诡计以便阻止不朽的情人和任何人结婚,因为你想让自己的孩子继承遗产。在上周的游戏里你扮演的是另一个角色,那没关系。你扮演过什么我记不清了,是小随从还是侍女。变换一下没有关系,因为这是游戏。只要我们编的故事里有,你就可以当另一个人,不管是男人还是女人或是老人,不管他善良还是狠毒。我们可以自由地展开我们的情节,可以随意改变。因为不管怎么说,我们是本杜拉家族的子女,大人不准我们靠近那些私人衣柜,因为那是他们的东西。但是今天他们走了,我们可以翻箱倒柜,把一切据为己有,用那些衣服打扮自己,以便推动那将我们全包括在内的具有保护力的想象。

  写到这儿,小说家应该暂停一下,以便对他的读者做个说明。这些被父母们单独留在别墅里的孩子,在胡文纳尔的恳求下,互相打气,他们为所欲为地放开胆子干了。在我所讲述的这一天,本杜拉家族的孩子们需要打破现存的模式,以此来驱除恐惧。他们越界了,破坏了制度,他们无法无天,想入非非,以便从中得到解脱。"侯爵夫人五点钟出门"的最后情节中发生了许多事件之后,小本杜拉们被如此可怕的事件所包围着,这改变了他们大家的生活,也改变了玛鲁兰达的生活。当我准备对这个可怕的假面舞会进行描述的时候,我的手都在发抖。

总之,我要回到自己的故事中,我必须说平台上如此激烈的一幕,它虽激烈但很吸引人。由于文塞斯劳说出了在原野上令人不安的情况,特别是提到疯姑父一会儿就可能下到南平台来,这促使失去控制的孩子们去抢占明知道不是自己的财产。他们不再以平时的穿着为满足,打破了父母的衣柜,穿上他们豪华的服装:华丽的色当①毛料紧袖半长外套,浅紫色的仿岩羚羊皮长袜,一个个散发着香气的檀香木抽屉里装得满满的凸绣和薄纱围巾,一种衬在前开口丝绸裙子里的轻飘飘透明的海绿色和蓝色的衬裙,带披肩的无袖男大衣,裙撑,罗缎和条纹绸的裙子,有金银丝线浮花的缎子马甲,软帽,狐皮帽,见习修士用的或保姆戴的衬帽,为表示痛苦而用来涂眼底的青紫颜色,为表示热情而用来使眼睛发亮的颠茄,橘黄色的长长的热那亚天鹅绒衣服下摆——那是登上剧院石阶时用的,情人就藏在那儿,一枪就可以把她杀死——欧拉利娅婶婶用羽毛装饰的三角帽,饰有翎毛的女帽,便于贴着墙根悄悄溜走递送信件时用的带风帽的斗篷,礼帽大披肩,胡子,勾勒发鬓用的燃烧过的软木,为产生贵族病特有的苍白的食醋,喝了能发烧的浓盐水,还有忧伤寡妇的白晨衣——那是阿德莱依达姑姑的——装点着勃兰登堡的饰带和标志着等级的奢华的首饰,每个人都坚持认为自己的比别人的高级。他们苦于装得不够邪恶或不太漂亮,谁也不愿意打扮成平民百姓的角色。我不愿意

---

① 色当,法国城市名,以纺织业闻名。

当马车夫,尽管他的外套上有花结和披肩。我想当订了婚的表兄,至少也要当这表兄的门徒。他生活在安的列斯群岛,穿一件瓜亚瓦衫①,戴巴拿马草帽,和海盗们一起喝甘蔗酒,抽打奴隶……那时候……然后就和漂亮的克里奥尔②姑娘结婚,她名叫邦特埃或者叫费利西特埃。她默默地忍受着痛苦,因为那男人和他的黑白混血情妇有好几个孩子,她决心要接受香薰,以便能为他生个儿子。谁来当这个美丽的克里奥尔姑娘?尽管我们不知道她和不朽的情人有什么关系,也不知道她在这个故事里是否重要。可能很重要,也可能不太重要。一切取决于你的演出的效果,取决于你的演出是否具有说服力,取决于你对故事的再创造的能力。你对自己的重要性或缺少重要性负完全责任,你有机会改变这个故事的方向,但要这么做,你若缺乏想象力,就不能给你的角色赋予活力。是的,是的,你可以把整个故事搬到热带,只要你能让我们信服,认为应该如此。这样,我们就都成了美丽的克里奥尔姑娘和咖啡或糖的生产者。我们躺在吊床上,黑白混血女人用蕨叶片为我们扇风。

2

茅草的生命力比以往更强,利用越来越浓的夜色,侵占了原来铁栅栏占据的地盘,悄无声息地侵入了英国榆树和白柳之间,侵入了花园。胡文纳尔觉得,茅草就要以自己的方式侵入,在黑暗和梦境结为一体时就要把一切消灭掉了。不能否认,这种壮景很美丽。从这稍

---

① 瓜亚瓦衫,拉丁美洲热带地区的一种流行很广的短衫。
② 这里指安的列斯群岛的白种人后裔。

高一点儿的地方望去,正是晚霞满天的时刻,只见无数羽状的茅草飞驰而来,犹如具有生命的金色防护墙,在风的吹拂下愉快地翻着轻波细浪。让茅草勇往直前,胡文纳尔断定这只是一种幻象。借助这种幻象,他的想象飞向原野,一直飞到装点着天边的群山之巅,飞向整个宇宙,也飞向"侯爵夫人五点钟出门"。也许这是个错觉?但愿如此。他陷于错觉也许对疯狂的游戏有好处?这游戏局限在神话的范围里,不用说,它完全是虚假的。不管怎么说,举行这个假面舞会,他的目的已经达到了,不仅消除了紧张,而且原来犹如一盘散沙的全家的堂兄弟表姐妹现在重新找到了凝聚力,使他们结成了一个整体。恐惧失去了目标,可能引起恐惧的小小火花都已经被扑灭了。这是他,即不忠实的侯爵夫人的一次胜利——这位侯爵夫人的个性即将表现出来。一等阿维拉尔多和胡斯蒂亚诺把摩尔人像都从小客厅里拿出来,一边一个地在对着平台的玻璃门两边摆好,订婚仪式就要在那里举行了——她就要退回母亲的卧室,扎上她最好的带子,装扮成皇后重新出现。一些孩子已经走下来做好了准备:阿格拉埃和埃丝梅拉尔达这难分难解的一对,在任何剧情里都是二等角色,很难指挥得动。阿拉米罗装成无赖,戴着独目镜。依波利多和奥林比娅炫耀着弄到手的东西,不伦不类,这不行,得纠正一下。

最好尽早地纠正他们,免得孩子们在这儿停留时看到那些厚颜无耻的茅草。它们无孔不入地在各处生长,在花坛里,在月季花园里,在紧挨着那边的水塘边生长,从南平台望去,水塘像一块悦目的银板,现在被猛长起来的茅草半遮半掩着。胡文纳尔在奥林比娅额头上画了一颗星星,指挥莫尔伽娜给依波利多烫发,把他化装成丘比特。他招呼其他人,把他们的注意力吸引到他这位神话制造者身上,免得有人发现茅草是在怎样单调地号叫着冲向前来。

但是不,并非如此。那窸窸窣窣声并不是单调的独唱。堂兄弟表姐妹之中最大的胡文纳尔那令人惊异的音乐听觉觉察到,或他认为自己听出了变调,似乎听惯了的茅草摩擦的窸窣声在节奏上变得多样化了,甚至有点悦耳动听了。他让科尔德利娅和德奥多拉用曼陀林去排练一段婚礼曲,要明朗欢快一些,以便刺激那些正呻吟的人,让他们呻吟得更厉害些。他们看到善良天使突然昏倒,因为她得到消息说,不朽的情人在被关进疯人院之前的最后清醒时刻,曾要求和年轻的伯爵订婚。妙就妙在——我必须向读者们说明——科隆芭曾偷偷地贿赂胡文纳尔,让他把家里食品储藏室的钥匙转让给她。在黑暗中几乎看不清那些经过化装的模糊不清的面容,没人分得清谁是谁。不久之后,将必须靠摸索和感觉才能辨认。这时简直是一片漆黑,锋利的茅草不再晃动了,它们吓人地直立起来,就直立在无人注意的栏杆和石阶脚下。但是不对,逼近他们的不是茅草,而是长矛。这些长矛,又一次挺立在那儿,或说是又一次出现在那里,使花园沦为变相的监狱,这座监狱如此宽敞又如此咄咄逼人。在这倒霉的日子里,他们窝窝囊囊、令人气恼地被困在这里,现在,疯长起来的茅草与越逼越近的长矛一道把他们围困起来。胡文纳尔想对这些长矛视而不见。他陷在困境之中。他没有勇气欺骗那些小孩子。他们要求得到更多的食物,更多的衣服,因为夜色带来了寒冷。除此之外,他们还呼喊自己的妈妈,这是一大群大呼小叫的君王和仙女,落魄者和朝臣,诱奸者和权贵。他们衣帽不整,化装很糟。他们扯着这位大哥的衣服,又是要求,又是抱怨,吵得胡文纳尔耳朵都要聋了。梅拉妮娅在哪儿?法比奥在哪儿?一整天都没见他了……还有马尔维娜、卡西尔达呢?依希尼奥似乎是被大地吞下去了。我们要文塞斯劳来给我们讲个明白,哪怕他说的是谎话。还有毛乌罗,这个年轻的伯爵,缺了他就不能举行婚礼,只有他能主演悲剧,只要把角色分配给他就行。还有阿拉维拉,大概又回她的图书室了。还有阿玛代奥这个漂亮孩子,叫人恨不得咬一口,特别是现在,我们都觉得饿了,这孩子准好吃,虽然他太小了。在这样的黑夜一个人散步,特别是今天没有了铁栅栏,他会迷失在原野上……至少得去找找他,去找小阿玛代奥,因为我们剩下的人不多了。我们还剩多少人,都缺谁,还是不知道的好,虽然我们必须弄明白。因为就要亮灯了,点亮由身穿镀金服装的摩尔人塑像高举着排成伞房花状的一百根蜡烛。到那时候,我们就会看清楚为什么花园已经不再朝原野敞开了……

我应该告诉读者们,文塞斯劳早就觉察到,胡文纳尔在耍手段,他利用幻想为欺骗手段,迷惑堂兄弟表姐妹们。文塞斯劳乔装成行吟诗人,后来是惹人讨厌的驼背,然后又是侍臣、印第安人。他在夜色的保护下,靠黑暗隐没自己的身影,掩盖自己的真面目,回避人家对他提那些他暂时不知该如何回答的问题。他又爬上塔楼去找他父亲——父亲正由阿玛代奥和毛乌罗照管着,然后和阿拉维拉下来。然后又上去,给父亲带去新的消息。等父亲一清醒,就可以借助他的思考,使整部机器运转起来。

亲热地问候父亲之后,文塞斯劳低着头听他父亲讲述。他阐述了一个行动计划,一个据文塞斯劳看是愚蠢的计划。按照这个计划,要立刻占领整个玛鲁兰达,彻底改变一切。要用一种不确定然而特殊的方式把所有敢于玩"侯爵夫人五点钟出门"游戏的人排除在外,特别是清除梅拉妮娅和她那个圈子里的人。他提醒他们注意,胡文纳尔从小就专搞阴谋诡计,而梅拉妮娅具有女人传统的狡诈,这些女人唯一的才能就是欺骗。而那些国际象棋手除了下棋一无所能,他们宣布保持中立。阿德利亚诺·戈马拉从床上站起来,他裹着床单的高大身躯挡住了整个天窗,吸引住正在听他讲话的所有的孩子的心,只有他的儿子例外。这个时候,文塞斯劳正心疼地搀扶着他。阿德利亚诺·戈马拉宣布:总之,对这些人和所有与他们站在一边的人,不但必须剥夺他们的特权,还要剥夺他们的一切权利,以儆效尤。听了他这番以不容违逆的语气发出的命令,文塞斯劳想,他父亲怎么这么天真,怎么这么莽撞?为什么不首先解决那些扫清障碍的问题呢?比如与世隔绝的状态,对黑夜的恐惧,以及纠缠不清交织在一起的各种信仰问题。只有在信仰的基础上才能组成联盟,目的不明确会造成毫无战斗力。还有,必须合理地利用每个人的聪明才智。怎么能允许父亲这么鲁莽、愚蠢地发起进击呢?何况他已经知道——是文塞斯劳亲口告诉他的——现在由胡文纳尔掌管着别墅所有的食品储藏室的钥匙。他们必须靠这些食物维持到那美好的时光,那时候自己生产食品的计划就可以实现了。更成问题的是,为什么要把科隆芭这个善良天使排斥在外?她是堂兄弟表姐妹之中独一无二的,由于长期负责管理粮食食品,只有她能实行一套经济有效的制度来为孩子们提供食物。还有时间问题……这个让人头疼的时间问题,由于时间不确定会造成一切都完蛋,毁掉人,毁掉计划,使一切变得荒谬。

文塞斯劳和毛乌罗准备从椭圆形的前厅螺旋形阶梯走下去,阶梯沿墙一圈圈下降。他们在铜扶手阶梯顶端的那盏路灯下站住,文塞斯劳想对毛乌罗提出自己想不通的问题。但毛乌罗在和阿德利亚诺姑父接触后面貌大改。他浑身冒汗,喘不上气来。因为对他来说,一个大人除了磨光自己的指甲还会操心别的事情?这太不可思议了。他很不客气地答复文塞斯劳,如果谁胆敢和阿德利亚诺姑父对抗,谁就会成为囚徒,也会被关进恶臭的地牢去。那是惩办那些难以驾驭的仆人的地方。阿拉维拉跟在他们后面,专心听他们讲话。她竭力要缓和这种矛盾。她认为在一开头,很自然,要防止走极端。过了一阵,头脑就冷静了,就可以通过对话协调一致。显然,毛乌罗对文塞斯劳产生了很深的怀疑,就像刻在身上的花纹难以消除。因为在他看来,阿德利亚诺姑父所有的孩子——他自认为现在也是姑父的孩子,因为他从来不觉得自己和西尔维斯特雷有什么父子感情——应该对阿德利亚诺绝对忠诚,应该竭尽全力,毫无保留地拥护他,服从他。因为他的计划不仅为他自己的事业,为毛乌罗兄弟拔除铁栅栏的事迹增光,而且由此,会在玛鲁兰达的生活中造成深刻的动乱。在这动乱中担任主角的将是他们,而不是以爱为幌子的父权。谁敢批评他,谁就是叛徒,而文塞斯劳的举动中已显露出背叛的苗头。文塞斯劳和阿拉维拉打算爬上高处的铜扶手,然后顺扶手滑下去,尽管阿德利亚诺已经嘱咐过他们,暂时不要破坏大人们制定的任何规矩,但文塞斯劳几乎总是为所欲为。他是个得宠的孩子,没有任何纪律观念,虽然他有一种自己的魅力,一种让人信服的不幸才能。他骑到铜扶手上,后面跟着阿拉维拉。

3

在南平台,他们混进了堂兄弟表姐妹中间。一个个假面具让人眼花缭乱,因此没人注意他们来了。无论是毛乌罗还是文塞斯劳和阿拉维拉都发现,除了他们,没一个人觉察到正在发生的一切所表现出的矛盾。也许由于意识不到,也许是他们宁愿不去意识,或者是因为没受过这种训练,但是,就是在这时,从南平台上——正像我在前几章中提到过的——当文塞斯劳先于任何其他人凝视着花园时,他看清楚了,在茂密的树林里出现了衣着华丽的人。也许是幽灵,或者是神仙,或者只是牧师们的影子。那是几年前,在那不祥的日子里,他们穿过一间又一间地下室时,他父亲对他说过而他当成真事接受下来的。按照父亲的要求,他早已关闭了这段记忆的闸门,把这种生动的景象当成梦幻,但现在,这道闸门打开了,记忆犹如暴雨般倾泻而下,他认出了眼前这些不寻常的人物。

文塞斯劳处在异常敏感的状态之中,他事事留心。他发现,没多久,堂兄弟表姐妹们游戏的热情开始降温了。他远远看见梅拉妮娅,她早就下来了,免得在怀着敌意的夜色降临时被关在中国式客厅里。她和胡文纳尔在一个角落里窃窃私语,毫无疑问,她是想恢复不朽的情人的重要地位。因为除了她扮演的未婚妻这个角色,她什么也不懂,但是胡文纳尔拿着所有的钥匙,而他又不想答应梅拉妮娅的要求,把全部钥匙交给她保存。于是他就找借口,说她没有按照即将开始的剧情的要求打扮成未婚妻的模样。总之——文塞斯劳能看得出来——胡文纳尔非常警惕。他耳听六路,眼观八方,在闹哄哄的假面舞会上留心地捕捉着在堂兄弟表姐妹们的声音和活动之外的其他声音和景象。不用说,两人听到和看到的是类似的,但胡文纳尔和他本人的所见所闻负有完全相反的使命。胡文纳尔吩咐点燃由摩尔人塑像举着的组成伞房花状的一百根蜡烛。看到胡斯蒂亚诺和阿维拉尔多服从了他的命令,梅拉妮娅尖叫起来:

"别,别,什么也别点。天还没黑,这是骗人的,还没到晚上。我们的父母保证过,说他们在天黑前就回来,既然他们还没回来,天就不能黑。不，什么也不用点。否则，这就是承认我们的父母没有履行诺言。他们说话是算数的，是的，他们应该说到做到……"

但是，蜡烛还是都点着了。这时开始热闹起来，犹如在一个灯火通明的大舞台上。孔雀被惊呆了，一动不动的紫藤好像成了布景的一部分。愚蠢夸张的化装使孩子们的表情和动作特别显眼。"侯爵夫人五点钟出门"转换到了另一幕，梅拉妮娅也不再吵闹，住了口，孩子们没有觉出侯爵夫人的呻吟代替他们的呻吟有什么不合适的。但是胡文纳尔的耳朵灵敏而专注，他听到远处有种声音，他觉得比他周围的声音要高亢。可以听出是清晰的响板、木笛、做打击乐器的三角铁的声音，尽管这声音被淹没在震耳欲聋的茅草的沙沙声里。这声浪被一阵阵无论是他还是任何人的皮肤都感觉不出的轻风推动着，草浪向南平台滚滚而来。孩子们忘了正扮演的角色，把脸转向黑暗的花园，以突然的沉默表示他们的抗争。

就是在这时，羽状茅草的进攻正式开始了。茅草确实在移动着。不，不只是移动，是在前进，比这还要快，是在冲锋。那些冠羽、长矛、树木、茅草，甚至整个丛林都在黑暗中向他们缓缓地移动，朝"侯爵夫人五点钟出门"的演员移动，他们被烛光照着，形成一幅绝妙的场景。面对这种进犯，孩子们都吓坏了，他们直往后退，挤成了一个团。他们吓得连喊都喊不出来，不管怎么说，这总不失为面对这种怪异现象的一种起码的反应，但是梅拉妮娅喊出了声，她的失控使孩子们忘了恐惧，从呆滞中惊醒。这不朽的情人指着一个浑身发光的人，他穿着长长的苦行僧衣，有白色的胡子和一头金发。他出现在两个摩尔人塑像之间，出众超群，犹如光明的核心。

"这是谁？"梅拉妮娅叫道，"他打扮成这个样子是要演一场全能圣父的独幕喜剧吗？"

"许布利斯①……"阿拉维拉评论说,但没有人懂得她这种典雅的评论。

是圣父,他以一种非常轻微的表情示意站在他两侧的毛乌罗和阿拉维拉,让他们抓住梅拉妮娅。因为她的歇斯底里妨碍着典礼以应有的庄严进行到底。文塞斯劳竭力想阻止毛乌罗去抓不朽的情人,好像他俩从来没结过婚缘。但是他必须服从那个全身闪光的人,他叫他站在自己身边。这时,毛乌罗使劲要制服梅拉妮娅,她还在竭力挣扎,威胁那些对这个刚出现的人欢呼的堂兄弟表姐妹。几乎所有的堂兄弟表姐妹都在对这个人欢呼,虽然他们并不太明白这幕游戏的意义何在。

不能就这么眼睁睁地看着,在黑暗中,茅草已经伸展到天边无限广阔的原野上,爬到别墅的石阶前。茅草缓缓升起,由武士和神父打扮的人举着。茅草在他们金色的帽盔上摇动,缠在他们的矛尖上,组成女人和乐师头上的花冠。这些令人难以置信的饰着羽冠的人在前进,整个下午他们就在向这里逼近。现在,他们占领了这群孩子占据着的南平台。这些孩子,浓妆艳抹,穿着不属于他们的大人的衣服。而土著们则完全不同,他们穿的是自己的衣服。他们穿的是用现在已经绝迹的珍奇动物带斑点的贵重毛皮做的衣服,各种首饰在他们的耳朵上、手腕上摇晃。他们披着针织的彩色斗篷,套着叮当作响的护身符和项圈,穿着宽大的女式无袖衫和男上衣,戴着金子的假面具。

这队显赫的人马由一个年轻的武士率领,他仪表堂堂,裹着披风,这披风从石榴红的绣花翼状肩部飘逸而下,戴着以蓝色茅草穗为

---

① 许布利斯,希腊神话中的傲慢女神。

冠顶的头盔。他身后跟着一群他的同伴。他是那样英姿飒爽,使大家不由得盯着他,也盯着那些有亮光的地方,这亮光的地方把他和另一个人隔开,那人身材匀称,但与他相貌不同,正在等待着他。这个刚刚到来的人的最奇异之处就是,他好像是来赴约会,来赴一个多年前就商定好的约会。他的脸上戴着一个有凸纹饰物显出笑容的金制假面具,面具上只露着几道缝,难以看到他那闪烁着激动的光芒的眼睛。这个人身后站着成排的女人和武士,个个都穿戴豪华。他们绕过装扮成不是大人模样的堂兄弟表姐妹,在他们每天喝茶或玩纸牌的漆成白色的青冈柳桌椅之间穿行,占领了整个平台。当那个年轻的武士走到在光明之中等着他的教皇身旁,在向这个巨人问候之前,他慢慢地摘下金面具。这时周围一片寂静,连茅草的窸窣声也心照不宣地沉寂了,显示出这个仪式的不同寻常。金面具递给了文塞斯劳,后者感到自己自然而然地加入了这个行列,不由得忘记了自己对父亲的计划的不同看法。在这满怀希望的时刻,他的心和所有其他人的心是一致的,与这个虽然威风但并不专横的巨人的心是一致的。他认出了这个人,就是在他姐姐们死去的那遥远而不祥的一天,站在躺着白猪的桌子前,把镂刀准确地插进猪脖子免得它遭罪的那个人。他插得又猛又小心,那喷涌而出的热气腾腾的猪血准确地落进女人们捧着的钵子里。

这个巨人张开两臂,和那个站在光明之中的人兄弟般友好地拥抱在一起。这拥抱激起了跟在他身后的黑压压一片的军团的热烈的欢呼,也激起了大部分孩子的暴风雨般的掌声。

第二部 归 来

第八章 马 队

1

　　时间还早,因此不必着急。马儿踏着碎步,车轮缓缓滚动,这样正适合于充分地享受那绚丽的傍晚。虽然每年夏季玛鲁兰达每日的黄昏全都一样,但是,我正在描绘的那天的黄昏,却令人惊叹不已:逗留了长时间的如血残阳消失后,便是白茫茫的穹隆笼罩在广阔无垠的白茫茫的原野上。斗折蛇行的马队留下的痕迹很快就被茅草掩盖了,就如水滴在石头上,立即就被石头吸干了一样。

　　坐在最后几辆马车上的仆人们在唱着什么歌:是厨房的小厮,他们在琢磨着老爷太太们的逸事,要不然就是花匠的帮手或是小马夫,正唱着庸俗小曲来消磨时间,因为他们可没什么雅兴去欣赏那美好的黄昏;由于这些人走在相当靠后的队尾,微风只是时不时地将一阵阵歌声传到那几辆最显要的马车那里。然而由于这一整天仆人们都表现得再好不过,所以最好还是随他们去唱吧。全体本杜拉家成员都认为管家最守规矩,具体来说,就是在整个野游的过程中,他一直衣冠楚楚。尽管他这样做只是履行他的职责,因为在合同里连对这种偶尔为之的事情都做了规定。就为这,真该送他一份圣诞礼物。难道说哼几句歌就算是犯了小过吗？就让他们唱去吧！要是训斥他们,就会破坏这美好的黄昏,还是这美好的黄昏,使这次野游好得无以复加了,因此最好像许多类似场合那样,拉上一道厚厚的帷幕,装看不见得了……

野游竟成了一场真正的梦,比任何期望都更加引人入胜。仆人们已经在湖边用哥白林双面挂毯搭好了一个防雨棚,打那里可以听到犹如弹奏琴弦的瀑布的美妙乐音。在那边,夫人们脱下了旅行装,换上了更加舒服的袍裙,这样看上去,她们好像是躺在缎子软垫上的天仙,或是在青黛色的青草丛中捕捉蝴蝶的风神。露德米拉总是飘飘悠悠的,她在睡莲叶上打着晃儿,想抓住瀑布形成的彩虹,然后把手伸给人家看,好像她手上也染了一道光环。男人们骄傲地展示着他们的猎物:鲜嫩的鹿,有着奇妙的犄角；各种山禽,被它们神奇的翅膀弄得精疲力竭；甚至还有一只巨大的鞘翅目昆虫,它有强劲的翅膀,当它挣扎着鼓动翅膀时,竟能扇起凉风。再有,那里的空气是那么透明、洁净,连烤肉的熏烟都无法将空气污染。由于食后的困顿和运动后需要惬意的休息,本杜拉家的人一次又一次地打着瞌睡,因此时间显得既漫长又短暂,在宁静中不知不觉地消逝了。天快黑时,男人们下到湖里,从水中朝紫色的螃蟹射击,这些螃蟹繁衍滋生在耸立于湖边的树木那盘根错节的巨大树根间。上路之前,所有的人,甚至连最娇滴滴的夫人都品尝了在沙穴里烧好的这样子可怕的动物的爪钳,与此同时,一群仆人,那些年纪最轻的打扮成女人,跳起一种乡村对舞。他们穿越无边无垠的原野,慢悠悠地往回走,这样可以使激情减缓下来,并且这也是一种休息。他们迎着晚霞,晚霞一如既往,灿烂辉煌。

"我有一种奇怪的感觉,觉得孩子们……"马车猛一颠,露德米拉惊醒了,她嘟嘟囔囔,可是,当她察觉自己要说的是什么时,就马上住嘴了。

"可胡文纳尔呢?"塞莱丝黛睁开眼睛叹了一口气。

"胡文纳尔怎么啦?"特伦西奥问道,他骑着自己那匹黄色的小马,行进在马车旁,"露德米拉,你别说傻话了,关于孩子们,你没有什么异样的感觉,所以,还是睡你的吧……"

为了避免谈论这恼人的话题,特伦西奥让第一辆马车驶过,然而在第二辆马车上,人们也正谈论着同一话题:

"我有一种奇怪的感觉……奇怪的感觉……奇怪的感觉……"阿德莱依达在睡梦中反反复复地说着,因为她吃得太多而发胖,旅途的大部分时间都用来睡觉。

"即将来临的黑暗使我们毫无必要地想一些不愉快的事情!"特伦西奥说,让那些车往前驶去,这时只见欧拉利娅那矫健的身影,头戴三角帽,帽上的羽毛和女骑手服的长裙在风中飘拂,她驰马前来想与特伦西奥走到一起:

"你能向我发誓说你疯狂地爱上了我吗?"她问道,因为在这次野游中,她总想勾引他,以此作为消遣,"我得告诉你,我有一种异样的感觉……"

他没有答复,因为反反复复地说这件事真叫他腻味,露德米拉在说,欧拉利娅也在说。特伦西奥留下来,等载着埃尔莫海内斯的那辆双篷四轮马车。他也是眉头紧皱。

"出什么事了?"特伦西奥问道。

"绝对没有,"埃尔莫海内斯回答,"可实际上,我们每个人都有这种感觉……孩子们……"

"你别怪罪孩子们,他们是一群天使!"莉迪娅说道。

"都怪那些蠢货,用他们那没有滋味的歌声打破了我们的宁静。"特伦西奥断言道。

他听到另一辆马车上,露德米拉被她那染上彩虹光的手迷醉了,用一种越来越刺耳的声音反复说她有一种奇怪的感觉。当找出使家人不安的原因在于仆人的歌声时,特伦西奥怒气冲天,他掉转马头,放过一辆辆仆人的马车,车上的仆人是依其地位尊卑就座的,马车正转过弯道。特伦西奥策马来到车队末尾。

在他来到最后一辆马车之前,歌声已经停止了。最后这辆马车上坐着的小伙子们正笑着,坐在筐篮、猎枪、打成捆的帐篷和一些花木中间,他们是两名厨房的小厮和两名阿德利亚诺的看守——天晓得他们怎么也会在这里呢?可到了这时候,旅行都要结束了,再问谁也没有用了,甚至若是去问谁,还有点危险呢——此外,还有一位花匠的帮手。

"你!……"特伦西奥把他的怒气朝大家发泄,而不是让某一位仆人感到是冲自己来的。

"老爷您?"那个既不是小厮又不是看守的人,认定自己是被点中的,他答了腔。

"你是谁?"

"胡安·佩雷斯,为您效劳,老爷。"

"对你的名字我不感兴趣,你是干什么的?"

"我是负责车队清洁的,老爷。"

"我重复一遍,我对于你说你是谁毫无兴趣,从你的制服看来,你是给花匠帮忙的。这就够了。赶快从车上下来。"

还不等车停住,胡安·佩雷斯——虽然最好别认识这个人,可他有这么俗不可耐的突然闯入的名字,不记住也不行了——也不问个为什么,就赶快从车上跳下来,站在特伦西奥的坐骑前。胡安·佩雷斯按家规略微地、较长时间地低下头,这正表现服从。好吧,对这个草芥般的小人物可以肆无忌惮地发泄本杜拉一家子的怒气,因为灌进他们耳朵的歌谣把他们从旅途的梦境中拉扯出来。

"是你唱歌了吗?"

"没有,老爷。"

"那么,谁唱来着?"

"不知道,老爷。"

特伦西奥高高在上地望了他一会儿。这位胡安·佩雷斯果真轻如草芥吗?他顺从,然而机灵地微笑着,他微笑着逆来顺受,但他那双眼角发黄的小眼睛并不驯服。特伦西奥立即一清二楚,此人懂得待价而沽。他对这位瘦小枯干,长着硬邦邦、直挺挺的头发的人说道:

"要是你说出谁唱了,我给你一枚冠币。"

胡安·佩雷斯伸出手来说:

"我唱了。"

特伦西奥用鞭子抽了一下他的手掌。胡安·佩雷斯立即握紧拳头,好像攥住了一枚极昂贵的金币,但是他连眼睛都没眨一下,还是微笑着。特伦西奥明白这微笑就像是一种伎俩,这个人在撒谎,因为他那蛤蟆嗓儿唱不了歌的,但是,为了突出自己,别无他法,只好选择承担罪责的做法。有这么一个身份不明的人,还有另外两个人,他们这么插了一杠子,这真叫人恼火,但是,既然旅行已经接近尾声,那就最好别理会它吧。特伦西奥打算把胡安·佩雷斯从自己的记忆中抹去。他知道,抹去他的最有效的办法是付给他钱。他扔下了枚钱币,那可怜虫就四肢俯地,在茅草丛中去找那钱。此时,特伦西奥奋马扬鞭,碰倒了草棵和羽状花冠,他远去了,去和马车队伍前边的几辆马车会合。

2

原野上,在渐渐变暗的暮霭中,马车十分缓慢地移动着,爬上了缓坡,坡后是座废弃的小教堂,去往玛鲁兰达的旅途中,人们登上最后的旅程前常在那里歇息。第一辆马车爬上坡后停了下来,后面那蜿蜒的车队也停了下来。坡下,小教堂黑黝黝的轮廓明晰可见,勾勒出那凸出的塔楼,在明净的天空衬托下,可望到塔楼上有成群的飞鸟,好像是一些鹳鸟。在那已渐渐变黑的银色旷野里,门楼旁燃着一堆篝火,那红光映照着门楼的身影。阿德莱依达的马车走在最前面,她用阳伞尖碰了碰马车夫的脊背,叫他不要再往前走了。

"有人。"她说。

"是谁呢?"特伦西奥问。

"不该有什么人啊。"埃尔莫海内斯说,"因为这一带所有的地方都是我们的,必须得到我们的准许才能……"

"我们可以在小教堂吃饭,或者,最好在小教堂旁边吃,省得人家骂我们这些俗人的俗务亵渎了神明的殿堂。"莉迪娅提议道。

"这是多么浪漫的想法啊,简直是太迷人了,"塞莱丝黛赞美道,"'草地上野餐'!可是,当然难以在这种引起争议的艺术活动中循规蹈矩,保持礼仪。"

特伦西奥叫上两名携带武器的仆人,他们三人策马朝小山下飞快地跑去。从马车上可以看到被火光惊吓了的马匹的身影奔腾着,映照在墙壁上。特伦西奥进了教堂,而仆人们则高举点燃的火把巡视着四周。几分钟以后,阿德莱依达没看到她弟弟出来,便捣了一下车夫的脊背,于是,这辆四轮马车就领着蜿蜒的车队,朝坡下驶去。

到了教堂跟前,他们一次又一次地叫着"特伦西奥",但是并没有从车上下来,而是保持着一定距离,省得火星溅到他们身上。

"我有一种异样的感觉……"法尔毕娜又开始低声嘟囔。

但是埃尔莫海内斯打断了她的话头:

"你别感觉这感觉那的了,总有一天你惹出的后果会给我们添麻烦。"

两位仆役,他们穿着本色布短裤和白色长袜,有如一对塑像,站在大门两旁高擎火把,给正往小教堂里走去的本杜拉一家照亮。在昏暗的教堂中殿,只听见特伦西奥气呼呼的声音,可是回声太大了,根本听不清他说些什么。他们小心翼翼地朝前走,女人们提起裙裾,男人们手执拐杖或马鞭。特伦西奥在祭司席那里踢着一个衣衫褴褛的人,他蜷缩在瓷砖地上,还有一个女人,抱着个婴儿在啼哭,身子靠在破败的祭坛上。与阿德莱依达一道走在人群最前面的莉迪娅赶快拉住她的小叔子,喊道:

"拿火把来!"两名仆役举着火把跑到祭司席前。

身靠祭坛的那个衣衫褴褛的女人转过脸来,在场的人们看到那是卡西尔达,她的脸邋里邋遢,瘦削衰老,由于饥饿和恐惧,那双海蓝色的眼睛里闪烁着疯狂的光芒。此时特伦西奥还在踢打着躺在地上那犯有过错的人。莉迪娅一开头大吃一惊,而后镇静下来,微笑着向女儿走去:

"你怎么这么随随便便?"她对女儿说,"你在这里干什么?我们离开别墅一天都不行?你们就非干出点淘气事不可?你打扮成这副模样是什么意思？都这么大了还玩布娃娃，真不害臊，快把它给我。"

卡西尔达想把那婴儿藏在破布里。

"这不是布娃娃，是我的儿子。"

"是的，是的，"莉迪娅耐心地对她说，"我们知道这是你的心肝宝贝儿子，可是，你必须承认，你已经长大了，再也不能玩'侯爵夫人五点钟出门'的鬼把戏，把这个布娃娃当成个真孩子啦。"

她使劲从女儿手里夺过那娃娃，将他递给埃尔莫海内斯，在场的人连看都没看他一眼，因为大家都明白不应该充当这件事的证人，因为这件事不应谈，也根本没什么重要性。埃尔莫海内斯来到门廊，把正睡觉的那个小娃娃随手一扔，娃娃就滚进那股甜水泉的水斗里去了，这股泉水以它的极其纯净而闻名于整个玛鲁兰达。仆人们按照吩咐，全都没有离开马队，什么也没有看到，因为他们知道，如果发生什么事情而他们不去看，会为此得到报酬的。只有举着火把的那两个仆人看到了这个可笑的场面，那就是一位歇斯底里的姑娘，她认死理，把"侯爵夫人五点钟出门"这游戏里的幻想和现实混淆了。当埃尔莫海内斯重新走进教堂来到家人面前时，他的手已经空了，他看到卡西尔达在慈爱的母亲的怀抱里哭泣：这真是动人的场面。理当如此，露德米拉想劝慰法比奥，把她那染上彩虹光芒的手递给他看，可他被父亲的鞭子抽疼了，正坐在祭司席上哭着。在火炬的光芒照耀下，本杜拉家族的其他成员注视着事态的发展，看在这场奇妙的事件中自己应当采取什么态度。见到自己的父亲回来了，卡西尔达喊道：

"你把我的儿子怎样了？"

"什么儿子？"埃尔莫海内斯问。

"我和法比奥生的儿子，就是你刚从我怀里夺去杀害了的……"

听到卡西尔达的话,大家都望着阿德莱依达,对姑娘所说的话,应该采取什么态度?该说些什么?很显然,卡西尔达疯了,但这也有点太过分了。只见阿德莱依达微微一笑,大家便都微笑。于是,阿德莱依达朝卡西尔达走去。

"你哪儿来的孩子?谁都知道孩子并不是从巴黎送来的,而是要九个月才能生出来,不是一天就生得出来的,是吧?"

"我和卡西尔达到这儿都一年了,我们又饿又怕,简直要死了。"法比奥说。

大人们同声笑起来,好像听到一出精彩话剧里表演出色的笑话似的。他们差点儿鼓掌了。于是大家模仿阿德莱依达,在教堂里的第一排凳子上就座,观看祭司席上正在上演的这一幕。祭司席像歌剧院似的,装饰着考究的圆柱和金色线条。

"你要是饿了,就让他们给你送吃的来,本杜拉家的人可从来不挨饿。你想吃点什么?菠萝火腿好吗?主厨的这道菜做得妙极了,凉凉的,再来点烈性葡萄酒,那味道真是好极了。随便你想吃什么都行。可要紧的是,你别跟我说什么你在这里已经待了一年,而我们只不过是今天早晨才出门。我们离开家十二个小时,可不是十二个月。"

"我们过的几个钟头真美好,"塞莱丝黛补充道,"真不想回来了,但是我们对自己的孩子有责任,我们的丈夫对社会要尽职,这是我们的阶级赋予我们的职责,要我们做出牺牲,但是我们乐于这样去做。"

"事情是这样的,"贝尔尼丝对其他人说,"我知道这些,是因为我比较现代派,我的孩子们把我当作朋友,什么都对我说。由于在'侯爵夫人五点钟出门'的游戏里,他们常把一小时当作一年,这样,在好玩的假想时间里,那真实的、令人厌烦的时间就过得快一些。"

"这正是在你们野游时发生的情况!"卡西尔达喊道,她面容憔悴,邋遢,蓬头赤足,背靠着祭司席的栏杆,向坐在长凳上的听众咒骂。

"你不要对大人这样无礼!"埃尔莫海内斯告诫她。

"随她去吧,"莉迪娅对他说,"难道你没看见,这是他们常玩的那愚蠢的游戏中的一出吗?再说,只好等我们回去时再去禁止他们这样。不幸的是卡西尔达把这全都当真了。"

"你这一出演得真是好极了,我亲爱的女儿,"莉迪娅说,"真值得大家为你鼓掌。"

于是莉迪娅和本杜拉家的其他人为卡西尔达鼓掌。

大家鼓掌完毕,莉迪娅说:"好了,现在你梳梳头吧。拿着。"

她递给女儿一把梳子,卡西尔达打落了梳子,它滚到小教堂的一个角落里去了。她慢吞吞地说:

"把我儿子还给我。"

法比奥猛然挣脱,跑到她身边说:

"把我儿子还给我!"

"你们说的什么儿子呀?"好几个人问道。

"他们疯了。"

"莉迪娅,"阿德莱依达说,"你瞧,你对孩子们隐瞒生育的秘密,这样可不好,因为他们都长大了,他们知道生一个孩子要孕育多少时间,生孩子时要遭多少罪吗?"

"你说得对,我的大姑子,"莉迪娅回答,"都怪我不好,可是,我在家里操持家务,负担太重,因此我斗胆企望得到大家的谅解。大概是卡西尔达在钟楼上看到了鹳鸟,就以为自己玩的那个布娃娃是鹳鸟给她叼来的。"

"妈妈,只有你们才相信这一带有什么鹳鸟,好跟我们说那一套,其实,我们从来就没信过。"卡西尔达说,"再说,已经有一年我什么都不玩了,因为一切都改变了……"

埃尔莫海内斯一开口讲话,他的声音就在小教堂里嗡嗡作响:

"一切都没有改变,如果玛鲁兰达有什么变化,那准是由于那害人的食人生番的渗透。"

"根本不存在什么食人生番,"卡西尔达断言,"这全是你们瞎编出来的,是为了给掠夺和暴力开脱罪责!"

埃尔莫海内斯抓住她,同时莉迪娅捂住她的嘴。法比奥倒在地上号哭,因为奥莱伽利奥在踢他,同时特伦西奥扭他的胳膊,昂塞尔莫则跪在地上祈求他说别墅里一切依然如故。

"一切都改变了,哪怕你们打我,叫我说出相反的话。土著住进了家里……阿德利亚诺姑父成了全能的上帝……我的堂姐表妹们或是和堂兄表兄或是和土著居民姘居,科尔德利娅生了一对混血双胞胎……用长矛筑成的栅栏已经没有了,土著们拿走了长矛,使长矛恢复了原状,成了战斗和自卫的武器……毛乌罗成了阿德利亚诺姑父的代理人……"

本杜拉一家子露出不大相信的微笑,嘴角越咧越大。他们马上就要哈哈大笑了,可这时卡西尔达,她完全明白自己是在说些什么,并且为什么要这样说,她宣称:

"而我们呢?我们就从地下室里偷金子。"

全家人早就听腻了孩子们老玩个没完的"侯爵夫人五点钟出门"的游戏,正坐在被虫子蛀坏的长凳上打哈欠,可一听这话全都站起来喊道:

"该死的,你说什么?"

法比奥笑了:

"一说到金子就不是开玩笑了,对吧?"

特伦西奥痛打他的儿子,奥莱伽利奥、西尔维斯特雷和昂塞尔莫都围在身边,踢他,扭他的胳膊,把他的头按在地上。法比奥哀求道:

"放开我,爸爸……别打我了,我把一切全说出来。"

"讲吧!"

"看你敢胡说。"

"一年以前……"他开始说道。

"也就是说,十二小时以前,"塞莱丝黛解释道,"对这套把戏的规则我知道得一清二楚。接着说,法比奥,我来给你纠正。"

法比奥便说:

"……马尔维娜、依希尼奥、卡西尔达和我,还有一些土著帮着,我们拉着装载着所有金子的那辆属于阿德利亚诺姑父的马车……"

"赶快把金子交出来。"埃尔莫海内斯下令。

"已经拉走了,我和卡西尔达到了这里就累坏了,睡着了,等我们醒来的时候,土著们不在了,那辆马车不在了,依希尼奥和马尔维娜也不在了……"

几个女人揪住卡西尔达,掐她,用遮阳帽上的别针扎她,强迫她说出她堂弟说的那些事情的详细情景。她说他们被抛弃在这原野的小教堂里,好不容易才活下来,经历了秋天那能憋死人的茅草飞花风暴的袭击,到后来,初冬的几场冰雪驱散了白色云雾,把那茅草冻得只剩下草梗。过了不久,两个土著乘着阿德利亚诺姑父的那辆马车回来了,车上载满了货物;他们想把那些货物卖给本族的其他人,靠这发财。他们来时衣冠楚楚,系着开司米领带,镶着金牙,耳朵上挂着钻石耳环。他们说马尔维娜和依希尼奥迷恋着首都的豪华生活,可是那两个人就是不肯把法比奥和卡西尔达带回别墅去,因为马尔维娜和依希尼奥现在成了一个强大的歹徒集团的首领,这个集团在各处都设有分支——就连远远地伸展在地平线上的那蓝山山脉的矿井里都有。他们若是知道了这件事,会向他们俩报复的。时常有别的土著从这里路过,他们步履艰难而失望地朝海岸那边走去,可是法比奥和卡西尔达不肯和他们一道离去,因为他们不仅害怕到了首都会有马尔维娜和依希尼奥这两个人辖制他们,还因为他们现在毫不怀疑自己的真正命运在于别墅里正在进行的那场斗争。最近,越来越多的土著打那边来,带来一些消息:那里一片混乱,到处是不满、饥饿和懒惰,储藏室里的食品一开头就被人们心血来潮、糊里糊涂、疯疯癫癫地分光了,而没想到需要做好准备,以对付长时间的与世隔绝。蓝山山脉以手工生产金箔为生的土著居民已经不干活了,因为他们的产品无处可卖。那些幸免于笼罩着村庄的饥饿和瘟疫的人走下山来,住进别墅里。最要命的是惊慌和恐惧造成混乱,由别墅里的孩子和土著组成一个个小集团互相争斗,相互找碴儿和别人过不去。然而孩子们就是不肯离开别墅,因为那里是他们的家,无论什么也替代不了它,那里有他们的历史,那里有他们的忠诚。那里,经过那段混乱和贫困之后,现在也想建立起自己的规章。卡西尔达和法比奥现在只想回到别墅,回到他们本该参与其中、为其尽力的活动之中。他们原先还以为自己和那娃娃冬天大概会冻死呢!——不,塞莱丝黛纠正着:你说的是那个布娃娃——要不然就是被茅草的飞花憋死了,但是,凭着向路过小教堂的人乞讨,或是用两人都使不好的长矛打野兔或飞鸟,他们竟然活了下来。

"什么长矛?"西尔维斯特雷问道。

"就是别墅栅栏上的,那不是吗?"法比奥说,用手指指长矛。胡安·佩雷斯,他现在穿着一件绣着苋草饰有金边的制服,这是他用特伦西奥给他的那枚钱币向一个仆役租来的,他用松明照着倚在小教堂一根圆柱上的那柄长矛。大家全认出来了,没错,黑黢黢的,那金色矛头闪闪发光。特伦西奥用马鞭抽着儿子的面孔:

"快交代!"

"您让我交代什么?"

"讲所有中最重要的。"埃尔莫海内斯回答。

"讲所有中我们急于知道的。"本杜拉一家异口同声道。

"请告诉我,想叫我们说什么呢?……我再也受不了啦。"卡西尔达恳求道。

"是那些食人生番干的吧?"

"没有什么食人生番。"

"你怎么敢这么胡说八道呢?"

"是他们侵占别墅的吧?"

"是他们教坏你们的吧?"

"是他们打算进攻我们吗?"

他们终于迫使法比奥和卡西尔达做出了肯定的回答,说食人生番打算发动进攻,说他们以及家里的孩子们都吃人肉,说这是一次无知的群氓的反叛,他们就把这两个孩子捆起来,堵住他们的嘴巴,法比奥和卡西尔达叫喊着,恳求他们,随他们怎么处置,只是别把他们分开。

塞莱丝黛说:

"我看应当把卡西尔达送往首都,她把一个布娃娃当成是和堂弟发生不正当关系而生下来的孩子,这说明她是歇斯底里的。必须把她的阴蒂摘除,我看这是对待歇斯底里病的女患者的正统疗法。痊愈以后,还要把她禁闭在修道院里,使她的激情转向上帝,而不是沉湎于世俗的行乐之中。"

在决定怎么处置这两个孩子之前,还有很多事情需要考虑,这两个孩子的事,对于可能发生的一个重大灾难充其量不过是小事一桩而已。家族里的五位男子汉一齐动手,把姓本杜拉的两个孩子塞进一辆马车,并拉下窗帘。

我的读者们大概立即就明白了,从此谁也不会再知道他们的消息了。

本杜拉一家又坐在长靠背椅上,火把照耀着,火光在长鞭上闪烁,在眼窝的黑色眼睛上闪烁,在消夏时穿的背心上的螺钿纽扣和纹绸裙上闪烁,在纤细的怀表链条上闪烁。他们像法官那样冷漠无情,眉毛略微皱起,假惺惺地做出一副随随便便的样子。他们恭顺地听着那几位决策人讲话,这些人决心已定,但是仍然要采取一些策略,以显示自己是相当开通的。

一开头,先处置这些小事,以便然后集中精力去对付实质性问题:就拿法比奥和卡西尔达这件事来说,虽然这两个人大喊大叫,不愿意分开,这使他们很不舒服,令人恼火,但他们还是没用两分钟,就达成一致意见这样来处置:对卡西尔达施行阴蒂切除术,然后把她送进修道院;把法比奥送到国外去。这两件事,一到首都就立即执行,这一切尽量做得十分隐蔽,以免好奇的人前来打听。这种关系太龌龊了,看来这一对一块长大的堂姐弟染上了一种恶毒的感伤主义,这是本杜拉家的人所不能接受的,因为这违反了在本杜拉家人的生活中占主导地位的、健康的现实主义。

现在需要明确的是：法比奥和卡西尔达所说的关于玛鲁兰达的事是不是真的？孩子们那儿是不是乱成了一团？土著居民是不是又变成了食人生番？尽管可能夸张了，但这也不能不考虑考虑。也许有这种可能：这完全是一派胡言，那么，最好仍继续朝别墅进发，只把这当成是在小教堂边吃一顿大开胃口的野餐。只要他们在夜里穿过最后这片原野，天亮时分就可以到家了。他们将在马车上睡觉。他们喜欢在马车弹簧的颠簸下睡觉，胡安·佩雷斯举着火把，专心致志地听他们谈话。突然，他用空着的那只手握紧长矛，走下祭司台的阶梯，来到本杜拉家人面前，挥了挥长矛。

"这就是证据……"奥莱伽利奥说道。

那位穿红色镶金穗制服的仆人高举着火把和长矛，活像装点着祭坛的饰屏上那豪华的巴洛克式画像里的地狱里出来的小鬼。本杜拉一家仍然坐在原处，手势依旧一动不动，笑容也仍然纹丝不改，但是，尽管他们戴着的这副假面具还没有什么变化，可他们的容颜改变了。这长矛，可不能无视它。的确，这只是环绕着花园四周的一万八千多柄长矛中的一柄，但这就足以证明，最没想到的事物竟是最可能的。食人生番把长矛拔了下来，不是用来保护自己，而是用来杀死他们。一时间他们竟被这带金矛头的小小长矛怔住了，他们不再相信这一点，即一个人想忘却什么就可以忘却什么——这就是成人的标志，他们也是一样。小时候，当犯了最微不足道的过错时，要逃避立下规矩的大人们的责罚，这便是他们唯一的出路；幻想着父母垮台的事情，他们也都经历过，他们同样也曾一时性起，恨不得长辈们所代表的一切全都完蛋。法比奥与卡西尔达所说的那些不可告人的勾当，他们也曾干过——或仅仅是幻想着，这也就是一回事——或是在花园的浓荫下，或是在荒废的阁楼上，但他们干那些事的时候，却从没有产生过这种揪心的关切之情。大人们目睹的法比奥与卡西尔达的告别场面,犹如从地平线上升起。他们曾领略过贪婪、掠夺、报复、吝啬、犯禁的床笫之欢,但如今出于某种文明的默契,这些全被遗忘了。他们曾忍受过大人们的怯懦行为和对他们的漠不关心,也惧怕夜里敲过就寝钟后粗暴的管家毫无道理的管辖,而那时候,茅草在室外用那听不懂的食人生番的语言嘟嘟哝哝,唆使他们去获得从未有过的权利。可那是什么年代的事情了?孩子们的共同幻想一旦穿越了轨道,就会冲破,或许毁灭那曾是一成不变地继续延续下去的世界。两个像法比奥和卡西尔达这样的小娃娃,他们还这么小,怎么可能敢于相爱呢?是的,就像大人那样相爱。他们听说过大人是可以相爱的,但他们从未身体力行,因为他们觉得那很龌龊,此外他们还很明白,这最终将导致一败涂地。这是一股什么风?这股邪风是从什么地方刮来的?如果正视它,他们就不得不承认这股邪风把一切全搞乱了。

"我已经得出了结论。"埃尔莫海内斯宣布,"咱们再回别墅可不合适了。发生的事情所引起的后果可能很大,也可能很小,最好是借助一些中间人,远距离操纵。这柄长矛证实了法比奥和卡西尔达所说的也许不完全是谎话,尽管我们对此应保持怀疑。我再重复一遍,咱们暂时不宜回去。"

"在首都,要是有人问起,肯定会有人问起的,我们就可以说他们染上了传染病,这倒也不一定是谎话,那么最好暂时把他们隔离起来。"昂塞尔莫出了这个主意。

"好的。再说,说到这些孩子,我们都知道他们都很自私,毫无责任感,"阿德莱依达说,"他们会玩'侯爵夫人五点钟出门',用这来消磨时间,这样他们就不会发现实际的时间已经过去,可我们并没有回去。"

"我的那个……我的那个布娃娃是什么样子?"露德米拉问,"是红扑扑、胖乎乎、头发黄黄的吗?"

"你干吗要知道这个呢?"特伦西奥吼道。

"我真想看看我的布娃娃孙子,在我的怀里抱上他一分钟……"露德米拉咕哝道。

"露德米拉,"特伦西奥威胁她,"你要是再说蠢话,我就要像捆他们那样把你捆起来。"

"你说得对,"露德米拉说,她已经明白过来,"最好是这么想,咱们的孩子们一直待到来年夏天都别察觉咱们不在。"

于是埃尔莫海内斯对大伙儿说,实际存在的危险并不在于孩子们的反常举动,因为只要揍他们一顿,就可以使他们改正。与此相比较,更大的危险在于:首先,金矿废弃,技工们忘了自己的手艺,变成武士,或是移居到首都去了;其次,无疑,这是最危险的一点——而这种猜疑从那位仆人手中的那柄长矛可以证明——那就是食人生番攻打玛鲁兰达,把家中役用的温顺的土著变成他们凶残的余部,他们协同一致,一道收复这个地区,但是,很久以来,这里就属于他们本杜拉家族了。这样,最要命的灾难就会来临,埃尔莫海内斯这样断定:如果金箔的生产暂时还没有停止的话,它就将永远停止,仅在一天之内——这漫长的一天他们已经觉得总也过不完了似的。金箔生产一旦停止,他们家族的经济将受到非常严重的影响,从而也不能再过早已习惯的生活,而他们呢,早已把这种生活方式看作唯一文明的生活方式了。更要命的是,如果这一消息通过某种渠道传到首都——不论付出多大代价也要赶快制止这个消息的传播——说什么古老的食人生番又复现在这个地区时,那么,一旦他们只有选择出卖地产这条

出路时,他们的土地和金矿的价格就会大幅度下降,降到最后,下跌到最低限度,连傻瓜都不愿买它。埃尔莫海内斯得出结论:

"我们要做的是,立即回到首都,制止这一流言。我们把仆人派去照料和保护孩子。咱们的孩子最爱说我们抛弃他们了,这么一来他们就没法这么说了。此外,重要的是制止依希尼奥和马尔维娜出售偷走的金子。倒不是由于他们这样做使我们今年的产量损失,而是因为,最要命的是,由于他们把金子投放市场,那些红头发的外国人就会认为出现了另一些金箔生产厂家,金子的价格就会下跌,我们手中的垄断权就会丧失。"

"不过,这金子他们偷去都有一年了!"法尔毕娜叹息道,她感到疲劳和厌倦,"连一片金箔都不会剩下,连给小天使遮羞用的都不会有了。"

"有一年了?"莉迪娅吼道,"那么,那两个孩子由于与父母离别仅十二小时而感到痛苦,从而产生出来的那种幻觉,难道把你也迷惑住了吗?我个人认为这是一种耻辱,因为既然你同意我们已经在外面待了一年的这种观点,那就是说,实际上他们有时间养得出一个孩子来,但这是不可能的。卡西尔达与咱们家的其他女孩子一样,与咱们在她这个年龄时一样,是一个纯洁的贞女。"

全家人都讲话了,以便平息莉迪娅确有道理的怒气,他们反反复复悄声对她说,她总该记得,法尔毕娜的智力一向有点问题,只要看看她与阿德利亚诺·戈马拉的不幸结合就清楚了。他们还有许多重大决策需要确定,现在可不要由于这些值得商榷的问题而分散了精力。重要的是,比方说,必须在此刻决定,当他们到首都去挽救财富时,拿那别墅怎么办呢?怎样才能制止有关那里发生的事情的流言散布开来?因为不管怎样,这将有损于家族的名声。再者,怎样去维护为他们而建立起来的法规?怎样才能做秩序的维护者?答案只有一个,那就是采用暴力。孩子们终归是无辜的。可也许并不那么无辜,这些孩子和土著居民的强大进攻为本杜拉家族采用任何暴力提供了依据。然而他们家族是文明人,培育了讽喻及和平的艺术,他们遵纪守法,仇恨暴力,并且不能由于自信和传统便去施暴。他们难以下定决心,弄脏自己的双手。

胡安·佩雷斯挺身而出,他将长矛递给埃尔莫海内斯,将火炬递给奥莱伽利奥。在本杜拉家族惊愕的目光面前,他伸出张开的一双手:

"我的手本来就脏。"他说。

"那你为什么不去洗洗呢?"莉迪娅问道,"难道你没有听到我通过管家传达的命令吗?总要把手洗得干干净净。"

胡安·佩雷斯的手很小,骨骼也不粗壮,但他把手展示在这一家人的面前,态度是那样坚决,无法用一声命令把他回绝:这个结了痂的变形的手掌在他们的眼中犹如野蛮的标志。

"这洗不掉,老爷夫人,"胡安·佩雷斯说,"小时候,我偷了隔壁一位邻居朋友的一支会打转儿的焰火,父亲揍我,我不承认,尽管我知道焰火已经点燃,还是把那东西藏在身后,用手紧紧地握着,结果焰火燃了,烧着,打着旋儿,可我还是不撒手,父亲喝得醉醺醺的,我竟然使他相信,那是邻居家为了庆祝地方节日而放的焰火。我忍住疼痛,没有让他看手,可我的手掌烧坏了——结痂变硬,留下火药的颜色,再也洗不掉了。"

"你的故事我们不感兴趣,也不感动。"特伦西奥说。

"这我清楚,"胡安·佩雷斯说,"我的手是脏,但是挺硬,您那一鞭子没抽疼我。"

埃尔莫海内斯朝他走去，用这位乔装成贴身奴仆刚交给他的那一柄长矛，去扎他还伸着的一双手中间的一只，可这人却一动不动。

"真邪乎！"埃尔莫海内斯叫道，"你叫什么名字？"

"每年都有一个叫胡安·佩雷斯的，"莉迪娅说，"这简直不算个姓名，它代表不了身份。"

埃尔莫海内斯又把长矛交还给他。本杜拉家族的这位老大哥一只手插进裤兜里，另一只手抚弄着细细的表链，他在溜达着，沉思着，然后朝胡安·佩雷斯转过身来：

"我觉得你是想向我提个什么建议。"

"你们应当保持一双干净的手，要做出榜样来，没有榜样便没有秩序。要弄脏手的是我们仆人，我们可以组成一支强劲有力、纪律严明的队伍，绝对服从管家的指挥。我们仆人应当回别墅去，但不仅仅是去照料孩子们，而且还要和食人生番开战，并且消除他们的影响。"

"那么你有什么打算？"

"把所有的武器全交给我们。"

"交给你？"

"具体地说不是交给我，而是交给管家，我没有正式的权威。管家作为所有仆人的总指挥，他将负责整个行动。"

"那你呢？"

胡安·佩雷斯踮起脚尖对着埃尔莫海内斯咬耳朵，后者执着这位贴身奴仆的那柄长矛向他躬下身子，听他说着，然后，思考了一小会儿，便令另一名仆人手执火把陪夫人们回到马车上，她们也许已经累坏了，最好让她们做做准备，顶多一个小时之内，就要向首都进发了。教堂里只剩下本杜拉家族的五位男人了，胡安·佩雷斯打着火

把照亮,埃尔莫海内斯对他说:

"你讲得完全有理。正像卡西尔达所说的那样,阿德利亚诺是全家的祸根,是这次食人生番造反的首领。必须把孩子们从他那疯狂的魔爪中拯救出来。可是,告诉我,为什么是你呢?"

胡安·佩雷斯按照一切应有礼节的要求回答道,他必须申明,莉迪娅夫人搞错了,并非每年都有一位不同的胡安·佩雷斯。他其貌不扬,默默无闻,但是年复一年,每当在首都招募仆役时,他本人都在夏天找个在玛鲁兰达的差事,而且每年他都被招来,可就是没有人注意到,他就是上一年的那个胡安·佩雷斯。他当过厨房打杂的,当过马夫助手的助手,现在在花园里干活。但是由于他其貌不扬,眉目不够清秀,从没发给他如此渴望的、有苋形花纹和配有金黄色饰带的制服。当马夫时,是他负责为阿德利亚诺·戈马拉备那匹枣红马,那时候这位姑爷早晨出发,去看望土著居民的村庄。可就是这位善良的阿德利亚诺·戈马拉,虽然出于好心给他小费,但从来没有发现,每年都是同一位胡安·佩雷斯在为他备马。要说起为什么他每年夏天都坚持来到玛鲁兰达,他仅仅只为一个目的,那就是让阿德利亚诺把他当作一个人,以某种方式来使这位当医生的还给他身份,医生以他的不闻不问,使他丧失了身份,否认了他作为人的权利,他,胡安·佩雷斯,并不是随随便便可以替代得了的,并非世界上所有的胡安·佩雷斯都像他那样,由于火药的烧灼,从小手上就留下了痕迹和结了硬痂,并由于不被人承认而耿耿于怀。阿德利亚诺被囚禁在塔楼里,被人看牢,他已经报复不着了。只有消灭这个人,他才能成为他自己。

"多年来我们早就把阿德利亚诺当成个死人了,因此,消灭他只是走走形式而已,"埃尔莫海内斯一面回答他,一面在祭司台上蹀步,家里的其他男子汉也在蹀步,有人赞成这一观点,有人反对,而胡安·佩雷斯则倚在第一排椅子上，观赏着这场刚开始的奇剧，"最重要的是，在玛鲁兰达重建起我们的秩序，因为这才是真正的秩序：这是个道德问题。我们必须消灭食人生番，这是一向引导着我们家族的玄妙问题。既然他们已经对我们采用了暴力，那么，我们也要用暴力对付他们，虽然这样做是令人痛心的，但我们要用暴力来捍卫，除去我们的财产之外，要捍卫我们的思想、我们的法规和我们子孙后代的前途。一想到也许我们之中的某一个，出于单纯，已经成为这可怕的一撮人的血腥行动的牺牲品，我的血都凝固了。不管三七二十一，要把他们连根铲除。"

胡安·佩雷斯听凭他们面红耳赤地争论不休。祭坛上，由奥莱伽利奥举着火把，照着那几个微不足道的、没有现实感的人的身影。他们不得不自欺欺人，以便自诩为清白公正的伦理道德的代言人，从而为暴力行为开脱罪责，而不必面对面实实在在地去看那由仇恨、积怨、掠夺以及生而有之的野蛮所带来的恶果。他们也不愿正视自己的贪婪、强势和怯懦。为了生存，他们必须为自己保持一个美好的、静止的、理想化的形象。是这些人缺乏，而不是他胡安·佩雷斯缺乏身份。没关系，也许他们的一切全都依靠穿着上好的白色凸纹布背心来支撑门面，这样倒更好一些。

总而言之，天色已晚，最好是下达出发的命令，以便开始行动。为了立即制止主人们喋喋不休的争论和踌躇不决，胡安·佩雷斯站起身来，说：

"现在的关键只不过是让仆人们相信这所有的家庭的玄妙问题。"

本杜拉家族的男人们在祭司坛上僵持不动了，好像操纵着他们运转的机器失灵了。

"难道他们还不相信吗？"

"应当是相信的，"昂塞尔莫说，"因为莉迪娅正是教导他们，让他们牢牢记住这个玄妙问题，因为如果缺少玄妙，生活就没有意义，尽管旁人满可以毫无意义地生活。"

"他们若不是百分之百地相信，那一切就全完了。"特伦西奥说，"每周的训练中就证明了这一点……"

"万无一失，"胡安·佩雷斯向他们担保，此刻他坐在正厅，"不过现在马上就要行动了，老爷你一宣传鼓动，肯定能鼓起他们的劲头，特别是给管家鼓劲，他这人头脑简单，只要让他觉得自己是个英雄就行了，倒不在乎什么酬金。至于仆人们，只要能得到别墅里的东西就满足了，因为他们非常卑贱，认为他们如此渴望的东西正是使老爷们高人一等的原因。"

"那么据你看呢？"西尔维斯特雷问道，也许，他有点不高兴了，"我们的高人一等表现在哪方面？"

胡安·佩雷斯毫不犹豫地说：

"在于绝不迟疑。"

大家对这令人扫兴的回答沉默不语，就是这位贴身仆役打扮的丑八怪把问题搞复杂了，而这些问题，只需他们理解到一贯理解到的程度就够了。然后他们表示有些不同意见，他们不想失去玛鲁兰达的一切：祖传的珍宝、贵重的家具、地毯、名贵的绘画和貂皮大衣……甚至别墅本身和有着奇花异草的花园。

"老爷们，别争了。"看他们这么小气，胡安·佩雷斯不耐烦了，叫道，"这是一场圣战，总要做出点牺牲；我和你们相处了这么长时间，怎么能不知道你们在玛鲁兰达的那些东西呢？它们是可以用其他东西取代的，因为那只占家庭财产中很小的一部分。怎么就不能在一个比那里更秀丽的地方盖一座新别墅呢？比方说，就在我们今天下午散步的那个地方。"

大家都觉得这是个好主意，夫人们正乐得在一座新房子里装点修饰，而那个地点又正合适。他们还记起今天下午就有人提出这个建议来着。是的，等这个地方平静以后——经过短时间冲突，仆人们战胜了食人生番，因为仆人们将使用火器，而土著居民只有长矛——他们就打算再盖一座房屋，那将是一座真正的梦幻中的宫殿，紧挨着他们曾在那里度过愉快傍晚的那一道神奇的瀑布。再说，这就是一个极好的证明，可以堵住一些人的嘴，他们胆敢宣扬什么流言，说玛鲁兰达一带很危险，想以此来贬低那块地产的价值。

3

听了埃尔莫海内斯那冗长的演说之后，被激励起来的仆人们发出一片拥护的喊叫声，稍静下来后，管家说："我要是在那里碰到个食人生番，就立即把他踩扁。"

"我要立即把他们！……"他激动地重复道，一面将他那带搭扣的薄底浅口皮鞋向下猛地一踩，一时间夜里寂静的原野上，立即又听到吼叫声和欢呼声，因为管家的声音、音调和语气综合了仆人们的声音，他们全都一个样，拥有这种简单而残忍的思想。

本杜拉一家坐在马车上，已经准备好朝首都出发了，他们好像头一次看到管家在手下人围成的半圆形中央神采飞扬。到目前为止，他想逾越主人给予的制服所限定的普通身份的努力是徒劳的，而且也是困难的，因为就像外国人和黑人，不管属于什么级别，全都一个样，管家只能在仆人中发号施令，并且绝对服从家里的主人。正如前面所说，这件仆役制服辉煌灿烂，绣着金的花草，点缀着硬邦邦、沉甸甸的徽章和标志，由于饰有金丝银线、镶边、星星和花穗，显得挺括紧硬，那是一种神秘主义的制服，用料为茑草颜色的天鹅绒，规格越低的仆人，制服上的饰件就越少。因此可以想见，直到目前为止，谁都懒得去注意这一点，即每一名管家都有一张不同的面孔，有一副不同的嗓音。可是每年都要聘用一名管家，不仅由于此人工作效率高得具备作为一名头等管家应有的其他优点，他还必须个子高大，这样，当他穿上家里最显赫的那套仆役制服以后，就可有一副很威严的形象，任何事物也影响不了他，除非有时候，哪位老爷冲他皱眉头。毫无疑问，这制服还表明，穿它的人享有与其职务相应的最高权力。由于本杜拉家族的人从不喜欢参与仆人的琐事，仅仅重视仆人们保护自己这伙人的效率，因此，在他们看来，用不着每年都换人，因为这件制服本身，比那人还重要得多，因为穿制服的人是可以改变的。

马车已经准备停当，就要启程了。最后他们总算使露德米拉上了车，因为她对所有这些事情总是漫不经心，她倚在水车的水斗上，好像在寻找什么东西。当别人问她干什么时，她哭哭啼啼地说，既然知道她还在洗手，好洗去彩虹的光辉，那么还有什么好问的呢？其他的母亲刚刚恳求完仆人，叫他们对自己宠爱的孩子们干下的淘气事情宽容一些。可是，家里的男人们已经爬上了马车车座，坐在那里握住缰绳，因为回家的路上，他们将充当马车夫，不过还没出发，就已经被他们自己创造的这光辉形象迷惑了。深夜的玛鲁兰达，这位管家的形象比以往任何形象更显高大，更加有力，更加粗俗。现在他这张带有个性的脸，是再也无法忘记了。以前怎么就没有注意到他那粗俗的方形下腭和那瘤状的鼻子呢？还有他那黄绿色、汗涔涔的面孔和窄窄的额头？怎么就没有注意到他那引以为荣的丝绒般的眼睛？

那宝石般的柔软里藏有完全的肆无忌惮、胆大妄为和百分之百的愚笨,这一切加在一起,就是绝对的效率。他们记得从这张看不出年龄的脸上,从这紧闭着的嘴里,只会简单地发出"是的,老爷"。他们从前怎么就没有察觉到,这从僵硬的嘴里发出的老爷们的神秘感变成了一种纯粹严酷的思想呢?这个人有两条猴子般的胳膊,双手像雇来的拳击手的那样粗笨,但是戴着白手套,形容猥琐,他在听从吩咐时,头颈弯得那么厉害,可是现在,就要由他来发号施令了。他的脖子挺得直直的,他会把事情弄到哪步田地呢?当他们给他穿上这件显赫的制服时,他实际上是一个人,而不代表他们创造的一种可耻的力量吗?

想这么多也没用。在管家的催促下,一大群仆人都簇拥在小教堂周围,鹳鸟从塔楼里惊飞了,好像仆人们早把主人都忘在一边了。他们得到了最好的马车以后,又要了最精良的马匹、最好的给养和马具,以及所有的武器。夜色笼罩着火绳枪、毛瑟枪和手枪,可以听到马镫的铿锵声和狩猎的号角声,可以闻到火药味和汗臭气,以及一瞬间烧好的饭菜味。马嘶、人喊和歌声,这些声音在巨大的篝火堆旁越来越响,篝火好像要蔓延开来,会把这一地区的茅草全都点燃。他们也不曾注意到,在这场由各种邪恶势力组成的协奏曲中进行的百牲祭里,他们自己、老爷们、食人生番及所有的活人都将被烤焦。

必须在造反的队伍到来之前赶紧逃到海边去。现在,这场百牲祭正自行加快速度。本杜拉家的男人们坐在马车座上,已经看不到那件华丽的制服了,看到的只是那一道道难以忘怀的花纹,还能看到那个人的面孔,他也许会将他们变成牺牲品,而从某一方面来说,他们暂时还不明白,自己已经成了牺牲品。出发,出发,其实就是逃跑。只有埃尔莫海内斯例外,他显得很可笑——这种做法在他来说是一个破例——他请求家人允许他离开一小会儿,他要到小教堂里去一下,去为两支远征军的美好结局祈祷。这两支队伍,一支朝首都前进,一支朝别墅出发。不久,人群——这群人看来每时每刻都在增大——的情绪就要爆发了,这时,埃尔莫海内斯才衣冠整齐地从小教堂里出来了,他身后跟着一名小花匠,此人瘦小多病,衣衫褴褛,他扶着主人爬上马车座位,不一会儿便消失在其他仆人中间,仆人们正在吃着喝着,一面唱着歌,准备好去攻打或是守卫。本杜拉家的人已经不知如何是好了,因为现在一切都掌握在管家的手中了。

可是后来,就在这同样的夜晚,就在这寂静的原野上,车队载着人数已经减少的本杜拉家族朝离别墅最近的村舍走去,因为在那里他们可以得到休息,获得援助,特伦西奥、奥莱伽利奥、昂塞尔莫和西尔维斯特雷,他们头脑清醒地坐在原来是驾驭马车的仆人的座位上,这时候他们才发现,曾经扶埃尔莫海内斯上马、现在走在其他仆人的最前面的那个人,他的面孔可不是微不足道的。

第九章 突　袭

1

当本杜拉一家第一次把刚结婚的阿德利亚诺带到别墅来,很得意地领着他在翡翠般的花园里散步时,这位医生发现台阶下有位身着茛草颜色制服的仆役,他一动不动,看来是在站岗。一次又一次地看见这人总一动不动地站在同一位置,于是他决定问问他新家里的人,这位总站在同一位置的小可怜是干什么的。

"难道你不觉得,"塞莱丝黛回答他道,"那里正好缺一点红颜色吗?这是一种作为陪衬的颜色,就像是柯洛①的风景画,用来点缀绿色风光。"

阿德利亚诺缄默不语,这些人可以把人简化为一种装饰成分,对他们这种人,他真不知道是应该赞赏呢,还是应该蔑视。本杜拉家的人看出了他的困惑,他们明白其中的含义,这种困惑应当算作是反对他们。然而阿德利亚诺的这个问题,我们的读者可以把它看作是个

---

① 柯洛(1796—1875),法国著名风景画家。

无足轻重、只配被忘掉的细节，但是这在本杜拉家人中，却成了一种寓言，他们把这事提了又提，总有上千次，好像这是属于另一阶级的人出的洋相的典型例子。这种人不明白，仆人的使命就是保护主人，甚至像这种表面上看来是那么毫无实际内容的小事，也包括在其职责之内。他的这一反应是他最早表现出来的行为，这表明阿德利亚诺是个危险人物。每年训练仆人时莉迪娅总是反复举这个例子，以这一偶然事件说明，对仆人来说，她的这位妹夫是个怪人，且不必说穿它，除非在必要的时候，给这位有抵触情绪的人身上打个十字标记。

由阿德利亚诺·戈马拉而产生冲突的时刻终于到来了。黎明时分，架着黑黝黝的枪筒的马车组成的曲曲弯弯的车队在原野上飞驶，碾轧着茅草，喊叫声和一阵阵爆炸声打破了宁静。仆人们从来就不信服阿德利亚诺·戈马拉，因为他"不会使唤人"——很显然，他不像本杜拉家族的人那样，天生就会使唤人。但是，头天晚上，在小教堂歇息时，老爷们把马和武器交给他们，也明明白白地向他们表明了危险的关键所在。他们说，尽管他疯疯癫癫，可并不是由于疯癫他才是食人生番的代理人，他本来就是带着这个意图打入这个家族的，食人生番正是在寻求捣毁传统势力的办法；更有甚者，可以肯定，他是食人生番的首领；总而言之，是他煽动了野蛮人的仇恨，让他们带着法比奥和卡西尔达描绘的那种冲动，利用孩子们的天真——为此目的他们已经腐蚀了孩子们，把孩子们当作工具来推翻早已确立的东西。老爷们告诫仆人，必须清洗、根除、毁灭任何建立和组织起来的新事物，去拯救那些尚未涉足于罪孽之中的人。

主厨、马夫头和园丁头坐在风驰电掣的头一辆马车上。管家坐在马车夫身旁，浑身金光闪闪，他戴着手套的手紧握着步枪，用那丝绒般惊愕的眼睛俯视着地平线,咬紧牙关,紧闭双唇,以抵挡风吹。如果法比奥和卡西尔达所说的一切仅仅出于孩子们歇斯底里的幻想,那么应当怎样看待孩子们的所作所为呢?厨房主厨穿着一尘不染的白制服,戴着高高的上了浆的厨师帽,他那腮帮子红扑扑的,肉乎乎的嘴唇边有一圈细细的胡须,看来他猜透了管家的心思:

"这些人,他们什么都有,到时他们将变成手工打制金箔的王国的将领,成为土地、矿山和所有部落的主人,总之,当他们承袭这些东西的权利受到危害时,他们将以毫无秩序的行动来捣毁属于自己的这些东西,对此我们应当如何解释呢?"

"小姐们和土著姘居了吗……"马夫头问道。

"我们不能相信土著居民胆敢搬到别墅里去住,连我们都很少有机会进入那里。"园丁头说。

"这是小姐饿坏了幻想出来的。"主厨搓着手,抚摸着脖颈说,他懒洋洋地坐在马车座上。

马车飞驰,风把话语刮跑了,与马车轧过茅草、将茅草碾碎、使茅草倒在地上的咔嚓声混成一片,但是坐在管家身旁的胡安·佩雷斯,他手握缰绳,控制着双马牵引的马车的行进,他那与其猥琐形象不相称的说话声突然响起:

"这可不是什么幻觉。"

头头们都望着他。他算老几呀?竟敢这样给事情下断言。胡安·佩雷斯为了使他们信服自己说的是真话,就把这些人从来没听过的事情讲给他们听:埃尔莫海内斯·本杜拉把那个孩子扔进水坑里淹死了——是的,是的,你们别装傻了,你们早就知道本杜拉家的小姐们都是婊子,是婊子养的女儿和孙女——是的,那是卡西尔达的儿子。头头们没有理会这位临时充当马夫的人的这番话,因为马跑得太快了，加上有风，也许他们听错了，对这种事最好别刨根问底。于是，胡安·佩雷斯断言，这是真的，是过了一年而不是一天，尽管考虑到工作效益，最好同意前一种说法，这是为了领工资；到时候他们将提醒主人说，实际上那是一年，要提出个价码，省得主人们白占了他们的便宜。不仅如此，少爷小姐们已经腐败到了骨子里。确实，玛鲁兰达已经是一片混乱，毫无节制。而且，在阿德利亚诺·戈马拉的唆使下，食人生番真的占据了别墅、花园、矿山、果园、家具，在那里实施野蛮的生活方式，打算建立一种新的秩序。不，关于食人生番的事情可不是瞎编的，是一种实实在在的、依然存在的危险，好像一片污痕，会从玛鲁兰达向全世界蔓延开来。他们这些仆人正处在这种时刻，从前，他们一批又一批，只是作为装饰品，用来点缀花园的颜色，只好在梦中寻求英雄业绩，为自己一动不动地站在那儿找出理由。他们等了那么长久，现在是时候了，他们即将用武器去捍卫那唯一的、真正有价值的事业。就是为了这个目的，莉迪娅才聘用了他们，特伦西奥才训练了他们。

胡安·佩雷斯的这一番话激励了头头们，他们的疑惑打消了。马车风驰电掣，使他们不再讲话，与此同时，被马蹄和车轮轧碎的茅草发出呼哨声。后面，长蛇阵般的车队，其他人也起劲地呼号着，好像他们也听到了胡安·佩雷斯的这番鼓动的话。原野上飞驶的马车带来一片喧闹，其中可以听到管家的欢呼和人们附和他的喊叫声，他们诅咒食人生番和阿德利亚诺，要不是他带头挑唆，那些食人生番是永远也不会从他们那历时几个世纪的睡梦中惊醒的。首脑们从马车上站起来，举起步枪，准备交战，真是群情激昂，咋咋呼呼，急于投入行动。他们高呼着，要与管家一起战斗到死。

胡安·佩雷斯一声不吭，他紧握缰绳。必须赶快。他随心所欲地鞭打着马匹,让它们快跑,哪怕跑得蹄子裂开呢!在他身后,其他马车也以同样的速度飞驰。要赶快,不能让仆人们的这种简单而粗野的仇恨熄灭,以避免哪怕是一点点明智来取代这种急迫。

马车总是在一动不动、没有云彩的天空下奔驰在原野上。直到最后,大地上显露出淡淡的曙光,宛如地平线上一串细小的珍珠,珍珠串是由同原野一样的材料制成的,那就是村子里的那些房舍。

马车又往前走了走,已经不那么放肆地狂奔了,驰得离村子比较近了,当然,还没有近到村里人可以看到并且听到马车动静的地步,管家下令停车:他让大家从马车上下来。他命令朝村子靠近,要准备武器,在茅草的掩护下完全悄没声儿地从四面八方把村子包围起来。但是,要当心,他告诫大家:谁也不许开一枪。要保存弹药,好在别墅里派用场,那里将是这场围剿中最费子弹的地方。而这里只是工匠们居住的、无关大局的村子,对它的突袭,不过是一次侦察性的进攻。只待他一开枪,这就是朝土著居民进攻的信号,但是就不要再开第二枪了。武装起来的仆役们将村子包围得严严实实的。管家在胡安·佩雷斯的陪同下,端着手枪,在草丛里爬行,向前靠近,以便观察村子里的动静。

一片寂静。很显然,大家都在睡觉,谁也没想到有人偷袭,这是发动进攻和抓住俘虏的最好时机。可是管家正打算发信号的时候,看到茅舍之间的一条小巷里,有一小群土著正朝前走,他们不仅有武器,而且还穿着一种衣服,据管家看,这是一种稀奇古怪的伪装服。他们头上戴着金头盔,上面饰有染成红颜色的茅草。管家大吃一惊,没能发出进攻的命令,倒不是由于他看到了这些野蛮的武士,而是因为他看到领头的是一个男孩和一个女孩。他们赤身裸体,手里拿着武器,他们不会被错看成土著,因为他们是本杜拉家族的孩子。

"是瓦莱利奥和德奥多拉。"胡安·佩雷斯低声说道。

"你怎么认出是他们?"管家吃惊地问道,"除个别的几个以外,我把他们全都搞混了,孩子们全都一个样,就像分不清外国人和黑人一样。"

"我可不这样,我一个个全都认识。他们所做的,所想的,没有一样逃得开我的调查。"

"以后你跟我说说吧。"

"我所有的情报都供您使用,管家先生。"

在他们简单地交谈这几句话的时候,瓦莱利奥和德奥多拉,以及身后跟着的一个同样赤身裸体、戴饰有红茅草的金头盔的土著,一道走进了一所最高大的房屋里,其他武士留在门外站岗。这时候,村子渐渐苏醒过来,各条街巷开始了村子里的日常活动:女人们生起炉火,把瓦罐放在火炉上,男人们在捆扎干枯的茅草,或是背起一筐筐蔬菜。孩子们在灰土里玩耍。过了一会儿,听到那所房子里有喊叫声。管家和胡安·佩雷斯看到,在长矛的威逼下,走出更多的男孩子和女孩子,他们哼哼唧唧,衣衫褴褛,又瘦又脏,披头散发。

"是科隆芭……梅拉妮娅……西普利亚诺……还有阿格拉埃……阿维拉尔多和埃丝梅拉尔达……奥林比娅、鲁贝尔托和佐埃。"随着一个个人走出来,胡安·佩雷斯报着他们的名字。

他们被一群武士包围着,尽管他们的举止显得那么沮丧,他们的哭诉是那么扣人心弦,也全然无济于事,但是最揪心的喊叫声还是从大房子里传出来的。于是,瓦莱利奥和四个武士又一道回到屋子里,过了一会儿,他们硬把胡文纳尔拖了出来,他几乎全身赤裸,只顶着一方土著的带紫色和橙色条纹的华丽披巾,还缀着耳坠,他在叫骂、

哭喊。梅拉妮娅冲他喊道:

"接着斗下去还有什么用呢?你没见他们人多,咱们人少,都被他们控制了吗?"

"你闭上嘴!"德奥多拉用她的那柄长矛逼着她,"你,就像村里别的人那样,去干活,尽管你什么也不会做,或者是什么也干不好!"

"真粗野!"管家低声说,"你看她身子赤条条的……这位德奥多拉还不到青春期,快看她对自己的表姐有多粗鲁!你看堂阿德利亚诺和食人生番从道德上给这些可怜的孩子带来了多坏的影响!他们要把这些孩子吃掉吗?"

"我表示怀疑。"胡安·佩雷斯回答,他的两只眼睛太小了,挤得太近了。他注视着这些人的行动,同时也不断地观察村子里居民们的活动,这些人仍在干活,好像对我们刚才描绘的情景已经司空见惯:一个男人爬上他家房顶,换上新的茅草……有几个女人坐在地上,喂一些孩子……几位老人簸着粮食。

"我才不去干活儿哪!"梅拉妮娅对德奥多拉说,"我是位女士,不会干活儿,因为,很自然,从来没有人教过我,阿德利亚诺姨父是个疯子,我不会由于他心血来潮就打算去干活儿。"

瓦莱利奥听她说话,脸绷得紧紧的,好像弓弦上的箭,他那赤裸的身体上古铜色的肉也绷得紧紧的,像准备好争执一番。他终于抑制不住怒气,冲他的堂兄弟表姐妹们嚷起来:

"阿德利亚诺姑父的一切疯狂中最要命的是他的软弱,他那有关自由的想法纯属旧秩序,现在对我们来说已经不实用了。"

"因此,为了抵消你所说的软弱,"阿维拉尔多在那一圈武士的包围之中说,"你今天早晨才把我们抓来当俘虏,连毛乌罗都不知道。可你们不是说他是头头,要服从他吗?"

和瓦莱利奥在一起的武士赤身裸体,头戴金盔,头发很长,而且乱蓬蓬的。他的面庞粗俗,脸上露出无比放肆的神情,他那护身符上所刻的,不像其他土著那样是和平的符号,而是充满威胁和杀机的咒语。他走向前叫道:

"不流血就不会有变革,可这正是他所不能接受的!在极端情况下,流血的应当是你们!我们受到来自外部的威胁。说不定哪一天,凭借着你们暗中设下的圈套,大人就会打回来。你们就是我们的敌人,可他就是不肯承认这一点。由于现在处于战备状态,如果你们拒绝像全村人那样干活,那我们只好毫不留情地杀死你们……"

"这是胡安·博斯卡,"胡安·佩雷斯低声说道,"这个人很危险,要记住他。"

胡安·博斯卡用他那非常刺耳的声音说着,引得许多正在干活的人聚拢来听他讲话。他继续那慷慨激昂的冗长的讲话:

"我们住在村里的人蔑视别墅里的那种舒适生活,我们知道,现在阿德利亚诺·戈马拉的身体还很虚弱,他也许想和外边、和大人们妥协,并且签约,我们应当制止他的这种背叛行为……"

管家一听到"阿德利亚诺·戈马拉"就气呼呼地叫起来:

"阿德利亚诺·戈马拉!真是糟糕透顶,他竟然能让一个卑贱的食人生番在称呼堂阿德利亚诺的时候不用尊称'堂'!"

"你看他们是怎样运用咱们的语言的?"

"所有的土著都能讲咱们的语言,只不过他们假装不会说就是了。"

"这是最危险的。我要发信号了……"

"最好再等一会儿,"胡安·佩雷斯劝阻他,"看看事情到底如何进展,八成会有利于我们。"

管家放下手枪。武士们围成的圈子里,有两名武士揪出了胡文纳尔,他一边跺脚,一边叫喊,被人扔到胡安·博斯卡的脚下。胡安·博斯卡问他:

"你有什么权力偷我们的衣服?"

"权力?"胡文纳尔叫道,"凡是玛鲁兰达的东西,我都有权爱拿它们怎么办就怎么办。你,一个土著,竟敢来问我?这些东西只配拿米参加侯爵夫人的化装舞会用,你竟管这叫衣服?"

"把钥匙给我。"

"钥匙?"胡文纳尔问道,"我?什么钥匙?"

瓦莱利奥走向前去,用矛头逼着他:

"投降吧!别装傻了。我们知道,一开头过分匆忙地分光了地窖里的食品,导致现在食品短缺,但是你把另一个地窖的钥匙藏起来了,那里还满满当当的,藏在哪个地下坑坑洼洼的巷道里,我们跑遍了那些地道也没能找到它。我们想用那里的东西,摆在今晚舞会的餐桌上。"

"我没有什么钥匙,"胡文纳尔在胡安·博斯卡的面前站起来,抓住他那有些磨损的绿色羽冠,冲他嚷道,"只有那批被你们抢光了的食品。"

"把钥匙交给他!"梅拉妮娅冲胡文纳尔嚷道,"笨蛋,我们全完了,现在钥匙对我们还有什么用处?到了这种地步你还反抗,这就是说,你不相信我们的父母经过这噩梦般的下午,终归会来救我们的。"

看到胡文纳尔不肯听她的话,梅拉妮娅就冲进武士们的圈子里,扑在胡文纳尔身上,摇晃着他,求他把钥匙交出来,把一切全交出来。她说,那位毛乌罗被他姑父阿德利亚诺的狂热搅得昏了头,说她已经向他说了些引诱的话，也没能使他清醒过来；说文塞斯劳令人费解地缄口不言，他既不肯帮助他们，也不肯帮助毛乌罗，甚至不肯帮助他父亲；她还说，现在他们的人越来越少，被包围起来，已经被无可挽回地孤立了，再斗下去也没用了。利用梅拉妮娅造成的混乱，阿维拉尔多、埃斯梅拉尔达和佐埃冲破武士们的包围圈，去抢胡文纳尔的钥匙，他们想用钥匙换取特权，可以不必像土著那样去干活。而其他堂兄弟表姐妹则持相反的意见，他们鼓励胡文纳尔自卫。胡安·博斯卡、德奥多拉和瓦莱利奥则观看着孩子们的争斗，他们互相打耳光，哭着，吵着。村子里的居民放下了手中的活计，跑来看这些人在尘土地上互相殴打，好像明白他们自己并没危险，因为孩子们会由于互相残杀而身亡的。

这正是战略上最合适的时间——这时候全村人都聚在一起看热闹——这正是胡安·佩雷斯，而不是管家选中的时机，胡安·佩雷斯开了一枪。身穿金光闪闪制服的仆役、穿蓝制服的园丁、白制服的厨师、褐色制服的马夫，全都从茅草地里冲出来，就像地狱的魔鬼降临，他们朝村子扑去。空中响起枪声，这样可以使遭到袭击的人明白敌人的武器占优势。当进攻者俘虏了措手不及的敌人时，管家下令把土著居民都关进茅舍里，以免有人逃出去报告给别墅里的同伙。他还下令仆人们组成小分队，设置岗哨，说要是有人想逃跑，就开枪打死他。对瓦莱利奥和德奥多拉也同样，会有工夫收拾他们的，必须让他们记住教训，谁让他们追随那些食人生番呢？只有他们的牺牲品，也就是那些抵制了腐蚀的堂兄弟表姐妹们得到了解放，他们一个个目瞪口呆，哆哆嗦嗦。

最小的女孩子佐埃，她头一个从惊愕中清醒过来，跑过去扑到管家的怀抱里。管家把她举起来。她开始感激地狂吻管家的面颊。于是,除去梅拉妮娅和胡文纳尔之外,其他孩子被一时的热情所驱使,都扑到救命恩人的怀抱里,高兴地拥抱和亲吻着主厨、小厮、管家、贴身仆役,甚至包括那位长着耗子眼睛的小个子仆人,他们曾多次看见他安安静静地用他的那张小网去捞净水塘里的脏物。总之,这些人就是他们父母的传令官。

胡文纳尔和梅拉妮娅站在后面嘀嘀咕咕,这些扮演了救世主身份的仆人,他们想窃取什么特权?比方说,他们是来向自己发号施令的吗?作为主人的儿女,对这些命令,他们当然是不打算服从的。难道他们想打破主仆有别的那些必不可少的惯例吗?在父母到来之前,仆人们会随随便便像一家人似的对待他们吗?是的,是的,现在毫无疑问,他们亲爱的父母,在他们非常想了解详情的那个神奇地方,度过了他们理当享受的开心的一天之后,很快就要回来了。

管家把佐埃放在地上,从阿维拉尔多、科隆芭和阿格拉埃的拥抱中挣脱出来,他走到伫立在一边的这两个大点的孩子跟前,在他们面前,按家里的规矩,微微但长时间地鞠了一躬。他说了这样几句话:

"少爷小姐,我们来是保护和帮助你们的,我们的使命只是暂时的,要清洁环境和气氛,以便使老爷太太们能尽早地回到你们迷人的怀抱里。我们必须尽快地赶回别墅,赶在那里得知我们重新回到这块美丽的土地之前。如果我们不在那里开始建立秩序,那么,任何地方就不会有秩序了。要赶快。快上车吧!大家全都上车!我,主厨,还有其他各组仆人的头头都上前面的那一辆马车。"

胡文纳尔拽着他那件脏披风,挥舞着那顶破羽冠,朝管家走去,管家在阳光照耀下光彩熠熠,襟饰上的花边一点儿也没有损坏,他的白色长袜一尘不染。胡文纳尔对管家说:

"管家,你看,我们对你和你手下人的才干感到非常满意,等我们的父母一回来,我们就去对他们讲,也许你们会得到犒赏。不过,管家,我必须告诉你,无论如何,一个仆人,不管他的职位多高,都不能坐在头一辆马车上。"

"可是,少爷,这可不行……"

"不要再说了,"梅拉妮娅支持他,"管家,你完全明白,头一辆马车应该留给我母亲侯爵夫人……"

胡安·佩雷斯听到她这话,就和管家咬耳朵,管家弯下腰来听他讲话。听着听着,管家皱着的眉头渐渐松开了,然后,点头表示同意:

"听您的吩咐,不过您必须拿武器……"

其他孩子觉得这挺新鲜,已经开始去拿武器了。梅拉妮娅挑选了一把非常小巧的手枪,枪柄上嵌着螺钿。胡文纳尔选了一支极长的火绳枪,这使他开怀大笑,但是,在登上那豪华的马车之前他说:

"啊,我忘了,钥匙。"

他把手伸到饰有流苏的短裤的后兜里,摸出了一把钥匙,将它递给管家:

"这是地窖的钥匙,那里还装满了食品,可不是随便给什么人吃的,只给我们吃,懂吗?"

"懂了,少爷。"

于是,仆人们和孩子们全都上了车。管家先向"不朽的情人",然后又向"不忠实的侯爵夫人"伸出了手,帮他们在豪华马车上坐好。后面各辆马车上坐着其他堂兄弟表姐妹,他们也都和所有的仆人一样武装到牙齿,待管家终于发出命令,马车便向别墅驶去。

刚才我讲的这些,前后经过不到半小时,但是由于讲得非常详细,读者们可能会以为经历的时间更长一些。总而言之,我可以向我的读者们断言,在仆人们征伐玛鲁兰达的伟大业绩中,这只不过是无关紧要的序言,最好把它忘掉。现在我打算在以下的各个篇章里描写一番这一业绩。

2

读者们也许还记得,在那"美好的日子"里——正像胡文纳尔和梅拉妮娅由于如此怀念它而用悲伤的语调提起的那样——花园里连一棵茅草也不长,尽管栅栏之外,紧紧相傍的就是这种茅草的海洋。这是因为每当初夏,当本杜拉家族带着子女来到别墅、打开箱笼、制订如何度过夏天的方案时,就把大批仆人派到园子里去。他们以极高的效率,在一天之内,拔干净所有的野草,连一丁点儿也不剩下,这是因为,每到秋天,风暴扬起飞花,把草籽刮得到处都是,茅草便想用它们轻柔的羽冠探入月季花园、草坪、台阶和石槽的缝隙里。经过一天的劳动,园子里连一棵茅草也不剩下。第二天,仆人们便穿上各不相同的制服,开门启户,让老爷们来到已经除去茅草的花园里,连茅草的影子也看不到。可是一整个夏天,这个无声无息的工作从不停止,园丁们盯得紧紧的——除了有别的工作之外,这也是他们留在这里的原因之一——每当看到这下贱的野草刚一露头,就把它拔掉。

可现在,别墅里呈现出一种完全不同的景象,栅栏没有了,于是花园没有了界限,那里留下的只有所谓的栅栏门还上着锁,还有两根石柱上的链条,它们好像是飘浮在原野之中。原来是文明的花园的地方,现在都长满了茅草,满目皆是。现在茅草越发不可收拾地、奇迹般地生长着,长在小路,长在草坪,甚至长在已经变得残败的房屋的房檐屋瓦的缝隙里。所以,那幢老宅,从前是那么辉煌灿烂,现在倒像是翁伯特·罗贝特或是萨尔瓦托尔·罗沙①的油画中那树木掩映下壮美的废墟。但是,若再仔细看看,就可以看出花园已经变得面目全非了,倒不仅仅是由于茅草的入侵,而且还是由于从水塘里伸延出灌溉蔬菜用的一整套水渠。水塘早已不能用来点缀风景了,菜园取代了从前那些精美的石头建筑。一群群土著和孩子们正弯腰在地里干活,他们正提起一道闸门,让水流向需要灌溉的某个地方,有的则正在收获莴苣、覆盆子或是胡萝卜。

正在干活的人突然住手了,抬起头来。他们听到的从地平线上传来的轰鸣声是怎么回事?空中在轰响,震撼着大地,一种危险的感觉使他们束手无策。他们怔了一会儿,才扔下手中的工具,朝南平台跑去。人们从四面八方朝平台跑去,他们聚在一起,好像要防备什么紧急情况。上一章提过的那位拥抱着阿德利亚诺·戈马拉的大个子,他的名字叫弗朗西斯科·德·阿西斯,他不停地向不断涌来的乱哄哄的人群分发长矛,虽然直到此时还没有人听出来那吓人的声音到底是什么,但是,大家都认定,不管那是什么,总归是一种危险。阿德利亚诺曾提醒他们牢记这一点:尽管在他们中间存在不和、饥饿和内部的仇恨,但危险最终将来自外部,所以,他们每时每刻都要全身心地保卫自己,防备大人的进攻,因为大人们一准会坚持去夺回自认为属于他们的东西。几分钟以后,已经没有人怀疑这是马蹄声、叫喊声和射击声了,孩子们和土著居民聚集在平台上面面相觑。他们知道,再过一会儿,他们就不会是原来的模样了,事情也将不再依然如故了。尽管大家缺乏武器,仍然做好了准备。成群的本杜拉家人面

---

① 翁伯特·罗贝特(1733—1808),法国画家,擅长于风景绘画。萨尔瓦托尔·罗沙(1615—1673),意大利巴洛克画家。

色灰白,在他们那浅色眼睛面前晃动着武士们头盔上的红色羽冠,他们径直走到平台前,准备用长矛和生命捍卫这块土地。从陶制的塔楼顶传来阿德利亚诺·戈马拉的喊声,他从高处看到车队奔来,看到了它就是看到大家的,包括他自己的不幸结局。

"我们一直严阵以待的那些人来了,他们是来毁灭我们的。我从这里可以看到他们急匆匆地冲着我们奔来,骑着马,坐着马车,气势汹汹。我们不应当害怕,因为我们是强大的,我们相信自己有无可争辩的权利,正义在我们这一边。他们用火器进攻,我们用铁器自卫。这没关系,因为,总而言之,我想,我和你们中的许多人会牺牲生命。在他们屠杀我们的噩梦过后,历史将记载,正义属于我们,而我们播下的种子,经过一段时间定会发芽的。"

车队全速前进时,车辆发出尖厉的噪声,声音淹没了阿德利亚诺的最后几句话。车轮和马蹄践踏着花园小路,压碎了洋白菜、西瓜,踩坏了花坛里的杜鹃花和绣球花以及用孤挺花镶成的边沿,打翻了装得满满的一车车蓟菜。他们蹚过刚浇完水的湿地,飞快地驶向通往月季园的斜坡,冲进月季园,践踏着月季花丛,将那里夷为平地。在那喧嚣的马车上,有上百名仆人,可看上去就像有上千人,每位仆人都为自己的武器找到一名牺牲者,或是每射一枪就不知倒下哪位牺牲者。别墅的玻璃门窗、塔楼上的木制栅栏和屋瓦被子弹打得粉碎,弹跳起来。不知是什么东西,也许是窗帘吧,开始在屋子里燃烧起来,烟雾使聚集在南平台的人们什么也看不见。姑娘们哭着,却不撒开手里紧握着的长矛。科尔德利娅身后是她那对混血孪生兄弟,她把他们藏在一个大麻袋里面,她朝前走去,严阵以待,想加入站在最前列的武士之中,但是弗朗西斯科吻了她一下,拒绝了她。毛乌罗和组成阿德利亚诺私人卫队的那十个人一起走进别墅,从聚集在那里吓坏了的土著和孩子们中间走过,从乱七八糟、装着没确切数目的金子的裂了口子的麻袋中间走过,穿过罗盘门厅,那里杂乱无章地挂着搭在绳子上的一绺绺毛线,那湿漉漉的毛线还在滴落着颜料水。他们惊飞了鸡,从婴儿们身上跳过,径直走到烟雾缭绕的那座楼梯前。文塞斯劳手执一柄长矛,沿着楼梯的青铜扶栏滑下来。

"快逃吧,文塞斯劳,快藏起来!"

"不,尽管我与父亲有分歧,并且与你也有分歧,但我还是要和你们一道拼命。"他回答道,并没停止他的下滑运动。

"他们杀死你父亲的时候,也会杀死你,可是,只要他们找不着你,那就意味着你父亲的精神不死,因为你体现着他的思想。"

"尽管你很激动,可你还是过分理性了。你错了,我已经不再体现他的思想了。我只是体现着无思想可体现的失望。"文塞斯劳回答道,他仍未停止运动。他虽然常与这位表兄进行激烈争论,可此刻是最不宜争论的时刻。他也与自己的父亲争执过,那是当他看到父亲举起匕首朝他的喉头刺来之后,更不用说与胡文纳尔和梅拉妮娅以及他们那一伙人了,这帮人简直不屑于和他讲话,因为他们把他看作玛鲁兰达最危险的人物。总而言之,两位表兄弟进行这简短的对话所用的时间要比我这支拙笔写来的短些,他们都没有停住步子,只是在朝相反的方向走去时,略微放慢了一点速度。

用长矛武装起来的土著居民躲在南平台的栅栏后面,一行行排列开来。管家的马车在一丛丛月季后面,那是美洲丽人月季,是阿德莱依达的骄傲。管家从马车上下令开枪,这一回可不光是为了吓唬吓唬人,而是为了屠杀。仆人们从车顶上向土著居民瞄准射击,后者想用长矛进攻,但是他们被子弹射穿而倒下了。仆人们号叫着,从马车上跳下来,践踏着尸体,打死伤员。这是一群乌合之众,他们流窜着,打倒那些土著,土著们前仆后继,企图阻止敌人占据南平台。然而由于他们的武器不行,抵抗已属无济于事。那些保卫者已经无法斗争了,敌人用枪托打,用鞭子抽,把他们捆绑起来,使他们无能为力了。鲁贝尔托、西利洛、科斯梅、克拉莉莎、卡西米罗和阿玛代奥、胡斯蒂亚诺、阿拉米罗和克莱门特、莫尔伽娜、依波利多和阿维利诺、萝莎蒙达、科尔德利娅,还有,最后连文塞斯劳也算上,他们全都被抓起来,集中在平台的一个角落。与此同时,由仆人们组成的长枪队把土著们抓到另一个地方,以便把他们隔开。土著们消失在一大堆一大堆冒烟的东西和尸体边。胡安·佩雷斯从俘虏群中看到了文塞斯劳:

"您,文塞斯劳少爷……"他朝他喊。

"你想干什么?"

"您怎么没跟令尊在一起?"

文塞斯劳看了看他,没有回答:他太了解这位胡安·佩雷斯了,父亲没少防备他。阿德利亚诺宁愿不搭理他,尽管年复一年,这位仆人总是横在路上,想方设法让主人认出自己。可他只当不认识他,拒绝他那害人的献殷勤。文塞斯劳遵循父亲的忠告,他宁可缄口不言。看到他不吭声,胡安·佩雷斯喊道:

"阿伽庇托!你是我信赖的人,因为你是我的亲弟弟,由你来负责文塞斯劳少爷。他是孩子们中间最危险的一个,因为就是他,在鉴别,在思考,在批判。待战斗结束以后,我要亲自和他谈一谈。"

阿伽庇托·佩雷斯是个高大的小伙子,即使在火药味中,在呻吟声里,在烈火中,在枪声和轰鸣声中,他那张笑脸也从不变样,好像是即使在这种环境中,仍然不应当完全摈弃生活。他抓住文塞斯劳。

胡安·佩雷斯命令他道：

"把他带走，关起来，置上岗哨，你要对他负责。"

当阿伽庇托·佩雷斯带着文塞斯劳消失时，孩子们登上了南平台，因为我们已经看到，到了大房子里，仆人们就把他们放了，管家陪着他们，听胡文纳尔讲那没有成功的面具舞会的细节。与孩子们在一起的还有主厨，他正注意地听梅拉妮娅给他讲"侯爵夫人五点钟出门"的最新逸事，他已经把梅拉妮娅当作"不朽的情人"了；还有园丁头，他从"善良天使"那里接受使命；还有马夫头，他领来了胖乎乎的佐埃——由于她笑得要命，眼睛眯成一条线，都快看不见了，那嘴唇显得比平常更傻气——她正骑在马夫头的肩膀上。别的孩子跟在他们后头。他们全由仆人们看守着，听不到堂兄弟表姐妹互相打招呼。在发生了一件微不足道的小事过后，他们回到家里，总而言之，什么事情也没发生。要惩罚一下捣乱的人，然后把事情理顺一下，使一切依然如故……对，仆人们会把长矛栅栏重新竖立起来的，而他们呢？要打扮得整整齐齐，等待着仅仅在外面野游一天之后归来的父母，确实有些土著在冲突中受了苦，但这是他们咎由自取，况且，凡是土著，都可以互相取代，因此，这件事情本身并不重要。不必再伤感了吧，他们所受的苦，大概也超不过他们平时一贯的不满，过不了多久这就可以得到证实。

在摩尔式小会客厅里，刚从食人生番手中获救的孩子们精疲力竭地倒在被挖空了瓤子、非常肮脏的沙发上，但是还不等他们躺倒，管家便提议他们爬上楼到雅琴室去，说那里要好一些，说是在经历了被囚禁的大难之后，他们需要洗洗干净，要放松一下。主厨许诺他们说，他将亲自负责，使孩子们按照惯例吃得很好——他已经打发一批厨师下到地窖里，叫他们立即准备菜肴。当孩子们留在归他们享用的雅琴室里,等待着生活回归正轨时,将有大批仆人来照料他们,不让他们受一点委屈。于是,孩子们在四十个身穿一尘不染的制服的仆人的簇拥下,离开了摩尔式小客厅。

胡安·佩雷斯用心听着,准备去执行头头们的命令,他自己的怨愤效法着头头们的愠怒,看到天真的孩子们不道德的、腐败的劣习与混乱的秩序纠缠在一起的事实,他们感到恐惧:瓦莱利奥和德奥多拉,还有另外一两个人,他们完全赤裸着身子……家里的孩子们和土著的孩子们一道在水渠里洗澡;至于他们之间的关系已达到何种程度,直到现在还只能靠猜测,但可以肯定,是很肮脏的,而他们,作为家庭的保卫者,和平与繁荣的捍卫者,要从根本上担负起改革的责任,但是在他们坐下来制订一份重建计划之前——此时枪声和号叫声还不断传来——他们必须完成最重要的事情:

"胡安·佩雷斯……"管家吼道。

"在,先生!"

"即刻完成你的使命!"

胡安·佩雷斯领着他的三十名打手,他们佩有手枪和步枪,武装带上子弹满满的,由于要完成如此崇高的使命而感到骄傲,因此胸脯挺得高高的。他们离开摩尔式小客厅时,管家亲自为他们开门,如他多次做过的那样,手上还戴着白色手套。他叫这些武装好的仆人朝塔楼走去。而那里,那个家伙正等着他们,正是他腐蚀了纯洁的孩子们,这些孩子,若不是由于他的干扰,还会生活得很平静。都怪他,使这些天真无辜的孩子成了食人生番。

被追赶的土著居民在奔跑,从地窖到塔楼,整幢房屋被震得直颤,枪声大作,喊声四起,被打得粉碎的图画和雕塑倒下。俘虏被带到大厅,大厅里塞满了人,听到花园里枪毙人,他们就大声叫喊。疯狂的仆人带着对食人生番的玄秘的仇恨,用子弹扫射着任何一个不佩戴仆人标记的人。整座庄园烟雾弥漫,火药和鲜血污染了地毯,被子弹打伤的山羊从地毯上窜过。然而嘈杂声仍盖不过管家的大嗓门,他来到孩子们聚集的南平台,一小群仆人围着他们,一方面是为了保护孩子,另一方面又是在威胁着他们。他用手围成喇叭筒形,宣布道:

"这种混乱的局面不能继续下去了。受过训练的食人生番用矛头在这块土地上建立起他们的野蛮习俗。这场混乱的罪魁祸首是堂阿德利亚诺·戈马拉,我责成他向我们——秩序和这片土地的主人本杜拉家族的代表——投降。"

胡安·佩雷斯和他的那伙人指头扣着扳机。作为唯一的靶子,那位罪魁祸首的身影映在他们的视网膜上,他们缓缓地沿着大理石阶梯往上爬,这座楼梯沿着前厅的墙壁优雅地伸延开来。此时此刻,胡安·佩雷斯的名字是否能作为救世者载入史册,对他来说已经不那么重要了:他个人的怨恨与对上层人物的仇视汇合在一起,增加了他的狠毒,但他绝不会将二者混淆。他很清楚,若把事情说成一种思想上的交锋,那仅仅是本杜拉家族的人,为了获得他们担心已经失去的东西的一种聪明的赌博而已。这种虚伪无关紧要,重要的是那个白胡子的身影,他还活着。有一次,他通过塔楼门上的锁眼曾看到过他的形象,胡安·佩雷斯期待的是射出那颗子弹。他感到那颗子弹在枪管里悸动,直想蹿出来,钻进那颗心脏,待在那里不动,并且使那人也不能动。如果此时他充满信心地行动着,为任何事情都可以找到理由了,那么,说什么对付食人生番的这场玄妙的战争不过是一场骗局,又有何妨?

胡安·佩雷斯从下面看到阿德利亚诺·戈马拉出现在阶梯顶端，身后是毛乌罗以及他的私人卫队。怎么能同情这位长着白胡子的不灵验的圣徒呢？看看他那副样子吧：身穿撕破了的白色睡衣，头上戴着一顶土著武士的头盔，已经裂开了，手里握着一柄坏了的长矛。胡安·佩雷斯领着他那一伙人，非常缓慢地沿着楼梯往上爬，他们等待着，等待着，等靠近一点，再靠近一点，以免打不准。应当是他的，而不应当是别人的子弹，将这个人打倒。但是，越往上走，靠得越近，胡安·佩雷斯便从他的敌人脸上越来越清楚地看到一种可怕的神秘感。阿德利亚诺·戈马拉和他那一行人，手里擎着长矛朝前走着。他们面部的这种神秘感，只是对于具有人性的人才有意义，并由此而可以期望一种秩序。阿德利亚诺看也不看一眼胡安·佩雷斯，因此，对他来说，此人根本就不存在。阿德利亚诺·戈马拉仅仅是从任何思想意识上来说的道德和理智的代表，并且，要揭开他的画皮，谴责和摈弃他的卑鄙，因为他收买了贴身仆役的制服，同样他也将向任何出卖者去购买任何东西，而且他同样也可以出卖自己。啊，但愿阿德利亚诺·戈马拉倒下时发出一声叫喊，并能认出是他的子弹，如能喊一声"是你，胡安·佩雷斯……"，那将是胜利。但是他知道，他不会这样喊，这是不可能的。胡安·佩雷斯朝这个高大的身影举枪射击。

外面，院里，在整幢房屋里仍继续响着枪声。也许，胡安·佩雷斯并不是第一个面对面地朝阿德利亚诺·戈马拉开枪并把他打倒的人，因为他那伙人，正是在他们的头头举起手枪的那一瞬间开始射击的，而我刚才描写的那一瞬间，是他脑中产生的一种感觉。在毛乌罗的一声令下，阿德利亚诺的卫士们举起长矛朝他们刺去。阿德利亚诺·戈马拉的尸体布满了枪眼，他那白色的睡袍、白色的胡须和由于死亡而变成白色的眼睛上沾满了他自己的鲜血,他的尸体与别人的尸体一道朝楼梯下滚去,胡安·佩雷斯朝这个再也不能将他认出来,从而使他永远失去身份的人的尸体上一次又一次地射击。与此同时,他的手下人结果了毛乌罗和其他武士。他们全都血淋淋地堆积在那座青铜和大理石楼梯脚下,他们的鲜血与罗盘门厅地板上毛线团滴落下来的颜料水融在一起。

3

阿德利亚诺·戈马拉逝世的消息立即传遍了家里,孩子们和土著们的喊叫声变成了哀叹和哭泣,然而,他们的反抗仍未停止,尽管反抗已毫无用处,简直就像是自杀。他们遭到更加血腥的镇压,或用枪托打,或用鞭子抽,谁要是敢动一下,或是高声说话,就枪毙。那些仆人好像感觉到了阿德利亚诺·戈马拉的死亡远不是这次突袭的结束,这使他们不得不大搞阴谋,来保卫已经获得的成绩。在南平台上,看守孩子们的仆人们一心想亲眼看到那悲惨的结局,便放松了警惕。与此同时,孩子们和从别的地方来的仆人以及土著们混在一起,全都跑到门厅那四位头头在那里,正在观看着浸泡在鲜血和颜料水汇合而成的水泊之中的成堆的尸体。

已经听不见枪声了,只是不时从远处,从屋外,从花园尽头传来一两声枪击,也许是朝正向天边的蓝山逃跑的土著开枪。门厅里,人们全被极大的灾祸惊呆了,他们不再呻吟,一片寂静。但是寂静只经历了一秒钟,科尔德利娅,她正背着那对双胞胎站在头头们的身后,她的哀号是那样凄厉,好像耗尽了全身力量。她跌倒在地,从管家叉开的双腿中间把手伸过去,抚摸着阿德利亚诺姑父被鲜血染红的胡

须。直至此时,被科尔德利娅的哭声激发,其他人才放声哭泣和叫喊起来,哭喊声压倒了管家的吼叫声:

"安静!这里什么事情也没有发生!"

如果我正在讲述的这些是真的,而不是瞎编的话,那么,一些当时的见证人后来断定,那场震惊一开头是那么肃穆,同时又是那么凶险,所以,当时不仅仅是孩子们和土著们哭出了声,而且也加进了几位仆人的哭声,也许那是些最单纯或是最年轻的仆人吧。他们暗中钦佩阿德利亚诺,或许他们这些人还不大明白所面临的发生在玛鲁兰达的事情的实质是什么。

总而言之,待恢复宁静之后,主厨那胖嘟嘟、颤巍巍的脸蛋堆满了笑容,他弯下腰,扶科尔德利娅站起来。在他扶姑娘起来的同时,他那双粉嘟嘟的手抚摸着科尔德利娅金黄色的发辫,他那纽扣似的小眼睛寻觅着姑娘那绿色的悠长的目光,恳求她安静,一面继续抚摸着她说,没出什么事,事情总会有个解决办法的,并且,为了向她表明这一点,还拍着她的手。

"放开我,下流坯!"科尔德利娅冲他喊道,并冲着他的脸啐了一口。

主厨在擦去科尔德利娅带结核菌的痰渍的同时,差点给她一记耳光,但是当他扬起手时,他注意到她那双绿色的眼睛突然变得干涩了。那双眼睛注意到青铜楼梯顶端有一盏灯,她看到赤身裸体的文塞斯劳,他正要下楼。科尔德利娅喝住他:

"他们杀死了他。你快逃呀,快藏起来,现在他们就要杀死你了!"

一些孩子和土著,也就是那些还没有完全被吓呆的——我再重复一遍,也许还有个把仆人,以便使我的读者们明白,别以为我在谴责所有的仆人——都在冲他嚷,让他逃跑,仆人们还没反应过来,文塞斯劳已经明白存在的危险,他便消失了。管家为了恢复秩序,又吼起来,他叫人们去追文塞斯劳,要把他找到,无论如何要把他带回来,说若是缺少了文塞斯劳,他那恢复和平的使命就算不上十全十美地完成。因为这个孩子是反抗的幼芽的传播者,不久以前,同样的反抗的幼芽曾经鼓舞过他的父亲。

科尔德利娅利用短时间的混乱投入弗朗西斯科·德·阿西斯的怀抱。管家下令,叫人们去追捕文塞斯劳,他很快就会落入他们的手心,因为他毕竟是个小孩子,然后,另外几位职位较高的仆人把科尔德利娅团团围住。这时,管家按照本杜拉家族的规矩,轻轻地但长时间地低下头,对这位姑娘说:

"鄙人不得不恳求小姐,您的举止应更端庄些,离开这位食人生番的怀抱。总而言之,小姐您是堂昂塞尔莫的长女,令尊是位圣者,您母亲堂娜欧拉利娅是位贤淑的贵夫人。您应当明白,我们的使命首先是解救你们。如果有时候你们觉得我们权威的手有些太狠了,那也只是为了共同的利益。为秩序的重建,鄙人奉劝你们与我们合作,也就是与老爷太太们合作。在这庄严的时刻,我想恳求你们提供给我们有价值的援助,那就是把文塞斯劳最可能藏身的地方指点给我们。我可以断定,这个藏身之处,是堂阿德利亚诺事先设置好的,不仅您知道在哪儿,昨天我们不在的时候,所有待在别墅里的人都知道是在什么地方。如果您不屑于告诉我,那么我自然会去问大家,一个一个地去问孩子们和土著居民,一个也不放过,直到找到文塞斯劳少爷为止,他淘气得出了圈儿。"

科尔德利娅又啐了管家一口,但他却不动声色,那副表情,就好像他是块石头似的,一点儿也没变样,也没有做出要擦痰渍的样子,只是等待着科尔德利娅的回答，但是她没有回答。一分钟过后，管家命令他的一名卫士道：

"把她从那肮脏的食人生番的怀抱里拉出来。您，主厨先生，您负责看住她。把那个食人生番带过来……"

一小队人好不容易才摁住武士弗朗西斯科·德·阿西斯，把他拉到前头来。管家从那双直盯着他的清澈见底的黑眼睛里看得明明白白，站在自己面前的这个人，个子和自己一样高，但是也许比他更强健有力。此人明白自己代表着所有和自己一样的人：他的形象平静而雄健，他身上体现着历史，具有象征性的、纯粹的意义。他象征着整整一年的尝试，绝不会由于他和其他人牺牲了，这一尝试就会失败，而他的牺牲将保护文塞斯劳。如果文塞斯劳能逃出去，就将为他以及他的伙伴们自古以来就要求的正义找到另一种不同的形式，也许是一种未曾见识过的形式。

仆役们解下他那饰有红色茅草的头盔和胸前挎着的、用来系住花色斑驳的披肩的皮带，使他胸前黑黝黝的肌肉露了出来。管家向他询问文塞斯劳的行踪。科尔德利娅绿色的眼睛里流露出一丝绝望的神情，这被管家看到了。这个姑娘从身躯到灵魂都已经堕落了，因此无法战胜他，谁也不能战胜他。难道她就没从哪位看到过那件事情的人的嘴里听说过吗？为了抛弃真实时间而让随心所欲的时间生效，埃尔莫海内斯·本杜拉采用的不过是一种极简单的办法：扔掉卡西尔达与法比奥的洋娃娃——私生子，从而摧垮他们的意志。管家总是渴望在各方面都效法老爷，老爷们都这么做了，那么他怎么就不可以这样做呢？科尔德利娅像个土著女人那样，背上背着那对双胞胎。他把那对孩子夺过来，一面抱在怀里摇晃着，一面说：

"多好看的洋娃娃呀，科尔德利娅小姐。可是您不觉得您还玩洋娃娃,是不是太大了些,已经不合适了？总而言之,别墅里都在传,您以为这是您和弗朗西斯科·德·阿西斯养下的孩子呢。这是不可能的。我有两条理由可以让您明白:首先,您要知道,在您父母出门的一天时间里是不能完成受孕和分娩的……科尔德利娅小姐,必须接受这一事实,那就是我们出门才一天。您怎么不回答呀？您怎么闭口不言语呀？也许您生病了吧？要知道,您父母是不许您这样做的。"

他停顿了一小会儿,再接着说下去,科尔德利娅还是没说话:

"那就这样吧。其次,这是不可能的。因为显而易见,爱情是这个家族最崇高的理想。整个社会道德和财产的结构是基于爱情之上的。在一位很有尊严、很有教养的小姐与一位龌龊的食人生番之间,是不可能存在着爱情的……"

科尔德利娅拒不回答,但她那绿色眼睛中却聚集着越烧越旺的怒火。管家便不再摇晃那一对双胞胎婴儿,把他们扔给仆从,仆从们抱着孩子走了。管家大吼起来:

"告诉我文塞斯劳这个无赖在什么地方！"

但是科尔德利娅又啐了他一口。

头头们和仆从们的怒气朝科尔德利娅发泄:他们骂她是婊子,是堕落的女人,痨病鬼,是文塞斯劳这号强盗的包庇者,是女食人生番,说他们已经让人把她的儿子抢走了,此刻孩子们大概已经和别的尸体一道在水渠里漂着呢。他们说她是个没有心肝的母亲,说由于阿德利亚诺毫无道德,在他的影响下所有的姑娘都成了婊子,品德上全都有问题,个个身上肮脏腐败,男孩子则个个都是杀人凶手,是同性恋,全都轻信,个个是白痴、强盗……至于土著居民,就更不用提了……

"胡安·佩雷斯!"管家最后吼道。

"听您吩咐,先生!"后者叫道。他走出来,依附在这个坏人们的特殊之神的麾下,以便使管家先生的怒气集中在科尔德利娅的身上而不要朝他身上转移,怪罪他放跑了文塞斯劳。他干了件傻事,他为了提高自己家庭的地位,在时机成熟之前就把文塞斯劳这个家伙交给他兄弟阿伽庇托,让他去看牢此人。

"拿一把吉他来。"管家吩咐。

科尔德利娅对主厨激动的拥抱无动于衷,她往后退,身子缩得更紧,与此同时管家说:

"美满结合的恋人,相互教会许多东西,是吗?科尔德利娅小姐,如果我没记错的话,您的歌唱得很好,那些歌美极了。那时候我们仆人,除了在近处,是没有权利听您唱歌的。我敢肯定,您一定教了一首歌给弗朗西斯科·德·阿西斯,对吗?胡安·佩雷斯,你把吉他递给弗朗西斯科·德·阿西斯……"

这位大个子接过吉他,亲切地拦腰抱住,好像那是一个人的身体。琴弦轻轻发出乐音,然后,抵在胸前又沉默了。罗盘门厅与大理石楼梯之间挤满了人,但是没有人动弹,全都屏住呼吸,只是时不时地听到一滴颜料水,红的、黄的或绿的,滴落在水坑中。弗朗西斯科·德·阿西斯仍然拦腰抱住吉他,一言不发。

"胡安·佩雷斯,我命令你叫他开口唱!"

胡安·佩雷斯夺过吉他,把大个子拽到楼梯下,他把弗朗西斯科·德·阿西斯的双手掰开,按在螺旋形楼梯扶手末端的青铜饰件上面。

"你倒是唱不唱?"胡安·佩雷斯模仿着管家吼叫时的蛤蟆嗓子问道。

弗朗西斯科·德·阿西斯依然缄默,他成了大家注视的中心,他傲气凛然,不屑于回答。胡安·佩雷斯显然感到此人是那样蔑视自己,于是一下又一下地用手枪枪柄敲着他的指关节,直至听到骨头咔咔作响,他吼道:

"揍死你!揍死你,揍死你!你这食人生番,强盗,你这堕落的人!揍死你,揍死你……哪怕我把你全身的骨头都敲碎了,你也得给我们弹吉他,因为我们赢了……揍死你,揍死你,谁叫你抚摸科尔德利娅小姐的身子……"

他的潜台词是,你可以去抚摸她的身子,而我的手却不配,因为我的手不会抚摸。弗朗西斯科面色苍白,与其说是由于疼痛,还不如说是由于恐惧。他浑身肌肉绷得紧紧的,闪烁着光芒,就像是一副打磨光亮的甲胄,也好像一尊帝王的塑像。他尽自己的能力这样保护自己,抵御着肉体的痛苦,因为这种痛苦压倒了其他痛苦,保护着他,使他不受其他痛苦的伤害,但是,透过这种疼痛,他仍听到了科尔德利娅的话:

"可别让他们杀死你呀……"

土著居民,也许是孩子们吧,他们说:

"你唱吧,免得他们杀死你。"

"我们需要你呀……"

沉积的痛苦终于爆发成激情,于是,他用那残破的双手,尽力拿起吉他,那毫无生气的手指头仅仅能拨动一两根琴弦,然而,他的歌喉高亢、嘹亮、无比坚强,好像在表明某种仆人们不能理解的东西,可是仆人们听上去觉得是那么猛烈,那么具有颠覆性,闻所未闻。这是坚不可摧的反抗精神,一时间,连他们都有些动摇了,也许这是他们,是家长们,是任何人都无法战胜的。

爱情的欢乐

是那么短暂,

爱情的忧伤

却终生难忘……

这时候,一扇门打开了,那是通往雅琴室的楼梯的门。大家都以为是动人的歌声把文塞斯劳召唤来了,可那只是身穿室内便装的和蔼可亲的梅拉妮娅,她的头发有点蓬乱,手里捏着一方洒了点花露水的小手绢。她用小手绢抵着太阳穴,朝扶梯俯下身来,说:

"科尔德利娅,我亲爱的,我求你唱你那美妙的歌时,声音放低一点儿,因为侯爵夫人和我回庄园以后,我的头实在疼得厉害……"

梅拉妮娅见到管家做了个手势,卫士们便把弗朗西斯科·德·阿西斯拖出去判处死刑。此时,为了表示自己有多么不舒服,她咳嗽了一声,坚持道:

"科尔德利娅……你怎么不回答呀?"

她消失在中国式小客厅之前,无所谓地耸了耸肩膀,轻声嘱咐不要惊醒了侯爵夫人,因为夫人的耳朵很灵:

"总而言之,你这个缺乏教养的姑娘,竟然不回答我!对于我的某几位表姐妹的行为,最好是视而不见……"

当她关上身后的门时,管家的吼声又在门厅响起,好像所有的风暴终于爆发了:

"大家都去抓他,就像抓一头野兽似的,去抓文塞斯劳,因为他就是一头野兽。胡安·佩雷斯,你可别让他跑了,不管是死是活,你必须给我把他抓回来,否则我就要你的脑袋。你爱怎么做就怎么做,你要不择手段,因为不择手段是我们唯一的力量。这些孩子和土著,没一个例外,他们都可能知道堂阿德利亚诺·戈马拉的儿子文塞斯劳的行踪……"

仆人们用手枪和步枪瞄着孩子们和土著们,后者两手举得高高的,他们步出罗盘门厅。头头们从堆在地上余温尚存的尸体上跳过去,一面上楼梯,一面议论着这一天的事情。他们轻轻敲着房门,生怕打扰了正在打瞌睡的侯爵夫人和抱怨偏头疼的梅拉妮娅。管家低声说:

"有几句话,鄙人禀报您,我们必须在某些事情上取得完全一致……"

第十章　管　家

1

在这一章开始之前,我愿恳求我的读者们想象一下一座充满荒凉和死亡的舞台的情景:在燃烧着的泥泞的花园里,只听到喊叫声、追赶声和射击声,不知姓名的土著的尸体漂浮在水塘里。家里的孩子们挨了打,受了伤,他们从一个房间逃到另一个房间,最后躲进图书室,阿拉维拉在图书室里试图使他们镇静下来,向他们担保说,由于他们的身份,尽管一开头,由于不经意,有人对他们犯下践踏权利的罪行,但仆人们终归是不敢碰他们的。阿拉维拉清楚地知道,他们不仅仅为自己的生命担忧,也并非由于他们被打得紫红铁青,连骨头都碎了,因此疼痛难忍,他们难过是由于烟熏火燎和流泪而受到损伤的眼睛,透过图书室的窗户,看到土著居民一排排地被枪弹击中倒地,与此同时他们看到一个身着苋草花纹制服的狂徒的身影,他一边叫喊一边奔跑着,下达命令,指挥枪决,抽打着表示反抗的人,他那粗俗的蛤蟆嗓子震得玻璃都在颤动,他下令把最危险的土著带到大房子里面。他是胡安·佩雷斯,阿拉维拉已经认出他来了。经过那最

初的报复行动之后,在那么多最低级的仆役之中,怎么能认不出他的嘴脸来呢?阿拉维拉对他们解释道:

"不幸的是,我们中间不止一个人不得不在近前看到他,而且我们永远也忘不了他的这副嘴脸,这个戴着徽章的坏蛋,当他因肚子里的坏水而毁灭时,哪怕把他烧成灰,我们也能认出他来。"

阿拉维拉每一个文雅的音节都压得很低,这是由于害怕受到压制:这并非出于她的本意,而这样表现是很必要的。恐怖的寂静和火药味包围着几乎成为废墟的庄园,看样子在那里很难重建起那被仆人们称为"堂阿德利亚诺精神遗产"的什么制度,而孩子们低声议论着的是首先确立的那监视制度,是"管家的野蛮制度"。打刚一开始骚动后,管家就在叫喊:

"这里什么事情也没发生,生活依然如故。"

如果读者们相信我所描绘的这一切,便可以判断这一道命令有多么荒谬。这一年来发生了那么多的事情,他们的胜利,他们那无法开脱的愚笨行为,还有种种痛苦、受到突袭的屈辱,这一切,在所有人的心目中,不论是孩子或是土著居民的心目中,都种下了积怨,他们不容许这一切再次发生。因此,本杜拉家族的后裔们目前只能表示顺从。好像今年夏天与以前的各个夏天都一样,他们保持一种回顾的姿态——但是现在只是一种空谈的姿态,如同演员们处于启幕前的那一时刻——他们在花房或是在花园里吟一本诗集,或是在茉莉凉棚下编一只花环。可是他们的眼睛并不是在看一行行的诗,他们的鼻子也没有闻茉莉花香。好几个星期以来,他们闻到的都是月季园中五颜六色的花瓣焚烧时发出的刺鼻气味——好像是烧焦的人肉味一样。家里破碎的玻璃沾满了烟垢,由于从花园深处传来处决的子弹声而抖动着,沙发椅上露出鬃毛和弹簧,饰有两耳细颈瓶子的栏杆也被砸坏,布满粗犷花雕的墙壁渐次剥落,孔雀的残骸在阳光烤热的小台阶上腐烂。在这种情况下,他们怎么还看得进书,闻得见茉莉花香呢?孩子们是不看这一切的,也许我这样说更清楚一些,他们看与不看,与任何人无关,但是他们不应当看,更不应当议论。他们知道,抬起头来是危险的,当一队仆役用枪筒威逼着一列土著走过时,路易斯·贡萨伽或胡安娜·阿尔科恳求他们的朋友莫尔伽娜搭救他们,后者只敢把腿收拢,以免那可怜的人在被带去遭罪、遭枪毙或被放逐时,绊倒在她腿上。

故事讲到这里,我必须打住,以便纠正一下上面所说过的:对于所有的堂兄弟表姐妹来说,这次突袭并不是有意的,也绝非出于积怨,并且也不一致认为失败者的形象是那么难堪的。另有一群人,他们人数不多,这倒属实,他们从不离开雅琴室,也不下来到花园里走走,而宁可待在楼上享用他们重新获得的傲慢。不难猜出,我所说的就是梅拉妮娅、胡文纳尔那特殊的一群,这群人已经习惯于玩弄那编造的游戏,不必费力便可重新装成那种样子。正如我们所看到的那样,仆人们刚刚获得胜利,便企图以友好的方式进入中国式小客厅,以便与家里刚刚得到解救的孩子们谈话,他们作为侵入虚幻禁地的传令官受到接待。梅拉妮娅说她害了偏头痛,躺在长沙发上,胡文纳尔也坐在那长沙发上,伸出一条胳膊,手指头神气活现地竖着,用指责的腔调,禁止他们迈进门槛:

"就你们这副模样也敢进来?你们配吗?出去!该干什么就去干什么。要命的是我们回来都两个钟头了,趁我们父母不在家的一天,由食人生番造成的秩序混乱,到现在也得不到恢复,这纯粹是由于疏忽大意!如果你们不想交一大笔罚款,就必须赶快收拾这些房间,使得侯爵夫人和像她一样有着纯洁的心灵和敏感的灵魂的人,能舒适地生活在这些房间里。是他们勇敢地抵制了野蛮势力和他们非分的妄想，在我们这种享有特权的人居住的范围之内，你们还要将这些闯入者曾经来过的一切痕迹都清除干净。"

头头们被胡文纳尔所说的这些一点也不错的话镇住了，他们退了下去，中国式小客厅的门又关上了，他们没能再进去。他们从楼梯顶端发号施令，把仍然留在罗盘门厅的熙熙攘攘的人群分为油漆匠、石膏匠、织毯匠和绣花匠，叫他们飞速修复了雅琴室。此后就好像有人给整幢房子拉上了一道厚厚的帷幕：于是，曾经被上百户人家占据过的这块地方的一切旧痕迹都消失了，现在只住着一家人，虚幻的故事又可以在其相应的布景中展开。

其实，由于过分匆忙，没有任何事物恢复得和从前一样：毯子上织补的花纹显得粗糙，支撑着托座的女像柱还是湿漉漉的，以至于胸部的石膏，看上去显得那么肆无忌惮，模具也塑得太不精细了；宫廷画像上珍珠的光泽也显得似是而非。总而言之，谁又会注意这些细节呢？这样做是经过大家同意的，也是危险的，而这个大家的人数与以前相比，是少多了。一股股胶水味、松脂味、清油味、石蜡味，虽然呛鼻子，但至少还有一点儿好处，那就是掩盖了由于在走廊尽头开枪而不断增加的火药气味。经过几小时紧张的工作，雅琴室壁毯上摘下头罩的隼鹰又可以警觉地瞪着眼珠子，观看着那支隼鹰狩猎队的每一细节。现在雅琴室已经准备好了，可以接待孩子们了，他们与其父辈一样，犯不着去承认一些人以及异常局势的存在，更不用说容忍这种存在了。

管家被胡文纳尔赶出雅琴室之后，便选中了特伦西奥的小房间当作自己的私人营房，雕刻在橡木镶板上的马术图精美华贵，有皮制扶手的安乐椅吸引人坐上去,它迎接身上散发出优质烟草芬芳的男士。

"这很带英国风味。"管家曾听本杜拉家的人议论过。

为了给自己的选择找出理由,他又对胡安·佩雷斯这样说。

他对这个小房间的眷恋,不光是由于它位于大宅的尽头,因此在突袭中安然无恙,还由于自打管家进入本杜拉家族为之效劳以来,便很敬仰特伦西奥,把他当作那种人中间最完美的楷模。倒不是由于他的皮靴总是擦得锃亮,也并非由于他递香烟时那手腕的姿势——这类矫揉造作的风格,不管怎么说,都是本杜拉家族的人的装饰品——倒是由于,他与本杜拉家中那些文化素养更高的人不一样,特伦西奥的举止是个整体,而不是一种装饰品。他有令人着迷的自信心:凡与他不一样的人定然是个即将进行百人祭的食人生番。他教会仆人们使用武器,只不过要在他的监督之下。对死亡这一题材日复一复的演习,使管家对这一课目早已融会贯通。

胡安·佩雷斯则不同,他不需要吸收任何别人的东西,因为他的积怨早在任何想法产生之前就存在了。他俯身在阳台的青铜扶手上,那扶手已经用一块鹿皮和一种发臭的液体擦得锃亮。他观看着映照在打开的窗户玻璃上的晚霞,还有管家那紫红色的身影——他正在特伦西奥的房间里踱步,想模仿那位老爷的风姿。老爷身材修长,像个年轻人,身子略微往后弯,有如一把马刀,而管家的这番努力充其量只不过是一种荒唐可笑的举止。一心想效仿别人的人就是这样荒唐可笑,他不明白自己的那股仇恨将具有多大的创造力。他胳膊的顶端晃动着的是像石头一样的巨大双手,戴着白色手套,手的摇摆不能与被胫骨支撑着的身子的动作协调一致,那双腿还不能完全撑满丝袜。胡安·佩雷斯的目光仍注视着自己的工作,他看了看草坪，现在草坪上满是干泥巴，由于缺乏照料，草坪变成了灰色。管家打算恢复它原有的特色，使其成为玩槌球游戏的场地，形成传统的环境。然而这一计划是被怀旧之情激发起来的，胡安·佩雷斯排斥这种怀旧之情，因为这只会让人去恢复，去赎回，去仿制，去重复，却从不敢冒险进行带有自主精神的创造。他则不然，不论是屋宇里或是花园里的任何东西都难以激发他去想象某种饶有兴味的目标：它们只不过是药物病原学的元素，需要他的激情以足够的强度发挥作用，以便他最终能认识它们的面孔。他以孤独者的高傲在思忖：这一幢房屋，那些楼梯，以及那里的人，都没能扭转他的快感缺失，也没能使他的内心确定下什么，就像那座花园无法确定其界限一样，如今，那界限已不复存在了。在那边，在楼下，他远远望见有几群仆人，正在遵照园丁头的吩咐寻找长矛，看它们散落在什么地方，并拾起死去的武士遗弃的长矛；他们这样做正是按照管家的命令，要重新竖起栅栏，以便确定这片地产的界限。可是胡安·佩雷斯——擦完扶手后他关上了窗户，此刻正用一柄小鸡毛掸子掸着那架有钟摆的钟——还知道另一件事情：此刻，在栅栏建立起来之前并不存在什么可怕的事情，只是栅栏的竖立才表明将会发生可怕的事情，那么这样将意味着对现今状况的一种尚不十分明确的看法，这是因为，重建的秩序绝不能成为真正的秩序，而仅仅是另一秩序的仿制品而已，在时间上总有先后，与现状不相吻合。无法向那头乔装打扮的蠢猪去解释：这是一种现在与过去、好与坏、你与我之间的界限，它通常是用一种看上去远不如打矛头用的铁那么结实的材料制成的。实际上，要"百分之百地"按原样重修栅栏——此处我援引管家的话——就像老爷们出门之前一个样，但是，由于管家的手下人，为了反复强调他们的权力而大量地浪费弹药，在很短的时间内，将出现武器匮乏。总而言之,胡安·佩雷斯和他的那群死党已经确定了一项计划,那就是要暗中积攒下长矛,用这些来圈出一块更小的场地,并且以多余的长矛为武器。可是,用武器来对付什么呢?来对付谁呢?这没什么关系,胡安·佩雷斯这样想:必须以武装斗争的方式来提出一切问题。他一面收好小鸡毛掸子,把手指头上臭烘烘的污斑清洗干净,一面望着管家。管家在特伦西奥的写字台前坐下来,他那大块头把那轻巧的椅子压弯了,使其富有装饰性的雅趣丧失殆尽。那么,就和他作对吧。不,不能和他作对,反对任何人都行,就是不能反对他,对这一点,胡安·佩雷斯是很清楚的,此人的本质是可以取代的。应当对付的是那些邪恶的孩子的反抗,是下属们可能的反叛,是从内部窥测着一切的食人生番,还要对付老爷们,是的,要对付一切,就是不能反对这个人。因为,若不是这个人,这位瘦骨伶仃,而且,由于知道自己瘦骨伶仃而怨天尤人的胡安·佩雷斯的一切,他的"自我"就会受到被毁灭的威胁。除他存在之外的一切将成为危险的一部分,而这个危险,从他的身体外便已经开始,从他那热乎乎、汗涔涔的破衬衫里就已经开始;因此,宇宙的问题应当以何种方式提出,唯一的方式就是暴力。他可不同于管家,管家过分地心满意足了,而他,却必须找到危险的根子本身,或更有甚者,为了不成为危险的牺牲品,而把自己变成危险。

可危险呢,当然并不在这幢别墅里也不在花园里,因为他的人,已经一寸一寸地把这里搜了个遍。点灯以后,玻璃窗便关上了,透过玻璃窗,可以看到被晚霞染红的茅草花穗,在那花穗中间有两个不同的人在逃跑,由于他们与他不同,才构成最大的危险。果真是他们在逃跑吗?或者这仅仅是自己的胡思乱想?也许他们已经死了,认不出来了,在突袭一开始,偶然间被人随随便便地打死了,成了牺牲品?

难道他们两人,由于一种未曾体验过的忠诚的快乐而结成了同盟?也许他们由于共同劳动而具有同一种想法,而现在这种思想的毒素,还会像该死的布道者一样,在全世界散播开来?根据这种异端邪说,主人和仆从可以平起平坐吗?这种平等的可能犹如恐惧的弹簧,支撑着胡安·佩雷斯黎明即起,精神抖擞地骑马飞奔,跑遍原野,他下定决心去干任何事情,甚至去点燃茅草,让燎原的烈火把外部世界烧得干干净净,一直烧到天尽头。他和他的死党肆无忌惮,武装到牙齿,他们钻进这片无止境的茅草的海洋。这伙子——请允许我说到他们时采用这个词——除了他们的歹心,就没有任何方向目标了,有他们的歹心的指点,他们迟早会在这一望无际的原野的某一点找到那两个恶棍的。

原野已进入成熟时期,蓬松的草穗已经开始喷吐出飞花来。如果这个夏天和往常一样,那么,也许要不了几天,特伦西奥将在夜晚时分的槌球游戏场站定,将从他那黑色领带上取下第一朵飞花,它那极其细小的浅褐色的丝绒般的触手粘在领带上,特伦西奥会用他那纤巧的指甲,把飞花弹向天空,喊道:

"露德米拉,我的妻子,你看哪! 一朵飞花,就像一颗小小的星,这是一种极纤细的钩子,能附在任何东西上面。我们的大自然母亲是多么奇异呀! 我们可以设想,一两个星期内,这小小的东西就会有千千万万,会像云彩一样,笼罩住一切。可是我们的大自然母亲,她是我们的妈妈,并不是所有人的母亲,因为她属于我们家族,把我们当作自己偏爱的孩子。她以这第一朵飞花向我们发出预告:是时候了,该打点箱子返回首都了。这正是表示你是好妻子的证明。你懂得怎样笑眯眯地去尽自己的职责,因此,我恳求你负责这件事情,因为作为一名妻子,其主要职责就是管理家庭琐事,别叫丈夫为这些事分心,而去专心致志地干更加重要的事情。总而言之,如果不想让这些飞花憋死的话,顶多还有两个星期,我们就必须出发了。因此,别耽误时间了,干活吧。"

在我说此话时,还没有一朵自然扬起的飞花,可是当胡安·佩雷斯一个人,或是带着他的那一伙子在茅草丛中驰骋时,茅草被震得脱粒,被踏碎,扬起一团团飞花组成的云雾,就像是一溜银白色的烟柱,人们从远处看到这白色的云雾,就知道那群阴险的骑手践踏到了什么地方。土著们在枪口的威逼下不得不留在村子里干农活,以提供别墅里的需要。他们明白,若是看到白云飘近,那就预示着胡安·佩雷斯那伙子和他们的屠杀近在眼前,当这一伙子奔到村头的几所房前,没有几位土著能幸免于他们恶声恶气的咒骂和凶狠的鞭挞:因为这伙子很窝囊,时间一天天过去,他们还没找到阿伽庇托和文塞斯劳,便把怒气朝任何人发泄。离村子没几步远搭起一间房屋,这里关满了叫不上姓名的土著,也有个把反叛的孩子或仆人。但主要还是土著,因为这是个会搞阴谋诡计的食人生番的种族,他们好像构成了一张网来帮助那两个坏家伙逃跑,搭救他们。胡安·佩雷斯手执皮鞭,腰里别着手枪,身上镶着一层厚厚的飞花的云彩。他飞快地奔驰着,好像被一层层大大的、由大变小的同心圆包围着。他终于落到不幸的地步:当他看到那白色的云团靠近时,他只能蹲在茅草丛后面,听天由命了,他的身体被像喷泉状喷出的有如利剑般的茅草划出口子,在流着血。有一点对土著是十分有利的:从他们的祖祖辈辈起,就琢磨出一套如何在原野上动物来来往往的路途上捕获它们的办法。由于他们缺乏长距离的武器,就发展了复杂的圈套系统——用茅草编成网,制成伪装物,覆盖在陷阱上,在上面撒上一层土,受骗的鹿或野猪一踩下去就掉下来。他们号叫着向那里奔去,打那些野兽。

在别墅和在天气晴朗的日子里显现在地平线上的那座蓝山山脉之间,到处都摆开了这种陷阱,凡不属于本族的人,就不熟悉其布局,因此胡安·佩雷斯和他那伙子的搜寻进展更慢了,他们只敢徒步走过这一地段。在这些洞穴中的某一个里,窝藏着某个逃亡者,他正等待着白云远去,以便继续逃跑,他们都快饿死了。他们从一个洞穴钻进另一个洞穴。他们习惯于根据星辰的运转来识别方向,还知道为数不多的饮水渠在什么地方。靠着夜色的庇护,避开那些负责监视恢复矿山生产的仆人的枪口,为数不多的一些人终于来到了蓝山,到了蓝山的另一面坡,本杜拉家族和他们仆人的权限便失效了,或者说,就显得滑稽可笑了。

下午,审问过食人生番——他们拒不承认自己与那可怕的帮伙结成联盟,而后,胡安·佩雷斯洗了洗手,洗了洗脸。他对向别墅里的人拍马屁不屑一顾。在他下榻的那所茅屋里,他脚登薄底软鞋和丝袜,身着曼京布裤,穿有纱织花边襟饰的制服,由于他只是一名最底层的仆役,制服上的苋草花纹很简单,只是在边缘加了一小道金边。他爬上由一名仆人驾驭的马车,挥舞着仆人用的鸡毛掸子,走过从村子到别墅之间的那一段路程。当他与那些代表着玛鲁兰达稳定的勤劳仆人待在一起时,他隐约看到他们正在经历的有一定道理的不安全感。是的,若是减少征服食人生番的玄妙性,将会很危险,好像这种性质的征伐从来就没有使他们完全信服,有时看到他们仅仅由于内心有些怀疑便显得萎靡不振,那不过是因为他们害怕受骗而已。夜晚,不站岗的人聚在地窖里,地窖被幽灵般的苔藓盖严,苔藓从洞口倒挂下来,好像是幻境中的横幕,洞里光线暗淡,因为蜡烛开始短缺。仆役们、小厮们、园丁们吵吵嚷嚷打打闹闹,正在玩牌。他们并不梦想以一打银质托盘来赌输赢,而只是用现在拥有的这个梦境的一部分,拿出一两件刚刚抢到手的真正货色来赌博。胡安·佩雷斯保持缄默,不动声色,没有去训斥他们,然而他要到管家那里去告发,让那一伙人一齐受到正式的责罚。有时候他和这伙人分食提供给他们的令人恶心的饭菜,以便省下点美味佳肴,供住在雅琴室的人享用,以免他们由于食品匮乏而丧失信心。他听着仆人们聊天、打呼噜、发牢骚,人们互相打听:风闻本杜拉家族的人要带来一批新仆人和一名新管家以取代他们。如果确有其事,那就必须和新来的人进行斗争,因为主人们会想方设法只付给他们不在的那一天的老工资,而不像应当的那样,付他们一整年的工资。这个居心不良的消息使得仆人中的一部分变得一天比一天难管,他们开始变得难以控制了。利用这一假设的危险,胡安·佩雷斯已经降服了园丁头,他比别的头头年纪都大些,而且只差一点儿就要从他那劳累的职位上退休了。莉迪娅的到来,对他来说,不仅意味着他一年的工钱被赖掉,而且,更重要的是,这一年将被剥夺,因为本杜拉家族不承认这一年,这就会使他朝思暮想的退休,再往后拖延一年。

胡安·佩雷斯正在擦亮特伦西奥房间阳台上的铜栏杆,他一面埋头干活,一面用"是"或"不是"来回答管家向他提出的问题。他向管家提供一些小小资料,一些表面看来无足轻重的猜想,但结果却说服了管家,使他自己得出结论,认为这个危险的传闻,是那些没有特权住雅琴室里的孩子散布出来的,因此,对这些孩子必须严加防范,从重责罚:他为这件事保留了白皮书。那么,我的读者们难免要问,这是为了什么目的?他的目的不难猜出。这些谣传的根子,毫无疑问,来自文塞斯劳,他承袭的食人生番的传统仍然滞留在这幢屋宇之中……是的,是的,他曾听到文塞斯劳在铺着地毯的过道里奔跑的声音,还有他那无耻的笑声在花园里响起。他也看到堂兄弟表姐妹们的嘴唇在无声地呼唤着他的名字,八成还和阿伽庇托的名字连在一起,由于哑谜本身就是构成着魔的因素,因此,就越看越像,越听越像。对,就是他们,通过尚未被人发现的通道,把这种带有破坏性的谣言传到别墅里。他一定要截断这条通道,不仅要把罪犯抓到手,而且,为了与文塞斯劳的形象抗衡,他要散布自己的黑色传言,那么传言就会掩盖自己的面孔和身世,因为谁也不能将他辨认出来,他只不过是众多的仆役中的一员而已。

2

这只眼睛,胡安·佩雷斯自语道——他把画笔漫进光闪闪的浅绿色的油漆中,在猎狗的瞳仁上画了个焦点,他用这猎狗的爪子把门推开一条缝,把头探进大厅里——将是我的眼睛。它将观察这里的一切;当我不在的时候,它将观察一切。倒不是说,墙壁上这幅油画中的人物没有机会在这里探听到任何重大秘密——由于被墙壁的二维空间所局限,他们只能是家庭管理的奔忙的正式见证。这位仆人表示抗议的唯一办法,是在那位朝臣的眉宇间画上一丝倦意,在嘴角上画上一丝厌烦。但是他要让人明白,他可不是什么朝臣,他是只饥饿的猎狗,它那黑色的脊背似乎要融进那阴影之中。他那支用来修复原画的彩笔所到之处就变成了一幅迷蒙的拙劣的图画。他的手下伫立在脚手架上或是在滑车上,全在这幅壁画的上方,保持着一段距离,负责将那些嬉笑调皮的仙女变成鸟身女妖,变成暴风雨中的彤云。这一条狗,以它那能与其饥饿匹配的细心,观看着他所不能看的一切,因为他的鼻子离墙壁只有一寸远,被彩色的柱子挡住。他背对着大厅:四把胭脂红色的锦缎安乐椅放在棋盘格图案的地板上,头头们的活动将在这条猎狗的眼前进行。马夫头双腿劈开,在他的座位上已经睡着了;园丁头不在,因为他得了恐惧症,生怕人们白白夺去他一条生命,正在像一只猎兔犬似的,全神贯注地搜寻着长矛;现在只有管家和主厨在这里,这位大胖子厨师——尽管有他的气质,他也只能是厨师——把权力本质上的枯燥无味与黏糊糊软兮兮的欢愉混为一谈,这样做很容易,很表面化,可这种混淆容易带来问题。幸好管家的理解是如此迟钝,以至于欢乐的馈赠也不能将他拖走,他可以全神贯注地致力于抬高自己的形象,因此,胡安·佩雷斯乐于保持他的完整性。他的画笔轻轻地、轻轻地从那些猎狗的脊背上滑过,使它们能专心聆听着头头们讲话,而不要跃出自己的范围。室外,一轮骄阳高悬在中天,好像由于本杜拉家族下了命令,被擦得锃亮,在蓝天里那么显著耀眼,天空好像成了那幅壁画的伸延部分,从老宅顶端的那扇细长的大窗户一直垂落到棋盘格地面上。那棋盘格地板上,管家和主厨相互挎着胳膊,一直走到另一头,那里有一座石膏乐坛,是为乐队修筑的,到了那里他们再往回折。

"一个孩子也没有丢,"管家断言,"我必须向您再说一遍,我亲爱的朋友。等老爷太太们数他们的鸡雏儿时,一只也不会少的。"

"那是自然的,"主厨对他随声附和,"法比奥和卡西尔达,依希尼奥和马尔维娜,他们不在了,那都怪他们自己。文塞斯劳失踪了,这仅仅是谣传,而没有什么证据,对吗?关于毛乌罗,我一无所知。总而言之,等他们回来了,对这两件事情我们怎么说呢?"

管家在映照在地板上的光圈中站住,他身穿天鹅绒制服,而主厨则身穿布制服。管家把自己的胳膊从主厨的胳膊中松开,打开双手,好像骤然间天真地扑扇着的两只翅膀。他提议要实话实说:

"可是,我的朋友,咱们当然得说实话呀。"

主厨简直想问问他,在权势所控制的那么多实话中间,到底哪一句算是实话? 然而他没有吭声,而是让管家陷入他自己煞费苦心创造的麻烦之中。

"为什么不承认他们在小教堂里通过法比奥和卡西尔达口中知道的那些实话呢? 当然,在他们野游的时候,大家已达成协议,说什么在一天之内,发生了可怕的食人生番攻击的事件,他们吃掉了毛乌罗和文塞斯劳。那大个儿的是让部队吃的,那小的,肉嫩,就理所当然地归头头们吃。"

舞厅里一片寂静——一位痨病患者的耳朵,可以感受到许多支画笔在一个孩子的脖颈上涂抹的一种不可言喻的声音。他们在那脖颈上画满脓包,要不然就是使一个身穿胸衣的身材苗条的轮廓失去其纤巧——只听得主厨的肠鸣声轰响,好像以此来回答管家的这一套又一套计划。主厨用手捂着肚子,像位小姐似的羞红了脸,他只好低声说道:

"我再三恳求您的原谅,管家先生。这是我职业的苦恼。我承认我刚才这样确实不够文雅。"

"朋友,"管家说,"请您告诉我,您的肠胃能发出这么可怕的声音,您该有多么好的胃口啊!"

主厨就像一个孩子,对自己不大不小的顽皮行为宁愿缄口不言,他结结巴巴地说:

"我恳求您的原谅,对此我不敢自我表白……"

"我亲爱的朋友,"管家拍着他的脊背打断他的话对他说,"咱们坐在这儿亲亲密密地聊一会儿好吗?"

"当然好,管家先生,"主厨一面回答,一面在他身边的安乐椅上坐下来,"可是,开始谈话之前,我希望胡安·佩雷斯退下。我这个人有点腼腆,看见那座正在被修复的金发天使像吗?她半歪着身子,潇洒地举着一面手镜,但愿这个奴才不要通过这柄手镜看到我无辜的剖白,这种剖白会叫我脸红的。"

"哦,不会的。"听到他的这番话,管家把手一扬,回答道,"亲爱的主厨,如果您希望我理解您的话,那么我也希望您能理解我。这一点我想明确一下,那就是我一刻也不打算离开胡安·佩雷斯。他就像是我们的下水道,是权势的极其阴暗的下水道。要是冲着别人,您是应当和他过不去的,但是冲着我,您应当能接受他。"

胡安·佩雷斯仍未停止绘画,他的眉头微微一皱,叫他那群死党退下:他们便放下油漆罐,解下防尘罩,那些画布景的人和在钢丝绳上行走的人从脚手架上下来,按照家里的规矩,微微但长时间地鞠躬之后,一个接一个地离开了大厅。下水道,胡安·佩雷斯自言自语,他的眼睛盯着天使手上的镜子,用油彩笔勾勒出斜面,对于即将发生的事情的细节,不愿听漏一点儿。这种下水道是必不可少的,如同所有下水道全都必不可少一样,在下水道的网络之上,才能兴建起最豪华的城市。他想,是的,他对于我这位仆人的仆人是尊重的。授予他下水道的名称,这一事实的权力变成了自治的因素,具有多种破坏力,大大超越了种种个性和思想意识。胡安·佩雷斯从外部,从与其上司保持一致的领域中,高兴地证实了,这位管家——他原先以为光有一种机械的视野——并不自我欺骗,也不欺骗胡安·佩雷斯。他觉得这有点像耶稣显灵,其本身的复杂性不是理智的唯一形式。权力是直接的,简单又至高无上,而且被赋予另一种清晰性:管家看问题就讲究效力,即百分之百的自信心,容不得像他那种站在另外的高度来思考问题的人。

"要是没有别的办法,那么,好吧,就让他留在这里。"主厨压低了嗓音讲话,因为他们在大厅里踱步,正好踱到马夫头跟前,他不想吵醒他,这样,省得他的认输被更多的人听到,"是这么回事:您知道,我是全国头号美食家,在这个家里我也数第一,尽管在天生就比我高贵的老爷太太们面前,我不得不低头。谁也比不上我,品尝过那么多美味佳肴,有库尔德斯坦的,有布须曼的,有科普特①的和爱斯基摩的,我懂得那么多美味食品,我还刚刚编完一本食品大全,里面收进了制作各种美食的经验。可是,还有一种东西我从来没有尝过,当然,我希望不要去吃它,但是我不能,也不应当向您隐瞒我的好奇心:那东西就是人肉。我是那么想吃它,以至于只要一提起它,我的肠胃就馋得直叫唤。管家先生,不必向您再三保证,您也明白,我绝不敢斗胆去吃的。"

在他说话间歇时,他的肠胃又响声大作,致使他待肠胃响完了才能接着说:

"可是,我想……我只想闻一闻野蛮人烧的几道菜。先生,您认为这样做就要被当作食人生番吗?此外,我还想学几道菜谱,借以使我的美食学日臻完善。如果缺少这一部分,也许公认的最尖锐的评论家会指责我的美食学过分学院派了。听说,在各部落之间的战争中,首脑们把尚未破贞的处女的阴道留给自己享用,用它可以烹制出最美味的佳肴。大概会……大概会……"

他叹了一口气,同时他的肠胃第三次发出轰鸣:

"这大概就是美味佳肴吧,正如俗话说……"

管家想,主厨的这种令人厌恶的感觉也实在太过分了,然而,当

---

① 库尔德斯坦位于西亚北部。布须曼人生活在非洲南部。科普特泛指古埃及。

他正集中精力琢磨,用什么良策来消灭这个潜在的食人生番的同时,表面上却极其和蔼地对他发出几声轻轻的假笑,请他止步,按他那种身份以尊敬的姿态与他道别:

"我的朋友,对于您这样出类拔萃的心灵来说,您的渴望更倾向于科学,而不是感觉,因此是可以理解的,但是,借此机会我想提醒您注意,对于我们这种级别的人,可以特许得到一些凡人得不到的自由。您别着急,我会亲自指示胡安·佩雷斯,让他去与土著中的高厨建立联系,他们能为您提供菜谱或您所需要的一切。对此,我们要严格保密,我们的主人常教我们利用这种本事。"

主厨的厚嘴唇,他的五腑六脏,都馋得分泌出黏液,同时,他搓揉着自己的小手,他的手太小了,太白净了。他问:

"管家先生,我想告诉您,我编纂的食品大全已近尾声,只差食人肉这一章节了,因此要尽快地完善我在这一方面的知识。我的那些出版商正缠着我不放呢!他们什么时候能提供给我?一天?两天?一个星期还是一个月?……"

听到这里管家站住了,他挺直了弯曲的身躯,那身躯犹如一座天鹅绒和金子的山脉,这条山脉挡住了整个地平线,怒火将从那山巅爆发。他那丝绸般的眼睛闪闪发光,那代表权威的饰穗熠熠闪光,那呈几何图形的下颚也显得毫不容情,那威严的胳膊就要用力打到主厨身上了,而主厨,此时蜷缩着身体,害怕得一个劲地发抖。装饰着乐坛的庞培式浅浮雕,被管家的嗓音震得直往下掉石膏渣,因为他们正好踱步到那里便停止了步伐。他的喊声也惊醒了马夫头,但他仍然待在安乐椅里,佯装继续睡觉,以便避开这场争执。

"你这遭雷劈挨千刀的家伙,你还敢说什么一个月,一星期,一天?你这个蠢货,难道你不明白,这里过去不曾有、现在没有、将来也不会有时间了,这是咱们老爷的吩咐。在他们出去野游时,时间就停滞了。你以为,在他们回来之前,时间还会继续运转吗?瞧你和所有的人,还不赶快立刻明白这一点:骨头已经咔吧咔吧作响,牙齿发出咯咯的声音①"。

"是的,管家先生!"胡安·佩雷斯代替主厨回答,因为他明白惊慌失措的主厨已经答不出话来。

"你还没明白我这话是什么意思,怎么就用你的蛤蟆嗓以这么肯定的语气回答我呢?我现在规定,谁再说什么一个月,一个星期,一天,或是很多天,不论是随便提到或是偶尔提起一分钟、一秒钟,都算是叛逆。"

戏剧性的寂静,然后他嚷道:

"胡安·佩雷斯!"

"是,管家先生……"

"你去把家里所有的钟表和日历都收起来,还有所有的计时器、挂钟、滴漏、节拍器、日晷、沙漏、所有的年鉴、备忘录、挂历、历书,所有带煽动性的东西,凡拥有这些东西的人都要放逐到在你的严格控制下的那个村子里去。"

管家一心想发挥自己的辩才,登上台阶,爬上乐坛。在坛上用他那戴着白手套的大手打着手势,发表自己的演说,与其说是讲给自己的下属听,还不如说是讲给壁画上的那些夫人老爷听,因为这些人有文化素养,比下人们更懂得品味他讲演中的华丽辞藻:

"不论是白昼或夜晚,我都要把它们消灭干净。谁要是谈到你们说的那种时间的周而复始运转的威力,哪怕是侧面地提到这一点,

---

① 意为即将大难临头。

就构成犯罪,将受到惩罚。既没有过去也没有将来,既没有发展也没有进程,既没有历史和科学,也不存在着光明和黑暗,存在着的只有神话和半明半暗。胡安·佩雷斯,你作为鄙人的象征,去封闭所有的门户,把所有的窗玻璃都涂成黑色,使各个房间的光线保持不变,这样白天黑夜便失去了区别,一切都变成死水一潭,游离于历史之外,因为只有待到主人们回来以后,历史才会重新开始。"

胡安·佩雷斯的面孔还紧挨着墙壁,油彩笔还高举在手上,脚底下还围着一圈五颜六色的油漆罐,但他已经停止了绘画,通过金发天使手上的镜子看了一眼管家的影子:他用画笔在这儿点上一点黛青,在那儿点上一点翠绿,就可以改变这个美化了的仆役,致使他具有锐利的目光,使他一下子明白,他的目标并不是在他臆想的现实范围之内去逮捕那些孩子,而是等待本杜拉家族的人,在他们回来的时候把他们抓起来。这件事情办起来确实不那么容易。但是,归根结底,是法律创造了现实,而不是恰恰相反。有权的人创造法律,然后只剩下个遵循法律的问题了,但愿管家别白白糟蹋了这一法律。但愿他小心些吧,可别弄到最后,在最大的猎物到来之前,这法律就完蛋了。因此,他还得画那幅壁画,要慢慢地、虚假地修复和改变那些人物面孔、那种气氛和时间,啊,不要时间。管家停止说话,好换一口气。主厨趁此机会咳嗽一阵,咳嗽完毕他便接过话来。他像个信徒似的,站在棋盘格地板上向他的上司提出个问题:

"管家先生,为您刚刚提出的这项计划的宏伟规模,我想向您表示祝贺。毫无疑问,它值得成为'侯爵夫人五点钟出门'的最佳片段,而它实质上与这种游戏是一致的。我只能说,正如法语所表达的这个意思:伟大的心灵总是相通的。然而我希望,我恳求您允许我为您做一点小小的补充。"

"请说吧,我的兄弟……"

"可这种现象该怎么控制呢?那就是到了一定时辰,孩子们觉得困,特别是到时候他们就会饿,归根结底,这是世间最自然的现象,连动物也会有这种感觉,甚至连食人生番也会有这种感觉。我们大家都赞同,食人生番比动物还要低级。"

管家停顿了一会儿,他慢慢走下乐坛,反复思考这个问题。他又一次拉着主厨的胳膊,又一次和他一起从这头到那头、从那头到这头地在棋盘格地板上踱步,他耐心地向主厨解释道:

"从这个意义上来说,我亲爱的主厨,您的工作将变得太重要了。我可以毫不夸张地对您这样说,如果没有您卓有成效的帮助,我的使命是无法完成的。因为,我们即将开始无时间差别的境界,按我们应当做的那样把历史停在我们愿意它停止的地方,在这项工作中,您将是我主要的助手。您很明白,整个机制的变化,只要经过简单的对饥饿感的操纵,就可以实现。您的作用就在于此。您要保持大餐厅昼夜开放,那里将用长明不熄的蜡烛来照明,烛台摆在餐桌上,餐桌上摆满您和您手下人准备的美味佳肴,使孩子们觉得他们有完全的自由,有完全可供他们享用的丰盛的食品,只要想吃,什么时候都可以去吃,毫无控制,这样很快就昼夜不分了,根深蒂固的习惯的节奏就被打破了。他们会像饥饿的野兽一样,每时每刻扑上去吃一顿,毫无控制,失去了节奏,失去了时间概念。就好像动物一样,任何时候都可以睡觉,消化食物,没有一个总纲领,而是各行其是。当他们各自遵循自己弄乱了的周期去干事情时,便重新陷入了混乱,直至此时大家共同遵循的周期,就会失去作用了,因为不能与其他人共同遵循的时间就不是时间,每一个都有其自身的计算方法……"

主厨有点不耐烦地挣脱了管家的胳膊,因为他就要做出牺牲去

吃人肉了,而管家却不肯——现在他很难想象此人是一位绝对领导:

"我的看法是,我斗胆提议,咱们应当更加仔细地分析一下这种事情,甚至还应当去征求一下雅琴室的少爷小姐们的意见,因为此事绝不可掉以轻心。总而言之,既然还没有发现明显的颠覆活动,那么我看还是先别着急将管家先生的计划付诸实践。我看,最紧迫的是更果断地实践我的烹饪经验。让我来解释一下其中的原因,请别以为我的这种兴趣完全是自私自利、学院式、冷冰冰的。不,在很短的时间内,别墅中就会缺乏肉类,因为邪恶的土著已经在牲口饮水槽里的水中投毒,我们要是不在意,就会没任何东西可吃了。我不但想学会以最繁杂的花样、最吸引人的方法来烹制人肉,而且还要学会怎样腌制人肉,以便长期保存,备不时之需,到那时候……"

听到这里,管家大声吼叫着,就像一头野兽,猛地扑向自己的猎物。主厨向后倒退,一直退到胡安·佩雷斯身上,与他碰撞,后者不动声色,仍继续作画。当主厨发觉自己无法与上司的盛怒抗衡时,重又缩紧了自己的身躯。为了听不到管家的痛骂,他捂住耳朵逃出房间。

"食人生番!魔鬼!"

趁着管家扬起胳膊抡起拳头要朝对手打去时,胡安·佩雷斯递给他一罐朱砂,这罐颜料朝刚刚关上的大门飞去,那血红的颜料飞溅在大门上;然后又递给他一罐普鲁士蓝,管家也把它扔了出去,还有一罐铬黄、一罐龙胆紫。这位头头喊着,用手胡乱地拍打着,盲目地对着背叛自己的食人生番怒吼着。管家扔着颜料罐,不仅弄污了大门,而且也弄污了那虚假的图画,那上面有拱形门,有穿得花枝招展的丑陋女人在笑着,还有适合于跳孔雀舞的风光。为了从这场大难中逃脱,马夫头站起来,退到门口,在那里他碰到胡安·佩雷斯,由于

现在管家盛怒不已,他便溜出来,让他的怒气自行平息。在门口,马夫头问他:

"这一声巨响来得真不是时候……"

胡安·佩雷斯没等他说完便回答:

"这是大不敬的行为,也许会危及管家先生的性命,您也看到了,他是采取理所应当的报复措施,这就使他弄污了壁画,这个罪责,敌人肯定会把它推卸到咱们头头身上,可实际上,他们应当对这场灾祸负责……"

3

就像从前的小说常常讲的那样,那是一段不祥的时期。

房子里到处漆黑一片,仆人们用黑漆抹了玻璃,门窗全被堵死,走廊用石灰和石块砌上墙隔断。孩子们待在由蜡烛照明的昏暗之中,就像垂死的鱼儿在漂浮,可是他们想尽办法活下去,因为在现在的条件下,生存下去便是冒险反抗的一种办法。很快——我的读者们大概会问了,多少时间才算很快呢?因为在每一个只点着一支小蜡烛的房间里,时间已经被抹去,时间已经无法计算了。他们很快便逐步适应了这种虚假的现实,轻声地说话,脚步也很轻,更不用说什么具有人的感情了,已经无法以什么方式来发展感情了。在无数阴影中和各个角落里,仆人们不断巡逻,任何一次对话他们都要窃听,任何一张纸片他们都要追究,监视着堂兄弟表姐妹,看他们是否互相传递消息,是否互相询问谁知道发生了什么事情,或知道即将发生什么事情。他们也窥视各个寝室,防范他们出于友情、爱情,或由于寒冷、恐惧从而两人挤在一张床上,传递情报,或互相倾诉他们的疑惑。

头头们下令,说是要找出在非常秘密的情况下吃过人肉的孩子,或曾经想吃过、曾有过这种企图和愿望的孩子,总而言之,仆人们完全不能放松对他们的警惕,也许,他们与仍在这幢房子里转悠的食人生番保持着秘密联系。是的,是的,食人生番还在转悠,做好准备以对付一切的仆人们反复这样说。食人生番神奇地潜在茅草地里,并且武装自己,毫无疑问,他们听从文塞斯劳和另外那个家伙的吩咐。正是他们,是这些仆人,前一段时期艰苦卓绝地、英勇地在混乱中恢复了秩序。这一次的出征只属于他们这些人,而不是随随便便的哪群仆人,因为他们这些人是不可取代的。他们不能容忍新来的仆人取代自己的位置,必须把斗争进行下去,因为,每一个孩子就是一个敌人,就是一个潜在的食人生番。主人们曾经吩咐过他们,至关重要的是要防范食人生番,难道不是这样吗?野蛮人肯定与瓦莱利奥和德奥多拉有联系,那些显得瘦小的破衣烂衫,已经不能为他们遮羞了,因为那些衣服是很久以前的,而他们都到了猛长的时期。仆人们采用对待别墅的突袭方式,把他们从野蛮状态拯救出来,但他俩等待着,一有时机就要恢复到野蛮的状态之中。他们把这两个人隔离起来,安置在相距很远的豪华寝室中,每人都有一群仆人伺候。仆人们非常殷勤地满足他们的要求,陪着他们从一间寝室走到另一间寝室,毫不掩饰地听着他们与其他堂兄弟表姐妹之间的谈话,甚至为他们递酒杯,帮他们穿上那肮脏的衣服,这倒不假,然而,在他们镶金和天鹅绒的制服下面的腰带上却别着手枪和刀子。

倒用不着去禁止孩子重新提起土著们,因为打一开头,他们就提醒孩子们这样做是危险的。他们明白,孩子们必须心悦诚服地忘掉他们,因为这些人意味着即将被取消的时间的不可控制的因素。土著们被迫面临如此惨境,甚至无法触动——正如在胡文纳尔和梅拉妮娅称为"美好的日子"的时候——那些被优待、住在雅琴室里的孩子的良知，而且也无法动摇住在废墟的孩子们的想法——这些孩子住在老宅破烂坍塌的房间里，在自己的，可以这么说吧，高贵家庭里，各自忙着琢磨可怜巴巴的小计划，看怎样才能活下去。确实，时不时地从外面传来枪声，或是从哪扇门里传来说不清是什么的呻吟声，或者，一些饥饿绝望的人的身影从秘密通道里嵌入别墅。可是由于不许提及，所以这种事情的次数就大大减少了，或者，至少是在孩子们目前所处的漫长的现状中是这样。这种现状渐渐地将孩子们吞噬了，他们中的许多人——对遗忘拥有令人尊敬的天赋——很快就把土著从脑中抹去了。

我的故事叙述到此时，读者们大概还记得，那位不忠实的侯爵夫人是位寡妇，并表达了再婚的愿望。这是第四次或是第五次结婚？堂兄弟表姐妹们已记不清楚她的那些配偶有多少次匆匆忙忙地死去或疯癫了，或是非得打算重报自己的家仇不可，从而永久地消失在菲律宾的丛林之中。侯爵夫人感到孤独，她向自己的密友——不朽的情人——这样吐露真情，后者是她的女儿，也是她心心相印的、能够理解她的人。她说她需要一个男人，不仅应在精神生活和社会生活中成为她的伴侣，而且应该具有必不可少的精力，以满足她的欲望，到了她这种年纪，正是欲火行将燃灭的前夕，欲望反倒变得更加强烈了。她看了看在雅琴室的自己周围的人，只见到阿维拉尔多，她把他摒除在外了，因为，除去此人是她的弟弟之外——尽管这个小缺陷从未被提及，但我准备在这儿说——干脆说吧，他还罗锅得厉害。有几天她还以为可能恢复与胡斯蒂亚诺的关系，尽管他属于另一拨人，她用以征服他的武器是魅力——唉，到了现在已经带上一点秋色了，除此之外，就是允许他搬进雅琴室来住，对于不能住在这里的人来说，住进这里是唯一的、最大的愿望。可是梅拉妮娅不赞成。她说胡斯蒂亚诺是个大酒鬼，一点风度也没有，在她们精心设置的环境气氛中，他将成为一个污点。她们与主厨进行了一次严肃认真的谈话，他已经习惯于待在侯爵夫人的厅堂里。他们面对面地坐着，他抚摸着这位高贵的夫人朝他伸出来的手，他们就在那里互相望着，他不得不对她说，这是一次门不当户不对的联姻。侯爵夫人回答道：

"这又有什么新鲜呢，我亲爱的朋友？圣母马利亚是耶路撒冷最出类拔萃的女子，可她就嫁给了不过是位穷木匠的圣约瑟。"

侯爵夫人的论据既说服不了梅拉妮娅，也说服不了主厨。主厨对管家的忠告——在当前的情况下，他最好还是待在幕后——言听计从。他提议道，怎么就不找科斯梅呢？他长得挺帅，很结实，眼睛很美，浅灰色的眼睛是那么明亮，好像那虹膜能映出棋盘格子——他的那双眼睛总是注视着它。他不属于雅琴室里的这群人，但也没有被另一拨人裹挟到那种歇斯底里之中去，那拨人居心不良地硬要穿着破衣烂衫，以表示天知道他们对什么东西的不满。他单独地游离于那两拨人之外，他与阿维利诺以及萝莎蒙达俯身下棋，看来，除去玩这种游戏，任何事物都不会使他们热血沸腾。在整个故事的发展过程中，我们的读者无数次看到科斯梅总保持着同一种姿势——在南平台的台阶上一动不动，甚至当阿德利亚诺姑父被两个摩尔人夹在中间的那紧要关头，或者当阳台上梅拉妮娅和受到挫折的毛乌罗那满载光荣的时刻，他也无动于衷。还有好多好多次各种机会，我之所以没有提到那几位下棋的孩子，是因为不言而喻，他们总是静静地待在那里，全神贯注，所有的事情他们都经历了，但是没有参与进来——他们是整个情绪画面的组成部分，从没改变姿势。梅拉妮娅引证道:在这优雅的环境气氛中,如果引入一个明显表示出敌意的堂兄弟表姐妹,比如蓬头垢面的瓦莱利奥,那么在他们费了好大力量才创建出来的氛围中,他将以其悍勇,可能成为所有人中最吸引人的一位了——但是这样做可真发疯了,也缺乏那种实际感。要有这种实际感,自打他们的孩提时代起,父母就不断地告诫他们。然而,对于不忠实的侯爵夫人来说,要勾引科斯梅就不那么困难了,只要让他玩那副作为收藏品重新锁进玻璃柜里的中国象棋就行了。信使佐埃,矮墩墩,胖乎乎,摇摇摆摆,用猴一样的手抓着糖果,说话时嗓子带着鼻音,但是她非常准确地传递了不忠实的侯爵夫人对科斯梅的倾慕和允诺。科斯梅的眼睛从没有离开棋盘,回答道:

"去告诉那个老婊子,叫她别老缠着我。如果说要玩那副棋就得听她的摆布,那我宁可玩卵石或扣子,也不玩那副作为收藏品的中国象棋。"

当听到传过来的科斯梅的这一番话时,不忠实的侯爵夫人痛苦地哭了,因为实际上她已经带着一种初恋之情爱上了科斯梅。她非常忧郁,阿格拉埃往她的头发上撒花粉,奥林比娅跪在她面前,手举着一面镜子,她一面照镜子一面问:

"镜子呀,小镜子,谁是美人中的美人?"

"是贝尔维黛莱·依·阿卢维翁侯爵夫人、克莱阿尔·昂·拉那伯爵夫人,还有子爵夫人……"

"镜子啊,忠实的小镜子,请你告诉我,我如何才能报复狠心的科斯梅对我的怠慢呢?"

我应当告诉读者们的是,镜子的声音是善良天使的声音。那是特意选出来的一个人,藏在帘子后面。她必须持常人见解,并且能得到大家的赞赏,这样来回答不忠实的侯爵夫人,以便一问一答,能维持平衡,因为侯爵夫人的话总是如堕云中。然而,当小镜子的声音回答那位高贵的夫人,提示她采取什么样的报复方法时,她是那么残酷无情——可又具有那么典型的烹饪智慧——我情愿把悬念留给读者,正如现在的说法,而不满足你们的好奇心,好让你们随着我以后渐次向你们讲述所发生的事情时,再慢慢搞清那是个什么主意。善良天使曾与主厨进行过一次秘密会谈,虽然有无数不同意见,主厨终于同意了这位姑娘的意见。

不忠实的侯爵夫人叫人交给科斯梅一份非常客气的请帖,邀请他到小客厅来与她共进晚餐。科斯梅心里明白,如果他不应邀前往——其实这仅仅是一道披上伪装的命令而已,因为不忠实的侯爵夫人有权有势——那么,他的生命会有危险,同样,萝莎蒙达和阿维利诺也会遭到厄运,于是科斯梅彬彬有礼地坐到餐桌前。但是,由于住在雅琴室以外的人肚里缺食,很饿,就起劲地大吃特吃,况且他正处在少年时期。而与此同时,那位不忠实的侯爵夫人很忧郁,远离尘世,不食人间烟火,吃饭时只是揉搓着一个石榴。她一面揉搓着石榴,一面向科斯梅提出建议,要把两人的命运结合在一起。科斯梅抬起头来,侯爵夫人觉得,他那双灰色的眼睛比以往任何时候都令她发狂,他对她说:

"不行。"

"为什么不行?"

"因为这是强加于人。"

"你在暗示什么?我干吗要把自己强加于你?我长得美,有钱财,出身名门,王国里的人为得到我的青睐而发疯。"

"可我是自由的。"

侯爵夫人从餐桌旁站起身来,她那戴着手套的一只手撑在桌布纱织花边上,另一只手捋着她那象牙般洁白的肩膀上的珍珠项链。

"蠢货!"她冲他嚷道。

"就因为我宁愿保持自由吗?"

"因为你宁愿这样认为!我亲爱的,没有任何人是自由的。你已经是大人了,你最好放明白点……"她反驳道,随着她的话语,听到一阵哈哈大笑,然后,她突然收住笑容,用涂着眼影的黑色眼睛瞪着他,刺了他一顿:

"倒霉鬼!你难道没注意到在这宴席上,我只尝了一点水果吗?我要告诉你这是为什么。我叫你尝了人肉,是的,是的,为了你不爱我,我向你进行报复,叫你吃了人肉,我叫人给你做了食人生番的汤,以便把你变成食人生番。是的,是的,你就是食人生番,你吃了一个叛逆的、被处决了的、令人作呕的土著的肉……但是,如果你想知道真相,那我就告诉你,你们每天吃的都是人肉,因此,完全有理由对你说:凡是不住在雅琴室里的人都是食人肉者……"

不忠实的侯爵夫人一只手痉挛着扯断了挂在祖露的脖颈上的项链,珍珠一颗一颗地往下散落,另一只手牵起裙裾朝外面走去。与此同时,一阵恐怖的痉挛翻搅着科斯梅的肠胃,他弯下身体,一面呕吐在桌上铺着的纱织花边台布上,一面呼救。仆人们和大惊失色的堂兄弟表姐妹们赶来,他们问是怎么回事,为什么呻吟得这么厉害,但是仆人们异口同声地说:

"没什么。"

他们将他扶到自己的床上。一位仆人伺候他吃了些药,但仍不能使他镇静下来进入梦乡。他那不安的哼哼声响遍了整个别墅。从那走廊经过的堂兄弟表姐妹们都听到了他的哼哼声,后来没等痉挛止住,他就斗着胆出了房门,一边是为了避开堂兄弟表姐妹,一边是为了避开仆人们——在这幢别墅里,不论是在墙后、门后或是在哪个角落里,到处都有眼睛盯着。他的心灵受到创伤,他浑身哆嗦着从走廊的一端走到另一端——走廊里摆着几张孔雀石桌子,如今玻璃窗已经涂成黑色。于是,在黑暗中,就不会找到堆放在角落里的已经霉烂的口袋里装着的金子了。他在一次这样的踱步中,阿拉维拉把图书室的门打开一条缝,探出头,看到了他,远处那唯一的一支蜡烛的光芒反照在阿拉维拉的两片眼镜的镜片上,由此科斯梅认出了她。他仍然往前踱步,一直走到走廊的尽头,返回的时候,他只停步一分钟,借此机会悄悄地告诉她说,凡是不玩"侯爵夫人五点钟出门"这种游戏的孩子吃的都是人肉,那是在不停的反抗中牺牲的人的肉。阿拉维拉吓坏了,她跑去把这个消息告诉了其他孩子。可这些孩子呢,不管三七二十一,总得活下去呀,他们只有悄悄地跑去呕吐。从那时候,他们以生病为由,或者干脆说是忘了,这样,渐渐练会了不吃东西,或者是做出好像在吃的样子,但是铁石心肠的仆人们强迫他们什么都得吃,随时都得去吃,这样一来,他们果真不舒服了,胃痉挛,呕吐,胃疼,他们真的病了,因为他们认定,连面包,连红葡萄酒,甚至连牛奶都被污染了。孩子们瘦了下来,瘦得厉害,变得简直像纤细的稻草一样,像芦柴棒一样,令人疯狂的饥饿使他们瘪了腮,都没有力气躲藏到堆在走廊和大厅里那些腐烂的装金子的口袋后面去了。口袋里装着恶臭发红的金粉,金粉沾在孩子们的面孔上,他们把这种飘浮在空中的黏糊糊的东西当成了一种止血剂。消瘦的堂兄弟表姐妹们一动不动地待在永远昏暗的房间里。我是不是食人肉者?每一个人都在自问。对这种凶恶的罪行,会处以什么样的极刑呢?他们吃掉了自己的哪一位土著朋友呢?孩子们仍然像往常一样玩、看书,或是假装看书、聊天,但是他们什么都不能说,不能做出任何反应,因为任何举动,哪怕是小小的,都会引起镇压,并且不光是镇压他们,而是镇压土著——现在他们住在别墅以外,对于他们来说,历史的倒退,一分钟也没有停止。

没过几天,科斯梅不见了,或者说是堂兄弟表姐妹发现他不见了。当他已经不能再下棋的时候,他就坐在棋盘旁,看着萝莎蒙达和阿维利诺下,每当他俩高高兴兴地开局让棋时,就冲他挤挤眼睛,或是拉拉他的手,要么就是让他执黑子的皇后,让他走那得胜的一步棋,他把那棋子一放,棋子就在地板上滚动着。可是现在却找不到科斯梅了,他既不在棋盘边,也不在餐厅里;既不在他房间里,也不在走廊里。孩子们惶恐不安,因为他们不能断定自己是否见过科斯梅,是什么时候见到他的。这种混乱是由于他们缺乏一种共同的时间造成的。他们只是不断地询问着,眉头紧皱,或是用偷偷摸摸地打手势的方法,或是用从嘴里发不出声音的话语来表示——这种话说了倒显得更寂静。

直到后来,整幢别墅都听得见阿拉维拉走出图书室,猛地把门一关的声音。她目标明确,步伐坚定,从摆着孔雀石桌子的走廊穿过,从许多厅堂穿过,从一个个装着金粉的口袋中穿过。她走出摩尔式小客厅,穿过罗盘门厅,那里有仆役们站岗,他们正在擦拭着青铜的楼梯扶手,见到她感到很惊异。她登上楼梯,用自己那听不见的声音在嘟囔着,好像在与自己争辩着:为什么科斯梅只是和她说了几句话就不见了?这一事实真叫人无法接受。她像一只小耗子,飞快地出溜着,直到最后终于打开了跳舞厅的门。当几位头头看到衣衫褴褛形容憔悴的阿拉维拉进来时,全都站立起来,他们按家里的规矩微微地但长时间地鞠躬,以免叫任何人抓住把柄,说在她面前没个仆人样。阿拉维拉径直走到管家面前。在他那高大的个子下,她显得那么矮小，但她站得直直的，而与此同时，一群仆人在他们周围站了一圈。

"你就是管家吗？"她问道，"我这样猜想，是因为你个子最大，这就是我们家对管家要求的唯一特征。我这样问你，因为，你必须明白，我正在擦眼镜，用的是衣襟，我的衣服又脏又破，补丁摞补丁。"

"小姐，这是一种令人遗憾的时髦，我感到痛心的是孩子们中间流行这种时髦……"

"科斯梅失踪了！"阿拉维拉打住了他的话头。

管家脸上露出了吃惊而清白无辜的表情：

"失踪了？"他问道，"失踪，真真正正的失踪？这不可能，小姐，因为没有什么魔法师可以使他神秘地消逝在空中。我还不知道小姐您也屈尊加入了'侯爵夫人五点钟出门'这个游戏的行列之中。因为，必须承认，在这种把戏里常常发生一些任何人都无法相信的事情。"

"我说'失踪'，"阿拉维拉强调道，她终于戴好了眼镜，扫视了一下管家高大的身躯，她发现此人只是虚长了个大块头，不过是个空壳子，"就是专门指你们这种人，你们要么是把他关了起来，要么是把他带走了。"

管家抚摸着阿拉维拉那瘦骨嶙峋的头，脸上堆着只有坏人才装得出来的、简直像圣诞老人那样的微笑，他和蔼地对阿拉维拉说：

"这没什么要紧，萝莎蒙达和阿维利诺会找到另一个游戏伙伴。可爱的科斯梅，他是那么严肃，那么有分寸，你们会发现，他很快就会回来，和小姐您一道，玩那些天真的游戏。当然，也不能排除这种可能，您也知道，虽然我们英勇顽强，做出努力，食人生番仍然已经渗透到了各个角落。也许是他们把他掳走了。一提这事我就直哆嗦。掳走他,是为了把他吃掉。亲爱的主厨,您难道不同意我的意见吗?可是,如果这是把他掳走的理由,那么,他们本该选中一个更鲜嫩、更年幼、更胖些的孩子呀,比如说西普利亚诺吧,说实话,他才适合放在餐刀下呢。总而言之,你们,仆人们,别再围着这位可爱的小姐了。她是个单纯的女孩子,她是怀着信任到这里来的,来问问她弄不明白的事情。我特意把她交付给你们。"

当天晚上,在她的图书室里,四个头戴黑色面罩的人捆住了她的手脚,堵住了她的嘴,把她安置在科罗曼德尔屏风后的小床上。至少这是在堂兄弟表姐妹之间流传的关于这位小妹妹失踪的说法。现在让我们来听听关于这件事情,阿拉维拉自己是怎么说的吧。

可是,别。我最好还是别提前一段讲我答应讲的事情,因为那是一次痛苦的经历,那么强烈,那么重要,不可能以幻想来代替。由其本性来看,很具有启发性,因而同样也似是而非,也不大恭敬。按照本书从前的说法,即在校样中的说法,到了这里,应当是阿拉维拉在遭受胡安·佩雷斯的手下人折磨的大段内心独白。这些手下人挖空心思,不仅想从她口里套出文塞斯劳和阿伽庇托的藏身之处,还想得到已变成食人生番的孩子的名单。对于所知不多或根本不知道这些情况的阿拉维拉来说,讲不讲出来已经不重要了,因为在特殊情况下,英雄主义可以采用各种形式,或者也会装出胆怯的样子。我想最好还是简单点儿为这些细节拉上一道厚厚的帷幕吧,因为她所经历的那些恐怖是无法复述的。再说,也许那只是传闻:众所周知,孩子们有说谎的爱好。这些情况我倒是可以说说,到后来,我们的这位小女孩朋友被打得遍体鳞伤,醒过来时,发现自己被捆在村里房屋前的一棵树干上,她猜出自己已从拷打中幸存下来,这一简单事实本身就是一种崇高的英雄主义,这倒不是说,幸存下来就是她的,以及命中注定困在别墅中的堂兄弟表姐妹们的唯一可怜的使命。因为肯定还有别的人,和她一样处于逆境之中,甚至于比她的情况更糟,因此,她的痛苦不是她个人的痛苦,而是大家的痛苦。谁知道她醒来以后又过了多久,她的脊背才感觉到大树干的粗糙不平,她甚至感到有些轻松,认出了就是这棵树干,是他们把她带到这所屋前的,在开始拷打她之前就将她绑在这棵树干上。此间拿她的身体做了什么?她的头脑拒绝忆起那些细节。好像只要一回想起这些,就足以使她从刚刚苏醒的状态中再回到昏厥之中去。在她坐着的地方,地上的蚂蚁渐渐地爬到她的身上,蚂蚁寻找她的伤口,在那里吮吸着,使她痒得发狂——尽管不舒服,这可是个好兆头,蚂蚁从她皮肤上爬过,使她从疼痛得昏厥过去的状态恢复到自己原来的样子,而且使她除了对疼痛有感觉以外,还能对其他感觉有所反应。这还说明,她那如此虚弱的身体里包含着一种意识,那就是不要完全地清醒过来,只有等待。等待什么呢?在管家的控制下,她的头脑在活动,在没有目标、不可计算的时间状态中等待,在矛盾里等待。可是,突然间,阿拉维拉内心坚强起来,某种东西明确了,轮廓清楚了,确定了,那是一种实实在在的痛楚:他们卸下了她的一条腿,她缺少了一件活生生的东西……对了,他们摘下了她那副小小的眼镜,眼镜已经不压在鼻梁上了。在拷打她的过程中,不知道在什么时候,由于她拒绝回答某个问题,或是由于她不知道该怎么回答而不开口时,一个人气呼呼地用手摘下了她的眼镜,并且凶狠地用靴子把它踩碎。阿拉维拉所记得的最后一个情景就是这个,因为她觉得毁掉的不是她的眼镜,而是她的眼睛。然而,并非如此,尽管后来的拷打使她头晕目眩,现在她发觉,由于蚂蚁的瘙痒而使她回复到周围环境,在她的面庞周围会有某种光芒。阿拉维拉明白,她将摸索着,或是靠着别人的帮助,在有如黑夜的世间行走,即使她的双腿有朝一日恢复了功能。但这还不是最令她恼火的,她好像受到启发,突然明白了,她,阿拉维拉,再也不能看书了。在这一现实面前,她的怨恨正如唯一可抓住的现实一样爆发了,全凭着这种怨恨,她下狠心一定要活下去。

第十一章　原　野

1

　　半明半暗是一种具有相对性和暂时性的中间状态,因为靠着这种状态,光明和黑暗才保持着相对关系,光明从中而来,光明变成黑暗。然而,黑暗可全然不同,具有严格的特性。永恒,无差异,独立于时间之外,属于永恒的一部分,特别是属于邪恶的永恒的一部分。因此,睡在地窖里的那些地位低微的仆人仇恨这种地狱般的黑暗,他们觉得自己是受到惩罚进了地狱。甚至连他们有权点燃的那根蜡烛,有时候他们都觉得,并不是被熄灭了,而是被包围着他们的黑暗吞噬掉了。黑暗好像是一场睡梦,就像是在每日工作之后向他们袭来的疲劳伴侣,睡梦向他们袭来,将他们一口吞下。因此,到了第二天早晨还能够醒来,便成了一件惊奇的事情,只有当他们一级一级地顺着台阶从地窖里爬上来,黑暗一点点退下时,直到最后进入了由管家操纵的、包围着孩子们的半明半暗之中时才渐渐相信,他们确实是从睡梦中醒来了。他们命中注定地待在地窖之中,经受着这种厄运,因为,除了想方设法维持生命以外,他们不知道自己还能做些什么。维持生命,本杜拉家族靠着这种活命哲学来安抚仆役们的辘辘饥肠。因此他们也从不去设想,有没有这种可能性,即:先于他们的这种贫穷困顿,这些地窖是否还有自己的历史?修建这些地窖,除了可以安顿他们这些仆人之外,是否还有其他用途?他们也不曾设想,是否有可能逾越为谨慎起见而设置起来的界限。

然而,别墅的地窖,大大地超越了仆人和主人们的想象所及的时间和空间的界限。虽然,作为全知一切的叙述者,我有权利讲述这些地窖的故事,尽量使这些故事与我的随心所欲无甚关系,或者,不在这一篇章里讲这些故事,然而我无心这样去做。我既不是测绘员,也不是洞穴学家,既不是矿业专家,也不是工程师,我不想为这个有如维利奇卡盐矿①一般宽广而古老的洞穴绘一张平面图。我只想为自己的叙述设置一个前台布景,但确实要丰富多彩。如:需有舞台侧幕、横幕、大幕和换景装置,还要有复杂的道具和服装,它们由于收藏久远而显得古色古香,这样,我的独白——咱们不必自欺欺人,我的叙述,不是独白,还能是别的什么吗?——将会取得一种连我自己也不敢奢望可以得到的效果。

我的读者们大概知道,自古以来,在分布于全世界的某些民族中间,盐一直享有盛誉,它代表着忠贞、仁慈、友爱、慷慨,当人们说"我们之间有盐"时,就是指有上述种种感情,因此,只要某某是"大地上的盐",就足以表明此人品行出众了。然而,并不由于有了这些褒义词,本杜拉家族的老祖宗在多年的征战和毁灭之后,才选中了在盐矿上面建起了家中的第一幢——这是一座城堡,或者,更确切地说,是

---

① 维利奇卡盐矿,波兰的古老地下盐矿和游览胜地,内有岩盐雕刻可供人观赏。

一座碉堡,而不是后来我的读者们所看到的当初那雄伟建筑的后裔——宫殿式别墅。他们选择这里有两个目的:首先是为了重申在不少文化中都存在着的这一古老观念:"坐落或奠基于盐之上"具有非凡的或者是霸权的意义;其次,考虑到了矿脉,以便控制盐的生产。当时,盐还是唯一具有交换价值的物质,相当于钱,有了钱,土著们才得以发展自己的原始商业。在盐矿上建立起一幢房屋,以便保住不动产,用长矛围成栅栏,以便保障家庭的安全。本杜拉家族挡住了通往矿区的一切去路,然而,他们为自己保留了最重要的部分,即作为入口处的那一个地窖区,在那里建起附属设施以供家庭需用。可是,采盐的工作只用了一代的时间就完成了,而且人们也遗忘了盐的重要性。后来人们开始了采金打箔的工作,为什么这样做,土著居民并不明白,于是,情况发生了变化,他们只能依赖本杜拉家族了,靠后者拿出他们想拿出来的东西作为交换。这样,盐就不能再代表土著居民的自决权了,因此,它变成了危险的东西。于是,本杜拉家族终于要有意遗忘它那具有章鱼形状的地道的盐矿,为它打上标记,即在那上边建立起房屋,不久就只记得测绘时启用过的那一部分了,还有一个不大确切的、容易把握的"再往那边一点"的概念。再过了一段时间,人们已经忘记了当初为何选中这个荒凉的地方盖房子了,本杜拉家的人佯装不知,在令人生厌的年复一年的夏天,他们玩槌球游戏、打纸牌或喝茶的时候,只是不断地互相询问:老祖宗到底见了什么鬼,一开头就选中这里盖房子。

但是,突然间,由于袭击,居住在地窖里的仆人,把这里想象成一块炽热的地方,他们感到,有什么危险的东西在烤灼着他们,这种感觉从前不曾有过。现在,一些胆子较大的仆人,当然,绝非所有的人,他们拒绝居住在这深不可测的迷宫里,那里有水渗漏下来,长着霉苔，有时候，还会有些小东西。比方说，一只鼹鼠，或是一条粗壮的、黏糊糊的蚯蚓，就像一条舌头，爬上来舔着，惊扰他们的睡梦。或者，情况恰恰相反，由于空气不足，他们感到呼吸困难，就把草垫铺到高地上，蜷缩在草垫上睡觉。别墅是那么大，老爷太太们又不在家，况且，天知道他们什么时候回来呢？就算他们回来，也有多余的地方，可为什么他们这些仆人必须睡在地窖呢？由此而来的不高兴很快就传到头头们的耳朵里，就像是一种危险的咔嚓声，发生在顶梁柱断裂、整幢房屋倒塌之前。为了避免有人制造卑鄙流言，头头们决定采用一个大骗局，使仆役们抱有希望。是的，仆人们还得住在地窖里，不过，如果表现良好，就可以离开这里，问题是他们必须做好事。为了证明他们说话算数，有那么一个、两个、三个、四个、十来个，或更多的仆人，他们离开了那地窖——当然，考虑到仆人的总人数是那样多，这几个人算不了什么，但是总算开了个头吧。这些仆人离开了洞穴，把他们的各种玩意儿丢弃在那里，有残缺的算盘、破曼陀林、损坏了的玩偶、猫头鹰，还有谁也不知道该怎么玩的纸牌。他们遗忘了自己的伙伴，这些人还得睡在坑道里、单人小屋里或是草垫上，在孤独中变得更孤独，在希望的诱惑下，这种孤独与日俱增。在干活的几个小时中，他们遇到那些从地窖里消失的人——比方说，当他们用鸡毛掸子掸那套陈列在玻璃橱窗里做标本的山鸡时，看到他们兴高采烈，被原野的阳光晒得黝黑。这些人受到称赞，总而言之，他们有权住在每人自己建造的一幢茅草屋里，旁边还有一座属于他的小小花园，是这些人从图书室里绑架了阿拉维拉，告发了科斯梅，或是监视了胡斯蒂亚诺、瓦莱利奥和德奥多拉，他们看到这些主子都靠不住了。要不然，这些仆役就与可爱的阿玛代奥结成同伙，这个天真无邪的小精灵，看来好像与雅琴室的其他朋友一样，在忙着自己的事情，可实际上,他和管家的人合作,想找到文塞斯劳的落脚点。没错,只要努力干活,每个仆役都能离开地窖。

管家对集合在一起的全体仆人是这样说的。为了表明他对这些人的关心不仅是口头说说而已——他的对头们总是这样攻击他——他特别突出了那些泥瓦匠,他们以石灰、石头、钻锤、灰铲、软尺、抹子和水准仪为武器,一眨眼工夫就把地窖的通道堵死了,就是那正好挨着最高处的门和摆着草垫子的地方。这样,黑暗,那古老的、地狱般的黑暗,现在终于留在仍然流淌着石灰水的隔断墙的另一边了:那令人害怕的孔洞,在一支蜡烛颤抖的火光的照耀下,在盐矿坑的穹隆下,只见一片猫眼般的星光在闪烁。坑道里堆放着多少年以前的家具,在那里腐烂糟朽,这些家具采用了如今已经失传的雕石工艺来装饰,水潭纹丝不动,好像从来就不曾有过一张面孔映照其中。所有这一切失去宠幸的东西被永远地遗忘在隔断墙后面了,这便是管家要求筑墙的目的。在封死几条坑道之前,有的事情应当确定下来,最不好办的是让厨师们决定是不是要留下那长满地衣、苔藓、蕨草的花园。由于无人管理,一些通道已经自然而然地被这类赘生植物堵严实了,就像是那瞎眼魔鬼堵住它的洞穴一样。这些赘生植物的大小和形状是那样变化多端和奇形怪状,好像每一堆每一丛都在随心所欲地变幻着姿态,好像眼看着它们在淫荡地增长着,膨胀着,那半植物半动物的肉质体联结在一起,又分开来;但是当人用手指摁进这肉质体后,它不能恢复原状,因为它就像老年人的肌肉一样,没有弹性。绝大部分人认为不必理会这些被抛弃在新筑隔断墙后面永恒的黑暗之中的地衣苔藓。然而,主厨不喜欢在管家鼓动性的演说面前显得无声无息,他召集了他的人马,对他们解释:

"这些地衣苔藓,虽然样子吓人,但是,对于我们的目标是很有用的,此外,依鄙人之见,它们还是很好吃的。那些不听话的孩子,并不像他们自己以为的那样在吃人肉。我们可不敢做这么残忍的事。吃人肉在当今是一种专门保留的节目,只有在特殊的情况下,一些从事科研的出类拔萃的精英才配拥有这非常高雅的经验。虽然他们品尝了人肉,也不算犯法,这仅仅由于他们是出类拔萃的精英。我们给孩子们吃的是肉质的地衣苔藓,是几种最硬实的,看上去好像是人肉。我们之所以选择这几种,是因为它们有一种孩子们迄今为止从未闻过的令人作呕的气味,这样就使他们相信,这是烧人肉时的一种特殊气味,令他们呕吐。因此要特别注意,不要堵住通往地衣苔藓园的通道,因为那里为我们提供惩罚用品,如果没有它们,我们就无法完成维持秩序的最高使命了。"

"谁硬说黑暗是一种绝对的状态?我不同意。比这种黑暗还要更进一步的黑暗难以存在,可是,我猜想,我设想,我记得,阿伽庇托枕着我的肚子在睡觉,他那制服袖口上的金色枝蔓花纹在闪光。我还能看清那花边上的亮点,制服已经显得破旧了,因为我从那上边揪下了几道花边,用来做绷带。我的眼睛别无选择,已经学会了在黑暗中识别几种形状。

"我和阿伽庇托在这里也许已经生活了——如果这种毫无希望和徒劳的等待也可以叫作生活的话——几个星期,因为我不知道自己在等待什么把我从这种期待中解救出来,而且,我也不知道,如果突然放弃这种荒谬的期待,我还会做些什么。我待在这里,也不一定全是由于阿伽庇托受了伤不能动而我又不愿意丢下他不管,倒是由于自己被所发生的事情弄得茫然不知所措。我刚刚醒过来,现在我看不清矿洞,但是我知道,它就像马戏团的剧场一样,很高,很宽,中央有一个小潭,上面笼罩着一弯穹隆,那上边有安置神像的蜂窝状的壁龛,从前我看到那里有上百尊青铜塑像,那里点燃的松明,映照在水中,演变成许许多多火光。不,这不是我在梦中所看到的,但是,我还没有完全清醒过来。自从我们被困在这里,我醒后的第一个冲动就是去摸摸我朋友的胸脯,看看他的绷带是不是又湿了。我必须待在他的身边,因为我们休戚与共,命运相同,如果我们分开,那命运所剩不多的意义就完全丧失了。昏迷中的阿伽庇托央求我,对我喊,叫我扔下他别管了,说至少应当使我得救,这才是合理的。他说了一次又一次,说是许多许多年以后,当这一切都已成为过去,不过是编年史上的一场噩梦而已时,我们的友谊便仅仅是失败的象征。那时,也许会有人在这里找到他的遗骨,上面覆盖着残留下来的制服上的金饰:这个人将要研究这具残骸的种类、地质年龄、种族,而不是他特有的感情。他还说,与此同时,我们的全部历史,将要顺着自己的路子去寻觅或是临近或是遥远的结局,但是,全都毫不容情,并不会由于他死得平庸而受到影响。我要和阿伽庇托待在一起,直到最后,特别是为了向他证明,没有什么平庸的死。

"这样下去还要过多久?阿玛代奥会说,过了六个面包,过了十二个面包,他是这样来计算时间的。但是,他的这种时间概念与现实的相应关系,对于我来说,是模糊不清的。反正在这里没有测量时光流逝的标准,就只有靠阿玛代奥所说的面包了。这些面包,不像我们吃的另一类地衣苔藓做的食品那么令人恶心,后者叫人想吐,倒不是因为不好吃,而是由于光吃这类食品会叫人发疯的。我们宁可吃阿玛代奥用来计算时间的面包,也不愿意吃它,再也不要吃它了。阿玛代奥告诉我们说,别墅里所有的门都给钉死了,窗玻璃都被涂成黑色，但是他发明了一种计时方法，以免失去时间概念：在摩尔式小客厅的黑玻璃的一个角落，有一条小缝，白天，从那里可以照射进来和反射出光线来，那条缝就是光明和黑暗、室外和室内、真实和欺骗的分界线。当小缝黑了的时候，阿玛代奥就知道天已经黑了。他不是计算已经过了一天，而是计算已经过了四个面包，这是两个人，即阿伽庇托和我，吃了不会饿死的最低限。我总是告诉他，要是见不到我，就到那黑洞洞的厨房门背后去找我，就是那间黑厨房，米娘在那里把阿依达给烤了。在那地窖里，有一些又矮又粗的柱子。阿玛代奥沿着巷道一点点往里走，他扔下一把从餐厅里偷来的银餐刀，那叮当声在石洞里传开来，那回声在坑道里扩散，一直传到最深处的最宁静的地方，即我们的藏身之处。听到他的召唤，我就朝他跑过去，他递给我一个装着面包的口袋，那里的面包是有数的，因为一方面能用它充饥，另一方面也是一种人为制定的计时方法，计算从吃一个面包到吃另一个面包之间的时间。这是一种虚构吧？或者，更确切地说，是一种"约定"，约定是虚构中最根本的因素，它能使我们互相理解。他告诉我上边发生的事，还给我拿来了奎宁，是为了降低阿伽庇托的热度。我非常想知道此刻几点钟了，他便回答我，是太阳下山前的几分钟，因为那条裂纹正在改变颜色，就像头发在黄昏中改变颜色一样。于是，通过阿玛代奥，以这一条裂缝，我就与我本有权参与的外部世界的故事发生了联系。最后一次见到阿玛代奥时，他对我说，今天——我估计是今天——再过八个面包，就要把地窖的出入口堵上了。管家坚持说，住在这里的仆人们，他们经过了艰苦卓绝的修复工作之后，应当住得舒服一些，仆人们曾反复地向他提出这个要求。可并不是为了这个理由——阿玛代奥向我解释道，他是害怕科斯梅再次出现，他瘫痪了，半边脸和一只眼睛被硫酸烧坏了。他仍趴在棋盘上,但是已经不能再下一盘充满险情的象棋了。使科斯梅再也不能下象棋,使我被困死在地窖里,这意味着和整个失败内在相连的惩罚不仅仅是屈辱,因为这种屈辱终归还是可以忍耐的,而是被抛弃在一切重要事情之外。

"至少还剩下这件事情可做:略微抬起阿伽庇托的头,将头轻轻地平放在地上。点燃一根火柴,火光照亮了坑道的内壁和穹隆顶上的晶盐。我并没有看到这些晶盐——从前看到过——因为我正在观看着阿伽庇托的面庞。他睡得很安详,没有再次昏迷。对了,对了,绷带上那星状的血斑,像是胸前的装饰品。如果我父亲手上的那把刀子扎下来,我的装饰品又会在哪个部位呢?我朝右边迈了一步、两步、三步、四步,来到水池边,我的祭奠之血将与映照在水中的土著居民手中的火把融在一起。然而,他们并没有接受父亲那罪孽的供奉。就在他们把我放倒的这个水潭边——我不再计算过了多少秒钟,开始进入冥冥世界——我拿起昨天权当绷带以包扎伤口的纱织花边,那上边沾满了丰富的矿物质,也许是对健康有益的矿物质吧,花边在水潭里洗过了,此刻已经晾干了,干干净净。我照旧数了四步退回去,退到阿伽庇托的身边,我摸了摸他。我宁愿在他睡觉的时候摸摸他,不仅是为了减轻他的痛苦,而且是不愿听他在绝望中总催逼我:文塞斯劳,快逃吧,快逃吧,快逃。可别让人抓住你呀,活命吧。因为只要你能逃出去我们大家就有救了。你干吗非得管我呢? 后来,当土著们把我从父亲的刀子下解救出来时,我当着父亲的面骂他是"狂妄之徒"。我拒绝这个负担,因为,一刹那,我对他的信任完全丧失,我唯一的回答是个人的回答,我只有那种古老的共同分享感情的本能,这种本能顶多只能点燃一支蜡烛,但这便是我拥有的一切。阿伽庇托正在睡觉。我差不多是在悄悄地给他解开绷带,他轻轻地颤抖了一下,然而我还是替他一层一层地解开了绷带。我为他洗伤口,今天我觉得伤口边沿清晰,有如一枚硬币,因此我断定,他会好起来的。问题是要等待,如果我们能够等待的话。那么,当我们的父母回来时——他们总会回来的,因为这块地方出产黄金哪——我们就要回到地面上,那时仆人们就不能对我们为所欲为了,而我们倒可以对他们为所欲为。我又可以化装成威力无穷的魔鬼玩偶披上卷发,穿上裙子,还有上浆衬裙。我要说服我妈妈,叫阿伽庇托当我的私人仆役,这样他就会和我们一道得救了。除去那些已经腐烂了的东西,我们要拆掉一切,省得它们自行倒下,这样,一切的一切就会完全改变模样,那将是连我也从未见过的。最好是现在别完全清清楚楚地知道该重建些什么。最不需要的是对什么都知道得清清楚楚,因为若是什么都知道了,那将是很危险的。

"我用一把阿玛代奥留给我的银餐刀,用从花边上割下来的布条缠绷带。我在阿伽庇托的身边坐下,吃着我的代理人传递给我的最后一块面包。这就表明已经到时候了,我要通过巷道一直来到门边。我把面包口袋放在阿伽庇托手旁边,省得他醒来时找不到我。我知道自己应该朝哪儿走去。向左八步,摸到岩壁,一直走就可以找到坑道的出口。那斗折蛇行的坑道,尽管在黑暗里,矿石仍在闪闪发光。也许我走了半小时,也许更多些,也许更少些,这倒无关紧要,因为我来到了长满地衣苔藓的那个洞穴。穿过那一段路时,我用一只手在前面探路,用银餐刀砍伐着那些寄生植物,那是十四个面包前,我到这里来过以后,它们又长出来的头颅和肢体。只有穿过这里,我才能进入另一条巷道,在那里我找到一架螺旋形的梯子,又陡又直。我沿梯而上,那里是一间大厅,有五条水平坑道在那里汇合。坑里的石头经过打磨。我摸索了一下,进了当中那一条。我走啊,走啊,像个梦游者,两手伸在前边走着,走到尽头就可以摸到一扇木门的背面了,但是我没有摸到,我还没有到呢,还离得很远,还有很大距离,因为……是的……有情况:鹤嘴锄在刨,有人在唱,在笑。我趴在地上,悄悄地匍匐前进,以便看清别人,而不让别人看见我。我看到尽头有一线光明,越往前爬,那光芒就越明亮,我想看个清楚,就不顾什么危险了,到了地道口,光亮增强了:那是一盏灯,有两个男人在堵洞口,他们一边笑,一边讲故事,正在码着一排排石头。我只能从这两个人的膝盖处看到亮光。他们在这里干了多久?还要多久干完?那么,我们,阿伽庇托和我,不就会被活埋了吗?他们又砌上了一排石头,现在我只能看到他们的腰部以上了。这么说,我们再也不能回到地面上了吗?要是我用银餐刀向他们发动突然袭击,像龙卷风似的冲进雅琴室去对付管家,那又会怎样呢?他会杀死我们。他会很容易地为我的死找出一条理由,说什么我父亲不喜欢自己的孩子,就一个一个地杀死,我是最后一个。要给我父亲定罪,并且对他判决,是多么容易啊!这看上去非常接近事实,可实际上是多么谬误啊!但是不行,科尔德利娅说得对:我不应当扮演被他们杀死的角色。也许我该扮演的角色就是和阿伽庇托一道,被困死在这里,这与死在我父亲的刀下是一样的。那次是聚集在一起的土著居民要求我父亲做出的牺牲,以此来表明他的心迹,表明为了这些人,他什么都肯做。如果父亲这样做了,他们将全力支持父亲,甚至为他去死。父亲同意以我幼小的生命来赎买他们的支持,可他连问也不问我一声。而我呢,说不定还会同意呢。然而他问都不问。虽然刀子并没有扎下来,但是我和我父亲之间的关系完了。这本来应当是鼓舞人心的,在那个有水潭的洞穴里,土著们正在炫耀着他们的珍宝、羽毛冠和长矛。这时候,我父亲却要用刀尖扎我的脖子,土著们用一种野蛮的呜噜声一齐制止他这样做。他们喊道,别,有这就足可以证明了,然后把火炬扔进水潭。一片咝咝声中,突然黑了下来,一片水汽,我以为实际上自己已经死了。确实,我的一部分已经死去。我现在与阿伽庇托一道冒险,就是要以此来恢复我死去的这一部分,因为这是另一种方式的复苏。

"现在我只能看见两个脑袋了,还有投射在穹隆上的一小片凹形的火光。他们说着话,吹着口哨,在干活。他们怎么会想到阿伽庇托和我,再过几分钟就会被活埋了呢?坑道的其他几处出口也将被堵死,不管怎样,我心灰意懒,在黑暗中是怎么也找不到这些出口的。因此,我们将在这迷宫中死去。我已经看不到他们的脑袋了,只是看到穹隆顶端有一线光芒,使我还记得存在着另一边。

"突然,我心中闪过一个念头:也许一切不见得都完了,我想,我应当往前看,朝我们先辈的房子里面走,也许出路就在隔断墙的另一边。前面的光终于熄灭了,使我失去了朝那里爬去的可能,但我内心点燃了另一点火光,小小的,很遥远,在我内心的另一极端,这个念头就是到村子里去。我的希望激发起来了,它想起来了,睁开了眼睛,朝着想象的地方,也许光就是从那里照来的。对了,我父亲、我姐姐和我母亲,有一次,我们钻到这个坑道里来了,就是穿过刚刚堵上的这扇门进来的。我们穿过这条我熟悉的走廊,下到这一架总也下不完的梯子,走进另一条坑道,一直来到那水潭边,就是我父亲想杀死我的地方,但是聚集在一起的土著居民救了我。为什么我不迫使自己的记忆,让它超越那总是围绕着我的父亲曾经想杀死我的罪恶行径,而继续往前发展呢?我俯身躺在这里,我的记忆,经过一番努力,猛地一跳,退回被禁锢的地方:在那间内室里,贮存着服装和带精美图案的皮革,以及乳白色陶罐。是的,我父亲只是在很短的时间内点燃了灯,让我们的眼睛看看这些东西,而我却看到那边有两个裸体的土著居民,手擎火把,还有一条长长的通道,通道可以把我们引导到村里去,那里有阳光和流通的空气——不是这种毫无生气的空气——阳光抚摸着面颊,清风吹拂着皮肤,岩崖下是平坦的沙地、茅舍,一望无际的原野,人们已在宰杀一头猪——拿我当祭品与此相比,宰猪为祭品要人道得多。当我看到那头牲畜挣扎时,我代入了自己,哪曾想到,他会拿我来代替那头牲畜?他的想法是以我幼小的生命来实现他的那项计划。我匍匐前进,伸开胳膊往前爬,爬完那整段巷道,一直爬到刚刚砌好的那堵墙。我停了下来,因为我脑子里充满了种种想象的情景,使我松弛下来,好像昏迷了似的。我将面颊贴在地面上,伸开臂膀,张开五指,怎么啦?我摸到了什么?是一只纸口袋?是的,是时间的口袋,面包的口袋,我就是来找它的。阿玛代奥很尽职。我清醒过来。我不能光是享受自己的轻松,因为我的手指摸到了纸口袋,并且抓住了它。也许这是最后一口袋面包了吧。刚刚吃过的面包告诉我说阿玛代奥就快来了,在我吃完最后一块面包,也就是第十四块面包时,他来给我留下了这只纸口袋。不管今天有多么危险,他还是尽职了。阿玛代奥,我的好人,我那白费力气的阿玛代奥!由于我一下子碰到了那只口袋,就拿起它站了起来。我已经不知道哪一条坑道将把我引向别墅,哪一条将把我引向阿伽庇托那里。我点燃一根火柴:啊,是往那边。但是在火柴燃尽之前,我看到纸口袋上写着一句话:十二个面包以后到村子里去。没有署名,准是他。我在坑道里跑开了大喊:阿伽庇托……阿伽庇托……"

2

孩子们和土著一样，和大人一样，也都会估计——多少年来多少代，这已经成为一种本能——能估计出仁慈的玛鲁兰达何时开始酝酿它的仇恨——加速茅草的成熟期，扬起秋天的飞花，制造出近乎神奇的景象，那可算世上独一无二的情景了。一年一度的飞花铺天盖地，将这一地区淹没。正如我们已经见到的那样，这一切的开始，仅仅是一朵粘在特伦西奥那黑绸领带上的小小飞花。这是第一次预告，如果不从此刻起就立即收拾好箱子准备旅行，那这个人准是疯了。在这几天宁静的日子里，家里的女人们由于怕闷热，全都穿着袒胸的连衣裙，戴着有绿色衬里的遮阳帽；男人们坐在阳台的摇椅上，凸纹布背心纽扣解开，巴拿马草帽一直压在眉头，他们满心骄傲地望着这一片原野，因为他们，本杜拉家族，不仅拥有如此壮美的原野，而且简直可以说，是他们造就了这一片原野——这里竖立着一片白茫茫、轻飘飘的羽状花冠，从这天边一直伸延到另一面天边。还有几天和平美好的日子，茅草在清风中轻轻摇荡，玛鲁兰达好像在一片极为白净的海中航行，航行到那样一个地方。在那里，荣耀不是短暂的，而是永恒的。

但是仆人们欣赏不了这种美景，也估计不出与这种美景密切相关的危险，因为他们与玛鲁兰达之间只存在着一种短暂的关系。因为年复一年，一个夏天又一个夏天，主人们按季节雇佣仆人。他们要返回首都，为什么要回首都？什么时候回首都？主人们不屑于告诉他们，而仆人们也不想着应该去问问。

在本书第二部分谈到的这个夏天，仆人们体验到一种说不出来到底是什么的感受,他们感到窒息,感到紧迫,干活时笨手笨脚,站立不稳,动不动就感到无精打采,或是暴躁如雷。他们觉得大祸临头,大家全会死于非命,天气热得叫人受不了,苋草颜色的天鹅绒制服汗津津的,上面粘着一层细细的白色茸毛,仆人们不认识那是什么东西。在没有空气、没有光线的别墅里,仆人们和孩子们感到透不过气来。一天又一天,原野那边,或远或近,有一团白色的云霞,越聚越多,这团白云紧跟在胡安·佩雷斯和他的随从们的身后,这伙人到底是为了什么去追什么人,连他们自己都简直弄不清楚。这云团就是由于他们纵马狂奔时,马蹄踏着那蓬松的茅草羽冠而扬起的。对于管家的犹豫不决,胡安·佩雷斯已经厌烦了,因为他比任何人都清楚,随着时间的推移,危险正劈头盖脸地朝他们扑来,因此他连问都不问一下管家,便命令园丁头不管三七二十一,两天之内必须用可以找到的长矛把栅栏竖起来,圈住尽可能大的范围。结果只围了一个很小的圈子,几道铁栅栏从月季园当中竖起,到离别墅只有几步远的石头台阶底下。于是管家气呼呼地冲胡安·佩雷斯嚷道:

"……我做出了这么大牺牲,难道就是为了最后住在一所监狱里吗?"

"这才是最有效的防范呀!"胡安·佩雷斯想叫他平静下来。

直至此时,不仅是胡安·佩雷斯,谁都不知道要防范的是谁,连管家都认为没什么好防范的了,要么就是防范一切。要想继续认为是防范食人生番,已经毫无意义了,因为他们被追捕、被屠杀,他们的团伙被打散,他们被放逐,被关押,所剩不多的几个,已经不能构成危险了,虽然能够以此为理由继续传播恐怖。有一个孩子,仅仅有一个,那就是文塞斯劳——人们还以为他继承了父亲的有害教导,而这些人却不知道,父亲的失败及其痛苦经历,已经迫使他以完全不同的方法来思考问题了。因此,一次新的进攻,姑且这么叫吧,不仅是从另一个侧面着手,而且是以另一些可能乍一看去不像进攻的方法。这孩子无法使全村所有居民保持昂扬的斗志,因为,显而易见,若是没有食人生番的联盟,他是什么事情也干不成的。

可是老爷太太们呢?头头们问道。是的,还有老爷太太们。他们或迟或早总是要回来的。他们要回到玛鲁兰达,在这一点上,头头们与文塞斯劳的观点是一致的,因为这里出产黄金。他们才构成最致命的危险,他们将要在新招募来的一大群仆人的护卫下回来。新的仆人满怀希望和热情,带着玩具般的武器,装着糖果一样的弹药——可他们自己的弹药已所剩不多了,因此,他们无法与新来的人抗衡。那些人会更加温文尔雅,倒不是说这种文雅有什么必要,他们会来摘取本来该由这些人采摘的成果……这是在胜利之中——他们还没能完全品尝其中的滋味呢——的一种令人沮丧的失败。是的,一旦主人们同意给已经发生过的许许多多的事件拉上一道厚厚的帷帘,这些人就要来采摘桃子了,要摘取那么多、那么多的东西。可是,当然喽,从这个意义上说,他们仆人和主人的道德标准是一样的,尽管构成的方法各不相同。他们知道,不会有什么危险,这场最严重的灾祸的罪责将由已经死去的阿德利亚诺·戈马拉来承担,并且,在那不祥的日子,他一发疯就捅出乱子了。有着他那样的年龄和经历,他本来不仅仅应当控制住孩子们,也应当控制住玛鲁兰达的局面。

然而孩子们可不像他们那样,他们在空气中刚嗅出点味儿来,就立即猜出仆人们徒劳无益地防范的到底是什么。从这个意义上来说,一道铁栅栏管不了什么用:恰恰如一年前,他们也要防备铺天盖地的飞花一样。但是,当时他们有土著在身边,土著们懂得这方面的事情,靠的是为生存的需要而产生的古老方法,土著不仅教会了他们如何避免窒息,而且提前就告诉了他们,免得孩子们害怕,因为刚一开始人们毫无察觉。他们解释道:一开头,好像突然变成了瞎子,一切都变得模糊,周围一切都是棉絮,甚至像有一道帘子,把他们与整个世界隔开。那时候,邪恶的北风开始在原野上肆虐,将茅草那成熟了的蓬松的花穗刮起,连最后一朵飞花全都刮起,整整几个星期都在折腾。那时候,天空的云越积越厚,像是凝聚起来的、令人透不过气的沙,然而,还是可以透得过气的——土著们曾经这样对他们解释过。眼睛可以不受伤害,面孔也不会被擦伤,问题仅仅在于把生命维持在最低限度,要尽量贴近地面,因为地面飞花的密度最小……尽量减少呼吸,一小口一小口地吸气,不能深呼吸,也不宜频繁地呼吸,尽量少活动,最好别动,简直就像个植物人。这样,一直到风渐渐停息下来,直待到原来被风暴刮得一片昏暗的天空变得晴朗,并且,待到冬天,吉祥的寒冰使大地冻结,以便开始一个新的周期。

阿德利亚诺·戈马拉曾经邀请过土著居民的首领带着家属和随员来到别墅过秋天,但是,为什么只有首领们才有这个特权呢?瓦莱利奥曾这样责问过,为什么不像一开头有人建议的那样,打开大门,谁要进来就可以进来呢?为了得到支持,阿德利亚诺允许成百个家庭涌入客房和周围的棚屋,因为土著们反正也不懂得玻璃和窗户的用途,他们以为,只要把门一关就安全可靠了。文塞斯劳观察着,他白费力气地教他们,恳求他们,甚至决定自己住到村子里的某座茅舍里去。那些房间不像在这里,尽是些带大窗户的房间,在防御飞花方面可能还会更有效。他把这些嚷给他父亲听,父亲身后是忠心耿耿的毛乌罗和那支长矛队,但父亲连听都不听他的,他急匆匆地登上舞厅里的乐坛,打算主持一次首脑会议。首脑们应召前来,以便解决在如此恶劣的条件下如何生存下去的紧急问题。可当时已经没有多少好说的了。或者，至少说，听到的声音已经很有限了，从破窗户里涌进来的飞花把声音软化了，变形了，飞花在大厅里呼啸着，使阿德利亚诺和他的侍从们透不过气来。而与此同时，土著居民的首脑们却表情严肃，裹着五颜六色的毯子，眼睛紧闭，几乎不张嘴地说话，而油画上的那些人物赶紧披上斗篷，盖上他们华贵的衣物，并笑嘻嘻地用面具、风帽和兜帽护住他们秀美的面庞，好像这只不过像过节时撒下的一些碎纸屑而已。

现在，这一时期就要开始了，幸好天空还是宁静的，只是热得难受，然而，宁可这样也比风刮起花穗好得多，因为只要有风吹草动，草籽就会脱离，飞花会扬出。文塞斯劳、阿伽庇托、阿拉维拉和小阿玛代奥懂得这点，他们便非常缓慢地在草丛中行走，小心翼翼地分开草秆，还有那呈瀑布形状、像小刀般锋利、可割破人皮肤的叶子，这几个孩子已经被叶子刮得够受的了，他们这样做，不仅仅是为了避免被割伤，更是为了避免当他们一路走过时便破坏了这里的奇景——朵朵洁白得像雪团的绒毛与上空蓝天里的片片白云相映生辉。也许只有几天的时间了，他们必须利用这几天赶紧逃跑。

我们的这四位逃跑者，一开始在原野上遨游时，那副模样简直是惨不忍睹。他们面无血色，被灾难和囚禁折磨得虚弱无力，只能跌跌撞撞地拼命朝前走，好像做着一场永远醒不过来的噩梦，要战胜无法克服的困难，去打通道路。要挪动阿伽庇托简直是太困难了，他又高大又结实！他还发着烧，由于伤口疼痛，仍然蜷缩着身子，他简直站立不住，白袜子撕成条条，花边也扯碎了，衬衫上染着鲜血。文塞斯劳扶着他，磕磕绊绊地往前走，他打头阵，带领他们朝一个完全不明的方向走去，设想着如果能在被原野上的野兽吃掉之前到达那个地方，他们便得救了。阿拉维拉拽着文塞斯劳的腰带朝前走，为了看清楚一些,她的眼睛瞪得大大的,她已经没有眼镜了,剥下她那件沾满自己粪便的破旧的连衣裙以后,只好穿着阿伽庇托的一件制服。可是,在当时的情况下,这件衣服给她惹了许多麻烦,因为那绣着金线花纹的下摆妨碍她走路,虽然也保护了她,使茅草伤害不了她。还有阿玛代奥,他一边走,一边给她开道,就好像他是个长者、强者,而她倒是个幼者,需要他的照料。因为是他把阿拉维拉从茅草屋里找回来的。是的,找回了她,经过折磨拷打,她已经成了一堆废墟。确实是他,阿玛代奥,他挽救了大家:他不再是那个漂亮的洋娃娃,那个"恨不得咬他一口"的可爱的小东西了。在这一天,他已经成了英雄,他一心想扩大这个明星的作用,就一次又一次地问他们,但是,阿拉维拉和阿伽庇托哪里有力气回答他呀!而文塞斯劳又忙着其他事情。阿玛代奥不知道满足地乞求他们,让他们一遍又一遍地说他们很爱他,因为他把一切都干得那么漂亮,干得真是太漂亮了。他这样可怜巴巴地哀求,实际上已经给那业已完成的英雄壮举打了点折扣。

但是不能否认,实际上阿玛代奥是干得非常漂亮,甚至,说真的,堪称非常精明,非常勇敢。他的首要任务是,从突袭那时起,他就使雅琴室的人把他看作自己人,他装得那么像,以至于不住在雅琴室的人对阿玛代奥都怀着一种盲目的仇恨。一提到他,就说他是"可耻的叛徒",而不是像从前那样,依据家里的习惯,把每年的那位管家称为可耻的叛徒。梅拉妮娅和阿格拉埃,她们好像脑子发僵,就会反复吻他,说这么几句"恨不得咬你一口"之类的话以讨好大家。没有任何人监视他,怀疑他,尽管大家都知道,他原先是文塞斯劳的代理人。他想自由自在地在别墅里走动,以便去寻找自己的小表兄,他断定,在厨房后面的那条巷道里可以找到,而不像胡安·佩雷斯那样,踏遍原野去寻觅他。胡安·佩雷斯自认为,地窖的事情就算过去了,但他没有想到,他的手下人,一琢磨这座迷宫有那么大,就害怕了,不肯再往前找,就向他撒了个谎。阿玛代奥用自己吃的面包进行了非常精确的计算,并以同样的精确,算出来交给了文塞斯劳多少面包。他安排好到村里去的事情,理由是他相信,反叛者、危险分子阿拉维拉会把一切都告诉他的,到那时候,文塞斯劳和阿伽庇托会从地下出来到那里去。尽管孩子们从不走出别墅,但管家的手下人,在预定的那天傍晚去找他,带他到那座茅屋去。在双轮马车上,他们让阿玛代奥坐在他们的膝盖上,和他玩,马车载他们进了村,仆人们嘲笑他由于智力发育很晚,因而连话也说不清楚。阿玛代奥随他们去笑,因为这使他发现这些仆人太笨了,因为除了讲自己的话以外,他们什么语言都听不懂,甚至连黑话也听不懂。他们说,真是奇怪,管家最近下令要将歇斯底里、毫无用处的审问进行下去,好像想剥夺胡安·佩雷斯的特权。经过拷打逼问后的阿拉维拉,拖着个残病之躯,见到这个由于缺乏光线照射而身心发育不良的小娃娃时,并没抱多大希望。当大人们走进茅屋时,听到孩子们讲的是白痴的语言,完全听不懂他们在说些什么。当然喽,阿玛代奥本来就是这样,另外也有这种可能:经过拷打,阿拉维拉倒退回童年,在她童年时代,那不连贯的声音好像是她与人们联络的唯一途径:

"呜哦,依希,勒唉,至奥,因依,得衣,迪……(我是来找你的……)。"阿玛代奥对她说。

她回答道:

"呜哦,伯乌,至依,得奥,希不希,胡安,奈恩,得翁,特安……(我不知道是不是还能动弹……)。"

"因依,赫恩,特因,莫啊(你很疼吗)?"

"赫恩……特恩……(很……疼……)。"

"至厄,西也,吉雅,赫哦,特奥,依安,特欧,勒啊,依奥,日昂,特阿,姆嗯,至欧,克唉……(这些家伙讨厌透了,要让他们走开……)。"

"施依……(是的)。"

阿玛代奥犹豫了一下才敢提到他表兄的名字:

"温恩,色埃,斯,勒噢,得恩,者啊,温鈍,墨嗯,呐喔……(文塞斯劳等着我们哪)。"

阿拉维拉长长地吁了一口气。在那以干茅草编成墙壁的茅舍里,她在自己躺着的那张臭烘烘的草垫上动弹了一下身体。阿玛代奥没有改变他的姿态,仍然叉着腿,坐在床头的土地上,虽然他很想把自己口袋里剩下的那块面包交给她,并且摸摸堂姐,让她和自己一起吃维持生命的这块小小面包。管家的下人们脸绷得紧紧的,很不耐烦,就像从前讥笑他那样,问他是不是审出了什么重要的东西。此刻,阿玛代奥却很自负地说,应当知道,他负有秘密使命;他只对管家一个人负责,他是管家完全信赖的人,有话也不能对他们这些人讲,他们充其量不过是些级别很低的仆役而已,因此,他让他们别来找麻烦,他手里的这件事,要放长线钓大鱼。于是,管家的手下就像男人们通常所做的那样,去找朋友,或是喝酒去了。他们把阿玛代奥丢在脑后,因为人们常常把他忘了,或是对他视而不见,或者,至少不注意他的存在。我这里运用了一下作者的特权,丢开一些该讲的事件,以便接下去讲我的故事,但愿读者能相信我讲的这一连串的小小事件而不必去仔细追究。总而言之,阿玛代奥用他藏在腰带里的一把银餐刀,在茅草编成的茅屋墙上割了一个窟窿,他从窟窿里爬了出去,而后又帮堂姐钻了出去,领着她,躲进村边原野上的茅草丛中,终于透迤地来到小河边,来到有块岩石的那片平坦沙滩上。他们躲进一个石窟里,在那里找到了正等着他们的阿伽庇托和文塞斯劳。他们没有说话,也没有什么好说的。只有出发……尽早出发。随便朝哪个方向走去。他们走得很慢,因为没办法走快,这就要看他们有没有运气了,能不能在刮起第一阵风之前,在被厚实得像一条围巾一样的飞花把他们闷死之前,赶到远在天边露出一线的蓝山那里。但是,最大的可能就是死在这里,就在离村子没有几步远的地方,饿死,渴死,找不到食物,或者干脆就是被某个比孩子们更胆战心惊的仆人打死。但是,不管三七二十一,现在就是要活下去。仅此而已。如果可能,还要让伤口好起来,减轻阿伽庇托和阿拉维拉的疼痛。设法搞到水和吃的。要与别的像他们一样毫无明确方向而出走的人会合,他们希望在北风刮起之前找到办法。也许他们将要与某个土著走到一起,这个人,从突袭一开始就提心吊胆地蹲在茅草丛中,在那里生活,如所有像他们的人一样,不知道该怎么生活下去了。面临的灾难和失望比他们想象的还更加严重,他们不知所措;还必须和那些人建立联系——他们敢于承认自己被吓蒙了,失望了;由于他们不知底细,回答问题时,只是做些试探,还不能形成什么理论,因为此刻的情况是:一切行动,一切密码,由于上下不通气而变得毫无用处,在此种情况下,什么办法也想不出来,除了逃跑,别无他法。

不过,请我的读者们放心,从一定意义上来说,文塞斯劳是我讲的故事——这个故事已经拖得够长的了,如果这还堪称故事的话——中的主人公,即使他最终会死去,在我的故事结束之前,也是不会死的。读到此处,读者们大概会想,在某些章节,文塞斯劳的轮廓显得模糊,失去个性,他的形象似乎要消失,但是,这没关系。因为从根本上来说,这并不是一个关于文塞斯劳的故事,也并不是任何一个说着和做着一些不可信的事情的不可信的孩子的故事。甚至到我们的故事讲到这里时,即这四个人尽量互相搀扶着,在我多次描写到的玛鲁兰达的广阔无垠的原野上逃亡时,我也不打算就他们之间的关系进行分析研究。因为文塞斯劳与我的其他那些孩子一样,是个象征性人物。也许,在这一群男孩子和女孩子之间最令人难忘的那个人物,就像是在普桑①的画里一样,他们在画面的近景中嬉戏,他们不像任何一个模板,因为不是肖像画,因为他们的面部没有被个性的烙印和最正式之外的激情束缚。他们本身以及他们的游戏不过是为了使这画面能有个题目而已,因为所要表现的东西并不那么取决于孩子们正在玩的那些仅仅是个焦点而已的古典游戏。在艺术家的探索中,这些人物与一直伸延到天边的怪石、林泉的互动,还有天边那一抹金色——从天空中扩展开来,美不胜收,令人动心,不可触摸,这一切构成了不现实然而又可以接受的空间,这才是这幅画的主人公,就如同在一部小说中,纯粹的叙述才是主人公,叙述在唯一的语言潮中可以粉碎人物、时空、心理学和社会学。

我要指出,本杜拉家族的孩子们自以为无能为力,这是他们身上最显著的特点:他们受到的教育就是发号施令,因此在日常生活琐事中一无所知,毫无办法,因为他们的父母把这一点看得非常重要,认为这才是恰当的。这便使得他们在业已毁灭、需要修复的物质世界面前,显得很笨拙,物质世界被弄乱了,弄脏了,需要整理和清扫;他们的头脑中从未想过,精美的佳肴,在准备停当、摆在银餐具上、端上桌之前,还有过一番简单的经历;也不曾想过,天鹅绒的质地、花色,

---

① 尼古拉斯·普桑(1594—1665),法国著名画家,对十七世纪欧洲画坛有较大影响。

上过浆的绸缎衣料,大礼服上的图案,这一切在变成他们可以享用的式样之前,全都按照某种智慧和双手的和谐而构成,他们不知道脑和手正是用来干这个的。他们也从不考虑那些躲在幕后制造出来的肮脏问题,因为那与高尚的生活毫不相干——他们只要雇些仆人来干些事情就可以了。因此孩子们便没有能力去组织,去规划,去预见和去准备。

这样,我的读者们就不会奇怪了,我们那几位小朋友,他们那么艰难地在原野上跋涉,怎么就想不起来准备一根长矛?当然,用长矛来对付火器是无能为力的,这话不假,但是,要想打猎的话,长矛可就是必不可少的了。只是当他们看到远处有一头鹿,正沿着一个水坑走着——这种水坑,在这片大地上隔不远就有一个,在大地上留下一个个不长草的秃斑——这时才发觉,他们累得走不动道,是由于饥饿而造成的。在这几个人中间,就数文塞斯劳最有先见之明了,连他也把在这种情况下会很有用处的银餐刀落在地窖深处。

"我把用来凿茅屋墙窟窿的银餐刀带来了。"阿玛代奥说,"这把刀是我的,可以救大家。"

这可不是告诉他们怀疑主义的最好时机,阿拉维拉昏过去了,需要在一丛树围大些的灌木下休息。他们离村子已经相当远,听不见那里的人声了,虽然有时可以听到一些嘈杂声和马嘶声。他们让这位姑娘躺在树荫下,为她解开了制服,就像豆荚开裂一样,她身上被锁链勒过的痕迹露了出来,还有专为她的血而来的尖嘴蚊虫叮咬过的疤痕。阿拉维拉的一声惨叫发自肺腑,那余音还在空中飘荡,轻飘飘的。她嘟哝着,说想吃点什么。阿伽庇托便问逃出来时带什么吃的没有。

"有面包。"阿玛代奥说。

"看看。"阿伽庇托说,"你只剩下这一块了。"

当阿拉维拉嚼着这最后一块面包时,阿伽庇托心灰意懒、精疲力竭地躺在阿拉维拉身边,他在思考:

"如果没有吃的,我们就无法远离村子……"

但是他们不得不远离村子:此时,在村里,人们已经发现阿玛代奥和阿拉维拉不在了,因为突然间,大批人忙碌起来,准备打仗,一队队人马吵吵嚷嚷,奔马把村子周围茅草的草籽震脱了。他们沿着小河一步一步地巡逻,搜寻那些失踪的人,因为他们认为,毫无疑问,这几个人会往小河上游逃跑。气势汹汹的骑兵队那肆无忌惮的马蹄很危险,骑马的人在寻找孩子们,因为他们很清楚,一旦管家知道了发生逃跑,准会向他们报复。骑兵队的马蹄就在离四个人很近的地方疾驰而过。他们四人相信,奇妙的偶然性会保护他们。他们几乎是在茅草丛中爬行。那儿藏不住人,也躲不开追踪者,除了改变前进的方向和进入那条与原野垂直相交的小河之外,他们没有任何主动权,那远在天边的一抹蓝山是唯一可指引方向的参照物。走在茅草丛中,草叶切割着他们的面孔、双手和身体,也切割着破破烂烂的衣衫,看到那摇摇摆摆的茅草羽冠,他们便想到如不赶快,自己会遭到什么样的命运。他们休息了一会儿,又一言不发地走起来,有时候觉得并没有往前走,因为放眼一望,到处都一模一样,直到后来,来到有些大岩石的地方才停步。他们从那里遥望着地平线,因为这样,可根据已看到的一些征兆,来矫正自己往山脉逃去的方向。在气势汹汹的追捕者面前,他们四个人显得那么软弱无力,很快便感到大地是那样广袤,自己是那么渺小。幸而原野已与他们结盟,在保护着他们。现在既看不到追踪者的身影,也听不见追踪者的声音了,甚至也不再害怕他们了,他们也不再无休止地争论,争论这已经开始的业绩是否可能、是否徒劳了。因为他们身上只剩下令人疯狂的饥饿、干渴,知道自己必死无疑。他们开始试着尝一尝走过去时觉得还没完全干枯的某种草茎,嚼一嚼某种树叶,可他们咳嗽起来,感到胃在痉挛,使他们流下眼泪,觉得更累。他们诅咒着茅草家族,它将最终战胜一切植物。傍晚时分,原野开始呈现出一种水灵灵的紫锦菜色,然而并不宁静,回响着怒气冲天的、动荡不安的马蹄声,好像敌人正在缩紧包围圈。只有等来到堆积矿渣的地方才能停顿下来。到了那里,面前才是一片空旷,而不是没完没了挡住视线的茅草,那么当追踪者要靠近时,他们至少从远处就可以看清。经过地窖里那毫无意义的寂静之后,黄昏的清风为阿伽庇托扬起了风帆,风帆已经张开,开始不宁静了,虽然他身上还带着伤,却也想做些事情了,便从坐着的地方站起来,观察着地上的土。

"这里有一个陷阱。"他低声说。

文塞斯劳站起来,观看阿伽庇托指点的地方。

"陷阱已经踩坏了,"这位年轻仆人继续说,"可能有一只野兽掉进里面了。阿玛代奥,把刀子递给我。"

"这把刀是我的。"阿玛代奥回答,一面把刀子往身后藏,"现在已经不是阿德利亚诺姑父的那个时代了,那时候谁都有权毫不客气地掠夺别人的东西。我可不像梅拉妮娅和胡文纳尔那样,认为管家是来恢复秩序的,但是这小刀必须由你来向我借,阿伽庇托,由我来决定是不是借给你。"

"阿玛代奥,"阿伽庇托对他说,暂时还没对他有关财产的概念产生怀疑,"劳驾能不能把你的小刀借给我?为了大家的利益我需要小刀。"

"你甭想用为了大家的利益为理由,来为自己开脱。为了大家,这一点我们全都明白,我很高兴把刀子借给你,但是你必须还给我,因为是我,只有我一个人想到要把刀子带来。"

"是的,我会把刀子还给你的,而且还要弄得干干净净。"

"就应该这样嘛。"

阿伽庇托像握着匕首那样拿着刀子,弯下身子,从草丛中来到空地。他竖起耳朵顺风听了听走在近处的人声:突然间他竟想到在洞穴中最好不要找到一只野兽,因为他需要在洞里藏身,在危险面前,饥饿退居第二位。陷阱是空的,他从洞穴边缘用手招呼另外几个人,叫他们把阿拉维拉挪到那里边来。他们马上就明白了,因为他们也听到附近有人声,便都一声不吭地钻进洞里。从那里阿伽庇托尽量把陷阱盖严实,一心盼着由于黄昏,光线不太强,什么也看不出来。

上面的情景是藏在洞里的人看不到的。可是这一幕经历的时间很短暂,只用一小段,作者就可以向读者简略地概括一下:在这个时刻,云朵就像从一座凉亭顶端垂挂下来的串串紫藤花穗,云朵的下面,这片原野上的矿渣堆,就像是准备好了就可以上演剧目的舞台前部,三位仆人,他们穿着带月白色花边的闪闪发光的制服,登上舞台。其中的两个,很显然,要让另一个最年轻的开始一种什么仪式,两人擎着一把羽冠状的茅草花穗。他们神情严肃,慢慢走着,好像在摆着跳三步舞的姿态。他们领着那位年轻仆人,此人笑眯眯的,一副精明能干的模样,手里什么东西也没拿。他们已经走到离陷阱很近的地方了,拿着茅草花穗的两个人和没有拿着的那一个人分开了,后者惊讶地望着他们两人面对面地站着,行持枪礼,然后把花穗伸向前方,好像那是垂直方向和纵横方向的分线规一样。他们的动作或是松弛懈怠,或是紧张激烈。他们开始挥舞那羽状花穗,越挥越猛。一开头,在旁边观看的那位还为他们鼓掌,但是到后来,眼看越是舞得起

323

劲,花穗放出越来越多的飞花,他便跑开了,躲起来,因为这些与他无关的飞花把他吓坏了。与此同时,两位"剑客"一面猛砍猛刺,一面哈哈大笑。他们扔下了残缺不全的武器——茅草花穗,没有被落在他们身上的那一阵飞花雨吓着,坐在地上聊开了,离藏着我们几位朋友的洞穴很近。虽然看不见那两个人,却听得清他们讲什么。

"他原来还不相信我们的话呢!"

"这是他第一次到原野上来,因为他和我是在雅琴室当差,我们不多的几个人,从来没见识过巴比亚①的月亮。"

"怪不得我们随便演示一下就把他吓坏了!"

一位仆人从制服里掏出一瓶酒,他们边喝边聊。尽管他们外表华丽,但是如果有人走到他们跟前,借着微弱的光线一观察,就会发现,他们的手指甲乌黑,胡子有一礼拜没刮了。这说明,虽然他们必须在穿着打扮上做到无可指摘,如同梅拉妮娅和胡文纳尔听说的在"美好的日子"时一样,在细节上也不可马虎,可现在,这一套都不灵验了,现在不可能那样了,他们看来好像被一种令人不快的颓败气氛所包围。两个仆人中间,那个笑得最厉害、喝酒最多的那一位忽然不吭声了。

"你是怎么的了?"另一个问道。

"我再也受不了这种紧张了!有人说只差两三天我们就无法呼吸了,还有人说还差两三星期,这两种期限都够可怕的,而现在管家又让把地道口都堵上了,这该死的,如果我们找不到藏身之处,连逃都逃不了啦。"

"谁说只有两三天了?"另一位问。

---

① 巴比亚是西班牙北部地区,"没到过巴比亚"意为没去过远的地方。

"孩子们。"

"不是我在当差的雅琴室里的孩子们说的,因为他们现在忧心忡忡。这是由于侯爵夫人,她都这把年纪了,却快要生孩子了,是跟一名马夫的……"

"跟一名马夫!这多丢人!总而言之,不是那些孩子,他们是不会生事的,因为他们总是忙着干他们一直干的事情。说这些话的是另一些孩子,他们追随堕落的食人生番,就是他们,搅得我们没法安生过日子。为了尽职监视他们,我们走到他们跟前,听他们聊天,他们就开始讲去年秋天的那场飞花风暴,说怎么透不过气来,怎么一开头受不了,说要不是阿德利亚诺·戈马拉让他们和土著们一起躲进地下室里,早就没命了。他们说地窖大极了,可以容得下所有的仆人,所有的孩子,以及一个个完整的土著部落。他们说有的部落常年住在地底下,在黑暗里生活,从来不上地面来,差不多成了岩石。他们脸色苍白,面孔浮肿,好像蘑菇一样……我认识一个仆人,他说,他觉得夜里就在他睡觉的草垫子附近看到他们在活动,听到他们在讲话。现在他们只能议论即将来临的飞花风暴。我们在窥探孩子们,是为了听到他们谈话中更多的细节,孩子们也不议论别的事情。此外,他们还在纸上画一些我们看不出名堂的东西,扫除的时候,可以从纸篓里捡到。我们拿来研究,因为这是我们的职责,于是发现,那些图,看上去难以理解,其实画的是由飞花组成的云朵,肆虐的狂风使人透不过气来,人们的面孔由于难受而可怕地扭曲……我们宁可不听孩子们说的话,不要看他们的画和写的这些东西,但我们不得不这样去做,因为这是我们的义务。可现在呢,地窖封死了,我们该怎么办呢?我们往哪里逃呢?是不是最好跑到原野上来,战胜原野,穿过原野,逃离胡安·佩雷斯,逃离管家,逃离使人产生幻觉的孩子们,逃离主人们,因为等主人回来时,由于失去了阿玛代奥这个漂亮孩子,还有阿拉维拉、文塞斯劳和毛乌罗,他们绝不会奖励我们,而是要惩罚我们的。让我们逃走吧,逃到天边那一线蓝山山脉。"

大喊一声,从地洞里跳出来,立即和他们结成一伙,因为尽管他们是敌人,他们也是人,也和自己一样,因为同样的忧虑煎熬,虽然他们是以相反的方式提出问题的——当文塞斯劳和阿伽庇托听到这两个醉汉的对话时,最初的冲动犹如一道闪电,使他们从陷阱里站了起来,但是,还没来得及让人发觉时,他们又听到了这样的喊声:

"管家万岁!"

"本杜拉家族万岁!"

"打倒食人生番!"

"仆人万岁!"

一分钟之内,只听得那块空地里一片奔忙,马匹扬身奋蹄,好悬乎呀!这一切就发生在我们四位小朋友身旁:那些人在唱歌,开枪,问话和回答,哈哈大笑,又喊又叫,然后裹挟着那两个喝醉酒的人走了。一分钟过后,空地重又变得空空荡荡,万籁俱寂,好像每条沟每道坎都笼罩在一片宁静之中。阿拉维拉躺在陷阱里,完全憔悴不安,她在呻吟,向阿玛代奥用隐语说她要吃面包,因为她已经忘记怎样正常地讲话了。黑暗中,文塞斯劳和阿伽庇托互相寻找着对方的目光,询问着怎样才能减轻饥饿,还有干渴。他们必须暂时从地穴里出来,以免从上面落下的一股股尘土把他们闷死,也省得什么野兽掉下来砸着他们。现在到了白昼与黑夜的交界时刻,阿伽庇托对孩子们解释道,在这神秘的昏暗而宁静的时刻,野兽跑出来,到原野上每隔一段就涌出来的一个个泉眼去喝水,这些陷阱就是土著居民设在泉眼附近用来挡住他们去路的。阿伽庇托朝外面爬去,他出去时十分小心,以免碰坏用茅草编成、上面压着泥土的顶盖。他在文塞斯劳的帮助下从陷阱边上先拉出气息奄奄的阿拉维拉,然后拉上来毫无反应的阿玛代奥,最后把文塞斯劳也拉了上来。

在空地的一端——就像土地的皮肤起了个皱褶,又好像一枚指甲,与其表面相比,它与表皮下面的骨架有更密切的联系——一块岩石露出地面,酷似一张桌子,高度不超过周围的茅草。他们来到石桌旁,希望自己的身影与石桌轮廓浑然一体。文塞斯劳帮着阿伽庇托把阿拉维拉和阿玛代奥安顿在石桌跟前,然后爬上石桌。他遵照阿伽庇托的劝告,趴在石头上面,以便观察别人,而不被别人察觉:那边,村里的灯光依稀可见,远在地平线上,或者是在地平线的末端,可以看到别墅被一片翠绿包围,那是花园,现在已是漆黑一片。

"已经看不清蓝山了……"文塞斯劳低声说道。

"如果你说别墅在这一边,而村子在那一边,那么,山应当在这个方向。"阿伽庇托在岩石下面回答,一面指点着方向,"总而言之,在重新看到那座山脉以前,咱们最好别动,这样咱们就不会走错路。"

是通向何方的道路呢?文塞斯劳思忖着。要是他知道就好了,他们跑了出来,是那样痛苦,是那样伤心,那样毫无意义。现在他们连最起码的、能够维持生命的力气也没有了。天空稀稀拉拉地有几颗星星在闪烁,并不因此而失去它那残酷的抽象模样,仿佛此刻这令人难以忍受的现在,不过是它的一阵心血来潮。但是阿伽庇托却在岩石脚下哼着歌。文塞斯劳想,也许这样更好一些,他这样想大概是由于他们要露宿了。现在,已经不像在地窖里了,至少他还可以和阿伽庇托聊聊天。

"阿伽庇托。"

"嗯?"

"他们都睡了吗?"

"他们都不动弹了,可还活着。"

"你怎么知道的呢?"

他们两人意见一致,便一问一答谈开了。

"那关于陷阱的事呢?"

"我母亲,有时挺专横,有时又很耐心,笑眯眯的。她反复无常,可她是一个本地妇女的女儿,姥姥跟她说过一些事情。"

文塞斯劳可不像阿玛代奥那样冒冒失失地显得挺幼稚,说话之前他先停顿一下:

"我也知道一些事情呢。"

"能讲给我听听吗?"

"行啊!"

于是躺在大石头上面的文塞斯劳就对躺在岩石下面的阿伽庇托说:陷阱旁两个醉汉所说的只不过是堂兄弟表姐妹们散布的谎言,那是为了吓唬他们的。他们自己,以及土著居民,从来就没有躲到地窖里过。更有甚者,他父亲认为那样做是很有道理的,所以,在上次飞花的风暴刮起时,就想强迫土著居民藏到矿坑里去,但是土著居民另有一套合理的制度。与这种制度对比,父亲的那一套简直就是冒犯行为。他们设法向他解释道,地窖是个神圣的地方,飞花扬起时,他们不能到那里去,他们正是以此来解释,往昔是怎样败在本杜拉家族手里的。他父亲辩解道,在如今这种紧急的情况下,再也不能按迷信行事了。土著居民对他解释道,这并非什么紧急情况,因为一代又一代,一年又一年,他们有自己的办法来对付飞花,况且还很有效。若不是他在那里强加于人,根本就不存在什么紧急情况。于是,当第一阵狂风吹来,北风呼啸着把茸毛刮进喉咙和眼睛里的时候,在父亲的率领下,毛乌罗和一群忠于父亲的人,手执长矛,包围了一个部落的土著居民,强迫他们钻进了地窖,以便"挽救他们",从而,在挽救者和被挽救者之间形成了不可调和的敌意。酋长们通过他们的使者前来宣告,面对这种污辱,他们只好率领自己的部落永远地撤离,仅仅留下阿德利亚诺·戈马拉自己和孩子们,这就表明,归根结底他实际上是个什么人——一个本杜拉家族的人,一个敌人。面对这种危险,阿德利亚诺·戈马拉惶恐不安,便在被飞花包围的跳舞厅里召开了一次首脑会议。这些人要求他说,为了证明他无条件的耿耿忠心,必须在地窖里那最神圣的地方,在聚集起来的全村人面前,牺牲他的儿子——只能这样,别无他法。自本杜拉家族到来时往前数三十代以来,他们就已不再这样做了,一旦他们在地下水塘旁边吃下文塞斯劳的肉,他们就会再度变成食人生番。文塞斯劳沉默了一会儿,阿伽庇托低声说:

"也许……"

"你和我想到一块去了。"

"让我说出来吗?"

"别,先别说。会到时候的。总而言之,那就是我父亲邪恶的、象征性的对我的杀害,若不是土著们并非象征性的宽恕将他阻止住的话,这一杀害就成了现实。多亏他们这样做,我才能够复生。"

我们一起待在这里,我本来可以这样补充一句,你和我在一起,为了干一番暂时你我还不明了到底是什么的事业。两个人的眼睛透过黑暗,寻觅着那看不见的蓝山。阿伽庇托用非常轻柔的声音唱着一首南方炎热地带的歌。他说,有朝一日他定要去那里观光,然而两个人都已经抗不住疲劳,孩子们总是那么喜欢睡觉,他们互相挨得很近,在星光的照耀下睡着了。

3

在黎明的晨光中,他们头一个看到的是阿玛代奥那闪闪发光的刀片和刀片上清晰的花纹闪烁着的神秘光芒。小刀撇在一个小小坑边的泥土上,那是一个大不过一抱的小坑,里面积满了发黄的东西,真令人难以置信,他们把那也看成了甘泉。看到了水,他们把阿拉维拉毫不客气地平放到地面上来。虽然阿伽庇托和文塞斯劳立即就想到了小刀是怎么回事,他们还是赶紧扑到水里,趴在那儿喝了又喝那发咸的水,用水打湿面孔、身体、胳膊和干巴巴的衣服,然后又去找阿拉维拉,没有给她挪地方,免得她的瘀伤疼痛——疼得她好像骨头散了架。他们用手掬水给她喝,让她喝个够,然后给她冲凉。阿拉维拉算是活转过来了,她用刚刚能让人听见的声音问道:

"阿玛代奥呢?"

现在他们坐在茅草丛的荫凉下,直到此时才终于敢看一眼地上那把闪闪发光的刀子,他们是被这奇特的、温和而又灼热的臭气给弄迷糊了——这好像是一个封闭的屋子里的气味,那里躺着身体肮脏、衣服破旧的人,他们睡在野兽常常前来喝水的地方——是的,这就为他们今早的令人烦恼的侦察提供了答案。当他们醒来时发现阿玛代奥从头天晚上他们安置他睡觉的地方消失了。他们朝着四面八方大声地呼唤着他,但是不敢离开那块庇护着他们的大岩石,以避免在这块空地上暴露在可能存在的敌人的目光面前,同时,也是由于不能撇下阿拉维拉一个人。阿伽庇托对文塞斯劳说,像他现在这样,又渴又饿,筋疲力尽,是做不了其他事情的,只有守候在阿拉维拉身边,而他自己则要察看一下周围地带,而不能钻到茅草丛深处,因为如果他这样做,只要五分钟,这一大片茅草地就会将他吞没。

此刻,他在岩石下面,紧挨着他的表姐,从那里观望着正在察看的阿伽庇托,结果是无法推测到底发生了什么事情,阿玛代奥在哪个方向迷了路,或是假设的拐带者已经把他从哪个方向带走?文塞斯劳在那里瞎琢磨:他的这位助手非常鲜嫩,对于食人生番来说,是个美味的猎物。食人生番是要抢走坏孩子的,这是他们小时候,母亲讲给他们听的许多故事中的一个,这些故事目的在于压制他们,或对他们进行道德教化。阿伽庇托的动作灵巧而谐调,这表明他知道怎样去找和到哪里去找,因为他承认,从母亲这一支来说,他是食人生番的后裔。要不然,在他受了伤、失去那么多血之后,怎么还能重新获得这么多精力呢?难道这是由于地下水塘里的多种矿盐开始治愈他的伤口了吗?要不然,就是原野的晨风,使他犹如完全舒展开的风帆,尽管他走路时还弯着腰。文塞斯劳则与他不同,简直就动弹不了。直到他感到瘪缩的肚子里的饥饿使他觉得火烧火燎的,这意味着他们仍需做出一番努力。

阿伽庇托好像在空地上找到了什么,他突然站住了,飞跑回来,背着阿拉维拉,并且叫上文塞斯劳。他们一边走,他一边向他们解释道,什么事情都可能发生,在这令人茫然的、到处都一模一样的原野上,他们为什么不顺着能找到的唯一的关键、唯一的标志前进呢?这个标志,就是野兽们穿过一块块空地、到水沟去饮水时踩出来的路。待他们走到那里时,就跌坐在草地上,已经高悬在中天的太阳差点儿把他们晒昏了,他们只是远远望见那把小刀在泥巴里闪光,却没有看到阿玛代奥。他们没有碰那把刀子,只有面面相觑,虽然明知阿玛代奥就在这附近,可是,连喊他的气力都没有了。他就近在眼前,用不着动弹，也用不着叫喊，只要躺在这里就得了，因为只要再过一会儿，他就会来拿他的小刀，并且，向他曾经许诺过的宏愿那样，用这把小刀来搭救他们。他们不知道自己是否睡着了，睡了多长时间，几小时或是几分钟，可事实却是，或是由于睡眼，或是由于疲劳，或是在打瞌睡，或是在幻觉之中，或是在噩梦之中，他们在这常有野兽出没的特定的露天的神秘领域的深处，那里有气味，有渴热，有鲜血，有粪便，有性别，总而言之，他们听到一种呻吟声。是一只鸟、一头鹿或是一只猫？不是，那是阿玛代奥。他们三个人摇摇晃晃地站立起来，喊着阿玛代奥，阿玛代奥，阿玛代奥。他们大声反复地叫着，那歇斯底里的喊叫声掩盖了不断传来的呻吟声。

是阿拉维拉发现了他，他倒在灌木丛的另一侧，就是刚才他们歇在泉眼旁的空地上的那丛灌木。阿拉维拉没有叫喊，倚在躺倒在地的流着血的身躯旁。她一言不发，因为她已经没有任何气力干点什么了。她好像也要在他身边睡去似的，她躺了下来，想用自己的目光止住尚在阿玛代奥眼睛周围飘浮着的那一丝纤细的生命之线飘然离去。那两个人还在叫喊，一发现阿拉维拉默不作声，便朝她奔来。文塞斯劳在那两个平躺着的身躯边跪下来，摸了摸阿玛代奥的心，心还在跳。当阿玛代奥感到表哥的手放在他肋间时，他微笑了。阿伽庇托去取水，取了一趟又一趟，给他冲凉，给他喝。阿玛代奥的眼睛半睁着，看到阿拉维拉的眼睛离自己的眼睛只有几寸远。他低声说：

"阿拉维拉。"

"嗯？"

他费了很大力气问道：

"我真是很好吃吗？"

"是的，是的……"

于是他说了:

"请原谅我硬是要问你们,特别是在这个紧要关头。听我说,请靠得更近些,因为我没有气力高声说话。我这就向你们提一个异端的要求。"

三个人把头凑到他跟前以便听他说话。

"我就要死了,"他说,"野猪不高兴让别人夺走它的幼崽。我想用刀子宰一头幼崽,好让大家吃。你们不是饿了吗?"

三个人点点头,他继续说:

"我不是个好吃的孩子吗?恨不得一口吞下我,是吗?你们从来都是这样对我说的。"

"是呀!"

"你们不是饿得肚子疼吗?为了活下去,到达蓝山,你们为什么不把我吃了呢?不,别傻了,别哭,别反对。我既没有幻觉,也没有疯狂。如果我好吃,命中注定总会有人把我吃掉。那么有谁比你们更适合吃掉我呢?我倒一心想继续和你们一道去冒险,但是我不行了,可这是以另一种方式来参加冒险。我身上剩下的肉,可以用含盐的矿泉水腌起来,你们好带在路上吃,这样,我们就更紧密地在一起了。别哭……因为垂危的人就不能再讲什么慈悲的现实精神,快死的人知道,他们的一切都要完结了,连同他们的身体,这就使我向你们讲这样的话……"

他让他们哭了一会儿,衡量着自己这番话的效果,然后蔑视地问他们:

"要不然就是你们像我们的父母一样,害怕成为食人生番?"

他们三人好像受到了侮辱似的,忙回答说不是。

"任何一个会思想的人,"阿玛代奥还接着讲,"不管他怎么想,他首先会想到死。比方我吧,由于我的双胞胎兄弟死了,从我一出生起,我就这样想,好像我的那一部分已经死掉。我并不害怕,是的,请你们为我做最后这件事吧,我想继续和你们在一起,因沃,波乌,赫唉,坡啊,因沃,其崐,勒依,默嗯,勒噢,基啊……(我不害怕,我求你们,劳驾……)。"

他们不难察觉他是什么时候断气的,他的面孔总是那么苍白,那么透明,他的头发、睫毛、眉毛的颜色非常淡,嘴唇没有一点血色。在草丛下,水坑旁,当一道光线突然照射过来时,他的面庞显得完全干干净净,皮肤变得黯淡无光,静止,犹如一个胎儿。过了一会儿,当表兄堂姐哭够了的时候,当然,也没哭太久,因为时间紧迫。这时,阿伽庇托问文塞斯劳:

"昨天晚上,我们在石头上快要睡着时,正要说起食人生番,那时你是怎么说的?"

"这你知道呀。"

"说说吧,"阿拉维拉恳求道,"我想知道。"

"是这样的:只有当土著们决定真正地而不是象征性地成为食人生番时,才能摆脱自己附属于人的命运。"

"那咱们也别成为象征性的吧。咱们根据自身需要,能吃多少就吃多少吧。谁能把这权利给我们,那就让他给吧。"

兀鹫开始在上空盘旋。文塞斯劳觉得每一只兀鹫将要带走他的助手的一小块:脖子、内脏和面庞。据他们父母散布的可怕传说,食人生番认为,吞食死者的人将获得死者的勇气和智慧。这些兀鹫把阿玛代奥吃得只剩白骨一堆留在原野上时,难道白骨会说那些隐语吗?他去问阿伽庇托,阿伽庇托嘲笑他的这个怪念头。他刚刚在泉水里洗净小刀,把它递给阿拉维拉,说:

"你先来吧,想用多久就用多久。"

他们让她一个人留在那里,两人又站在空地的另一端。在泉眼的一侧,他们保持安静,因为一件庄严的事情就要发生了,但是他们并不悲伤:阿玛代奥高尚勇敢,他们即将获得他的这些品质了。阿伽庇托轻声地哼着一首南方的歌。只见泉眼那边,阿拉维拉在灌木丛中转过身去,弯下腰去或竖起身来,割下一些茅草,在茅草丛中把什么串起来,点起火,然后安安静静地待了好一阵子。这时候他们只看见她弓着腰,脸埋在制服衣领下边,而空气里散发出一股可怕的香甜的气味,这种气味对于文塞斯劳来说,并不完全陌生。这股味道使文塞斯劳心都碎了。因为它使文塞斯劳想到几个可怜的小生灵,他们刚一出世便被泯灭了,阿依达、米娘,还有阿玛代奥,那些土著的面庞几乎已经记不清楚了,他们是没有理智、极端的疯狂和残酷的牺牲品。如果不吃阿玛代奥的肉,他可能会死去,成为牺牲者中的一员,他可不打算这样死去。此刻他感到,不论是疯狂或是残酷,都很奇妙地相互依存。也许是在最后一刻,它们好像从属于父母的虚伪感情——这种感情拖拽着他,构成一种比失望还更加具体的正统观念。

阿拉维拉站了起来,她把银餐刀拿到泉眼边洗干净,递给阿伽庇托,阿伽庇托重复了阿拉维拉的动作,完全一模一样。然后,他也洗了餐刀,递给文塞斯劳,与此同时阿拉维拉美美地睡上一觉。

文塞斯劳是最后一个,他比另外两个人费时更多,眼看着兀鹫越飞越低,预示着这人肉是非吃不可的了,他终于打定了主意。当然这很不易,自从自己失去双胞胎兄弟之后,阿玛代奥实际上一直是表兄的代理人。他,文塞斯劳,把自己懂得的一切全都教给了他,只有那隐语不是他教的,文塞斯劳总也不会隐语,也许现在,他总算可以学会了吧。

按这部小说定稿之前的一种说法,文塞斯劳、阿伽庇托和阿拉维拉吃了阿玛代奥的肉以后,就去向不明,消失在原野上。他们朝点染着天边的蓝山走去,从此我们再也见不着他们了。

很显然,或者说,此刻我发现,这样显然不可能,也不合适。首先是因为,不管是在别人的谈话中还是影响力,文塞斯劳还是这故事发展进程的中心,具有主人公的特征。有时候,他这个人物确实是往后靠了靠,但这仅仅是暂时的,只是想空出舞台,以便让别的人物登场,有时甚至是为了让一些必不可少的配角和跑龙套的上场。总而言之,在写到这部小说的下面几个章节时,我竟爱上了这个人物——文塞斯劳。看到他在余下的三章里大有前途,因此我不能像原先打算的那样早早就把他撇开。其次,我不能撇开他是因为,在我写这部神话的初稿时——对不起,我指的是这部小说,我还不打算放弃我自然而然运用的这个词,因为在叙述体中,神话这个名词最适合。在写到后来那些与文塞斯劳的生平有关的事件时,我便想再次启用文塞斯劳,要强迫他担任中心角色直至最后,以便让他说出和做出他变成食人生番之后不得不说和不得不做的事情。

因此,我必须这样来开始写这一部分——这部分在我第十一章的草稿和前面几稿之中原先是不存在的——这三个孩子吃饱了那顿可怕的宴席之后,又在泉眼那里洗得干干净净,现在他们精力充沛,朝原野深处走去,朝天边那一抹蓝山走去。他们估算着还要用多少天才能走到那里,看能不能在飞花的风暴扬起之前到达目的地。我原先那一稿的第十一章就写到这里。

我想依照自己的意愿改变一下情况,在这里我就必须加进一点东西,加进一个事件,好像有个能扭转乾坤的人物从天而降——虽然实际上并非如此。另一方面,我若是想运用这一技也毫无问题,我觉得自己有能力运用某种文学技巧而不露任何痕迹,这就是改变我们这几位朋友的旅行方向。若是这样,最好是为他们加上这类行动所需要的神奇光环。

孩子们首先看到的是远方有一团银白色的云。

"那是我哥哥手下的骑手。"阿伽庇托说。

文塞斯劳站住,也叫别人止步。云团在增大,这次的云太浓了,增大的速度也太快了,遮住了半边天,有一股大难临头的气势。

"飞花的风暴开始了。"阿拉维拉毫不畏惧地说。

然而文塞斯劳觉得,这也解释不了那看上去像是云的东西是怎么回事。昨天,他就看见从一穗花冠上,草籽自然脱落,向空中飘去,但他宁可什么也不说,因为也许这只是个例外吧,那大灾大难,也许还要过几星期开始呢。当时,对于阿拉维拉的看法,他没发表什么意见,因为那云团还在膨胀,不但体积增大,而且朝他们这边移过来。好像是地图的另一端有位圆脸蛋的、胖乎乎的、邪恶的小天使,知道这几个人在那广袤大地上的什么位置,便使那云团朝他们扑过来,想卷走他们,卷走留在他们身后的村子,卷走离他们更远一些的别墅。总而言之,云团移动得那样快,文塞斯劳琢磨着,走也是白走,逃也是白逃,连动一动也是白动。他便请求阿伽庇托,允许自己爬上他的肩头。他爬上阿伽庇托的肩头时小心翼翼,生怕碰了他那即将痊愈的伤口。

文塞斯劳在上头待了好一会儿,看到云层越来越无情地接近时,忍住了逃跑的可怕冲动。他听着心中逐渐增长的恐惧在擂鼓——现在鼓声深沉,重复,快速,更快,震耳欲聋,震到了他的血液、身体、头脑和全部风景,好似雷声的重复。但这不是雷声,因为雷声靠近时,不会散落在马蹄声和车轮滚动声、喇叭声和狩猎号角声、嘶鸣声和犬吠声、笑声和插话声以及偶尔的枪声之中。

在阿伽庇托的肩头,文塞斯劳惊呆了,他被飞花的云包围了,飞花把一切变得轻柔,但并不使人气闷。他看到那些人过来了:带篷马车、双座四轮敞篷马车、敞篷马车和双座轿车,马车全涂了清漆,金光闪闪,马车夫高高在上,毫无怜悯之心,狠狠地甩鞭抽马,夫人们的穿着打扮一丝不苟。在车篷下,草帽下,阳伞下,她们喜笑颜开。衣冠楚楚的先生们在抽烟,要不然就是骑着枣红马,与马车队并驾齐驱,马队有猎狗群开道,领着猎狗群的是身穿鲜红制服的仆役,他们在吹奏号角。大型马车、敞篷马车和小双轮马车,组成一支长长的马车队。与走在前头的马车相比,越往后就越不那么豪华高贵了。车队裹挟在有如梦幻的迷雾中,朝别墅驶去,车上坐满了仆役。他们穿着一尘不染的制服,有穿镶金苋草花纹的侍从,有穿白色制服的厨子,马夫们的制服是棕色的,还有园丁。这长长的一列马车,满载着本杜拉家族认为必不可少的、种类繁多的生活用品。

还没等车队走完,文塞斯劳,我们这位刚刚确立的主人公,还没来得及提出他所应当提出的问题,便从阿伽庇托的肩头跳了下来,背对着天边的那一抹蓝山,朝别墅方向奔去,身后跟着阿伽庇托和阿拉维拉,他喊道:

"妈妈,妈妈!"

第十二章 外国人

1

让我们设想一下,有下面这么一种,或是可能有这么一种场面:一天早晨,在港口的一条大街上,我飞快地朝我的文学代理人的办公室走去,胳膊下夹着的是《别墅》的定稿。就像在这种情况下通常发生的事情那样,我经受着各种折磨,种种问题和建议,以及最令人痛苦的事情,那就是希望。我的心被最后这种感情——希望照亮着。我看到在我走过的那条大街上,有一个人的身影在摇摇晃晃,这个人尽管已经发胖,我还认识他,或者正是由于他发胖了我才认出他来。他是西尔维斯特雷·本杜拉,他在昏暗的酒吧里度过了太长的美好时光,所以才用那种危险的、轻飘飘的步伐走路,要不然就是他的脚过分娇弱,难以支撑他那气喘吁吁的大块头,因此疼痛起来。但是我无法否认,他仍然保留着某种气质、某种风格,这一点可以从他领带的颜色之大胆,从他胸前口袋里露出的一公分优雅飘浮着的手绢上看出来。是的,他一拐过街角我就认出他来。咱们可以说,当小说发展至此时,这件事发生了,或是可能发生了。因此,尽管看来,这好像是从另一个世界插进了一杠子,我还是恳求我的读者们耐心地看几页,一直看到末尾再说。

"喂,老伙计,"西尔维斯特雷·本杜拉拍着我的脊背对我说,"好久没见你了,看到你可真高兴啊,你这家伙钻到哪去了?"

"……"

"你怎么样呀?夫人可好?……你是和谁结婚来着?……啊,对了,我知道了,你们和贝尔尼丝沾点亲。那么,你好吗?真不赖呀,老伙计,来吧,陪我一小会儿,当然,我有点配不上喽。应该祝贺一下。我正要到我哥哥埃尔莫海内斯那里去呢,他叫我去。鬼知道一大早这个时候,他把我叫去有什么事情要和我说。行了,老伙计,你也没什么要紧的事可干,那就别让人求了吧,穷忙些什么呢?得了,咱们走吧……"

"……"

"谁会急等着你这份手稿呢?急什么呢?你别拿这破手稿当回事了,得了,咱们走吧,那边就有一家酒吧……"

我真不明白西尔维斯特雷干吗非叫我陪陪他不可。直至如今,我和他的关系仅仅限于职业上的,也就是创作者和被创作者的关系,带着一种两人共同知道的、后者对前者的专横,因此,对此人我无甚好感。可是他抓住了我的胳膊——本杜拉家族的人,只要对他们合适,或是他们觉得好玩,就有能力使一艘远洋轮船改变航向——他笑着,因为他终于胜利了,他迫使我陪着他。我察觉到,在早晨的这个时刻,西尔维斯特雷·本杜拉已经发出一股酒酸味了,那是一股浓浓的、臭烘烘的、熬过了一夜的气味。现在,我更有时间仔细地观察他了,便觉得他尽管有点文雅气派,已经不那么体面了。他的衬衫很脏,外衣皱皱巴巴,好像睡了一觉而没有脱衣裳,当然他感到我对他有所察觉时便解释道：

"昨天晚上的那个集会呀……那些狂热的外国佬，还没等看到他们玩到最后呢！……我已经上年纪了，经不起这么折腾了。也没见着我的大儿子毛乌罗，不知道你认不认识他，要是他长大，能经管我的这些事就好了！可是我要告诉你，这孩子变得有点怪。他说他要学工科，好像任何时候都是气呼呼的，就像我们这些大人全是一帮混蛋似的。他懂个屁，还想批评别人！这该死的毛头小伙子！竟然爱上了梅拉妮娅，这个表面温顺心地不善的丫头，是个当婊子的材料，你甭跟我说什么没这回事，这丫头至少是很想这么干！"

我们走进一家酒吧，地板上还堆着没人踩过的新木屑。一只肮脏的白猫卧在柜台雪白的餐巾纸上，这只猫不知多少代的祖先应当是安哥拉血统的。由于那里一个人也没有，连小厮们都还没有来服务，只有那位老板娘气呼呼地坐在柜台后面等他们来。老板娘胸脯高高的，身穿花绸连衣裙，外面系着一幅花色很不谐调的围裙。她把自己的火气全撒在正编织的花样复杂的织物上，那织物有那么多条胳膊，好像她是在给章鱼编织背心。我们要了两杯啤酒，自己把啤酒端到擦洗得干干净净的木桌上，在那里坐下。西尔维斯特雷喝了一大口啤酒，据他对我说，是为了恢复体力，他把我和紧贴在我胸前的手稿的倒影喝了下去，然后用手背擦干净嘴巴，他看到手背湿了，就用手帕擦干。我们互相望着。西尔维斯特雷和我，我俩之间绝对没有任何话可说。我真不明白他干吗死缠着我，叫我陪陪他。在他那憔悴的脸上，肌肉松弛得像宿舍里的床垫，酷似填布纽扣的黄眼珠中闪过不安的神情，我从眼珠里看出，他也发现跟我没什么好谈的。他硬是叫我陪陪他，仅仅是由于他生性喜好交往而已，这绝不表明他有何偏好或兴趣，有的只不过是一种可怕的空虚。为了填满空虚，哪怕

是和一个无动于衷的伙伴在一起,说一些淡而无味的话也行。好像他好不容易发现了一个可以和我沾点边的题材,便问我:

"喂,你那本书写得怎样了?……"

"……"

"我很高兴,老伙计,我很高兴,可以让人们学习学习!你们赚钱不老少吧?"

"……"

"当然喽,你们写了那么多操蛋的谁也看不懂的白日梦,我们有那么多工作,剩下点时间只能看看报纸。有时候,看点消遣的东西,那就挺了不起了……"

我差点就要据理力争,驳斥这种人们只能干些他们消受得了的消遣的想法,但是我发现,西尔维斯特雷是不会听我的,他回味着昨天晚会上的情趣,哼着什么歌,把剩下的啤酒喝干。我发现他要走了,我拉住了他,现在是我不愿意让他走了。不管怎么说,我写了有关本杜拉家族的六百页书,这便使我享有一定的权利。于是我对他说,我胳膊下夹着的手稿正与他家有关。看来这一点使他感兴趣。不,更确切地说,他觉得好玩。他还有点怀疑,就问我:

"你没有局限在家谱问题上吧?只有故作风雅或是矫揉造作的人才对家谱感兴趣。"

我对他断定道,没有。我所做的只是根据他家的事情写小说。西尔维斯特雷笑了。他说我准是疯了,他说本杜拉家里的人很普通,没什么值得写小说的。他对我说,比如他吧,像许多人那样,很贪杯,在生意上有点狡猾,但绝不是无耻之徒,他帮他哥哥埃尔莫海内斯做些更大的生意……要说莉迪娅呢?她是个吝啬鬼,小里小气,她可太差劲了,关于这一点,要是我愿意的话,我也以写进我的小说里。小说嘛,可以随便说,但不必信它。我打住了他的话头。干吗还说下去呢?他坚持道,他跟我讲的一切事情可能都是真的,但是并不一样。我向他建议,为了证实一下是否真实,他可以看几页手稿。他从座位上一下子蹦起来,向我道了声对不起,看了看手表,嘟哝着他累了,说改天再说吧,还说埃尔莫海内斯正等着他呢。因为再过一个星期,他们就要和一些外国人一起去玛鲁兰达,这些外国人有兴趣购买他们的土地、房屋和矿山。家里打算把这些全卖了,好到外国去投资。不行。我的态度很坚决。因为虽然西尔维斯特雷·本杜拉会给我谈起他的前途,但我对此毫无兴趣。现在,他落到了我的手中,我想看看,对于我所写的有关他家人的东西,他会有什么反应。不管他怎么说没有时间,或是他赌咒发誓说对此不感兴趣,我也必须让他听我说下去。我从公文包里往外拿手稿,挑选着,这时他又要了一杯啤酒,想让啤酒协助他顺从。他说:

"但是,你得快点儿呀,你瞧,我可没有时间。"

我给他念,一页、两页、三页、四页。我发现,刚念几行他就昏昏沉沉打起了瞌睡。我仍然念着,他醒过来,睁开眼睛,合上了,又睁开了。他看了看表,打断我:

"喂,我得走了,你瞧……"

他站了起来,我问他喜欢不喜欢。

"我一点儿也听不懂……"

我挺不自在地笑了笑,我为自己辩护,说我写的这些没有任何怪诞的地方,不论是从意识上或是在结构方面都不费解,从文学角度来看,没什么难懂的,或者说,可以把它当成一个纯粹的故事来看。西尔维斯特雷不耐烦地叹了口气,重又沉甸甸地跌坐下来靠在椅背上。他喝起了第三杯啤酒,说:

"这是因为我一点儿也不相信你,老伙计……"

我问他不信我什么。

"再说我还挺生气呢,你对我够了解的啦,"他回答,但是口气并不过分强硬,"因为你念给我听的这些……我怎么跟你说呢?很浪漫,但跟我们毫不相干。我们可从来没有那么阔气过,这你是知道的,因此……再说,玛鲁兰达也没有那么大,不像你所说的'占了整整几个省',我们压根儿就没有那么多仆人……别墅也不过是一所普通的房子。可是你的书里写的,给人的印象却是那么精致,那么豪华,我们从来没有过这样的别墅,虽然我不否认,我们也曾有过梦想,要能那样就好了,特别是为了气一气那些假装斯文的人,这样,我们就有资本嘲笑他们了。再说,我们也没有那么坏,那么不讲道理……也没有那么傻,从我说的这些话中,你可以证实这一点……"

他停了一下,以便憋足力气向我提出一个问题:

"你写一些有关于我们的事情,在你写的东西里我们任何人都认不出自己了,这对你有什么好处呢?"

我回答他说,我之所以写作,既不是为了达到他们能认出自己的目的,也不是为他们提供消遣。我还说,认出或认不出我写的人物或场景,这本身并不能局限我的想法,即使这部小说能够成为一部杰出的文学作品。其实,我写作就是为了使他那号人认不出自己——或者拒绝承认那就是他们自己。我的前几部作品中,那些极端丑陋的东西,可能就是有感于像本杜拉家族那样的人而写成的,因为一切追求"真实"的企图,尽管最后落得个不痛快,也会得到认可,因为归根结底那是有用的,是在教诲,在揭露,在谴责。此刻西尔维斯特雷·本杜拉饶有兴味地在听我说,我便向他解释道,我也禁不住试一试,想要改变初衷,想在手头的这部小说中,精雕细刻地表现那种极端的丑陋带来的必然结果,还要以此为手段,开创一个同样异乎寻常的天地,并且从不同的、人们并不赞成的侧面去达到,去触及,去引起人们现在的这种关注;而精雕细刻,糟就糟在它徒劳无益,由于它徒劳无益,因此是不道德的。然而现实主义的精髓在于它的道德性。尽管西尔维斯特雷正在仔细地听我讲话,但是显而易见,他对我所运用的变形夸张一窍不通。等我讲完了,他才回答,因为作为本杜拉家族的人,应当什么都能懂得,并且什么都能说出个所以然。

"这就是漫画,当然喽,我明白。这算不上什么新鲜。可你的这一套并不这样……比方说,关于塞莱丝黛。她可不瞎。她的视力很不好,戴着一副玻璃瓶底似的眼镜,像个女教师似的喋喋不休。你怎么不从这方面来点夸张呢?这样大家还容易懂一些,因为离奇古怪能令人发笑,但是不要像你的小说里那样,把我们的塞莱丝黛描绘成一个那么一本正经的可怕的夫人。当然喽,由于昂塞尔莫像个修士,让人厌烦,因此欧拉利娅就难免有点胡搞,可是我们大家都爱她,因为她很可爱。塞萨隆也是这样,虽然有点同性恋,但是他挺有意思,大家就不在乎了。我们是有钱人,所以谁也不敢说什么。有钱,并且可爱,只有这才是最重要的,也许,可爱比有钱更重要,请你注意我向你说的这句话:要纯朴,要风趣,不抱奢望,要善于饮酒……那么,所有的门都会朝你开放,你就永远不会饿死了。你看那可怜的塞萨隆吧,你怎么不讲讲塞萨隆的故事呢?也许会更好,会非常有趣。"

由于没能使我接受他的意见,他有点不高兴。我说我不知道他的故事,再说,问题不在于仅仅重复这些传闻呀。可是西尔维斯特雷并不听我讲话,因为他回想起他姐夫的事,便笑个不停:

"这个塞萨隆真是太滑稽了。他的朋友们看到他那么穷,那么懒散,替他担心,总算给他找了这么个阿德莱依达。他妹妹就问他,你怎么会和那么丑的女人结婚呢？你猜他是怎么回答的？塞萨隆对她说：你脖子上拴了块石头，你就认命吧。因为从今以后你的锅里有菜豆可煮了，还是闭上你的嘴吧，现在可不是看脸蛋儿的时候……"

我和西尔维斯特雷一起哈哈大笑，我想给他解释解释，但是不行，我发现他已经沉浸在幻想的莽林、家庭的观念以及只有他才体验得到的故事和人物世界里。这一切，对于他来说，不仅是整个一片天地，而且也是他的文学，使他从那里走出来，我是无能为力的。我便让他继续沉浸在那个世界，听他讲开了本杜拉家史，觉得十分有趣，这一切与我这部关于本杜拉家族的小说大相径庭，有时甚至恰恰相反。

"你还记得我妈妈吧？由于她有点怪脾气，就哭着不愿意阿德莱依达结婚。倒不是因为有这么个丑闺女一直到她晚年还能陪着她，使她非常舒服，而是因为，她听说那个塞萨隆是个同性恋，这使妈妈大为恼火。她哭呀哭呀，反复说着同性恋这个字眼，简直要把大家搅昏了头。一天，一大清早，她忽然发现没必要这么一个劲地哭，因为她并不明白同性恋这个字眼是什么意思，于是就让别人给她解释。她专心致志地听那小牧师解释。等他解释完了以后，她说：'唉，真蠢，这有什么新鲜的？他有权利拿他的下身爱干什么就干什么。'"

说起母亲讲的这句话时，西尔维斯特雷笑得那么厉害，一阵啤酒的雾雨洒在他那皱皱巴巴的凸纹布背心上了，他也不去擦干它，反倒接着讲下去。那胖乎乎的手指头点画着洒在木头桌面上的啤酒渍，好像那脏东西使他很开心似的。

"当天晚上，母亲就邀请他到家里来吃饭。从那时候起，他就成了她最疼爱的女婿。他把所有的流言蜚语都传播给她，他了解所有的亲戚关系，知道他们有多少钱，了解一切丑闻。他和母亲一起大声笑着，叫着，他还陪着她一起玩牌。塞萨隆的死是场悲剧，因为我们大家都爱他。我母亲死后，遗嘱公开了，在那份赫赫有名的遗嘱里，没有给马尔维娜留下遗产。欧拉利娅气坏了，她冲着阿德莱依达嚷嚷，说老太太这样做，全都因为听信了塞萨隆这个全城数第一的同性恋的流言蜚语。阿德莱依达脸色苍白，她说，这她知道，但是她不明白这个字眼是什么意思。于是欧拉利娅大声笑着对她说，为了报复，她这就给她不厌其烦地详细解释一番。你想，欧拉利娅多么高兴这样做啊，因为你知道她那张嘴是多么不干净。于是，阿德莱依达微笑着，脸涨得通红，当着全家人的面说：'好吧，那么我就男性化了，因为我必须告诉你们，对于他的本事，我没什么好抱怨的。'我们大家笑了，吻着她，都把这只当是闹着玩儿，没打起架来，因此，谁也不愿意告诉她塞萨隆那蠢货死去的真实原因。为了维护他的名誉，人们对她说，并且对她的朋友说同样的话，说他是被一辆发疯似的飞驰而来的汽车轧死的，其实并非如此，是在离港口不远的一间名声不好的酒吧里，一些喝醉了的水手把他打死了。"

上面几页就算瞎吹一通吧。现实主义的格调总是令人愉快的，尽管有时披着仇恨的外衣。我的目光锐利，善于观察，我的耳朵灵敏，能捕捉到对话。我有足够的文学眼光，可以发现，只有讽刺才可以纳入风格学的轨道。这个经我描绘的西尔维斯特雷·本杜拉，以他来判断是否可行，是否能得到承认，是否能获得良好的效益。读过西尔维斯特雷和我在酒吧里的这段谈话以后，读者便可证实，这正是西尔维斯特雷赞成的风格，是他确定的风格。然而，我很清楚，小说写到这份上了，如果我一味追求真实——当然有时候小说还是具有相当的真实性的——那么我整部小说的风格都必须改变。我可不打算这么做。因为我所写的就是这种风格,这是一种特殊的叙述方法,我的这些人物是一些心理主义人物,能以此达到我的企图。我并不打算让我的读者们"相信"我的这些人物,而宁可把他们写成具有象征意义的人物——我一向坚持他们是人物,而不是人——只是让他们生活在某种语言环境之中,提供给读者的,至多是一些有益的启示,但是却把其中大部分置于阴影之中。

也许,上面那一切仅仅是出于对被我们习惯地称为现实主义的文学素材的某种怀念吧,作为支柱,这种材料大量存在着。当我们仓促之中选定了相反的东西时,我们既然已经这样称呼它了,那就让我们这样叫它吧。总而言之,我是想就此甩开这种怀念,以便重新把握住我这部小说的主要方向。要做到这一点并不复杂,那就是把胳膊底下挟着的这部手稿中的我排除在外,把西尔维斯特雷重新放到咱们遇到他的那条街上,让他再瘦上几公斤——也别过分地瘦,我宁可让他丰满些。擦去他角膜上的黄斑,把他那件沾满油渍的背心换成另一件光鲜的背心,背心上的珠母纽扣叮当作响,并恳求读者忘记我说过他臭气烘烘。但咱们也不好自欺欺人,在一则一则故事里,有的有臭味,有的没有臭味,但它们都与真实可信相去甚远,尽管都做好圈套,把我们从同样的弯道引入其中。

西尔维斯特雷走在马路当中,免得遇上不痛快的事情,那就是从这条极狭窄的马路上方的阳台上,出其不意地往他身上掉东西,为了办点家事他才从这条窄马路上走过。秋风吹走了苦夏,这熙熙攘攘的港口小镇仍保持其垂直群居的习惯。人们趴在开在房舍正面的、面积足有幕布大小的窗户上,姑娘们从一个阳台朝另一个阳台上扔线团,她们侍弄着装在笼子里的鹦鹉和蜂鸟,或是俯身抚玩肥厚得像软体动物般的绣球花,这些花已经开始凋谢了,她们在互相询问,还需多久,这些垂直地聚集在窗前的居民才会减少到只有几件在风中抖动的刚刚洗过的衬衫?他来到面临港口的广场。广场四角有四棵棕榈树,支撑着乌云的帐篷,人们在那里支起杂货摊,叫卖声乱哄哄地响成一片。西尔维斯特雷对那里熟悉透了,他绕过那片广场,沿着面向大海、由棕榈树组成的林荫大道往前走,朝左一拐,走了一段,不等他注意到岸边的船只由于风暴即将来临而颠簸起来,便已经上楼,来到埃尔莫海内斯的住处。埃尔莫海内斯与莉迪娅异口同声地向他问候,然后问道:

"你找到他了吗?"

"没有。"

他们垂头丧气,各自跌坐在自己的椅子上,西尔维斯特雷不敢正视他的兄嫂,特别是不敢看他那凶悍的嫂嫂。她专会生双胞胎,并且专管调教仆人,就现在他们所涉及的这个问题,他必须对嫂嫂承担责任。他不敢看她,他早就知道,她要是不赞成什么的时候是副什么模样,再说,不必看她就知道,当她掀起帽子上的纱巾时,她那嘴唇轻蔑地撇着,这样做的唯一目的,就是要吓唬他。埃尔莫海内斯两眼盯着弟弟,点燃一支雪茄,那火苗突然蹿得老高,差一点燎着了胡子和像胡子一样浓密的眉毛。西尔维斯特雷结结巴巴地道歉,他想使她明白,把一切过错都归咎于他是错误的,因为,有一部分责任要由疯疯癫癫的贝尔尼丝来承担。除了玩乐,她对什么事都不认真,因此就没能达到预期的目的:在昨天歌剧院举行的化装舞会上,她打扮成风流的印第安女人,但是她搞错了,没有按预定的那样,去勾引那个穿灰色云纹布长衣的男人,而是勾引了一个普普通通的斗牛士,这人的腿肚子倒是挺漂亮,可一点用也没有,有用的是穿长衣的那位,因为要选中他当管家。他们急于找到管家,以便后天早晨出发,前往玛鲁兰达。

"勾引……"莉迪娅放下了那双嘲弄的眼睛前的面纱。

西尔维斯特雷接着对他们说,他刚才是从那位老兄居住的肮脏的房间里出来的,他坐在房间里,膝盖上放着一个新生婴儿,他正逗着孩子玩,还恬不知耻地不肯到玛鲁兰达去,他对这不合时宜的旅行抱怀疑态度。为什么偏这时候雇他呢?对于这一点他很想知道,因为,现在并不是本杜拉家通常招募人员的季节。什么失控?什么不正常?这是什么意思?这怎么可能呢?——他还在打听——你们打算后天出发?可是连在膝盖上折腾的天真的娃娃都知道,由于茅草造成的臭名昭著的飞花风暴即将来临,这风暴一起,就会吞噬大地,朝前滚滚而来。还有,听说政府已经就此事签发了文件,要点火把茅草全部烧光,否则茅草的威胁就会波及全国领土,使大地上到处长满那毫无用处的茅草的羽冠,从而阻碍人的生存。不,尽管像他这号人,将有可能得到令人垂涎的管家的位置,但他宁肯坐失良机,也不愿前往——这位傲慢的仆人这样说——因为他已经听到关于玛鲁兰达发生的事情的传闻了,这些流言蜚语令人着实焦虑不安。

"你按预定的那样,向他提出条件了吗?"埃尔莫海内斯问道。

"说了,只要外国人买下那个矿区,所得的0.005%归他,并且约定了您两位和我是秘密合伙人。"

"这可比我们原先定的要多,一句话,即便这样他还不答应吗?"

"不答应。"

莉迪娅以她那号小个子女人特有的盛气凌人的劲头猛然站起来。她的皮肤有点青筋暴露,勒着她的短脖子;她肥嘟嘟的面庞涨得通红,像是件包裹,气得要炸开了;她的眼睛是湖蓝色的,与她女儿卡西尔达和科隆芭的一样,不过,由于她处于紧张状态,眼睛显得空泛,只能看到显得很大,而看不到目光的变化,看不到明暗,就像孩子们用蓝粉笔画的湖水似的。

"这消息糟糕透了。"这就是她的定论,她在那堆满了文件的冷冰冰的房子里来回踱步,"那么,就是没有他也得走了。我原来想另带一名管家去,是想省得一进去就陷到留在那里的那位管家的大胆企图之中,他是可能有这种企图的,而且可能相当危险……但是,不管怎么着,咱们也别再耽误时间去会见其他人选了。那几位外国人不断派人来,问咱们什么时候出发。塞莱丝黛一天到晚向那些外国夫人讲,咱们别墅旁边的瀑布有多么美,还有经久不息闪闪发光的彩虹。此外,还必须帮助她们选购适当的衣服。我不得不承认,她收效甚微,那些可怜的外国女人竟是那么枯燥乏味。而男人们呢,根据你西尔维斯特雷对我的叙述,你可以在教区咖啡馆里搜集到这些传言,他们是越来越想买下这一切:房子、原野、瀑布和矿山,一心想尽早出发。"

"正是利用这一点好做交易,"埃尔莫海内斯说,"虽然这些外国人不是不知道,这倒霉的飞花季节快要到了,他们仍然坚持现在就要出发而不再等了,不再按一般情况,等风暴季节过了再去。这只意味着一件事情,这就是他们急于尽早成交,因为他们相信,在首都那些爱传闲话的人散布的、有关玛鲁兰达的资产阴暗传闻能迫使我们降低价格,但是这些外国人也过于天真了,我们可没那么好糊弄。我想,亲爱的朋友们,我向你们保证,我绝不会弄错,咱们准会卖个好价钱。"

"好吧,我赞成。"西尔维斯特雷说道,他很赞赏哥哥的精明,"我到马尔维娜那里去,她正等着我呢。我要把最近发生的事情告诉她,我们要坐在她专为待客而新近安置的家里的小客厅中,由她给我端来杯土耳其咖啡,咱们吸上一支烟,再把最后定下来的事情告诉她,使她接受。那么明天早晨的这个时候,还在这里会面,好吗?"

听到西尔维斯特雷下楼去,走远了,这两口子大笑着又亲昵起来。男人大腹便便,眼镜架在额头上,和他那又矮又胖的妻子拥抱在一起,长时间亲吻。此情此景,谁要是看到了准会觉得他们这副样子下作得令人吃惊。埃尔莫海内斯坐在沙发上,按长期养成的习惯,熟稔地抚摸着妻子的衬裙和呢绒短裙,他让莉迪娅坐在裙子上,轻轻地晃动着她,抚摸着她,给她唱歌——是他当轻骑兵时的战歌。与此同时,她笑着,因为她的诺尼①的歌谣越猥亵她就越来劲,一面笑一面脱下披巾,他则为她解开胸衣和脱去鞋子。就在那沙发上,埃尔莫海内斯·本杜拉和他的妻子莉迪娅做爱,因为他们常常这样做爱,很满意,很寻常。尽管很久以来,外部的情况与肉体的欢愉不太适宜,然而这一回,玛鲁兰达立刻就要卖给外国人了,当然值得合欢一番。他俩交欢完毕,他帮她穿好衣服,又重复道,如果西尔维斯特雷相信他俩,认为他也可以一道主管本杜拉家里的事物,允许他比现在更直接地参与这件事情,那他就太天真了,因为这件事是他们最光辉的业绩呢。

莉迪娅与她的诺尼道别,她心满意足,脸色比平时更加红润。他关上门,从书桌边的金痰盂那里开始踱步,一直走到父亲遗像下的另一只金痰盂边。在那幅画像中,父亲背靠着的是古罗马古迹,他思忖着,现在自己有许多事情要做,莉迪娅不会来参加。比方说,他应当到公证处去,把部分财产转移到胡安·佩雷斯的名下,这是当他离开原野上的教堂时许下的诺言。这位仆人接受了,说是"付出了一部

---

① 这是她对丈夫的昵称。

分代价"。他倒乐于把财产施给这位仆人,只要当他回到玛鲁兰达时,看到他已经履行了诺言就行。这相对来说是很容易的,因为这种形势很利于讨价还价,可是,他可别搞错了,到最后分成的时候,当这一家族的财产在原野上四分五裂、被乌鸦啄食时,甭管他胡安·佩雷斯或是她马尔维娜,都甭想分得一份,就连她莉迪娅也摊不上一份,甭看他们刚才还合欢了一阵,他的妻子是另有所图的,那就是要确保自己有权干预一切,她要把丈夫的最后一滴都榨干,要渗入他个人生活的最后一个角落以便控制他。因此,仅仅由于这个,他终将是他妻子贪婪吞食的可怜的牺牲品。埃尔莫海内斯是这样估计自己的处境的。他要处心积虑地过日子:乔装打扮,偷偷摸摸,坑蒙拐骗。

2

犹如一场有意选择的百人祭,将一切黄褐色物体从大地上扫荡殆尽,将本地原有的一切低头蹙眉的土著扫荡殆尽。确实,时而还有一支该诅咒的人马,那是过去被"一切属于大家"的呼声召唤来的土著居民的余部,当初他们被安顿在老爷邸宅旁边肥沃的土地上,如今,在来复枪枪口的逼迫下,他们蜿蜒进入原野,朝天边那一抹蓝山走去,一路上留下一具具尸体。在那里,有更多的仆人监视他们,叫他们一刻不停地干活。在那不幸的村庄里,他们捶打着金子,捶成本杜拉家族贪婪的金箔,仆人们得到命令,如果有人讲话,就朝他们开枪。若是有人互相交流就会遇到麻烦,这便迫使他们忘记了如何使用语言。可是,这些捶打金子的土著终于想出了一种由敲打声组成的符号,有间歇,有节奏,有疏密。渴望着听到说话声的耳朵,很快就学会了如何辨别其中的含义。

有时候，别墅里的某个孩子看到在武装人员押解下呻吟着的成群的土著，他们正走向楼梯。啊，他们真不想看见这种情景。这些人原来待在别墅里的什么地方来着？在他们未曾涉足的大地的深处正在发生什么事情？现在他们要往何处去？……孩子们看着他们都视而不见，以免看着他们走向自己去不了的地方，他们假装根本不认识这些人。土著居民人数太多，一个个认起来很困难，而孩子们人数太少，面对比例如此悬殊的悲剧，他们无济于事。但是由于这种场面一再发生，他们便感到土著们仍然存在，但是这种感觉越来越淡漠，连那些最有干劲的孩子也是如此。他们甚至相信，要利用这一地区数年的风暴，最终将把那些人毫无痛苦地消灭干净，仅剩下他们自己，仅剩下仆人们——他们将成为享有可疑特权的生活的主人。

别墅作为一座令人不安的奢华建筑，被遗弃在原野上，花坛和月季园被夷平，大部分园林被烧毁，被土著的斧子砍伐，因为他们需要烧柴。园林当然面目全非了，土著们曾经想修复灌溉沟渠网，当然也没能成功，因为还没等派上用场就被抛下了。因为那时的一切都是临时的、凑合的，若是有什么过错和浪费，一般都不会受到制裁，不需要弥补。连别墅本身，屋顶上凸出来的鱼鳞似的瓦片，也欢迎茅草来占据这幢房屋。茅草随便找个口子或裂缝，便在那里扎根、生长、抽穗，并且枯死在那里，从而使这房屋戴上一顶古怪的羽冠，随风摇曳。

别墅好像仍然处在它的繁荣时代，胡安·佩雷斯腋下夹着那把小鸡毛掸子，没完没了地掸着房屋正面阳台上的青铜扶手。这项工作仅仅是个软弱无力的借口，他以此为由，走出房间，守候在那里，监视着原野。最近几天来他已筋疲力尽，只能干干擦擦扶手的活儿，同时不露声色地观看着那一直伸展到天边的广袤的原野上所发生的一切。天空中兀鹫在盘旋，其圆心可能就是随便哪具尸体，比方说，是个逃亡的土著,或者是位仆人,那仅仅意味着名单上的又一名缺员。也许是文塞斯劳的尸体吧。然而,这些吞食腐肉的猛禽,备不住要啃他们的骨头了,因为他们被困在别墅里,没有力气走出来,十分虚弱。他对自己的手下人嚷着,叫他们现在不要毫无用处地用飞花的云团污染了地平线,这是他们死心塌地地去履行职责带来的过错。不,现在他们不能出去了。他把自己行尸走肉般的躯体从一间屋子挪到另一间屋子,掩饰着自己的目光,但总是盯着地平线。他一遍又一遍地擦着青铜扶手,直擦得待到主人回来时,再也找不出原来青铜扶手的模样。至少以这亮晶晶来证明,这儿仍然保持着文明。

房屋最华丽的那一面,这么说吧,就是别墅的正面,也就是正朝着大路的那一面,大路与房屋正面交成直角,房屋周围种着一圈篱笆,从前经过精心修剪,或是呈尖顶方碑形,或是呈球形,可是现在,真是不幸,已经没模没样了,显出一副可怜巴巴的样子,而且还被胡安·佩雷斯那双眼睛实在看腻了的茅草淹没了。这条大路直通做工粗糙的铁栅栏大门,我记得,在别的什么地方曾经谈到过它,那是由两根石头柱子支撑着的,石头刻成的水果盘里装着满满登登的水果,以此来装饰石柱。栅栏已经从原来的地方消失,畏畏缩缩地后退,退得离别墅只有几步之遥。在栅栏的空缺处,有两名携带武器的仆人站岗,但是门仍然戏剧性地、毫无用处地立在原来的地方,被原野的荒草淹没了,仍是牢牢地被链条和锁关闭。门锁的钥匙,在这故事开头埃尔莫海内斯出门野游时,就将它收进自己的上衣口袋里了。人们可以这样想,这栅栏门只是从修辞意义上来说是关闭着的,纯粹是一种象征,因为不管谁来,只要想进去,只要回答了看守的口令,他们就会抬起路障,使你觉得,你可以在供人出入的口子里走进去了。胡安·佩雷斯不厌其烦地看着那道栅栏门,因为它象征着自己唯一的希望。他就这道栅栏门和自己打了个赌,要是他赢了的话……啊,若是这样的话,他将付出自己的全部精力。但这暗中打下的赌,本作者认为,此刻暂不宜披露给读者。胡安·佩雷斯叹息着,他正用小鸡毛掸子掸着阳台的灰尘,望着那道栅栏门,把目光抬高一些——然而始终没离开那里。他从阳台朝铁栅望过去,看着那包容下一切的无边无垠的地平线。

好像神灵及时听到了他的呼唤,这回,对于他的渺茫希望可真的做出了回答。在那标志着大地的尽头和苍天的开端的那条地平线上,出现了一个小黑点,可以这么说吧,小黑点正好出现在栅栏门上方的正中央,好像找准了它与两根石柱子的对称关系。小黑点变大了,变得像一只正在爬行的蚂蚁,又变得像蟑螂那么大,老鼠那么大,又从老鼠那么大,变成了又大又长的生灵。他明白过来了,脸上升起一阵红潮,他知道,游移过来的这条长蛇,意味着他,胡安·佩雷斯,作为解放者,他的事业完蛋了,他的一切辛苦努力,都无法再坚持下去了,因为他的职责即将转到另外一些人手中,而他自己,只要用一秒钟时间,就会像一根小小的稻草,在老爷们追究的放大镜下被烧焦,化成一把草灰,因为他没能找到并惩罚文塞斯劳,因为他未能阻止食人生番的泛滥,反倒使他们占了理。总之,最要命的是,原则要恢复了,在别的管家手下的日子又要恢复了,他只能带着自己的怨恨,躲在阴暗的角落里,而这些管家则对任何人说不出个是或非。

别墅里还没有任何人看到马车队已经驶近。狗叫声及号角声尚未传到那里,但是,再想叫谁去做准备也是徒劳无益的事,胡安·佩雷斯这样想:就让他们看到每个人该干什么就干什么吧,只有他自己从阳台那里,还来得及整理一下装束,并且前去迎接主人。车队犹如一条长长的蜥蜴,头正朝着别墅靠近,那奇形怪状的尾巴消失在地平线上。胡安·佩雷斯的心咯噔一跳,正是此时此刻,只等他们一到,他就要孤注一掷了,这将决定一切。他把双手撑在青铜扶手上,观望着那队人马的到来,好像是在等待裁决。他看到马车、骑手、马、狗、老爷太太,还有吹号角的小厮们,而这时候,别墅里的人们正觉得奇怪,为什么这一天的黄昏与往日的有所不同。

当胡安·佩雷斯证实自己打赌赢了时,差点没喊出声来:是的,这支人马没有朝实际竖在那里的那道栅栏的门口走去,而是根本没把发生的变化当成回事,全然没把它放在心上。他们煞有介事地朝原来那道栅栏门走去。第一辆马车在那里停下,后面紧跟着气喘吁吁的大蜥蜴的长长的身体和那看不到边的尾巴。整支车马队都停了下来。仆从们按应当的那样,分成对称的两队,埃尔莫海内斯从第一辆马车上下来,打开栅栏门,又收好钥匙,重新登上马车。他下令再往前走。一群新招聘来的园丁拉开栅栏门,本杜拉家族的马车从右边和左边的两根门柱中间通过——或者说是从左边和右边的两根门柱之间驶过,这取决于你是从别墅里或是从原野上来观察。他们煞有介事地进了自己花园的地盘,其实,他们没有进到任何地方,只不过是走了一下形式——从栅栏门进去。他们朝真的栅栏口驶去,在那里站岗的仆人没问口令就放他们进去了,因为认出他们是谁了。是的,就是他们。看守、胡安·佩雷斯和管家——管家此刻也跑到那座主阳台上,与其他仆人站在一起,来看主人们的到来。他们看到在那几辆最重要的马车上,与主人们坐在一起的有几位陌生人,他们面色红润,还有几位,他们帽子上面用作装饰的花朵也过于荒唐古怪了,帽子下面的发式既雅致又随便。

"他们是什么人?"管家说,好像自己问自己。

"怎么?他们是谁?"胡安·佩雷斯一腔轻蔑地回答,他一时间忘记了,在原野那小教堂里的最后一刻,埃尔莫海内斯对他的许诺管家是没有听见的,"是些外国人呗,说真的……"

"你是怎么知道的?"

"你只要看看他们那俗不可耐的脸色和粗糙的衣服就知道了……"

"可是有些人,虽然有这些大毛病,但他们并不是外国人呀,"管家反驳道,"不管怎么样吧,现在你来帮我准备准备吧……"

管家从敞开着的大窗户的玻璃上照着自己的身影,照着从自己背后驶来的马车队,他抚平衬衫开胸处的花边皱褶,与此同时,胡安·佩雷斯跪在他身后,口里叼着小鸡毛掸子,为他梳理制服下摆处有点压扁了的天鹅绒。他想,老爷太太以及随从人员从早已毫无用处的栅栏门进来,便恢复了世界的均衡。根据埃尔莫海内斯和他说的那些悄悄话,有外国人的支持,这些栅栏门仍然立在那里,就让他们继续遵循那套毫无用处、讲究虚荣的礼节吧。埃尔莫海内斯从车上下来,亲手用钥匙打开了栅栏门,然后从那里走进来,这就说明本杜拉家族的人对于过去的时间和时间的过去打算视而不见,并且不做任何评价,想再次凭借家族密实的帷幕把一切掩盖起来,而且要将这一切纳入像他胡安·佩雷斯这号人一直在遵循的传统规范之中。

"我这样子行吗?"管家问道,他就要前往罗盘门厅去迎接主人了。

"像往常一样,帅极了。"仆人回答道。

"我迎接他们的时候,你看住雅琴室里的孩子,并且把其他孩子关在地下室那间有粗矮柱子的厨房里。在我派人叫他们之前,别让他们出来,在这头一天晚上,我不希望他们的父母提出些不恰当的问题……"

"我会看好我的牲口的,"胡安·佩雷斯回答,"他们的父母,不论是今天或是别的任何时候,都不会提什么不恰当的问题的……"

"不会吗?"

"不会的。"

"不管怎么样,必须把他们关起来……我要对付那位新管家,这件事情使我有点担心……"

"是我们铲除了食人生番,"胡安·佩雷斯说,"另一个管家和另一些仆人,将要成为新的管家和新的仆人,但是我们比他们略胜一筹,因为,不仅仅由于我们坚忍不拔,表现突出,而且,还由于正是他们自己授权给我们,让我们成为他们的同伙,并且下达了非常明确的任务,把我们派到这里来。因此,他们是欠了我们的债,这非同小可,要给予不同的待遇……"

"你说得对,胡安·佩雷斯。可是咱们还是改天再来深入探讨这些问题吧,重要的是集中精力研究当前的对策。在我迎接主人的时候,你最好还是别把孩子们关起来吧。我觉得,最妙的法子是把他们放到那片大草坪上,让他们在那里玩,可是不许登上平台。你要在那里下一道死命令,不许他们上平台,叫他们就在那里,远远地和大人们打招呼。大人们由于旅途过于疲劳,就会只顾享用我们在南平台上给他们准备好的点心,孩子们可爱的身影抓住了他们的注意力,在晚霞不太亮的光线中,不论是外国人或是主人们,他们的眼睛就不会注意花园和平台被毁成什么样子了,也不会注意到文塞斯劳不在了……"

莉迪娅觉得她的职责是立即下厨房,连旅行用的那块灰蒙蒙的纱布都没顾上摘下来,就想去准备一顿便餐,以款待那些外国人。但是埃尔莫海内斯眉毛一挑,阻止她这样做:这是由于在家里所有的女人中间,只有她最合适去照料那位主宾的妻子,因为阿德莱依达太骄傲,法尔毕娜是个蠢女人,露德米拉是个废物,塞莱丝黛是个书呆子,欧拉利娅是个放荡女人,贝尔尼丝也一心想效仿她。莉迪娅扮演那个角色时得意扬扬地想:自己可不是什么庸俗的妇人,但是她要豁出一切,使她周围的那些人能够加倍享受到物质的东西。她认为这是一种美德,并且可以以此来自夸。要是西尔维斯特雷有本事找到一位好管家,那么要对付现在的局面该有多么容易啊,那她就会在回到这里之前,对新管家进行一番训练,以便一到这里,便由管家负责承担起一切。对于厨房莉迪娅仍放心不下,她觉得来到这里乱哄哄地和这些人待在一起,她会感到茫然,而在这一切后面,更加实在的是去回顾待在厨房里发号施令的愉快。可是现在不是怀念这种快乐,而是考虑自己职责的时候。因为,在几个外国人中年龄最大的那位忽然心血来潮,要让他的妻子为这顿高贵的晚餐做出贡献:他的妻子是个毫不起眼的小个子女人,但是很果断,虽然少言寡语,拿主意时却特别坚决。她的头发与其他外国人一样,也是火红颜色。人们虽然经过了长途旅行,仍然用非常得体的笑声讨好她,显然弄得她有点不知所措。贝尔尼丝轻薄地围着那女人的丈夫转悠,别人是难以察觉的,但是使那外国女人有时不快,使她有点糊里糊涂。不过,看上去她是个好女人,如果在别的场合,莉迪娅肯定会非常乐于和她谈什么全世界的仆人都一样,全都不中用啦,说什么孩子们是大自然强迫我们承担的负担啦,这些惹麻烦的宝贝真能搅得人发疯啦……她们还能在一起谈谈……总之,谈所有心地善良的女人喜爱的题材,这是她们消磨时间的最好方法。消磨时间完全是一种自杀性的必需品,能使她们的聪明才智蒙上阴影。

那几个外国人是三位男士和一位女士,那个像是他们的首领的,是个五十来岁大腹便便的老先生,已经秃顶,可是他的面颊上乱蓬蓬地蓄着表现出精力过于旺盛的富豪式颊须;他脸上有雀斑,一只天真的翘鼻子,一双水泡眼睛,周围长着浓浓的睫毛。他那豪华的气派之中透着一股有意雕琢的对优雅风度的轻蔑,好像并不知道这种无与伦比的价值本身就是对本杜拉家族聊以自慰的身价的挑战。在听人讲话时,他使用一只助听器,并随时交替着使用好几副眼镜,噼里啪啦地打开或关上放眼镜的黑匣子;点钞票时用几把小镊子;有带罗盘的怀表链,还有两只怀表,这两只表互相控制。他拿这些物件让贝尔尼丝看——她看了大为惊叹——然后又把这些东西收进他那些非常结实的旅行服上数不清的口袋里,好像这些工艺品是他本领的伸延,使他具有无穷的、超自然的威力,然而这些威力是机械的。埃尔莫海内斯几乎一步也不离开他,从口袋里掏出各种小本本和单据让他看。那位外国人不动声色地看着,埃尔莫海内斯一心想让他专心致志地看下去并与他争辩着,但他这样做是很不讲礼貌的,因为他全然不顾有别人,甚至还有女士们在场。管家毫无困难地辨认出,这一位就是主宾,到平台之前在摩尔式小客厅,当他用托盘给客人奉上冷饮时他这样想,是的,一切全取决于这位先生了。虽然当时他还不大清楚,这意味着什么,但是,不管怎么样,本杜拉家的人在他面前不能太随便。一想到这可怕的念头,管家不由得紧缩了一下身子,他觉得摩尔式小客厅有点乱七八糟,但是,不管怎么样,老爷们不拘泥于细节,这才配得上他们的豪华气派。那么本杜拉一家呢?啊,真是奇迹呀,他们尽心竭力地在"卖块儿",埃尔莫海内斯拼命地围着那位外国主宾转,贝尔尼丝在勾引他,欧拉利娅呢,正如管家预言的那样,正没精打采地等待着采摘已被她嫂子热心收摘过的剩余果实,莉迪娅则竭力吸引那位外国女人的注意力,使她什么也别看出来。特伦西奥、昂塞尔莫和奥莱伽利奥则用各种很有分寸的把戏使第二位外国男人开心,他只不过是位很壮实的大小伙子罢了,与一般的金发碧眼的人差不多。每个人都匆匆忙忙地在自己的表演场地演开了自己的节目。管家寻思,这一场好戏的任何一个细节都要看得清清楚楚,眼睛不要放过他们搞的任何一个名堂。

但是胡安·佩雷斯可用不着刨根问底,他正在为客人们斟饮料,往那郁金香形的玻璃酒杯中倒的是一种红色的果汁,那是用南方的一种果子制成的,再滴上几滴朗姆酒,很清香。他用不着打听什么,因为在那座小教堂里,当埃尔莫海内斯向他解释他们的打算时,他就什么都明白了。看到老爷太太们不得不承担起讨好别人的角色时,他只觉得这些人显得同样愚笨贪婪,就像他在本杜拉家族的人面前表现的一样,正是这种感情使他仇恨自己的奴役地位。是的,就连从来不肯退让的阿德莱依达也在全力以赴。虽然她蔑视那些客人,是的,就连她也在等着发生点什么无足轻重的事情,给她带来点什么好处。然而,胡安·佩雷斯把事情看得明明白白,问题还没解决。因此才有那么多款待和欢笑,一个劲地摇扇子,一个劲地拍着后背。家里的每一个人都在那里夸夸其谈,炫耀着自己的特长、性别、政治态度、家教、艺术爱好、家庭生活。他们不无屈辱地发现,对这几个外国人来说,他们是那样毫无价值——这与他们拥有一切截然不同。就像胡安·佩雷斯拼命想成为本杜拉家的一员一样,他们一心想成为外国人,身体壮壮实实,脸色红红润润,说话带有一股尝试和辩论的味道,不能品味家庭中玩笑的讽刺意味。就说他们讲话时的那股腔调吧,现在谁也拿不出极大的精力去超越它。不论是那个戴着一顶不合时宜、装饰着许多小花的帽子的浓妆艳抹的女人,或是那第三个外国男人——看上去他是那第二个外国男人的叔叔——他们都从麻木迟钝的状态中清醒过来,也来凑热闹。他们用外国和本国语掺杂在一起的语言提问——我不想在本书里令人厌烦地照抄了——也就是本杜拉家族运用的那种语言。

"西尔维斯特雷先生,您说的是什么?"

"劳驾,您能给我解释一下吗?"

"为什么您断定您这双靴子是'白来的'呢?刚才您还对我们说,是您在棕榈树林荫大道散步时从意大利商店买来的呢。这不是自相矛盾吗?奥莱伽利奥先生,我请求您给我们解释解释……"

奥莱伽利奥便耐心地解释起来。

"您,贝尔尼丝夫人,您一心自认为是老太太,可您真的只比我小五岁吗?"那位外国女人听到贝尔尼丝对着她耳朵嘟哝她儿子的事时,她高声说道。显然,她可不像自己希望的那么天真,也并不像她的模样显得那么单纯。

"只不过说说而已,我的朋友。"贝尔尼丝发觉自己耍的手腕有点过于显山露水,就这样回答。

"你就卖弄吧,臭婊子,你就卖弄吧!"胡安·佩雷斯撤下喝空了的郁金香形玻璃杯时,暗自说道。

"您有几个孩子,都多大了?"那位外国女人问贝尔尼丝,指望在有几个孩子方面加强自己占的上风。

"孩子?您问谁?问我吗?我有四个孩子,全都是男孩,那可是我的宝贝儿!当然,和他们在一起是人世间最吃力的事情了。我可懒得见他们。还得把他们搂在怀里摇晃着!旅行之后,咱们大家都一样,太疲劳了,我要到明天才在他们面前露面。幸好我们有仆人照料他们。"

"怎么?"那个外国女人大惊小怪地叫了起来,"难道您不为亲自照料幼子做出牺牲吗?可照料他们的艰苦工作是世上最美好的事情呀!"

黑黝黝的、很有魅力的奥莱伽利奥跑来给贝尔尼丝打圆场。他一面梳理着油亮亮的胡须,一面问那位外国女人:

"您不想看看我们的孩子吗?他们正在花园里玩呢。"

特伦西奥说:

"对,咱们到南平台去吧……"

昂塞尔莫说:

"一到这个时辰,总有美妙的景色……"

奥莱伽利奥打了个响指,管家和胡安·佩雷斯便打开通往南平台那高大的落地玻璃门,让老爷太太们出去。他们便坐在柳编靠背椅上,仆人们把椅子安置在离破败的栅栏较远的地方。这样,由于距离较远,加上黄昏的掩饰,那花园里数不胜数的破绽就看不出来了。胡安·佩雷斯和管家还从来没有像现在这么"殷勤"过,因为他们很快就把自己的利益与主人的利益统一起来了,他们一心希望那几位外国人在花园里瞠目结舌。虽然在这个季节,花园并不能显示出其最美妙的景致。

"暮日那金红色的余晖,宛如落在达娜厄身上的迷蒙的一阵金雨,对吗?"塞莱丝黛说。

"这位夫人是演员吧?"那个外国女人又对着埃尔莫海内斯的耳朵低声说道,她对塞莱丝黛难以尽述的抒情气质感到十分惊愕。

"不是的。"埃尔莫海内斯低声回答,以免打断了他妹妹的灵感。可是他没有对莉迪娅说什么,因为她不过是个大笨蛋而已。塞莱丝黛是个了不起的女人,她有优雅的、近乎病态的敏感,在一切形式的美面前她都非常感动,此时此刻,从这里看上去,花园不是很美吗?

那位蓄着颊须的先生回答:"在一个这么偏僻的地方,这已确属不易了,只可惜太小了点。"

"还小?"露德米拉叫了起来,觉得自己受到了极大的污辱,因为她婆家地产之多,总使她惊叹不已。

"这是本半球最大的人造花园之一。"西尔维斯特雷解释道,毫不掩饰他的自豪受到了污辱。

留颊须的那位摘下眼镜,将它收进黑匣子里,戴上另一副,点起烟斗,身子仰在靠背椅上观看这份产业:孩子们在草坪上,或者,更确切地说,在残留的草坪上,此时此刻,姑且管那叫草坪吧,孩子们在那里玩着变化多端的花环游戏,花环斗折蛇行,交织穿梭,时而又分散开来,他们构成了最美好的布景。孩子们唱着快乐的儿童歌曲,离他们不远,有一些身穿红色制服的仆人,他们在茂密的爱神木树丛中掩掩藏藏,但还不是完全躲在里面,上好膛的手枪藏在天鹅绒制服的绣花边下,这是为了使孩子们能好好地扮演他们迷惑人的角色。

"这我不怀疑,"留颊须的那位说,"但是,我们家的花园绝对算不上我们那半球最大的花园之一,尽管它大概能一直伸展到地平线……"

"地平线,这里的地平线也是我们的。"露德米拉说。

"是的,露德米拉夫人,是的,"那位外国女人劝慰她,"可您也用不着这么激动啊!要不要用这种药片镇静一下您的神经?为了使您安静,我必须说明,要不是知道您婆家地产的确切面积,我们是绝不会进行像这次这么不舒服的旅行,也绝不会住这么破败的小房子的。"

"不幸的是,这些房屋一副破败相是由于年深日久,而且略有损坏，"那位碧眼金发的壮小伙子道，"它们还没有我父亲吩咐在花园里建筑的那些废墟新呢。是希腊废墟，属于公元前五世纪的爱奥尼亚派，那是完全可以乱真的仿阿尔忒弥斯神庙的庙宇。"

只有贝尔尼丝在听。

"太迷人了！太美妙了！"她反复说道，因为碧眼金发的小伙子说的这些使她大为不安，笨嘴拙舌的都不知道说什么好了，"太美妙了，太迷人了！"

那个外国女人瞪了她一眼：

"迷人？您这迷人是什么意思？蛇才会迷惑人呢，斯文加利①才会迷惑人呢。可是我看不出来，一些实实在在的废墟怎么迷惑人。要想迷惑人，必须用眼睛啊，贝尔尼丝夫人，可废墟是没有眼睛的……"

"在这座小小花园的那一边的原野上，"第三个外国男人说——他很像那个有颊须的，只是比他小了一圈，他觉得那个作为家庭装饰品的大型建筑仿制品可有可无。这位先生好像只是被拉来充数的，他说，"远远望去，好像有一片村郊，或者说，是乡村，望您不吝赐教，那到底是什么？"

"那里住着些土著，"特伦西奥解释道，"每当夏天，我们在这里住上三个月……"

"住上三个月哪！"那位外国女人惊恐地喊道，"你们真是勇敢的人！"

"三个月，"奥莱伽利奥继续说，设法不让那外国女人的话刺伤

---

① 斯文加利，同名电影的主人公，是能用催眠和心灵感应等控制女性行动的音乐大师。

他的自尊心,并暗暗发誓,一定要找个机会强奸她,而不让她得到一点快感,只是以此来惩罚她,直到这个红头发的婆娘向他求饶,"再说,三个月一眨眼就过去了,他们种自己的地,打猎,为我们这几个月的需用饲养一些家畜。"

那位无关紧要的外国男人,其实他并不那么无关紧要,因为他接过了话茬儿,一面提了个问题,一面点燃烟斗:

"我想,他们是食人生番吧?"

女人们被吓了一跳,她们站起身来,难过地用手指绞着小手绢,如果流下眼泪,就用手绢擦着眼角。

"您怎么能提这样的问题呢?"

"有些事情,尽人皆知,却不能在女人面前提起,先生们……"

"哦,那么有人知道?"

"夫人们,"那位留颊须的先生一本正经地说,"如果使你们受惊,那并非出于我的本意。你们真是太可爱了,对于可爱的女人,我们应当像勇敢的战士或是忠实的仆人那样去敬重,如果没有这些甜蜜美妙的女皇,我们的文明将会是什么样子啊!"

"是时候了。"那位无关紧要的外国男人很有权威地宣布,他制止了另外两个人的争执:

"本杜拉家族应当面对痛苦的现实,那就是在所有的土著居民中,有一种是潜在的食人生番,所以,只有消灭所有的土著,别无选择。"

埃尔莫海内斯清了清嗓子,请求允许他插话:

"据我看,他们已经被清除得够干净的了,就像我们现在以这种状态保留着他们,将他们隔离开,让他们独立生活……"

"您这么说,显然既不了解情况,说得也不确切,这别墅发生的事情就是证明。"

"我亲爱的外国先生,这里可绝对没有发生过任何事情!"塞莱丝黛插嘴道,"我们栽种的奇花异草仍在吐艳,那些两耳细颈瓶依然如故地立在那里,孔雀仍用它尾羽上的那些眼睛日夜注视着……"

那位无关紧要的外国人撇开塞莱丝黛站了起来,根本不顾教养良好的人的规矩——绝不把有女士们参加的聚会变成交易会。他就这样对坐在桌边共进晚餐的人发表讲话,餐桌旁,胡安·佩雷斯和管家忙不迭地送上冷饮和美味食品。他说:

"我们明天去参观的那个金矿,如果真的像我们以为的那样好,那么,等你们把金矿移交给我们的时候我们绝不会像你们这样,只是名义上消灭这些食人生番,而是要实实在在地把他们消灭干净。我们对一切都要实行机械化,以便取代他们,其目的是不让他们那可怕的习俗在这里复活。一开头,我们将给他们提供一些方便,让他们迁往大城市,那里工厂很多,人烟稠密,人们会注意这些人。而留在这里的人呢,总是会有些顽固分子硬要留在这里……"

"叔叔,您接着说,"那位侄儿给他打气,若不是怕过于露骨,此时此刻他肯定会发出一阵哈哈大笑,据本作者看,那笑声不怀好意,"您接着说,说完为止……"

可那位无关紧要的外国人打住了话头。他朝原野望去,面色显得和悦一些,改变了说话的腔调:

"离这些茅草即将开始放出它那鼎鼎有名的飞花还差多久?"他问道,现在的语调已经不那么咄咄逼人了。

阿德莱依达在家里是农业方面的权威,她撇着嘴唇表示轻蔑,并屈尊回答了这个如此无知的问题:

"还有十天就会变得像火绒一样,然后风暴就要来了。"

"那么我们还有些时间,"那位外国佬宣称,"然后,等我们启程回去时,就能让这块区域永远摆脱飞花灾难了。"

"怎么?"大家异口同声地问。

他非常适时地点燃烟,火光映红了他的面颊。大家不明白他这话是什么意思,几个人神经质地站起来,捏起那些美味食品送进嘴里。要么就是看看表,或是夸赞手拉手在花园里玩花环游戏的孩子们。虽然经过长途跋涉,女人们仍咯咯地笑着,男人们仍保持优雅的姿势,直挺挺地站着。他们偷看着那个外国人,也就是一开头把他当成最无关紧要的那一位:他,大大咧咧地坐在他那柳条编椅上,秃秃的头顶,面颊往下耷拉,活像一条哈巴狗。他用拳头攥着那烟斗,突然撒开来,放出一股烟。大家恨不得逃开,但是都控制住了,而法尔毕娜这个傻娘儿们,她小声叫了起来,站起身,一直跑到栏杆前。家里人亲切地叫她回到她该坐着的地方,可也没有坚持非让她回去不可,因为法尔毕娜这样做也无关紧要。管家一点头向胡安·佩雷斯打了个暗号,后者连忙向前去侍候法尔毕娜,她正把头偏在一个已经坍塌的圣盒上。仆人递给她一块令人馋涎欲滴的蓬帕杜式烤饼,这样,她就不会那么歇斯底里地去打量花园,而是回到那些安安静静地坐在客人周围的家人中间了。

"咱们明天什么时候出发?"那碧眼金发的男人问道。

"越早越好。"其实是三个男人中最重要的那位外国人回答。

"我们顺便可以到湖边和生长着巨大睡莲的瀑布那边去兜一圈,"塞莱丝黛笑眯眯地说,"我记得那真是大自然的杰作……"

"法尔毕娜,你怎么不过来呀?"欧拉利娅在叫她。

法尔毕娜没有动。孩子们在松软的草坪上跳舞,她觉得他们就像一群天使,而与他们偶然从属的这个家庭毫不相干,这是将她包容其中的海市蜃楼的一个延续部分。欧拉利娅忙着应付别人的要求，一会儿就忘记法尔毕娜没有和他们在一起这件事了。法尔毕娜，表面上看来很平静，她在观看孩子们的身影，她听着他们在平台下面唱歌，歌声是那么迷人，她恨不得当时就从平台上溜下去。她与平台上的那种气氛格格不入，她真想和孩子们一起玩。但是法尔毕娜太胖了，穿着紧身胸衣，戴着首饰和羽毛装饰，她要费好大劲才能挪动身体，再加上那些衬裙，她怎么能追得上那些孩子呢？孩子们除了他们自己之外就是她和她的兄弟姐妹的化身，他们不固定地占据着过去和现在的、可以改变的位置，在喜好幻想方面，她与他们是一致的，然而，缺乏一点什么，缺乏那个从天而降的声音。以前，那声音是一种安慰，是她的指南，总是发出神秘的判决给她以启示。她不记得上回跟她说了些什么，然而他在那里召唤着她——法尔毕娜，法尔毕娜，我的法尔毕娜——这种召唤使她全身沉浸在甜蜜的包围之中，但是现在，这种完美在花园和人世间再也不复存在了。

不复存在了吗？

不。不是从那复折式的屋顶上，而是从草坪上，和其他孩子的声音混杂在一起，她听到一种亲切的声音，那声音不是在喊法尔毕娜，法尔毕娜，而是在呼唤着妈妈。这声音与其他声音搅在一起了，是裙子在沙沙作响，是拳打脚踢和撕扯制服的声音，忽然间孩子们和仆人们扭成一团了。法尔毕娜不由得大吃一惊，可与此同时，家里其他人还没有把孩子们这不大雅观的打斗当成什么大不了的事情。可是胡安·佩雷斯却径直跑到栏杆前。他二话不说，就把咖啡壶和托盘塞到法尔毕娜手里，并把手伸进自己制服的下摆里，握住了手枪把。对于他这个令人吃惊的举止，谁都说不出个所以然，也没有人想去弄明白。

"我以应有的尊敬恳求您,"胡安·佩雷斯说,"请您完全保持镇静,并且不要暴露您已经知道文塞斯劳少爷回家了。"

"但是我可爱的小娃娃是打哪儿回来的?"法尔毕娜问道。接着她高声喊道:"文塞斯劳,文塞斯劳,我的宝贝,赶快回到你母亲的怀抱吧!"

3

文塞斯劳踹着脚,啃咬着,挥着巴掌,抵抗着仆人们。仆人们想抓住他那乱踢乱踹的双腿,揪他的头发和耳朵,要脱掉他身上的衣服,给他换上现在已经显小了的破旧的"魔鬼玩偶"服。仆人们肌肉发达的双手总算把他的脑袋摁住了,他们用一副从露德米拉那里偷来的有金黄色卷发的头套罩住了他的脑袋,文塞斯劳则冲胡安·佩雷斯喊——胡安·佩雷斯此时正手握一把小鸡毛掸子,懒洋洋地坐在沙发上,笑嘻嘻地看着别人费劲地给他换衣服。文塞斯劳对他喊道,他永远也不会告诉他阿伽庇托在什么地方,并警告他说,小心着点儿,他兄弟已经和他一样变成了食人生番,他会率领成千上万饥饿的人直扑别墅,从前含义被颠倒了的仇恨现在已经是必不可少的了。他说话时尖刻辛辣,仆人们给他涂抹嘴唇时无能为力,只能把他的脸抹得一塌糊涂。

"没有关系,"胡安·佩雷斯给他们打气,"从老爷太太们在栅栏门前所采取的态度来看,他们只想坚持家丑不外扬,不让任何不合时宜的东西暴露出来。对于文塞斯劳少爷的不太高明的打扮,他们也会采取这种态度。"

"你等等,"当文塞斯劳被仆人们推出房间时,他对胡安·佩雷斯说,"我要提醒你注意,我是有能力让我可怜的傻母亲听我支配的。在这种情况下,只要我一句话,她就会叫你大祸临头,你们所有的人也会由于自作主张而遭殃。"

"这很可悲,"胡安·佩雷斯对仆役们说,以免向那位形式上仍然是主子的人直接询问,"一个可怜的孩子成了整个恶势力影响的牺牲品,他竟敢这么大不敬地谈他母亲,况且她是位圣女,而他还疯狂地爱着母亲……"

他们朝过道走去,胡安·佩雷斯走在最前面,两名仆役跟随着他,随后是文塞斯劳,他仍然像往常那样,裹在他那荷兰布短衫里,走在最后面的是四名仆役,他们的制服下面鼓鼓囊囊地揣着手枪。这些武器毫无用处,文塞斯劳这样想,他决心暂时保持沉默,继续往前走,因为一旦穿过罗盘门厅,上了楼梯,走进大人们正在那里开心的跳舞厅里——那里,在大人们休息之前正在举行一场音乐会——到了那里,谁也阻止不了他开口讲话。但是胡安·佩雷斯下达指令的口气是如此镇定,使他很快就非常明白,自己面临的是个完全陌生的人。这个人完全可以置阿伽庇托于不顾,阿伽庇托,他是那样快活,对什么都满不在乎,他有着那么美妙的嗓音,因为他现在掌握着他文塞斯劳尚不知道的秘密援兵。这位走在这一行人最前面的新的胡安·佩雷斯,他手里挥舞着小鸡毛掸子,如果说,他可以舍弃对阿伽庇托的依赖,剥去他身上最脆弱的部分,即对他的羡慕,那么他也就不会把他弟弟藏在什么地方这一秘密那么放在心上。笔者希望在这里把这一秘密告知读者,尽管这与故事人物无甚关系,是文塞斯劳好不容易帮他和阿拉维拉藏在湖中小岛上了,于是他文塞斯劳只好胡编一气,以便让那辖制着他的卑鄙的仆人听他的。

那位外国女人在竖琴旁坐定,演奏了一曲《比翁迪娜在小船上》,这首曲子演奏得很糟,音区不合,而且也没能好好地表现其艺术风格。在微弱的烛光照耀下——这是管家的吩咐,只让点很少几根蜡烛,说是这样,正如塞莱丝黛所说,更具神奇色彩——本杜拉家的人和那几位外国人舒舒服服地坐在金色沙发椅上,围成一个圆圈。他们彬彬有礼,但听得不很专心,有几位由于旅途疲劳,实在难以支持,便打起了瞌睡;另一些人醒着,只不过是由于陶醉在自己的色欲之中,要不然就是被某种疑团搅得心神不安。今天,围着他们送冷饮的仆人们,他们的制服底下、花边、袖口里放着的不是通常的那些鲜花,不是首饰,不是钞票,而是手枪,他们没有一丝笑容,而是在窥视着他们。尽管那位外国女人的歌喉——怎么形容它都行,但绝对不是银铃般的嗓子,听众们除了举止文雅以外,仍不顾一天旅行的疲劳,注意着她的身姿,还保持着一定的谦恭。

正是亲人们的这种谦恭——这是一种什么样的谦恭,暂时还不明了——是文塞斯劳进房间后首先感觉到的:风尘仆仆的身体散发出一种令人难堪的微臭,弥漫在烛光昏暗的跳舞厅里。他看到法尔毕娜在阴影的笼罩下,变得好像粉红色的鬼怪似的一团,她正倚在那里打瞌睡,犹如一头母兽,被身穿闪闪发光制服的仆人包围着,他看出现在没工夫仔细分析了,就一头扑到母亲的怀抱向她喊:

"妈妈……"

"嘘……"

他怎么能看清这个正在用刺耳的声音唱歌的女人呢?他怎么知道穿插在别人的面孔之中的家里人谁是谁呢?不容他继续往下想,管家已穿过房间走来,像一个仆人应该做的那样,站在他的身后,毕恭毕敬地重复着老爷们的声音:

"嘘……"

文塞斯劳感到一支手枪的枪筒抵住了他的脊梁,为了迷惑管家,他慢慢悠悠地举起双手,犹如举起想象中一个装满李子的篮子。随着歌喉和竖琴乐音的变化,他娇媚地把自己的双脚摆成第五号舞姿,身体扭成阿拉伯式姿态朝前跳,一步,两步,从阿拉伯式舞姿变成踮起脚尖转一圈,又跳了个奥弗涅舞步,这样,他就跳进了观赏他舞姿的人的圈子里。现在他已经摆脱那位手握枪柄的坏蛋了,那家伙眼睁睁地看着这只百灵鸟逃跑了,而且还嘲弄了他,眼看着就要消失在通往他无法攀登的艺术天空的那道凉廊里了。原来打瞌睡的人也被这个好玩极了的孩子给迷住了,这个孩子在跳舞厅中央扮着各种怪相。法尔毕娜笑逐颜开,她得意扬扬地看着周围人,看谁要是不知道这是她的儿子,就赶快去告诉他;说这个扮成魔鬼模样的小家伙是属于她的,她孕育的这个生命就是要使她开心。她用胳膊肘碰了一下塞莱丝黛,她的姐姐还没意识到是文塞斯劳来了,法尔毕娜便对着她的耳朵低语:

"你看我儿子跳舞跳得有多好!"

"简直是个瓷娃娃!"塞莱丝黛这样恰到好处地回答。

在棋盘格地板中央,文塞斯劳一边随着竖琴的乐曲继续跳舞,一面用这段时间清理着他所感觉到的、所想到的和所看到的一切,以便弄明白到底是一种什么恐惧使每个人都局限于自己重复自己,自己模仿自己,他感觉这是一种令人作呕的虚伪。昂塞尔莫装作一副纯真的样子,翻着烛光映照下的谱架上的乐谱。塞莱丝黛那如饥似渴的敏感下面,掩藏着蛇蝎般的恶毒!他母亲的自满自足中,带着那么多动物般的荒淫!奥莱伽利奥的太阳穴的黑色,有多么虚假,他那两撇大胡子又多么伪善!欧拉利娅顾盼着那几个陌生人中间最年轻的一个,她那热切的目光,全凭那刻意修饰的三角帽的黑影达到其效果。他们的举止毫不差池,但他们是否已经知道,所有正在侍候他们的仆人全都携带上了子弹、打开了保险的、装在丝绸枪套里的手枪?难道正是由于害怕,他们的面部表情才显得如此夸张?

与其他人不同,看来埃尔莫海内斯既不怕手枪,也不怕他的侄子外甥们突然出现。他站在陌生人中最尊贵的那一位坐着的沙发后面,向那位外国人解释这一场面,说虽然这看上去像是在表演,实际上表现了他们家里的一个小孩的天真幼稚的灵感,说这整个是一场游戏,或者,更确切地说,整个是个花招。他则要高过这花招一筹,与这花招完全不同,他要把全家召集起来,像应该的那样,使他们折服,他要把握住他们,让他们毕恭毕敬地对着老爷先生的耳朵,说一些友好的悄悄话,此时此刻这几位外宾都无一例外地坐在跳舞厅的贵宾席上。这时文塞斯劳正跳着一种在胡安·佩雷斯看来比较通俗的击脚舞步。埃尔莫海内斯以及其他人都认为,对未来没有什么可担忧的。对于到现在为止的开场白,埃尔莫海内斯觉得很满意,他打着拍子,等待着那女高音的最后一个颤音消失,舞蹈者打最后一个旋子,这样总算就可以让他们,让那些外国人安静,也可以使他自己安静了。现在被紧张的旅行搞得筋疲力尽的人们可以躺到别墅里最好的床上去了。

胡安·佩雷斯只会在背后搞阴谋诡计,以此种方式与权力结成同盟,他的这些阴谋诡计弄得他有一点点事情就神经脆弱,因此,他没有估计到,强大的同盟常常是冷冰冰而直接建立起来的,用不着考虑什么思想意识问题以及组织脆弱的个人主义,因为这仅仅是由于缺乏正式的权威——耳听不清,眼看不明——总而言之一句话,这才是唯一有效的。

可以这么说吧，这一切都是背着胡安·佩雷斯，在五分钟之内发生的，是在孩子们玩着"侯爵夫人五点钟出门"的游戏中产生的。他们化好了装，一下子冲进了跳舞厅。科斯梅，他的脸被硫酸烧坏了，他就在两步舞中扮演魔鬼玩偶的舞伴，胡文纳尔弹着拨弦古钢琴为他伴奏。埃尔莫海内斯，他脸上总显得苦巴巴的，由于忧心忡忡而显得苍老，这时候看到他的雏鸟们回到自己身边，心中也升起一股父爱之情。这是个激动人心的时刻，简直有点令人陶醉，以至于那个长着代表着他的作用的红色颊须的外国人作为他们一方的代表来制订协议时，也毫不遮掩地选择了这个契机，对管家说了一些话。对这些话，管家也做了肯定的答复，管家很明白他说的这些话以及他受托之事的分量，并且对前途很有信心。那位外国富翁，在正式履行完毕自己的职责之后，也和人们一起欢乐。聚集在那里的人们笑着，现在的这出小剧，演的是侯爵夫人认出了还在摇篮里就被别人拐带走了的可怜的小孙女，现在她又开始了新的生活。啊，像她那样一个贵妇人怎么也操起了梨园生涯？这简直是一种耻辱！为了完满地实现他计划中的这一部分，管家现在没有多少事情好做，但愿孩子们听从这个口号：由于老爷太太们都筋疲力尽，今天晚上别去和自己的父母说什么。如果事情能像他们原先预计的那样，最好永远也别去和他们说什么，也不要去打扰他们，而顶多是好好地吻过他们之后，玩点轻松的花样，叫爸爸妈妈轻松轻松。因为自打他们分别以来，充其量才过了一天工夫。如果显得过分依恋，那就太不合乎情理了，最要紧的是，什么也不要对他们说，否则他们将要受到惩罚而不留痕迹。当萨拉班达舞跳到最后时，又有一些人成对地参加进来。必须指出，有趣的是梅拉妮娅和那个最年轻的外国人组成了舞对，这使阿德莱依达大惊失色。埃尔莫海内斯却很高兴，他立即把外甥女纳入自己的计

划,将她当作诱饵。文塞斯劳在舞厅中央,他询问表姐:

"热带莽林中的艰难残酷地折磨着我,要把我血统中的王族徽记磨灭,花蕾在最凝重的蓝色夜晚枯萎。你,最美丽的女人,为什么在你的怀抱中,我得到的只是叹息……"

梅拉妮娅不知道怎样才能正确地回答文塞斯劳的暗示——她怎么竟一点也不明白这种暗示呢?这是文塞斯劳想讹她一下子。她生怕大人们会听懂她那一套侯爵夫人的语言,就连忙回答,利用大家都听得懂的华丽辞藻答话:

"是巴纳尔,啊,这荒蛮的土地的痛苦的后裔,他要撕破晶莹的清风,要把我们宫底的秘密埋藏在他那甜蜜的旋律里,使它有如一阵紫色的芬芳……"

不行,不行,文塞斯劳思忖道,不行,因为他既没有把心思放在萨拉班达舞上,也没有放在内容冗长的喜剧上,现在,他所有的堂兄弟表姐妹全都参加到喜剧中来了,连最胆小害羞的人都算上。靠着花言巧语的掩饰,说什么他们就像那幅油画中二维空间的比例,文塞斯劳一心希望能够利用由于他突然出现在草坪上所造成的混乱,阿伽庇托能乘机背着阿拉维拉从他们藏身的那湖中岩石小岛逃出来,逃开藏在暗处的仆人们的监视,并且依照约定的那样,藏进法尔毕娜的卧室里,在那里待上一会儿,等萨拉班达舞跳到最后行礼鞠躬时,他就要抓住他母亲,拿她当作挡箭牌。她怎么发胖得这么厉害呀!看到她在金色沙发椅上啃着蛋白甜饼的样子,文塞斯劳这样想道,变得简直像个魔鬼了!这么长时候没看见这些大人,他们怎么都变得像魔鬼似的了?阿德莱依达原先一向是个心眼很坏的、令人毛骨悚然的女人,她总是控制不住地一面嘟嘟囔囔念着好像是玫瑰经似的什么祷词,一面摇晃着她的脑袋,好像总在表示不赞成。她今天这样晃着脑袋,难道是受了圣维多舞曲的感染吗?还有奥莱伽利奥,他的头发、胡子、汗毛全都是黑黢黢的,那靴子也是黑黢黢的,全是染上去的、涂抹的黑油,这使得这张人工面具的模样永远固定下去。还有其他人,为什么欧拉利娅在半明半暗中看上去像个软体动物?她那雪白的胳膊已经准备好卡住别人肉乎乎的脖子,并且一口吞下。西尔维斯特雷好像也成了一名仆役,他喘着粗气,被自己过度的肥胖所累。他们围坐在穿着破衣烂衫的孩子们周围,现在孩子们跳起了一种小步舞。面对这漫画似的一群人,他觉得不能有别的反应,只能一遍又一遍地重复着自己的想象——今天想象既夸张又啰唆,好像那反反复复的回声一样。他从科斯梅的怀抱中走开,走到法尔毕娜的椅子前,可是,他看到自己的母亲以惊恐的神色望着孩子们,好像在看一群粗俗的人。他明白了,这种恐惧是源自他们,是他们这些漫画式的人物,而不是大人们。法尔毕娜似乎想摆脱这些可怕的形象,便将身体斜倚在椅子背上。当拨弦古钢琴弹出最后一个音符时,文塞斯劳做了最后一个动作,他张开臂膀,扑到母亲怀抱,给她一阵热吻,然而,她却僵硬地坐在椅子上望着什么。好像有什么人把她的目光吸引住了,那个人正好待在文塞斯劳的身后。他转过头去:是科斯梅,在他那化了脓的面具的疮口间,露出一丝微笑:

"我的孩子,摘下你这副面具吧,'侯爵夫人五点钟出门'这套把戏叫我害怕,有时候我觉得,我从来就不能理解。"法尔毕娜低声说道,但是,所有在场的人都听到了她的话。

"这不是面具,妈妈……"

"那么,是什么?"

管家端来一只盛着蛋白甜饼的托盘,用它挡在法尔毕娜和科斯梅的脸之间,可是她一挥手就把托盘打翻了,甜饼在棋盘格地板上滚成了碎片。

"摘下这副假面具!"法尔毕娜尖叫。

大家全静下来,埃尔莫海内斯以保护人的姿态站到她妹妹身后,抚摸着她的脊背,让她镇静下来。可实际上他的打算是:如果法尔毕娜喊出对外国人灵敏的耳朵不那么合适的话时,就用莉迪娅递给他的浸了橘花露的毛巾堵住她的嘴巴,因为那些外国人是最尊贵的客人,只能献给他们最美好的东西。

法尔毕娜气势汹汹,她站了起来,冲科斯梅喊道:

"你听不听我的话?"

"怎么啦?"他毫无办法地耸耸肩膀。

法尔毕娜朝科斯梅扑过去,想用她那双软绵绵的不中用的小手撕去他那受过拷打的面具,撕他的皮,冲他叫嚷,让他听话,问他,这些孩子破衣烂衫,瘦骨嶙峋,伤痕累累,一副贫病交加的样子,这到底意味着什么?就拿别墅来说吧,整个成了一个猪圈,一座废墟,那一块块没有加糖的石膏令人恶心,只能像这种蛋白甜饼,她说她想吃真正的甜饼。她说这是怎么啦?她可不喜欢丑陋的、破败的、陈旧的东西,也不喜欢破衣烂衫,说那只会使她害怕,说她喜欢洋娃娃、玫瑰花、蜻蜓,而不喜欢别的东西,其他为她所不能接受的东西。她要他们向她解释清楚,究竟发生了什么事情。她要管家解释,要孩子们解释,告诉她阿德利亚诺在什么地方……

"阿德利亚诺……阿德利亚诺……"

她一面呼唤着丈夫的名字,一面挥手踢腿,挣脱那些想抓住她的人,文塞斯劳和她一道跺脚踢腿,啃咬撕抓。实际上,在不多的几分钟之内,法尔毕娜已经讲了很多,她讲得过分多了。那些大人就向外国人解释道,这不过是"侯爵夫人五点钟出门"的又一段,这是天真烂漫的孩子们挖空心思想出来的游戏。至于法尔毕娜,他们已经看到了,她的智力从来就没达到过孩子们的水平之上,有时候,比方说,就像现在这种情况,想象使她失控,他们会采取必要措施防止类似情况发生。埃尔莫海内斯叫人给她拿来约束衣——看来,对于任何一种解释,外国人都打算接受——他说,与那些破衣烂衫一样,约束衣也是那套游戏的道具之一。他叫人们给法尔毕娜和文塞斯劳穿上了约束衣,法尔毕娜在哭泣,文塞斯劳在约束衣里乱蹦乱踢。人们把他们带走了,所有人的脸上很快又露出了微笑。他们把母子俩关进了多年来关押过可怜的阿德利亚诺的同一座塔楼。当他们消失以后,每一个人都轻松地呼了一口气。男士们请求夫人们原谅,然后点燃雪茄烟。与此同时,孩子们与壁画上那些静止的人物形象混同起来,被人遗忘,好像他们也成了壁画的一部分,直到后来,科尔德利娅一阵猛烈的咳嗽才引起大人们注意到孩子们的存在。以后再吻他们吧。父母们挥挥手,让他们悄悄退出跳舞厅,也许,要到明天才能和他们亲近,和他们说话。

"你演奏点什么吧,胡文纳尔……"塞莱丝黛说。

"好的,好的……"

"演奏点什么……"

"让坏时光过去吧……"

"什么坏时光?"

"游戏中的一章永远不是坏时光。"

"不管如何,弹点高兴的……"

"不,"塞莱斯黛说,"我相信,在任何快乐的呈现中,忧愁拥有缺席的微妙之处。"

"我们尊贵的客人,你们想听什么?"

第十三章　来　访

1

　　那个外国女人听到第一声奇怪的锣以及回荡在别墅中的余音时，简直惊呆了，但是由于莉迪娅打了个圆场，她才反应过来，连忙问这是怎么回事。管家下令不准继续敲锣了，同时，对孩子们说，也不必再等了，赶快先上床睡觉吧。待外国女人听完特伦西奥的解释，便高傲地宣称，在她家是不允许有这种刺耳的声音的，这仅仅因为训练有素的孩子不需要任何大惊小怪的声音，便可使他们服从任何命令，因为只有这样才能和睦相处。女人们在谈完应该如何管理孩子们之后，大家接受了这一事实，即他们都已疲倦，疲倦抹去了难以忘怀的不愉快——那些不愉快本来该使他们激动的。本杜拉家的老爷太太们和他们的客人，手举枝形烛台，上了罗盘门厅的台阶，朝各自的寝室走去，仆人们已在那里为他们做好了一切准备，以便使他们能舒适地睡上一觉。

　　走廊和厅里有好一阵子还回响着老爷太太们稍微有点勉强的笑声，因为他们想把节日气氛从头到尾保持下来。等寝室房门刚一关上，只剩下一对对夫妇时，这座有那么多控制不了的土地的如此庞大别墅里的那股压抑气氛便向他们压了过来。这座别墅和这里的土地犹如一座舞台。在这座舞台上发生的事件中，他们的孩子不仅是参加者，而且也是牺牲品，要不然就是刽子手——在如今这紧急的情况下，这种种区别无关紧要了。而且，在这个地方，邪恶势力已经迫使他们成了工具，用以加速过去未曾开发的灾难，自然，也会带来未来的灾难，必须竭尽全力制止它的发生。他们剩下的时间不多了，只剩下今天晚上来采取必要的措施，特别重要的是要提醒他们的夫人们注意，在那激动人心的场面出现时，她们一定要克己，这正是他们所属的那个阶级的夫人特有的高尚品质——她们一定要立即牺牲一天的甜蜜、舒适、懒散，在自救中承担起自己的那一部分责任。

而他们呢？家里的男子汉们，出发之前在首都开过一次会，以便制订一项计划——利用乡间夜晚的宁静恳求他们亲爱的妻子们。这个计划大致是这样的，傍晚时分到达玛鲁兰达，休息一晚上。第二天早晨在南平台上吃早餐，让他们的妻子留下，在一半仆人的帮助下，负责把最有价值的艺术品和能找到的金子统统装上马车。中午时分他们已经带着其他仆人与那几个外国人一道出发到矿上去了。他们要反复重申，把矿区当场卖给这些外国人，而且要向他们表明，管家和他的手下人是多么能干，他们已经完全平息整个地区的食人生番的反叛，因此不能认为这一地区的产权已经贬值了。然后，当天下午返回别墅，签订这笔交易的意向书。晚上稍事休息。第二天早晨出发，用马车载着武器、金子、艺术品、仆人、女人和孩子，以及那些外国人回到首都，以便在最大的危险——刮起飞花的大风暴到来之前，在首都拟好有关文件。要是那几个外国人赶上这种危险，那么毫无疑问，他们准会当着本杜拉家族的人的面，把地产买卖合同撕得粉碎，因为那恶劣的自然条件使这个地区的开发充满危险,从而他们会考虑这样做根本不值得,说到底,这一家族在世人面前总是以高人一等的身价来炫耀自己,除了在这些粗俗的外国人面前——也许,只要他们愿意,甚至连风暴都控制得了吧?如果暴露了机密,他们家族的威望可就全完了。

但是,有关堪称神圣罗马贵族夫妇的生活情节是无法兑现了。当然,阿德莱依达没了丈夫,对她毫无要求;法尔毕娜,如读者看到的那样,已经被关进塔楼了;莉迪娅和贝尔尼丝,她们已经知道了一切,因此这两个人只需为这一阴谋添枝加叶,使它更加完善而已;塞莱丝黛,她眼神不济,并且,由于她那病态的敏感,就不让她以同等的特权参加家庭的内部谈话了,除了有时参考一下她讲的话,什么事也不让她做;欧拉利娅染上了今年盛行的疑心病,拒绝合作,她提醒昂塞莫尔说,让她安静安静吧,别尽给她老调重弹了,不管出什么事,她都打算与伊莎贝尔·德·特拉蒙达娜以及一群雅士到意大利的湖泊群去度过秋天;只有那可怜的露德米拉,头发乱蓬蓬,带着渴望,相信特伦西奥为她描绘的那情节剧的曲折情节,她把这情节与周围环境为她提供的奇怪机遇混为一谈,使她有机会与丈夫亲昵,从而迫使他答应她所提的一切要求。

夫人们所接触到的一切,她们确确切切地理解到的东西是:必须运用他们本杜拉家族特有的神奇本领,去赢得那些外国人的欢心,也许这些外国人终于会同意把这些家产从本杜拉家族手中转到他们那粗俗的手中。这几个外国人也许会兴致勃勃地延长在玛鲁兰达的逗留时间,但更大的可能是,他们没有事先打定主意买不买下这些地产。第二天早晨,他们可能起得很晚,一起来就懒洋洋的,不急于出发。在他们下楼之前,家里人已经围在摆好的餐桌前,那里有几朵飞花,是从花匠们还没来得及从南边那块地里拔起的茅草上飞出来的。家人们的对话有如无声的揭露,好像害怕引起对方注意,即他们的孩子们互相簇拥着,祝他们健康,或是赞颂他们的仁慈,并送上一个亲吻,这些事是多么自然。虽然父母不在家的时间很短,但人们知道,这就足以使孩子们在一天之内,像野草似的猛长起来。然而不幸的是,父母们具有很高的使命感,必须把这种渴望的满足往后拖延,因为他们不能不想着这件事而去考虑其他事情:离月季园几步之遥,用长矛围成的小小栅栏之外所呈现的情景意味着什么?必须考虑这一点,否则事情可不太妙。那长长的一溜马车,一大早就准备好要出发,一匹匹骏马不安宁地用前蹄刨着地,小厮们擦拭着马车上的青铜部件,安好折叠车篷,等得不耐烦的车夫坐在座位上试着抽响鞭,那一眼望不到头的车队末尾是大车、敞篷四座马车和双轮篷车,上面坐满了武装到牙齿的仆人们,车队末尾以肚肠消化食物般的缓慢消失在马厩。

上午很晚的时候,那四个外国人来到南平台,他们在主人的陪同下进早餐,这样能最大限度地稳定他们的不安,取而代之的是比较容易控制的一些担心。主人们对客人说,他们安排早晨吃完点心后,出发之前,由特伦西奥和昂塞尔莫陪同,参观整座别墅作为一种消遣,这两个人对别墅的奥妙非常了解,然而由于他们来得不是时候,别墅有的地方没好好收拾。那几个外国人对这项节目挺感兴趣。其实,这几个人已经被他们的盛情弄得迷迷糊糊的,并且,显然不管出于何种目的,若想再使他们清醒已是十分困难了。塞莱丝黛坐在那位长着红色颊须、穿着颜色鲜艳的背心的阔佬身边,劝他:

"你们到矿区去的半路上,应该停下来休息休息。"

"不!"那位富豪回答,以鄙夷不屑的口气,好像他在吓唬一个最胆怯的交谈者似的。

"我的先生,让我来劝劝您吧。有这么一个地方,那里有会唱歌的瀑布的垂顾,我们曾在那里度过非常愉快的傍晚,它能使我们忧心忡忡的心灵恢复宁静。那里的风光犹如画在瓷盘上的景色一样,美妙动人。不论是人物和风景,由于近在瀑布旁边,都被点染上一圈光轮,轻柔光滑,发人幽思,令人愉快。啊,我什么时候才能再回到那里,去观赏那鲜红的螃蟹爬过湖滩时的足迹留下的神秘符号?还有那羊齿丛,一些小小的生灵,极力隐藏自己充满爱的透视图形,当它们从那羊齿丛的阴影下走过时,草丛便轻轻颤抖!亲爱的欧拉莉娅,那一天,当你走过那座架在巨大的黄睡莲上方的弯弯小桥时——那座小桥好像是一具倒置的衬裙似的——你手扶桥栏,举着一朵茉莉花形状的大花,你好像打着一把阳伞,你还记得吗?哦,那潺潺流水好像在奏乐,那蓝色的陷坑,那娇柔无比的鲜花——纤小的鸟儿在那里喝水,一时间它们固定住,好像排成一个极小的字母表,然后,它们飞散开来……"

梅拉妮娅那带酒窝的脸笑眯眯的,她已经来到台阶上,但是还没敢朝前走。外国人中间最年轻的那位从远处向她招手问候,但是他发现梅拉妮娅并不打算问候他,而是问候奥莱伽利奥,可奥莱伽利奥却避开了她的目光,宁可全神贯注地听塞莱丝黛的夸夸其谈。但是那位金发的外国小伙子听不懂塞莱丝黛的话,他悄悄站起身来,以免打断那女人滔滔不绝的讲话。他迎着梅拉妮娅走去,姑娘向他伸出一只手,拉他走下台阶,与他一道消失在那已经残破不全的花园的一个角落里。这一情节是埃尔莫海内斯在她这位外甥女的帮助下策划好的,是他那计划的组成部分,不管那蠢婆娘阿德莱依达怎么说,他都决定在这次旅行中带上梅拉妮娅。他还很满意地看到那位富豪和他的伙伴及其妻子——他不知道她到底是谁的妻子,她没有和那个大家以为是她丈夫的人一起过夜——越来越注意地聆听着塞莱丝黛那足以激发别人灵感的话语:

"……那是个可以修身养性的地方,真是个绝妙的去处,"失明的塞莱丝黛继续说,"那是个天堂,除了我们,谁也去不了那儿……我很难过地承认,连我们的孩子们都没有去过,因为他们吵吵闹闹,会破坏那里的和谐……我们害怕与我们不同的人,木木讷讷的人,那就是土著居民的后裔,因此,很自然,从来就不允许他们去观赏瀑布——尽管他们还没有忘记关于瀑布的神话——也不许他们去探索那宁静的河滩,占领那里的森林,怕他们出于嫉妒,毁灭了这美丽的快乐天堂。啊,我的阿尔卡迪雅、茜黛尔和埃德拉①,渴望着毁灭我们的人是怀着怎样凶残的仇恨窥视我们啊!也许是我们热心的老祖宗,在这片广袤的大地上毫不犹豫地撒下茅草的种子,来用它们毁灭一切生命,从而保护这神奇的创造,抵御着我们家族之外,从而也是仇恨的手和眼睛。我希望你们,当你们对我们的地产感兴趣时——我们可是忍痛割爱的呀——希望你们懂得珍爱这可贵的财宝。实际上,它包括许多公顷的地域呢,希望你们珍惜这美妙至极的天地,我们把它让给你们。当有人侵略它时,只有我们才能为保卫它而战斗到死,只有在这样的条件下,我们才将天堂让给你们。奥莱伽利奥,我想到那里去,今天,当这些高贵的先生想到我们那美丽非凡的河滩去时,我比以往任何时候都想到那里去。是的,是的,我从他们的眼神里,从他们用金钱装扮起来的微笑中已看出他们的贪婪。尽管当这些地产属于他们时,他们还是能允许我们到那里去,可那种完完

---

① 阿尔卡迪雅,伯罗奔尼撒中部古希腊之山区。埃德拉,古希腊之名称。

全有把握的微妙的情感,那种不可逾越的优越感,将绝不同于以前了!奥莱伽利奥,你带我去吧!我恳求你,在去矿区的路上,让我留在那里,由一小群仆人照料,他们将在河滩沙地上支起一顶毛毡帐篷,待到傍晚你们回来时再接我吧。"

"这个主意妙极了,塞莱丝黛!"欧拉利娅喊道。

"只有你才具备这么丰富的想象力!"贝尔尼丝也附和道。

"对呀!"露德米拉接着说,由于女人们这一别出心裁的神魂颠倒,她忘记了头天晚上自己对特伦西奥许下的诺言,"咱们大家全都去,去永远地蒙上彩虹的雾气……"

"过去最强烈的感受,将成为我们曾在那里享受到的一切的回忆……"阿德莱依达说。

"您不想和我们一起去吗?"莉迪娅问那个外国女人,她正专心致志地听她讲话,"您不愿意参加到我们女人的行列中,去对抗男人们想强加于我们的职责吗?"

那个女人笑着,带着一定的优越感回答道:

"这一场战斗,很多年以前我就以另一种方式打赢了。"

她望着那几位姐妹、姑嫂、妯娌,她们已经抖动着裙子和大披肩,站起身来,她们打算进行一次不合时宜的野游,甚至已经拿起了手袋、手套、遮阳伞和宽边草帽。塞莱丝黛挎着丈夫的胳膊,想赶快进入衣帽间,以便有时间在那里做一番无比复杂的梳妆打扮。看到她这样,那位外国女人用一个手势阻止住其他女人,她询问她们:

"你们能不能给我说明,我怎么才能相信,塞莱丝黛夫人关于她描绘的那个地方的话是真的呢?因为她本人,显然是个瞎子。"

本杜拉家族的男人们高兴地笑了,这一笑便有效地遮掩了不识时务的塞莱丝黛插的这给她打上了瞎眼标记的一杠子,其实,她只不过是病态的多愁善感而已。而他们更上心的倒是对于她所说的那么一个可供人消遣的奇妙去处是否果真存在。然而那位外国女人继续说：

"你们习惯于以主观为出发点来衡量属于你们家族的一切，这种主观性与从外部看到的、从另一个角度透视的现实毫不相干。你们怎么可以要求我相信一个瞎子所断定的，并且全家为它担保的事情呢？而且，在没有证据的情况下，怎么能使我抛弃这幢相对舒适的别墅，而冒险到另一个地方去呢？去那里不仅可能有危险，而且将使我失去用来与这些夫人一道清点这幢别墅里各种家具的时间。要是人们所说的有关这块地产和那个矿区的情况，正像塞莱丝黛夫人所说的话一样，经不住反驳，那么我倒要考虑考虑，我们是不是要冒险把它买下来……"

她讲的最后几句话好像是在询问另外那两个外国人，他们正在往巧克力茶里泡小面包。据本杜拉家的太太们看，那女人的姿态不像女性，她们觉得女人在男人的事务里瞎掺和是很不合适的，对于这类事，最好都不必知道。总而言之，到了这个地步，埃尔莫海内斯已经被那个女人所提出的问题气得忍无可忍了，他阻止住自己那几位群龙无首的亲眷，想法让他们明白，要是对家族一个成员的话有所怀疑，尽管她是个女人，而且有着病态的敏感，这种怀疑也是不容许的，因为这涉及家族的荣誉问题。但是他转念仔细考虑了一下，还是咽下了这句话，没有做出这种残酷的抉择，反而拍了两下巴掌，把管家叫来。管家走到他身旁，按家里的规矩，微微地但长时间地向他鞠躬。他对着管家的耳朵说了几句有分量的话，使得这个仆人匆匆忙忙地走开了。埃尔莫海内斯清了清嗓子，以便引起同桌吃饭人的注意，他恳请已经站起来的人们重新坐下，说有几句话想让大家听一听：

"在上帝赐给我们的天使般的女儿们当中，"埃尔莫海内斯开始了他冗长的讲话，"有一位特别出众,她不仅外表娟秀,而且心灵非常美好。我们家族传统的光辉表现在公共事物、政治、历史、经济以及其他有关各方面,而在我们的后裔当中,就具有这种优秀的萌芽,特别表现在我们这位智慧天使身上,这是我们的特伦西奥在我们可敬的露德米拉的腹部孕育出来的。众所周知,露德米拉是克己的母亲和妻子的典范。我所说的这位善良天使,虽然年纪轻轻,却不仅熟知人们能够知晓的本地区的历史和地理,而且,她把童年玩天真无邪的游戏的时间,用来收集文件、地图、契约和信件,这一切证实了我们尊敬的外国朋友对其存在表示怀疑的东西确实存在,并且还为它做了详细说明。自不必说,我指的是,我们亲爱的小阿拉维拉,我已经让管家去叫她了,这个蠢货,不知怎么耽搁了这么长时间。"

他的这番话，引起人们一阵热烈的掌声。母亲们围着露德米拉打转,祝贺她有幸生了这么个宝贝女儿,她们用自己对此不感兴趣的姿态暗示,犯不着为姑娘的晚到而费心。生活借着这个姑娘,在向所有的母亲微笑。她们对这位母亲说,幸运之神认定了露德米拉是她最宠幸的那一个。谈话很快转到别的话题上去了,人们甚至感到时间在轻松愉快地过去,当然,轻松愉快是为怀疑和耻辱拉上厚厚帷幕的最有效方法。什么都不必干,那有风度的微笑,那一腔一调,我简直找不出别的词来形容,只能说是很"文雅"的,因为这是有权势者的声音,是在一顿没完没了的优雅的乡间早餐上的谈笑。白云慈祥地微笑着,在蔚蓝的天空慢悠悠地飘荡。

当管家终于再次露面时,时间又艰难地开始流涌了,其艰难之一就是管家手里拽着一个人:那是个面色苍白的人,小小的身躯裹在一件仆人制服里,制服拖在身后,好像一条光彩熠熠、破碎不堪的尾巴。从正面看去,她瘦小得好像一只小鸟的骨架,那双赤裸的脚非常瘦削。她的面色发青,瘦骨嶙峋,虚弱无力,目光茫然,由于发烧而正在发抖,这一切表明阿拉维拉——我的读者们大概已经认出是她了——简直都站不住了。在他们身后是一位级别较低的仆人,他推着一辆装有各种纸卷的小车。

"我把她找来了……"管家喘息未定便叫道,显然他是跑来的。

"管家,你当然能把她找来。你必须明白,在属于我们的地产境内,我们的孩子是很难丢失的,在这块地方没有什么秘密。"莉迪娅在提醒他。

露德米拉从桌子的另一端激动地向女儿伸出臂膀,向她呼喊:

"可爱的孩子!"

与此同时,那位外国女人在其他人反应过来之前已经站了起来,她朝阿拉维拉跑过去,在姑娘倒下之前将她扶住,一只胳膊挽住姑娘的腰肢,并拿起她那无力的手腕为她号脉。

"这姑娘病得很厉害!"她说,"这可怜的孩子是怎么啦?"

"没什么,请阁下容鄙人禀报,"管家解释道,"只不过是她在玩'侯爵夫人五点钟出门'的游戏。"

当那外国女人扶着阿拉维拉出去,到隔壁房间照料她时(为了不再重复提及此事,这里交代一下,一小时后,阿拉维拉死在那个外国女人的怀抱里),露德米拉才明白,她女儿可超越了"侯爵夫人五点钟出门"的游戏,实实在在地昏过去了。她站起来,强打精神要去挽救女儿,但是,当她看到在辽阔得像天空一样的原野上,一列马车一直伸延到远方,马车上坐的是手执武器的人们,她好像中了邪,定定地站在那张摆满丰盛食品的餐桌后边,她被所看到的景象慑服了。露德米拉不知不觉碰翻了码成五层的水果盘和甜食盘,缓缓地从人们中间走过,她的亲人们为了减少别人对她异常举动的注意力,就笑眯眯地对她说,恳求她缓过劲来,说快喝一杯水吧,要不然那些外国人该怎么想。劳驾,你给他们解释一下,她是怎么的了……

"我看到的是,"露德米拉非常缓慢地说,"有什么东西,好像一大团白云,从地平线上升起,并且向前推进……"

"这个蠢女人,"欧拉利娅悄悄对那位富豪说,并在塞莱丝黛刚腾空的位子上坐下来,"她总是看到并不存在的奇异的光轮和白云……"

"随她去吧,"贝尔尼丝笑道,"让她一直走到扶手那儿,让她手扶栏杆去寻找天边的白云吧,这样我们就可以摆脱她那令人生厌的老调,而聊一些更有趣的事情。外国先生,您觉得如何?"

露德米拉从栏杆处远眺着白云,好像企望能从白云中看到什么超自然的奇迹出现,但是,那白云渐渐飘近了,越来越大,开始听到狩猎的号角,并且开始感到马蹄在践踏着大地。就连聚在餐桌边的人们,他们正以贝尔尼丝和欧拉利娅所偏爱的方式愉快地聊天,此时也不得不注意到,这已不仅仅是地平线上发生了一点小事。于是,他们举起阳伞,戴上巴拿马草帽和夹鼻眼镜,也来到栏杆前,站在露德米拉身边。

正如读者们已经猜到的那样,这是另一支马车队,但他们会是谁呢?本杜拉家族的人绞尽脑汁寻找着答案。这马车队自然没有他们的那支长,但是从那非常现代化的马车来看,规格肯定是相当高的。不论是那几位外国人还是别墅的主人,全都一言不发,他们中有人看到楼上窗玻璃上紧贴着孩子们苍白的面孔,对此,没人发表评论。对这本不包括在今天上午日程之中的事情,应当如何解释呢？今天上午,他们本来是应该和这几个外国人一道去参观矿区的,但是这个项目被这队马车的到来打乱了。对于这列马车,他们既不了解,也无法控制。在这一排老爷太太的身后,管家装作与其他仆人一样,在忙乎着餐桌上的事情,但是他比老爷们个子高,他时不时地看着越驶越近的车队,但他这样做可不仅仅是出于好奇了。走在最前面的是两名骑手,他们吹着铜号,这支车队不像本杜拉家族的大队马车那样,从仍然矗立在白茫茫的茅草丛中的铁栅栏门之间驶进来,而是直接从装点着花园的新栅栏门口驶来:如果本杜拉家的人从旧铁栅栏门进来,这标志着他们要采取的措施是,如果有必要的话,要对一切全拉上厚厚的帷幕;那么新驶来的马车队大胆直率地闯入,这意味着——本杜拉家族的人胆战心惊地想到了这一点——这些人将采取决然不同于这家人的姿态。这可不是什么好兆头。

那妙不可言的双座四轮轿式马车涂着青蛙绿色,玻璃窗关得严严的,马车一直驶到小台阶跟前才停下来。本杜拉家族的人聚在那台阶上端,一个个目瞪口呆。一位身着本家族特有颜色衣服的小厮从马车夫的座位上跳下来,打开马车车门,向下车的那人伸出手来,那是位极为标致的女人。与此同时,另一名小厮递给她拴有四条俄罗斯猎狼犬的链子,她用戴着手套的手拽着四条狗。在她身后,从车上又下来一个人,他显得有点惶惑,穿的衣服讲究得叫人吃惊——尽管按照这一家族的人看,垫肩有点太高,上衣有点太紧,衣裾有点太短,穿在近乎锦葵红色的鹿皮裤里的大腿的肌肉,显得过分发达了。他们惊恐地看到,这是一张年轻土著的脸,尽管是个土著,他那表情看上去还很傲慢。他挽住那女人的胳膊,那女人脸上罩着传统的女旅行者用的面纱。她一面叫那几条狗安静些,一面等着那土著,好一道登上台阶,朝本杜拉家族的人走去,而他们,在破败的两耳细颈瓶和人像柱之间,惊愕地等着他们。登上台阶以后,戴面纱的女人将几条狗交给她的男友,朝前走去,先吻了吻欧拉利娅的面颊,又吻了家里的其他女人,然后和所有的男人都握了手,只是没和昂塞尔莫握,还不理睬他。昂塞尔莫叫了起来:

"马尔维娜!"

"只有您才认出我了吗?"她一面嘲讽地问道,一面朝那几位外国人走去,继续说,"受到怠慢的人,总是不会把自己受的这种怠慢弄错的。可是我倒不相信,你们真认不出我来。当我乘着自己的青蛙绿色的双轮带篷马车在棕榈树下兜风时,你们的眼睛可尖得多呢!"

于是,马尔维娜把面纱从她的帽子上揭开,家里人不由得发出赞叹:这不仅由于她已不再是个小姑娘,还由于她的那双眼睛——从前的那双眼睛是那样的柔和,有如天鹅绒一般,而现在呢,天知道用了什么现代化的特技,加上了深深的、比黑眼睛还大的眼影,变成两个深深的陷坑,这就使得马尔维娜看上去好像在面孔上半部戴上了一副黑色丝绒面罩。此外,她那嘴唇的轮廓的勾勒,她的玉颈与身躯的比例,看来好像都经过细心的修饰。看到她的丰姿,那些打量她的女人都不敢走近她的身边,因为她们明白,尽管自己细心地、不吝钱财地打扮,但是自己的华丽服装与之相比,真是相形见绌,简直就是一堆垃圾和累赘。

马尔维娜不再和他们谈话,但立刻和那几个外国人用他们的语言攀谈开了。这可不是贝尔尼丝惯用的那种谈话,这一点,其他女人也发觉了。这是截然不同的,这是她们力不能及的,这并非由于运用的是一种语法复杂的语言,而是由于那关系到一种她们不懂如何触及的激情。我前面已经说过,西尔维斯特雷会讲那些奇妙的外国人的语言,而且,由于他是男人,可以参与任何事情。他打算走到那一伙人中间去,想参加交谈,但是马尔维娜的那位男友——面对这一不可容忍的情景,本杜拉家的人已经拉上一道厚厚的帷幕,以便欺骗自己的良知——操纵着那几条狗,使它们横挡在这一家人和新形成的那个核心之间。马尔维娜的男友,如果本杜拉家族的人允许的话,他将会用自己掌握得非常纯熟的那种外语,使他们目瞪口呆。他能以歌唱家般的嗓子说话,与那位富豪争论起来。那位富豪,看来好像在为什么辩护,而另一个外国人不同意他的意见,他们在争论着——倒还都和颜悦色。马尔维娜不时插上几句话,而看上去却很得体。管家围着他们转,服侍着他们,给他们端来点什么,听到吩咐后就离去,然后又回来侍候这享有特权的一小群人,而这群人则好像根本想不起来还有其他家人存在。埃尔莫海内斯想离那几个外国人近点,好给他们提供点什么,或是出点什么主意,但是,当他离得太近时,那几条狗就朝他吼叫。它们流着口水,隆起脊背,于是,他只好待在这几条狗围成的圈子的另一边,与莉迪娅、贝尔尼丝和西尔维斯特雷咬耳朵,以及向管家发号施令。管家没有时间侍候女眷,因为光侍候客人就够他忙活的了,便把她们交给低一级的仆役照料,吩咐他们要精心照料女主人。没被包括在这两群人中的其他几位家里人,仍继续他们愉快的闲聊,因为他们生性如此,并且嫉妒地望着——看上去好像并没有望着似的——那将他们排斥在外的两群佼佼者。当梅拉妮娅挽着那位金发的外国青年的胳膊从花园里回来时,马尔维娜叫道:

"梅拉妮娅,我亲爱的!"

表姐妹俩跑到一起拥抱着,好像她们从未分离过。从这时候起,梅拉妮娅好像忘记了一切,她甚至忘记了奥莱伽利奥,以及奥莱伽利奥不在这里。因为马尔维娜怎么也不肯把她从怀抱中松开,再说,她也没有看一眼那正从楼上的玻璃窗后面望着她的许多只眼睛。

2

读者们大概还记得,在小说的第一部中,马尔维娜曾在卡西尔达和法比奥要逃跑时扮演过短暂而重要的角色,这一笔可不是随便带过的。当时我这样做可以一举两得,一方面是加快叙述的速度;另一方面就是为以后,即现在我正要讲的事情埋下伏笔。读者们大概也还记得,在第二部一开头,我曾谈到她在首都的流浪生活,也谈到过她的代理人,即那些穿着奇异服装的土著,他们常常钻进原野上的那座小教堂里。现在,在我们继续往下讲之前,我要铺叙一下这位姑娘在城里的奇特经历,这样才可以弄明白,那一天,当家里的男子汉们组织到矿区去巡察,女人们组织在河滩散步时,在玛鲁兰达发生了什么事情。就是在那一天,他们形成了霸占玛鲁兰达的梦想。

马尔维娜离开了法比奥和卡西尔达,让他们惨兮兮地留在原野上,而后,她继续朝着首都前进,不知经历了多少艰难困苦——这里我就不必向读者赘叙了。她终于来到首都,筋疲力尽,瘦骨嶙峋,和她一道的还有依希尼奥、佩德罗·克里索洛戈和七位土著,他们是十个拉着阿德利亚诺姑父那辆囚人马车的人中间的七名(其他三位,要么已经死在路上,要么是选择了逃跑之路)。马尔维娜仍然劲头十足,但是,权势的威严体现在佩德罗·克里索洛戈的鞭子上,这很快便使好心的依希尼奥萎靡不振了。他心中积了个疙瘩,他不理解这群人,不明白当初自己怎么那么轻而易举地就和他们搞到一块了。他所经受的磨难不仅仅是肉体上的,因为这还是较为容易忍受的。

对于一个完全没有准备的人来说,最痛苦的是精神折磨。最叫他受不了的是这一路上马尔维娜的转变:她再也不像天鹅绒般的温柔,她再也不忧郁悲伤,再也不可怜巴巴了。摆脱这副做派以后,她变得尖酸刻薄而粗暴,好像在全然背叛了自己的同时,带上了点卡西尔达的坚硬,以实现宏业,达到目的。

根据已达成的协议,马尔维娜一到达首都,就付给每个拉车的土著一口袋金子作为报酬,并且命令他们赶快走开,以便独占她的这份战利品。马尔维娜对于自己正在做的事情清清楚楚,那些可怜的人终得心灰意懒地把金子还给她,因为,除了把金子以极低廉的价格抛售之外,他们找不出别的办法,只好重又回来为她效力。尽管那些外国人打算把本杜拉家族的一个女儿所干的偷窃之事换个叫法,他们可更不愿意为几个犯偷窃的土著而弄污了双手。随后马尔维娜出面了,在那群男人的天地中引起轰动。那是在教区咖啡馆的酒吧里,她出面向外国人提出自己的问题,以及将来的打算,因为她不仅仅要支配这些据我们所知是偷来的金子,而且,为了继续拥有黄金,还打算大规模地去共同开发金矿。还没容姑娘说上几句话,这些外国佬倒是开了腔,花言巧语地蒙骗起她来了。因为不管这个姑娘有何打算,他们必须在极其隐蔽的情况下行事,不能让任何人知道,实际上他们已经插手这件事情了。他们说,像她这么一位年纪轻轻的妇人,怎么可以到如此商业化的令人迷醉的地方来呢?这会引起纷乱和骚动的,他们一定要挽救她。在听完她的打算以后,他们以比埃尔莫海内斯可能得到的还高的价钱买下了金子,因为他们觉得,最好这样来成交这笔买卖,使马尔维娜眼花缭乱,促使她去搞来更多的金子,然后再渐渐把金价降下来,直至最后,为了对这个阴谋感恩,把产金的土地都卖给他们。这些外国人很快就安顿好了马尔维娜,改变了她的名字、性格、等级、风格,她的住宅成了一个现代化的、怪诞的、舒适的地方,她在那里开始统治着土著以及随她前来的人们,其中包括一些原先的仆役,这些人正聚在这一港口城市的咖啡馆里无所事事呢。

然而,据那些外国人看,再往前走,哪怕是仅仅迈出一步,也必须解决一个非常棘手的问题:那就是必须甩开依希尼奥。他走投无路,情绪沮丧,没有发言权,也不能有自己的看法,他无法靠近马尔维娜和佩德罗·克里索洛戈住的那间用紫罗兰色绸子贴墙的卧室。他发胖了,脸色苍白,懒得动弹,神情沮丧,因为他都不知道自己成了个什么人,甚至没有气力去干点什么事情,或去消遣消遣,以便从中寻找自己的身份。那些外国人,若是在别的情况下,就会毫不犹豫地将他杀害,他们之所以不这么干,是因为还存在着这么个危险,即若是有什么人给他灌迷魂汤,或是肯出大价钱,依希尼奥心血来潮去投靠此人,又该怎么办呢?归根结底,他还是本杜拉家族的人嘛。一般来说,这些外国佬的脑子还够机灵,最好别去碰这种权贵的后裔。倒是马尔维娜,不管怎么说,对她表哥还有那么一点点好感,正是这点好感,才促使她想到旅行的法子。她自己出面对他讲那些外国人的国度怎么好怎么好,以此来诱惑他,并说佩德罗·克里索洛戈还巴不得获得出国的特权呢,可由于他是土著,被拒绝了,而他呢,情况就不同了,如果他能接受邀请,他的优越性不就显示出来了吗?在他登上双桅帆船前,表兄妹俩在跳板上亲了一下面颊告别,轮船把依希尼奥载往他乡,留给马尔维娜一片自由的天地,可以彻底地脱胎换骨。只有这样,她才能随心所欲地生活,为所欲为地行事,因为再也没有带着她家族血统的人来提醒她必须依法规办事了。

"脱胎换骨"对马尔维娜来说,是一件舒服的事情,因为她觉得自己从来不是从家里得到的那张皮的真正主人。甩开依希尼奥以后,她身上门第的烙印很快就消失了,她忘记了自己的姓名,并且,靠着特殊的修面和美容,她甚至忘记了自己的年龄。她住在自己的小小宫殿里,人们不禁要问,在那彩色玻璃门窗的后面,究竟发生了什么事情?她开始和佩德罗·克里索洛戈一道招摇过市,在棕榈树林荫道上散步。他在大街上炫耀着那屁股包得紧紧的长裤,厚颜无耻地展露他穿着带金色垂花装饰衣服的身躯,挥着一条把手嵌着宝石的皮鞭,活脱脱像个戏子。不论是男人还是女人,都回避与佩德罗·克里索洛戈那黑色的目光相遇,因为,虽然这算不上什么耻辱,但他射来的目光能使任何人面带赧颜。不,说实在话,他怎么也算不上风流倜傥,而与他走在一起的那女人倒确实是标致,但也标致得过分了,神话般的标致,过分标致就成了别的什么,可是人们却无法控制住贪得无厌的好奇心。不知是怎么回事,只要他们一走过来,这好奇心就来了。他们会是什么人呢?从哪儿来?打算干什么?那两人使他们感到羞愧的目的是什么?像他们这样两个人,怎么会被一片无法言说的禁止之物的彩霞包围起来?但他们也不去问问那些外国人,只有他们才与这两人有接触,因为对这放荡的一对表示好奇,抱有兴趣,仅此就会玷污自己的名声。

马尔维娜将自己的新身份掩藏在华丽的外壳里,便开始行动了,通过佩德罗·克里索洛戈,她买进妓院和赌场,后者靠着鞭子,替她经营这些地方,而她,光是算算账和收钱就行了,再加上从外国人那里拿来的买金子的钱,她的银箱里很快就装满了各式各样的冠币。她在阿德利亚诺姑父的那辆车里装满布匹和玻璃珠子,派手下的两个土著将车驶往玛鲁兰达,让他们打听一下别墅、矿区和村里发生的情况。这两人回来,再次出发,又回来,不断地带回消息,有的是允诺,有的是威胁,这样便造成了上述这种奇特局面,容我下面慢慢表来。

就在本杜拉家族出门不久后的一天下午,阿德利亚诺·戈马拉发现在南平台上那橙红颜色的墙上涂抹着自己那胡子拉碴的尊容,上面有长矛扎过的痕迹。他立即叫人把毛乌罗找来,让他知道,竟然还存在着这种胡来的倾向,但是人们告诉他,就在当天下午,毛乌罗,还有瓦莱利奥、德奥多拉、莫尔伽娜和卡西米罗,他们到村子里去了,并且发下誓言,说是如果事情仍保持现状,他们就在村子里住下去,不再回别墅了。

当天晚上,阿德利亚诺和文塞斯劳躺在那张床上,他觉得自己有气无力。听到从村子里传来的武士们敲击响板的声音,从寝室的窗户里可以看到火堆在燃烧,他和儿子打开房门。他原以为,毛乌罗及其追随者离他而去,是由于他不赞成打开别墅的大门让人们全进来而做出的反应——人们听说本杜拉家族的人逃跑了,便从蓝山上下来,孩子们打开大门,想让这些人全都进驻别墅,兼收并蓄,不分高低贵贱,毫无秩序可言。他们在一开头宣传鼓动时,曾这样许诺过土著居民。阿德利亚诺记得,对于这一点,毛乌罗总与他争论不休。画在墙壁上的肖像,就是对他的警告,叫他不要再不听劝告了。现在毛乌罗可能正在村子里鼓动老百姓冲击别墅。毛乌罗反复强调,不流血就没有改革,现在这一浩劫已迫在眉睫了。可是,如果终于让他们进来了,又会怎么样?围着科隆芭团团转的雅琴室里的那几位,又将采取什么态度呢?他们掌握着装满地窖的食品,如果让人们涌入别墅,科隆芭曾亲口告诫他,她会让水淹没那些地窖,使得大家,包括她自己在内,全都饿死。在父亲紧张的沉默中,文塞斯劳在黑暗中呼吸,他想抚摸一下父亲停放在床单上的手,但这个念头刚一产生就打消了,因为他父亲之所以痛苦,并非出于明智的深思熟虑,并非由于那股热情,而是由于打一开头,他就没能谦虚谨慎地面对这意义非凡的现实。现在遗留下这么多问题,而他却没有能力来解决。在文塞斯劳看来,父亲感到痛苦,与其说是由于自己的良好愿望与能找出达到目的的办法之间的矛盾,还不如说是由于自己的肖像,此时此刻被画在别墅墙壁上,被谴责者的手脚玷污。只有当他还被囚禁、被人诅咒、是个殉难者时,只有被捆绑在约束衣里时,他才是解决问题的源泉,可是现在却完全不同了,将他置身于确确实实的现实里,他却变得优柔寡断,要求别人支持他,同情他,敬佩他,和他结盟。他摇摆于令人吃惊的专制和软弱的极端解决方案之中。

"是您把我们卷入困境,"由于与毛乌罗产生分歧,他来到雅琴室找他们商量时,梅拉妮娅是这样对他说的,"您要是想得到我们的支持,就必须给我们找出解决问题的办法。您是头头,对吧?"

"我可不是什么头头,也从来没奢望当头头。土著们相信我,是因为我和他们一样,是本杜拉家族的牺牲品,所以,只有我才能要求恢复秩序,制止涣散。你把地窖的钥匙给我吧,科隆芭。"

"您本来可以打发人从我手里夺走的,又何必来跟我要呢?"

"干吗还要钥匙?"胡尔纳尔为她帮腔,"您叫上几个逃犯,就可以破门而入到储藏室里。您跟她要钥匙只是走走形式,是迷信自己的企图和权力的人所做的姿态,其实完全用不着。"

"等一等,"梅拉妮娅对胡文纳尔说,"你先别骂他。尽管他血统低贱,地位也不太高贵,但总归是我们的长辈。您打算在合理的范围内供养这些土著吗?"

第二天一大早,阿德利亚诺就起来了,他要到村子里去和毛乌罗会谈,但是,他看到罗盘门厅的墙上写着"我们不会把钥匙交给你,因为你要背叛我们",他气坏了,以这公开冒犯为由,招来一群土著,一开头用锁头把住在雅琴室里的那些人锁在屋里,不许他们出来,然后他们又跑遍了地窖和食品储藏室,用刀劈开门,用斧子砸坏锁头和锁链,又是放火,又是砸,理所当然地把食品交给急需的人。当他做完这一切以后,在罗盘门厅对面墙上他写了另一条:"我们不需要钥匙了,因为我们已经有了食品。"在那可怕的一整天里,所有储藏室的门都被打开了。孩子们和土著们成群结队地闯进去,抱走用不着的毯子、布匹和食物,打翻了宝贵的用来点灯的油,掀翻了面粉袋,面粉和倾出来的葡萄酒掺和在一起,变成粉红色面浆,粘脚。他们大吃大喝,吃撑了,吃得直吐,喝得醉醺醺的。只是到了下午,阿德利亚诺才察觉出,一天之内,这场灾难就把本该合理分配的食品糟蹋成这个样子。他这才在每个食品储藏室门前派一名头戴羽冠的裸体武士守卫,只有持通行证的人才可进入。这些武士总是让自己的亲属或朋友进去,所以,尽管消耗减少了一点点,却并没有完全止住。于是别墅变得像座军营,成群结伙的土著手执武器到处走动,像是要准备军事行动。科隆芭担心会发生什么严重事件,便要求会见阿德利亚诺,后者到被人看管下的豪华的雅琴室来看她。科隆芭对他说:

"我们同意在某种程度上与这些土著分享食物,共同生存,但要有一个条件,那就是您必须允许我来严格掌管这些食品,在这些方面,我确实很有经验,这样,我们大家就可以生存下去,一直到生产出足够的食品来。"

阿德利亚诺原则上接受了科隆芭的建议——后来,晚上,他对文塞斯劳说,这仅仅是个开头,以后,随之而来的,将是真正的变革。于是,在他的命令下,厨房重又开张了。许多土著妇女,她们在大锅里搅动着从自己菜园里采摘来的产品。土著们手端饭盆,在市场院子的泥地上坐成一排，或是坐在花园里，花园里有几家盖起自己的茅屋，他们等待分到食物；科隆芭、佐埃和阿格拉埃汗流浃背，但兴高采烈地掌勺，把食物盛满土著们的盆子。

这消息传进村子，毛乌罗在村里正与一位土著姑娘同居呢，他听说雅琴室的人不但得到了自由，而且还掌管食品，他非常反感，就领着一小群武士朝别墅进发，他只是要吓唬吓唬他们，身后还跟随着一群呐喊的人。他们涌进房间和大厅，几百户人家，带着他们的牲口还有充满渴望的孩子们，在灯光的照耀下，拥挤在一起，臭烘烘的。由于不懂得使用舒适的家庭设施，便在拼花地板上、在大理石地面上做饭，烟熏黑了墙壁，他们拉的屎就堆在角落里。他们卸下檀香木门，劈成柴点火用，因为这样做比下到花园里去找柴火要方便些，他们还在大厅里做起自己的活计来。

在此期间，大部分的堂兄弟表姐妹在由于土著们的进入带来的混乱中，继续过着他们正常的生活。三位棋手仍像在往昔和平的日子里一样，整天下棋。不过现在没人监视了，他们把这玩意儿教会了一个土著小姑娘，她对此道很感兴趣。更小的女孩子们——只有佐埃这个顽固不化的魔鬼除外——都学会了从没见识过的土著们的奇特玩具，还学会了吹奏骨制的或是用芦苇制成的笛子，要不然就是和农人一道，把花园变成菜园，以便为大家提供食品。当毛乌罗使一切陷入一片混乱时，阿德利亚诺正在思虑着几项计划，这几项计划只有文塞斯劳·弗朗西斯科·德·阿西斯知道，他就是与科尔德利娅同居的那大个子。阿德利亚诺才顾不上抓生产这种不起眼的小事情呢，他所追求的是高瞻远瞩地解决那些大问题。

到了这里，就和我原来讲到的关于马尔维娜的故事衔接起来了，与那些精心打扮起来的土著的事情联起来了。他们镶着金牙，系着开司米领带,耳朵上戴着钻石耳环,坐着载满商品的马车驶回玛鲁兰达。一天晚上,还没等他们到村里就被弗朗西斯科·德·阿西斯的那群勇士抓住了,他们没收了那些毫无用处的玻璃珠子之类的货物,想弄清楚他们是什么人,他们咬着耳朵说出了马尔维娜的名字。弗朗西斯科和文塞斯劳就把他们带到市场庭院的最隐秘处,让他们报告一下情况,说这不能让任何人知道,既不能让雅琴室的人知道,也不能让围着毛乌罗转的那群狂热分子知道。行,阿德利亚诺同意。与马尔维娜的这种交往,对他是有益的,他同意自己通过马尔维娜与世界市场建立一种新的贸易关系。那几个商贩返回首都,带去阿德利亚诺给他亲爱的外甥女马尔维娜的信息:玛鲁兰达已经开始贫困得难以忍受了,如果再不想点办法,情况会变得更糟。矿区被弃之不用了,因为人们知道本杜拉家族的大人都跑了时,黄金市场就关闭了,土著居民自然就不肯干活了。他们下到原野来,把饥馑带到那贫瘠的土地上。但是,如果能以预支的办法得到一些已经开始匮乏的东西,比如灯油、蜡烛、面粉、糖、冬天用的毯子、布匹等,这样,要使矿区重新运转起来就不难了,他可以用金子以物易物,用以后生产出来的金子支付。在等待他要求的贷款得到答复期间,土著们将重返蓝山打制金箔。如今这些金子已属于他们自己,这多亏了马尔维娜,她充当了生产者的直接代理人。

过了一段时间,商人们乘着那辆大马车,满载着阿德利亚诺委托他们购买的货物回到玛鲁兰达。然后,他们那满载着一袋袋金子的马车重又出发了,他们还带走了全村人的热切希望,并祝他们一路顺风。土著居民很高兴,被这一希望鼓舞着:但愿他们的劳动成果能在首都卖个好价钱,他们也不去费神打听,是以什么条件交易金子的,也不屑于了解价格的浮动会带来什么变化。只有那几位在雅琴室里每天玩着"侯爵夫人五点钟出门"的正处心积虑地培养自己搞阴谋诡计的爱好,出于这种爱好,他们闻出点什么非同寻常的气味。之所以说非同寻常,仅仅由于他们不知道那是怎么回事,而且也不能把这件事情控制在自己手中而已。佐埃就是小密探。她有两只平脚板,身上的肉松泡泡的,嘴里流着口水,她这个蒙面魔鬼,只是出于对食人生番的仇恨,并且由此推及对土著们、对阿德利亚诺的仇恨,她恨雅琴室以外所有的人。一天晚上,那是商人们第二次来后打算再次出发时,这一次他们不打算带走金子,佐埃偷听到阿德利亚诺、文塞斯劳、弗朗西斯科·德·阿西斯与那两位系着开司米领带的土著之间的一段对话。她明白了,这些商人不把金子运回首都是因为,马尔维娜几乎同意阿德利亚诺带去的口信中的各条各款,只是不同意按提出的价格付款。她陈述的理由是:如今,在其他地方用现代化方法生产出的同样产品,价格却低得多。佐埃跑去,把自己听到的东西讲给自然而然地聚在一起的那群人听。他们的结论是,很显然,阿德利亚诺会变得强硬,以便得个好价钱。而马尔维娜,由于不能以她提出的价格得到金子,会不高兴,她八成会妥协,会给一个近似于阿德利亚诺提出的价格,只有这样,他们在玛鲁兰达实行平等的可恶计划才能实现,但是,一定要阻止这一计划的实现。要赶紧制止从今以后阿德利亚诺和马尔维娜之间的联系。胡文纳尔忽然站起来,对梅拉妮娅和阿格拉埃说道:

"解决的办法就在你们两人手里,亲爱的表妹们,你们将是这悲壮的一天里的女英雄。"

"你是说,得靠我们?"

"是的,"胡文纳尔接着说道,"必须不惜一切代价制止阿德利亚诺姨父与马尔维娜之间的这种勾结。"

"但是,为什么是我们俩呢?"

"是啊,怎么回事?"

"你们俩去委身于他们。这不是很明白吗……我也不知道到底应该怎么办,整个儿一出'侯爵夫人'的游戏……这种下等民族的特点之一就是,他们对我们的仇恨体现在对我们女人的贪婪。为了得到与我们种族女人睡觉的最美妙的经历,他们什么都舍得……"

"太可怕了!"梅拉妮娅叫喊起来,把她那光洁得有如雪花石膏的前额伏在放在桌上的痉挛的手上。

"你这是叫我们付出怎样的代价哟!"阿格拉埃哭起来,她跌坐在地毯上,把哭泣的面颊埋在姐姐的裙裾里。

看到了她们的这副样子,佐埃生气了,给她们打气:

"蠢货,胆小鬼。你们还看不出,这全都是由于两个天生的坏蛋狼狈为奸的结果吗?都怪阿德利亚诺姑父和那个不要脸的私生女!胆小鬼,大大的胆小鬼!要是我有你们那样的年龄而不是只有七岁,我就会毫不犹豫地把身子给他们,不是一次,而是一千次!以便捍卫我们的利益,可惜没人会要我,除非是性变态者。但我看这些野蛮人还不像,因为他们还缺乏必不可少的细腻呢!唉,梅拉妮娅,我要是有你那样的乳房和臀部,阿格拉埃,我要是有你那样的胳膊和小鹿般的明眸,该有多好呀!那你们就等着瞧我会干出什么样的事情吧!……"

已经没有时间可浪费了,因为,据佐埃说当她听到那些人讲话时,那两名商贩已经在备马,打算进去吃点东西,然后就要出发了。

梅拉妮娅和阿格拉埃由别人领着,穿过漆黑的走廊,朝埃尔莫海内斯的房间走去,他们真想唱起古时候人们把少女引向祭坛时唱的那种圣歌。只听见房间里有人声:是阿德利亚诺、文塞斯劳和弗朗西斯科·德·阿西斯正在开会。胡文纳尔让他那群人躲进旁边的房间,等着他们出来,他在调教两个表妹,让她们什么都答应,但是两个人不要互相分开,这样就可以不去做答应的事情了;要她们诱惑那两人,让他们跟着她俩上楼,把他们引进跳舞厅,到了舞厅,阿格拉埃用她的竖琴,梅拉妮娅用她的马祖卡舞迷惑他们,要顶住,要拖延与他们纠缠的时间,他们家族的祖祖辈辈,就是为此而训练他们的女人的:梅拉妮娅用她那笑靥,阿格拉埃用她那蛾眉,要一直待到下面的人把事情做完,再回来救出她俩。他们将扑到那两位受诱惑者的身上,把他们关进顶楼。

隔壁房间的声音停止了。他们听到阿德利亚诺、文塞斯劳和弗朗西斯科·德·阿西斯走过来,想等他们走远了再进去。他们把那两位姑娘推入黑暗之中,自己则躲在角落里,透过窗户的木棂观望,看到马尔维娜派来的那两个土著正在市场的院子里,对那辆马车进行最后的捆绑。梅拉妮娅和阿格拉埃一直走到小窗跟前,拉上窗棂,发现原来窗户并没有上锁。她们相互拥抱,亲吻,说肯定这是最后一次吻别了,她们打一生下来就一直是这样亲吻拥抱的。但是,她们准备豁出去了,只要能粉碎马尔维娜和阿德利亚诺姨夫的阴险目的就行。她们为了能便当地从小窗子钻出去,就提起带马尾衬的裙子,一个跟一个地钻了进去。一看到她俩扭着腰肢走过来,那两个土著就放下了手上的活计。

其他人从黑暗的房间里看着梅拉妮娅和阿格拉埃,室外,她俩故意扭着腰肢。看到他们四人走近小窗旁,别人赶紧躲起来,让他们进去,上楼,消失在房间里,以便开始干自己这部分工作:最重要的是把马放掉,让它们跑到原野上,这样,别墅就重新变成应有的与世隔绝的状态,因为他们的父母就打算让这里处于这种状态,一直等到他们回来。要把大马车推进马厩里,由于那里已经没什么马车和拉车的牲口,已经不会有人光顾那里了,他们将用麦草把马车掩盖起来,这样,人们就难以找到它了。这一繁重的劳动费去了他们很多时间,因此当他们终于爬到楼上,来到舞厅想夺回梅拉妮娅和阿格拉埃时,看来她们好像已经抵挡不住那两个商人打扮的土著的冲动了。他们如预定的那样,向这两个人扑过去,捆住手脚,堵住嘴巴,把他们带走,带到最隐蔽的阁楼顶部,到了那里,任何人也听不到他们的声音了。没有了商人,也没有了大马车,就好像他们已经带着将与马尔维娜谈判、以高价出售手工打制金箔事宜的口信走了似的。

在这想当然的商贩们离去的期间,玛鲁兰达开始了紧张的工作,等商人们回来时带回大量的物品。业已返回矿山的土著们由于市场重新开放的刺激,正加速、大量地生产,至于质量嘛,就不那么讲究了。由于有了这一情况,原野的尽头,看上去好像已恢复了生机,可以听到土著们呜噜呜噜的喊叫声,他们将一袋袋的金子运到别墅来。原来埃尔莫海内斯在南平台上那业已散架的白柳条编的家具中的那台磅秤,现在由阿德利亚诺掌管。在助手们的帮助下,他称着口袋的分量,用紫色墨水在口袋上写字,不过,不再像往常那样写个数码字就行了,而是记上交出金子的人的名字,然后,在一个类似卡西尔达用过的那种簿子上登记重量和人名,不过,这一个账本才刚刚开始启用。他们不再把金子存放在秘密洞穴里,而是让每个人都能看到自己的劳动成果:就放在镶有孔雀石的桌子上,放在图书室里。孩子们和土著们、武士们和厨师、乐师和工匠,大家忙忙碌碌地到处走动,别墅宛如一个商业代办处。

阿德利亚诺·戈马拉的形象总是和他们出现在一起,普普通通,但又超凡脱俗,他既是父亲,忏悔神父,又是导师和鼓动者。每个人都能靠近他,而他是最有智慧的那一个。农夫们在园子里开凿了新的沟渠,种植了果树,在玛鲁兰达无与伦比的优良的气候条件下,水果会很快成熟。已经无人往墙上涂抹标语了,因为犯不着这样,大家充满希望,但愿最后一切会进展顺利,只有雅琴室的那几位除外,他们很少走出他们的"哨所"。

文塞斯劳则专心致志地观察着,因为,除此之外,他并没有什么固定的工作。他对父亲失望,致使他不打算接受父亲的命令,因为从理性上来讲,这些命令是无法实施的。他发现,那些商人消失的时间越长,父亲的变化就越厉害。他歇斯底里地等待着商人们回来,好像他们是他变化的媒介似的,这便使得儿子对父亲的信赖变得越来越脆弱,因为商贩们帮了忙,这仅仅是帮个忙而已,只能解决一些临时性的问题,而不能帮他解决根本的大问题,那就是,当本杜拉家族领着他们声势浩大的车队和仆人回来时该怎么办?不,不,父亲的这些计划,这种担心和种种希望,全都是多余的东西。

感到不安的不仅仅是文塞斯劳,毛乌罗认为与商人做买卖是一种不光彩的交易,他和他那一伙子人拒绝参加,在干等的这段时间,他领着自己人走遍了别墅和花园,好像察觉到了点什么,他在侦察,看有什么与自己的计划对抗,他已做好准备要采取行动,但他尚不明确地知道,这一行动何时进行,以及是针对什么而来。

一天下午,他爬上阁楼,想登记一下还有多大地方可以安置下多少户刚刚搬来的人家,他发现了被雅琴室的人捆住手脚堵住嘴关在这里的那两名商贩。他们一面解释着事情的经过,一面不停地吃着东西。毛乌罗立即到阿德利亚诺那儿去报告了这个消息,因为可以把这看作是他们的立场,他们的一种胜利。因为从这件事中可以看出,雅琴室的人采取的手段有多么阴险。还用得着想,或是去问他们是谁干的吗？有什么好问的？干吗要问？这不是把他们的计划全毁了吗？难道这不意味着对他们这号人不能抱任何希望吗？难道这一切,不是一种令人难堪的海市蜃楼吗？他们也找到了藏在市场大院里的大马车,他当面对阿德利亚诺·戈马拉说,他的思想被自己的疯狂禁锢着,也同样被这个希望禁锢着,还说,如果要达到预期的效果,就应当采取行动,与这两位商人一道,坐在马车上往首都跑一趟,不光是为了和马尔维娜洽谈生意,而且还是为了找到合适的人选,以期得到此人的支持。阿德利亚诺回答说:

"我倒是真想去,可惜我去不了,我是犯法的。法庭判我有罪,仅仅由于本杜拉家族把我当成疯子。他们这样做,仅仅为了挽回他们的名声,只不过现在我还没有落到他们手里而已。在他们的脑子里,我就像食人生番一样危险。我必须留在这里,在玛鲁兰达搞秘密工作。"

不听阿德利亚诺姑父的命令,不顾及文塞斯劳提出的理由,无视弗朗西斯科·德·阿西斯的解释,不管科尔德利娅怎么哀求——在她快要分娩时遇上了这个乱子——毛乌罗俘虏了雅琴室里的人,把他们关进村子里最破旧的一所茅屋里,强迫他们从早到晚在园子里干活——原来像雪花石膏那样洁白的额头,现在黑得和土著的一样了,手也变得脏乎乎的,长满了茧子,肌肉酸疼——到傍晚便又把他们关起来。阿德利亚诺已经不知道该怎样管理这些人家了,他们全都跑到别墅来寻求庇护,全都聚集在那里。怎样才能满足他们卑微然而又是多种多样的要求呢？怎样为他们弄来食品呢？食品一天比一天少。怎样才能减少一点毛乌罗的影响呢？他情绪激昂,但很不清醒。他在人群中蹿来蹿去,引导他们,说面对这种局势不要忍让,此时此刻,就应该提出更高的要求,因为他们有权这样做,因为他们,以及他们的祖先是金子的真正主人，正是用了这金子，才建成了这座别墅。

马尔维娜没有再派使者前来，她知道他们这里所需的一切，她知道别墅里局势不稳，并且，如果破坏行为继续下去，情况还要变得更加糟糕。她迫不及待地等候着本杜拉家族的重归，以便实现她的那个计划，这一计划不仅令她及她的同伙们发财，而且还要毁灭别墅，粉碎他们实现自己权力的计划，并且把权力交到别人手中。她要报仇，要为自己蒙受的、家里人给她带来的、令人痛苦不堪的屈辱报仇雪恨。

3

这是夏天里最明媚的一个早晨，好像命运之神想来安慰一下本杜拉家族，特意要使他们高兴。那是一个明净、安宁的早晨，虽然时值盛夏，天气倒并不太热。原野已不再泛银白色，而是雪白一片。那是由于软绵绵的茅草的花穗已经成熟，如埃尔莫海内斯扬起胳膊，给那个外国女人画出的范围那样，这白茫茫的一片，一直延伸到天边。那位外国女人，尽管蒙上了面纱，而且还打了一把有绿色衬里的阳伞，她仍然紧皱着眉头，打量着那一片广阔的土地，说这里的阳光比起故国的来，要强烈得多。

在他们身后，本杜拉家族的其他人，簇拥着另外几位朋友，熙熙攘攘地朝下走，他们兴高采烈，想象着将要度过美好的一天，就像上次出游那样令人难以忘怀。他们没怎么费劲就达成了协议——既然大家都是朋友嘛——要到塞莱丝黛提到的沙子呈珠母颜色的湖边去野餐。此刻塞莱斯丝黛还没有来，她正在和奥莱伽利奥打扮呢，很快就会下来的,她恰到好处地把那泓清波称为茜黛尔湖。午餐过后,也许还要睡上一小会儿午觉。男人们则出发前往矿山,傍晚时分,待他们返程时,再接他们的眷属一道回别墅。

当他们走近停靠在栅栏前的马车时,闻到一股气味,倒不是那些打一大早起就一动不动地停在那里等候他们的牲畜发出的不大美妙的气味,而是一种很高雅的皮革气息,英国味十足,那是皮制马具和皮革座位发出的味道,因为,若是哪匹马完成它的代谢之后,总会有一位训练有素的马夫,将那秽物打扫干净。仆人们在不知疲倦的管家命令下,准备好了一切,就这样度过了一个不眠之夜。是莉迪娅向他们发出的指令,不论是出游时用的食品,还是各种所需物品,都得准备齐全,以便一大早就可以装上马车。这样,仆人们在昂塞尔莫和特伦西奥察看完毕、一切都已停当以后,依他们的吩咐,坐在自己应坐的位置上,单等埃尔莫海内斯打一个响指,那长长的、队尾一直甩进马厩里的车队就可以朝原野驶去了。马群不安地用前蹄刨着地面,跺着脚,长鞭、皮鞭在抽响,车门发出嘎嘎的响声。上车之前,女士们先生们聚集在前面几辆马车那里,高高兴兴地谈天,那几辆马车还是空着的,当然不算坐在那上边的马车夫和几乎每辆车上都站在车夫座上、准备侍候主人的那些小厮。有两辆宽敞的双篷四轮马车,有马尔维娜的那辆青蛙绿色的双座四轮轿式马车,两辆维多利亚式马车,还有一辆修饰得非常华丽的轿式大马车,安着玻璃小窗,挂着长毛绒窗帘,那是专给阿德莱依达乘坐的,因为她害怕每年这个季节里变化无常的太阳。紧跟在这几辆马车后面的,是一眼望不到头的排列整齐的马车,上面装满了大包小包、食物、粮草,坐满了仆人。在这一长列第一流的、焦急地等待出发的马车里,人们远远望见了主厨。他那八字胡在抖动,他往那儿一坐,好像在宣告,此时此刻在起作用的是管家和马夫头,但是过不了多一会儿,到了吃饭的时刻,他将成为无可争议的明星。

埃尔莫海内斯站在打头的那辆双篷四轮马车前头,和那群高贵的乘客谈话,他用指头做了一个轻微的却很带有权威性的手势,命令管家爬上第一辆马车车夫座旁的那个位子。管家听从他的命令,坐在那个位子上,双臂交叉在穿着凸绣花背心的胸前,在主人面前目光下垂。埃尔莫海内斯转过身来,邀请那位外国女人上车。依照家里的惯例,她本来是应该坐在第一辆马车上的,可她呢? 也许由于害怕,也许由于不太懂社交礼节,竟然溜走了,去和她那金发儿子以及梅拉妮娅登上了第二辆马车,那是一辆相当出色的维多利亚式的马车,带一个折叠式车篷,支起来就像个螺壳。尽管这一做法与埃尔莫海内斯计划的不一样,他也懒得花费时间去做解释了,便转过身去安排那外国女人留在第一辆马车上的空位子,可是他看到的是那里的位子并没有空下来,而是那两个年长点儿的外国人和马尔维娜,他们已经坐在那里了,这不能不意味着他们是几位最重要的人。他想,等他调整好安排座位的对策以后,必须把贝尔尼丝安排在他们身边,以便用她那乏味的聊天来缓和一下那里的气氛。然而,当他转过身去找他的弟媳妇时,眼光扫到了第三辆马车上,也就是马尔维娜的那辆青蛙绿色的双座四轮轿式马车,它已经被马尔维娜那位色眯眯、不可理喻、毫无道理的男朋友给占用了——这事他最好暂不去理会吧。他坐在那里直打瞌睡,好像所发生的一切,全都绝对没超出他的意料。还没等埃尔莫海内斯打什么手势,一名马夫,发自天生的粗鲁,带着很久很久以来的蓄谋,一下跳到管家身边的那车夫座上,抓住缰绳,抽打那两匹浅黄色的马,双篷四轮马车便飞驰开来,而本杜拉家族,一开头只是略略有些吃惊,接着便往后靠靠,好腾出地方让马车驶过，以免自己华美的出游衣服被弄脏。

确实，吃惊的可不只他们，我可以断定，我的读者们也会感到非常奇怪，干吗要让一个陌生的车夫跳将出来，而不是像我以往叙过的那样，是胡安·佩雷斯，是他坐在管家身边的车夫座上？我之所以没有这样写，是因为此时此刻，我们的这位卑贱小人，正被他兄弟那肌肉发达的双臂勒得紧紧的，从法尔毕娜寝室的窗口，眼睁睁地看着第一辆马车开走。他跺着脚，啃咬撕抓，想用很不雅观的办法挣脱开来。胡安·佩雷斯度过了一个使他精疲力竭的夜晚，他在各个房间里、在走廊里游荡，既无计划，又无方向，他在寻找着阿伽庇托，他有一个模模糊糊的想法，那就是杀死他。黎明时分，当窗外茅草泛着的白光透过缝隙照进来，改变了家具的大小，勾勒出一道道门的轮廓时，兄弟俩在法尔毕娜的房间里相遇了，阿伽庇托自从进那房间以后，就再也没从那里出来过。这谈不上是一场殴斗：阿伽庇托在那里等着胡安·佩雷斯——但他是等待着后者气势汹汹地闯进来，以胜利者自居，身后跟随着一群亡命徒，他万万没想到，就他哥哥一个人，孤零零的，萎靡不振，毫不容情地自我毁灭——他朝哥哥扑过去，抓住他，说对他的报复，就是不让他随那些老爷去远足，而是留在别墅这个地狱里，让他与那些被征服的人和值得怜悯的人待在一起。于是，他就这样钳制住他哥哥，把他拖到窗户跟前，一只手拉开窗帘，另一只手按住他的头，叫他看下面所发生的事情：当胡安·佩雷斯看到第一辆马车开走时，他明白将会有什么事情发生，便发出一声惊叫。那叫声是如此凄厉，好像有人把他的心从胸膛里揪了出来。阿伽庇托松开了手，因为看到哥哥那么痛心疾首，自己的报复便难以实施了。胡安·佩雷斯顺着楼梯就往下跑，大声号叫着，叫他们别走，等等他。他飞快地穿过一个个大厅，一直跑到平台，大喊着别把他抛下就走。他跃过许多栏杆,从孔雀身上纵身而过,跳过被晒得滚烫的欧卫矛草丛,越过水渠,他跌倒了,爬起来,一直冲到铁栅栏外。这时,那些华贵的马车差不多全都开走了,头几辆车的座位几乎都是空的,马车裹着尘土和飞花,扬起股股旋涡,消失在原野上。足足有几分钟之久,老爷太太们才醒过味儿来,发现自己被一股不知如何估量的力量怔住了。直到此时他们才紧紧地抓住马车,尖声叫喊,他们的衣衫已谈不上整齐了,裙衫被扯破,帽子刮掉了,手在流血,脸被那些不许他们上车的仆人的皮靴踢破,而这些仆人坐的这些飞驶的马车,从前他们是绝对不屑一顾的。仆人们用来复枪托捣烂了他们的指关节,以便让他们松开一瞬间抓住马车的手。这些昙花一现的娇娘松开了手,跌坐在地上,脸上有瘀伤,沾满了尘土,卷发蓬乱了,这些时装模特,原先是娇滴滴的声音,现在变得嘶哑,她们在喊叫,在咒骂。欧拉利娅在泥巴里打滚,埃尔莫海内斯的脸被人一脚踢出了血,翻倒在马粪堆上的阿德莱依达,还想重整已经扫地的威风,她站起身来,但载满仆人的车辆从他们身边轰隆隆地驶过,仆人们还高声喊着下流话回答他们的恳求。他们的喉咙由于沾满了灰尘而变得粗糙,由于干渴而发涩,由于沾满了飞花而被堵塞,他们已经无法发出恳求了,只能啜泣,只有哀号,就这样,直至最后一辆马车驶过——这是一辆破旧的马车,上面坐满了年轻得令人吃惊的厨房里的小厮。他们唱着歌,也许,就是存心要气气他们吧——西尔维斯特雷气喘吁吁,埃尔莫海内斯血流不止,特伦西奥一瘸一拐,贝尔尼丝和莉迪娅追赶着那辆马车,央告着那些粗鄙的厨房小厮——他们肯定知道了什么,而主人们还被蒙在鼓里,仆人们被包含在某种阴谋之中,但把主人们排除在外了。于是主人们答应可以给他们金子,给他们东西,给他们自由,给他们权利。现在他们刚醒过味儿来,就在刚才,当最后那辆破车的身影消失在这夏天的令人窒息的尘埃之中——这尘埃终将把他们吞噬——此时,他们已经失去了最后的机会。

过了一会儿,那几个追赶马车的人不知所措地、像鬼影似的反身往回走,与躺倒在地或席地而坐的人聚集在一起。他们还和原先一样莫名其妙,可原先,他们是有权弄明白一切的,并且可以根据自己的原则,为任何一种局面立即下一定义,但是他们马上察觉到,那看上去有如海潮的、绝不会沉下去的尘埃,像是独自飘浮在半空中,被尘埃裹住而显得模模糊糊的影子渐渐向他们围拢。一开头还看不清那是些什么,渐渐地,那尘埃形成一个圈子,围住了本杜拉家族的人,这些鬼影将他们围住,好像是一群猛兽,要围困他们,以便残酷地毁灭他们。此时此刻,他们显得那么虚弱,那么无能为力,甚至想不清是不是神灵在惩罚他们,因为过去他们一直受宠,现在轮到他们受罪了。

然而他们突然明白了,这些模模糊糊的影子,并非什么凶神恶煞,也没带着什么恶意。尽管一开头他们还无法确定,这些影子,这些非常空泛的影子,会来向他们透露些什么,然而这并非什么影子,这是玛鲁兰达的孩子们,他们终于胆敢静静地、慢慢靠近自己的父母,而不必通过什么礼仪应召而来。迷雾和尘埃仍然使他们的影子模模糊糊,但他们的面孔,可以看得出,是心慌意乱的,眼睛直勾勾,是这一双双眼睛首先穿透迷蒙的幔帐。他们朝自己的父母走来,每个人都在倒地的这些身躯之中寻找自己的亲人,就像一次战斗过后,在被死神变幻得千篇一律的面孔中寻找某一特征,以便辨认自己的某个亲人。他们朝大人弯下腰来,只敢撩开头发,露出他们的面孔,抹去一块黑污,以便看清嘴巴是什么表情,要不然就是擦净几点血迹,让他们感觉舒服一些,或是捡起一顶已经破了的帽子,将它重又戴在女主人的头上，免得她看上去那么狼狈，还有一幅毫无用处的面纱，也许还有一方洒了香水或是一种什么嗅盐的手帕，或是一根被马车碾碎的棍子。尘埃仍然笼罩着太阳，使阳光显得不那么强烈。那么多眸子交织在一起，看着那茫茫的原野，鬼影般的别墅，组成栅栏的长矛，残缺破败的花园，以及那些人影。他们或是一瘸一拐，或是跌倒在地，哭哭唧唧，疼痛难当，他们被几分钟前发生的那一场灾难搞得筋疲力尽，好像这一切都镶在一幅小小的没有深度的框架里。

最后，孩子们扶持着那几位需要帮忙的人站立起来。他们沉默不语地搀扶着他们的父母，帮着他们离开那可怕的尘埃，到别墅里去寻找庇护，进到那里，也许他们会觉得轻松一些。

第十四章 飞 花

1

马车队扬起的尘埃再也没有落下来。那不肯散去的既湿又浓的雾气，不仅遮盖了一切，而且填满了每个坑洼，看上去它好像叫人家明白，它要为别墅，为铁栅栏，总之，要为一切一切蒙上一层白色的轻纱，而万物都是在这轻纱上面绣出来的，要想除去这层轻纱是不可能的。当然正如人们所知，这并不是什么尘埃，因为尘埃终归是要落下的，这更像某种乳胶，它不会搅混，它像是一股气体，顽固不化，要特别表明自己不受重力规律的作用。那些小小的飞花，一开头几乎看不出来，之所以这样是因为它们数量太多，多得就像尘埃一样，几分钟时间之内就聚成了大团的飞花——也许这只是时间问题吧。随着时间的推移，终于可以看清它们是些什么东西了，这是些飞花，是些没重量的小圆球，它们在空中嬉戏玩耍。当大人们往别墅撤退时，是孩子们最先认出这种东西的，他们回忆起去年的秋天，他们一面兴高采烈地顺着楼梯追逐着这东西，一面喊道：

"是飞花！"

"傻话!"阿德莱依达一面登着楼梯,一面喊,"谁都知道得清清楚楚,所谓玛鲁兰达的飞花风暴,纯粹是有险恶用心的食人生番编造出来的,这样不但可以压低我们上好的地产的价值,而且还可以把我们唬住,使我们只是在夏天才到这里来,这样,一年中的九个月,他们都可以自由自在,可以依据自己野蛮法律的规定来行事……"

正在这时,好像狠狠一巴掌打在本杜拉家人身上——这才是成熟了的茅草飞花所造成的铺天盖地的灾难中很小很小的一部分哪,这才是刮起的第一阵北风哪!它几乎刮倒了所有正在爬楼梯、想到屋子里去躲避自己失败的人。他们受了伤,个个狼狈不堪,还没明白过来他们刚才受的屈辱的规模究竟有多大。这阵风一时间简直要把阿德莱依达卷到空中,把她剥个精光:她正高举着她那把稀里哗啦的阳伞,拉拽着长裙裾,不动声色地、高傲地继续朝屋里走去,身后跟着一只孔雀。她把摩尔式小客厅的门大大地敞开,低声哼着歌,在那绿色桌布上摊开她那小小头颅能够记住的最复杂的纸牌游戏。过了一会儿,在这充满飞花的小屋里,阿德莱依达连脖子也不弯,一心想着桌上摊着的纸牌的打法。此时风还只是从她那扣眼里吹到她身上,那只孔雀登到那直挺挺的椅子靠背上,阿德莱依达想根据孔雀尾巴上圆点的分布情况来判断她那局牌的前途如何。

本杜拉家族的其他人都聚集在台阶上,他们互相依偎着,或是靠在孩子们的身上,或是撑在阳伞柄或破拐杖上,以免跌倒和摔坏。他们在考虑着这么一个问题:登上楼去,对于他们的意志和疲乏的双腿来说,是一种折磨,他们所需要的是阿德莱依达的这种不敏感,以此来支撑这一壮举,可正在此时,刮来了第二股北风,带来浓雾,使他们蜷成一团,或是朝下滚去,或是收缩着身体,或是向后退缩。他们这样做倒不是为了抵御这股风,而是因为他们力量微薄,不得不这样

做。这股风刮过以后,空气重又变得明净。是昂塞尔莫,他惊恐地喊道:

"快到马厩去,咱们不能认输!快上来,快去找马!尽管我们确实是这样对待过我们的孩子,但他们不让我们动弹真是罪过!要是我们赶快,也许在风暴来临之前,在大风搅得我们什么都看不清楚之前,在飞花的密度变得更大之前,我们还能赶到那可爱的湖边,那就有救了,就可以得到快乐了……"

"到湖边!到湖边去!"

"快点上车!……"

北风又一次把天空刮得明净,使他们自以为是地充满希望,虽然他们心中都清楚这是逃跑。好像是要利用这一瞬间的天空的明净,他们一窝蜂地跑下楼,穿过被废弃的月季花园。孩子们跟在他们身后,试图说服他们,让他们留下,因为,留在别墅里,如果按他们教给的办法去做,最终不会发生什么不幸。他们了解飞花,在大人们撒下他们去野游的那一年,他们经历过飞花的事情。但是大人们不听,他们发现马厩空了。一匹马也没有,一辆车也没有,一头驴也没有,只有刚刚宰杀的牲畜的尸体。这完全是故意的——现在阴谋已经昭然若揭了——是马尔维娜,那些外国人,还有管家,是他们干的,这样可以迫使这些人困在别墅里,而他们不但能够逃脱飞花,来到蓝山山脉,八成还想扩张到山脉的另一侧山坡;他们将占据这些人的土地和矿产,还有那宁静的、有美妙瀑布的梦境般的湖泊。

但是,不,他们并没有把所有的车子弄走,读者们大概还记得有人怎样把阿德利亚诺那辆硕大的马车藏在马厩里的吧?在那辆车歪歪咧咧的身影旁,有一匹骡子的身影,胡安·佩雷斯刚一看到远远扬起一幅飞花的幔帐时，就想把骡子套上驶走。于是，本杜拉家族的人就都奔这辆车来了。他们一句话都没有对胡安·佩雷斯说，好像他这是在尽由来已久就应当尽的职责一样。他们打开车门，像马戏团的动物一样，蜷着身子，一个挨一个地往车上爬，身上穿的大礼服、马尾衬裙、挺括的护腿和紧身胸衣妨碍着他们的动作。

要是他们能够明白点事理，停下来想一想，就能发现，一辆车上载着这么多人，一匹骡子是怎么也拉不动的。胡安·佩雷斯一边干活一边不顾礼貌地冲他们喊的就是这话：赶快下来，这辆马车是专门给他自己使用的，所以，不要再往上爬了。他那张扁平的黄脸，他那狂热的手紧紧抓住那缰绳，是为了挽救自己，或者，与其说是挽救自己，还不如说是去和反叛者们会合。因为有一个念头叫他难以忍受，很快，这个念头变得十分清晰：他是被出卖了。

在这个早晨的一片混乱中，大人们没有察觉混在孩子们当中的文塞斯劳，因为现在他已具有豪放的男子汉气概——阿伽庇托，自他哥哥刚从他手心里逃走后，就去把文塞斯劳和法尔毕娜一道从塔楼里放了出来。现在，他既不戴假发，也没有穿裙子，已经很难将他认出来了，连孩子们都没有认出他来，但是，当他看到好些孩子想跟在父母身后登上马车时就这样质问道：

"蠢货！你们难道不知道，想到湖边得救是根本不可能的吗？这不仅因为根本就不存在这一个湖，而且，再过一会儿，出门在外就有危险了……连待在屋子里面也有危险……那一阵比一阵更厉害的飞花会伤害你们的。"

"那么，您能提出一种最可行的办法吗？"胡安·佩雷斯从已经套好的骡背上问道，他蔑视一切，除恐惧之外。

"可以。"

"什么办法?"

"按照比我们更熟悉本地区的人所教给我们的传统习惯,在玛鲁兰达和睦相处。"

"那些人能教我们什么?教我们去做食人生番吗?"

在给予准确的回答之前,文塞斯劳沉默了片刻。

"是你们,你们把他们叫作食人生番。你和管家,除了把我们父母之外,还把马尔维娜和那些外国人当成了工具。你们以更大的权力,以更加现实的方法在食人肉,难道不是这样吗?只要掌握了权力,使自己逍遥法外,这难道不是最典型的野蛮吗?我们有权利要求你,或更确切地说,要求你所代表的人,不但要做出一定的解释,而且要受到相当严厉的惩罚。"

"我就是我,谁也不代表。"

"这事可不那么简单。"

"我宁可被原野上的飞花闷死,也不愿意做别人的影子。"

此时,围着马车小门的人,全然不顾这边在说些什么,吵了起来,好像要在这排斥、威胁和争论谁该先上车的混乱中找出个结果似的。对那些要留下来和想离去的人,埃尔莫海内斯已经失去了控制。他想发号施令,提出要求,然而这些人被激怒了,因为他们马上就看到这意想不到的结局,它已来到眼前,不容他们仔细思考。父母们被迫让自己已经爬上马车的孩子们下车,对他们嚷道:车厢里已经没有地方了,留在车上的只有大人,还有佐埃,因为当她看到自己被排除在救生计划之外,便勃然大怒,她大吵大嚷,实在没有办法制服她。胡文纳尔突然觉得这种具有传染性的恐惧感迫使他逃跑,甚至顾不上被撇在别墅里而无人顾及的塞莱丝黛和奥莱伽利奥,让他们留在那里——以修辞的最高手段——去确定他们到底是相爱还是不爱。他宁可与他们一道,闭门不出,在保险的地狱般的别墅里待着,也不肯到原野上去冒风险。他对拥挤在马车旁边的其他人不管不顾,一纵身就跳了下来。与此同时,欧拉利娅是什么也顾不上了,她只有一个念头,那就是豁出去也要保命。为了不让昂塞尔莫上车,她呼一声关上了门,对胡安·佩雷斯说马上开车,以便摆脱她这位丈夫。

"咱们走了!"埃尔莫海内斯在车厢内嚷道。

"食人生番!"胡安·佩雷斯冲文塞斯劳喊道,同时朝他脸上抽了一鞭,接着抽了骡子一鞭。

文塞斯劳用双手捂住脸,好像这一鞭子把他的脑袋都抽碎了似的,他的手指在脸上抽搐着,他硬撑着不让手指头完全捂住脸,以便清清楚楚地看明发生的这一切。他的手渐渐松开了,好像是扒下一张被胡安·佩雷斯的鞭子抽碎了的、用死去的肉做成的面罩,而渐渐露出了自己的本来面目。这时候的天空又充满了飞花。他忍着疼痛看着那辆马车慢慢启动,后面紧紧跟着几个孩子,他们攀着马车的铁横档,那匹骡子正奋力地拉拽着,一瘸一拐,骡背上骑着那该死的家伙。他佝偻着身子顶住狂风,驾驭着那辆七零八落的马车。又一阵飞花扬起,很快就吞没了马车。

2

过了一会儿,那些追不上马车铁横档的孩子随着昂塞尔莫回来了,他们的恳求没能打动任何一位上路者的心,便只好和其他孩子聚拢在一起。虽然还是害怕,但总归是聚在一起,他们开始顶着风暴寻找回别墅的路。在登上南平台的台阶之前,他们看到的场面好像宗教游行:人们被疯狂的茅草飞花包围着,走起路来特别缓慢,好像没在走动似的；那是另一种速度，是另一种时间，是遵照披着条纹毯子、头戴金盔的"宗教游行"的规矩那么做的，然而，面对着飞花的旋风，他们是如此充满自信，以至于连那些不听劝告曾经逃跑的孩子，也极其自然地与他们汇合到一起，立即合上了他们那难以置信的节拍。好像是歇歇气儿，非得过一会儿才上另一级台阶，好像是必须做好准备，或者是一举一动都必加思索一番，好像是按远处传来的一枚三角铁的节拍，这群人中间有一位正在敲击着它。他们的嘴唇闭得紧紧的，双手贴在胸前，眼睛闭着，只是在眼皮底下留出一条最细小的缝隙，只够他们看得见就行了。他们用毛毯裹住面孔，因此，看上去一模一样，就像是修道院里的修士似的，这样，就可以抵挡一下飞花的风暴。甚至和他们在一起的露德米拉以及紧靠在阿伽庇托身上的法尔毕娜的脸，现在也和土著居民的一样了。旋风在呼啸怒吼，好像要吞没这些有如在失重状态下活动的人，在喧嚣声中，那位手拿三角铁的人时不时地敲打出那特殊的节奏，在这昏天黑地的衬托下，它就如悠悠传来的仙乐，是那样的清澈明净，柔和而有序，但它毕竟是一首乐曲，按照它的节奏，这紧紧挤在一起的一群人登上台阶。萝莎蒙达、西普利亚诺和奥林比娅，他们拉着露德米拉的手，文塞斯劳拉着他母亲的手，他并不张口地问法尔毕娜她们从哪里来。她也不张口地回答，他们从埋葬了阿拉维拉的尸体那儿来。她拥抱了儿子，阿伽庇托对文塞斯劳说，还不知道他表姐已经死了。

由于阿德莱依达进来的时候冒冒失失地打开了摩尔式小客厅的门，门现在仍然敞开着。风猛烈地吹着，玻璃全碎了，将那飞花一股股地吹了进来。一进屋里，飞花就不像我们在屋外看到的那样，在室内飞花失去了它的灾难性。在室外，这凶险的大气现象吸附着、吞吐着、搅和着团团飞花，而在室内，飞花倒更像一层轻飘飘的、稳定的云,浮在那里不动,把人和物分隔开来,把装饰着这房间的摩尔人塑像与我们这部小说中的人物混淆起来,飞花沾在塑像和真人身上,像是长出了一层奇特的茸毛或羽毛,使他们的轮廓变得含混不清。

牌桌旁边,原来是孔雀站在那里——它可够机灵的,现在不知躲到哪里去了——现在是塞莱丝黛,她总算打扮停当光艳照人地下得楼来,身上穿着一件颜色非常娇嫩的橙红色连衣裙,现在裙上沾满了飞花,使她看上去像一只刚刚诞生的天鹅,只要一动,那绒毛下便露出了粉红色的嫩肉。她和阿德莱依达还在起劲地聊天,还觉得仍然是那么安全可靠,还想只当是什么事情也没有发生。一切都是暂时的,没什么大不了的,只等奥莱伽利奥一回来,一切都会以有利于她们的方式解决,因此,塞莱丝黛在急不可待地等候他。当由孩子们和土著们组成的"宗教游行"队伍走进大厅时,姐妹俩的谈话停止了。她们无动于衷地看着这些人,就像看待某种自然现象,既然无法通过态度改变它,那么她们最好还是显得无动于衷。不久这支队伍走完了从开向南平台的门口到罗盘门厅的这一段距离,由于这些人都捂着脸,所以没人看见她俩。趁此机会,塞莱丝黛倒没有对混迹于这一行人中间的露德米拉和法尔毕娜那奇特打扮的细节发表评论,倒是对阿德莱依达说:

"虽然还刮着点风,我还是要出去一下,去看看那些美洲丽人月季,每年的这个时节,它们开放在台阶的右侧。待会儿奥莱伽利奥下来,劳驾你告诉他一声,让他到那儿去找我,我们好一道儿去散散步。"

"你也许该带点什么披在身上,比方说,一条披肩?"

"不,我这样就挺好,你怎么不和我一道去看看那些月季?这可是咱们父亲最喜欢的呢。难道你害怕秋天的凉风吗?"

"我会怕凉?没那回事……"

姐妹俩站起身来,阿德莱依达犹豫不决,看是不是要拿把阳伞,也许能拿它当拐杖,也许可以用它遮挡一下。最后她决定,既然是要干一件事情,最好把这件事情干得漂亮一点,干脆就这么出去,什么也不拿,省得别人说三道四的。她便拉着妹妹的胳膊,两人一起来到平台,好像这天是夏季以来最为明媚的一日。

可就在这个时候,好像猛吹了一口气,空中便充满了飞花,充满了一种沸腾着的乳剂,然而这一回可不只是一下子了,风把一切搅成漆黑一团,吓坏了阿德莱依达,她不由自主地怔怔地看着这一切。尽管她胆量过人,也抑制不住恐惧而吓跑了,把塞莱丝黛孤单单地留在那里干等着。

在我刚开始写本部小说这一末尾部分时,心中怀有一股激情,也就是人们常说的一股"难以抑制的激情",想在落下大幕结束全文之前,把我每个人物的结局全部告诉读者。叫我将他们撇下不管,将是很不忍心的,还有成千上万的问题,有的有答案,有的不可能有答案:这些问题都汇集在我的狂想之中。我力图知晓一切,解释一切,拼命想当个全然知晓的人,致使把最近的将来之前的每一间隙都塞满信息,而不允许任何别的人,甚至包括读者在内——我在书的开头便确定谨将此书奉献给读者——胆敢依照自己的方式,来补充这里所提示的内容。我们已经知道了,胡安·佩雷斯和骡车上的本杜拉们窒息而死,抛尸原野,但他们最后的表情是怎样的?他们的手是怎样痉挛的?他们的眼神是怎样的恐惧?他们是怎样徒劳地挣扎着呼救?那娇滴滴的梅拉妮娅与那位外国小伙子成婚了吗?他们是不是在那座有瀑布、长着睡莲的湖边——如果确实有这么一座湖泊,而不仅仅是阿拉维拉在塞莱丝黛头脑中臆造出来的——建造起一座更加豪华、更加现代化的宫殿？当我们的朋友文塞斯劳长大成人以后,他将成为怎样的人？成为一个无政府主义者,或是一位仆从？或是相反,他实现了我期望的伟大选择的不同可能性的不同结局？而法比奥又怎样了？卡西尔达呢？在她修身的修道院里,她又生活得怎样？还有胡文纳尔的痛苦呢？而那位管家,他是否达到了他一心向往的目的,即爬上仆人中的最高位置——他还从不曾高达这个位置——高得与那些外国人一道,被固定在他们的机器上,他们必须严格保密,以掩盖这样一个事实：他曾经穿过仆役的制服。那长着红色连鬓胡子、长着水泡眼的几个外国人是不是买下了别墅、矿区,以及从这一地平线一直伸展到另一地平线的那片长满茅草的原野呢？而那些土著,他们又怎样了？也许他们已经被新的主人驯服了,大概摒弃了假设的食人习俗,改为遵从奇特的法律了吧？

尽管本人出于好奇心,想知晓一切,想把更多的、所有的东西都搞清楚,但是我发现若是想全都知道,我非得再写一部小说不可。要不然,就像上一世纪的某些小说那样,依次交代每一个人的结局——但是我痛心地看到,除了保持沉默,我是无法讲清楚我这个故事多得不得了的可能性的。为了减轻我不得不在恰当时机离开这座别墅的痛苦——没有痛苦,便无艺术可谈,我对自己说,现实生活,确实是由许多半截子的事件构成的,是由许多说不清道不明的、模棱两可的、无法描绘的人物所组成,是由一些故事所组成,这些故事既没有转折,又无法解释,而且无头无尾,差不多全都毫无意义,好像是一些没有造好的句子。但是,我能以这种办法为自己开脱是为了求得一种艺术作品的模仿标准。以这部小说为例,它与我一贯坚持的主张完全相反,因为,若是在那种情绪的支配下,这个故事完全会写成另一副样子。于是我尽力解除这一羁绊——别把文学与现实混淆起来,然后肆无忌惮的欲望被激发出来,不要拘泥于我写的这些,而要大大超越我所写的,写成可能写成的一切。

然而,奇怪的是,我竟然达到了我所想达到的境界——尽管我把我的人物作为不符合心理学的、不可置信的、人为的角色推出,我仍不免热忱地与这些人物,以及包围他们的天地紧密地连接在一起,我难以把他们从那一天地中拉出来。比方说,要想拉出他们,就像难以从乌切罗①画的草原上把正打那里穿过的猎人从中分离出来一样。换句话说,尽管我已痛下决心,不要把艺术与现实混淆起来,但这种分离,仍然叫我付出了极大代价。这一矛盾冲突以文学方式呈现,就是在结束"它的"那些故事之前,我不愿从中摆脱出来,而忘记了这一切故事全都是我自己编出来的,而我却不满足于以我永远无法完全理解的方式,结束"这一故事"——这无疑是我自己编的故事。

现在,大幕应该落下,灯光应该熄灭;我的那些角色应该摘下面具,而我呢,则应当拆下布景,收拾起道具。我必须与他们道别,只剩下自己孤孤单单的一个人,并且,将失去很长时间以来自己已经熟悉了的他们的天地。面对这可怕的前景,我感到一股不安的潮水向我涌来,我怀疑所有这一切的价值及其美感,这种感觉使我一心想紧紧抓住自己的这一想象的片段,想延长其生命,将它变得永恒不灭、繁荣昌盛,但这是不可能的。它必须在这里寿终正寝,因为,我必须清楚一点:假如人创造出来的东西能获得生命,它们同样也应当得到死亡,否则,它们将变成把作者本人吞噬掉的魔鬼。不管它们具有什么模样,它们首先是理智的儿子,应当服从准则。那么,此时此刻,剩下

---

① 乌切罗(1397—1475),意大利画家。

的事情就是落下大幕，熄灭灯光，剩下的问题就在于我的读者们可以散场了，也就是说，"相信"了，而不必依其经验行事了。我想读者能够和我一样，与那些我想象中的天地与活动在其中的人物形象建立起密切的感情——我费了多大力量才得以从中摆脱呀！

我还没有说完呢。亲爱的读者们还得看上几页，因为我，我们被刚谈到的这种惯性所驱使，还必须往前进展一点儿，咱们，特别是我，我对此如饥似渴，才能从如此众多的、由于我不再说下去而将被埋没的最后的诸多表情之中，哪怕是发掘出其中一种呢。

缓慢前进的那群人中间，走着那一位土著，好像此人是这群人的核心，他敲打着三角铁。这是人群中最年长的那一个，穿戴着象征权威的服饰，掌握着别人的命脉，也掌握着他自己的命脉。人们跟在他身后，缓慢地穿过跳舞厅，慢慢上楼，好像他心里明白，那是奏乐天使的地方，是为乐队预备的地方，他在那里站定了。这群人，除去几名土著瘫软地卧倒在棋盘格地面上以外，其他人还是难以免俗，他们全挤到玻璃窗跟前，从那相对来说还算明净的跳舞厅朝外看，看那被已经逝去的光怪陆离搅起来的一锅浓汁似的凶险的乌云。可是，在楼下，在南平台上，塞莱丝黛正披头散发，还在固执地顶着风继续散步，她要体验一下她打算体验的东西，哪怕为此付出生命的代价。刚才风刮跑了她的帽子，现在，她连扇子和遮阳伞也没有了，身上穿的那件粉红色丝绸连衣裙被风吹得卷成一团，飞花粘在连衣裙上，变得像一种什么绒毛。她那副样子就像是被风暴吓坏了的小鸟，可看那样，她还真有一股子劲儿。她非常任性，认准的东西不容置疑，那就是这里什么事情也没有发生，而她，此刻正在等奥莱伽利奥下来，与她一道在遭到破坏的月季园里散步，除此之外，她不打算去干什么更要紧的事情。阿德莱依达则像个孩子，张开的手撑在玻璃上，鼻子压得平平地贴在玻璃上,她气恼、不解,泪水打湿了玻璃。

天气寒冷

连鸟儿也不振翅膀……

胡文纳尔和那群孩子从窗户那里望着他母亲。当他感到奥莱伽利奥就在自己身边,也脸贴玻璃望着塞莱丝黛时,便讲了上面那两句话。说实在的,他们很讲面子,尽管他俩没有爱情,终归是在道德上有些过失的夫妻,可她仍然耍着花招要把他拖进这种游戏之中。三角铁发出一声声响,只有胡文纳尔和奥莱伽利奥与众不同,他们没有离开玻璃,但是那些土著、文塞斯劳和阿伽庇托,他们来到舞厅中央,就像苏丹王躺在大靠枕上,在地板上放平了身子,好像那大理石棋盘格地板是一个大沙发,他们一些人的头靠在另一些人的胸脯上或是大腿上,好像那里是座宿营地。他们屏住呼吸,直到三角铁再次敲响,才可以轻轻地吸一口气,但是,这口气既不能吸得很深,又不能吸得很长,但他们好像非常清楚,必须充分利用那有限的一口气中的氧气的最后一个原子,一点儿也不能糟蹋,也不可以多吸一丁点儿。只是将就着,能够维持机体运转就行了——可以这么说吧,将将儿够开动蒸汽机的。舞厅里的飞花密度终归低于室外,时不时地发生变化,好像这种变化取决于室外飞花的密度及其压力,这种压力通过缝隙和锁眼渗入。人们传递着一个水壶,供人饮用,每次都饮得很少很少,仅够润润嗓子,还传递着另一个水盆,用来蘸湿手指头。蘸湿手指头,是为了浸湿紧闭着的眼睛上沾着的飞花,将飞花抹去,还有鼻子上和嘴唇上的飞花。他们等再次敲起三角铁时,还要使用和传递这个小盆。大厅里浮在空中静止不动的飞花,围绕在一张张封闭的脸的周围,随着每一次呼吸,飞花像羽毛一样飘起,很快散开,不一会儿,嘴唇和睫毛就像都镶了一道泡沫似的花边,但这道花边,很快就被蘸了水盆里的水的潮湿手指头抹掉了。

但是,别墅里的其他孩子,还有露德米拉、法尔毕娜、奥莱伽利奥、昂塞尔莫和阿德莱依达,他们还是把苍白的面庞紧贴在窗玻璃上,看着室外的塞莱丝黛,她正与那气势汹汹的魔鬼进行殊死搏斗。风向已变。去叫她吗?怎么能打开窗户,而又不至于被呛死?怎么才能知道接受危险不会让她在更确定和更残酷的情况下死去呢?敲玻璃吗?但是谁都没有气力这样做了。法尔毕娜听见文塞斯劳在叫她:

"妈妈……"

直至此时,法尔毕娜才发觉自己简直透不过气来。她转过身去,用目光在那群好像躺在鸦片馆里打瞌睡的人中间寻找自己的儿子。她看见儿子正在用手指头打湿嘴唇,不张嘴地说话:

"快过来躺下,慢……慢慢地……您就不会憋坏了……"

法尔毕娜,她身后紧跟着孩子们、露德米拉、昂塞尔莫和阿德莱依达,他们离开了浑浊不清的玻璃,当听到三角铁击响时,便放松身体躺了下来,闭上眼睛和嘴巴,躺在那大理石棋盘格子地板上。在那昏暗的飞花中,看起来只有壁画上的人物不会受自然现象的影响,因为他们是依靠想象而生活的高级人物,只有他们能屈尊照顾地上的人一下,给他们几个靠垫,让他们待得更舒服,递一递水果盘,或盛着酒和水的长颈水瓶,他们便可以幸免于难了。只有胡文纳尔和奥莱伽利奥,他们那没一点血色的面庞还紧贴在玻璃上,看着塞莱丝黛,现在她变得歇斯底里。胡文纳尔冲父亲笑了笑,好像是在向他挑战。父亲的胡子和眉毛都像漆皮,手上的汗毛也沾满了白色的飞花,看上去就像个老头子。胡文纳尔对他说:

"爸爸,她在等着您哪!"

奥莱伽利奥没有回答。

"您要是不下去,那我就下去了。"胡文纳尔坚持道。

当他打算穿过舞厅朝大门的方向走去时,他的堂兄弟表姐妹们看见了,都站了起来,冒着窒息而死的危险朝他跑去,抓住他,叫他不要动,不要出去,可他硬是挣扎着要出去,还想喊什么,又喊不出来,因为他的喉咙里塞满了飞花。直到后来他终于能向父亲喊了,或者是可以这么认为吧,因为除奥莱伽利奥之外,谁都没有听见——那是一声激烈的然而却是软绵绵的喊声,完全被一种很普通的自然现象所左右,使他不能发自肺腑地大声疾呼:

"软骨头!"

奥莱伽利奥打了他一记耳光,几乎把他打倒,然后便穿越舞厅去找塞莱丝黛。与此同时,那些躺在地上轻轻地呼吸、刚刚透得过气来的人揪住他的裤脚,抓住他的礼服,想制止他,但是,他终于挣脱了人们,跑了出去。

一些人站了起来,冲破团团浓密的飞花站到玻璃窗跟前。阿德莱依达、昂塞尔莫、文塞斯劳、露德米拉,他们全把脸贴在玻璃上,孩子般地哭起来,另外一些孩子也都哭了,那广阔无垠的大气囊括了一切,那是个无边无沿的空空荡荡,比原野还要宽,比天空还要广。在那地狱般的中心区,狂风怒吼,咆哮翻腾,犹如圈在笼中被激怒了的小兽。急促的三角铁的响声催促着那些懂得这利害关系的人,让他们遵从能挽救人生命的传统,重新保持躺在地上的姿势。可是,尽管连气也喘不过来,他们还是不肯离开玻璃窗。一阵大风吹过,使天空显现出它的一部分深度和距离。这阵大风过后,塞莱丝黛被重重地摔了下来,好像她在与一股力量抗争,而从舞厅里往外看,好像这股力量并不存在,只存在于人们的想象之中而已。其实,那纯粹是风。她好像看见一片白茫茫的残败花园和铁栏杆正在嘲笑她呢。胡文纳尔在想,也许她真的看见了吧,这便是一切,这便是她的爱,是她的盲目,是纯粹的欺骗？塞莱丝黛把手举到嘴巴前,揪住喉咙,因为奥莱伽利奥已经赶到她的身边,想扶她站起来,把她扶回别墅,那时候,她已是再也坚持不住了。塞莱丝黛站了起来,然而她并不是走进别墅,而是挽住丈夫的一条胳膊,面对着突然呈现的整个花园和远处废墟的美景,指点给丈夫看,向他微笑,更确切地说,是她拽着他朝着那风暴的中心走去。胡文纳尔从楼上看到风暴突然来临,从他那被堵塞的喉咙里不能清楚地发出警告的叫喊,而塞莱丝黛和奥莱伽利奥,胳膊挎着胳膊,就像一个渺小的秘密,消失在令人透不过气来的风中。

然而,他们还得活下去,一个用条纹毯子裹得严严实实的人站在舞台上,有板有眼地敲着能使人生存下去的三角铁的节奏,大家都听他的,因为别无选择。再说,他们觉得这非常符合逻辑,非常得体。很快,舞厅里横七竖八地躺满了大人、孩子和土著们,他们一个挨一个,躺在大靠枕上,披着土著女人编织的条纹毯子,几乎不呼吸,合着眼睛,闭拢嘴巴,仅仅靠着一口气活着,只有这样,才不至于因为空中的飞花窒息而死。墙上那幅壁画里优雅而干练的人们在注视着他们。

卡拉塞依特——西切斯——卡拉塞依特
1973年9月18日—1978年6月19日